马伯庸 作品

三国机密

龙难日

【新版】

湖南文艺出版社
HUNAN LITERATURE AND ART PUBLISHING HOUSE

博集天卷
CS-BOOKY

图书在版编目（CIP）数据

三国机密：全2册 / 马伯庸著 . — 长沙：湖南文艺出版社，2018.1（2025.5 重印）
ISBN 978-7-5404-8338-8

Ⅰ . ①三… Ⅱ . ①马… Ⅲ . ①长篇历史小说—中国—当代 Ⅳ . ① I247.5

中国版本图书馆 CIP 数据核字（2017）第 248073 号

上架建议：长篇小说

SANGUO JIMI：QUAN 2 CE
三国机密：全 2 册

作　　者：马伯庸
出 版 人：陈新文
责任编辑：薛　健　刘诗哲
监　　制：蔡明菲　邢越超
出 品 人：周行文　陶　翠
策划编辑：李齐章　王　维
营销编辑：刘斯文　周　茜
封面设计：利　锐
版式设计：张丽娜
出版发行：湖南文艺出版社
　　　　　（长沙市雨花区东二环一段 508 号　邮编：410014）
网　　址：www.hnwy.net
印　　刷：三河市兴博印务有限公司
经　　销：新华书店
开　　本：700mm×980mm　1/16
字　　数：756 千字
印　　张：43.5
版　　次：2018 年 1 月第 1 版
印　　次：2025 年 5 月第 9 次印刷
书　　号：ISBN 978-7-5404-8338-8
定　　价：79.60 元（全 2 册）

质量监督电话：010-59096394
团购电话：010-59320018

想说的话

在很久之前的一次朋友聚会上，有人提出这样一个问题："倘若让你穿越成一位中国末代君主，哪一位是最难翻盘的？"

一时众说纷纭。有人说是商纣隋炀，但这两位太阿在握，大政未移，开局其实不错，若非自己作死，别人也奈何不了；有人说崇祯光绪，可他们所面临的局面虽然残破飘摇，毕竟帝位不虚，倘若重振精神，未尝不能有旋转乾坤之机。说来说去，大家公推最难翻盘的，一位是东周末代的周赧王，一位是东汉末代的汉献帝。

周赧王，比汉献帝还算强点，好歹手里还有那么几座城池、几千兵马。而汉献帝，被称为史上最可惜的末代君主，可谓实至名归。他登基之时已沦为傀儡，此后不断在各路虎狼诸侯之间颠沛辗转，身无立锥之地，旁无可用之臣，除了一个被人挟去号令天下的帝王虚名之外，真可谓一穷二白。所有的末代君主之中，要数他掌握的资源最为匮乏、局势最为恶劣。

刘协本人资质并不差，也曾试着奋力反抗，重振汉室荣光。奈何天不佑汉，非战之罪。从史书上对他有限的记载中，我们能感受到一位末代帝王的聪慧、倔强、痛苦和不甘心。

倘若他生在治世，未尝不是个文、景、明、章那样的明君。可惜他生不逢时，陷于乱世，也只能眼睁睁地看着汉室沦亡。曹魏给他议定的谥号是献，聪明睿哲曰献，知质有圣曰献，算是个公允的评价。后世对刘协也充满了同情，很少会把炎汉之亡归罪于他。

所以，如果有穿越者想挑战最高难度，汉献帝其实是一个首选。

谈完这些闲话，大家兴尽各自散去。我回家的时候，忽然一个念头跳了出来："如果让我来写一部以汉献帝为主角的小说，该怎么写呢？"仔细想想，他的处境充满了压力和戏剧冲突，太适合当成小说素材了。

其实，网上关于汉献帝的穿越小说有很多，无不是穿回去逆转翻盘，大杀四方。可惜我的创作理念是不改变历史，又不打算玩穿越，这无形中给自己加了一套枷锁，注定了要在既定的历史轨迹里，给这位矛盾的末代君王一个重叙人生的机会——事情还是那些事情，但人却未必是那样的人。

历史上的诸多大事，隐藏于其背后的真正动机未必会被史书记载下来，这就给予了小说家一个腾挪的空间，可以从中生发出许多传奇故事。

所以说，这不是一部还原真实的历史小说，它应该算是一个传奇、一个猜想，或者说，是一部"可能曾经发生过"的历史小说。从我个人的私心来说，我很喜欢汉献帝，希望能借助这种手段，给这位令人惋惜的憋屈君主一个焕发光彩的机会吧，哪怕只是想象。

目录

○

"这是一个永远无法公开的故事。"

陈寿跪坐在房间里，对着空白的墙壁说。墙壁上的影子随着烛火晃动了一下，仿佛在嘲笑他。

"可是我很想把它记录下来，不是每一个史官都有这样的机会。"陈寿拿起毛笔，虚空一点，眼神里充满了光芒。

影子继续在晃动。在墙壁的一角，《三国志》卷帙码得整整齐齐，堆积如山。陈寿疲惫地叹了一口气："我花了十几年时间，不负朝廷期望，写完了从汉末到晋初的历史，现在终于可以做一点自己喜欢的事情了。"

他一边说着，一边转移视线，从《三国志》身上挪到另外一大堆断烂竹简和绢帛上去。它们就那么随意地堆放着，散发出腐朽的味道。上面写着许多文字，笔迹各不相同，看得出是出自不同人之手。有些文字之间还残留着一抹暗褐色的血迹，有些竹简上则有数道触目惊心的剑痕。

陈寿闭上眼睛，安静地聆听起来。无数低沉的声音从故纸堆里萦绕而起，它们在呢喃，在诉说。仿佛受到那些死魂灵的驱使，陈寿抬起手中的毛笔，慢慢点在一片空白竹简之上，勾画出一串工整清晰的文字。

这不是历史，这只是一个故事，一个已被人遗忘几十年，即将衰朽成灰的故事。时光之水回流到建安四年。

第一章　弦上的许都

此时已是夕阳西下，远方青灰色城堞上的雪痕依稀可见，城郭上空依依升起几道炊烟，杨平心中升起一股暖意。

1.

　　杨平轻轻呼出一口白气，手里的牛筋弓弦已经拉到了极限，整个犀角弓身都发出"咯吱咯吱"的声音，箭镞对准了前方二十丈开外的一头鹿。那头鹿正藏身在一片白桦林中，安详地嚼着一蓬枯黄的树叶，浑然不觉即将降临的灾难。在这样一个寒冷的冬日，稀疏的树林并不能提供什么像样的遮护，光秃秃的枝干和灌木丛在它身前交错伸展，宛如一个天然的囚笼，把它巨大的身躯笼罩其中。

　　杨平现在需要做的，是轻轻松开钩住弓弦的食指与中指，然后锋利的箭镞会在一瞬间穿过枝条的间隙，刺穿棕黄色毛皮，割开热气腾腾的血肉，把它的心脏击得粉碎。

　　时间过去了一瞬，抑或是一阵子，杨平的手指动了。

　　一支翠翎箭应弦而射，牢牢地钉在了距麋鹿只有数寸距离的白桦树干上。受了惊的麋鹿猝然一跳，撞得身旁的树木一阵摇动，然后它四蹄飞扬，慌张地朝着树林深处逃去，很快就不见了踪影。

　　杨平站起身来，抬眼望了望空荡荡的林子，露出一丝意味深长的苦笑。他把犀角弓插在泥土上，走到树林中将钉在树干上的箭杆用力拔了下来，随手捋了捋有些歪斜的尾翎，插回到箭壶里去。

一个和他年纪差不多的青年从雪堆里爬起来，拍打着身上的积雪。杨平走出树林，比画了一个遗憾的手势。那青年盯着白桦树干上的箭痕，眼神闪过一丝不满："以你的准头，会在这么近的距离失手？"

"那可是一头母鹿，"杨平试图辩解，"你看它肚子大大的，也许很快就临盆了。"

"你心肠这么仁厚，还是把箭还给我吧！"青年愤愤地说道，把杨平箭壶里的箭拿出来，扔进自己的箭壶里。

杨平讪讪赔笑道："一想到马上就有幼鹿降生，嗷嗷待哺，我哪里还能下得了手啊。古人打仗尚且不杀黄口，不获二毛呢，何况一头怀孕的麋鹿。"

青年没好气地瞪了他一眼："麋鹿临盆，你说不忍下手；野雉护家，你要成全其义；鸿雁当头，你又说仁者不阻归家之禽——我说你这是打猎还是讲学啊？咱们在这儿趴了一整天了，可还是两手空空哪！"说完他摊开双手，重重甩了几下。

杨平道："仲达你不要发怒，我等一下再去林子里转转，也许还能猎到山兔、狍子什么的。"青年两条淡眉一耸，一脸怨愤瞬间收起，淡淡道："算了……天色已经不早，咱们早点回城吧，否则我爹和大哥又要啰嗦了。"他说完转身就走，留给杨平一个背影。杨平知道他的脾气，也不辩解，默默地把弓箭挎在背上，裹上麻巾，尾随他而去。

两个人深一脚浅一脚地踏着雪走出山林。山下有几个苍头正围着火堆取暖，旁边树上还拴着两匹西凉骏马。看到两人下山，苍头们纷纷喊道："司马公子、杨公子回来啦。"一群人踩火的踩火，牵马的牵马，还有人把烫好的酒倒进皮囊里，递给他们。

青年接过皮囊灌了一口，扔给杨平，然后摇摇晃晃地自顾跨上一匹坐骑。杨平尴尬地啜了一口酒，交给苍头，跨上另外一匹马。那些苍头见他们两个都两手空空，知道今天没有收成，都不敢相问。青年左右环顾一圈，一挥手："回城吧！"

苍头们各自收拾起帐篷器械，跟在两人马后。青年与杨平并辔而行，却故意不理他，抓着缰绳四下张望。他扭动脖子的姿势与寻常人不同，双肩不动，动作幅度极小，速度却很快，一瞬间就能从一侧转到另外一侧，如同一头极度警觉的野狼。

"其实我平时射马蹄靶射得挺准的，只不过一想到要射活物，总是不由自主心生怜悯。我听说君子……"

听到杨平自己在哪儿絮絮叨叨，青年忽然勒住坐骑，长长叹息一声："天地不仁，以万物为刍狗。义和，你这个人哪，性子太柔弱。现在是什么世道了，你还这么迂腐？宋襄公的故事，难道你没读过？妇人之仁！"

杨平道："我和你不一样。你有鸿鹄之志，我最多不过是个百里之才，能做个县令什么的，抚民生养，安心治剧，就很满足了。"青年冷笑道："咱们河内可是四战之地。你数数，董仲颖、袁本初、曹孟德、吕奉先、袁公路，哪一路诸侯不是对这里虎视眈眈？你想避世养生，只怕是树欲静而风不止啊。"

说完他一挥鞭子，在马屁股上响亮地抽了一记。坐骑发出一声嘶鸣，奋蹄狂奔，自顾朝前跑去，把后面的人甩开数十步远。杨平只能苦笑着扬鞭追赶，一群苍头紧紧跟在后面，连呼带喘。

这一队人不一时就走上了官道，沿着官道又走了一个多时辰，便能隐约看到远处温县外郭的起伏轮廓。青年马蹄不停，已经只剩远方一个小小的背影，似乎打算直接冲进城里。杨平看到苍头们一路跑得上气不接下气，心中不忍，便索性放慢了速度，让坐骑慢慢溜达过去。

此时已是夕阳西下，远方青灰色城堞上的雪痕依稀可见，城郭上空袅袅升起几道炊烟，杨平心中升起一股暖意。温县并非他的乡籍所在，却是他从小长大的地方，是他的家，有许多的亲人和朋友，这总让他心绪和静。杨平这个人说到底，还是有些多愁善感，像个擅长辞赋的文士——尽管他射艺出众，在温县是数得着的高手。

杨平生于光和四年，他父亲杨俊是河内获嘉人，是当地有名的豪族。因为畏惧战乱，他父亲率领百余户民众进山避祸，不知为什么，杨俊没有带上杨平，而是把他寄养在了好友司马防家里。司马家在温县势力庞大，有数十个坞堡、数千兵丁，自保不成问题。于是杨平从小就在司马家，与司马防的几个儿子一起长大。

那跑在队伍前头的青年，就是司马防的二儿子司马懿。司马懿与杨平感情最好，一同玩耍，一同读书，一起打架，彼此情同手足。司马懿总说杨平别的都好，唯独这种慈柔的性情实在不足取，一直试图给他纠正过来。杨平性格谦和，骨子里却很执拗，两个人吵吵闹闹，一转眼就到了建安四年，杨平十八岁，司马懿二十岁，都是风华正茂的年岁。如果是在太平盛世，他们大概会凭借自己家族的势力，在州郡举个孝廉茂才，入选署郎。在中央待上几年以后，或留在中朝做个曹掾令史，或外放为县令郡丞，运气好的话，四十岁前就可以迁到九卿，封个列侯，为家族带来无限光荣。

可惜如今天下纷乱，所谓的"大汉朝廷"只剩下一个孱弱的君主和一群老旧的公卿，在诸家势力之间辗转流亡，惨不忍睹。最近几年，汉帝才刚在许都得以安顿，在曹操的庇佑下苟延残喘。以往的青云仕途，早已荆棘遍地。所以许多地方大族纷纷收起爪牙，把自家子弟收拢在羽翼之下，谨慎地观察着时局。

全国像司马懿和杨平这样的年轻人有许多，已过了弱冠之年，却仍旧隐伏于各地，安静或焦虑地等待着羽翼翻覆之时。

如果一直这样生活下去就好了，和仲达打打猎，吵吵架，读几卷书，喝几壶酒……杨平忽然没来由地想起这些，然后自嘲地捏了捏鼻子，心想仲达那小子肯定又会骂我没出息了吧。

一阵急促的马蹄声打断了他的思绪，杨平定睛一看，却是司马懿骑马冲了回来，与他同行的还有一个老头。杨平认出他是司马防府中的管家，心中一奇。转眼间，司马懿和管家就冲到了跟前。老管家气喘吁吁地说："杨公子，令尊大人到了，如今正在司马大人府中，急着要见你。"

"我父亲？"杨平愣住了。他父亲杨俊刚被朝廷除为曲梁长，上任不过月余，他怎么擅离职守跑来温县了？

司马懿看到杨平有些愣怔，不耐烦地一拍他的马头，催促道："还不赶快去，别让你爹等烦了。"杨平"嗯"了一声，拨马便走。司马懿在身后扯着嗓子喊道："谈完了过来找我，我话还没说完哪！"

杨平一路催马疾行，心中纳罕不已。父亲杨俊在他心中的形象其实很模糊，自从他被寄养在司马家后，杨俊来探望的次数很少，语气总是客客气气，与他谈的话题也不外乎学业明经之类，甚至从不提及他早亡的母亲。他总觉得自己与父亲之间有一层难以言喻的隔膜，这种隔阂不是用"很少见面"就能解释的。

像今天这么急切要见他，还从来没发生过，难道是获嘉家里发生了什么大事？

杨平揣着莫名不安进入温县县城。他看到，司马府前停着一辆马车，两匹枣红色辕马身上的胸绦都没卸掉，衡轭半抬，车夫就坐在驾位上，随时可以扬鞭出发。车后还插着一面旗子，上面绣着一条金龙，与温县里的马车气质截然不同。

杨平顾不得多想，匆匆忙忙推开府门。一转过照壁，他看到杨俊和司马防正站在院中，看着自己，远远还站着司马懿的哥哥司马朗和一些女眷。

杨俊身材高大，脸膛黝黑，一张方正的国字脸不怒而威，与杨平的瘦削脸庞迥然不同。他今天穿的不是官服，而是一袭玄色素袍，手里还捏着一枚二尺宽的木质符传。

"父亲大人。"杨平趋前行礼，心中忐忑不安。他注意到，杨俊面沉如水，看不到一丝情绪——既没有与儿子重逢的喜悦，也没有大事临头的焦虑。

杨俊深深地看了他一眼，转身对司马防道："司马兄，既然犬子已到，那么我们便告辞了。"司马防疑惑道："不多歇息一日再走吗？如今城门快关了，何必如此心急？"杨俊大手一挥："司空传诏，岂能耽搁。"那枚符传在半空画了一道弧线，司马防只得讪讪闭嘴。

那枚长条符传的尾部绘有北斗七星与紫微星，还封有司空印玺，这代表了整个朝廷的意志——尽管汉室已经衰微得不成样子，但朝廷毕竟是朝廷。

杨平有些莫名其妙地站在原地，手脚无措。司马防看了眼老朋友，摇摇头，走上前来搀住杨平的手道："义和啊，恭喜你了。你父亲被曹司空征辟为掾属，正打算去许都赴任。他是特意来接你一起走的。"

"去许都？曹司空？"杨平反复咀嚼着这两个词。曹操现在"挟天子以令不臣"，权势如日中天，在朝廷官拜司空。这样一个大人物，居然会把自己父亲征召到许都，对这其中的含义，他还有些茫然。

这时杨俊开口道："朝廷派来的传车就等在外面，我们马上上路。你在司马府的行李，我回头派人运去许都，你不必担心。"

杨平张大了嘴巴，脑子"嗡"的一声，有些发蒙。这，这是怎么了？马上就走？连收拾行李的时间都没有。不过是一次征辟罢了，温县距许都不过三百余里，就算驿马加急，一日一夜也便到了。究竟发生了什么事情，要这么急着过去？

他把不解的眼神投向司马防。和杨俊相比，这位老人在他心目中更适合父亲这个角色。司马防苦笑了一声，摇了摇头。按道理，司空开幕府征辟曹掾，乃是私辟，不该由朝廷颁发符传，更不该称"传诏"。杨俊的这一次征辟，又发符传，又是传诏，很不正常——而这种不正常的"逾制"，本身就暗示着某种不能宣之于口的急切情绪。看来杨俊准确地捕捉到了这次征辟中隐藏的用意，才会做出立刻赴许的决定。这些官场中的门道，做过京兆尹的司马防能想到，但很难解释给杨平听。在司马防那里没有得到答案，杨平明白这个决定已经不能更改。父命如天，杨平没有别的选择，只能垂下头道："我知道了，父亲。"他把弓箭从身上解下来，走过去交给司马朗："这犀角弓你收好了，以后我估计是用不着了。"

司马朗是长子，跟杨平的关系也非常密切。他嗫嚅着接过弯弓，不知该说什么才好，只能连连拍着杨平的肩膀，眼眶里闪烁着一些东西。

杨平笑了笑："帮我跟仲达说一声，看来没时间跟他告别了。"说完杨平伸开双臂，用力抱了抱司马朗，低声道，"好兄弟，再会了。"司马朗的动作一下子僵住了，然后鼻子发出了一阵急促的喘息，眼泪哗哗地流了出来。他们从小一起长大，感情十分深厚，还从来没分别过。杨平的眼眶也湿润起来，但一想到父亲还看着自己，便拼命忍住了泪水。

杨俊面无表情地催促道："事不宜迟，等下城门关闭，就要多费周折了。"杨平只得放开司马朗，跟着杨俊一步步走出司马府邸。门口那辆马车仍旧等在那里，车夫一见他们出了门，立刻站起身来，呵斥了几声，辕马开始踢动蹄子，鼻息粗重。

虽然杨平想到过总有一天他会离开温县，离开司马家，却没想到这一天来得如此快，如此突然，如此……莫名其妙。他甚至没有时间去感伤。杨平偶然瞥到司马府前的貔貅石像——它一只耳朵有些残缺，这是当年他和司马懿在上面玩耍时弄断的，心中一阵苦笑。

杨俊先上了车，然后杨平扶住车边的栏杆，轻轻一下蹬了上去，坐到自己父亲身旁。车下的司马防忽然一把抓住杨俊的胳膊，仰起头来正色道："杨平贤侄在我家生长十余年，我视他如自己的亲生儿子。杨兄你此去许都，无论发生什么事，都要保他平安啊。"

杨俊微微一笑："司马兄这是说的什么话。义和可是我的儿子，我怎么会不护着他？"司马防这才松开杨平的胳膊，倒退了一步，眉眼间担忧的神色依旧不减。

许都是什么地方，他可是太了解了。那个地方自从当今天子移跸之后，就变成了一个险恶的大旋涡，曹操欲要控制天子，称霸中原；天子欲要牵制曹操，重振权威；还有西凉、河北、荆州、山东等地的豪强势力把触手伸进来……各方或明或暗的势力交织其中，很少有人能在其中独善其身，委实不是什么太平地方。

司马防在河内韬光养晦，阖门自守，就是不想让自己和族人蹚这一摊浑水。可如今自己的至交好友与视若己出的孩子竟要身赴险地，而自己却阻止不得，这让司马防胸中横生一阵郁闷。

"杨兄，你可要留神哪……"司马防喃喃道，两手抄在袖中，微微颤动。杨俊朝司马防拱了拱手，然后打了一个响指。车夫扬起鞭子，在半空甩了个漂亮的响鞭，两匹辕马开始拖动大车移动。很快，这辆马车驶离了温县县城，走上官道，朝着许都方向疾驰而去。

2.

杨平用手肘支在车栏上，望着不断后退的景色发呆。

杨俊的态度，更让他觉得莫名恐慌。从前每次见面，父亲多少还会关心一下他的情况，可现在父亲却完全变成了另外一个人，仿佛一个押送钦犯进京的酷吏，冷漠异常。

这不正常，这绝对不正常。

杨平性格柔弱，却不是傻瓜。他知道当一件事反常的时候，一定有原因。他一直期待着父亲在离开温县之后，能够告诉自己这个原因。但是杨俊让他失望了。他们已经赶了一夜的路，杨俊一句话都没对杨平说过，只是不停地催促车夫再快一些，其他时间则闭上眼睛，似乎在沉思着什么。

带着满腹疑窦，杨平沉沉睡去，暗自希望当自己一觉醒来时，还是躺在司马府的卧房里。

车轮沉默地在道路上滚动着，正当天边开始泛起鱼肚白的时候，杨俊忽然睁开了眼睛，他对车夫轻轻说了两个字："停车。"

车夫似乎对这个命令有些不理解。如今他们正在一片连绵的土黄色丘陵之间，因为年久失修，官道的痕迹几乎看不到了。这里方圆数十里全是荒野，没有任何居民，连树木都没多少。他们拼命赶了一晚上的路，为何却要在这种地方停留？

"停车。"杨俊重复了一次，带有轻微的不耐烦。

车夫不由得有些怨气。当初他从许都被派去曲梁接杨俊的时候，可没想到还要绕路来温县一趟，他想早点返回许都。可他不敢惹这一位手持符传的大人，只得把马车停了下来。

"算了，正好让辕马歇息一下，喂些豆饼，我也垫点东西。"车夫这样想着。

原本半睡半醒的杨平感觉到车子的震动停止了，他睁开眼睛，首先映入眼帘的是一把雪亮的匕首。杨平悚然一惊，身体下意识地朝后靠去，然后他看到车夫直挺挺地从马车上，倒下去，杨俊手持匕首，刀刃滴着几滴新鲜血液。

杨平一瞬间整个身体都僵住了，下意识地去摸腰间的佩剑，却一下抓空。他想起来自己还穿着昨天的猎装，没来得及更换。

父亲做了什么？他会杀我吗？无数念头在杨平脑海里纷迭而出。

杨俊看到杨平醒过来，只是微微点了点头，什么都没说，就好像刚刚完成一件再平常不过的事情。杨平慌乱地跳下车，去搀扶那位车夫，然后发现他已经气绝身亡。杨俊那一刀不偏不倚正刺入心脏，鲜血从死者的胸口喷涌而出。杨平眼前被大块大块的血色侵占，刺鼻的腥气冲入鼻孔，他感觉到呼吸有些艰难，一股强烈的挛动从喉咙涌出。

"平儿，别管他了，我们还有事要做。"杨俊道。

杨平胸中的恐惧和怒意同时涌现出来，他白皙的面孔开始泛起红色，实在不知道自己是应该转身逃掉，还是该冲过去不顾尊卑地揪住杨俊的衣领大吼大叫，让他解释这一切究竟是怎么回事。

这时候，从丘陵的另外一侧传来轻微的声音，另一辆马车仿佛从地下冒出来一样，一下子冲到了两人面前，停住了。

这一辆马车要比他们乘坐的大，大轮高盖，却没有任何标识，乘座四周挂起玄色布幔，无法看到车内的动静。它的轮辐和车框之间都用麻布塞满，轮毂上还绑了一圈蒲草，跑起来噪声很小，如同一只幽灵。车夫是一位虬髯大汉，在他单薄衣衫下可以看到隆起的团团肌肉。这人戴着顶草帽，面无表情地望着前方，似乎对周围的一切毫不关心。一只枯槁的手从车里面掀开布幔，露出一张苍老的面孔。老人看了一眼地上的车夫，又看了看杨俊，最后把目光集中在杨平身上。他与杨平目光交汇的一瞬间，瞳孔骤然缩小，淡然的表情发生了一丝不易觉察的龟裂，但稍现即逝。杨俊沉声道："伯父，一切如约。"老人用手指轻磕了一下扶手。马车车夫立刻从驾座跳下来，从马车里拖下一具尸体。杨平注意到这具尸体和自己身材差不多，只是脸部已被砍得稀烂，看不出年纪。车夫把尸体放在马车夫的旁边，摆出个力战身亡的姿势，最后满意地拍拍手，直起身来。

杨平看到他若无其事的样子，觉得毛骨悚然。这时候，杨俊拍了拍他的肩膀："平儿，上车吧。"他指了指那辆马车。杨平站在原地不动："父亲大人，您如果需要我去死，我尽孝就是。但我希望能死个明白。"

杨俊微微皱起眉头："没人希望你死，上车吧，车里的人会把一切都告诉你的。""不，我现在就要知道！"杨平断然拒绝。自己被父亲一言不发地带离生活了十几年的家园，然后父亲又在半途当着他的面杀掉了朝廷派来的车夫，现在又是一辆来路不明的马车和老头。杨平已经受够了这种打哑谜似的折磨。

刚才可是真真切切地死了一个人啊，而且就在他的眼前。这是杨平生平第一次目睹一个人在自己面前死去，那种异常清晰的冲击感让他到现在还有些头晕目眩。杨平眼前，仿佛出现了那只怀孕的麋鹿被自己箭矢射穿的情景，心中似被什么东西猛然揪住。

杨俊见杨平不肯上车，想要上前去扯他的袖子，老人制止了他："交给我吧。"杨俊只得恭敬地后退了一步。

布幔掀得更开了一些，老人探出头来，这次他手里多了一样东西："孩子，你来看看这个。"杨平疑惑地接过来一看，发现那是一枚黄澄澄的龟钮方印，银铜质地，拿在手里颇为沉重。他翻过印底，看到上面刻着四个篆字："杨彪信印"。

"杨彪……杨太尉？"杨平手中一颤，方印差点没掉在地上。"是我。"杨彪回答道。车上这位老人，居然是杨彪！那位尽节卫驾、名满天下的重臣杨彪！杨彪是汉室在风雨飘摇中的一面旗帜。从雒阳到长安，从长安再到许都，当今天子数年来颠沛流离，他始终忠心耿耿、不离不弃，以太尉之职统领百官，随侍左右，堪称汉室的中流砥柱。天下士人，无不称道。

四年前天子移跸许都，曹操处心积虑想要扳倒这位杨太尉，想置其于死地。可杨彪的声望实在太高，即使是曹操也对他无可奈何，只能逼迫他弃了太尉之职，变成一个赋闲许都的平民。大部分人都认为，这位忠臣的政治生命已经完结了。

这位失势的前太尉，如今居然轻车简从，出现在如此荒凉之地，委实让杨平惊诧不已。

"不知老夫的名字，是否可以取信于公子？"杨彪略抬起下巴，显出一丝矜持。多年的官宦生涯让他带着一股天然的傲气。

"自然，自然……"杨平感觉额头有些汗水沁出，"杨太尉高名，晚辈怎敢质疑。"

老人微微一笑，掀开半个布帘。杨平手忙脚乱地爬上车，一回头，发现父亲杨俊还站在外面没动。这时候杨彪淡淡道："季才，我们走了，你好自为之。"杨俊一拱手，神色变得坚毅起来。

"父亲不跟我们走吗？"杨平狐疑道。杨彪道："他还有他的事情。"话音刚落，那位身躯庞大的车夫提着钢刀走上前去，寒光一闪，杨俊的右臂便被斩落在地上。睹此奇变，杨平"啊"的一声从车上站了起来，双拳紧握，想要扑过去帮忙。杨俊按住血流如注的伤口，用眼神制止了儿子的冲动。杨彪轻轻把手按在杨平肩上，示意他少安毋躁。

车夫把刀收起来，从杨俊衣襟下摆撕下一片布，洒上一些药粉，给他裹住伤口，然后转身回到自己车上。杨俊踉跄着走到路边，背靠着一块岩石坐下来，脸色惨白，却始终没吭一声。

"走吧。"杨彪面不改色，对这血腥的一幕视若无睹。马车里的杨平，已是面无血色，心绪乱得如同一团麻绳。

布幔慢慢被放下来，外面的景色与光线被完全隔绝开来，马车轻轻一震，随即开始加速。杨平不知道失去一只手臂的父亲为何要与两具尸体留在原地，直觉告诉他这一切不合理的古怪事情之间，隐藏着什么筹谋。可是从昨天回城开始，一个又一个冲击让他无暇思考。

他现在亟须一个解释，否则可能真的会疯掉。杨平把疑惑的眼神投向杨彪，他发现后者一直在注视着自己。

"像……真的是太像了……"老人眯起眼睛，慢慢地拍着膝盖，表情里有欣慰，也有感慨，更有一丝不易察觉的悲伤。

"杨太尉，我……"杨平一开口，就被杨彪的手势制止了。

"别着急，我会告诉你一切。"杨彪缓缓开口，然后掀开布幔的一条小缝望了眼天空，然后迅速阖上，"在抵达许都之前，有些事情，你是必须要知道的。"

"我们终究还是要去许都啊……"杨平心想。

"从何说起呢……嗯，就从你父亲杨俊开始吧。"杨彪语速很慢，仿佛每一句话都要含在嘴里深思熟虑一番。杨平坐在老人家对面，双腿并拢，把双手搁在膝盖上，聚精会神。

"那还是在光和年间，当时我是灵帝陛下朝中的卫尉，你父亲季才是我手下的一名左都侯。我觉得这年轻人颇有才干，很是欣赏。他是河内获嘉人，我虽出身弘农华阴，不过也姓杨，就认他做了族侄。季才是个干才，腹中有鳞甲，说一藏十，是个可以托付大事的人……"

说到这里，杨彪佝偻的身体略微挺直了一些。

"光和四年，在宫中发生了一件大事。灵帝陛下的一位妃子王美人诞下了一位皇子，起名为协。当时何皇后已经生了太子刘辩，不能容忍这种事发生，便毒杀了王美人。董太后怕协皇子也遭到毒手，便把他接入宫中，亲自抚养。后来少帝为董卓所废，协皇子践祚为帝，就是当今天子。"

杨平歪了歪头，心里很奇怪，这些事情都是天下皆知的，何必再说一遍。这时候，杨彪的眉毛陡然一扬，用严肃的语气道："可是天下人不知道的是，当时王美人是双生，一共产下了两位皇子！"

杨平悚然一惊，一个模糊的念头飞快地掠过脑海。

"宫中的卜者说双生大不吉。王美人便找到了当时担任宫省宿卫的我，央求我将其中一个孩子带出宫去，否则两个婴儿都活不了。我无法拒绝她的请求，也想为灵帝陛下多留一位苗裔。当时我想，反正这也不是没有先例，少帝刘辩当初就是养在宫外，然后才接入宫中……"

杨彪的声音随即低沉下去。

"于是我就找到了杨俊，请求他把其中一个婴儿带出去。以我和他的职权，这件事干得神不知鬼不觉。可几天以后，王美人突然意外死亡，我深深感到雒阳实在太过危险，就连留在太后身边的协皇子都时时面临威胁，何况这个没有任何名分的小孩子。如果他的身份暴露，后果不堪设想。我便找了个机会，让杨俊带着那个孩子辞官回老家，对外宣称是自己的儿子。他这么多年以来，牺牲很大，做得很好，真是辛苦他了。杨平已经猜到接下来杨彪要说什么了，他盯着老人的眼睛，一字一句地说道："你是说，我不姓杨，我姓刘，我是当今天子的双生兄弟？"杨彪双手环起，遥空一抱，郑重其事道："所以你的字不是义和，而是仲和，因为天子的字是伯和。你流的是汉室皇族的血。"杨平舔了舔嘴唇，忽然觉得喉咙有些发干。这事可真荒谬，前一刻他还是河内郡的一个普通良家子，后一刻就摇身一变成了皇族，而且是当朝天子的亲生兄弟，正统到不能再正统的汉室宗亲！

这解释了为何父亲把他从小放在司马家，也解释了为何父亲这么多年对他只有充满隔阂的恭谨——但是解释不了从昨天晚上开始的一连串事件。

杨平，现在叫作刘平，深吸了一口气，决定把杨彪的话听完。他隐隐地感觉到，自己的身世之谜，不过是一个开始。

"我最初的本意，只是想为王美人多留一点骨血。她这一辈子只求过我这么一次，无论如何我也不能辜负她。如果没有什么意外，你会作为杨俊的儿子安稳地过完这一生……"杨彪突兀地转换了话题，"可是现在事情起了变化，陛下需要你。"

"需要我？"刘平几乎失笑，一位九五之尊的君主，需要他这个既无政治根基也无文才武略的一介乡野草民做什么呢？

杨彪慢慢用指头敲击着膝盖，双眼望着厚厚的布幔，似乎想努力看穿它。

"如今的情势你也是知道的。汉室衰微，朝政完全被曹氏捏在手里，像我这样的公卿辅臣，一个接一个地被清洗掉，跟随陛下从雒阳出来的大臣们已是七零八落。长此以往，曹氏将会是第二个王莽——想要重振朝纲，只靠我们的力量还远远不够。"

刘平自嘲地笑了笑："您都无可奈何的事情，我又能帮上什么忙？"

杨彪竖起一根指头："陛下光是承受着曹氏的压力，就已经耗尽了他全部的精力。我们需要一位影子，能够在暗处活动，为陛下笼络更多忠心汉室的人，积蓄反击的力量。你是一位皇族，靠你的身份可以做许多我们做不到的事情。"

"汉室宗亲多了，何必找我这个连名分都没有的人，谁会相信。""但陛下的亲兄弟只有你一个，你们的相貌一模一样，没有人能代替你！"车厢里陷入了一阵尴尬的沉默，寒风顽强地从布幔的缝隙中透进来，让这一老一少都不自觉地缩了缩肩膀。毕竟天气已是十二月，而许都还在遥远的前方。刘平道："杨太尉当初布这一枚闲子下去，是否已经早有成算？"杨彪呵呵笑了一声，味道苦涩："你太高看老夫了。若非走投无路，我们也不会将你拖进来……可汉室已经到了悬崖边缘，我们别无选择，只能锱铢必争，挖掘每一份可以利用的力量，不放过每一个可能。"

说到这里，他的语气越来越激动，胡须一颤一颤的。忽然，杨彪像一头老狮子挺直了身体，猛地扳住杨平的双肩："四百年刘氏基业，不可以毁于我等之手。大汉历代皇帝，可都在看着我们哪！"

刘平被老人突然的暴发震慑住了，他还从来没看到过一个人执着到了这种程度。他不太敢正视老人灼热的目光，眼神有些躲闪。杨彪看到他的样子，哑然失笑，慢慢松开刘平，扶了扶自己头上的发冠，恢复沉稳的神态。

"你的心情我能理解，这一切也许很难在仓促之间接受，可是我们已经没有时间了。"杨彪说，"每一天，汉室都在不断衰弱，不断死亡。"

刘平深吸了一口气："也就是说，这一次根本不是曹操征辟我父亲，而是你们要找我？"

杨彪道："不完全是，曹操对你父亲的才干欣赏已久，这一次的征辟确实是出自司空府的命令，我们不过是在悄悄地推动，试图创造一个机会。"

"什么机会？"

"被征辟的朝廷官员在半路遭遇盗匪袭击，力战不敌，车夫与亲生儿子遇难，自己被斩断了一臂。在兵荒马乱的年代，这种事情很常见。"杨彪说得轻描淡写，刘平觉得背后有些发凉。

"可也不必做到这种地步吧……"他嗫嚅着，想起那两具尸体和父亲惨白的脸孔。仅仅只是为了制造这一个假象，就付出两条人命和一条手臂。

"只有这样，才能彻底消除'杨平'的痕迹，不让人产生怀疑。要知道，曹操的势力远比你想象中要可怕。我们不能有一点疏失，否则将会付出惨痛的代价。你父亲早已经有了这个觉悟，他随时可以为汉室付出自己的生命。"

杨彪别有深意地说着，同时看向刘平。刘平闭上了嘴，什么也没有表示。杨彪也没有继续追问，两个人很有默契地沉默了下来。

车轮继续向前滚动着，在接下来的几个时辰里，杨彪没有再继续这个话题，而是有意无意地扯一些闲话，从经学、玄学谈到国政历史、名物掌故。刘平从小就被司马防请来的名师悉心指点，腹中博学，跟杨彪这等大儒谈起话来，倒也头头是道。

过了正午，官路已经越走越平稳。路面随着络绎不绝的车马日渐平整，荒废的驿站也陆陆续续重新设立起来。越接近许都，大路两旁就越热闹，随处可见农夫在广袤的荒地上埋头苦干。有几棵稀疏的新栽小树，像是戍田的卫士一样在田埂上一动不动。

分辨军田和民田很容易，有老有少甚至有女人扶犁而行的，就是百姓的田地；而军人负责的田地则全部由精壮的男性壮丁开垦，效率要高得多。远远望去，整片田野被开垦成一块块方正的黑黄色土地，如同一个参差不齐的巨大棋盘。

到了傍晚的时候，远远地已经能够望见许都高大的城垣。刘平以为他们会直接进城，不料马车在这里忽然做了一个急速的转弯，掠过许都城边，朝着右侧继续疾驰而去。天色即将彻底黑透之前，马车来到一处小山山麓，在一座独栋小屋前停住了。

这小屋方方正正的，门口陈有两尊石驼，四周种植的都是松柏。夜风一吹，有阵阵低沉的沙沙声。

"下车吧。"杨彪对刘平说道。 刘平有些惊异："我们……不是去许都吗？""是的，不过我只能把你带到这里，"杨彪说，"我的身份太敏感，你不能跟我太久，否则曹氏会怀疑。你在这里下车，另外会有人带你入城。"刘平掀开布幔跳下车，忽然又局促地探回头来："杨太尉，我……"杨彪只是摆了摆手，似乎不打算给他机会说出决定："接受也好，回绝也好，你可以当面说给陛下听。"老人狡黠地笑了笑，然后重新隐没在布幔后。马车很快就消失在夜色之中，刘平茫然地站在黑暗里，他忽然意识到，松柏、石驼，这些摆设只意味着一件事——这间屋子是祭祀死人的祠堂。一想到这里，他顿觉阴风阵阵，遍体生凉。他不大相信鬼神之说，但这种诡异的环境确实令人感到不适。刘平左顾右盼，突然之间瞳孔紧缩，浑身僵硬起来。

不知何时，在他的身后多了一个人，一个长发白衣的女人。

3.

这是一位二十出头的年轻女性，荆钗布裙，五官秀气，然而眉宇间却有一种挥之不去的沧桑，狭长的眼角和薄唇边都带着淡淡的皱纹。

"杨平？"女子的声音很谨慎。刘平知道她不是鬼，松了口气，轻轻点了点头，双手垂拱行了个空首拜。女子抬起灯笼，看到他的脸，不禁微微一讶，一时间竟忘了回礼。女子很快意识到自己有些失礼了，面色一红，略放低灯笼，低声道："快随我进来。"

刘平犹豫了一下，跟着女子进了屋子。女子取开灯笼罩子，点起了两根素白大蜡烛，刘平才看清房里的陈设。原来这里果真不是居所，是一间祠堂。祠堂的两侧简单地搁着邕圭、绫寿币等祭器，正中摆放着陈案、香炉和烛台。祠堂相当简陋，祭器品级也不高，但被打扫得干干净净，一尘不染。

刘平看到陈案正中供奉着一块槭木牌位，上面写着"故弘农王讳辩之位"。

一看到这牌位，刘平一惊，瞪大了眼睛去看那女子。女子搁下灯笼，淡淡道："亡夫以弘农王薨，不能入宗庙。陛下移跸许都之后，追念亡夫，便在此起了一座祠堂，聊慰九泉。"她穿的是一件破旧宫服，样式华贵，却洗得有些发白，上面还留着密密麻麻的针脚和补丁。

"您难道就是……"

"不错，我就是弘农王妃，你可以叫我唐夫人。"女子落落大方地举手肃拜，算是弥补了刚才的失礼。她放下手之后，还是忍不住好奇地多看了刘平一眼。刘平知道她是好奇什么，一阵苦笑，不知该如何是好。

这位唐姬，是弘农王刘辩唯一的妻子。灵帝驾崩之后，传位给刘辩。可惜这个不幸的家伙只做了四个月皇帝，便被董卓废为弘农王，随后被生生鸩死。刘辩死后，唐姬流落至民间，甚至一度传说被李傕逼婚，不知所终。最后还是当今天子下诏，这才将她千辛万苦迎回宫中，为弘农王守陵——这段故事，刘平还是听司马家的那些丫鬟们说的，那些小姑娘对这类遭遇都极有兴趣，讲起来就没完没了。

想不到她没留在雒阳，也跟随天子来到了许都，还在郊外为弘农王立了一个小祠堂。算起来，这位唐姬也算是自己的嫂子了，刘平心想。

祠堂里没有毯子，于是两个人只能相对而站。唐姬道："你需要知道的，杨太尉在路上应该都已经告诉你了吧？"刘平点点头，觉得她的话有些古怪，什么叫作"我需要知道的"？难道还有些事情我不需要知道？

唐姬把额头散下来的一丝头发撩上去，正色道："许都不比别的地方，走错一步都可能有杀身之祸，切不可掉以轻心。你的身份，除了陛下与伏妹妹，就只有杨太尉、杨俊大人和我知道。"

刘平挪动一下脚步，心里有些惊讶。这等机密的军国大事，一位废王的妃子居然也参与其中，看来真如杨彪所说，他们现在不得不团结一切可团结的力量。

唐姬看到刘平嘴唇微翘，便知他心中所想，微微笑道："我不过一个废王的寡居妃子，无声无臭，除了陛下并没人真正关注我。杨太尉声望太高，掣肘甚多，许多事情我去做比他要方便些。"这一句话绵里藏针，刘平被人说中心事，面色登时红了起来，有些手足无措。

唐姬没再继续拿言语挤对他，她款款走到门口，倚门张望了一下，回头道："我每个月会有三天时间，来这里为亡夫祝祭。这期间没有人会来，只有我和一个随侍的小黄门。"说完她拿出一套宦官服饰递给刘平，"今天是最后一天，再有半刻，宫里就会派车来接我回去。你换上这套服饰，跟着我，记住，不要开口说话。"

刘平注意到，唐姬有着与她年龄不符的稳重，开口讲话的时候，她的两道鱼尾纹在烛光里分外醒目。也许是复杂的经历让这样一个姑娘变得格外成熟吧。

"那您原来的那位小黄门呢？"刘平问道。

唐姬有些意外地看了他一眼，回答道："他已经被我遣散回家了。"刘平松了一口气，他还担心这些人会像对付那个符传车夫一样，将这个小黄门也杀掉灭口。就为了送一个人进京，要害掉几个人的性命，刘平可不愿平白背上这些杀孽。

唐姬似笑非笑："你这个人，倒真是心慈得很，连一个阉人的生死也要过问。"刘平正色道："人无贵贱，岂可轻决其生死。"唐姬的眉毛轻微地抖了抖，什么都没说，转身走入祠堂后堂。

刘平趁机换上宦官服装。等他换好以后，唐姬提着一个篮子走出来，里面装着一些鱼酢、鹿脯和冷芸豆。刘平不仅一天没怎么好好吃饭，反而在刚才还吐了不少，早已是饥肠辘辘。唐姬把篮子递给他，刘平迫不及待地抓起一块鹿脯，蘸了蘸鱼酢，刚要放到嘴里，忽然抬头问道："这些……难道是弘农王的祭品？"

唐姬道："祭品什么的，无非是给活人看的罢了，死者长已矣，又何必在意。"刘平道："你想得倒通达。"唐姬看着他抓着鹿肉不放的样子，抿起嘴来："鬼神要的不是祭品，是敬重。只有活人才要鹿脯呢。"两人一起笑了起来，气氛融洽了不少。

"我听说你已经有了字？"唐姬熟练地把一些酱涂抹在鹿肉上，递过去。

"嗯，虽然年纪还差两岁，不过在河内好多和我一样的年轻人，都早早起好了字。"刘平回答。按礼法，男子二十冠而字，可在这个时代，一切规矩似乎都乱掉了。大家都迫不及待地把成人仪式提前，唯恐看不到自己行冠礼的一天。

"也是呢。乱世中人，成熟得早，也老去得快。"唐姬轻轻感慨了一句，不知是在说刘平还是说她自己。

刘平风卷残云地吃了个干净，刚打了一个饱嗝，外面忽然传来一阵马蹄声和银铃声。唐姬把灯笼塞到他手里，叮嘱道："记住，把头低下去。"

刘平"嗯"了一声，心中五味杂陈。他小时候读书，最痛恨"十常侍"之类，常常跟司马懿感叹说宦阉误国，想不到今日居然要扮作小宦官。

唐姬敛起面容，冷冰冰道："走。"刘平弯着腰，低着头，举着灯笼走在前头。两人出了门，门口早有一辆前狭后圆的鸾车等在那里，车盖上系着十二道银色鸾铃，还有两席猩红毡毯铺在座位两侧——看来天子对这位嫂子着实不错。

唐姬走到车前，冲刘平使了一个眼色。刘平只得趴在地上亮出脊背，让她踩着登上车。唐姬左足先踏上去，左手立刻抓住车盖的撑竿，右足轻点，纵身跳上车去，刘平的背部并没吃多少力。刘平感激地看了她一眼，也有些凛然。看不出这位娇滴滴的寡居王妃，行动居然如此迅捷。

鸾车一路银铃响动，路上的行人纷纷朝两侧让去。唐姬端坐车上，平视前方。刘平在她身后半蹲着，只能一手把住车体，一手提着灯笼，生怕烫着她。

借着黑暗中的这一团烛光，他注视着唐姬随着车子摇摆的纤弱身子，像是在风中飘摇的芝兰，不禁在想，究竟是什么原因，会让这位颠沛流离的女子再度回到政治的旋涡中来，来做这种随时可能掉脑袋的事情。

一想到自己即将要看到那位素未谋面的兄弟，刘平觉得他和他周围的人真是充满了谜团。

鸾车开到许都东侧宣阳门的时候，恰好城墙上的刁斗"铛铛"地响了三声，已到城禁之时。城门司马看到鸾车开过来，知道是弘农王妃回来了，连盘问都不盘问，直接推开了半扇大门，让开大道。鸾车正要往里进，忽然从森森的通道里冲出来数十名骑兵，与鸾车恰好在狭窄的城门洞中狭路相逢。

唐姬和刘平迅速交换了一下眼神，两人心中都有些惴惴不安。鸾车车夫直起身子，愤怒地喊道："何人如此大胆，敢拦王妃车驾！"

为首的那名骑士腰悬长剑，沉着脸，高举手中虎符，高声道："奉司空府军急令，挡道者格杀勿论！"

唐姬一听不是冲他们来的，便放下心来。可这家伙明知是王妃车驾，还如此倨傲，这让唐姬也有些不快。她从座位上略欠起身子，道："请问前面说话的，是邓展将军吗？"

带头的骑士过来，这人三十多岁，瘦脸高颧，细长的双目挤向额头，一脸天生怒相。他听到王妃叫出他的名字，只得上前拱手道："公务在身，不能施以全礼，还请王妃恕罪。"

唐姬肃礼道："妾刚祭扫弘农王祠回返，不知竟冲撞了将军行伍。"

邓展平日连皇室都不大放在眼里，更不会在意这个王妃，不过毕竟尊卑有别，她如今先让了一步，邓展也不好继续摆出趺扈的姿态。他扫了一眼鸾车上的车夫与小黄门，抱拳一晃："是邓某唐突了。只因有司空府征辟的官员在半路遇着贼害，我们接了当地行文，前往接应，不敢耽误。"

唐姬心里了如明镜，知道杨俊遇袭的消息已经传入许都了，便颔首道："既然如此，还是救人要紧。将军先请。"她吩咐车夫把马车倒出门洞，闪在一旁。邓展率领那一批骑兵匆匆离去。

刘平从始至终都低着头，可邓展临走前那看似随意的一瞥，却让他冷汗肆流，后背一阵冰凉。他当过猎人，那种视线，属于极度危险的肉食动物。唐姬小声道："他是曹纯麾下的骑部曲将，隶属虎豹骑，武艺非比寻常。"

邓展的队伍完全离开以后，鸾车才继续进城。所幸接下来的路上，没有人再为难他们。

许都就像是一个巨大的军事要塞，身披甲胄的士兵随处可见。青色的城墙很是高大，宽阔街道两旁开张的店铺却很少，房屋之间的空地搁满了守城器械和柴薪，仿佛敌人随时都会攻城。宵禁即将开始，行人行色匆匆，很少驻足停留。

比起雒阳与长安的规模，许都的皇城要小许多，简单地分成三层结构，方圆不过三里，禁中更是只有一里见方，十分寒酸。按照曹司空的意思，如今国家艰难，天子应厉行节俭，以为群臣表率，等到天下靖平，还都故城的时候再修葺不迟。

鸾车沿着朱雀大道一路走到内城宫门，唐姬对车夫道："我要先去觐见陛下，再回去休息。"于是马车转了个弯，直奔皇城而去。宫门司马看到唐姬的车这么晚还要入禁中，都有些诧异。不过唐姬说是去见伏后，又出示了竹籍，司马略一查问，也便放行了。

入宫之后，一路冷冷清清，四周无灯无火，只有一队卫兵靠在殿门懒散地闲聊。唐姬轻声喟叹道："纵然是少帝之时，宿卫也未曾轻疏到这种地步。"

省内乃是君王平居燕处之地，如果是汉室威仪还在的时候，别说一个王妃，就是当朝重臣，乘夜入宫也是极困难的事，非诏不能出入。如今天子寄人篱下，所居之处又只是临时改建的小宫城，从上到下都因陋就简，全没了当年庄重。

唐姬的鸾车一直行到禁中掖门前，一个老迈的中黄门等候在那里。唐姬跳下车问道："张宇，陛下可曾安歇了吗？"那个被叫作张宇的老宦官垂手道："皇后刚伺候陛下服过药，如今还算安稳。"唐姬双肩微垂，像是长长松了一口气。老宦官继续道："陛下说想向您问询祭兄之事，只是行动不便，特许您入寝殿问安。"

"那可太好了，我给陛下采了一些祠堂旁生长的夜息香，回头熏熏殿内，能治失眠。"唐姬一指刘平，刘平早在手里捧了几封散发着清香的植物枝叶。

宫中用度一向短绌，当初在雒阳时，甚至三公九卿都要自己去寻找吃食。即便现在到了许都，宫中诸人还是要时常出去采集，才能勉堪周济日用。王妃拜访皇后时带草药，听来心酸，可也实属平常之事。

刘平心中暗想，听起来他这位皇帝兄弟最近染病了。唐姬悄悄拽了拽他的衣角，示意他跟上。

刘平跟着唐姬和老宦官，亦步亦趋。省中极小，很快两人便走到寝殿前。只见殿内尚有灯火摇曳，门口候着几个小宦官与侍女。张宇想拦住刘平，不料唐姬身子略侧，刚好挡住他的视线，刘平一脚便踏入殿门。

张宇眉头一皱，大喝道："大胆！你是哪家的黄门，怎么如此不懂规矩！"刘平有些惊慌，不知该如何作答。

这时殿内一个女人的声音传来："是我那唐姐姐吗？快进来吧。"女声稚嫩，却有一股凛然不可侵犯的气势。唐姬道："听闻陛下龙体欠安，我特意带来一些草药。"女声道："既然如此，那就让你的小黄门一起呈进来吧。张宇，你不必在这里值夜了。"

老宦官闻言，涨红了脸，诺诺退开，还不忘狠狠瞪了刘平一眼，嘟囔了一句："宫里的规矩，全乱了。"

唐姬和怀抱草药的刘平一进寝殿，扑鼻而来的是一股浓重的药味。刘平皱了皱眉头，把那一捆夜息香搁到香炉旁，把腰直了起来。这一路上他为了防止别人看到他的容貌，一直佝偻着身子，弄得腰酸背疼。

这寝殿陈设颇为朴素，细梁低檐，素纱薄板，尚不及寻常郡守之家。一张漆成黑色的枣木案几，上面搁着一盏铜制的鹤嘴油灯和笔墨竹简；一个书架上放着几本卷帙；一扇绘有龙凤的亮漆竹屏风立在当中，将整个房间隔成了两半，算是这殿中——也许称之为屋中更为恰当——最为贵重之物。屏风的另外一侧，烛光闪闪，似有人影闪动。

转过屏风，最先进入刘平视线的是一个跪在床边的女人。这个女人看起来比唐姬要年轻得多，拥有一双妩媚而充满活力的大眼睛，瞳孔极黑极亮，尖颌圆额，云鬟高挽。一支金色步摇斜插在发髻中，看似信手为之，却衬得她那张未施粉黛的脸艳光四射。她只是安静地跪坐在那里，就已经给人一种惊心动魄的美感。

这位，大概就是皇后伏寿吧，刘平心想，同时心脏怦怦直跳。这女人无须言语，只那两道淡淡的蛾眉略抬半分，那与生俱来的艳丽便会让人窒息。刘平勉强把视线从伏后身上挪开，转移到她身旁的床上。

床头搁着一碗满满的黑褐色药汁，还热气腾腾。一双纤细素手搭在锦被之上，锦被里正熟睡着一人。

刘平看到了另外一个自己。真的是太像了。虽然杨彪和唐姬都曾有过类似的感叹，但当刘平亲眼看到这位传说中的天子、与自己血脉相连的孪生兄弟时，仍旧忍不住瞠目结舌。两个人同样的眉眼，同样的脸型，就连略微左斜的嘴唇和那两撇吊起的眉毛都毫无二致，简直像是在照着一面铜镜。可若是仔细观察，两者还是有所不同。躺在床上的刘协显得更清瘦些，脸颊两侧深深地凹下去，苍白而枯槁，弱不禁风。刘平是在河内山野里长大的，皮肤粗粝，却洋溢着健康的活力。

伏后望着身穿宦官服的刘平，两只大眼睛直勾勾地盯着他，一时间竟失了神。只有刘协依然沉睡着，似乎没觉察到屋子里多出两个人来。

"他是我的兄弟，我的同胞兄弟！"

刘平在心里默念着，感觉到鲜血在体内沸腾，来自于血缘的神秘联系在跃动着。这一瞬间，他忘记了自己杨俊之子的身份，忘记了过去十八年来在温县的生活，忘记了过去一天一夜所经历的折磨。血脉的呼唤告诉他，世界上与他最为亲近的人，就是眼前这位瘦弱的汉室天子。

他觉得眼眶有些湿润，向前走了两步，开口道："皇兄……"

伏后俯下身子，白皙的脖颈弯成一个优雅的弧度，她用光滑细腻的食指抚摸着天子的额头，把两片嘴唇凑到他的耳旁，轻声道："陛下，您的兄弟来了，他和您真的生得一模一样。"刘协浑然未觉，依旧沉睡着，似是疲惫至极。伏后抚过他的脸颊，眼神里充满爱怜。

唐姬忽然发觉有些不对劲，她趋身过去一看，不由得低声惊呼。伏后的眼神充满哀伤，证实了她的猜想。见到她们这种反应，刘平骤然觉得心脏一紧，看着刘协那铅灰色的面孔，一个可怕的预感笼罩了他全身。伏后殷勤地为刘协掖了掖被角，然后缓缓站起身来，垂下双手，用低沉而哀伤的声音对着两个人说道："你们来晚了……陛下在今天清晨，已然龙驭宾天。"

4.

这声音极低，听在刘平和唐姬耳中却不啻晴天霹雳。刘平盯着刘协那张没有生气的脸庞，思绪剧烈地翻腾着，这是上天给他开的一个大大的玩笑吗？把一个失散了十八年的兄弟送到他面前，然后告诉他他已经离世了。

唐姬压抑着悲痛，瘦小的身躯微微颤抖："可我三天前离开的时候，陛下的龙体不是还好吗？"伏后道："从昨晚开始，陛下突然高热不退，折腾了一宿。今天早晨我想让他进些稀粥，可陛下已没了气息——还好，陛下是在睡梦中去世的，我想也许没那么痛苦。"

她最后补充的这句，像是在安慰自己。唐姬闻言身躯一软，一下子仆倒在地，发出极力压抑住的呜咽声。伏后迅速把她搀扶起来，严厉地对她说："唐姐姐，你哭什么？你忘记了吗？陛下从未离去。"

听到这句话，唐姬身子一震，呜咽声停止了。伏后别有深意地看了她一眼，盈盈走到刘平身前，向这个陌生的男人跪下，用最恭敬的礼节拜道："臣妾伏寿，拜见陛下。"

屋子里的时间停滞了那么一瞬间。刘平的脑子"嗡"了一声，猛然间醒悟了，他终于抓到了之前一直模模糊糊的疑问。

"你们如此急迫地把我从温县召来，目的从一开始就只有这一个！"

如果真如杨彪所说，天子希望刘平入许在暗中帮助皇室，那需要一个漫长的筹谋过程，断断不会急切到连行李都不及收拾就让他赶往许都。杨俊也罢，杨彪也罢，唐姬也罢，他们一个接一个地把刘平匆忙地传递出去，不肯有半分耽搁。这些异常举动意味着，许都即将发生大事，而刘平在其中将会起到不可替代的作用。

现在刘平知道是什么事情了。

"你说的没错，"伏后平静地回答道，这个女人一直保持着出奇地沉稳，"把你召入许都，就是希望你能够代替你的兄弟，来做这个皇帝。"

刘平刚要开口，伏后举起手掌，示意等她说完。

"其实杨太尉并没有骗你，把你召入许都襄助，一直就在陛下的计划之中。只是自入冬之后，陛下就染了重病，每况愈下。到了前几日，我们知道陛下必已无幸。可汉室不能无人支撑，所以我们只能提前出动，请杨俊尽快带你赴许。"

伏后把手伸入锦被里，从里面取出一条衣带，从中取出一条二寸见长的绢束。绢束上留着一行墨字，字迹潦草，能看得出写字的人已近油尽灯枯。她又从枕边取出一方玉玺，把这一绢一玺托在手中，表情变得威严起来。

"陛下唯恐不能支撑到你来，便事先以指蘸墨，留下这一条遗诏。刘平，接旨。"

刘平只能跪倒在地，伏后念道："朕以不德，传位弟刘平，务使火德复燃，汉室重光。切切。"只是简单的一句话，却包含着一位皇帝的哀伤、愤懑与满心的不甘。伏后俯下身子，双臂前伸，用殷切的目光望着刘平。

刘平有些犹豫，他知道这一接，接下来的将是一件无比沉重的使命。伏后并不催促，只是安静地站在那里。她的双眸美丽而深邃，漆黑的瞳孔仿佛可以把对视者的思绪吸入其中。

从前他曾经与司马懿谈过国政之道，也抒发过汉祚不兴、朝纲不振的感慨，可没想到过有一天会以这种方式参与到国事中来。他转过脸去，注视着刘协的遗容，死者表情很平静，似乎是托付完了一切身后之事，然后安然离去。这是一位皇帝给他素未谋面的兄弟最后的嘱托，也是这两兄弟之间唯一的一次交流。"臣，接旨。"

他思忖再三，终于接过绢诏和玉玺，沉甸甸的，这恐怕是古往今来最古怪的一份传位诏书，刘平觉得之前所有的事加到一起，也不如这一件荒谬。伏后看到他终于接过去了，松了一口气，露出明媚的笑容，与唐姬一起跪倒，向这位新登基的天子叩头。

刘平手捧玉玺，嗫嚅道："为何是我……这天下有皇室血统的，还有许多人啊。"

伏后轻轻摇了摇头："天子在时，以汉皇之威德，能与曹贼分庭抗礼；若是天子驾崩，曹贼必会另立一个言听计从的傀儡，以断绝刘姓诸侯称帝之意。届时汉室倾颓，将不可挽回。"

她抓住刘平的手掌，放到刘协的胸口，他感觉到一片冰凉。伏后的圆润声音在旁边响起，既像是说给刘平听，又像是说给刘协："所以天子不能死，天子没有死。你就是天子，汉天子刘协。"

我就是汉天子刘协？听到伏后这么说，刘平一阵苦笑。他从温县这一路走来，先是舍弃了杨平的身份，变成了皇帝的兄弟；现在又舍弃了刘平的身份，变成了皇帝自己。

唐姬这时总算恢复了一些情绪，她擦干脸上的泪水："陛下大行之后，除了妹妹你，可还有别人知道？"伏后道："这一整天里，我就守在他的身旁，以他的名义发出诏书，谢绝一切谒见。太官们进的汤药、饮食，我都亲自到宫门接应，生怕他们觉察到什么——宫中之人，不知曹氏安插了多少耳目。"

她执起刘协冰冷的手，整个上半身都贴在他的胸膛上，侧过脸来："假如你们再不来的话，我不知道自己还能撑到什么时候……"一直到这时候，伏后才露出极度疲惫的神情，她伏在床上，脸上的光华在一瞬间黯淡下去。

这个女人坐在丈夫冰冷的尸体旁边足足一整天，强忍丧夫之痛，扮演着病中的皇帝与侍寝的皇后两个角色，甚至不能露出半点戚容。寝宫外的每一个脚步声都让她心跳加速，因为这是一条极其脆弱的防线，哪怕是一个最不起眼的宫女、最不经意的一瞥都有可能毁掉她的努力——一旦被发现，那就是汉室的灭顶之灾。

她在针尖上跳着七盘舞步，而唯一能指望上的，仅仅是一个不知何时才会出现的孪生兄弟。

这需要何等坚毅的心志。刘平满怀敬意地望着伏后，这正是史书中所谓的"义士"啊。这两天内他所接触到的人，无论是杨俊、杨彪、唐姬还是这位伏后，性格各不相同，却都有着一种超乎执着的热诚，为了汉室而不惜一切代价。刘平不知道，促使他们甘冒奇险的，究竟是对汉祚的责任感，还是对天子本人的忠诚。

已经死去的刘协，究竟是什么样的人，可以得到如此的信赖？

刘平这时候才想到，他对这位兄弟的了解，实在太少了，仅仅是传到河内的一些只言片语：朝廷暗弱，天子无能，任凭权臣当道……可现在看来，却是截然不同。

他正在沉思，唐姬走到他身旁，递过一套衣裳，悄声道："陛下，请您更衣。"刘平尴尬地看了一眼唐姬，走到屏风后面，脱下小黄门的衣服，把自己的中衣也脱下扔在一旁，换上了一身布袍。袍子很旧，质地却十分柔软，举手投足间颇为舒适。刘平在屋子里来回踱了几圈，努力想象刘协走路的姿势。

两个女人看他换完衣服，低声商量了片刻。唐姬从纯银括镂奁里取出一盘白色的妆粉，托在手里。伏后取来一支毛笔，亲自用柔软的笔端蘸着粉末，在刘平脸上轻轻地涂抹。

刘协与刘平两个人尽管容貌相同，气质却大为迥异。毕竟一位是颠沛经年、缺衣少食的皇帝，一位是山野之间长大的世族子弟。

一双素净的白手在自己眼前飞舞，几缕幽香钻进刘平的鼻孔里。这香气不是来自于皇室常用的辛夷或者高良姜，而是肌肤自然生出的香气。刘平抬起眼，伏寿的面容近在咫尺，她正全神贯注地在刘平脸上雕琢着，一滴晶莹的汗珠出现在她精致的鼻尖顶端。

她还不时用指尖沾上一点点灰褐色的药汁，在他沾满白粉的脸颊上蜻蜓点水般点过，刘平觉得痒痒的很舒服。

"陛下，不要乱动。"伏寿说，略带怒意。刘平连忙收回视线，老老实实地正襟危坐，把眼睛闭上。

给刘平施完粉以后，伏后退后看了几眼，旁边的唐姬也点了点头。两个人本来就很相似，这么一施妆，刘平黝黑健康的肤色被白粉遮掩，更有九分神似。其他的细微不同，大可以托词是皇上的"病容"。

伏后擦干净手，从书架上取来一册应劭的《汉官仪》和蔡质的《汉官典职仪式选用》，双手奉给刘平："陛下，朝中百官甚多，既有多年追随陛下的公卿，也有曹氏安插进来的新员。这黜陟赏罚的规制，得用心读熟才行。"

然后伏后转过头去，对唐姬道："尽快告诉杨太尉，陛下适应朝政还需要一段时间，这段时间绝不能有闪失。"唐姬应了一声，对伏后发号施令显然习以为常。

刘平心中暗暗有些惊讶。看她的年纪，也不过十八九岁，行动举止却沉稳至极，处变不惊——这距离她丈夫的离世甚至还不足十二个时辰。

屋子里的药味依旧很浓烈，因为今天太官每两个时辰就进一次药。为了不引起怀疑，伏后把每一碗药汁都仔细地倒入地板缝隙，使之渗到下面的泥土里去。

一位死去的皇帝躺在床上，一位活着的皇帝站在屏风后，他们是两个人，但又是一个人。"天子刘协"在这间充斥着苦涩药味的屋子里，陷入一种既死又活的奇妙状态。

刘平看到自己脱在地上的宦官服，忽然想到一个问题，如果他现在代替了刘协，那真正刘协的尸体该如何处理？还有，唐姬是带着一位小黄门进来的，如果她一会儿只身离开，也会引起怀疑。

当他提出这个疑问的时候，伏寿已经坐回到床边，一边抚着刘协的额头，一边回答道："我已经有安排了，这将是对陛下您的第一次考验。"

第二章 燃烧的汉室

一位仆役将竹炉里残留的灰烬捅了捅，几点有气无力的火星闪了闪，随即熄灭。他无奈地把目光投向荀彧，荀彧看了眼快被冻住的砚台墨池，叹了口气，挥动手掌。

1.

从昨天开始，荀彧就一直没有离开过尚书台。曹公的大军如今驻屯在官渡，安抚许都乃至整个大后方的工作就落在他的肩上。各地的文书如雪片般飞入这小小的尚书台，几乎每一份都加盖着"急报"的符印，都要他代替曹公来做出决断——这是信任，也是沉重的责任。

何况皇上又在重病之中，早已传诏不见外臣，许多朝请奏议也得由他批转。"天下方乱，国事未靖……"荀彧揉了揉有些酸疼的眼睛，将油灯剔亮一些，把裹在身上的大裘又紧了紧。连续数天的熬夜，让这位面如温玉的谦谦君子也显得憔悴起来，细微的皱纹在眼角额间悄然滋生，那一缕黑亮的长髯垂在颌下，已略有卷曲。

荀彧不仅是曹操在政治上的左膀右臂，而且是朝廷的尚书令。这双重身份让他变得极为忙碌，既要为曹操分忧，也要保证朝廷的尊严。

一位仆役将竹炉里残留的灰烬捅了捅，几点有气无力的火星闪了闪，随即熄灭。他无奈地把目光投向荀彧，荀彧看了眼快被冻住的砚台墨池，叹了口气，挥动手掌。仆役连忙取来几截炭棍丢入炉中，趴在地上拼命吹气。

荀彧一直不肯使用雒阳山中产的精炭，那种炭火力很足，产量却很低，有限的几百斤都被荀彧转送去了皇宫和司空府。普通的柴炭容易生烟，影响批阅公文，所以荀彧只在屋里实在太冷的时候才添上几根。他觉得既然自己是尚书令，就该为百官做出表率。火苗腾地从炉中又冒了出来，屋子里的温度略微上升了一些。荀彧搓搓手，伸手又取来一卷文书，熟练地扯开外束的丝绳。就在这时，从窗外隐隐地传来一阵呼喊声。荀彧微微皱了皱眉毛，侧耳去听，他是个谨慎的人，这是在皇宫之内，如此大声喧哗可不怎么成体统。

"走水了！"

更清晰的呼喊声从外面传来，荀彧手中的毛笔一颤，险些把墨汁滴到铺好的竹简之上。冬季风干物燥，皇宫内又多是木质建筑，最怕火灾。如果烧起来，那可是会连绵一片，无休无止。

荀彧迅速站起身来，推开门快步走出去。大门一开，门外的寒风趁机呼地吹进来，他惊愕地看到，禁中寝殿方向在北风呼啸之下燃起冲天大火，火光照亮了半个天幕。

皇宫里已经乱成一团，宿卫的戍卒、卫官们跑来跑去，吵吵嚷嚷，到处都是叫喊声，有朝宫外跑的，有朝宫内跑的，像一群没头苍蝇。他们多是来服徭役的乡兵和村民，根本没受过任何训练，碰到这种事完全不知所措。

只有一个小黄门站在高处，大喊大叫，试图控制这种混乱局面，可惜根本没人听他的。小黄门跳下高台，朝外面狂奔，与匆匆赶来的荀彧几乎迎头撞上。

"皇上呢？"荀彧抓住那个黄门，大声问道。小黄门连忙回答："陛下仍在寝殿，张老公公不肯开门，小的正打算去调宿卫救驾。"

这让荀彧心里"突"地跳了一下。荀彧环顾四周，高声喝道："今日是谁当值？""种校尉。""他在哪里？"黄门还未回答，一位身披甲胄的将军慌慌张张地跑过来，荀彧认出他就是长水校尉种辑，冷冷地问道："你的人呢？"种辑刚从睡梦中被人叫醒，脑子还有些糊涂，听荀彧这么一问，这才攥着头盔的冠缨喘息道："他们都在宫外，宫门司马无诏不敢擅开。"

"荒唐！主官直宿宫内，部属怎么都驻在宫外！"荀彧大怒，"传我的命令，大开中门，让他们立刻进来护驾！"

长水校尉本属北军，执掌京城治安，早已是个不领兵的荣衔。种辑手下的士兵，都是天子从雒阳逃难后一路上收拢来的。所以朝廷因陋就简，便把原来卫尉和光禄勋的职责分出来一部分给他，让他负责宿卫。相比起那些闲散的卫官，种辑麾下的军人还算比较精锐，是朝廷在许都唯一一支可以信赖的力量。

种辑连忙领命而去，荀彧又抓到了几个郎官，让他们赶紧去收拢自己的部属，到禁中省门前集合。有了尚书令做主事之人，那些慌乱的人逐渐恢复了秩序。

从尚书台到省门非常近，荀彧三步并作两步赶过去，看到两扇黄框大门仍旧紧紧闭着。此时火势越发大了起来，他甚至在禁中之外都能感受到那股热浪。

荀彧心急如焚，仰头喊道："我是尚书令荀彧，门上是谁？"半扇门缓缓打开，露出一张惊慌的老脸，他是中黄门张宇。

"是荀令君？""快开门！你想让整个禁中烧成白地吗？"荀彧瞪着眼睛大喝道。"是您就好，是您就好……"张宇如释重负，连忙吩咐人把门打开，嘴里还絮叨着，"我是怕有人趁乱对皇上不利，许都这鬼地方，可不是所有人都和您一样。"荀彧知道这个老头子一向牢骚满腹，此时也不便深究，一脚踏进门去，问道："陛下此时在何处？""陛下和皇后都及时逃了出来，此时正在旁边的庐徼里安歇。"

荀彧心中稍安，朝里面望去。果然起火的是寝殿，整栋建筑已经完全被火龙笼罩，烟火缭绕，不时发出哔哔剥剥的声音。一群宦官惊慌地拿着扫帚与湿麻被拼命扑打。

荀彧扫视一圈，忽然问道："缸中为何无水？"他手指的方向是一排大缸，那里本该盛满了水，以备火警之需。张宇道："宫中浆洗沐浴，都出自缸中。如今天寒地冻，又乏人补水……"

这时候那个小黄门插嘴道："宫中各处，多有积雪，可让人煮雪化水，应一时之需。"荀彧赞赏地看了他一眼，吩咐就按这个法子办。

这时候种辑率着一队士兵急急忙忙赶过来，荀彧看到他们腰间还悬着钢刀，气得够呛："你也是老臣子了，这点规矩也不懂？是想刺杀陛下吗？"种辑红着脸，命令士兵们把武器都解下来丢在地上，一时间青石地面响起"噼里啪啦"的声音。

"先救驾，再救火。"荀彧沉着脸发出指示。于是士兵分成三队，一队去支援那些宦官，尽力不让火头蔓延到周边的宫舍，一队去救皇子、嫔妃，还有一队紧跟着荀彧与种辑直扑庐徼。

庐徼是执卫歇息之地，靠近宫墙，与宫舍之间隔着一条掖道与濯池，一时半会儿还波及不到。张宇在火起之后第一时间把皇上转移到这里，到底是灵帝时就执宿禁省的老宦官，经验毕竟老到。

荀彧看到皇上裹着一匹锦被，坐在庐外的石阶上，直愣愣地望着寝殿的火光发呆。旁边伏后与唐姬分侍两侧，两个人都是云鬓散乱，衣襟不整，一望便知跑得极其仓促。

他顾不得礼数，走上前单腿跪地："微臣护驾来迟，罪该万死。"荀彧抬起头，看到天子面色苍白，脸上还有几道灰痕，狼狈不堪，心中微微一酸。回想起当初天子来到许都之时，也是这么一番落难的神情，荀彧自责之心大起。

这时伏后道："荀令君，这四周可还安全？"

见伏后不急于撤离，先问四周安宁，正是持重之举。荀彧颇为赞许，垂首答道："长水校尉种辑也在这里，有他们护卫，可资万全。还请陛下移驾尚书台，以防不测。"

荀彧没有注意到，他身后的种辑与伏后以极快的速度交换了一下眼色。

"准奏。"刘协咳嗽了几声，声音细弱不可闻。荀彧觉得这声音有些陌生，不免多看了一眼，伏后道："陛下圣体未安，又受了惊扰，须妥善安置。"荀彧知道天子染病已久，此时也并非追究之时，便让张宇前头带路，种辑率部护住左右，一行人匆匆撤出了禁中。

一出去，荀彧发现禁中外围早被一支部队围得水泄不通。那些士兵对大火无动于衷，只是把手中长枪横置，把所有试图逃出皇城的人都挡了回去。

"荀大人，末将救驾来迟。"一个中气十足的声音传来，在如此嘈杂的环境里仍旧听得一清二楚。荀彧知道，这是扬武中郎将曹仁，曹操的族弟。他本来驻扎在许县南部，后来曹军主力北上，就把他调回来卫戍许都，是曹司空留在许都最强大的一支武力。荀或计算了一下，从火起到曹仁的部队赶到，前后不到三炷香的时间。

荀彧回身向天子略作解释，然后走过去，对曹仁道："将军来得好快。"曹仁咧开嘴笑了笑："天子有事，岂敢不快。"他说这话的时候，还瞟了一眼荀彧身后的皇帝，那眼神绝算不上是忠勤或者友善。

荀彧似乎没注意到曹仁的眼神变化，他指了指卫戍部队："天子受惊，不利刀兵，劳烦将军了。"

曹仁点点头，挥了挥手里的马鞭："收鞘。"千余名身穿黑甲的士兵同时"唰"地把佩刀收入鞘中，动作整齐划一，干净利落。

军阵无声地裂成两半，让出了一条狭窄的通道。这种场面，让种辑的脸色不算太好看。他让部下围住天子，在两侧曹军的注目下徐徐前行。一直到皇帝顺利进入尚书台，种辑这才长长松了一口气。荀彧看到他谨小慎微的样子，觉得实在有些滑稽。

曹仁并没有待太久，这么多兵甲环伺在天子四周，难免会有谋逆之嫌。等到种辑的宿卫陆陆续续都到齐了，曹仁便告辞荀彧，率军回营。黑甲如潮，很快便退得干干净净。

在尚书台内，等到皇帝被安顿好了以后，荀彧向伏后问起究竟。伏后说，今夜唐姬带了夜息草进献陛下，不慎打翻香炉，引燃帷帐。唐姬的随侍小黄门拼了性命护送三人出寝殿，自己却被烧死在里面。

荀彧对这个说法没表现出任何疑问，他请天子与皇后在尚书台暂且安歇，然后匆匆离开，指挥宫人继续灭火。唐姬碍于身份，也先行告退，只留下天子与皇后。没人接近这对尊贵的夫妇，只有中黄门张宇守在尚书台门口，一把鼻涕一把眼泪地发着牢骚。

大火烧了足足一宿才被扑灭，寝殿和周围的一座偏殿几乎被烧成了白地。在寝殿的废墟里，人们找到一具烧焦的尸体，想必就是那位舍生取义的小黄门。

等到天明之后，刘协在伏后的搀扶下走出尚书台，朝着已化为废墟的寝殿方向望去，默不作声。

伏后的这一条计策可谓决绝之至：为了彻底掩盖，她索性一把火点燃了寝殿，焚毁了身穿宦服的刘协尸身——她为防止别人看出破绽，甚至亲自挥刀为刘协的尸体去势。刘平有些瞠目结舌，他可没想到她竟然做到了这种地步。

于是，这一位九五之尊，就这样悄无声息地消失在了大火之中。汉室二十余帝，从未有人像他这般死得如此凄凉，如此不为人知。在刘协短短的十八年人生里，他从一个诸侯手里流转到另外一个诸侯手里，忧愁凄苦，从未有一刻体验过威加海内的威仪，从未有一刻快乐过。他唯一能做的，只是目送着大汉王朝逐渐步向衰亡。在刘协身后，休说配享太庙，就连谥号也没资格得到，因为他还"活着"，死去的只是一个无足轻重的宦官。

刘平望着废墟上袅袅升起的余烟，不知那算不算是兄弟不愿离去的魂魄。他默默地念诵着安魂的经文，这是温县的和尚教给他的，据说可以让死者安息。这些自称佛门的信徒，他们的经文拗口古怪，却包含着使人心境平和的力量。

"哥哥，你究竟是什么样的一个人呢？"他想着，对未来充满了忧虑和茫然。

伏后握住他的手，低声道："陛下，外面风寒，快快进屋。今日要觐见的臣子，可不少呢。"她语气温婉，却暗藏着许多意义。

念罢一段经文，刘平抬起头，略微抬高声音："扶朕回屋。"从这一刻，"杨平"与"刘平"也随着刘协死去，取而代之的，是一个崭新的"刘协"。

与此同时，荀彧正站在寝殿废墟之上，指挥着一群人搬开瓦砾，搜寻遗物。按说这不该是尚书令要做的事，但荀彧认为禁中起火，干系重大，必须要亲临才能放心。种辑则拿着一本簿子，清点着宫人的人数。那个小黄门的遗骸就摆在旁边，被一块白布覆盖着。

这时，一个人踏着瓦砾走了过来，他的脚步很稳很轻，如同一条草蛇游过残垣断壁，窸窸窣窣。当他快接近的时候，种辑才骤然发觉，面色忍不住抽搐了一下，低声骂了一句，然后抬起脸，笑意盈盈。

"满大人，怎么您也来了？"

来的人瘦瘦高高，面色蜡黄，一脸的皱纹层层叠叠，几乎把五官都淹没。他叫满宠，字伯宁，现任许都令，掌管着许都城内的治安。

雒阳旧臣们并不畏惧在朝堂上与曹党抗争，却偏偏对这个男子噤若寒蝉。四年以来，他就像是盘旋在许都上空的一只夜枭，这座城市什么动静都逃不过他的双眼，让雒阳旧臣们在暗中吃尽了苦头。

满宠似乎完全没注意到种辑的表情变化，他拱了拱手，把视线投到那具小黄门的尸体上。

"他就是那个为了救陛下而死的宦官？""是的。"种辑尽量简短地回答。

满宠饶有兴趣地蹲下身子去，掀开白布的一角，里面露出一截已经焦黑的胳膊。种辑周围的宫人纷纷把头偏过去，满宠却面不改色，用力一拽，把白布全扯下来，从尸体上刮起一片纷纷扬扬的灰黑尸粉。

整具焦炭般的尸体就这么暴露出来，安静地躺在地上，两个空洞的眼窝望着天空，紧闭的下颌似乎在诉说着什么。满宠伸出右手去，在死者的躯体上缓缓摩挲，还不时捏起一些粉末送到鼻下嗅嗅。种辑忍不住道："满大人，死者为大，何况还是位危身奉主的忠臣，何必如此？"

种辑并不知道昨晚宫内的情形，但他直觉地意识到火灾背后必然隐藏着什么，不能让满宠和这具尸体接触太多。满宠没有回答他的问题，反而问道："昨晚具体情形是如何的？"禁宫虽不是满宠的职责范围，但他有权过问。种辑为了把他的注意力从尸体上挪开，只得开口把起火的过程讲述了一遍。他的描述，是从伏后那里听来的，与荀彧所知并无二致。满宠对这个故事听得很仔细，还问了几个问题，甚至没有放过任何小细节。"这么说来，昨天晚上，种校尉您的部属并没有在宫中宿卫，而是在宫外驻屯，一直到火灾发生，才奉了荀令君的命令，匆忙入宫。"

"是的。"

"可您当夜不是轮值吗？主官宿卫，部属却留在宫外，这有些不合情理吧？"

满宠的疑问让种辑停顿了一下。事实上，让他把宿卫派去宫外是伏后的命令，她要求尽量拖延时间，他不知原因，但仍旧忠实地执行了这个命令。这是绝不能让满宠知道的。

"因为宫内狭窄，人多则乱。陛下最近龙体欠安，喜欢清静一些。"种辑解释道，然后在心里飞快地思考，看是否有什么漏洞。

好在满宠没有对这个细节穷追猛打，道了声"辛苦"，然后直起身子，朝着荀彧的方向走去。种辑望着他的背影，松了一口气，连忙命令手下把尸体抬走，以免又横生什么枝节。

荀彧正在废墟上走来走去，脸上沾着点点黑迹与灰絮，眼角还带着疲惫之色。不时有人呈上从瓦砾里翻出来的纸片、竹简，这些东西都已经被烧得残缺不全，但只有荀彧亲自过目确认没用后，才能扔掉。昨晚的大火，让很多朝廷文卷化成了灰烬，其中包括不少千辛万苦从旧都转运来的内档，这让荀彧很是痛心。

满宠悄无声息地走到他身旁，躬身道："荀令君。"

"伯宁，你来了。"荀彧点点头，对于满宠这个人，他很尊重，但谈不上喜欢。两个人并肩而立，面对着废墟沉默不语。

"你怎么看这场火？"荀彧问道，随手揉了揉太阳穴。"宫里的解释，我一点也不相信。"满宠面无表情地说道。

2.

听到满宠的话，荀彧并未露出什么惊异的表情，只是默默地挥动一下袍袖，让周围的侍从都站开。满宠没有啰唆，直接切入了主题："若这个小宦官是被活活烧死，死前必然被浓烟所迫，大口大口喘息，尸体的嘴应该是张开的。何况他四肢摊开，与被烧死的活人四肢蜷缩大不相同。这只有一种可能：死者是死后才被放置在寝殿内的。"

荀彧慢慢捋着胡须："伯宁你倒真是观察入微。"

"我亲自试过。"满宠轻描淡写地回答道，他知道荀彧不喜欢这个话题，很快就回到正题，"我刚才还检查了死者的胯下，什么都没有摸到，切得干干净净——事实上，依宫里的规矩，宦官只需除去阳锋，却不必连两枚肾囊也切掉。"听到这里，荀彧终于有些动容。"死者绝不是唐姬的侍从，而是另外一个人，一个我们应该很熟悉的人。所以陛下才会不惜在寝殿点起一把火，毁尸灭迹——虽然我不知道这个人是谁，也不知道陛下大费周章把他弄进宫后弄死的用意为何。"满宠难得地沉吟了一下，才继续说道，"总之，这场火背后，一定隐藏着什么东西。"

荀彧微微皱了一下眉头，满宠的话很正确，他自己也有类似的疑问，可他并不喜欢这种把天子当作敌手的感觉。作为曹公最信赖的幕僚和朝廷的尚书令，他始终被这种矛盾困扰着。

"我需要觐见陛下，为禁中失火请罪。"满宠说道。

荀彧看了他一眼，知道这家伙的目的绝非如此。他双肩微微沉了沉，喟叹一声："好吧，你随我去，别乱说话。"

按照仪制，满宠只是个秩千石的县令，若无诏见，是不能单独觐见天子的。须有尚书令这种等级的官员带领，方才名正言顺。即便是在汉室衰微如是的许都，这些规矩还是被一丝不苟地执行着，仿佛皇家最后一块维持尊严的帷幕。

他们两个人告别了种辑，朝着尚书台走去。一路上，他们看到许多朝廷官员远远地被宿卫军挡在外围，却不敢离开，一个个肃立在原地，交头接耳。禁中起火的消息已经传遍了全城，这些官员都惶恐地赶到宫城前，来表达自己或真或假的忠诚。

唯一穿过禁军警戒线的，是一位身穿葛袍的中年人和一个挺着肚子的女子。中年人搀扶着女子，正焦虑而缓慢地走过殿前广场。

"董将军。"

荀彧快走几步，追上前去。来的是车骑将军董承，杨彪之后，他俨然已成为雒阳旧臣一系的领袖，起码在名义上已与曹操不分轩轾。他的女儿董贵人数月前怀上了龙种，可皇城委实过于狭窄，所以就被接回家中待产。他们一直到早上才听说皇宫起火的消息，顾不得董妃有身孕，立刻赶了过来。

听到荀彧的呼唤，董承转过头来，很有分寸地露出一丝微笑，既表达了善意，又不会冲淡对天子安危的关心。荀彧看到一手捂住肚子，一手被父亲搀着的董妃，皱了皱眉头："董妃身怀六甲，何必如此劳顿？"

董承扶住女儿的右臂，淡淡道："皮之不存，毛将附焉。陛下的安危，可远比小女更重要。我们这些做臣子的，可不能顾小而失大。"董承说话一向皮里阳秋，荀彧也不跟他计较，笑道："陛下昨晚并无大碍，如今暂时在尚书台休息。董将军不妨与我们同去。我叫他们拿个便轿来给董妃，免得动了胎气。"

"种校尉呢？他在哪里？"董妃的声音很尖利，怀孕让她的脸有些浮肿，凸显出几分刻薄，"无缘无故的，为何寝殿会起火？是不是有奸人要害陛下？"

皇城之内岂能如此口无顾忌，真是有其父必有其女，荀彧心想，口中却劝道："董妃过虑了，伏后说只是药炉引火不慎，并无其他缘故。"董妃一听到伏后的名字，冷哼了一声："回头叫种辑他们好好查一查，看到底是不是真的。堂堂天子的寝殿居然被烧成白地，这传出去，岂不是让天下人耻笑你家主公？"

她句句都扣着曹操，颐指气使。董承大概是觉得女儿说得有点过火了，捏了捏她的胳膊，董妃愤愤不平地闭上嘴。

董承的视线越过荀彧的肩膀，看到站在身后的满宠，眼皮不由得跳了跳："满伯宁，原来你也来了？"面对董承的无礼，满宠只是谦恭地鞠了一躬，保持着沉默，他可没兴趣跟这对父女逞无谓的口舌之快。

其实董承也颇为忌惮满宠在许都暗处的力量，可车骑将军与许都令的品秩之差又让他拥有居高临下的优越感。这让他每次看到满宠，都有一种十分矛盾的感觉，就像是看到一块路边的石头，可以轻易踩在脚下，但总不免把脚硌得生疼。

两个人心照不宣地对视一眼，不再说什么。很快有两位黄门抬着一顶便轿赶来，把董妃扶上轿子。荀彧与董承随轿一路来到尚书台，满宠沉默地跟在后面。

尚书台内，上好的精炭在炉子里熊熊地燃烧着，屋里一片融融暖意。天子刘协躺在榻上，身上盖着厚厚的锦被，伏后守在一旁，眼角显出细微的疲惫。

董妃一进门，便提起裙角，加快了脚步走到床边，口中泣道："陛下！您，您……"可说到一半，她的脚步却突然停住了，眼睛直勾勾地盯着床上的天子，浮现出几丝疑惑的神情。

刘协心中一阵慌乱，董妃是与真刘协肌肤相亲过的同枕之人，想瞒过她并不容易。伏寿昨天晚上就跟他说过，董妃将是他最麻烦的一个考验。她若是发觉天子已经易人，众目睽睽之下嚷出来，将是汉室的一场灭顶之灾。

董妃的蛾眉微微蹙了起来，头略微偏了偏，也陷入了迷惑。眼前这个男子，毫无疑问是自己的丈夫、汉家的天子，可总有些地方不对劲。她抚摸着滚圆的肚子，仿佛想凭借肚中的血脉看出一些端倪。

也许她只消再踏前一步，就能够彻底毁掉整个汉室。

突然，毫无征兆地，刘协剧烈地咳嗽起来，把屋子里所有的人都吓了一跳。旁边的伏寿赶紧递来一杯热茶，让他啜了一口。刘协润了润喉咙，用十分沙哑的声音笑道："少君，你来了。"董妃听到天子称呼自己闺中私名，露出几分喜欢，疑惑之心小了几分。她趋前一步，试图看得再仔细些："陛下，您的脸色为何……"

刘协刚要开口作答，又突然暴发出一阵咳嗽。这一次比之前更加剧烈，直咳到面色惨白，他不得不用锦帕掩住口鼻。董妃停住了脚步，伏后按住刘协的胸口，一边抚弄一边冲董妃嗔怪道："陛下昨夜受了风寒，您可别说太多话。"

董妃听了这话，蛾眉一竖，大声道："你照顾陛下不周，可不要栽到我头上！"她双手一叉腰，显得格外张扬。伏后微微笑道："妹妹你误会了，我只是顾虑陛下龙体，可没有想过旁的事。"

这一句话绵里藏针，董妃不禁大怒："什么顾虑陛下！连寝殿都被烧成了白地，顾虑得真好啊。我看你是跟那曹操一样，嫌陛下活得太长！"

董妃这一句话说出来，尚书台内的众人都面面相觑，苦笑不已。她是董承在雒阳时进献给天子的，为人素来口无遮拦，若非汉室这几年颠沛流离，无暇他顾，这等女子恐怕早就在宫斗之中被淘汰了。

刘协心中暗暗佩服，伏寿轻飘飘两句话，就成功地把董妃和其他人的注意力都转移开来，不再来纠缠他的身份之事。他松了一口气，未待将额头冷汗擦去，忽然感觉到屋内还有一道视线在注视着自己。这道视线阴冷锐利，让人悚然。

那是跟在荀彧身后的一个人，他虽然恭敬地垂着头，可刘协知道，刚才他一定悄悄抬起头来看了一眼自己。只是轻描淡写的一瞥，就已经让刘协背心发凉。

这时伏后站起身来，冷冷地对董承道："董将军，你就是这么教女儿朝仪之道的？如今龙胎未诞，就如此跋扈，以后怎么得了？"

董承面色铁青地冲女儿喝骂了一句，董妃委屈地扁起嘴来，竟也不问刘协，拧身径直出了尚书台。董承顾不上去追她，转身叩拜道："臣管教无方，请陛下责罚。"刘协道："算了，少君有了身孕，难免心气浮躁了些。找几个侍婢跟着她，别出什么问题。"交代完这些，他停顿了片刻，对其他人笑道："倒是几位卿家，这么早便来觐见，足见忠勤。"

荀彧、满宠连忙叩拜于地，和董承一起道："圣驾受惊，实乃臣等之过，特来请罪。"刘协大度地摆了摆手："寝殿之失，无关人事，也许是天有所警，故有此兆。也许朕需要下罪己诏了。"下面的臣子都松了一口气，皇帝把这件事归结为意外，那么许多事情都好做了。刘协说得很慢，努力地揣摩着真正的刘协会如何说话。他刚才装作咳嗽，把嗓音掩盖了过去，加上大病未愈，一字一句慢慢说出来，倒没人会怀疑。这些话都是与伏后商量好的，一时间也听不出破绽。

这时候董承道："陛下，禁中乃是天子平居燕处之所，不可不慎。臣以为应当彻查此事，方为惩前毖后之道。"跪在他旁边的荀彧瞟了他一眼，心中忽生警兆。天子已经为此事定了性，这位国丈却横生枝节，不知道是什么用意。

听到董承的话，刘协心中也是一突，寝殿大火后的秘密，岂能经得起彻查。他看了一眼伏后，伏后不动声色，只是用右手在他肩上微微点了一下。刘协心中稍定，便道："董卿家何出此言？"

董承道："寝殿被焚，非同小可，当择朝廷重臣二三，督察宫禁，整顿宿卫，方杜后患。"

荀彧心想，董承这是要借大火之事，对整个皇城的禁卫系统开刀了。可禁卫一向是把持在雒阳旧臣手中，他这么做，岂非自伤肱股？想到这里，荀彧不免多看了一眼董承，这位当朝外戚一脸忠直，看不出有什么异色。

"不知董将军可有成议？"荀彧不急于表明态度，而是以退为进，想看看董承到底揣的什么心思。

董承略作思忖，答道："太常徐璆、御史中丞董芬、光禄勋桓典三人，皆系上上之选。"听到这三个名字，荀彧与伏寿不约而同地动了动嘴角。太常掌宗庙朝仪，御史中丞主查纠百官疏漏，光禄勋掌宫城宿卫，选择这三名官员整顿皇城，无可指摘。可在熟知内情的人眼中，这其中大有深意可挖：董芬与桓典都是雒阳系老人，自不待言；那个太常徐璆，原是灵帝朝的名臣，后来被袁术半请半架弄去了寿春。袁术败亡之后，这位老臣甘冒奇险，居然将传国玉玺弄到了手，千里送归许都——自玉玺在雒阳被孙坚带走后，相隔数年，终于回到汉室手中，算是当年一件轰动天下的大事。无论曹操还是刘协，面上都大有光彩。

是以徐璆在曹氏与汉室之间左右逢源，关系都处得不错。有他在，能淡化雒阳一系的色彩，让曹氏无可指摘，同时又可以充分确保汉室的影响力。

不得不说，请出徐璆这一步棋，下得颇妙。荀彧忍不住想，这位国丈一定是在出发前，就拟好了腹稿。昨夜火起，今晨他就抛出这么一份名单来，反应之快，实在耐人寻味。

这其中的曲折，刘协茫然不知，伏后又无法当面提示，他只得装作沉思状，生怕说错一句。这时董承回过头去看了看满宠，笑道："古人有言：宫城郭野，外不靖则内不宁。我看，索性请伯宁也参与进来，把许都内外都梳理一遍，如此才是万全之策啊。"

荀彧闻言一叹，绕了一圈，现在终于图穷匕见了，他的用心，到底还是在这里。

满宠与前面三位大臣相比，品秩所差太远，四人同议，他必居下位。如此一来，除了宫城禁卫，就连许都警备都要纳入整顿之列，雒阳一系便可把手伸进许都卫，借此作些文章出来。

面对董承的"好意"邀请，满宠面不改色，从从容容道："听凭陛下圣意。"把球从容踢给刘协，刘协有些为难，便问道："荀令君，你对此有何看法？"

荀彧道："董将军所言，并无不妥。只是兹事体大，还须慎重才是，不如等曹司空回来，再行定夺。"他心想，这话已经挑得够明显了，你们适可而止吧。

自汉帝驻跸许都以来，权柄政令全出曹公幕府，朝廷几被架空。雒阳一系的旧臣无可奈何，便喜欢把朝职视作手中唯一的筹码，热衷于锱铢必争。可许都是曹氏的中枢，从上到下铁板一块，难道他们真以为几个朝廷虚衔就能与曹公分庭抗礼？荀彧一直在试图阻止这些"聪明"的忠臣们不要做傻事，可他们总是不明白。面对两位大臣的争执，刘协不知该如何回答才妥当，只得悄悄看了眼伏后。伏后摇摇头，刘协不知道她的意思是不要答应，还是不要拒绝，不由得面露迟疑之色。董承又道："曹司空远在官渡，军务缠身。朝廷之事，不是悉数委任荀大人了嘛，又怎么会有后顾之忧呢？"

这话中带着几分讥诮，荀彧听了，眉宇间透出几丝怜悯般的苦笑。董承的提议虽然荒谬，却有一个冠冕堂皇的借口，一时间倒不易驳回。

刘协心想，既然董承是雒阳旧臣，又是自己丈人，自然得帮自己人，便开口道："既然如此，那么就依董将军的意思办吧。荀令君，你辛苦点。"

董承大喜，连忙跪下谢恩。荀彧被皇帝点了名，只得也跪倒遵旨。刘协还想勉励荀彧身后的满宠几句，但一看到他那张阴冷的脸，便打消了这个念头。

目的达到以后，董承颇有些得意，他转动几下脖子，仿佛刚刚打了一个胜仗。伏后轻轻弹了一下刘协的椅背，刘协猛然想起她之前的叮嘱，咳了几声："董将军，可不要辜负了朕对你的嘱托。"

这句平常的话，在董承身上却发生了奇妙的反应。他大声答道："臣自当粉身碎骨以报陛下圣恩。"整个人双手撑地，有如一头卧虎，浑身洋溢着热烈的气息。

刘协心想这位董将军用词是否有些过重了，要么就是他们说的根本不是一件事。满宠饶有兴趣地从背后望着董承的背影，心里闪过和刘协相同的念头。

君臣之间又寒暄了几句，会面便结束了。等到这些臣子离开尚书台后，伏后放下珠帘，对刘协道："陛下你犯了一个错误，你刚才不该那么快就表达出对董将军的支持。"

刘协有些不解："董承是忠臣，荀彧和满宠是奸臣。我应该帮好人，不帮坏人，不是吗？"伏后摇摇头："朝廷之事，可远不能用忠奸来区分。天子的态度，不可轻易流露出来。否则在有心人眼中，会判断出许多东西。"

"难道说，我对董将军说的那句话，还隐藏着什么内情？"刘协问道。"你会知道的。"伏后回答，然后看看左右，"不过……现在可不是谈论这个的时候。"刘协有些不悦："既然我是天子，难道还有什么事该被隐瞒吗？"伏后殷勤地弯下腰去，为这位皇帝披好被子，然后拍了拍他的脸颊，像是应付一个要赖顽童的母亲，柔声道："那是一句咒语啊，一句可以让整个许都陷入混乱的咒语。"董承离开尚书台之后，董妃已经在门口等着他了。他们两个拜别了荀彧与满宠，登上马车。董承临上车前，对跟随马车的心腹吩咐道："去请种校尉和王将军，我今天过生日，请他们过府一叙。"

心腹领命而去。同车的董妃奇道："父亲您的寿辰不是八月吗？"董承看了一眼自己的女儿，微微一笑，却不置可否。董妃忽然想起来什么："对了，今天陛下给人的感觉非常奇怪。"

"哦？是因为有恙在身吧？"董承漫不经心地说道。董妃皱着眉头想了想，还是找不出合适的词来描述："不，就像是……换了另外一个人。"

"一定是你被伏寿那丫头气晕了头，以后可别那么大醋劲。"董承笑着摸了摸女儿的头，董妃撇撇嘴，倔强地把脸转到一边去。董承的笑容很快收敛起来，他轻轻摩挲着自己腰带的铜环，眼神变得坚毅起来。

目送着董承的马车离开皇城，荀彧收回视线："伯宁，你觉得如何？"满宠微微偏了下头，像是一条冬眠刚醒的蛇："新的收获没有，只是意外地证实了一个猜想。"

荀彧没有问他这个猜想是什么，只是背着手，平视前方，忧心忡忡地叮嘱道："这件事要尽快解决，曹司空在前线形势紧张，后方不能乱。"听到荀彧的嘱托，满宠恭敬地鞠了一躬，回答道："祭酒临行前已经有了指示，无须大人费心。"

荀彧皱了皱眉头。这个名字，让他既觉得放心，又有些不安。尽管那个人如今不在许都，可那种强大的影响力却依然存在。

"他说了什么？"荀彧问。

"许都需要一场大乱。"

3.

董承的府邸位于许都的东南方，原本是一处河内富商的宅子，两进四通，十分豪阔。

此时在正厅之内，仆役们正忙着打扫杯盘狼藉的宴会，几张小桌上还剩着许多吃食，看起来客人们漫不经心，并没太大食欲。

正厅后转过一条走廊和一处小花园，几名黑衣仆从在庭院里或隐或现，再往里便是当朝车骑将军的内宅。内宅之中，除了董承之外，还有三个人。他们并没有像平时议事一样跪在茵毯上，而是不约而同地围在董承身旁，表情颇为凝重。

董承的手里，还捏着一条款式华美的玉带，玉带似是被利物割开，边缘露出白花花的衬里。其他三个人看玉带的眼神里，都带着一丝敬畏。

"……就是说，昨晚禁中大火之前，伏寿让你的部属都撤出了城外？"董承微皱眉头。

种辑点点头。他是从清理禁宫的现场赶过来的，身上还带着烟熏火燎的味道。按道理禁中失火，他的罪责不小。可奇妙的是，无论是皇帝还是尚书，似乎都不急于追究责任，暂时也就没人拘押他。

他把昨晚的大火详细地讲了一遍，大家都陷入了沉默。听起来这明显是一起预谋的事件，但皇帝为何要这么做？他们自命都是忠臣，可对主君的想法有时还是摸不着头脑。

"陛下做事，从来都有他的道理……"董承沉思片刻，忽然哈哈大笑起来，"这一场火，烧得好啊！"其他三个人惊异地望着他，不明白他的意思。

董承将手里的衣带抖了抖，说道："昨夜的大火，是陛下给咱们送的助力，就像这衣带诏一样，是陛下的一道密旨，一个契机。"

"将军您的意思是？"种辑瞪大了眼睛，他隐隐猜到了什么。

董承竖起了一根指头，说道："曹贼在许都经营了这么多年，实力根深蒂固，不是等闲可以撼动。这一场火，在这铁桶上劈开了一道缝隙，让我等有腾挪辗转之机。"

他看几个人面露未解之色，又解释道："今天陛下已经应允，以徐珍为首，董芬、桓典为副，三位大臣合议整顿皇城宿卫与许都卫。我们的机会，已经来了。"

"可满宠会甘心接受吗？"种辑担心地问道，满宠和他手底下的许都卫是什么样，他可再清楚不过了。明争暗斗了四年，雒阳一系很少处于上风。

董承眯起眼睛："他答不答应，都不打紧，乱起来才好。曹贼如今北忌袁绍，南防刘表，许都是他的根本，绝不容乱。所以一定要把许都搅得天翻地覆，咱们才有机可乘。

禁中大火，就是陛下要撬动这局势的第一招手段，咱们现在就要下出第二招。"

他转向另外一位客人，这人身材魁梧，虽然穿着布袍，却遮掩不住他锐利的气息："王服将军，军中动静如何？"王服正在沉思，听到董承发问，连忙将身体挺直："昨日许都附近出现盗匪，还劫杀了一位路过的官员。现在城中驻屯的部队，一半都被邓展撒出去围捕了，还有一半如今散在城里各处戒严。曹仁将军的部队，驻在南边未动。"

种辑插嘴道："倘若许都有变，曹仁的军队三炷柱香内就可以赶到城内。"那天晚上卫成部队带来的沉重压力，给他留下了很深的印象。

董承"嗯"了一声，淡淡道："曹仁不是问题。"他又向王服问道："如果需要的话，咱们一夜时间能集结多少人？"王服道："三百之数。"董承闭起眼睛，略算了算："还是有点少……"王服有些尴尬，辩解道："这三百都是我的亲兵与弟子，再多别人就会起疑心。""倘若许都真乱起来，这三百人撒出去，只怕连个响动都听不到。你得再想想办法，无论如何在城中保证有五百人掌握在手里。此事关系到汉家江山，王将军你得再用心些。"董承说得轻描淡写，王服有些紧张地擦了擦额头的汗，点头应诺。教训完王服，董承倏然把眼睛睁开，转向第三人："吴硕，刘玄德现在到哪里了？"

第三人一直站在屋子的阴影里，听到董承叫自己的名字，才向前一步，从怀里取出半截木片，递给董承："玄德公已过东阿，后日当入徐州。"

一提到这个名字，屋子里的气氛就变得颇为古怪。董承翘了翘嘴角，半带嘲讽道："他跑得倒是一如既往地快。也罢，只要他在徐州举事，把曹军的注意力都吸引过去，咱们在许都就可以大展拳脚了。"

种辑迟疑一下，道："董公，刘玄德这个人，真的可以信任吗？倘若他中途变卦，转身去了襄阳，咱们可就全盘皆输了。"

董承冷笑道："对这种人，我们不必晓以大义，只要让他知道有利可图就行了。徐州那么大块肥肉搁在那儿，我不信他会不动心。"他抚了抚那条衣带，慨然道，"天下之大，忠臣何稀。对陛下尽忠的，只要我们就够了，其他人不过是棋子而已。"

四个人一齐跪了下去，对着衣带行君臣之礼。然后董承起身把衣带小心地揣入怀中，转身从书台上取了一枚私符："今日满伯宁已经对我起了疑心，所以这几日我不能轻举妄动。朝堂上的事情，自有我与董芬、桓典两位大人周旋；而咱们暗地里的计划，需要另外有人替我主持。"

几个人面面相觑，董承是雒阳系的领袖，他若撒手，究竟谁还有资格能统筹全局。

众人还未及发问，忽然木门"吱呀"一声被人推开，一个年轻人闯了进来。他环顾四周，轻笑道："几位在这里推骰摇盅，密谋占曹司空一个大便宜。这等好事，怎么不叫上我呢？"

屋里的人无不大惊，这里是大将军府邸，附近明暗的高手少说十几个人，怎么这人就大刺刺地闯进来了？王服反应最快，一道寒光闪过，他已拔出了腰间的匕首，顶住了来人的咽喉。那年轻人夷然不惧，只是赞道："京师传闻'王快张慢，东方不凡'，王将军的快刀，果然快如闪电。"

这时候吴硕与种辑已经认出了来人的身份，一齐叫出来："你是……德祖？"王服一愣："杨德祖？杨彪大人的儿子杨修吗？"手中匕首不禁一松。杨修一脸满不在乎，双手一拱："正是在下。"

董承把手中私符抛给杨修，道："德祖你太冒失，也不通报就直闯进来。若不是王将军谨慎，你岂不枉死？"杨修接过私符，随手系在腰间："我便赌王将军出手有度，看来赌对了。"王服盯着这胆大妄为的年轻人，一时无语，只得把匕首收起来，回归原位。

董承挽起杨修的手，一一介绍给其他人。三人一一还礼，心里却有些惴惴不安。既然是老太尉杨彪的儿子，自然信得过，只是这年轻人行事轻佻，满嘴都是赌经，让他居中主持，实在不大放心。吴硕自负是董承之下智谋第一人，看到杨修，眉头不禁皱起来。

杨修环顾四周，笑嘻嘻的，面色突然一敛："几位公忠体国之心是有的，只是细处有失计较。"众人见他突发诘难，都有些讶异。杨修拿指头点了点桌面，正色道："这董府周围，不知有多少许都卫的探子，你们轻身来此，若是被满伯宁查知了身份，如之奈何？"

吴硕冷哼一声："杨公子过虑了。这里语不传六耳，外人只知道我等今日是来赴董将军寿宴的。无凭无据，他能抓到什么？"杨修微微一笑："许都卫做事，什么时候需要凭据了？若我是满伯宁，就趁你们夜里回府路上痛下杀手，一盘大注，自然消弭于无形。"

"刺杀朝廷大臣？他也得有这胆子！""比起许都大乱来，这点代价他们还付得起。"

杨修冷冷地点出了关键，其他三人都沉默不语。杨修把私符拿在手里轻轻把玩，修长的手指灵活地摆弄着，如同在玩着一枚骰子。

截至目前，曹氏与雒阳系官员的斗争都发生在水下。前者独揽军政大权，后者坐拥天下声望，彼此都十分忌惮，因此高层暂时相安无事，斗争都局限在朝廷之上。

但是在场的人心里都清楚，如果有切实的威胁——比如他们正在筹谋的计划——危及曹氏的根本，那么那个人不会吝惜用极端的暴力去解决问题。想到这里，三个人背心都冷汗涔涔。

"依公子的意思，如今我们该如何是好？"吴硕不动声色地问道，他注意到董承一直没有作声，知道一定有下文。

杨修笑眯眯地从怀里取出五样东西，一一摆在桌上，屋里立刻弥漫出浓重的血腥味。王服皱了皱眉头，他对这种味道很熟悉。

那是五个人的拇指，从断口处的血迹看，是刚刚被砍下来的。"这一次，我已替各位解决了，一共五个探子。董公啊，满伯宁果然很重视您的寿辰。"这个白皙到有些瘦弱的年轻人，淡淡地叙说着，似乎在说一件寻常之事。在场的人不约而同一阵悚然，那五枚拇指的主人，不知会有怎样的下场。"今晚赴董公寿宴的共有二十多人，这五个探子一直候在外面的几个出口，暗中点数，看哪几个人最后出来。"杨修似笑非笑地扫了一眼种辑、吴硕和王服，让他们几个人心里有些发毛。"幸亏他们还未回报，就被我截下，所以满宠暂时不会知道赴宴官员中是谁参与了董公的大事。"

说到这里，杨修摇了摇头，面露遗憾之色："可惜此举是饮鸩止渴。我们今晚很安全，但最迟到天亮，满宠就会知道。五个探子的意外身亡，会让他对董府里的事情更有兴趣。如果许都卫想查的话，就一定查得出来。"

每个人都知道，杨修绝非夸大其词。

杨修手指收拢，把私符牢牢捏住，目光一凛："所以到玄德公拿下徐州之前，请诸位大人按照我的指示来行动，不要有半点折扣。"

接下来杨修开始安排，一条一条明晰细致，有条不紊，甚至连他们一会儿离开董府如何避开耳目都考虑到了。众人无不叹服，都说杨彪的儿子是个才俊，如今亲见，果不其然。

半个时辰之后，杨修交代完了最后一点细节。此时已经是月上中天，于是其他人纷纷拜别，各自怀着心思离开了车骑将军府。等到人走光了，董承吩咐仆役端来一壶煮好的茶水和两个竹节杯，让杨修在对首坐下。

"太尉大人他还好吧？"董承拿铜勺舀了一勺，倒在杨修的杯子里。

杨修道："父亲前两天外出散心，昨日才回来。他老人家现在散淡得很，人也看开了，每天游山玩水。"董承闻言，忍不住叹息道："杨太尉是脱离了苦海，却把我们留在这里惨淡经营。"

"能者多劳。再说，小侄这不是也来陪您赌这一把了嘛。"杨修啜了一口热茶，觉得浑身都暖和起来，笑嘻嘻地抹了抹嘴，"倘若再有些黄酒，再加一副骰博，就再好不过了。"董承大笑道："你这小子总不忘酒、赌二字，真不知行止端方的杨太尉，怎么生出你这么个怪胎。"

两人随意闲谈了几句，壶中的茶慢慢去了一半多。董承忽然问道："德祖，你觉得这一次出手，胜算几何？"杨修想也不想，随口应道："以如今之势，多半是飞蛾扑火。"

"哦？为何？"董承的眼皮只是略抬了抬。

"玄德公名声虽高，打仗的手段却很拙劣。靠他吸引曹军主力，恐怕大事难成……"杨修放慢了语速，修长的指头朝着南方指了一指，唇边流出一丝洞悉的笑意，"以陛下和董将军的谨慎，断不会将这注全押在刘玄德身上，想必别有成算吧。"

董承大笑，不再说什么，双手捧起杯子，热气腾腾的茶雾让他的面目有些模糊不清。

王服从董承府上离开以后，心里十分烦闷，一方面是因为自己做事不力而被董承批评；另外一方面则是因为这个计划本身就让他忐忑不安。

诛杀曹贼，这四个字实行起来，可绝非写成隶书那么简单。王服自问对汉室并没有多么强烈的忠诚，他只是个单纯的武者，在军中混一口饭吃罢了，为什么会卷进如此复杂、险恶的旋涡里来呢……他自己也难以索解，可现在已不能回头。

王服挥了挥手，试图把这些烦扰的念头都赶走。他轻轻握着缰绳，让坐骑慢慢地走过一条与董府相邻的狭窄小街。这里两边都是低矮的民房，屋檐下黑漆漆的一片，几乎可以碰到他的头。此时早已宵禁，寻常百姓都各自待在家里，周围一片寂静。这是杨修的安排，可以最大限度地掩人耳目。既然杨修说这条路很"干净"，那么应该是真的。

当这一人一马走到小街中间的时候，王服突然感觉到背后陡然升起一道凌厉的杀气，稍现即逝。王服反应极快，在回头的瞬间，手里的匕首已经化作一道流星，朝着民房的某一个角落飞去。"铛"的一声金属相撞，匕首不知被什么东西弹飞，斜斜没入一堵土墙之上。

王服心中暗暗有些吃惊。刚才他刀随意动，出手迅捷至极，可对方居然能轻松挡下来。"来者何人？"他沉声喝道，双眼朝着墙头扫去。以他长年锻炼的如电目力，居然没觉察到任何动静。那个潜伏者在接下飞刀的一瞬间，就悄无声息地变换了位置，重新淹没在黑暗里。若不是刚才那一下杀气流露，恐怕被那人欺近到背心自己都毫无知觉。

一想到这里，王服顿觉冷汗涔涔而下，通体生凉。他深吸一口气，从坐骑侧面搭着的剑袋里拔出佩剑，紧紧捏住剑柄，摆出守御的姿势。

一个声音忽然在他耳边响起，像是许多沙粒在风中翻滚，暗哑而呆板："王将军莫惊，我奉了杨公子之命，暗中保护你们离开。"声音飘忽不定，难以确定方位。王服环顾四周，却找不到声音的来源，丝毫不敢放松警惕，心里暗道，原来是杨修的人。那五个探子，大概就是被这个悄无声息的杀手干掉的。

见王服仍旧一副如临大敌的架势，那声音似乎又变换了一个方位："在下久闻王氏快剑之名，与张公子、东方安世并称于世。看到将军，偶起了争胜之心。想不到被将军立时觉察，佩服佩服。"

王服道："在下剑技粗劣，比吾兄王越差之远矣——朋友何不现身一叙？"沉默了一阵，声音再度响起，却答非所问："请将军速速回府，免生枝节。"

王服还要说些什么，可声音已经消失。一阵萧索的夜风吹过耳边，只留下王服一人在这条狭窄而黑暗的小街之中。这一次他确信那鬼魅般的身影，是真的离开了。

此时此刻，王服的心情变得更加糟糕，他不相信一个顶尖杀手会这么"偶然"地暴露行踪。所以这不是一次意外邂逅，而是一种威慑、一个露骨的暗示。

王服相信，吴硕和种辑在离开时也以不同方式"发现"了那位杀手的存在。一想到那个年轻人带着微笑摆出五枚血淋淋的断指，王服就觉得背心发寒。这种人，永远不可能真正信任别人，而自己正在跟他参与同一个阴谋，真不知是幸运还是不幸。

也许刚才在内宅的时候，就被他看出心中的动摇了吧，王服不无自嘲地想，发觉自己陷得比想象中更深。

十二月的许都是寒冷的，冰冷的北风像是庖丁手中紧握的屠刀，以无厚入有间，顽强而坚定地渗透进这座城市的每一寸肌理。王服用布袍把自己裹得紧紧的，一路信马由缰，心烦意乱地沉思着，浑然不觉脚下的路途。不知过了多久，他猛然一抬头，发觉自己竟被坐骑带到了一处僻静的小屋前。

这是一栋素雅的木屋，独门独户，门前还斜插着一枝剪下来的梅花，枝头细碎的小花在寒风里兀自绽放。此时屋子里火烛早熄，想必里面的人已经睡下了。王服朝着木屋望去，心里没来由地涌起一股温暖。这里，就是少帝刘辩的妻子唐姬的住处。皇帝把她接来许都以后，把她安顿在一处僻静之所，平时就车马罕至，现在已近二更，这里更是寂静无声。王服没有叫门，只是在外面的树下默默地望着那扇漆黑的窗子，想象着里面那位女子安详的睡容。他初识这位少女，还是在数年前的长安。当时王服还只是一个浪荡的游侠，正赶上李傕、郭汜之乱，他被困在城里。一个少女找到他，自称唐瑛。她说李傕要强娶她为妻，希望王服能够帮助她逃离长安，还拿出一枚黄金发簪与几件珠宝做报酬。

王服接受了这个委托，两个人费尽周折，总算逃出了长安——王服甚至因此而被李傕砍了一刀。在逃亡中，唐瑛那瘦小却坚毅的身影，逐渐在他心中留下了深深的印记。

当他终于下决心吐露自己的心意时，少女却失踪了。

失望的王服去了兖州曹家，凭借自己的武艺当上了将军。后来天子到了许都，下诏寻访少帝刘辩的遗孀，这个任务被交到了王服手中。王服怎么也没想到，那位唐姬，居然就是自己魂牵梦萦的少女唐瑛。

一位曹家的将军和一位大汉天子的遗孀，王服知道这几乎不可能有什么结果，除非出现当年长安一样的大变乱……王服把目光投向远处的皇城，自嘲地笑了笑，拨转马头，默默地离开。他想起来当初自己为何会参与到那个计划中去了。

"我会尽我所能助汉室复兴，但不是为了陛下您。"他想。

第三章　逝者并未死去

一个垂死之人，还要安排下如此缜密的布局，实在是非常人所及。即便如今两人已是阴阳两隔，刘协仍旧能感到自己兄弟的这份决绝和冷酷。

1.

当王服凝望皇城的时候，其实天子并不在城中。寝宫废墟还在清理，尚书台又过于简陋，所以荀彧代曹司空下了决断，请天子暂居司空府内。

即使只是同城移居，对天子来说，要准备的事情也相当烦琐。等到刘协迈进司空府的时候，已经月上中天了。曹操的侧室卞氏带着三个儿子曹丕、曹彰与曹植出府迎候，这些孩子中，年纪最大的曹丕也不过十几岁，不过已经颇有成熟气度；曹彰还只是个顽童，最小的曹植才几岁。他们三个笨拙地模仿着母亲行礼，然后偷偷抬起头来好奇地盯着传说中的大汉天子。

"皇后好漂亮啊。"曹彰望着伏寿的背影，小声对兄弟们说道。曹丕冲他"嘘"了一声，瞪了瞪眼睛，旁边的曹植不明就里地"咯咯"笑了起来。

"不知他们之中，谁会是曹操的继承人？"

刘协悄声向伏寿问道。他早就听说，曹操本来有一个长子，叫曹昂，两年前在淯水战死，目前最有希望继承曹氏的，就是卞氏生养的这三个男孩。听到刘协的问题，伏寿笑了笑，回答道："他们离冠礼还早，不过陛下您多想想这些事，倒没有坏处。"

卞氏长得并不漂亮，但相当干练，有大妇气魄。在她的指挥下，接待工作井井有条、无懈可击，连伏寿都啧啧称赞。卞氏对待天子十分恭顺，就像是汉室极盛时，臣子对天子驾临所表现出的那种无上荣幸，丝毫看不出她丈夫与朝廷之间的险恶关系。

刘协现在是"带病之身"，所以一切朝仪从简。卞氏将曹操的寝室让了出来，自己搬去了偏屋，临走前还细心地吩咐仆人送来几个蟠虬香炉，摆在屋子的四角，徐徐冒着令人沉醉的香气。

当一切都恢复安静之后，伏寿吩咐所有的人都出去，在屋子里转了一圈，还用脚轻轻踏了踏地板，看是否有空层。检查完之后，伏寿回到床边，对刘协道："没有异状，可以放心说话了。"

"你不歇息一下吗？"刘协有些担心地说。从两天之前到现在，伏寿的精神一直像一根绷到极致的弓弦。即使是铁打铜铸的汉子，也撑不住如此消耗，何况一个纤纤女子。

伏寿微微摇了摇头，只是用手指揉捏了一下太阳穴，明净的眼角已有遮掩不住的鱼尾纹："不行，我还得再想想，还有什么遗漏的地方。"

"今天都妥当地瞒过去了，你也可以稍稍宽心些了。"

刘协试图宽慰她，这位"伪君"已经见过了朝内好几位重臣，还有一名亲近的嫔妃，总算都有惊无险地通过了考验。这时候，屋外忽然传来一个苍老的声音："臣张宇，求见陛下及皇后。"

"张宇？"刘协顿了一下，才想起来这个人是谁。中黄门张宇，那个从昨天晚上就一直守在门口的唠叨老宦官。伏寿抓起刘协的手，轻声道："自陛下出生时起，张宇就奉扫进侍，这么多年来一直随驾左右，没人比他更熟悉陛下。瞒过他，才是真正瞒过所有人。"

刘协立刻没来由地紧张起来。伏寿拍拍他的手背，扬声道："进来吧。"

张宇推开门，以宦官特有的恭顺步伐趋前。他已经年过六十，动作明显不如那些小黄门灵活，却十分认真，一丝不苟。伏寿注意到，他今天穿的不是寻常服色，而是一套暗黄装束，腰间还悬着一排细碎的穗子。这种服饰只有在非常正式的场合，才会被当值的高阶宦官穿在身上。她不禁微微蹙眉。

张宇一进屋子，便施以全礼，整个人匍匐在地板上，斑白的头发在烛光下格外醒目。伏寿板着脸问道："张老爷子，这么晚了，陛下又没传你，怎么自己进来了？"非诏擅入，这在宫中是个严重的罪名。张宇趴在地上，头垂得非常低，声音却很坚定："臣有一事不明，恳请陛下垂赐圣教。""讲。"刘协说道，他现在学起皇帝的口气来，很是像模像样。岂料张宇压根没有理睬他，而是把目光投向伏寿："敢问皇后，圣上如今究竟身在何处？"这轻轻的一句话，却让屋子内顿时被一层看不见的寒霜盖满。伏寿和刘协飞快地交换了一下眼神，两个人都有些慌张。伏寿凤眼一立："张宇！你知道你在说什么吗？""臣只想知道，陛下何在！"张宇倔强地追问着。"太放肆了！"伏寿霍然起身，声音有些恼怒，"你也是老臣子了，居然夜闯寝殿，口出谰言！该当何罪？"面对伏寿的威压，张宇双臂撑地，两肩高耸，如同一只苍老倔强的卧虎："老臣侍奉陛下以来一十八年有奇，自问尽心竭力，从无疏失。从雒阳至长安，从长安到许都，一路颠沛，从未有须臾离开陛下……"

陡然间，张宇猛地抬起头来，双目泛着血丝，如电目光直直射向刘协："如今屋内之人，虽然容貌与陛下九成相似，但绝瞒不过老臣这双老眼。他，不是大汉的天子！"

仿佛一声炸雷在屋中爆裂，伏寿身躯一晃，脸色霎时雪白。

刘协畏怯地偏过头去，忽然间看到伏寿的的右手正在慢慢伸向床榻。枕头下是一把铁刺，看来伏寿已经动了杀心。这个老太监已经触摸到了事情的真相，如果不能第一时间制住他，他只消放声那么一嚷嚷，就可以惊动外面的人。那样一切就全完了。

刘协自忖，以自己的身手加上伏寿的配合，这个老太监绝不是对手。到时候治他一个妄图弑君的罪名，也能勉强遮掩过去。

可是……这样真的可以吗？一个莫名的声音在心中响起。不知为何，刘协想起了在温县山中那头被自己放走的母鹿、那名无辜被杀的车夫、做自己替身的年轻尸体和杨俊断掉的一条手臂。

"为了遮掩自己的身份，究竟还要死多少人……"他用细微的声音喃喃道，双眼凝视着张宇那张丘壑纵横的老脸。这是一条活生生的人命啊，而且还是一个忠心耿耿为汉室付出了自己一生的人，现在却要像杀一条狗一样把他杀死。

伏寿已经把铁刺抄在手里，身体不知不觉地离开了床榻："你是何时发现陛下不在的？"

张宇道："昨晚失火时，便已看出些端倪。今日在尚书台服侍了一日，老臣已全然看穿。"

"哦……那你为何不当场揭穿呢？"伏寿冷冷问道，继续向前挪动了数寸。

"揭穿给谁听？曹操的人吗？"张宇摇摇头，"老臣至此，正是想先向皇后讨个明白。"

伏寿微笑道："就是说，别人都还不知道喽？""不错。""你做得很好，很好。那我就告诉你，陛下他其实早有旨意……"她忽然高声道，"中黄门张宇，接密旨！"张宇一怔，习惯性地垂下头去。伏寿猛然扬起手中铁刺，银牙暗咬，朝着张宇的脖颈刺去。

"不可！"

就在铁刺即将刺入老人身体的一刹那，她的手腕却被一只强有力的手掌抓住，刺尖堪堪刺破老人的皮肤。

伏寿定睛一看，看到阻止自己的，居然是刘协，一时间僵在了原地。张宇惊讶地抬起头来，也对这个局面产生了困惑。他几十年宫廷生涯，目睹了太多尔虞我诈与钩心斗角，这一次来觐见皇后，自知已是犯了大忌，无论结果如何都难逃一死，可……这个冒充陛下的家伙为何阻止她出手？

"你……你疯了？！"伏寿冲刘协吼道，清明的眼神此时却掺杂了几丝疯狂。她耗费全部心神要守护的秘密，此时却被一个老头子一语道破，这个打击让她有些精神涣散。

她试图再度扬起铁刺。刘协没办法，只能一把将她抱在怀里，双臂箍紧。伏寿拼命挣扎，但根本挣脱不开，她只能把铁刺尽力丢出去。完全失去力道的铁刺在空中勉强飞行了半尺，"当啷"一声落在了张宇的脚下。

"已经够了……已经够了……"刘协抚摸着伏寿的后背，试图安抚她。伏寿的身体无法动弹，她情急之下，一口咬住了刘协的手掌。一阵剧痛传来，刘协皱了皱眉，却没有把手掌抽出来，任凭她的贝齿啮合在血肉之间。

伏寿已经紧绷了三天的弓弦，终于在这一刻彻底崩溃。她整个人几乎蜷缩在刘协的怀里，死死地咬住手掌，像一只受惊的雏猫。从齿肉相交处传来她含混不清的呜咽，眼泪如同泉水一样疯狂地涌出，与齿缝间流出来的鲜血同时滴落到地板上。这一刻，她终于抛弃了一位托孤皇后的矜持，变回到一个受尽委屈的小姑娘。

在一旁的张宇看着这一幕，迟疑地捡起铁刺，不知是否该刺进这个假货的脊背。他沉默了片刻，还是放弃了。他放开铁刺，问道："为何你要阻止皇后杀我？"

伏寿缓缓松开牙齿，整个人瘫坐在地上，眼神迷离，如同虚脱一般。刘协甩了甩手掌上的鲜血，缓缓转过身来，平静而沉稳，有着一种居高临下的从容："与其杀不辜，宁失不经。朕不希望再有人为此牺牲了。"

这是《尚书》里的句子，意思是宁愿自己承受罪愆，也不愿伤害无辜之人。张宇没读过《尚书》，但他觉得，眼前之人的声音里，有着让他无法回绝的力量。在那一瞬间，他心目中的皇帝，与眼前这个假货居然发生了重叠。

他倒退两步，重新跪拜在地上。这时候伏寿也从狂乱的情绪里恢复过来，她默默取来白布与绢带，像一个乖巧的妻子，为自己的丈夫细心地包扎着伤口。

刘协从自己的身世开始讲起，讲自己在河内的童年，一直讲到了昨天凌晨天子的死亡与晚上的大火。他没有提及杨彪、杨俊和唐姬在其中扮演的角色，这不安全，也没必要，张宇明显对天子之外的事情不感兴趣。

听完他的故事，张宇沉默了好久，方才缓缓问道："原来王美人除陛下之外，尚有龙种存世。难怪你们生得如此相似，几乎连我都要被骗过去了……"

刘协温和地笑了笑，想把屋子里的气氛弄得缓和些。张宇并未在这个话题上停留太久，他很快问道："那如今天子的龙体厝置何处？"

"就是那具小黄门的尸身。"回话的是伏寿，她已经恢复了平日的冷静，仿佛刚才的失态从未发生。

张宇身躯一震："那……那可是九五之尊！你们怎么能……"

伏寿冷冷道："禁宫大火与伪造尸骸，都是陛下生前已经决定了的方略，我只是遵旨执行罢了，这一切都是为了汉室。"刘协惊异地看了她一眼，他原以为这一些手段是伏后所为，没想到居然都是出自皇帝自己之手。

一想到刘协在病榻上交代伏寿对自己尸身施以宫刑，就让他背心一阵发凉。一个垂死之人，还要安排下如此缜密的布局，实在是非常人所及。即便如今两人已是阴阳两隔，刘协仍旧能感到自己兄弟的这份决绝和冷酷。

　　张宇还有些不甘心："为何陛下不亲口告诉我，难道连老臣他都信不过吗？""若你事先知道陛下的打算，会举止如常吗？"伏寿反问道。张宇沉默了，他与当朝天子虽为君臣，实则情同祖孙。这种近乎宠溺的亲情可以信赖，却不能委以大任，因为这个老人并不在乎汉室，却极端在乎自己的孙儿——把皇帝本人置于汉室利益之上，这种风险是刘协绝对不会接受的。

　　伏寿话中的深意，张宇大概也体会到了。他整个人瞬间衰老了十几岁，精、气、神从这具躯壳里一丝丝被抽离一空。他缓缓跪倒在地，三跪九叩，用沙哑的声音恳求道："老臣本欲为陛下殉死，但现在不想了。再怎么说，陛下也是一位天子，不应该如同野狗饿殍一样曝弃荒野。明日我会请辞回乡，请允许我带陛下的骨殖返回。这是老臣最后的请求。"

　　刘协明白，老人已经承认了他的皇帝身份，用来换取真正的刘协能够入土为安。

　　刘协有些感动，这是真正的忠臣啊。他诚恳地说道："张老公公服侍天子这么多年，忠勤无二，朕岂会不允呢？"

　　张宇叩首谢恩，这时伏寿忽然道："明日要整顿禁中宿卫，倒正好送董承一个理由。只是如此办来，张宇你便不是荣归故里，而是被贬谪出京了，你可愿意？"张宇毫不在乎地点了点头。

　　至此事情得到了圆满的解决，宫内最大的一个隐患消除了，而且没有人因此而死去，这让刘协很是高兴。算起来，这是他即位以来，第一次独自做出决断。这结果他很满意。

　　张宇向两位请安告退，然后匍匐着倒退到门口，临出门前，他忽又抬起头来："您可知道，您与陛下最大的不同在哪里？"

　　"哦？"刘协饶有兴趣。

　　"如果是真正陛下的话，他刚才会毫不犹豫地把我刺死，"张宇平静地说道，"您和陛下相比，实在是太心善了。这不是件好事。"

房间里重新恢复了安静。刘协被张宇临走前的那句话弄得有些糊涂。为什么？难道好生之德不是件好事吗？他带着疑问的目光转向侧坐在榻边的伏寿。

他发现，此时的伏寿，和初次相见时比，又别有一番韵致。当初的她，就像是一只守护自己巢穴的女兽，锋芒毕露，艳光四射，随时都做好了扑击敌人的准备；而现在的她，更似一朵怒放将凋的鲜花，带着一丝慵懒，又带着几缕轻松——痛哭与张宇的离开让她彻底纾解了心情。

"刚才，呃，张宇为什么那么说？"刘协问道。

伏寿拿起一面铜镜，照了照脸上的花钿，然后用尖利的指甲一点点刮下来，放进一个小锦盒里。刘协没有催促她回答，而是安静地等待着。伏寿取下头上的镶玉步摇，交到刘协手里，然后解下头束，乌黑的头发无声地披散下来，说不出地妩媚动人。刘协看到她的衣襟微微敞开，触目可及尽是一片雪白，吓得立刻把目光转开。

"你在温县，生活得可幸福？"伏寿忽然问了一个无关的问题。

"啊？呃，还好，"刘协老老实实回答，"每天读读书，打打猎，偶尔玩几局六博，踢两场蹴鞠，大抵如此。"

伏寿叹息一声："多好……可陛下却从来没有这种福分。他虽生在帝王家，却从来没有一刻真正安心过。从一个诸侯手里辗转到另外一个诸侯手里，每一个人都在利用他，每一个人都在嘲弄他。无数的居心叵测，无数的暗流汹涌，陛下却一步都不能踏错。这样的生活，他过了足足十年，在河内优哉游哉的你，能想象其中的苦楚与绝望吗？"

刘协哑口无言。跟真正的刘协相比，他的人生实在是单纯太多了。

伏寿的声音变得有些严厉："你既读过书，也该知道人心惟危的道理。那套好生之德的做法，在河内也许会被人称道，但在许都绝对行不通。妇人之仁，只会误了大事。"

刘协一阵苦笑，心想居然被一个妇人批评自己妇人之仁。他忽然想到，就在数天之前，司马懿也这么骂过他。真不知道是自己真的如此迂腐，还是这时代已是人心不古……

伏寿继续道："张宇之事，还可容得半分柔慈。日后与曹操折冲樽俎之时，倘若陛下你依然还抱持着这些无聊想法，不如明日下诏禅让算了。陛下你意下如何？"

她的眼神直直盯着刘协，让他无从逃避。刘协有些尴尬地摸了摸头，只得含混地应道："我，我知道了。"听了这句话，伏寿这才敛起肃容，露出一个灿烂的笑容。她把手按在刘协手掌的伤口上，轻轻抚摸着，低声道："刚才臣妾咬你时，你为何不抽出手呢？"

"你太累了，我想，也许发泄出来会好一点。"刘协老老实实回答道。伏寿咯咯地笑了起来，然后摇头叹道："陛下啊，你实在是太温柔了……"她轻柔地为刘协取下冠缨，忽然俯身凑到他耳边，气吹如兰，"谢谢你。"

刘协的耳根子一阵酥麻，神情有些恍惚。他不知道，眼前这个温柔似水的伏寿，和刚才那个冷酷刚强的伏寿，究竟哪一个才是她的本性。

他还在愣神的工夫，伏寿已经为他宽衣解带，然后剔暗了烛火，带着一丝娇羞道："陛下，可以就寝了。"刘协的脸"腾"地红了起来，从昨天开始的一连串紧张考验，让他几乎忘掉了自己还要面临夫妻应尽之礼。

周公之礼刘协早已有过经验，但是此时榻侧之人却不寻常。"这可是我的嫂子啊！"刘协的内心在呐喊。听说在北地匈奴那里，有哥妻弟及的传统，可这是在中原开化之地，而且他的哥哥一天之前刚刚离世，至今尸骨未寒。

"呼"的一声，屋子里的最后一根蜡烛被吹灭。刘协手足无措地躺倒在榻上，随即一具温热的身体也钻进了锦被里。黑暗中，两个人谁也没有作声，刘协全身紧绷，生怕自己呼吸稍重，就打破了微妙的默契。

过了不知多久，一只热乎乎的玉手从被子里伸过来，轻轻地摩挲着刘协手上的伤口，力度不轻不重，既像是抚慰，又像在调情。刘协闭起双眼，感受着女性的温柔，复又睁开，望着漆黑的房梁，忽然开口道："能给朕说说，兄长是个怎样的人吗？"

抚摸着他的玉手猝然一停，然后缩了回去。好久之后，久到刘协以为她已经睡着了，伏寿的声音忽然从枕畔传来："我第一次见到他，是在我们的大婚之夜。"

说完以后，她自己先笑了起来："当时董卓专权，我又是以贵人身份入掖庭，所以有聘无礼。只是我母亲阳安公主怜惜我，为我备了杯合卺酒，让我与皇帝同饮。你猜他进了洞房之后，第一件事是做什么？他走到我面前，把合卺酒泼在地上，指着窗外说：'关西骄兵正在长安城里横行，董仲颖正在汉宫内啖肉饮酒，四方诸侯都在作壁上观。如今汉室就如同这地上的酒水，你为何往这个火坑里跳？'"

"那你是怎么回答的？"

"我说，既然嫁作人妇，自然从夫。想不到他冷冷地回答道：'朕不需要贤良淑德的女人，朕要的是扭转乾坤的能臣。'我那时候性子直，便争辩说女子如何无能，吕后、马后、邓后，哪个不是撑起了汉家江山？他有点意外，便拉着我的手坐到床边，问起了朝廷之事。我之前听父亲谈论许多，倒也能应对自如。

"其实那时候他也只有十四岁，比我还小一岁呢，却努力摆出一副大人的样子。他稚气尚存，可那种挥之不去的沧桑感，却是同龄人里绝无仅有的。我们一对新婚夫妇，就这么和衣躺在榻上，说着国家大事，直到三更还未见疲意。最后两个人都困倦了，他说我很好，问我是否愿意做他的皇后，辅佐他重振朝纲。我回答说我母亲是汉室公主，我流的是刘氏的血液。他难得地笑了笑——他的笑容总是很难见到——然后又一脸严肃，说未来歧路坎坷，皇后这个头衔不能带来任何荣耀，反而会把我推至风口浪尖。他让我三思。你猜猜我是怎么答他的？"

刘协在黑暗中轻轻地摇了摇头。

伏寿笑道："我咬了他一口，也是咬在手掌上。他和你一样，也没有躲开，而是任由我咬出血来。然后他把自己的血滴入合卺酒杯中，与我对饮而尽。歃天子之血，起九州之誓，这就是我们新婚的第一夜。"

刘协努力地在脑海里重建当时的场景，外面的骄兵悍将在皇城之内塚突纵横，两个少男少女，却在屋檐下攥着对方的手，发下守护汉室的誓言。他有些感动，也有些凄凉。起誓的一方，已经不在人世了，这个誓言的延续，便交到了他的手里。刘协第一次真切地感觉到自己肩上沉重的责任。

他转过头去，发现枕畔的声音消失了，取而代之的是均匀的呼吸声。身旁的女性已沉沉睡去，这是她这么多天来，第一次安稳入眠。

希望她在梦中能够见到兄长吧，刘协默默祝福道，然后也阖上双眼，把万千的思绪都抛入夜色之中。

2.

今天的朝会天子并未出席，由尚书令荀彧代为主持。他先向百官通报了前夜寝殿大火的相关情况，然后宣布了一个决定，由太常徐璆、御史中丞董芬、光禄勋桓典三卿会审，整顿禁宫宿卫。

所有人都看得出来，这一定是雒阳系长老们推动的结果。可三位大臣的决议，却大大出乎所有人意料：长水校尉种辑疏虞职守，卫驾迟缓，削爵两级，闭门自省，不复领内兵；中黄门张宇未能消弭火患，绝门坐守，以致中外不通，救援拖沓，夺职，陛下念其多年辛劳，准其回乡自守。

决议一出，整个朝堂一片哗然。种辑和张宇，那可都是深深打着汉室烙印的人，一外一中拱卫着天子最后的尊严。这一次两人如此干脆地被去职，岂不是意味着天子身侧洞开，再无近侍可用？

更古怪的是，面对这割肉剔骨般的打击，雒阳系的中流砥柱、车骑将军董承未置一词；而曹司空麾下几位有朝职的臣子，从荀彧以降，个个面沉如水，丝毫没有如释重负的表情。平时针锋相对的两边，此时都难得地保持着沉默。

事有反常必为妖，可究竟妖在何处，该如何反应，后果又是如何，这让群臣们可伤透了脑筋。

在许都朝中，并非只有泾渭分明的雒阳派和曹派，还有许多介于两者之间的官员。他们有些人是向汉室尽为臣之义的；有些则希望借此获得曹司空的青睐；还有些人摇摆于两派之间，态度暧昧。他们身不在权位，却逐机而存，希望能在争斗中获得进身之阶。此时两大派系同时沉默，这让大臣们颇有些无所适从，只能窃窃私语，努力捉摸那些大人物的心思。许多人联想到昨日皇帝只召见了董承与荀彧，不禁暗地里猜测，是不是这两大巨头达成了什么默契。一时间，正殿上静悄悄的，所有人都各怀心思。这个时候，孔融站了出来。孔融不属雒阳系，也一向看不起那些人。他千里迢迢从北海被征召到许都来，不是为了高官厚禄，而是为了复兴汉室威仪——这是一个伟大的使命，就像他的二十世祖孔丘孜孜以求复兴周礼一样。

孔融实在不明白，三卿怎么会做出这等授柄于人的愚蠢决定。更令他愤怒的是，这么大的事情，他身为少府居然毫不知情。在意识到雒阳系的"背叛"之后，一种孤臣之感在孔融胸中油然而生。

"董长馥和桓公雅这两个糊涂虫，根本就是自毁长城！"

孔融站在正殿前，毫不避讳地叱骂着董芬与桓典两位大臣。他身旁的大臣都默默地往两边闪开，唯恐被这位名士的锋芒伤到。就连负责纠弹朝仪的御史中丞杨敷都躲得远远的，装作没听见。他知道，如果自己胆敢去弹劾他，会被孔融引经据典的口水活活淹死。

这时候，议郎赵彦穿过人群，悄悄扯了扯孔融的袖子，压低声音道："少府大人，您少安毋躁，这里头没那么简单。"

"事情还不够清楚吗？这是作茧自缚哪！"孔融怒气冲冲地抖动着胡须。赵彦悄悄指了指另外一侧："董将军一直没说话，一定还有后手。"

孔融瞥了董承一眼，冷笑一声，道："自从杨公去职，他女儿怀了龙种以后，他可是越发地独断专行了。外戚之祸，殷鉴不远哪。"

赵彦听出了孔融话里的怨恨。孔融并没质疑董承是否留有后手，而是在抱怨如此重大的决策自己却并未参与其中。赵彦想到这里，叹了口气，闭口不语。他能在朝廷里做议郎，是靠孔融一力推荐，他不想忤逆这位恩人，可有些话说出来不中听，所以还是保持缄默的好。

对于整顿宿卫这事，赵彦从一开始就敏锐地嗅出了其中的几分味道。

单就朝中而言，曹操的势力并不占什么优势。他的主要班底基本都集中在司空幕府，要么随军出征，要么镇抚各地，都忙于各类庶务，即便是挂有朝职的，也很少有空参加。

可朝廷如今，根本就不算什么东西。许都的大小事务，都牢牢捏在曹操手里。现如今朝廷一个秩比千石的谒者仆射，还不如幕府里一个军祭酒来得值钱。

所以这朝会，不过是个给天下人看的仪式过场，除了荀彧、丁冲、王必几位大臣以外，并没多少人认真对待——比如这一次曹仁就公然没来。想要搞掉皇帝身边的宿卫，曹氏有一万种手段，没有必要在一个形式大过实质的朝会上煞有介事地搞什么三卿会审。

如果是雒阳系想借朝廷的这么一点余威搞点事出来，这招"以退为进"幅度似乎有点大得过分。赵彦脑筋在飞快转动，希望能从这些大臣的只言片语里推测出什么。他意识到这也许是一个机会，一个让自己和孔大人在朝中扩大影响力的机会。但是他必须谨慎，以免在抓住机会前先被政治风暴所吞噬，许都从来不是个安全的地方。

不出赵彦所料，很快三卿又发出一条决议：为策完全，这一次除了宿卫之外，许都卫也被纳入整顿之列。整顿宿卫的职责，交由车骑将军董承亲自督改；而前往整顿许都卫的使者，是赵彦的同事——议郎吴硕。

大臣们又一次发出喧哗，不过这一次声音小了许多。许都卫的名字，每一个人都很忌惮，一想到满宠那死蛇一样的表情，他们就对吴硕充满了同情。吴硕本人倒是毫不胆怯，他从荀彧手里接过诏令，立刻转身离开正殿。跟随他去的，还有二十名金铙卫士，他们的身份表明这是一次以皇帝的名义来执行的命令。

孔融觉得实在有些荒谬，他不满道："你看到了？这就是董承的后手！千钧之弩，竟为鼹鼠而发机，他可真不知轻重！"

他一向看不起许都卫那些卑鄙龌龊、浑身都滴着毒液的小人，甚至觉得多谈论一句都会玷污自己的清白。

孔融至今还记得，自己的老友杨彪，就是被拖入许都卫的大牢，然后被满宠折磨得遍体鳞伤。若不是他与荀彧两个人亲自跑到大牢里找满宠抗议，说不定杨彪就会死在里面。

站在他身旁的赵彦一脸迷惑地挪动脚步，他也有些糊涂：牺牲了两位近侍，只为了伸一只脚进许都卫？这未免太得不偿失了。赵彦是一位法家信徒，他深信任何政治行为都有隐含的利益在里面，董承这么做，难道说许都卫里隐藏着比宿卫班直更重要的东西……

赵彦似乎想到些什么，又觉得有些缥缈。还未等他想明白，孔融已经从袖子里取出一卷奏折，大声对荀彧和那个空着的龙椅道："荀令君，我这里还有奏本。"

荀彧向他微笑着点了点头，示意让小黄门呈上来。

每次朝会，孔融总会准备一两个奏本，内容从经学到农桑不一而足，甚至还有关于饮酒的法令。这些奏本不会有什么机会得到执行，但可以让整个朝会显得不那么空洞。孔融的文章写得极好，从个人角度来说荀彧还是挺欣赏这人的，有时候还会抄录下一些精彩片段寄给曹司空。

趁着小黄门取走奏本当众宣读的空当，孔融背着手，目视前方，压低声音对身旁的赵彦道："一会儿退朝之后，我去找杨修说说话，你去看看张宇。这么一位忠心耿耿的老臣，就这么像狗一样被踢出去了，实在说不过去。"

赵彦连忙应诺，孔融这是暗示他去打听一下宫中内情，只不过碍于名士的面子不好直说。这位北海孔圣，也并非如表面上那般迂腐。有时候赵彦甚至怀疑，他在朝堂上的大吵大闹，未必不是精心设计好的，有时候你摆足了姿态，别人反而不会对你有所戒心。

望着孔融器宇轩昂的背影，赵彦开始琢磨等下该如何从张宇嘴里套出东西来。他习惯性地扫视了一圈朝堂，看到董承和身边的几个人心思都没放在孔融的奏本上，而是聚在一起窃窃私语，还不时朝着外面望去。

"看来吴硕的这次使命，很不简单哪。"他摸摸下巴，越发觉得事情有些诡异。

就在朝堂上的话题转为不咸不淡的议题时，吴硕率领着金铖卫士已经抵达了许都卫的驻所。

吴硕是个自负之人，一向以董府智囊自居。对于董承委任于杨修这件事，他很不甘心，认为杨修不过是个仗着杨彪余荫的世家子罢了。吴硕主动承担这份最艰巨的任务，就是要证明给所有人看，他吴硕虽然出身寒门，却不输于那些士族子弟。

许都卫的驻所原本是许县的牢狱所在。自从皇帝移驾以来，城内房屋一下子紧张起来，许都令这种级别的官员，只能因陋就简，在牢狱前头起了一片砖木屋子。在这里办公的人，经常可以听到隔壁囚犯的哭喊与号叫。

不知是否是错觉，吴硕一踏进这屋子，就觉得遍体生寒，仿佛四周黑暗中有无数双眼睛在窥视自己。他定了定心神，深吸一口气，耳边忽然响起一个声音："吴议郎，别来无恙？"

随即吴硕便看到满宠那张不祥的面孔，还有他背后那一排许都卫的官吏。这些人早已接到通知，在此迎候天子使臣。不知有意还是无意，这些官吏无不年老体衰、暮气沉沉，那些在黑夜中令人闻风丧胆的干员们却一个都没出现。

不知道这算是示弱，还是示威。吴硕跟满宠打过好几次交道，深知这个家伙的手腕，于是也不寒暄客套，捧起手里的诏书道："我奉天子之命，前来整饬许都警卫。希望满大人能配合。"

满宠俯首恭顺道："朝廷钧令，自当遵从。"他缓缓抬起眼，两人四目相对，彼此心照不宣。

许都的朝廷处于一个微妙的尴尬地位：皇帝颁布的命令没有人会重视，但也没有人会公开拒绝执行。究竟如何应对朝廷的诏命，完全取决于各股势力政治上的取舍与角力。

比如当皇帝任命袁绍为太尉时，袁绍会断然拒绝，而且痛斥曹操忘恩负义；直到朝廷改口把他封为大将军，他才转怒为喜，欣然"叩谢天恩"。

现在雒阳系主动撤掉了两名关键要员，然后提出整顿许都卫，其实就是向曹氏提出了条件。尚书台既然默许了这种交换，满宠也就无须抗命——但也不意味着乖乖听命。这其中的分寸，颇有讲究。

吴硕还未开口，满宠已从怀里拿出一本名册递给他。

"许都卫如今有刺奸二十六人，城卫二百人，讼狱十二人。不知吴议郎打算如何入手？"

看来对方是有备而来啊，吴硕暗自感叹，却没接过册子，笑眯眯地一推："自从满大人做许都令以来，成绩斐然，对麾下健儿如臂使指，自有法度，我又怎么好妄自置喙。"

两个人在不动声色中交手了一回合，试探着对方的底线与胆量。

许都卫之所以可怕，是因为满宠，而不是"许都卫"三个字。倘若吴硕想拿皇权压人，满宠只消飘然抽身，许都卫立刻会变成一具毫无价值的空壳。吴硕对此心知肚明，所以不接那名册，含糊地表明自己无意染指。

满宠收回名册，把它交给身旁的老吏，望着吴硕不再说话。他没必要奉承这位议郎，也没义务不让场面冷下来。冷淡是一种自信，更是一种表态：我把名册拿给你，你都不敢接，怪不得我。

屋子里的温度越发冷了，吴硕忍不住想，难道他们平时办公从来不生火，就在这么一个大冰窖里待着吗？

吴硕吩咐那二十名金钺卫士离开房间，在门口候着，然后笑道："其实许都卫有满大人你在，何须整顿。反倒是宿卫那一班不成材的废物，这次火灾表现实在拙劣。"他拽住满宠的衣袖，故意压低声音，"荀令君的意思，整饬许都卫只是做个样子，其实是想借助伯宁你的手段，去锤炼锤炼宿卫。"

这次整饬虽然由董承提议、三卿推动，但如果没有荀尚书的默许，也无从实现。吴硕特意提出荀彧来，就是希望更有说服力一些。他似乎忘记了，满宠当时也在场，目睹了整个决策过程。

满宠想起荀彧交代过，说尽量把纷争留在朝堂之上，便慢吞吞道："你是说，想把宿卫诸班直调来许都卫，归我节制？"

他一语点破了吴硕的意图。既然吴硕打算明目张胆往许都卫里安插人，满宠也不介意把事情弄得更明朗些。

出乎他意料的是，吴硕却哈哈大笑，一口否认："不，伯宁你误解了。不是宿卫诸班直调入许都卫，而是许都卫充入宿卫诸班直。不用全调，一部分就行。宿卫的人需要高手带一带，方有练兵之效。"

"你们何不从曹仁将军那里借人？许都卫的人手最近可有些吃紧。昨天我的几位手下还丢了性命。"

外人听来，满宠的回答似乎在找借口推脱，可这句话听在吴硕耳里，更像是一种试探。他心中陡然想起杨修和那五枚血淋淋的手指，还有黑暗中的那名可怕的高手。好在他长于掩饰，表情一瞬的抖动都没有，直接把话题接了过去："曹将军的部队善于排兵布阵，巡卫警戒恐怕非其所长。"吴硕摆出一个为难的手势，用商量的口气说道，"你看这样如何？许都卫调多少人入宿卫，我去向陛下请旨，让曹将军补双倍的人来许都卫。"

满宠垂头思考了一阵，似乎在考虑吴硕这个提议的用意。吴硕看他半天没有反应，有些坐不住，又加了一句："董将军一向对许都卫十分看重，他说以前虽有误会，但陛下终究会明白满大人的苦心。"

这句话说得颇为露骨，其中的意义却又有些晦涩。满宠轻轻吐了一口白气，似笑非笑，手掌略拍了一下："也好。不过调兵之事，你们自去与曹将军商议。"

"这是自然。"吴硕忙不迭地点头。这时，屋外忽然有一名小吏来报："大人，邓将军已经返回，正在廊下恭候。""那我就不打扰阁下公务了。"吴硕此行的目的已经达到，听到通报便不再久留，起身向满宠辞行。他离开的时候，与邓展恰好擦肩而过。吴硕知道这人是虎豹骑里遴选出来的高手，在曹军主力驻屯于外的时候，他与麾下的骑兵算是曹仁与满宠之外第三股震慑京师的力量，不免多看了一眼。

邓展身披轻甲，肩上和披风尚有落雪，行走之间带着一丝寒气，一望便知刚从城外返回。

"许都附近能有什么事如此要紧，要邓展亲自出马？"吴硕闪过一丝疑问，不过很快便消失了。接下来他还有太多事情要做，没时间去理会一个老兵。

邓展回头冷冷地瞥了一眼吴硕的背影，径直走到满宠跟前。他虽非满宠统属，但两人一内一外配合得很好。这一次的事件，他需要满宠的意见。

"杨俊杨大人的命保住了，但是被斩断了一臂。他儿子杨平与车夫被杀。"邓展冷冰冰地说道，单刀直入。

他接到杨俊遭遇山贼袭击的消息是在两天前，司空府特意下令征辟的官员被袭击，这可以算是大案了。邓展不敢怠慢，亲自率队前往接应。结果等他们赶到的时候，山贼们已经逃得无影无踪，现场的幸存者只剩下杨俊一个人。

杨俊受伤过重，又是在严冬季节，身体经不起颠簸。邓展只得从附近军屯所调来一辆牛车，慢慢把杨俊运来许都，两具尸首经过检查之后，就地掩埋。他在这两天里把事发附近方圆几十里都搜了一遍，却一无所获，只好悻悻返回许都。

"杨俊从曲梁过来，为何要绕行那条路？"满宠问道。

邓展道："他儿子杨平一直寄养在温县司马家，他这次被征入许，顺便把儿子也接过来了。这件事已经得到了司马家的证明。"

"伤情如何？"

"车夫是一刀毙命，匕首直插心窝；杨平身上有挣扎的痕迹，脸被砍得面目全非；杨俊一臂被砍断，断口很平整，对方拿的是把利刃，而且功夫很高。"邓展把现场勘察得很仔细，全记在了脑子里，"看起来，那些山贼应该不是有预谋的伏击，而是临时起意。"

"最近面目全非的尸首，可是有些多了呢。"满宠忽然想起在寝宫废墟里的那一具古怪的尸体，不由得歪了歪头，像蛇一样地沉思起来。不过这些事，没必要跟邓展说。

满宠背着手，慢慢地在冰冷的房屋里踱步："虽说这年头盗匪如蚁，可天气这么冷，盗匪为何要袭击这种既没油水又会引来大军围剿的车仗呢？而且，盗匪既然肯花力气在杨平的脸上乱剁，为何还留了杨俊一个活口？明明他已经失去一臂，对方还有高手，根本没有反抗的机会。"

"据杨俊说，当时他诈称有军队在附近，大声呼叫。山贼们唯恐被包围，不敢久留，匆忙离去。"

"这种事，实在无可查证。"满宠忽然想起什么，抬头问道，"附近可还有别的什么车辙印或马蹄痕迹？"邓展道："天气太冷，就算有别的马车路过，也留不下来。"他忽然想到什么，立刻道，"哦，对了，杨大人提到过一个细节。他说那些盗匪言谈之间，似乎提到要赶去汝南。"

"汝南……"满宠仔细咀嚼着这个地名，汝南离许都并不算远，是南防刘表的关键，此时正是建功侯李通在镇守。凭借着直觉，满宠隐约想到了一丝不安，他不太喜欢这种不踏实的感觉，却又很享受这种抽丝剥茧的过程。邓展尽管心志坚定，看到这人脸上的皱纹几度舒展起伏，犹如一条在蜕皮蠕动的毒蛇，忍不住后背有些发麻。

"杨俊现在在哪里？""杨大人暂时在客馆休养，荀令君已经赶去慰问了。"满宠吩咐手下端来一盏热茶给邓展，邓展一饮而尽。满宠拍拍他的肩膀："邓将军，还得麻烦你再出城一次，我要看看他儿子杨平的尸首。"

3.

退朝之后，赵彦没有立刻离开，而是守在宫城附近的左掖门。张宇是中黄门，长年居于宫中。以他的议郎身份，不便入内，只能等在外头。

过不多时，他看到左掖门被打开，然后一个穿着粗布麻衫的老头子走出来，他的身上只背着一个小包裹，动作缓慢。守门的小宦官毫不客气地推推搡搡，呵斥他快些。老人一个踉跄，手里紧紧抱住包裹，差点没摔倒在地。

赵彦一下子怒从心头起，这些宦官未免欺人太甚。张宇虽受惩处，那也是两朝老臣，却被这些人欺辱。这些新人都是曹操为皇帝安排的，丝毫不懂规矩，平日没少被张宇训斥。如今张宇落魄，他们小人得志，自然要踏上一只脚。

他正要出言呵斥，忽然看到从门里走出一位女子，对着那小宦官扇了三记又狠又快的耳光。小宦官一屁股坐到地上，彻底蒙掉了。

"拖出去，打死。"女子冷冷道，她身后的侍卫一拥而上，不顾小宦官惊慌失措地告饶，直接拖走。女子快走两步，扶住老人，然后按住臃肿的肚子，眉头略皱。

"少……呃，董妃？"赵彦惊诧叫道。董妃看到他，眉头一挑："赵议郎，你好有闲情，居然跑来这里。"赵彦一阵苦笑，连忙解释了几句。原本赵家与董家在雒阳时，曾经为赵彦和董少君指腹为婚，后来朝政离乱，赵彦随家族迁去北海避祸，而董承坚守在京城，还把女儿嫁给皇帝，婚约自然作废。现在虽然两人各自婚配，但是赵彦每次看到董妃，总不免有些尴尬。

董妃却没这种尴尬，她一贯心直口快，见了自己曾经的未婚夫，也不避让。她朝着远处传来阵阵惨呼的拐角处轻蔑一瞥，从容道："宫闱不治，让外臣看到这等笑话，真是有失体面。"

这句话看似自谦，其实是在嘲讽伏寿。赵彦听得出来，哪里敢接这个话头，赶紧转移话题道："陛下如今在司空府静养，您跑来皇城做什么？"他知道董妃如今在董承府里静养，很少回到皇城。

"我来送送张老公公。"董妃的声音很大，杏眼圆睁，"送走了我就去问问陛下，为何要赶走张老公公。人家都说飞鸟尽，良弓藏，如今满地都是豺狼狐狸，他反倒先开始藏弓箭了，这到底是个什么道理！"

门后似乎有几个脑袋伸出来，然后飞快地缩了回去。赵彦觉得自己真是命犯君子，先有叱辱朝仪的孔北海，又来了一个指斥乘舆的董妃。

他只得转身朝向张宇，郑重其事地深施一揖："张老公公，少府大人托我向您问候。"张宇淡然回礼道："少府费心了。"赵彦道："张老公公不如去僻处暂歇。寝殿大火一事，少府大人以为三卿所判，实有冤屈。他已经前往司空府觐见陛下，为您陈说辩白。"

张宇却回答道："少府大人不必如此。能给小老一条活路回乡，已是历代宦官中难得的善终。"赵彦见他毫不动心，面色平静，便试探道："陛下以仁德行布天下，我想定会采纳少府之议，您何必黯然离京呢？"

听到"陛下"二字，张宇不由得把包裹抱得更紧了些，唇边露出一丝苦涩："陛下春秋正盛，不该被我这老朽拖累。"赵彦心中一动，看来张宇跟陛下之间，果然是发生了什么。他欲再旁敲侧击一番，张宇却闭上嘴不再言语。

赵彦没奈何，只得从怀里取出三枚马蹄金饼："如今兵荒马乱，前途多险，少府特备了一点盘川，请张老公公笑纳。"张宇也不推辞，接过金饼揣入怀中。董妃瞪了赵彦一眼，仿佛嫌他故意显富。她虽未施粉黛，气鼓鼓的面孔却别有一番韵味。赵彦被她一眼瞪得心中一漾，眼神从她们脸庞扫到她隆起的腹部，登时收束，不敢继续多想。

董妃道："张老公公，我给你叫了一辆轻车，有点旧，是我父亲府上的。"

她玉指轻摇，一辆在一旁恭候多时的马车轰隆隆地驶过来。赵彦挽住张宇，欲替他解下包裹放到车上，孰料张宇目光突变，断然拨开他的手，喝道："别动！"赵彦愣在那里。

张宇意识到自己的神情有些凶，便解释道："这包裹里装的，乃是寝殿大火中烧死的一个小黄门。他是我的远房亲戚。他母亲托我照顾他，我既不能保全他的性命，起码也该把他的骨殖送归故里，体面入土才是。"

说到最后一句，张宇双目隐有泪光，整个人萎靡下去。赵彦知道宦官无后，所以对同族子弟都多加照顾，便安慰了几句。

忽然从远处传来一阵马蹄声。三人转头看去，却看到一队骑士气势汹汹地沿大街跑过来，登时把那辆轻车团团围住。为首的骑士大声道："奉许都卫令，递解张宇出京。"

董妃大怒，她身为贵人，这个骑士非但不下马拜见，反而视若无睹，简直无礼至极。皇室衰微不假，但什么时候轮到许都卫来跋扈了？她指着骑士高声喝道："你是何人，敢在宫城之下驰马？"

马上的骑士稍微犹豫了一下，回答道："前锋营王服。""前锋营？前锋营何时成了许都卫的走狗？"董妃的嘴锋利无比，正要继续斥责，却被张宇拦住。张宇缓缓道："莫要动怒，惊了胎气对陛下不好。"然后拍了拍她的手，叮嘱道，"老臣走了以后，你可不要总使性子。陛下孤苦，朝政不稳，你与皇后莫要起了龃龉，让外人得利。"

"又不是我故意跟她作对，分明是……"董妃的声音又变得尖利，但她看到张宇那双哀伤的眼睛，便把后面的话咽下去了，垂头道，"我最多让着她就是了。"

她从小就跟张宇熟悉，比跟自己父亲还亲，却从未看到老人如此悲哀而平静的表情。董妃觉得张宇一定知道一些事情，瞒着自己，可她猜不出是什么。

"来，帮我拿着包裹。"老人把包袱递给她，转身上了轻车。董妃不明白他到底什么意思，一想到自己身为贵人居然要抱着一个小黄门的骨灰，心里就有些厌憎。她双手托着包袱，尽量离身体远些。老人看到包袱皮与她的小腹略微贴了贴，低声喃喃道："陛下，这是见您的儿女最后一面了。"

王服骑在马上，面无表情地看着董妃与前中黄门张宇的诀别，心里却琢磨着其他事。

根据吴硕和满宠商议的结果，许都卫将抽调一批人补充进宿卫队伍，然后由曹仁调拨麾下双倍人马支援许都卫。问题是，曹仁手下的那些职业军人们，宁可去面对北地枪王张绣的锋锐，也不愿意与满宠那个阴险的家伙共事。曹仁本人也对拿野战部队补充地方守备表示不满。

经过一番推三阻四，王服被推选出来承担了这份差事。王服是有名的游侠，当初自带着一批人投奔曹操，所以编制上归曹仁统属，实际却并非曹仁的部曲。他手下的人多是剑法弟子或江湖朋友，自成格局，平时跟曹仁麾下诸将多少有些隔阂。

既然王服肯站出来，各方面自然皆大欢喜。于是王服和他麾下的三百子弟进驻许都，换上了许都卫的号服。曹仁还慷慨地额外多拨了一百人给王服，感谢他背起这么大一个黑锅。

王服来到许都卫的第一个任务，就是押送张宇出京。他看到董承将军的女儿居然也在，便没有上前催促，而是耐心地等在旁边。望着董妃，他就想起陛下；想到陛下，就想到了弘农王刘辩；想到弘农王刘辩，就不可避免地想到唐姬……

现在他的队伍已经勉强达到了董承要求的人数，而且堂而皇之地进驻了许都。董承的手段确实高妙。整饬宿卫这件事蒙蔽了所有人的眼睛，大家都在猜测雒阳系和许都卫争斗，谁也不会想到真正的一步棋落在了许都城外的军营里。

杨修不仅算准了满宠对整饬许都卫的反应，而且还料定王服在曹仁麾下的尴尬地位，一定会被选出来背黑锅。就这样，董承的计划看似每一步都是被动的，其实步步都是主动为之。雒阳系表面上偷鸡不成蚀把米，实际上成功地声东击西，在许都城内掌握了至少一千人的武装，这可要比抛出去那两枚弃子有价值得多。

棋子的价值，完全是由棋手的动机决定的。当棋手着眼于政治斗争时，一位天子近侍与一位禁军将领无疑是极重要的筹码；但当棋手打算发动政变时，一支可靠的武装力量才是最珍贵的。

他现在最烦恼的，只有一件事：多疑的满宠并没让这些前锋营的士卒加入刺奸工作中来，而是把他们派到城中诸街道各坊去。这四百人就像撒进了许都城内的黄沙，四处分散，这无疑将会增大起事的难度。

"在计划发动之前，暂且忍一忍吧。"王服想。

张宇坐到车上，探头对王服道："我可以走了吗？"王服这才从深思中醒过神来，冲董妃微一施礼，驱马走到前头。

董妃和赵彦目送着老人在前头的街道消失，两人相对，一时无言。董妃吩咐身边唯一的一位侍婢去叫车过来。等到侍婢离开，董妃忽然丽容一敛，低声对赵彦道："彦威，我有点害怕。"

赵彦有些惊讶，他不知董妃为何会忽然发出这种感慨，连忙回答："许都名医甚多，您不必如此担心。"

"浑蛋！我说的又不是这个！"董妃狠狠地踹了赵彦一脚，就像两人小时候一样，她可从来不会因为自己的贵人身份而韬光养晦。赵彦惊出一身冷汗，好在如今汉室不盛，若是寻常，董妃这个暧昧举动可能导致董、赵两家满门抄斩。

赵彦心思玲珑，捉摸女人心思却不那么在行，他下意识地往后退了步。董妃自嘲地笑了笑，没容他再问，自顾说了起来："我父亲最近非常忙，不停地会见各种宾客，要么开设大宴，要么躲在书房里密谈。他甚至连晚上看看我的时间都没有……可我总觉得心惊肉跳，经常莫名地心慌起来。"

赵彦暗自感叹，少君这个人脾气直，心思却浅得很，根本不了解她父亲董承的处境和政治斗争的险恶程度。对她来说，生活始终停留在雒阳的童年美好记忆，人人都宠着她哄着她。可偏偏就是这样的人，直觉往往很灵验。

看来董承果然是在策划什么大事。

"您过虑了。董将军身负汉室重托，自然日理万机。陛下唯一能倚重的，唯有董公啊。"

听到"陛下"二字，董妃又有些气恼，她用手托着下巴，皱起眉头："陛下也变了，似乎换了一个人。以前的陛下光芒四射，可现在的他，有点像个傀儡，伏寿说什么他就说什么，样子也变了……"

"陛下久病未愈，容貌有所清减也属正常。"赵彦劝道。董妃启齿欲言，很快又摇摇头放弃了，这种感觉只有肌肤相亲的男女才能意会，实在无法把微妙处传达给旁人。

"张老公公走了,陛下变了,父亲也看不到了……彦威,你说我该怎么办?"董妃的声音越来越低,身体靠着左掖门的墙壁,就像一个不愿意搬家面对新环境的小孩子。赵彦心中一阵怜惜,可他知道自己能做的着实有限。他灵机一动,俯身从地上捡起一片枯叶,三折两折,折成一只草蟋蟀。"草蟋蟀,披黄带,日头东升,贵人西来。"他念的是小时候的童谣,那时候董妃最喜欢拿着草蟋蟀,骑在围墙上蹬着脚,边唱着歌谣边等贵人来接。董妃接过这只简陋的草蟋蟀,似笑似嗔,又轻轻踹了他一脚,面上的苦闷稍微消散了一些。

侍婢这时候带着马车赶过来了,两个人默契地闭上了嘴。

董妃被搀扶上车,很快离开。随着马车的远去,赵彦那点淡淡的怀旧情怀也逐渐散去,他开始头疼如何向孔大人交代,他本是来打探消息,如今却变得比刚才更加迷茫。

董妃无意的一句"陛下也变了,似乎换了一个人",在赵彦心中掀起了滔天的波澜。

与此同时,许都一切暗流涌动的旋涡核心正坐在司空府的正厅里,身上盖着绒毯。他面前跪伏着几位汉臣,絮絮叨叨地说着陈腐的话题。

"卿等所奏甚当,朕会下诏,着尚书台加以旌表。"刘协机械地张合着嘴唇,有些无聊。

大臣们跪谢,然后恭敬地退了下去。伏寿拿起一块热水敷好的绢巾,蘸了点龙涎香,给刘协擦了擦额头。这是卞夫人特意吩咐下人准备的,无论曹操对汉室如何,至少这位夫人对皇帝的礼数无可挑剔。

门口的小黄门拿着朝奏名刺刚要往下唱,伏寿指示道:"陛下疲倦了,让外面的人稍等一下。"小黄门领命而出。

伏寿见屋里没人了,对刘协道:"陛下,您刚才可有点走神了。"刘协揉揉眼睛,半是歉意半是抱怨:"这一天我已见了七八拨大臣,他们都说几乎一样的话,我都差点睡着了。"

伏寿就像是一个谆谆教导弟子的五经博士:"你现在要多接触这些臣僚,尽快熟悉每一个人的秉性,同时也要让他们熟悉你现在的面孔、风格,这非常重要。潜移默化之下,他们才不会对你起疑心。"

"好吧好吧……接下来要觐见的是谁？"

刘协无奈地按了按太阳穴，皇帝可比想象中难做多了。他宁可在冰天雪地里打一天猎，也不愿意坐在床上一动不动地接见一天大臣。他现在的脸色是一种不健康的红色，这是伏寿用生姜擦出来的。这几天他的任务，就是逐渐增加接见臣僚的次数，让他们习惯于皇帝的新转变。

"接下来的两个人很重要。一位是董承，你已经见过了，还有一位是少府孔融。"

"孔融，北海孔融？"刘协揉穴的动作停住了，孔融是当今名士，他在河内也多有耳闻。司马家一直很仰慕他，只有司马懿看不起他，说他是个大言炎炎的腐儒。

"没错，这个人心高气傲，连曹操都不放在眼里。文武百官里只有他才敢不拘礼法，当众喝骂，对曹氏来说是个不错的制衡。"伏寿侃侃而谈，如数家珍，"这人对汉室的忠心毋庸置疑，可惜刚愎自用，不通权术。陛下曾说此人可亲而不可用。"

刘协知道"陛下"指的是死去的哥哥，不由得细心听着。

"这个人精通经学，嗜酒如命。等会儿陛下见了，不妨与他谈谈酒道经学。只是莫提国家大事，他知道了也无甚用处，反惹来大把牢骚。"伏寿抿起嘴来，难得露出一丝笑意。

刘协点点头，把这些都默记在心里。他扯过绢巾用力擦了擦眼睛，大声道："宣！"

董承和孔融联袂穿过长廊，进到正厅。这两人一个垂头沉思，一个昂首直行，对比十分强烈。他们两个原本是打算单独奏事，结果却在曹府门前撞了个正着。两个人互不相让，谁都不肯排在后面，最后只能两个人一起觐见。

两人见了皇帝，先按规矩叩拜。董承刚要开口，孔融却抢在了他前头。

"陛下，臣有本上奏。"

刘协颔首示意，他对这个人颇为好奇，便不顾伏寿的眼神，挥手让他奏来。孔融不慌不忙地掏出一卷奏章，念了起来。刘协初听还饶有兴趣，后来发现空有华丽辞藻，却无一语涉及政事，便有些不耐烦。他把目光投向伏寿，伏寿却把头转过去，一副"活该你不听劝"的表情。

孔融见刘协稍有烦躁，便不满道："紫微岿然于星垣，万世不易，方有允执厥中，群星拱卫。臣下奏事，天子亦当端坐如仪，为天下范！"刘协只得重新振作精神，挺直腰板。

又听了好长一段时间，昏昏欲睡的刘协忽然意识到，这个人并不是迂腐到不能再迂腐的人，他也不可能给皇帝上这么长的奏章。他故意拖得这么久，是不想让另外一个人说话。刘协看了眼安静等候一旁的董承，发现董承一脸坦然，似乎对孔融浑不在意。

伏后趁孔融停顿的间隔，挥袖劝道："陛下大病初愈，不宜闻奏过长，孔先生可留下奏章，容后细观。"孔融却板起脸来道："司晨之事，何用牝鸡！"

斥退了一帝一后，孔融士气大振，又继续读起来。好在再长的奏章，也有念完的时候。孔融读完最后几个字，伏在地上道："臣奏中所叙，俱是前朝故事。请陛下鉴之悟之，攘奸用贤，则汉室重光，计日可待。"

绕了一大圈子，说了十几个典故，其实只是为了骂董承是开门揖盗的奸臣，讽刺他把张宇给赶走了。臣子以讽喻故事陈说实事，这是一种很古老的方式，近世已不多见。也只有孔融这种人，才会搬出这种手法，刘协有些忍俊不禁，不由得挥挥手，问道："孔先生金玉良言，朕知道了。"他怕孔融又要啰唆，便对董承道："董将军，你今日有何奏事？"

董承从容道："孔先生说史，大有章法。臣虽鲁钝，也愿为陛下讲古一二。"

刘协苦笑，怎么今天这些大臣都争先恐后地开始说起旧事。他懒洋洋地问道："卿说的哪段？"

"穆宗朝郑众窦宪事。"

八字一出，屋内气氛为之一凝。刘协于国史颇有涉猎，对于这段历史，知之甚详。穆宗孝和帝刘肇之时，权臣窦宪权倾朝野，手握兵权。穆宗任用中常侍钩盾令郑众，阴诱窦宪入城，紧闭四门，收其印绶，诛其朋党。窦氏遂土崩瓦解，皇权复振。

刘协回想起来上次见到董承的态度，他似乎在策划一件与皇权有关的大事，只是伏寿表示时机未到不肯细说。今天他有意说起窦宪的故事，难道是在向皇帝传递什么讯息？

可曹操如今远在官渡……远在官渡？是了，窦宪当年也是大军回朝，却被郑众一擒而下。穆宗能如此，我为何不能？董承要暗示的，正是此意。刘协想到这里，浑身的血液沸腾起来，有一种强烈要站起来的冲动。伏寿轻轻按住他肩膀，用眼神示意他隔墙有耳。董承也看出皇帝有些激动，沉声道："寝殿失火，四周不宁。臣等领命整顿宿卫，不日便会有成效。请陛下安坐司空府中，静候佳音。"刘协听出了弦外之音，头脑恢复了冷静。政变永远是有风险的，自己身份贵重，又对细节一无所知，所要做的是保持镇静。既然这件事是董承与哥哥议定的，那么自己不必强参添乱，具体举措交给这些忠心耿耿的臣僚去操作就是。

董承又道："种辑去职。臣举荐一人，代种辑主持宿卫。"

这是很关键的一步。计划发动之时，阖城大乱，皇帝身边若无武装保卫，难保不生变故，因此宿卫须得掌握在可靠之人手里。种辑届时另有重任，必须另有忠臣带领这支队伍。还未等刘协有什么表示，孔融却在旁边插嘴道："臣亦有一人举荐，此人是人中龙凤，有经天纬地之才，如陛下能听之任之，朝内奸邪不足为惧！"董承、孔融两人对视一眼，都感到对方有些碍事。刘协有些起急，心想董将军眼看大事将发，你这个腐儒还在这里摇舌鼓唇，实在讨厌。他慢慢也找到了些皇帝的感觉，面色一板，正要出言斥责，不料伏寿笑意盈盈，先开口道："不知两位推荐的，可是陛下心中所想的那位？"

刘协一头雾水，转念一想，伏寿口中的"陛下"，想必指的是他哥哥。这桩安排，大概是真正的刘协生前已安排好的。

"太尉杨彪之子，杨修杨德祖。"三个人异口同声，然后董承和孔融相对愕然。

在许都的某一处赌场里，一个年轻人打了一个大大的喷嚏，手里的骰子失手丢了出去，滴溜溜转了几圈，居然是个六。周围的赌徒一阵怒骂。

第四章 未亡者游戏

徐州，雪夜。车胄提枪跨马，走出城门。

鹅毛般的大雪纷纷扬扬地落下来，遮天蔽月，

让身上披的铁甲变得沉重而冰寒。

1.

徐州，雪夜。车胄提枪跨马，走出城门。鹅毛般的大雪纷纷扬扬地落下来，遮天蔽月，让身上披的铁甲变得沉重而冰寒。坐骑鼻子里喷着白气，不时焦躁地踢两下蹄子，这畜生今天不知怎么了，有些心神不安。

他看到远处影影绰绰有三骑身影逐渐靠近，勒住缰绳，大声道："来的可是刘豫州吗？"

一个声音从远处缥缥缈缈地传来，风雪中听得不太真切。车胄早在数天前就接到了驿报，说刘备率军路过徐州，刚才也有斥候来报。此时他亲自出城相询，不过是尽一下徐州镇守的义务罢了。

车胄把长枪挂在得胜钩上，腾出双手准备抱拳相迎。这时，那三骑中的一骑突然朝他快速移动。车胄眯起眼睛，注意到在那一骑的右侧还带着一条细长的黑影，只是看得不十分真切。

那一骑的速度相当快，马蹄频繁地敲击着青石路面，清脆如进击鼙鼓，很快便迫近城门。马上的人影忽然俯低了身体，这是要发力的征兆。

车胄终于看清了——拖在马右侧的，是一柄长刀，刀如偃月。月光一闪。车胄一瞬间觉得天旋地转，映入眼帘的先是夜空，然后是大地，最后是自己失去了头颅的身躯，耳边听到坐骑的悲鸣，然后整个世界都安静下来……"刘备据徐州自立！"这个消息传到许都以后，朝野立刻就炸开了锅。许多人对刘备在许都的举止记忆犹新，带着疑惑问旁边的同僚："是那个整天在家里种菜的刘皇叔？"他们想不到，那个见了谁都笑眯眯的招风耳，居然是这么一个狠戾胆大的枭雄。一些知道更多内情的大臣则暗自叹息："人说刘备寄寓，有如养虎，如今一看，果不其然。"

每个人都在议论，但每个人都不敢大声议论。疑惑、激愤、窃喜和迷茫种种情绪交织在许都这口大鼎内，蕴藏的热力让鼎中水温慢慢地升高。这一鼎水之所以还未沸腾，是因为曹司空与荀尚书还未做出回应。

对曹氏来说，刘备的自立，绝非仅仅是丢失徐州这么简单。

曹军的主力，此时正在官渡与袁绍对峙，徐州既失，等于是在曹军后侧捅了一刀。如果曹军试图抽身回来攻打徐州，袁绍的优势兵力就会如泰山压顶一般越过黄河。如果曹军置之不理，刘备进可威逼兖、青二州，退可以外联刘表、孙策，同样是极大的麻烦。

所有人都在拭目以待，看曹操如何应对这种困难局面。

"诸位，曹公已经有了决断。"荀彧对着下面的人平静地说道，手里扬了扬曹操的亲笔书信。这封书信刚刚送到，路上累死了三匹骏马和一个信使。

有资格在这间屋子里的人，都是曹氏留在许都的掾曹重臣、将领还有附近郡县的地方长官。所有人都一脸肃穆而忐忑地等待着他的下文，屋子里显得十分安静。荀彧环顾四周，威严的眼神让每一个触及的人都心头一凛，他们很少看到温润如玉的荀尚书这么严肃。

"曹公留下了乐进、于禁、程昱三位将军与袁绍相持，大军即刻开拔东移，攻打徐州。"

屋子里的人听到这个消息，面面相觑。曹仁忍不住问道："乐进、于禁、程昱三人都是良将，可袁绍兵势雄厚，司空大人亲征尚不能克，他们能顶得住吗？"

"北方之事，曹公自有成算。我们现在要做的，就是让曹公免有后顾之忧，不容有失！"

荀彧把书信扣在桌子上，俊朗的面容显出几分硬朗。曹公不在，他就是整个许都最高的守护者，他不会容许任何人威胁到它。

自从刘备自立的消息传来，荀彧意识到许都诸臣很可能会有动摇，他决定先把司空幕府内的情绪稳定下来，这才有了此次聚议。现在看来，大家的士气还算高涨，至于能够维持多久，就要看曹军在前线能取得多大战果了。

荀彧停顿了一下，又继续道："当年吕布、陈宫叛乱，一州皆失，只剩三城，曹公尚能反败为胜；今日之局，犹胜从前，何愁大事不济。希望诸位能不负曹公所托，尽才尽忠，以报汉室。"

众人一齐躬身起誓，纷纷表示愿追随尚书，尽忠报国。曹公知遇之恩是一定要报答的，至于汉室嘛，喊喊就算了。

接下来就是督粮征丁等一系列任务的安排，大战的气息通过荀彧的一条条训令扑面而来，每位官员心里都沉甸甸的，但没有人抱怨。大家都默默地接过手令，然后奔赴自己该在的地方。

聚议一直持续到半夜才散，当大部分官员告辞之后，荀彧注意到满宠跪坐在最后一排，没有离开的意思。他签发完最后一份文牍，抬头问道："伯宁，你还有事吗？"

"有件事我想提醒一下您。"满宠的语气永远都是不疾不徐。"讲。"荀彧说，拿起毛笔甩了甩手腕，对他这种卖关子的口气有些不满。"我觉得，徐州只是个开始。"荀彧把毛笔搁下，眉头皱了起来。满宠这句话很不寻常，他是许都令，按说只要负责许都的治安就可以了。满宠是个谨慎的人，若没有特别理由，不会越权擅发议论。他示意满宠说得再详细些。满宠走上前来，点了点荀彧身后的牛皮地图，他的手指压在了汝南。"汝南会是下一个？""是的，"满宠道，"不知荀令君是否还记得杨俊？他在赴许途中遇袭，据他说袭击的盗匪是路过的，正要赶去汝南。汝南是当年黄巾最盛之地，又是袁绍故里，倘若有变，非同小可。"

荀彧陷入了沉思，半晌方道："杨俊之言，有几分可信？""八成是假的，所以这件事是真的。"荀彧一怔，不太明白满宠的用意。

"杨俊之子杨平的尸体如今正摆在许都卫的地窖里，幸亏是冬天，它保存得很好，还告诉了我许多事情。"

荀彧手指凝重地敲击着几案，示意满宠继续说下去。

"比如说，杨俊在遇袭这件事上说了谎。"满宠扁平的双眼，闪过一丝锐利的光芒，仿佛毒蛇蓄势吐信，"杨平的脸被砍碎，躯干却几乎没有伤痕，很难想象，在激烈格斗中会留下如此奇怪的伤口。还有，他的手腕和颈椎都有被折断的痕迹，却比脸部的刀伤要旧。一个脖子和手腕几乎折断的人，却还能反抗盗匪，这也是不可思议的事。"

"你认为杨平不是反抗盗匪而死，而是事先被杀死再摆放到那里？"荀彧很快就抓住了重点。

"是的。我甚至不确定他是不是杨平。他的脸被砍碎了，说明有人不希望杨平的容貌被认出来。"

"可这一切跟汝南有什么关系？"

"既然杨俊的遇袭是一个骗局，那么他刻意提起汝南，就是希望我们对那里格外留意。为了印证杨俊的话，汝南近期内一定会有什么事情发生，否则他说这个便毫无意义。"

荀彧的眉头几乎绞在一起："汝南，汝南……可杨俊为什么要这么做？"

"还不清楚，"满宠摇摇头，"但他的背后，肯定还站着什么大人物。现在曹公在外头，许都有些人可是耐不住寂寞了，我们可以等他们一个个都跳出来……"

"你的意思是放虎归山？"

"令君明鉴。在下并不介意把他抓来拷问，可一个甘愿牺牲自己一臂来制造骗局的人，严刑拷打对他来说没用。祭酒大人常说，放鸟归巢，才能获其雏卵。"

荀彧心情复杂地盯着他看了一阵，方才缓缓道："汝南我会有安排，至于杨俊之事，分寸你自己把握。"

"在下明白。"

满宠咧开嘴，似乎笑了笑。荀彧有些疲惫地挥了挥手，重新提起毛笔，用嘴呵了呵冻硬的狼毫笔须，继续伏案处理政务——他知道满宠最擅长的不是把握分寸，而是寻找七寸。满宠就像是一条毒蛇，总是以最凌厉的角度咬住对方的要害，然后将致死的毒液注射进去。他已经见识了不止一次，但从来没喜欢过。

满宠默默地退出尚书台,有些推测荀彧没有追问,于是他就没有提,两个人都默契地把话题集中在汝南,没有进一步探讨和剖析。荀彧的忠诚,并非完全在曹公身上,因此他不希望有些事情追究得太细,而他满宠则不同。

两日之后,镇守汝南的李通将军接到了荀彧的一封书信,叮嘱他要留神郡内局势。李通立即征集乡兵,把精锐都集中到了汝南城附近。

他的部署尚未完成,变乱就发生了。

黄巾余党刘辟纠集了数万旧党,在汝南附近突然发动了大规模的叛乱。好在李通准备得及时,牢牢守住汝南,但也不敢轻易出击。双方展开了对峙,叛军趁机在汝南附近大肆抢掠。

消息传到许都后,一道难题摆在了荀彧面前。

曹公的主力在赶往徐州的路上,乐进、于禁守在官渡,钟繇西镇关中,唯一能去解救汝南的机动兵团,就只有在许都的曹仁所部。

不救,则汝南势危;救,则许都空虚。救与不救,成为争论的焦点。曹仁本人信誓旦旦,拍着胸脯说十日之内必解汝南之围,可荀彧却没有允可,只让他秣马厉兵,准备随时出征。

就在出兵尚未定案之时,许都城内突然出现了一则诡异的流言,让原本就十分复杂的局势雪上加霜:"庐江孙策意欲袭许!"

从远在淮南的庐江袭击许都,路途千里,乍听起来是个极其荒谬的想法。但一想到策划者是孙策,便没人会笑得出来。这几年,那个江东的疯子给天下人带来太多惊奇,没有人敢保证他绝对不会这么干。

更何况这则流言还有鼻子有眼地指出,孙策是为了配合袁绍而出兵。一南一北联手而动,袭许为佯,实为策应河北。许多人联想到,汝南本是袁绍籍贯所在,遍布门生故吏,孙策选择这时候出兵,意味更加浓厚。

一个接着一个的坏消息传来,让许都陷入了无所适从的焦虑。荀彧别无选择,只能急令曹仁所部移动到项县附近,以遮断东南至许都的通路。为防万一,他还加强了许都的城防准备,宣布四门紧闭,无令不开。

"荀文若自以为防住外势，便能安心，殊不知变生肘腋。他把许都城门关上不准进出，反而方便咱们行事。"董承举着酒杯，语气踌躇满志，"时机已到，就看汝等能否一战落城，把许都和汉室命运掌握在手里了。"

吴硕、种辑等人面露钦佩之色。他们之前以为刘备是外围策应的主力，却没料到只是吸引曹军主力的一枚弃子。徐州、汝南、江东，董承在这三个地方或实或虚地落子，一下子就调空了许都的防卫力量。

如今曹操被绊在徐州，李通困在汝南，曹仁又赶往项县，许都陷入了前所未有的空虚。这座城市最柔软的腹部已经袒露出来，而锋利的长矛已经架好了位置。只需要轻轻的一刺，汉室就会于此重生。

"今夜步出斗室，明晨朝堂相见！"

董承扫视了一圈身边的同僚，他们每一个人都流露出狂热的神情。这是一种源自于紧张的兴奋，更是大业将成的陶醉。他猛地把酒杯摔在地上，高高举起了带有汉帝墨宝的衣带诏。

"为了汉室复兴！"他振臂高喊。

荀彧抵达司空府的时候，他注意到在前面代替张宇引路的，是一个年轻的宦官。他的眉眼似曾相识，应该在哪里见过，而且是最近。

"你是……"

小宦官看到尚书令的疑惑，立刻躬身道："在下冷寿光，先前在禁中曾见过大人的，如今接替张老公公担任中黄门。"

荀彧一下子想起来了，寝殿大火那一夜，就是这位小宦官临危不惧，屡献奇策。如今宫内俭省，宦官品秩没那么森严，从低品直升中黄门不算突兀。这人看起来精明乖巧，想来比起顽固的张宇，更适合当前的形势吧。

荀彧一边如此想着，一边来到司空府的正院。按照规矩，此地已属禁中范围，该由羽林设围，曹家的人都回避出去。荀彧一踏进去，看到数名宿卫正斜靠在廊下，与一个年轻人投着骰子。冷寿光忽然高声道："尚书令荀彧，觐见。"

这是一个善意的提醒。那些宿卫听到呼唤，慌忙站了起来，甚至顾不上拿起兵器。

荀彧沉着脸走到他们跟前，仔细端详年轻人的面孔。年轻人被盯得有些不好意思，挠了挠头："荀大人。"

"德祖，你是个聪明人，不要让你父亲的名字蒙羞。"荀彧的口气有些痛惜。

孔融和董承在数天之前联名推荐杨修接替种辑之职，荀彧一直很欣赏这个年轻人，加上在杨彪被贬的事情上，他也怀有愧疚之心，于是尚书台很快就通过了这个任命，皇帝也朱笔勾批了。可这个家伙现在居然在禁中聚赌，实在是太不像话。若不是天子正在等候，他真想好好训斥一下这个愣头青。

荀彧环顾一圈，发觉今日在府中的宿卫似乎多了些，人影憧憧，而且似乎里面还有些许都卫的面孔，眉头不期然地皱了起来。禁中赌博，尚只是品性不良；若这年轻人骤得大权，不知轻重，擅动众兵炫耀，就是严重的政治问题了。

杨修看到荀彧疑惑，笑嘻嘻地解释道："这是陛下的意思。自从驻跸曹府以来，司空阖府上下日夜操劳，疲惫不堪。陛下于心不忍，特命宿卫入内，为曹家分劳。"

对于这个说辞，荀彧未置可否，只是叮嘱道："今日我为陛下开讲经学，耗时颇长，你们不可怠惰。"杨修连连点头。

荀彧拍拍他的肩膀，把袖中的《尚书》取出来，随冷寿光迈入正堂。杨修回身大手一挥，兴味索然的宿卫们散开去，重新站回到岗位上，把皇帝居住的屋子围得水泄不通。但仔细观察就能发现，这些护卫泾渭分明，老宿卫在一边，新编进来的许都卫士兵是一边，两边彼此都不理睬。

杨修斜斜靠着廊柱，手里抛玩着骰子，望向正堂内的目光变得冰冷起来。

2.

与此同时，王服已经在许都城南的校场内完成了初步的集结。此时的许都城内，有四支比较强大的力量：王服的四百人部曲，许都卫的三百人，宿卫一百五十人，以及邓展的五十名虎豹骑。其他各个官员的官邸里还有一些护院或者私兵，加到一起也有不少人，但是太过分散，不用计算在内。

表面上，曹氏手里掌握着至少七百五十人的兵力，对皇家的一百五十人绰绰有余。可实际上，他们最大的一部分已然倒向了董承。此时许都城内的军力对比，实际上是雒阳系的五百五十人对曹氏的三百五十人。更何况许都卫的人都分散在许都各处，拢不到一起捏不成拳头。

按照董承的计划，王服的部属要在傍晚前集结完毕，日落之后，全队沿朱雀大街一路向北，直接杀向位于许都北侧的许都卫。只要满宠被控制，许都卫就等于失去了一半的力量。

就在王服围剿许都卫的同时，吴硕手持敕书赶往四门，尽快控制城门。荀彧命令四门紧闭，反而帮了吴硕的大忙。兵变一发动，守城士兵更不敢擅自开城，于是没有人能在短时间内离开许都城，可以最大限度地拖延曹仁赶回来的时间。

种辑率宿卫大部和董承府上的十几名高手，赶往城西监苑，那里是邓展的驻屯地。鉴于虎豹骑的战斗力，他们会围而不歼，等王服扫平许都卫后赶来再攻进去，以众凌寡。

至于董承，则会和雒阳系的官员们直接赶往皇城，等到大局已定之时，杨修会将陛下接来皇宫，在那里，皇帝将会发出讨逆诏书，号召各地诸侯赴许勤王。而曹操的家眷，就交给已经驻扎司空府内的宿卫士兵处置……

作为整个计划中最重要的一环，王服能否及时集结部队，是行动的关键。他们名义上属于许都卫，被分割成几十个小组分散在许都各处。王服为了把他们聚拢到一起而不致引起满宠的疑心，以发饷为名，要求他们去南城校场统一领取。

结果他的部属集结速度比预想要慢，眼看太阳要落山了，才凑齐三百人不到。为避免引起注意，他们没有去司武库领取步兵甲，大部分人都穿着粗布麻衣，手里的武器也只是城防用的木枪，短刀不过几十把。

这样的武装，对付正规军团只能是自杀，但应付许都卫足够了。

此时盛饷的箱子就搁在校场中间，里面的铜钱和布帛袒露在外，许多士兵直勾勾地盯着，露出贪婪的神色。这支部队里一部分士兵是王家的剑法弟子，一部分是王服做游侠时结识的江湖豪客，因此军纪不算严整。除了几名心腹弟子，其他人并不知道王服的真实意图。如何控制这群人造反，也是门大学问。

王服烦躁地登上瞭望台，试图借着最后一丝余晖望一下远处的动静。城楼上的刁斗敲了三下，四面城楼纷纷举火，许都正式进入宵禁。

"不能等了！"王服走下瞭望台，把焦虑从脸上抹去。这支部队如此长时间的停留，已经引起了附近曹军与许都卫探子的疑心，如果再按兵不动，恐怕会有败露。

他命令士兵们集结整队，分成三个方阵。士兵们意识到这不是排队领饷的队形，眼看天已黑了，都有些不明就里，后队甚至开始鼓噪起来。王服走过去，一脚踹翻了装着军饷的箱子，里面的钱帛"哗啦"一声撒了一地。士兵们瞪大了眼睛，疑惑地望着这位将军。

王服威严地望着他们，把脚踏在半倾的箱子上，大声喊道："诸军听令！"士兵们的鼓噪平息了。"现在许都城内有奸臣作乱，我奉陛下圣旨，要平定叛乱。陛下说了，事成之后，每人都赏黄金十两，官升三级！贼党家中积贮，尔等任取之。"王服知道跟他们说忠君是没意义的，还不如以赤裸裸的利益相诱。他说完之后，队伍中的王服亲信开始大吼，听起来就像是整整一大片人都在应和。人类特有的从众心理，让那些犹豫不决的人也跟随着呼啸起来。

校场小吏听到噪声，连忙走过来想问个究竟。王服冷冷一笑，手里刀光一闪，鲜血飞溅。整个校场立刻陷入一片安静。曹公军法严峻，实行连坐，此时王服当众斩杀了官员，按照法度，他麾下这些人，也脱不去罪责。

一旦见血，便再也没有回头路了。

王服跨上坐骑，高举还滴着血的长剑，大吼道："随我来！"率先冲出了校场，三百余人的队伍勉强形成行军阵形，开始沿着朱雀大街朝着北方跑步前进——其中好多士兵甚至还没搞清楚许都内的奸臣到底是谁，完全是凭借着服从意识向前奔跑。

他们必须以最快的速度穿过朱雀大街，包围许都卫。许都卫就像一只章鱼，它的触手遍及整个城区，无所不能，但首脑却是最为脆弱的。只要他们在满宠觉察前包围许都卫，就等于奠定了胜局，否则满宠会跟许都卫都隐没在黑暗中，伺机亮出毒牙。

黑暗之中金属兵器铿锵相撞，无数只脚踏在朱雀大街的条石路面上，发出沉闷的橐橐声，如骤雨落地。因为宵禁的缘故，这条在白天很热闹的大路此时一个平民也没有，只有偶尔走过的倒霉巡逻队，要么被干脆利落地杀死，要么被裹挟到队伍中来。

王服举头望去，看到原本应该彻夜不熄的四门卫灯，已经有三盏熄灭了，取而代之的是三支火把。他心中一喜，看来吴硕那边进展得很顺利，已经拿下了三座城门。现在只要北面的昌德门一落，便意味着许都被彻底锁死。许都就彻底是他们的天下了。

就着微弱的月光，王服已能看到前方许都卫模糊的建筑轮廓。他迅速向两名军官做了个手势，两人会意，各自带着几个人脱离了大部队，从左右两个方向包抄而去，确保第一时间完成合围。许都卫里灯火如豆，看起来还全然未觉察到大难临头。

王服握紧长剑，人剑合一，此时的他，已经恢复成了当年那位无坚不摧的游侠。"唐瑛，你等着我。"王服在心中默念。在王服发起冲锋之时，在他正北三里处，吴硕正仰望着昌德门。夺门行动进展之顺利，连吴硕自己都有些吃惊。只是短短半个时辰，吴硕已经看到三座城门的卫灯落了下来。许都太大了，董承手里的兵力捉襟见肘，因此分配给他的人并不多，只有二十人与四封敕书。吴硕和其他三个人各自带着几个随从和一封敕书分赴四门，至于如何夺门，就看各自手段了。现在看来，无论其他三处的手段是软是硬，都已经顺利拿下了。"就看我的了！"吴硕舔了舔嘴唇，他对自己充满了自信。交接刘备、往许都卫里掺沙子、夺门，每一件事都是高难度的，可他都无比完美地完成了。吴硕深信，这个时代总会有些人是天纵之才，那个人不会是杨修，而是自己。

吴硕掏出敕书，走到昌德门前。他彻底研究过昌德门，城门令是一个单纯质朴的老什长，头脑比较简单，唯满宠是从，靠宣讲大义是没用的。幸运的是，在之前整饬宿卫与许都卫的行动中，吴硕给昌德门掺进了数名王服的部下。届时只要自己能骗过一时，便可内外应和，以雷霆之势扑杀此令，再亮出敕令，必可震慑群小。

他迈步走过去，正欲喊出城门令的名字，忽然发觉事情有些不对头。在正对面漆黑的城楼门洞里，传来一阵沉重而悠长的金属摩擦声。

这个声音只说明一件事：昌德门的城门，正在缓缓地开启。

"这是怎么回事？难道他们已经觉察到了？"吴硕的脑子里飞快闪过一个念头，随即又否认了，"如果许都城内有变，守兵在不明情势的情况下，应该是紧闭门户才对，也许是某位信使紧急出城吧。"

退一万步，即便是守兵觉察到不妙，大开城门，也无关紧要。董承将军妙手所致，这许都方圆几十里内，曹氏应该已无可战之兵。

想到此节，吴硕心中略定，对身后随从道："随我进去，看我眼色行事。"随从们没有动，只是惊骇地指向城门洞的黑暗，张大了嘴巴却发不出声音。

吴硕注意到他们的奇异神情，回头去看，瞳孔陡然收缩。"这，这怎么可能！"这成了吴硕在这个世界上的最后一句话。

3.

董承看到四面城门上的卫灯都熄灭，才从董府起身。他穿起朝服，在数名心腹家将的护卫下乘车向皇城开去。在临走之前，董妃出现在门口，问父亲这么晚是去哪里。

董承爱怜地摸了摸女儿的头，却不肯告诉她。现在尘埃尚未落定，告诉她也只是徒增担心，对胎儿不好，不如等到大局了然之后，再报喜不迟。

他满怀自信地步出府门，登上早已准备好的马车。临开动前，他看到对面墙垣上黑影一闪，不禁嘲讽地笑了笑。那大概是许都卫的探子吧，就算他知道自己的行踪，也没有上级需要汇报。那个毒蛇一样的怪物，已经变成了王服的刀下亡魂。

周围在夜色笼罩下黑压压一片，街道空旷冷清，只听到这辆车马蹄敲击地面的"嗒嗒"声，回声听起来格外清晰。董承坐在车里，不时正一下自己的冠冕，暗暗打着等一下在朝堂上要说的腹稿。

他的目标，从来就不是曹操本人。

如今的时局，与穆宗朝不同。如果曹操在许都被杀，只会让曹氏军队陷入疯狂，与没有反抗能力的朝廷玉石俱焚。所以他苦心孤诣，趁袁、曹对峙的机会演这一出调虎离山，只是为了顺利控制许都。许都一落，诸侯群起而攻之，四面受敌的曹操绝不敢第一时间反扑，只会缩到兖、徐之间，跟袁绍、刘备等人打成一团。

而汉室便可在许都从容布局，无论是引刘表北上还是请西凉马腾、韩遂入关屏护，可选择的手段多的是。汉室将会在董承的手里复兴。

很快马车就开到了皇城外，董承从车上下来，贴着不算高大的宫墙根朝正宫门走去，一边走，一边伸出手掌去摩挲宫墙粗糙的表面。墙面凹凸不平，尖利的石子硌得手掌很疼，让他有种微微的惬意。

"大事成后，需要重新修葺一下才是，最好是用河泥砖与白垩土。"不知为何，最先浮现在这位车骑将军脑海里的，居然是这么一个琐碎的念头。

王服一马当先，一脚踢开许都卫的木门，闯了进去，屋内的情形却教他大吃一惊。

屋内几案上点着数盏油灯，却空无一人。油灯里的残油甚多，说明点燃没多少时间。王服强自镇定心神，率众又冲入其他几间屋子和后面的监狱里，两处也都空空如也。王服运足了力气，此时却扑了一个空。

他倒提着长剑，面色阴沉地从监狱里走出来。旁边几位亲随有些不知所措，纷纷问他该怎么办。王服沉吟片刻，说道："去司空府！"

满宠很显然是听到风声，先溜走了。这虽然让局势变得复杂起来，但也未出董承的意料。以满宠在许都的耳目，让他完全不知情是很难的。对此，董承也准备好了应手。

捉大放小，只要控制住皇帝与曹氏亲眷，加之四门封闭，满宠纵然才智过人，也折腾不出什么风浪。届时讨贼诏书一下，攻守易位，取他性命便如瓮中捉鳖。

王服传下命令，麾下的人马立刻跟随着他，朝着司空府跑去。这时候，他的一名弟子忽然心生警兆，趴下身子把耳朵贴在路面上，然后抬起头来对王服道："师傅，似乎有大队骑兵朝这边来了。"

"胡说！邓展如今被种辑围在西监苑，纵然杀出重围，区区五十人，也断无这等声势。""是从北面来的。"那弟子急道。王服皱起眉头，许都卫正北是昌德门，位于朱雀大街最北端。若有骑兵疾驰，必是通过昌德门直直南下。按照计划，昌德门应该已被吴硕控制。他抬头望去，发现北方门上的卫灯确实换成了火把，说明吴硕已经得手，心中疑虑更重。

　　曹氏军队的动向，没人比他更清楚。距离许都最近的曹仁部，如今驻扎项县，断然赶不回来，其他部队离得更远。出于谨慎，王服还在今天清晨以巡逻的名义，带着人在许都城周围转了一圈，未发现任何曹军返回的迹象。

　　这一支骑兵，究竟是从哪里钻出来的？

　　远处的马蹄声越来越近，势如奔雷。时间已经不容王服思考，他的主力部队仍旧簇拥在许都卫外面的大道上，没有任何抵抗冲击的准备。王服情急之下，冲到道路中间，挥舞着长剑吼道："快闪开！闪开！"士兵们听到他的命令，纷纷转身，有的左转，有的右闪，一时间队形变得更加混乱。

　　马蹄声骤然大了起来，黑暗中骤然跃出无数的骑兵，高大健硕的马身挟着无比的冲击力狠狠地撞向王服的队列，就像一记重拳狠狠砸在了腰眼上。

　　只是短短一瞬间，就有十几名士兵被生生撞飞，闷哼着摔在地上或墙上。朱雀大街上一时大乱，陡然受到冲击的步兵们一下子全蒙了，不知该如何反应，大部分人要么直愣愣地站在原地，要么凭着直觉朝两侧闪避。

　　完成第一次突击的骑兵们伏在马背上，双腿夹紧马肚子，将长矛平斜伸出去，借助着奔马的速度，将那些侥幸向两侧闪避的士兵挑中，蓬起无数朵血花。

　　一名士兵被一匹骏马撞翻在地，疼得眼冒金星。他支起胳膊刚要起身，就被一根长矛刺穿了胸膛，整个人哀号着被矛尖挑起到半空。直到长矛承受不了重量"咔吧"一声折断，他才重新跌落到地面，随即被几只马蹄踩断了脊梁，彻底没了声息。

　　类似的事情不断发生。这条大街本来就不算宽阔，一大群惊慌失措的步兵再加上源源不断的骑兵，更显得拥挤不堪。骑兵们似乎无穷无尽，前队刚刚冲破阵列，后队又旋踵而至，惨叫声和马踏骨裂声混杂在一处，青石路面上涂满了鲜血、尿液与脑浆。

　　敌人的指挥官似乎没打算采取什么战术，单纯要凭借骑兵的冲击力来将这支部队反复碾压践踏。

　　"退开两侧，结阵举矛！"王服声嘶力竭地喊道。这里是城中，不是平原，街道狭窄，骑兵的优势很难施展开，如果把现有兵力组织起来，依靠步兵在城内的灵活优势抵抗，未必不能一战。

可惜在混乱中，已经没人能听到他的声音。这里大部分士兵并不知道自己叛乱的原因，盲从之人必定茫然。所以在遭遇挫折之后，士气下降极快。在骑兵接触的一瞬间，这些士兵就彻底崩溃了。有人扔掉武器，转身就跑；有人索性瘫坐在地上，声嘶力竭地惨号；甚至有人拼命翻越街道两旁的围墙，试图躲到房屋里去。

这队骑兵大概是接到了死命令，从进入昌德门起就开始直线加速，把整条朱雀大街当成了原野。这些疯狂的家伙完全不顾朱雀大街低矮逼仄的房屋，只是一味催促坐骑狂奔。不止一名骑兵在冲锋时被两侧屋檐刮落马下，或者在用长矛挑中步兵的时候自己也摔到地面。后面的人丝毫没有减速的意图，就这样踏过自己袍泽的身躯，一往无前。

骑兵肆无忌惮地冲击着街道，唯一还在抵抗中的，只有王服与为数不多的几名亲传弟子。可惜混乱中，这点力量实在微不足道。王服亲眼看到自己的一名弟子被长矛挑得开膛破肚，矛尖上还挂着一截肠子，晃晃悠悠。

他愤怒至极，手里长剑陡然划出一道闪光，将那名骑兵的坐骑前蹄斩断。马匹哀鸣一声，倒在地上，那名骑兵在落地的瞬间以手撑地，恢复了平衡。可惜为时已晚，王服的剑已经递到了他的面门，只听一声"扑哧"，他的咽喉就被刺穿。

江湖传言"王快张慢，东方不凡"，总结了当世三大剑技世家的特点。王服作为王家子弟，其剑法速度之快，至少在这许都城内是没有敌手的。

王服杀掉那名骑兵之后，顾不得擦拭剑身血迹，转身又冲向另外一骑。那骑兵已经从马上跳下来，兀自挥舞着长矛，像驱赶鸭子一样驱赶着三个吓破了胆的士兵，压根没想到还会有人反抗。王服左足一蹬，身子跃至半空，手腕一抖，剑锋便刺破他的眼眶，透脑而过。王服趁机一拽他身后坐骑的缰绳，大腿一偏，落到马背上。

"这些骑兵，难道是……"

虽然手刃二人，可王服心中没有丝毫得意，反而震骇无比。虽然黑暗中看不清这些骑兵的服饰与旗号，可无论是他们的战法还是呼号，都给王服一种很熟悉的感觉。一个可怕的猜想，逐渐在他心中形成。

"必须赶紧向董将军报告。"

王服一拨马头，试图从这片惨烈的混乱中脱身。马匹陡然换了主人，不满地尥起蹶子。王服二话不说，一剑刺入马臀。坐骑骤感剧痛，一下子跃过地面上滚动的尸体与血水，钻入一条狭窄里弄，消失在黑暗里，在石路上留下一长串带血的蹄印。王服走得太匆忙了，没注意到在一旁有一双惊慌的眼睛注视着他的离去。

他不得不舍弃这些部属。如果他的猜想是对的，这些部队存在与否，已经意义不大。

失去了长官的士兵们更加惊惶，尽管此时骑兵们的冲击已经是强弩之末，可他们的对手士气已经跌落到了谷底，局面已经从击溃变成了屠杀。

此时在昌德门的城楼之上，正站立着两个人。尽管他们无法穿透夜幕去俯瞰许都卫附近的厮杀，但那股飘至城头的浓重血腥味，却足以说明远处的惨烈。

站在中间的中年男子身材极高大，两条长腿如铁塔般矗立，怀抱一杆粗长铁枪，两条浓眉间锁着浓重的忧色。

"文和，如此行事，真的能取信于曹公吗？"

被叫到名字的老头子佝偻着身体，慢慢吞吞答道："张君侯不必担心，兵法有言，置之死地而后生。必先大疑，方有大信。我当日为君侯陈说宜从三条，便应在今夜。"说完这老头子把大裘裹得紧了些，一脸疲惫，"希望我这把老病骨头还撑得住。"

中年男子不再追问，他把铁枪缓缓靠在城头旗杆上，双手抄在胸口，唇边露出一丝苦笑："文和啊文和，我张绣阖族性命，可就交到你和曹操手里了。"

4.

赵彦惊出了一身冷汗，他匍匐在大车辐辏之下，屏息宁气，唯恐被人听到声音。

他刚才目睹了一场人间惨剧。三百多名步兵，在这条狭窄的朱雀大街被大队骑兵突击碾压，街面上遍布着人体残肢，浑浊的血顺着沟渠流淌到两侧的排水沟里，腥气扑鼻。

这实在是无妄之灾。下午他去拜访一位在司空西曹掾的朋友陈群，打听一下司空府最近的动静。两人相谈甚欢，居然忘了宵禁时间。陈群挽留他住一宿，赵彦却着急回去，把最新消息整理给孔少府。他心怀侥幸，觉得自己应该没那么巧被巡夜逮到，结果却迎头撞上了赶往许都卫的王服部曲。

为了防止泄密，王服命令把在街上撞到的每一个人都抓起来，裹挟而走。于是赵彦被抓到队伍里，嘴里塞入破布，被一名士兵连拉带拽一路踉跄，无比狼狈。赵彦心里惊诧万分，这些人杀气腾腾，绝对不是许都卫的巡夜。"难道是要兵变？"赵彦的脑筋即使在被人推推搡搡中，也在飞快运转。黑暗中看不太清这支部队的番号，无从得知其来源，但结合近期许都局势判断，赵彦猜测动手的应该是皇帝，或者说董承。想通了此节，雒阳系之前在朝堂上那一系列诡异的举动，便立刻清晰地连成了一条线，让赵彦豁然开朗。他震惊之余，不禁暗想，董承如此大的手笔，连王服所部都是暗中的棋子，难道荀彧和满宠对此毫无察觉？

没人回答他的这个疑问，因为他们突然遭到了来历不明的骑兵突袭。王服部曲阵脚大乱，没有人再去管赵彦。赵彦趁乱钻到街旁一辆堆着柴薪的木车底下，顾不得斯文，像条狗一样趴下，抬起脖子心惊胆战地朝外望去。三百人在朱雀大街上散成一团，显得非常拥挤，没有人会留意躲到大车底下的一个小小议郎。

赵彦从未见过如此血腥的场面，浑身瑟瑟发抖，几乎是万念俱灰。一声嘶鸣从头顶传来，一名骑兵的坐骑被街上几具死尸绊倒在地。那骑兵从地上爬起来，骂骂咧咧地踢了尸体几脚，还抽出刀来用力剁了几下，才悻悻离开。

赵彦的身体一下子停止了颤抖，僵住了。那个骑兵骂人的口音，他曾经在雒阳和长安听到过。这是一种相当土气的口音，可在前几年，它却是整个关中的噩梦。

这是西凉话！这是西凉的骑兵！在许都附近，唯一还拥有西凉骑兵编制的，就是那位宛城的北地枪王张绣。张绣是董卓旧部张济的侄子，武艺高强，在宛城自成一派。他曾经投降过曹操，但当曹操前往宛城受降的时候，他却突然翻脸，害死了曹操的大儿子曹昂、侄子曹安民、大将典韦，搅乱了整个中原的局势。张家与曹家，可以说是仇深似海。在许都如此空虚的时候，城内居然出现了西凉骑兵，这其中的意义，赵彦几乎不敢往下想……

难道董承与张绣联手，借外兵入城，袭破曹氏？可为何又与这些军队发生冲突？

赵彦忽然想起陈群说过的一句话。当他问起司空府对整饬宿卫的看法时，陈群淡淡回答道："想怎么开始，便由着他们；想怎么结束，却得看司空大人和荀令君的意思。"

近期朝廷与司空府的一条条政令飞快地在赵彦的脑子里闪回，他是个聪明人，惯于从一大堆庞杂的政令里读出隐含的意义。他忽然想到，恰好在数天之前，曹仁军团从许都被调去了项县，下达这个命令的人正是荀彧。

"不好，少君她……"赵彦猛地抬起了头，然后"砰"地撞在车轴上。他顾不得后脑剧痛，龇牙咧嘴地从车底下爬出来，心急如焚。

几个骑兵发现了这里的诡异动静，在他们眼里，这个身穿布袍的家伙似乎更有价值。几匹马耀武扬威地冲他围了过来，骑兵们的长矛已经折断，便抽出了腰间的马刀。

赵彦也不知道哪里来的力气，双臂奋力架起大车，朝前推去。大车上堆满了还未斫削的荆棘木条，满满蓬蓬，扎在身上不好受。骑兵们不愿靠近，便一抖缰绳试图绕过去。赵彦对许都地形非常熟悉，他平推大车，整辆大车忽地车头一偏，横在了朱雀大街旁边的一条里弄前。然后他不顾斯文，一猫腰从大车底下钻了过去，朝着里弄深处跑去。

里弄非常狭窄，被这么一部大车挡住入口，骑兵若不下马，绝难过去。骑兵们踌躇片刻，放弃了这个目标，重新回到大街上。

逃出生天的赵彦顾不得喘息，开始发足狂奔。这次不再是为了他自己，而是为了另外一个人。他甚至没注意到，自己在里弄路上留下了一串血红的足印，而在足印的旁边，早就有另外一串触目惊心的血红蹄印，尚未干涸。

董承仰望着宫城大门，上面漆黑一片，似乎无人值守。他让随从喊宫城司马开门，可是半天都没有回应，正当董承心中疑惑的时候，一个东西从城头被抛了下来，骨碌了几圈，恰好停在董承脚边。董承心中觉得有些不妙，他亲自提着灯笼俯身去看，发现那是一枚人头。人头的面孔很熟悉，在一个时辰前他还在向董承询问自己是否能从长水校尉升任九卿。"种辑？"董承朝后退了一步，面色大变。手里的灯笼剧颤，里面的蜡烛几乎站立不住。城头骤然灯火大起，盔甲铿锵，一下子拥出来十几个人影。借着城头火光，董承看清了其中一个人的麻子脸。"满伯宁，果然是你……"随从警惕地举起了佩刀，董承却在瞬间恢复了镇定。满宠这个人韬略深沉，靠王服未必制得住这条蝮蛇，这一点当初董承就有所预料。此时他既然出现在宫城之上，说明已经觉察到了董承的计划。

看来种辑围攻邓展失败被杀，就是出自满宠的手段。

可是即便如此，又能如何呢？皇帝如今在杨修的守护下，而王服的部队，仍旧是许都内最强大的武装集团。只要这两点拢住，就算满宠和邓展占据了皇城，也变不出什么花样来。

"董将军深夜不归府休憩，漏夜赴宫中不知有何事？"满宠居高临下地问道。

董承仰头喊道，袍袖一拂，俨然有重臣气象："满伯宁，何必惺惺作态。我今日奉衣带诏讨贼，剪除奸党。尔等为虎作伥，还不早降。"

"这可真是巧了，我这里也有一份诏书，说董将军您聚众谋反，着许都卫立行剿灭。"满宠不慌不忙地拿出一卷暗黄色嵌边的诏书，"不知京中诸军，当奉何者诏书为准？"

董承冷笑道："请来陛下当庭圣断，不就知道了吗？"满宠站在城头优哉游哉，看起来不着急，于是他也乐得拖延时间。等到皇帝与王服都到了，大义与武力俱全，不愁打不下区区一个宫城。

他们一上一下，就这么对峙着，彼此都心中笃定。片刻之后，一阵急促的马蹄声从远处传来。董承心中一喜，转头望去。

来的人却不是皇帝，而是王服，而且他只有单身一人一骑，浑身星星点点都是血迹。"董将军……"王服在马上大喊道，"西凉军进城了！"董承开始还没明白他话中的含义，有些茫然。可再一仔细思忖，面色立刻变得凝重起来。王服身上的血迹，西凉军进城，还有满宠得意的表情……他宦海沉浮这么多年，这些散碎的迹象足以让他瞬间推想出隐藏其后的关节。

想不到那个满宠居然兵行险招，说降了与曹氏仇深似海的张绣，这可是之前怎么也算不到的变数。面对悍勇的西凉骑兵，即便是曹操的中军都难以占到便宜，遑论王服那区区几百散兵游勇。

苦心孤诣调空许都兵马的计策，就这么被满宠一招无中生有给化解了。

王服正欲靠近董承，却不防城头跳下一个人来，挺剑直立，挡在他的马前："王将军，我早想与您切磋一下。"

王服勒住缰绳，望着眼前这位一脸怒相的男子，不禁苦笑道："只消几支弩箭就可解决，你又何苦动手。"邓展拔出长刀，正色道："王将军出身名家，剑法号称许下第一。今日我已斩杀种辑，与足下已是除死方休之势，何不倾力一战？"然后他用刀在自己脚下画出一条笔直的长线。

这是武者的邀战。王服知道多说无益，便从容下马，用衣襟下摆擦干剑上的血痕。两人各自举剑为礼，然后同时向前迈出一步，口中叱咤，二剑铿然相交。

董承没再对王服投以更多关注，他再度仰起头，表情开始变得扭曲："满伯宁，你果然有胆子，竟然敢走出这着险棋。曹孟德若知道，以他的多疑，只怕你也难以身存。"

城头火把飘摇，满宠的表情看起来飘忽不定。面对董承的质疑，他没有回答，而是伸出手去，将手里诏书投下城去，朗声道："董承接旨。"董承的肩膀微微颤抖，从得知西凉军入城那一刻起，他便知道自己的计划崩溃了。但身为大汉车骑将军的尊严，不容许他在敌人面前失仪。他俯身从地上捡起诏书，展卷读之，里面无非是些陈词滥调，但让他分外惊心的是，落款盖的玺印方圆四寸，上有"受命于天既寿永昌"八个字。

传国玉玺？

这方玉玺自从被徐璆送回许都后，一向是由皇帝贴身带着，如今却盖在了满宠拿来的诏书上。难道说，皇帝也已经被他们控制了吗？不，不是皇帝被控制了，而是皇帝本来就在他们的控制中……董承的思维在飞速转动。

一阵细微的破风声传来，董承身后的几名随从突然表情一僵，随即一一倒在地上。

他们都是董府里潜藏的硬手，每个人都能以一敌十，可现在却被一招击杀，暗中的那名高手，着实可怖。

面对惊变，董承头都没有回，只是负手长长叹息一声："贤侄，我该猜到是你。若非是你，满伯宁纵有泼天的胆子，又怎敢祖露都城引狼入室。"

一个年轻人抛着骰子笑眯眯地从黑暗里走出来："董伯父，我这一注投的，可还算中规中矩？"

"陛下可还好吗？"董承答非所问。杨修躬身道："荀令君一直在司空府为陛下讲授经学，如今该说到《咸有一德》了。"董承闻言哈哈大笑："'臣为上为德，为下为民。'好一篇《咸有一德》！荀令君挑选这一篇，果然有深意！"他的笑声突然一敛，瞪着杨修道，"只是我不明白。你父亲是大汉名臣，你为何要反投曹氏，可是贪慕权势？"

杨修慢慢走到董承身旁，停下脚步，温和的面容陡然变得眦眦欲裂。他靠近董承耳边，一字一顿道："贪慕权势，害我父亲入狱几乎送掉性命的，又是何人？"

董承的表情骤然僵住了，他的镇定一直到现在方才龟裂。

第五章 建安五年：有雪

不知何时，一片厚重的阴云倒覆在这座城市上空，宛若黑森森的箕斗，看来将有一场大雪。凛冽的寒风凭空流转在将军府前，不仅带来几丝血腥味道，还顺便带来了远处急促的马蹄声。

1.

"'臣为上为德，为下为民。'这句话说的乃是伊尹为臣之道，应当上辅天子，下济黎庶。群臣当一心以事君，如此政事方能为善。这里的一心，就是一德的意思。"

荀彧耐心地讲述着，他的声音醇厚而温润，丝毫没因为长篇大论而变得枯涩。这一刻，他忘掉了政治的纷扰，像一位认真严谨的学者，全身心地投入解经治典中来。

"所以这一句为上为下，便是《咸有一德》的要旨精粹所在。陛下，您可明白了？"

刘协默默地点了下头，他对这段话并不陌生。当年在河内的时候，司马家曾经收留了一位落魄的五经博士，给这些子弟讲解《尚书》。可现在听起来，这段话格外讽刺，群臣一心事君？也不知道荀彧是无心说的，还是有意为之。

刘协有些心神不宁地支着下巴，凝神朝窗外望去。伏寿正安详地跪在离荀彧、刘协十步远的殿角，专心致志地拿竹签拨动着香炉里的灰，让香气弥散得更加持久。

他的耳朵忽然动了动，捕捉到一丝细微的声音。

那是骏马踏地的声音，刘协十分喜欢马，因此对这种声音特别敏感。他很快判断出，不是一匹，而是数十匹，甚至几十匹马在司空府附近跑动。

荀彧拿起一片竹简，磕了磕几案的边角："陛下，学问之道，唯在专一。"刘协这才把思绪收回来，在心里暗想，究竟是何人如此大胆，敢在司空府附近驰马？

"难道是董将军？"刘协的心里忽然涌现出一阵激动。董承之前暗示动手就在这几天，可伏后却说不宜垂询过繁，便没告诉他具体日期。刘协把目光投向伏后，她却恍若不知，只是安心调理着炉里的香料。走廊里忽然传来脚步声，然后冷寿光在屋外毕恭毕敬道："有外臣求见陛下。"刘协踌躇道："可荀老师授业未完……"荀彧道："国事为重，经学次之。"冷寿光会意，转身离开。荀彧把几案上的经书收拾起来，仔细地打成捆。刘协觉得很好奇，他发现荀彧没露出丝毫意外的神情，似乎一直就在等待这位外臣觐见。

冷寿光将两扇中门打开，两名宿卫手持斧钺分立两侧。很快一个身材高大的男子出现在廊下。他身披甲胄，半跪在门外，声音洪亮："许下有叛臣作乱，臣宣威侯建忠将军张绣护驾来迟，万望陛下恕罪。"

刘协有些愕然，一时间不知该如何回答。张绣这句话有些突兀，一未提叛臣是谁；二未说如今是个什么状况；三来谁都知道张绣在南边与曹操对峙，如今他突然大刺刺闯入司空府，自称护驾，到底安的是什么心？

他愣在那里不说平身，便有些冷场。张绣有些尴尬地偏开身子，这时刘协才发现他身后还跪着一人。只因张绣实在太过高大，刚才竟把那人完全挡住了。

那是一个裹着羊皮大裘的老头。张绣是半跪，老头施的却是全礼。这老头保养得颇好，长髯雪白，头发却乌黑油亮，唯独双眸浑浊不堪，似有重瞳，看什么方向都没焦点。

"草民贾诩叩见陛下。"老头颤巍巍地从地上起身，嘴里有些含混不清，"自从长安一别，已有经年。老臣已是风烛残年，陛下可是健壮更胜从前了。"

对于贾诩，刘协的心情是极其复杂的。贾诩是这个时代最神秘的人物之一。他本是西凉军的谋士，董卓遇刺之后，麾下骁将李傕、郭汜意图逃回，却被贾诩劝说，反戈一击，杀死王司徒占领长安。当初在温县，杨平还曾经跟司马懿有过一场辩论，杨平认为贾诩一言而使长安生灵涂炭，是个罪人；司马懿却认为汉室衰微，即便没有贾诩，还会有另外一个人来做这件事。

可若说这人贪慕权势吧，在长安之时，又是他一力维护，周旋于李、郭之间，这才使汉室不致彻底倾覆，求得一线生机。等到天子离开长安之后，他立刻缴还了印绶，飘然离去，俨然一位不求名利的汉室忠臣。

若说他为求存身之道吧，离开长安以后，贾诩先投段煨，再投张绣，都不是什么成大气候的人物。在张绣麾下，他一而再再而三地挑衅势力如日中天的曹氏，宛城那一次事变，就是他居中主持，唆使张绣杀死了曹操的子侄，结下血海深仇，不知是哪门子存身之道。

总之这个人身上充满了矛盾与迷雾，没人知道这个老家伙的头盖骨里究竟在想些什么，也没人奈何得了他。而现在这个人就在曹公府上，跪在自己面前口称老臣，刘协忽然觉得有些荒谬。

"贾将军，你身体如何了？"伏寿率先开口，她和贾诩算得上是旧识，语言上很是随便。贾诩恭敬道："承蒙皇后垂询，老臣气血两亏，已是迟暮之年。"伏寿笑道："几年前你说是肝火太盛，怎么如今转性了？"

"咳，还不是因为老臣德薄嘛……"

屋子里的气氛因为这一段小小的对话变得轻松了些。荀彧对贾诩视若无睹，默默地在一旁把经书卷好。这名曹公的心腹大患出现在司空府内，他却丝毫没显出意外。

刘协把视线重新转到张绣身上，他发现这位将军双唇用力抿住，紧张程度不逊于自己："张将军，你刚才说许下有叛臣作乱？不知是何人？"张绣抬起头，直视着大汉天子，说出打了许久的腹稿："车骑将军董承、长水校尉种辑、议郎吴硕、将军王服等密谋造反，臣等受皇命平叛，已枭其首脑，余党俱散。"

张绣的声音还未在屋中消失，刘协已霍然起身，"当啷"一声，一柄如意钩被碰到地上，发出清脆的撞击声。万顷巨浪在这位大汉天子的心中呼啸而起。

董承败了？

他当初怀揣着哥哥的衣带诏，在自己面前是何等自信，何等意气风发。可这个汉室最后的中流砥柱，居然就这么在许都城内轰然坍塌，甚至没溅起一丝水波。他可是汉室最后的希望啊，怎么能如此简简单单地覆亡呢？

张绣开始叙述整个事件的过程，可刘协一个字都没听进去。他的脑子一片混乱，根本不愿意接受这个事实。他高高地站起来，忽然觉得头晕目眩，双手却找不到任何支撑，眼前的这些人一瞬间都变成了虚渺的叠影。董承既败，汉室再无一丝力量，留下一个白身天子又有何用！

在巨大的失落旋涡中挣扎了片刻，刘协脑内忽然飘来一丝清明。等一下，这个张绣，不是曹操的仇人吗？为何是他进军许都平叛？

想到这里，刘协瞪大了眼睛，用疑惑而炽热的目光盯着张绣。张绣被他盯得有些不自在，又不敢说什么，只得恭敬地垂下头，避免四目相接。刘协盯着他看了一阵，轻轻摇摇头，从张绣身上移到了贾诩身上。这一次凝视的时间更长，贾诩从容地迎了上去，锐利如刀的目光从这位老人身畔滑过，像是弓矢划过光滑的礁石。

"是你？"刘协低声问道，似乎在确认什么。贾诩笑道："张将军顺应天时，赴许勤王。此次平叛，可以说是厥功甚伟。"

"果然是你！"这一次刘协是大声吼出来的，他踏前一步，伸出指头，顶住了贾诩的脑门。

这是个极端侮辱的手势，天子之怒源源不断地顺着手指向贾诩倾泻而去，仿佛要把他彻底烧毁。这只卑劣的老狐狸，又玩起了他在长安的那些卑鄙手腕！汉室已经被他深深地伤害过了一次，这一次居然又是他亲手扼断了汉室最后一缕气息！

是可忍，孰不可忍！

贾诩瘦小的身体看似摇摇欲坠，却始终没被这一指戳倒。他居然还沾沾自喜道："正是老臣向张君侯说了宜从三条，这才定下降汉不降袁之策。"他句句都扣着汉室二字，听在刘协耳里全是嘲讽与恶意。

"为什么？你告诉朕，你为什么要这么做？"刘协有些失控地大喊道。贾诩抬了抬眉毛，露出惊异的表情："自然是为了陛下。"

如果现在腰间有一把剑，盛怒已极的刘协一定会拔出来砍在这老狐狸的脖颈上。可惜他没有剑，于是能做的只有一件事。

噗！一口痰飞出天子之口，落在了贾诩的胸襟之上。

屋子里突然变得无比安静，纵观整个汉代历史，恐怕也找不出这般有失朝仪的前例了。贾诩缓缓抬起右手袍袖，擦了擦喷溅到自己身上的龙涎，促狭地瞥了荀彧一眼。

荀彧知道他的心思，轻轻叹了口气，起身牵住刘协的衣袖，沉声道："陛下，叛乱既平，理当尽早宣谕百官，以定民心。论功行赏之事，可迟后再议。"一句话避重就轻，揭过了刚才那一场荒唐的局面。愤怒的刘协想甩开荀彧，自己的手却忽然被另外一双温软的手握住了，是伏寿。伏寿没有说话，只是默默地摩挲着他的手，不让他再继续逼近贾诩。

在这里的每个人都知道天子的真实想法和立场，讽刺的是，每个人都不希望天子真的说出来。无论天子对董承之乱的态度表现得多明显，都没关系，但一旦宣之于口，性质便截然不同了。有时候这一层薄薄的窗户纸，却承载着难以言说的微妙。

刘协也知道，倘若自己公开说了什么不该说的话，只怕立刻会被逼宫，可他就是咽不下这口气。短短数日的天子时光，他心情极度压抑，已经受够了忍辱负重。他低下头去，希望在伏寿那里寻求一点点支持，这间屋子里只有她才能体察和分享自己的这种失望。

可他发现，她的眼神里有劝慰，有担忧，却没有大计失败后的挫折感与失落。带着惶惑与疑虑，刘协惶然地回到龙椅上，有些失魂落魄，仿佛一个鼓起的牛皮口袋被骤然戳破。

伏寿款款起身，端起一碗已调好的药，对荀彧道："陛下龙体未复，不可骤惊。安抚城内之事，就有劳荀令君了。"她又对贾诩与张绣道："两位勤王有功，朝廷与司空大人定不会辜负尔等。只是如今董承既灭，不可让余党惊扰禁中，还要多费心。"

荀彧、张绣躬身领命，只有贾诩在一旁耷拉着眼皮，几乎要睡着了，仿佛刚才那一瞬间的怒火不是冲他发的。直到张绣扯了扯他，贾诩这才伏地谢恩，不忘重重地咳嗽了几声。

从司空府离开之后，张绣长长地舒了一口气，他的后心几乎被冷汗溻透了。不是因为皇帝的怒火，而是因为整个不设防的司空府在西凉骑兵的包围下。只要动动指头，曹公的家人就会被杀戮一空。这对一个投诚的诸侯来说，可不是什么美妙的联想。

2.

"文和你何必惹恼陛下呢……"张绣踌躇地对贾诩说道。天子虽暗弱，可毕竟是天下之共主，此事若是传出去，于声望可是大大有损。贾诩衣襟前那一团口水痕迹犹在，在麻布上洇成一个奇特的形状，宛若汉中道人画的符箓。

贾诩眯起眼睛，拍了拍张绣的肩膀："曹公和陛下之间，总会有人不开心。"张绣一愣，还没等他品出话里的味道，贾诩忽然停下脚步，"君侯可以退出城去了。"

他们两个人已经走到了司空府外围。十几名西凉骑兵站成一条线，警惕地望着周围。在离这些骑兵更远的街道上，许都卫的人形成一条不甚明显的包围线，彼此警惕地对视着。他们前不久还是敌人，现在却已成同袍，但染了血的芥蒂却不是轻易可以消除的。

正如贾诩所言，欲要大信，必先大疑。一支曾经包围了司空府的军队，却没有做出任何敌对行为就撤走了，这其中显露出的诚意，足可以换取曹公的信任。可倘若停留太久，便显得刻意要挟，反倒不美了。这其中分寸，须得拿捏得极准才行。

张绣知道自己选择的这条路，本就是一条石破天惊的险道，稍有不慎便会身败名裂。说实话，若不是贾诩一力操持，他自己早就南投刘表或者北投袁绍了。那些千回百转的复杂心思，不是他所擅长的。

"我要走了，那文和你呢？"张绣问道。贾诩道："我去拜访几位长安的老朋友，以后君侯的前程，就着落在他们身上了。"张绣点点头，军事上的姿态已经摆足，接下来得看贾诩在许都的运作了。

他跨上坐骑，双手握住缰绳，习惯性地先环顾四周。远处似乎还有零星的争斗，隐约有叫喊声传来，应该是王服等人在城中的余党吧。如今许都卫已经全力发动起来，张绣知道这里不需要自己了。

几声鸣镝飞向夜空，在城中各处的西凉骑兵们纷纷收刀策马，跟随着他们的领袖穿过昌德门，迅速而决然地离开许都，一如他们迅速而决然地出现。

与此同时，在皇城门口。"喝！"又是一声呵斥，剑锋铿锵交错，在黑暗中爆出火花。这是第十六次交锋，让围观的人看得心驰目眩。交手的两个人各自退开五步，邓展的右臂出现了一道长长的血痕，伤可见骨，而王服的衣襟下摆被割断了半边。看到这个结果，站在城头的满宠和城下的杨修同时皱了皱眉头。"王家快剑，如影似电。在下甘拜下风。"邓展挺直了身体，把长剑倒转，抱拳赞道，王服面无表情地收剑一揖，什么都没说。这一场生死决斗显然是王服胜了。邓展知道，若不是对方手下留情，自己伤得绝不只是一条胳膊。

邓展随手撕下一片布裹在伤口上，正色道："假以五年，在下还想与将军一较长短。可惜今日不能因私废公，憾甚。"王服道："各为其主罢了。"

说完这句，王服回头去看自己的"主"。董承此时扶着墙壁，面色铁青，宛若一尊翁仲。杨修站在董承旁边，还是那一副戏谑的表情，只是眉宇间隐藏着几丝狠戾。这两个人与王服站成一个三角，在黑暗中构成了一幅奇特的画卷。

城头传来弓弦拉紧的声音，黑暗中对准了王服瘦高的身影。

王服不知道杨修刚才对董承说了什么，也不关心城头随时可能射穿自己的弓箭，他只是一直盯着董承。直到后者张开嘴嚅动了一下，似乎下达了一个命令，王服这才转身牵过刚才的坐骑，翻身上马。

"逆贼休走！"

邓展的几名亲随冲了过来。王服在马上突然俯身，寒芒直取邓展。亲随们大惊之下，纷纷后退挺刀护住将军。不料这一招只是声东击西，趁着追兵脚步一滞的瞬间，王服双腿一夹，坐骑猛地突破了包围。

"嗖"的一声，城头的弓弦响了，一支羽箭正中王服的肩头。王服身形微晃，驭马之势却丝毫不减，很快便跑离了皇城。不过他没有朝城门方向，反而朝着城内跑去。

"快追！"邓展下了命令。

这样一个高手，在千军万马的战场上没什么用处，但如果孤身一人想在许都搞出点事来，真没什么人能阻止。邓展的虎豹骑亲随从城门蜂拥而出，紧紧追着王服而去。

邓展望着远去的队伍，握紧长剑，把注意力集中在杨修身后。

刚才王服从杨修身边疾驰而过，杨修和他身后的高手都没有动。凭借野兽般的直觉，邓展能感觉到那个影子也是个高手，恐怕比王服还厉害，心中颇有忌惮。究竟这个人是敌是友，邓展还不是很清楚，因此丝毫不敢大意。

杨修看穿了他的心思，指了指城头，咧嘴笑道："邓将军不必戒惧，我虽不是满大人的朋友，但也不是他的敌人——至少今晚不是。"

邓展知道杨修暗指的是什么。杨修的父亲杨彪曾被满宠抓入许都卫，严刑拷打，几乎送掉了性命，让城内的士大夫都震惶不已，那件事甚至惊动了荀令君出面干涉。从那以后，杨、满两家，已是世仇。

现在两个仇人却大刺刺地携起手来，即便邓展再鲁钝，也嗅出了其中的异常气味。这个纯粹的军人下意识地后退了一步，不想掺和到这些纷争里来。

"杨德祖，你不去护驾，还留在这里做什么，难道要等西凉兵退尽吗？"满宠的声音不阴不阳地从城头飘下来。杨修仰头道："只留你与车骑将军两人在此，我可不放心。许都令会用什么手段，在下可是一清二楚。"

满宠的面孔从这个角度望上去，显得暧昧不清："不，你并不清楚。"急遽变了脸色的，不是杨修，而是站在一旁的董承。

3.

赵彦一口气跑到车骑将军府，肺部已经快爆炸了，呼出的气息都是辣辣的。对这么一个从小读书的士族子弟来说，这种运动量有点太大了。车骑将军府静悄悄的，似乎一个人都没有。他停下脚步，扶住膝盖大口喘了半天气，然后试探着推了推大门，门是虚掩的，"吱呀"一声打开了。赵彦迈步进去，看到董妃提着一个竹编灯笼站在影壁之前，表情疲惫而淡然。

"彦威？"董妃露出讶异的表情，显然她没料到第一个踏入府邸的是他。

"快走吧！"赵彦顾不得寒暄，一把抓起董妃的袖子，就往外拽，"你父亲起兵反曹，现在被外兵截杀，许都卫的人就要来董府抓人了！"

他一分辨出张绣的西凉骑兵，立刻就推测到了真相。西凉兵入城之后，许都的局势幡然逆转，董承败局已定，董妃的处境将陷入前所未有地险恶。以他的估计，即便荀或和满宠做了万全准备，彻底肃清余党也要花上一段时间。这期间的混乱局势，将是董家人唯一逃生的机会。一念及此，赵彦这才心急火燎地赶来董府。董妃有些狼狈地甩开赵彦的手，赵彦以为她还在害羞，急道："都什么时候了，快随我出城！"董妃却停住脚步，把灯笼举得高高的。赵彦发现她的神情有些凄厉，握住灯笼提手的手青筋毕现。"赵彦威！我父亲若是事败，汉室也就完了。这个时候你不去保护皇上，到我这里做什么？"这是一个无理取闹又有些自大的问题，可赵彦偏偏被噎住了。他是大汉臣子，都城大乱，他应该第一时间去护驾才是。就连他自己也不知道，为何鬼使神差地跑来救皇帝的妃子。

"我哪里都不去。"董妃把灯笼抬到齐肩的高度，语气坚定，"以往父亲每次出门，我都提着这个灯笼在门口等候，今日也不例外。我董家累世深受皇恩，不曾缩头贪生。我就在这里迎接父亲回府。若是曹贼到此，我便要在这灯笼下，看清这些乱臣贼子的面貌！"

听到董妃说得如此决绝，赵彦一时无语。他没想到平时那个刁蛮任性的大小姐，居然有这样的气节，又是心痛，又是惭愧。饶是他智计百出，此时也不禁茫然失措，不知是该击节赞美，还是不管三七二十一绑走了再说。

"少君，可是……"

董妃忽然苦笑了一下："我这几天总是做梦，梦里尽是鲜血，果然应在了今日。我死不足惜，可惜了汉室这点骨血。"她摸了摸隆起的肚子，神色有些黯然。这胎儿才七个月，行不成托孤之事，不然托付给赵彦，倒也是个不错的选择。

赵彦一拍脑袋："对啊！这是陛下的龙种，汉室血脉！你岂可因小名而废大义？"

董妃的眼神闪过一丝笑意："我意已决，彦威你不必说了——再说了，从小时候算起，你说的话，我何时听过了？"她发出一阵轻松的笑声，仿佛回到童年，赵彦却一点也笑不出来。

不知何时，一片厚重的阴云倒覆在这座城市上空，宛若黑森森的箕斗，看来将有一场大雪。凛冽的寒风凭空流转在将军府前，不仅带来几丝血腥味道，还顺便带来了远处急促的马蹄声。

"彦威你莫要难过，你来找我，我已经很开心了。"董妃伸出手去，摸了摸他的脸，细心地把上面的血迹擦干净，略显浮肿的手指滑过他的嘴唇、喉咙，最后停留到了前襟。

正当赵彦以为要发生点什么的时候，董妃一把揪住他的前襟，把他拽到面前，用极低的声音说道："我如今要你去做一件事。"

"什么？"

"自从寝宫大火之后，陛下就像是换了一个人，不知究竟发生了什么。我数次相询，都被伏寿那个贱人阻挠。你一定要代我搞清楚这件事，否则我母子死不瞑目！"说到最后一句，董妃的面色变得有些狰狞，纤纤细手死命掐住他的胸襟，仿佛把它当作什么人的脖子。

赵彦见她说得无比郑重，便按下心中惊骇，先自答应了下来。他正欲问可还有什么证据或线索，马蹄声已经逼近，董妃突然松开手，猛然一推，把他推入董府黑漆漆的门洞内。

一名骑士出现在府门口。董妃认出他的脸，正是那名亲自押送张宇出京的将领。奇怪的是，他浑身血污，背上还插着一支羽箭，一点也不像是来缉拿叛臣家眷的。她还没来得及说什么，王服已经从马上翻下来，大声道："你父亲已败，派我来救你出城！"

董妃愣怔间，正要拒绝。王服却没有赵彦那等好脾气，揽住她粗大的腹部，双臂用力生生把她抱上了马去，随即自己也跨了上去。王服近乎抢亲般的粗暴吓住了董妃，她乖乖地不再反抗。她双足无处可踏，两只手只得紧紧抓住王服的腰带，生怕跌落下去。

王服顾不得张望四周，一甩缰绳，带着董妃飞快地离开。他们离去不到片刻，大队虎豹骑的士兵蜂拥而至。

董承的家族在战乱中离散，他的妻子也已病逝，目前董府里唯一有政治价值的，只有怀着龙种的董妃。王服和董承早有约定，若大事不济，他务必要接上董妃，逃出许都。

为首的虎豹骑队官迅速做出了判断，只留下两个人看守董府大门，然后下令全军继续追击。搜查董府的工作，等到许都卫赶到再做不迟。

这个决定救了赵彦一命。

两名士兵只能看住大门，赵彦趁机悄悄地从董府侧墙的狗洞里钻了出去，这个狗洞还是董妃以前告诉他的，想不到今日派上了用场。今夜对他来说，可真是历经磨难的狼狈之夜。不光肉身上受到折磨，精神上更是屡受冲击。先是董承、王服的起事，然后是西凉兵突兀的进城，最后董妃还给他留下一句心惊肉跳的话。

"陛下就像是换了一个人……"

赵彦在狗洞中钻行的时候，心中反复咀嚼这句话，却始终不得要领。他默默地希望王服能够顺利地把董妃救出去，让这句话不必变成遗言。

王服带着董妃疾驰在许都城内，两个人都保持着缄默，只听得到坐骑粗重的鼻息声。

追兵们越来越多，不断从身后和侧面围堵而来，有好几次，王服都是在包围网形成前的一刹那一跃而出。这时董妃才发现，这条路线看似古怪，却利用地形巧妙地甩掉了大部分追兵，让他们的数量优势得不到发挥。零星靠近的追兵，根本在王服剑下走不了一回合。

"也许这样真的能逃出去。"董妃心里蓦地升起一个微渺的念头，她摸了摸自己的肚子，里面的胎儿轻轻踢了母亲一下，似是有些欣喜。当希望若有若无地出现时，这轻轻一踢，让她那因绝望而坚定的殉死之心，产生了些许的动摇……

找一个地方，把孩子生下来，即使父亲死了，还有赵彦可以帮忙，天下诸侯那么多，总有能接纳我们娘俩的吧。董妃的心思单纯，迷迷糊糊地在马背上想着。

一声马匹的长鸣把董妃带回到冰冷的现实。她发现坐骑移动的速度越来越慢，前面的骑士左右摇摆，幅度越来越大，似乎已经神情涣散握不住缰绳。鲜血从骑士肩上的伤口渗出来，在箭杆附近冻结成了一圈暗红色的冰凌。

"你没事吧？"董妃问道。

王服摇摇头，觉得嘴唇有些发苦。他已经数次几乎摸到城墙边，却又被追兵逼着转向另外一个方向。看来满宠和邓展他们已经洞悉了全部计划，在几条秘密的潜逃路线附近都安排了伏兵。他们现在是瓮中之鳖，根本无路可逃。

"这是我第二次护送女人出城吧？"王服一阵苦笑，不由得想起往事。可惜这一次看来不能成功了。他的身体越来越沉重，意识也越来越模糊，绝望如同一块泰山巨石，重重压在心口。

他们向西又跑了一阵，拐过一座箭楼，王服陡然看到前方远远地有许多火把，还能听到人声与金属铿锵声。王服急忙拉住缰绳，长长叹息了一声，默默地拨转马头，开始了新一轮的奔走。

董妃开始还以为他有备用路线，很快却发现马匹的行进方向非常奇特，并未朝着任何一座城门前进，反而逐渐深入城中荒僻之处。看王服毫不犹豫地操弄缰绳，董妃感觉他似乎在前方有一个十分明确目标。

"大概父亲另外还有安排吧。"她忍不住想。

当马匹又穿过一条路后，王服终于支持不住，"扑通"一声从马上跌落。董妃惊呼一声，失去了平衡，也随之落地。幸好她是背部着地，虽被石子硌得生疼，但肚子总算被双手护住，没什么大碍。

董妃侧着身子，咬紧牙关从地上爬起来。她抬头看到，王服的发髻都跌散了，数束长发披落在肩上，状若疯子。他想勉力半支起身体，却不防右肩一矮，整个人又瘫了下去，表情十分痛苦。

她心中一沉，刚才的一连串逃亡让王服已经耗尽了体力，背后的箭伤更是雪上加霜，如今已是强弩之末，断断是无法再护送了。董妃冲王服喊道："接应到底在哪儿？"

如果这是一个事先准备好的计划，那么在附近一定会有安排。一条密道，一辆马车或者几个潜藏的高手。

可惜王服摇了摇头，没有回答。他径自挣扎着爬到一棵枯树下，整个人斜躺下来，涣散的目光飘向别处。董妃疑惑地盯着他，心中有些不解。夜色太深，她无从判断是在许都城的什么位置，只勉强看到不远处有一栋木屋，门前还斜插着一枝剪下来的梅花。

他费尽辛苦，就是要来这里？董妃心中浮出疑问。她已经没有什么体力了，只得在枯树旁寻了处井栏坐下来，让冰凉的井石顶住腰间，才稍微好受一时。

如附骨之疽的追兵们靠近了，他们一直被王服牵着鼻子，却从来没真正被甩掉。王服看着一个接一个士兵从雪中跳出来，突然抬起脖子，竭尽全力发出一声尖利的长啸，惊起了附近枯树上的几只乌鸦。

木屋里的人也受了惊，点起了一盏烛灯。很快屋门打开，一名女子披着斑花麻衣，端着一个烛台走了出来。董妃看到，王服的眼神陡然间变得温柔起来，目不转睛地望着那名女子，原本攥紧的拳头慢慢松开了。那女子的眉眼她认得，是刘协哥哥刘辩的妃子唐姬。

"原来他无处可逃，特意跑来见这女人最后一面。"说来奇怪，董妃此时却没什么怒意，反而有一丝淡淡的羡慕。她懒懒地靠着井栏，浑身没一丝力气，四肢已冻得发僵，就连思维也迟钝了许多。"若是他也对我这般好，不知是什么滋味。"

忽然一滴冰凉的雪花优雅而缓慢地落在她的鼻尖，董妃仰望夜空，看到无数朵雪花自天空悄无声息地落下，如一队奔丧戴孝的仪仗，转瞬间就把枯树下的两个人盖上了一层素白。

唐姬看到了远处枯树下的人影，她有些惊慌地张望了一下，想朝屋子里缩去。王服又一次发出长啸，这一次的啸声带着简单的旋律，三长一短。

唐姬手里的烛台微微一颤，她记得这啸声。当年在长安逃亡之时，王服曾与她约定，啸声三长一短代表他已被敌人包围，要她独自逃生。那时候两个人最终都顺利脱险，所以这个暗号并没用上。想不到在这许都城内，这啸声终究还是响了起来。

她半步在门外，半步在门内，一时间不知该如何进退。雪花飘落在烛台四周，一部分被微弱的烛火融化，但更多的继续汹涌扑来。唐姬踌躇了一下，一边抬起手遮挡在烛台顶上，以免烛火被雪花熄灭，一边朝着王服走了几步，木屐在雪地里留下浅浅的一行足印。

王服望着自己魂牵梦萦的女子，嘴角牵起一丝笑意。既然无路可走，那么死前看着她，也是一种解脱。

"保护唐夫人！"

后头的追兵已经赶到，散开成一片扇形靠拢过来。王服抓紧最后的时间，挣扎着从冰雪里站起来，从靴中拔出一把匕首，朝她刺去。

唐姬的反应十分迅速，她一手捏住刺来的刀刃，一手按在王服的手腕上发力，瞬间让匕首调转方向。这一招拆卸正是王服在长安教她的，她极为熟练，眼下自然而然地便用出来了。匕首刚被调转，王服手臂一振，刺入自己胸中。唐姬"啊"了一声，却已经来不及阻挡。

王服拼尽最后的力气嗫嚅道："瑛子，保重……""对不起。"唐姬小声道。这个回答出乎王服的意料，他诧异地瞪大了眼睛，试图去分辨唐姬话中的含义。可是他嘴唇只嗫动了几下，终究没有再次出声，身体朝前倒去，正好把匕首的握柄塞入唐姬手里。在追击者的方向来看，似乎是王服试图袭击唐姬，反被后者杀死。"您没事吧？"负责追击的队官喘息着问道，有点儿上气不接下气。唐姬茫然地松开匕首，点点头。"今日许都城内有反贼作乱，惊扰到夫人了，实在罪该万死。"队官恨恨地踢了一脚王服的尸体。唐姬微微皱了一下眉头，蹲下身子，举着烛台去看王服的面孔，死者似乎还保留着临死前那一瞬间的惊讶。

"这里还有一个女人！"一名士兵忽然大喊道。

队官和唐姬同时转过头去，看到董妃正靠在井栏上，双目平静地望着彤云密布的天空，似乎在寻找什么。队官吩咐士兵闪开，恭谨地单腿跪在地上："叛乱已定，请贵人尽快回府。"

董妃没有回答。唐姬耸耸鼻子，忽然闻到一股奇怪的味道。她猛然想到什么，再去看董妃，一下子呆住了。董妃坐着的地面附近，薄薄的一层积雪已被殷红的血水化开。源源不断的鲜血正从她下身飞速涌出来，在这雪中冒着热气，如同魂魄被一丝一缕地从身体里抽走、飘散。

"快把她搀进去！"唐姬大声道。士兵们有些惊慌，顾不得吉利不吉利，手忙脚乱地把董妃抬起来，朝屋子里抬去。进了屋子，唐姬让他们把董妃平躺着放在床上，臀部垫起枕头，以缓解崩漏的速度，然后对队官吼道："快，快让你的人去找稳婆和医师！""这不行。"队官摇了摇头，用身体挡在门口。唐姬几乎不相信自己的耳朵："你在说什么？！这可是怀着龙种的妃子！""她也是叛贼董承的女儿。"队官回答道，他这么说的时候，年轻的脸庞浮现出几丝不忍和无奈。"我有命令在身，请夫人理解。"他羞愧地比了个手势。唐姬很快就反应过来了。董妃既是天子的妃子，又是叛贼的女儿，这样一个棘手而矛盾的人物，杀不能杀，留不能留，无论怎么处置都会引发物议，还会给其他诸侯落下口实。上头那些大人物，想必已经给追击者下达了命令，希望董妃这个麻烦能够以一种意外而自然的方式解除。

眼下显然就是一种最理想的状况。

唐姬冷冷道："所以你们就打算看着她死去？"队官没有回答，他默默地摘下铁盔，把它夹在腋窝下，挺直胸膛站在原地，面色涨得通红，但没有丝毫退让的意思。

"告诉我你的名字。一个坐视皇妃死亡而无动于衷的人，总要有人记住才行。"唐姬道。

"容城，孙礼。"队官犹豫了一下，大声报出了自己的籍贯与名字。

唐姬不再理睬他，转身去看董妃的状况。孕妇的情况非常糟糕，血崩愈发严重，整个床榻已被污损成一大片触目惊心的暗红。董妃的脸色因为失血过多而急遽变得苍白，整个人几乎陷入昏迷。

她本该拥有美好的人生，享尽荣华富贵，享受丈夫的宠爱，说不定还可以母凭子贵，成为一代太后。可现在的她只能躺在床上，孤独而痛苦地等待着死亡的降临。她的周围都是宣誓要效忠汉室的臣子，却没有一个人伸出援手，就这样放任她与自己的孩子死去。

董妃的四肢忽然抽搐了一下，她的右手向半空中伸去，仿佛要抓住什么。她的嘴唇微微翕张，似有遗言要说，唐姬急忙俯身侧耳去听，却发现那孱弱至极的声音，竟是一首歌谣："草蟋蟀，披黄带，日头东升，贵人西来……西来……"

声音渐渐变弱，直至不可闻。唐姬站起身来，平静地对孙礼道："你们的任务完成了，都给我滚出去。"

孙礼上前探了探董妃的鼻息，深深鞠了一躬，把铁盔重新戴在头上，带着部下头也不回地离开了。唐姬听到他们的脚步声在屋外停顿片刻，然后传来一阵窸窸窣窣的声音。她突然意识到，那是他们在拖动王服的尸体，忍不住泪如泉涌。

4.

荀彧从司空府一离开，就立刻到了许都卫，要听取最新进展。他答应让满宠放手来干，但心中始终不够踏实。尤其是一想到皇帝刚才对着贾诩的愤怒神情，让荀彧内心深处生出一丝复杂的愧疚。他如此匆忙地赶来许都卫，未尝不是为了能用诸多琐事压抑住这种软弱的情绪。

"现在许都的情势，已然平靖无虞。"

满宠向荀彧一字一句地汇报，语调平常，甚至还带着些许的遗憾。经历了大半夜的折腾，他非但不疲惫，反而双目神采奕奕，仿佛参加了一场酣畅淋漓的围猎。昨夜的钩心斗角与杀戮，简直就是滋养毒花的肥美养料。

"主事者呢？"荀彧最关心这个。"种辑、吴硕、王服三人伏诛，车骑将军下狱，协从人等或擒或杀，无一漏网。""董妃如何？"满宠难得地停顿了一下："已死。"荀彧呆了呆，语气里多了一分恼怒："她是大汉天子的妃子，孕有龙种，你们怎么敢……"满宠道："是董承同谋王服，他意图挟持皇妃潜逃，我军追及将其击毙。可惜皇妃受惊太大，以致崩漏过甚，药石罔效。"听到"罔效"二字，荀彧的右手微微抖动了一下。他盯着满宠的双眼道："你确定这是一次意外？没隐藏别的东西？"

"故弘农王刘辩之妻唐夫人可为证人，她目击了一切。"

荀彧重新坐了回去。他对于满宠的话将信将疑，但又无可奈何。无论是论朝职还是幕职，荀彧都是满宠的上级。可荀彧知道，满宠真正的主官，是在一个叫作靖安曹的地方，而这个曹与其他曹不同，最高长官不叫曹掾，而叫作军师祭酒。

整个曹营，只有一位军师祭酒，名叫郭嘉。

满宠把整理得一丝不乱的竹简推到荀彧面前："叛乱者的供词已全部做好了，请荀令君过目。"

许都卫负责的是许都的治安，但没有审判的权力。这种涉及高层叛乱的事情，应该都归尚书台来管。在荀彧看来，这无异于要尚书台给许都卫擦屁股。可以想象，次日上朝以后，这个消息将会引发多么大的震撼。光是整治雒阳系旧臣，就要花一番手脚，哪些需要趁机处理掉，哪些可以争取到曹公这边来，都要花心思去琢磨，更不要说还有孔融那个啰唆的老家伙。

这些事情不难，只是烦。真正难的是董承的处置，稍有不慎，便会被周围虎视眈眈的诸侯们拿住把柄，打起清君侧的旗号，那样政治上便会很被动。

满宠似乎看出了荀彧的为难，他把其中的一份薄薄帛书又朝前推了推，动作尽可能地轻柔，似乎不太愿意沾手："这是专门录下的车骑将军供词，是杨修亲自执笔。在下以为，审董一案，非此人不足为荀令君您分忧。"

这已经不能够算是暗示了。荀彧意外地看了满宠一眼："看不出你们已经和解了，他不记恨你了？"

"外举不避仇。"满宠简单地回答道。

凭借杨彪之子的身份，杨修主审可以最大限度地消弭雒阳系的不满。这确实是一个绝妙的安排。

但荀彧知道，这背后的事情绝没那么简单。杨家甘愿与仇敌联手，也要置董承于死地，这其中的动机，可堪玩味。究竟杨家是为了重夺雒阳系主导地位，还是已经接受了现实，推出家中年轻才俊来示好于曹公，以保全家族？这些因果纠葛，需要细细揣摩，方能品出其中味道。

荀彧蓦然想起一个说法。当初杨彪入狱被满宠严刑拷打之事，有风传是董承在暗中举发的缘故。想到这里，荀彧盯着满宠，似乎想从这个人满脸的麻点中看出些许端倪。这时候荀彧才意识到，许都有许多条隐藏于案几之下的涌流，并不流经尚书台这种高高在上的地方。

"主审之人，陛下自会钦点。"荀彧不轻不重地点了一句。满宠听到"陛下"二字，好奇地问道："听说陛下对此事很愤怒？"荀彧点点头，天子龙涎赐老臣，这破天荒的事还不知史书上会怎么记录。

满宠歪了歪头，上下白齿轻轻磨动了一下："以陛下的脾性，倒是少有的失态。""这事也怪难为陛下的。"荀彧不愿意就这个话题继续讨论下去，因为那势必会牵扯出立场问题，让他的矛盾感加剧。荀彧把宽大的袍袖舒展开来，举臂在半空中拂了两下，表示自己要走了。许都卫这里的空气实在太阴冷了，只待了一阵子他便觉得骨头里都挂了霜。

这时满宠又请示了最后一个问题："杨俊故意诱使我军转向汝南，他参与叛乱一事，无可置疑。当如何处置？"

对了，还有这个人呢。荀彧沉思片刻："暂时先不动他——许都昨夜的血，已经流得足够多了。"

"还请荀令君详为示下。"满宠似乎不太满意这个答案。"他儿子杨平身死一事，我看不出在董承的计划里有任何用处。他如此安排，必然另有图谋——伯宁，你早就知道答案，又何必问我？莫非许都卫以为，我之才器不堪为曹公效命吗？"

这一句话声音不大，却重逾千斤，显然荀彧对这个试探很不满。满宠连忙低下头去，口称不敢。这位尚书令平日里温润如玉，偶尔露出锋芒来，竟是青锋直进，锐不可当。即便心志坚定如满宠，一瞬间也被这温玉所化的锋锐所刺穿。

"这些供词我会派人来取走，届时自有庙堂殿议，伯宁你安心整顿许都城就是。"荀彧冷冷说完，整了整扭曲的绶带，迈步离开。当走到门口时，荀彧忽然又想起来什么，回头问道："张绣入城这件事，是你的主意，还是郭祭酒的设计？"

"是贾诩贾大人。"满宠念到这个名字的时候，面部肌肉罕有地抖动了一下。荀彧不知道这是一种尊敬、一种畏惧，还是两者兼有。

第六章　我想和这个天下谈谈

是修身齐家治国平天下？？还是牵黄狗出上蔡城修黄老之道怡养天年？是出世？还是入世？是兴复汉室~还是做一个隐士？

1.

荀彧步出许都卫的同时，刘协刚刚步入司空府的后院。

此时的天子有些魂不守舍。董承败亡得如此干净利落，实在大出他的意料；而贾诩那副无耻嘴脸，更令刘协感到愤怒。他感觉自己就像是一个行将溺水的人，眼看有一只手伸下来把他拉上船，突然又被踹入水中。

在荀彧离开后，刘协指派冷寿光去找满宠，很快就拿到了董承叛乱的详细记录。在这么短的时间内许都卫就完成了这厚厚的一摞报告，说明他们早有了准备。读完报告，刘协不得不承认，在满宠与贾诩的联手之下，董承的计划破绽百出，从一开始就没有成功的可能。

让刘协意外的是，在报告里他看到了杨修的名字。父亲杨彪亲自把天子送进许都，然后儿子杨修把天子忠臣的阴谋粉碎，这是一对多么奇怪的父子。更令他震惊的是，董妃居然就这样香消玉殒了。他与这女子其实毫无感情，但一想到无辜的她成为董承的陪葬，带着自己兄长的骨肉凄惨死去，还是忍不住悲戚万分。想到这里，刘协长长叹了一口气。他不是真正的刘协，不擅长应对这种血雨腥风的政治斗争，总是下意识要去逃避。所以当他知道董承即将发动政变时，内心深处对于有人替他承担这些艰巨冷酷的责任松了一口气。现在董承没了，他必须自己面对这个难题——这大概才是刘协愤怒的根源。

伏寿一直陪在刘协身旁，用手臂挽着刘协，十指紧扣。他们走过环门，这时从走廊的对面传来几声孩童的呼喊，曹丕、曹彰与曹植三个人一路打闹着走过来。

"陛下回宫，闲人退避。"在前头领路的冷寿光大声喊道。三个小孩子都停下脚步，曹丕拽了拽曹彰与曹植的衣角，低着头退到一侧。刘协走过他们，微微侧头，忽然发现曹丕正偷偷抬起头望着他，眼神里充满了奇异的光芒。

"我记得你还有个兄长，几年前去世了吧？"刘协忽然问道。

曹丕没料到天子会主动和他讲话，眼神里的奇异光芒消失了，取而代之的是一种与他年纪不符的沉郁。

"蒙陛下垂询。臣兄长没于宛城。""感觉如何？"刘协问道。在一旁的伏寿有些惊讶，这是她第一次见到他主动与外臣说话。曹丕对这个问题有些愤怒，他昂起头来，声调提高了几分："臣时年十岁，也在军中，亲见乱军争杀。若非臣趁乱夺马而逃，只怕早与我兄长同死。陛下问臣感觉若何，臣只能回答：有如利刃加身，万箭攒心。"

他们说的，正是几年前那场宛城惊变。当时曹丕也随行在侧，侥幸逃脱。刘协僵硬地笑了笑："杀你兄长之人，适才就在司空府外，替你父亲破解了大危难，成了大功臣。你当如何处之？"曹丕一怔："陛下说的是……张绣？"刘协点点头。曹丕的拳头陡然攥紧，随即又放了下去："父亲曾有嘱咐，外事自有荀先生处置，国家之事，我一个小孩子不宜置喙。"刘协没料到他会这么说，伏寿在一旁笑道："不愧是大族子弟，谈吐得法。"曹丕得了称赞，露出欣喜神色，努力把背挺得更直些。曹植在一旁打了个呵欠，扯着曹丕的袖子："哥哥，咱们不是去偷酒喝吗？"曹丕瞪了他一眼，忽然旁边传来"哗啦"一声，众人去看，却是曹彰耐不住，先偷偷翻墙出去，中途跌下来了。

曹丕连忙躬身道："吾弟失仪，请陛下恕罪。"刘协已经失去了继续谈话的兴趣，挥挥手，让他们自己去玩。曹丕抬起头，一直目送着他们离开，这才转过身去，冲曹彰大吼起来。

告别了曹家三兄弟，刘协回到"寝殿"。冷寿光将床铺铺好，检查了一下炉子中的火炭，倒退着离开屋子，把门掩好。

伏寿服侍刘协脱下袍子，然后坐在铜镜前散开云鬟，把裹得严严实实的皇后衣装一一解开，露出里面的彩凤心衣。光洁的裸背一下子袒露在刘协面前，屋子里仿佛亮了几分。两条钩肩慵懒地斜搭在她圆润的肩头，随时可能滑落。

伏寿在铜镜里看到刘协木然盯着自己的裸背，不由得面色有些绯红。她转念间忽然想起什么事情，回头笑道："陛下，你可觉得那曹家老大刚才有什么异样？"

刘协道："是有些奇怪，别人都会极力避免与我对视，可他似乎一直想抬起头来。小孩子的好奇心？"伏寿抿嘴笑道："他已经不算是小孩子了。何况他看的可不是陛下，而是臣妾啊。"

刘协一怔，旋即想到，其实伏寿年纪也不大，只比曹丕大个五六岁而已。这个年纪的男孩子，对年长的女性怀有憧憬倒是很平常的事情。但是……这孩子连皇后都敢流露倾慕，胆识倒是不输其父。

"到底是上过沙场的，与他的两个兄弟大不一样。"刘协正想问，伏寿微微低下头，玉唇轻轻把蜡烛吹熄，柔声道："陛下，可以就寝了。"

两个人从榻的两侧钻进被子，被子里已经被细心的冷寿光搁了两方温石，所以一点也不冷。伏寿朝刘协的方向挪了挪，把头贴在男人宽阔的肩膀上，一条颀长的腿有意无意地搭在他的双腿之间，绵软滚烫的身子自然而然也靠了过来。

这一次两人之间再无间隙，刘协可以充分感受到女性肌肤的滑嫩与柔腻。白日里那位端庄贤淑的皇后，此时却如同一匹伏在暗处的母兽，蓄势待发。刘协感觉嗓子有些发干，正欲开口讨些水来，却不防一对红唇迎了上来，他下意识地要抬起手来挡住，指尖却不小心陷入一大团丰腴之中，然后被微微弹起。

刘协自从来到许都之后，震惊、忧虑、恐惧、迷茫和沮丧接踵而来，整个人一直被极度压抑着。此时这大胆的撩拨，在他紧绷的精神防线上弹开了小小的一个缺口。几乎就在一瞬间，如泰山般的巨大压力令堤坝崩塌，转化成了狂暴的洪流肆意宣泄，把他与他怀中的女子裹挟在一起。

开始的时候，如羽化登仙般快乐。刘协感觉自己正握着一支如椽巨笔，在一张白洁绵软的左伯纸上挥毫作画。笔端蘸饱了浓墨，挥洒间汁液四溅，在光滑的纸面上留下斑斑印记。纸边娇羞地微微卷起，似要抗拒，却被强势地压直铺平，任凭长而坚硬的笔杆运转自如，横、撇、竖、捺、钩，每一画的笔势，都那么苍劲有力，力透纸背。

可就在酣畅淋漓的书写中，却有一粒微小的洇晕在慢慢扩大。这洇晕初时不起眼，却逐渐洇透了整个纸面，将这一篇精彩绝伦的书法破坏无遗……

"不对！"刘协一声大喊，动作突然停了下来。眼神迷离的伏寿以为已经到了时刻，香笺微翘，正欲迎接最后重重的收笔，可原本充实的身体却霎时一空。她不由得闷闷地呢喃一声，睁开迷离的双眼，看到刘协正从自己的躯体上滚下来，刚才的狂野荡然无存。"陛下，怎么了？"伏寿的声音慵懒妩媚，还带着一丝不满。

"不对，这不对。"刘协神经质地自言自语了两句，忽然抓住伏寿赤裸的肩膀，"董承的计划，是你们出卖给曹操的，对不对？"

伏寿没料到在这个柔情蜜意的时刻，他居然问出这么一个问题。她慢慢蜷曲起双腿，娇躯上浮起的酡红仍未消退，可脸上的迷醉已经消失。

"陛下你为何这么说？"

"我早该想到！"刘协大声道，"整个许都，知道我身份的人，只有你、唐姬、杨彪和我父亲，也许还有杨修。而恰恰是你们这几个人，没有参与到董承的计划中来。这是巧合吗？"

面对刘协突如其来的质疑，伏寿没有急于回答，而是把粘在额头的几缕头发撩开。刘协继续说："所有不知道这个秘密的人，都死了；所有知道这个秘密的人，都活着！难怪你们一直瞒着董承，瞒着种辑，瞒着所有参与这一次行动的人。你和杨彪，一开始与董承根本就不是一路的！"

"陛下你是何时发觉的呢？"伏寿冷冷地问道。她不再是刚才那柔情万种的娇娃，恢复到了女策士的冰冷。

刘协同样报以冷笑："就在刚才！""就在你忙着占有臣妾的'刚才'？"伏寿嘴角微翘，语带讽刺。刘协尴尬地咳了两声，这才意识到两个人还是裸裎相对，这样的对话对刚刚欢好的男女来说，未免太过古怪了。刘协拿起被子遮挡住伏寿，自己胡乱抓起龙袍围在下身，站到了床榻边。"我开始以为，许都内忠于汉室的反曹势力虽然弱小，但很团结。可我错了！从寝殿大火之后，你一直操纵我来鼓励董承起事，而你非但没有任何配合，反而让我远离他的计划。等到他发动计划，你们就派遣杨修去向曹氏出卖他——杨修，是你们刺向董承后背的那把刀！你们到底为了什么？就为了争权夺利？"伏寿轻叹一声，把被子裹得再紧了一点点："陛下你虽然性子软弱，眼光倒是不差。同胞兄弟，果然都不是废物。""这么说你承认是你们出卖了董承？""是，但绝不是陛下你说的争权夺利，"伏寿紧皱眉头，"事情远比你想象的复杂，我本来想稍后再向你解释的。"

"哦，又有我所不知道的谋划了。"刘协嘲弄地插嘴道。

"董承必须死。他是汉室最危险的一个不安定因素。这个人太过自负，目空一切，除了他们那一小撮人谁都看不起。我不知道什么时候，这个轻佻莽撞的家伙会把我们都带入死地。"

"这也不能成为你们出卖一位汉室忠臣的理由！"伏寿猛然靠近刘协，咬牙切齿："醒醒吧！这不是你一团和气的河内，这是许都！你当汉室复兴只是一场忠臣的游戏吗？这是一场战争！而且我们处于绝对的劣势。没办法！只有最无耻、最卑鄙、最聪明的人才能活下来，我们必须无比谨慎地移动每一步棋，一次失着，就会万劫不复。在这种没有退路的战争里，董承那愚蠢自负的忠诚，只会成为负担！"

刘协被伏寿突如其来的气势吓住了，张了张嘴，居然无法反驳。

"你知道杨家为何要出卖董承吗？"伏寿喘息了一下，继续说道，"雒阳系当初的首领，是杨彪杨大人。可是董承却在暗中策谋，刻意把杨大人与袁绍的姻亲关系与许都的安危联系到一起，结果导致杨大人入狱，几乎死在里面，董承则堂而皇之地以雒阳系领袖自居。争权夺利的，到底是谁？"

"也许他是有别的用意。"

"是的，他有！董承复兴汉室的法子，就是把他们那一撮人都拔擢上高位，密谋一次简单的宫廷政变，一劳永逸。为此，他不惜得罪以杨家为首的世家大族。"

刘协哑口无言。他长在河内名门司马家，对这些大族的实力知之甚详。那些家族不显山，不露水，但是根基却极为牢固与广泛。若无当地门阀支持，别说县丞郡守，就连一州刺史也未必坐得长久。

"就连曹操、袁绍，都要极力拉拢这些世家。董承却愚蠢到以为同时得罪了曹氏与大族，靠几个精英就能逆转局面。把汉室绑在他的马车上，早晚是倾覆之局！"

"可是……即使如此，也不必坐视他们被曹氏诛灭啊。你刚才也说了，汉室太弱小了，需要每一点细微的力量。董承积攒下来的势力，难道不可惜？"

伏寿的脸上浮现出坚毅的神色："没有别的办法。我们必须切除不稳的肌瘤，把姿态放得极低。有董承的汉室，既没有足够的力量来扳倒曹操，又容易引起曹家的警惕，就像是一条破船，偏要高悬红灯去闯强军的水寨。这一次事败，汉室明面上的势力一扫而光，曹操才会觉得我们根本构不成威胁，以退为进，我们才有空间扳回局面。潜龙在渊，腾必九天，这道理陛下你该知道。"

刘协摇摇头，他承认伏寿说得有道理，可他还是无法接受这些残酷的法则。"这个皇帝我当不来，对不起。我没办法和你们一样，把人当成棋子一样随意舍弃。你们这样的搞法，我的兄弟也不会赞同的。"刘协说道。

伏寿眼圈突然一红，她昂起下巴凛然道："你大错特错了。这都是陛下生前定好的方略，除掉董承的计划，从陛下密发衣带诏开始，就已经发动了。每一个细节，都是陛下亲自拟定，我们只是遵照执行，履行他的遗志罢了。"

"又是这样！每次都是他的生前遗志！难道害死董妃和他的亲生骨肉，也是他生前的意思吗？"刘协愤怒地喊道。

"那是个意外，"伏寿蹙起眉头，"我们没有预料到，董承居然在起事之前，没有把他女儿疏散出许都。大概是他太自信，根本没考虑过失败的可能。"

"那你刚才和我敦伦呢？难道也是我兄长的意思吗？"伏寿的身体陡然变得冰冷，她咬着嘴唇："是的，这正是陛下的意思。你以为我真的那么贱，在丈夫死后几天就跟别的男人欢好？"刘协意识到自己说得太过分了，他咳嗽一声，想表示歉意。可伏寿已经转过身去，背对着他，语调冰冷："看来陛下你果然只适合在河内打猎游玩，许都对你来说太残酷了。陛下他看错了人，明天我们会想办法把你弄出许都，以后汉室如何，就与你无关了。"刘协呆立在原地，这时他才感觉到屋子里彻骨的寒冷。

2.

许都这一日的朝会，呈现出前所未有的热闹景象。不光雒阳系官员和中立官员都到齐了，就连曹公在许都的人都一个不缺。他们各自揣着心思，跟自己信得过的人轻声细语，每个人的脸上都带着惊疑和忐忑。

昨天晚上许都的动静，大家都听见了，只是恪于宵禁都不敢出门去打听。到了今天早上，各式各样的猜测与流言飞速地在城内散布开来，说什么的都有。有的说孙策带着武陵蛮军飞进许都；有的说张鲁的信徒设下法阵；甚至还有传闻说吕布根本没死，昨天晚上那恐怖的马蹄声，就是他麾下那支陷阵营在肆意冲撞。

不过所有的流言，结局都是曹公获得了胜利。否则此时站在皇帝身边的，该是董承，而不是荀彧。

赵彦站在群臣之中，肩膀微微颤抖，面色十分苍白。他昨天晚上从狗洞逃离董府，一口气跑回家里，用被子蒙住头号啕大哭了一场，哭到几乎吐出血来。

到了今天早上他步出府门的时候，已全不见昨夜的惊慌与悲痛，整个人像是被炉火烧得炽热又猛然浸入冰水中淬炼了一般。当他从陈群那里听到董妃已经去世的消息时，眉毛连动都没动。

"少君，我已哭尽了后半生的懦弱，可以全身心地去完成你的嘱托了。"赵彦在心中向她起誓。

他抬起头，向高高在上的皇帝望去，发现今天的皇帝与往常不同。刘协颓然跪坐在案几之后，右手有气无力地斜撑着身体，眉宇之间缭绕着愁苦灰败的气息。

不是病容，而是愁容，那种心事极重、几乎要压垮精神的愁容。

"车骑将军如此轻易就覆亡，陛下如此失望，也是难免的吧？"赵彦心想，但他马上记起董妃的叮嘱，不免又多看了几眼，这时才发现到底哪里不对劲。

原本与皇帝形影不离的伏后，居然缺席了。

赵彦记得自从到了许都以后，皇帝经常生病，所以几乎每一次接受臣子觐见，都要有伏后陪伴侍候，为此没少惹董妃嫉妒。可是今日如此重大的朝会，伏后怎么不来呢？

有问题。

赵彦在脑海里拼命思索，似乎有一根极其模糊的丝线四周游动，能感应得到，却难以切实捕捉。忽然一只大手拍在他的肩膀上，让赵彦的思绪一下子散乱开来。

"彦威，你今天怎么回事？"赵彦回头，原来是孔融，连忙低头行礼："少府大人，我偶感风寒，身体有些不适……"

"昨晚的事你都知道了？"孔融压低声音问道。赵彦点点头，没说什么，孔融愤愤道："这个老糊涂，居然独断专行，这么大的事居然都不与我商量。"

赵彦道："车骑将军想来是怕累及大人吧。"

孔融道："他这个人我最了解，好大喜功，又看不起别人，总以为自己肚子里那点货色能治国平天下，如今看到了？"

赵彦对孔融的说辞有些不满，忍不住反击道："少府大人难道认为车骑将军做错了？"

孔融冷笑道："他做对做错，又有什么用，还不是被荀彧和满宠轻轻一巴掌拍下去，拍了个烟消云散。他这是把汉室当自己的赌资往盘中押注呀。赌赢了，就是霍光；赌输了，就是李固——左右他都不吃亏。如今好了，他成全了忠臣之义，陛下倒要给他殉葬。"

说完他重重地跺了跺脚，似乎十分愤恨。赵彦听完，心中一震。孔融这番话，让他一下子豁然开朗，原本虚无缥缈的那根线头，终于被捏住了。这位孤高的少府大人，似乎比自己想象中要有头脑得多。

两人正谈着，忽然上面一声金缶脆响，朝议正式开始。

皇帝和大臣们草草地走了一遍朝议的议程以后，满宠率先站出来，请求奏事。刘协懒洋洋地抬手准了。满宠便把昨晚发生的一切一一道来。

满宠的声音阴森森的，而且不带任何感情色彩，仿佛在朗读前朝旧事。在汇报中，一些细节被刻意掩饰，但整个事情的全貌还是被勾勒得很清楚。

很多人看到满宠站出来，都大为惊讶。要知道，董承"叛乱"是件大事，一般应由皇帝向臣下颁旨说明，或者由尚书令代为宣布结果，以安群臣之心。如今居然是一个小小的许都令站出来，以奏事的形式向皇帝汇报，这其中的味道，颇值得思索。

"哼，一看就是荀文若的安排，他倒有心思。"孔融在人群里撇了撇嘴。

董承"叛乱"一起，任何人都会联想到汉室在其中扮演的角色。如果这两者被有心人联系起来，诛杀董承就成了对汉室宣战，政治上会很不利。

荀彧让满宠打破惯例，自下向上汇报，明摆着就是想把汉室从这起事件里摘出来。是的，汉室对这起"叛乱"事先毫不知情，一直到许都卫消弭乱象，主动报告，皇帝方才"欣闻"。自上而下与自下而上，两者之间的区别可是相当大。

而且满宠的许都令身份，暗示这不过是起治安事件，幕府不会扩大打击面，追究其他雒阳系官员的责任。这样一来，汉室既不会被董承牵连，曹操的敌人也拿不到任何话柄，还顺便安抚了朝廷官员，一举三得——这是典型的荀氏平衡之术，谁也学不来。

在这个朝廷里混的，都不是傻瓜。大多数人在愣怔片刻之后，都解读出了幕府释放出的善意。有些人如释重负，有些人面无表情。孔融忍不住喟叹道："荀彧这个家伙，如果把这些心思都用在辅佐汉室上，那该是另一番气象呀。"赵彦却没接过话，而是死死盯着满宠，不放过他说的任何一个字。每一个细节，都有可能帮助他完成董妃的嘱托。

满宠的汇报很快就结束了，然后谦恭地退了回去。荀彧向皇帝询问意见，刘协无精打采地摆了摆袖子，冷寿光乖巧地递来一杯药汤，他接过杯子慢慢啜饮，意思是"我不管了，你们随意"。

荀彧只知道皇帝情绪不高，他不知昨晚龙榻上那半幅没写完的书法，还以为陛下仍旧在为董承之事郁闷。这件事荀彧无法劝慰，只求皇帝不要失心疯般站出来说傻话，一切就都好办。

群臣此时议论纷纷。满宠的报告里除了提及董承一党的下场以外，还透露说有一位汉室良臣，赴许勤王，大家都在猜测到底是谁。

荀彧站出一步，清了清嗓子："陛下有旨，宣宣威侯建忠将军张绣、宣义将军贾诩觐见。"

这两个名字在群臣中炸响，除了事先知情的几个人，其他人面色都是大变。

曹操与张绣之间的仇恨谁人不知，可如今张绣居然厚着脸皮跑来许都，还帮着曹操干掉了董承，这其中转变，许多人都反应不过来。一直到张绣和贾诩登入殿内，大臣们才想起来，在张绣身后，还有那么一个可怕的老头子。

贾诩的宣义将军印绶，早在长安就缴还朝廷了。现在荀彧宣这个号，无疑是对他在平叛中扮演角色的肯定。

荀彧、满宠、张绣、贾诩，董承居然要面对这么多对手，实在是太不自量力了。殿中的大部分人，都闪过这么一个念头。一时间殿内变得极其安静，百多双眼睛都集中在他们两个人身上。

张绣走在前面，昂首挺胸。他昨夜退出城之后，约束人马后退三十里，然后换上布衣，单骑再入许都，得到了荀彧的亲切接见，安排他今日亮相，算是昭告天下。

而贾诩还是一副老态龙钟的模样，走几步就要喘上一喘，似乎随时可能倒在地上。可没人觉得这很可笑，有些雒阳系的老臣清楚地记得，这个老东西在长安时给人一种行将就木的错觉，可他们的许多同僚如今都死了，他却仍旧活得很硬朗。

两个人一快一慢，相继步入殿内。

刘协抬眼看了看他们，注意到贾诩胸前那口龙涎，好似还没擦掉，仍有涎迹。他现在心乱如麻，也无从去想贾诩这么做是嘲弄还是尊敬。

张绣和贾诩跪倒在地，向皇帝施礼。他们还没站起来，殿外忽然传来一声清脆的童声："杀吾兄者，可是正在此殿中？"这一声令群臣悚然，连刘协都忍不住抬起头来，朝外面看去。只见外面有一个小孩子，身披白色麻衣，腰系草绳，右手还举着一根铭旌木杆朝这里走来。那铭旌比他个头还高，只能半举半扛，十分吃力。守卫皇城的卫兵们纷纷退开数步，谁都不敢阻拦。

"二公子？"荀彧低声惊呼了一声。

来的正是曹丕。他独身一人，身穿丧服，一副气势汹汹的样子。荀彧看看张绣，后者还在笑，但五官已经开始扭曲。荀彧暗叫不好，张绣这样的投诚者，最为敏感，任何风吹草动都会引起不安。这时曹丕跑过来，无疑对他是最大的一个刺激。

荀彧快步走下台，上前挽住曹丕的胳膊低声道："公子，此地乃朝中议事之所，无诏带钩擅入，是要有大麻烦了。你擅闯朝殿，已是祸事不小，再不退去，只怕你父亲会不高兴。"

曹丕扫了一眼张绣和贾诩，对荀彧道："荀先生，我自有分寸，只问几句话就走。"

"胡闹！天子就在上头，岂容你一个小孩子随意僭越。难道你想篡位不成？"

荀彧喝道，他真的有点光火了。曹丕这孩子平日里很懂礼数，举止无不规矩，怎么今天像是中了邪一样。曹丕看了看刘协，发现伏寿没在旁边，有些失望。他咬牙道："荀先生，此乃我曹家之事。您事后无论如何责罚，丕儿绝不怨恨——但现在，请让我问清楚。"

"不行，我不允许。"

"死的是我大哥，又不是你大哥！"曹丕突然高声叫道，猛地甩脱荀彧的手臂，冲上前去。年轻人的动作迅捷灵敏，长期案牍工作的荀彧拦阻不及，竟被他冲了过去。

曹丕小小的身躯跑到整个殿中，来到张绣面前，把手里的铭旌重重戳在地上："张将军，吾兄曹昂可是死于您之手？"

张绣到底是一代豪雄，既然话已经说开了，他便单腿跪地，双手抱拳道："大公子身中六箭三刀，皆出自我军士之手。虽非在下亲自动手，却也责无旁贷。"

曹丕没有继续质问，转向贾诩："贾先生，您可是杀吾兄之谋主？"贾诩掩袖咳了一声，也长跪谢道："是老夫一力谋划，要害曹公。"

"我当日也在宛城，若落入你等手里，自然也免不了一死，是吗？""不错，老夫原想将你父子三人一网打尽，以绝后患。"

贾诩话一出口，殿内所有人都紧张地盯着曹丕，不知道这孩子将会做出什么事情来。倘若他一棍打在张绣身上，这事到底该怎么收场？倘若他一棍把贾诩打死了，天下又会如何传闻？

此时无论荀彧还是刘协，无论孔融还是赵彦，都屏息静气，盯着曹丕手里的动作。

曹丕忽然把绑着铭旌的木杆复又举起来，绰在手中有如一杆长枪，半空虚点着张绣的咽喉："吾兄曹昂的魂魄，如今便寄寓在这铭旌之上，看着我，看着你们！你们还有何话说？"

没等二人回答，曹丕竟大哭起来，哭得双目赤红，声音嘶哑。他一摆木杆，道："我当日若非蒙受天眷，也与我兄长一起战死。可见天不绝我曹氏，留我一条性命，正是为了报仇！"

话音刚落，木杆闪电般朝着张绣戳去。张绣闭目不动。杆头在距离他喉咙三寸的地方，突然停住了，曹丕手里一顿："父亲曾说，君子不以愤致怒，不以私废公。张将军、贾先生，你们昔日与父亲为敌，是各为其主，不曾留手理所当然。今日你等主动来投，我却不能因私仇而坏了国家之事。"

说完曹丕把木杆撤了回来，用手背擦了擦眼泪。

荀彧心中一松，心想这孩子总算还识大体。不料曹丕突然又把铭旌举起来，对准了殿内一人，厉声道："可是你，你明知张、贾与父亲素有大仇，却在许都空虚之时引兵入城，任凭敌兵在司空府周围游荡。倘若那二人心怀歹意，我全家岂不是早被杀得干干净净？你身为许都令，竟把主公亲眷置于险地，如此轻佻行事，该当何罪？"

他指着的人，正是满宠。

所有人都没想到，曹丕要针对的人居然是满宠。满宠对这个转折也颇为意外，他皮肉略动，乖乖跪倒在地，一言不发。他知道，这时候说什么都没用。

荀彧虽然不喜欢满宠，但不得不站出来劝道："二公子，此策自然是有了十分把握，方才实行。"

曹丕眼神陡然变得凌厉，手中更递进数寸："十分把握？这次有十分，下次呢？谁来担保他每次引入的大敌都是诚信投靠之人？一次失误，我曹氏就是灭顶之灾！依我看，这许都令的罪过，大过张、贾！"

荀彧哑然，曹丕这话论理倒也没错。可是，他不能任由曹丕当众批评满宠，这会引发混乱。他伸手过去拦住曹丕，从他手里接过铭旌木杆，沉声道："二公子，赏罚自有尚书台与群卿议定，你虽是曹司空之子，朝中却无品级。再闹下去，我要请廷尉来处置你了！"

曹丕恨恨瞪了满宠一眼，悻悻撤回手来。荀彧唯恐他又闹出什么事来，催促他离开。曹丕又望了一眼刘协，转身离开，边走还边大声道："来人哪，小爷擅闯朝堂，当监禁十日，以儆效尤！"

谁敢抓曹司空的公子，那些卫兵面面相觑。一直到荀彧弹弹手指，这才有几个胆子大的卫兵凑上去，曹丕配合地伸出双臂，任凭他们取粗绳来缚住带出殿外。曹丕忽然又扯着嗓子喊道："荀先生，我回不去了，兄长的铭旌，记得插回到他坟上。"

荀彧手里攥着这玩意，有些哭笑不得。

高高在上的刘协望着这一幕，心中忽然想到昨天在司空府里，陡然一凛。难道说，自己昨天随口说的那一句话，竟然让曹丕这孩子想了这么多道道出来？这孩子小小年纪，怎么心机如此深重？

可若说心机，他这么大闹朝议，不见得是什么深思熟虑的结果。刘协脑中忽然闪过一个念头：难道他只是为了在伏寿面前表现一把？想到这里，刘协略微有了点头绪。他也是这年纪过来的，知道年轻人最爱在心仪的女性面前炫耀。他就曾经为了给一个女子展现骑术，双手不抓缰绳飞马而走，结果重重摔了一跤。

曹丕这一系列举动，看似轻率幼稚，却是会被时人称颂的义士品德。即使伏寿今日不在场，这种行为很快也会传到她的耳朵里，然后她会对这公私分明、亲仇明辨的少年平添好感，多赞他一句吧。

到底还是个孩子，刘协心想，随即又苦笑着摇了摇头，自己可没什么资格嘲笑曹丕。昨天他一时冲动信口胡言，伏寿再也没理过他，早上也没陪着上朝。他到现在也不知道，伏寿最后那句要把他送回河内的话，到底是气话还是……

"陛下，朝议可否继续进行？"荀彧连问了数遍，刘协才反应过来。他连忙跪直身躯，示意继续进行。

刘协不知道，他的一举一动，都被下面的赵彦看在眼里，记在心里。那一双眼睛有若鹰隼，无比精确地捕捉皇帝任何一处细微的肌肉牵动，并牢牢记在心中。在接下来漫长的日子里，这些影像将会在赵彦的记忆里被反复比对、分析，直到他找出最深处的不同。

虽然有曹丕意外的搅局，但当日朝议本身并无任何悬念，只是简单地通报了董承叛乱的经过，宣布了张绣军的正式合流。除此以外，没有涉及任何奖惩赏罚——毕竟这是汉室的小朝廷，真正的决策，还得要曹公的司空府来决定才行。

孔融照例站出来唱起了反调，要求荀彧和满宠不得轻慢罪臣，须按三公予以礼遇，这个要求照例被忽视了。孔融又要求亲自参加审讯，这也被荀彧婉拒。

散朝之后，孔融追上司徒赵温，把他拦到了宫门前。杨彪已倒，董承败亡，如今雒阳系的最高领袖，就是这一位老资格的赵温。

"董承已败，子柔你有何打算？"孔融直言不讳地问道。

赵温揉了揉太阳穴，有些心力憔悴地回答道："事已至此，荀令君已答应不追究其他人的责任。汉室薪火，能留一点是一点吧。"

孔融知道赵温这个人忠心是有的，但是缺乏魄力和主见，要不然也不会贵为三公，却没多少人把他当回事。他看看左右无人，挽着白发苍苍的赵温走到一处僻静之地："子柔，杨公、董公虽不在，朝中还得有人与曹公相持才行。不然曹氏得寸进尺，乘势进逼，再无回旋之地啊。"

"现在你还想引火烧身？"赵温瞪大了眼睛。

孔融不满道："您当年面斥李傕的勇气，如今都跑到哪里去了？"赵温面色有些尴尬，他几次想挣开孔融，却被后者死死拽住。

"听着，子柔，我不是让你现在拿起剑来去刺杀曹操，而是希望你帮我做一件事，一件小事。"

可惜这句话丝毫不能平复赵温的惊疑，孔融这张大嘴巴尽人皆知，他说的大事，可能是小事——比如酿酒；他说的小事，反而可能是要掉脑袋的大事。孔融看到他不信任的眼神，反而笑了："你知道吗？我听说，荀令君在给陛下上经学，讲的是《尚书》中《咸有一德》一章。"

赵温挣扎的动作停住了，他皱起了眉头："《咸有一德》？""《咸有一德》。""可是这章不是早已散佚了吗？"赵温也是个治经典的人，这些常识都知道。"谁让咱们的荀令君，骨子里也是古文一派呢……"孔融眯起眼睛。汉初之时，博士伏生保存下了《尚书》二十九篇，用隶书抄写，时称今文；后来鲁恭王拆孔子故宅，在其中发现《尚书》，以先秦六国文字写就，共四十五篇，称古文。从此儒学分为两派，今文派对古文《尚书》颇多抵制，不承认多出来的那十六篇是真的；古文派也对今文《尚书》不屑一顾，认为来路不够正统。

从此今、古相攻如仇，纷争不断。光武以来，两派争端越演越烈，无论乡野大儒还是朝廷高官，就连皇帝也经常被牵涉进这两派的争斗之中，学术歧见，有甚于父仇。

一直到郑玄出世，他虽师从马融，古文派出身，却融汇今、古之长，锻成"郑学"，争论才稍微平息。可始终有那么一批死硬分子，坚持不肯妥协。

《咸有一德》属于古文《尚书》篇章，郑玄曾公开宣布此篇散佚，可许多古文派儒生拒绝承认，认为郑玄这是对古文派的背叛。他们为证明郑玄错了，纷纷有篇章献出，然则真伪难辨。

荀彧向皇帝宣讲这所谓的《咸有一德》，显然是想在学术上重新确立古文一派的优势，压倒郑学和今文派——这些人不光想从政治上取得优势，学术上也不肯放过。

"但这又能怎么样呢？"赵温反问道。这是乱世，沉甸甸的长矛，一次可以刺穿十几卷经书。

孔融拍拍他的肩膀，一脸神秘莫测："当初我为北海相的时候，特地把郑玄老师接回高密安居。他身边追随的弟子，干才可不少。子柔你只消上书提议，征召这些儒生前来许都便好。"

赵温总算听出来了，这是孔融在向他展示实力。这位孤高的名士，也并非没有自己的羽翼和外援，雒阳系在如此劣势之下，只能与孔融联手求存。

"文举啊，我知道了，回头我再琢磨一下。"

"要快，"孔融说，"不然满宠和贾诩这一小一大两个毒物，会把你们一个一个慢慢都咬死。"

3.

　　刘协退朝以后，直接回了司空府，远远地就听到呵斥声。他凑近了一看，看到卞夫人手持藤条，一下下抽打着曹丕，曹丕赤裸着上半身，咬紧牙关跪在地上，脊背上已经出现许多道血痕。

　　看来荀彧到底还是没下狠手，直接让卫兵把他绑回家来了。

　　卞夫人看到皇帝来了，连忙放下藤条，走过来"咕咚"跪倒在地，连声请罪。刘协看看曹丕，觉得这小子还真是条汉子，至少敢说敢干，为了在女人面前炫耀，连朝堂都敢闯过去，可比自己强多了。

　　"他也是痛惜兄长夭亡，人之常情。你还是不必责罚了。"刘协说道。曹丕为难的是张绣、贾诩与满宠，这三个人他都不喜欢，所以他对曹丕没有多少愤懑之心。

　　卞夫人愤愤道："不罚不足以记住教训！陛下您不知道，他为了能偷偷溜出去，居然让彰儿和植儿替他守在后门，替他掩饰。自己犯错也就罢了，还要拖累兄弟，这长大了怎么得了？小过不惩，会积成大祸，臣妾可不想他以后害死自己兄弟。"

　　"兄弟一心，岂不是国家之福？"刘协生硬地笑了笑，一下又想起了自己那死去的兄弟，又联想到伏寿绝望的眼神，心中一酸。

　　墙头很快出现两个小脑袋，曹丕朝那边望了望，焦急地努起嘴拼命摆头，两个脑袋迅速消失了。曹丕如释重负，把腰杆挺得更直了。

　　卞夫人装作没看见，她忽然想起了什么："对了，陛下，今日唐夫人要为弘农王祭祈除晦，还等着您去主持。"

　　"哦？""伏后已先去筹备，她们会在那里等您。"刘协的心脏剧烈地跳动起来，弘农王的祠堂，是他在许都的第一个落脚点。如今唐姬和伏寿借祭祀的名义，让他过去，难道伏寿真的打算把他弄回河内去吗？自己走了以后，她们该怎么办？汉室又该怎么办？可以想象，皇帝突然失踪的许都，又会是一场轩然大波。到底是该走还是不该走，刘协自己心中也是矛盾异常。的确，他对这些冷酷的权谋之争无比厌恶，正如伏寿说的那样，许都这地方，只有最无耻、最卑鄙、最聪明的人才能活下来，绝不适合他这样的人。可是就这么走了，汉室就会万劫不复，他从此就要背负着"汉统断绝"的罪名，度过余生。

冷寿光已经准备好了马车，请刘协上车。刘协心乱如麻，机械地爬上车，根本没觉察到马车何时开始移动，更没觉察到周围逐渐多了十几名随从。

不用问，这不是许都卫的人就是虎豹骑，他们绝不会让皇帝轻车简从地离开许都。

在这严密护卫之下，马车一路隆隆地出了城，来到弘农王的祠堂之前。刘协下了车，犹豫了一下，朝祠堂走去。护卫队为首的队官想跟着过去，却被冷寿光拦住了。

"孙校尉，请留步。祭仪事肃，外人不得惊扰。"孙礼没有再坚持，默默地后退一步，吩咐部下把祠堂周围团团围住。他暗地里松了一口气，那个记住自己名字的女人此时正在祠堂里，他可不想再面对她咄咄逼人的视线。奇怪的是，冷寿光身为随侍黄门，却没跟进去，反而站到孙礼旁边，目送着皇帝孤独地步入祠堂。"陛下说他想在自己兄弟灵前静一静，你懂的，他最近心情不好。"冷寿光解释道。

孙礼面无表情地回答道："您不必跟我解释，我只是奉命护卫，其他的事都不管。"

冷寿光呵呵一笑，随口说道："孙校尉这一次击杀许都第一高手王服，可是不得了的功绩呀。"

孙礼皱起眉头，真正杀死王服的是唐姬，但对外公布的消息是说王服死于追兵。因此他既不能解释，也不好否认，只得极其轻微地点了点头。冷寿光感受到了对方的冷淡，不再说什么，只是同情地笑了笑。这个可怜的家伙还不知道，击杀王服的消息传扬出去，将意味着什么。

他们江湖上的事，这些军革哪里会懂。

刘协一进祠堂，陡然感觉到一阵凉意。他还未来得及环顾四周，背后的大门"吱呀"一声就被关上了，眼前霎时一片黑暗。

忽然一阵劲风迎面袭来，刘协下意识地举手格挡，恰好将一只凌厉的拳头架住。那拳头稍微退缩半寸，手指箕张，又攻向他的右路。

刘协毕竟是在河内山野长大的，对搏击之术颇有了解。他在黑暗中不能视物，就凭借细微的脚步声与风声，与对手你来我往，拳打脚踢，一时间居然打了一个平手。数十回合以后，对方拳路一变，比刚才速度快了不止一倍，让刘协应接不暇。

黑暗中只听到砰砰数声，刘协的小腹、左肩、膝弯与太阳穴先后被击中，打得他眼冒金星，一下子摔倒在地，脊梁重重撞在冰凉的石板上。

"站起来！"对手喝道，这是个女人的声音。刘协听着有些耳熟，他忍着疼痛从地上爬起来，想去分辨声音的来源。他的下巴突然被一记飞腿踢中，又一次屈辱地仰面倒地。

"姐姐，可以了。"另外一个声音响起，刘协听出来这是伏寿，那么这个打人的，莫非是唐姬？她可真是好身手。

蜡烛被重新点亮，刘协费力地抬头望去，看到伏寿与唐姬并肩而立，在她们身后立着两块牌位，一块是弘农王刘辩的，一块是当今皇帝刘协的，后者既无庙号也无谥号，在名字上头只写着"天子"二字。

伏寿面无表情，唐姬秀丽的面孔上却写满了失望与愤怒。

"懦夫！"唐姬愤怒地瞪着刘协，又要出脚去踢。伏寿却拦住了她，疲惫而冷漠地说道："何必跟一个河内的公子过不去，他已不是我们的陛下了。"

"哼，既然不是皇帝，那我便可以痛痛快快打他一顿！"

唐姬不依不饶地冲过来，揪住刘协的衣襟把他从地上拽起来："你知道昨天晚上发生了什么吗？"刘协大口喘着气，先是点头，然后摇头，然后又点了点头。

唐姬更加恼怒，她的嘴唇气得发颤："昨天晚上，我眼睁睁看着我的救命恩人死去，什么都不能做，不能说，还要跟追捕他的人虚与委蛇，连保全他的尸身都做不到，然后我又要眼睁睁看着陛下的亲生骨肉孤苦无助地死去。周围全是曹操的人，他们冷着心肠，不许救治，让董妃就那样慢慢死去。她临死前想要握住我的手，我都不敢伸过去——那种绝望、痛苦到要发疯的感觉，你体会得到吗？"

刘协瞪大了眼睛，这在满宠的报告里可没有提及。

"董妃怀的是陛下的骨肉，我见死不救，是为不忠；王服于我有大恩，我却恩将仇报，是为不义。我们做这些不忠不义之事，你可知为了什么？"

"为，为了汉室。"刘协被唐姬掐住脖子，呼吸开始困难。

"呸！你也配说这两个字！"唐姬松开刘协，一掌拍在他的胸膛上，让他倒退了数步，重重地靠在柱子旁。唐姬的眼中，已经饱含着泪水。

"你除了会假惺惺地讲些大道理，展示一下你那廉价的善心，还做过什么？我的这些牺牲，伏后的那些牺牲，在你眼里到底算什么？一群蠢女人十恶不赦的丑态吗？！"

面对唐姬的质问，刘协一句话也答不出来。

"够了，做正事。"伏寿说。唐姬用手背擦了擦眼泪，转身从台子上取下那两块灵位，把它们搁在刘协面前，冷冷道："妹妹和张宇说得对，你一点都不像陛下。真正的陛下冷酷无情，却心怀高远，那是大仁德，你和他，终究只是皮相仿佛罢了。"

伏寿指着牌位道："这祠堂里有一条地道。你离开以后，我会举火将这里焚烧，为陛下殉死。请你在离开之前，向两位先帝叩头请罪，九泉之下我们相见，也好有个交代。"

"如果我想继续留下来呢？"刘协问道。

他的回答似乎早在伏寿的意料之中，她从头上取下铁簪，也搁在地上："那你必须要证明给我们看，你能够抛弃那些愚蠢懦弱的想法，为了汉室可以做任何事。"

"怎么证明？""杀死我，然后告诉荀彧，我就是宫中策应董承之人。"刘协的脸色急剧变得苍白，伏寿的表情告诉他，这不是玩笑话。他背靠着柱子，感觉身体比刚才挨打还要疼痛，手心与脖颈后开始沁出汗水，旋即变得冰凉一片。他仿佛又回到那片树林，用弓箭对准了那头母鹿。母鹿用深邃的目光看着他，等着他松开弓弦的一刻。在击碎母鹿的心脏之前，恐怕他自己的心脏会因过于剧烈的跳动而爆裂开来。

这时，祠堂的门被悄无声息地推开了，一个人走了进来。唐姬皱起眉头，这外头都已经被虎豹骑围住，本该不会有人来打扰。她抓起铁簪夹在手指之间，警惕地问道："何人敢闯弘农王的祠堂？"

"哎呀哎呀，赌钱这种事，讲究的是起手无回。咱们一起押的大注，如今尚未开盅，怎么你们就要擅自撤铺呢？"

杨修笑眯眯地走过来，右手还把玩着骰子。那三个骰子灵活地在他修长的手指之间滚来滚去，一个都不曾掉落。

刘协看着杨修，露出厌恶的神情。他已经知道，在董承这件事里，这位杨彪家的公子起了决定性的作用——换句话说，是他出卖了董承，换取了曹氏的信赖。

"你们别多心，你们别多心，是荀令君派我过来看看。"杨修说道。伏寿和唐姬对视一眼，董承的覆亡果然还是不能彻底打消曹氏的疑心，就连拜祭兄弟都要派个人来监视，好在这个人是杨修。"德祖，这个人没有成为帝王的器量，我们是在浪费时间。"伏寿指着刘协说。杨修没有回答，而是缓缓把视线从伏寿、唐姬身上转到刘协身上，表情似笑非笑。如果说满宠是一条阴冷的毒蛇，那么杨修就像是一只狡黠的狐狸，他的眼神飘忽不定，旁人永远难以把握他视线的焦点，看透他的心思。

杨修把骰子丢到两位帝王的牌位旁，走过去亲热地扯住刘协的袖子："陛下，我能不能跟你私下里谈谈？"刘协还没回答，便被他扯到祠堂的另外一侧。杨修看了眼远处的伏、唐二人，拍了拍他的肩膀，宽慰似的叹了口气："女人嘛，总是这样，做事偏激，容易情绪化，有时候连她们自己都不知道在干什么。孔子怎么说来着？唯小人与女子难养也。"

刘协对这种自来熟的口气有些不适应，他有些局促地挪开一点脚步。杨修咧开嘴笑道："那些女人总是抱有不切实际的期望，把你幻想成真正的皇帝，指望你和陛下一样杀伐果决。我却不会这么蠢，在我眼里，你只是个扮成皇帝的俳优。"

面对杨修毫无掩饰的评论，刘协沮丧地垂下双肩："你们说得对，也许我真的没有成为中兴之主的资质。我太软弱了。"

杨修眉头轻抬："软弱？错了！你若是把不忍杀生的信念贯彻到底，那也是一种坚定。"他竖起修长的指头，在刘协面前轻轻摆动两下，用教训的口气道，"我告诉你，真正的软弱，是不知道自己意欲何为，首鼠两端，浑浑噩噩。"

刘协有些茫然地看着他，不太理解他的意思。杨修道："比如吕布吕奉先，你觉得他软弱吗？"

"飞将军的勇名，我在河内可是听了太多。""可他这么多年，到底做了什么有意义的事情，你能说得出来吗？""呃……"杨修早知道他会迟疑，指头轻轻在虚空中点了点："究竟是佐董卓篡汉还是扶王允兴汉，他不知道；究竟是夺曹公兖州以取中原，还是占刘备徐州以行割据，他也不知道；到底是安居袁氏兄弟麾下做个名将，还是收服张邈、张杨，成为一代霸主，他还是不知道。吕布来中原这几年，仗是打了不少，却没有一个明确目标，抓到什么就是什么。他忽而是忠臣，忽而是逆臣，忽而是名将，忽而又是军阀——这种缺少定见的人，空有匹夫之勇，却没有半点信念与规划。这才是真正的软弱！"

这个观点却是刘协从未听过的，他正欲开口询问，杨修的语气突然变得严厉起来："你道汉室何以衰微至斯？是忠臣无能、能臣不忠，还是桓帝昏庸、灵帝暗弱？错了，这些只是表征。汉室自和帝以来已有百年，所作所为，根本就是一个大号的吕布。一大堆幼帝，好几家外戚，再加上层出不穷的宦官与族党，朝政就在这几极之间来回摆动。再坚固的房屋，也经不起如此折腾。"

杨修很像是一个经塾的先生，背起手来对唯一的一个学生循循善诱。

"所以你现在明白了？我们需要的，不是一个仁德或者冷酷的皇帝，而是一个坚定不移的领导者，他的意志必须硬逾金铁。我猜那些蠢女人会跟你絮叨，说什么要冷酷无情，要舍弃道德与节操。我告诉你，这些全是废话。你若是陡然变得和先帝一样，我反而会担心——你今天变，明天可能也会变，变，就充满了变数，这绝不是我们想要的。"

刘协被这一连串铿锵激烈的言辞说蒙了，他忍不住反问道："那你想要什么？"

"又错了！不是我想要什么，而是你想要什么。"杨修伸出手来，按在自己的胸口上，五指慢慢屈张，做出一个掏心的动作，"把你自己潜藏的欲念，从这里揪出来，然后贯彻到底。这就是你的责任。先帝如何，已经不重要了。每个人都有自己的风格，勉强你也学不来。只是你要记住一点，今日你做出抉择，从此便要一条路走下去，走到黑，走到尽头。没有让你改弦易辙重新再来的机会。"

刘协盯着杨修，心中跌宕起伏。这个人年纪看起来比自己大不了几岁，却有着如此清晰的思路和信念，他的言论句句听起来都离经叛道，却蛊惑人心，像一把犀利的直刀挑开皮肉，直刺心肺。

而自己到底想要什么呢？

是修身齐家治国平天下，还是牵黄犬出上蔡修黄老之道颐养天年？是出世，还是入世？是兴复汉室，还是做一个隐士？

刘协发现，杨修早就把他看透了。在来许都之前，他就是一个"吕布"，根本没有明确的人生目标，只求安稳过日子。真刘协的死亡，赋予了自己一个沉重的责任，同时也给了自己一个清晰的奋斗目标。

刘协深吸了一口气，开口道："我可以留下来，但我不希望你们只把我当成一个傀儡，瞒着我做事。"

杨修哈哈大笑，轻松地晃动手腕，仿佛这是一件可笑的事情："那些蠢女人总是藏着掖着的，生怕被人抖落出全部家底，太小家子气了；我父亲老了，脑筋已不大好用。我一直在劝他们，若要让你担当这么重的责任，不坦诚一点是不公平的。下注嘛，自然是要双方相当，才有赌头。"

"我只想知道，你们凭什么与曹氏对抗？"

一直到现在，刘协才有机会把自己心中的疑问一吐为快。之前伏寿总是对这个问题避而不谈，只推说时机成熟他自然会知道。他无论如何推想，都难以想象出以如今汉室之力，既无兵将，也无资财，靠着这几个嫔妃寡妇、废臣假帝，该如何才能打破这副曹氏枷锁，一飞冲天。

杨修似乎早预料到他有此一问，慢条斯理道："你听过倚天萝吗？""没有……""这是一种生长在武陵五溪之地的树藤，纠缠于大树，随木而长，依枝攀缘，食其汁液，吸其甘髓，待得大树枯死，藤萝便可在残骸之上连天接地。汉室就是这倚天萝，自身太过孱弱，唯有依附于一个有力诸侯，暗中寄生滋养，以图大计。"

"可藤萝毕竟是藤萝，如何能撼动参天大树？"

"藤萝与大树本是同生共长，等到这树势参天之时，藤萝已与它根茎勾连，干脉一体，届时即便大树想要分离藤萝，也为时晚矣。"

刘协疑惑道："这说来容易，如何能做到？"

杨修再度摆动手指："又错了。这件事我们已经在做了。汉室在曹氏阵营里的力量，比你想象中更多。虽然这些如今只是种子，但早晚会成为汉室藤萝的枝蔓，紧紧地缠在曹氏这棵大树之上——这些事情自有我在宫外打理。你的职责，就是演好皇帝这个角色，把曹氏的注意力都吸引过来，为这些种子的腾挪生长留出余地。"

这时刘协问出了最后一个问题："我是为了兄弟血脉，伏、唐二人是为了自己的夫君，杨大人是为了汉室忠诚，那你呢？你又是为什么才选择这么一条凶险之路？你从心里揪出来的，是什么东西？"

杨修看了眼远处的汉帝灵位，微微抬起下巴："很简单，我杨修是个聪明人。而当今之世，比我聪明的只有三个。一个还没回许都，一个已经离开许都，还有一个，就是你的兄弟——真正的刘协。倘若我能做成他未能完成的事情，等于是打败了一个比自己聪明的人，这是何等快意之事呵。"

第七章 刺客王越的信条

纷纷扬扬的大雪终于停了，许都内外触目皆白，有若举城缟素。这应该是开春前的最后一场雪，附近的农人都说今年只要不闹兵灾，说不定会有个好收成。

1.

许都的董承之乱刚刚消停没几天，徐州又传来消息：曹公近乎神速般的进军，让屁股还未坐热的刘备猝不及防，不得不抛妻弃子，只身逃去河北，大将关羽、夏侯博被擒；而围攻汝南的刘辟等人，在听到刘备被打败的消息以后，作鸟兽散，汝南之围不战自解。

笼罩在许都上空的阴云，就这么一朵接着一朵悄无声息地消弭了。这时候曹仁也把部队从项县撤回了许都，全面接管了城防。董承苦心孤诣的几步妙棋，就这么被漫不经心地从棋盘上扫落在地。从荀彧到幕府的寻常小吏，都暗自松了一口气，城中紧张的气氛略微缓和了一些，就连城门开启的时间都有了些许延长。

这些好消息带给一些人喜悦，也带给另外一些人郁闷。此时在许都卫的牢狱里，满宠正在和一个人直面相对。

"大局正定，曹公已从徐州疾还，不日即到官渡，您暂时还见不到。"满宠说道。

"哼，袁绍那个废物，这么多天在前线居然毫无作为？还真有当年在酸枣讨董的风范。"

声音中带着淡淡的愤怒与嘲讽。发声之人是一位披头散发的老者，他手脚都戴着铁枷锁，整个人紧紧靠在深青色的嶙峋石壁上，佝偻着身躯，像是一具从石中探出身体的浮雕。光线昏暗，十几根粗粝的木栅栏将满宠和老者分隔两边，但不好说哪一边更阴冷一些。

邓展站在满宠身旁，把手按在剑柄上，一脸警惕地看着老者。老者扯动一下手里的锁链，发出铿锵的碰撞声，不无怨毒地说道："既然见不到，就算了。我倒也想看看，是他这条恶犬，还是河北那只蠢笨慵懒的大虎能取下这中原。""我军奉天子以讨不臣，大义在手，自无不胜之理。"老者听到"天子"二字，嘴唇向上翘了翘："你们特意来对一个将死之人说这些，就是为了羞辱我？"满宠连忙躬身道："车骑将军乃皇戚贵胄，虽犯不赦之罪，亦不可失礼。荀令君特地叮嘱过的。"

他特意点明这是荀彧的要求，自然在暗示许都卫的态度与尚书台有所抵牾。这其中缘由，董承听得清楚，不由得冷哼一声："既非羞辱，那便是要拷掠喽？"

董承自从那日事败被关入监牢以来，没受过虐待，但也没受过优待。他知道早晚有一天会面临这些事。

满宠又道："拷掠之事，自有专人负责。今日来此，是想向您询问一些事情。"

董承仰起头，哈哈大笑起来："我的人，早被你们捕杀得一干二净，连我女儿都没了。你还想问我什么？"他已数日不食，精神萎靡，但提到自己的女儿时，双目却射出极其锐利的光芒，令一旁的邓展寒毛为之一竖。

满宠面对这种压迫却像是浑然未觉，依然慢条斯理地说道："我有件事情一直想不通。车骑将军您在许都、徐州、江东和汝南先后布置，为何却唯独漏掉河北袁氏呢？倘若趁曹公回师徐州之际，您说动袁绍大举南下，内外同时发动，我军局面只怕比如今要艰难数倍。"

"然后呢？让袁绍大军把陛下接去南皮，继续圈养起来？那和许都有什么区别？我不是何进，干不出引狼入室的蠢事。袁绍在官渡拖住曹贼，对我来说就足够了。"

董承尖刻地回答道。他已经失去了一切，不再顾忌什么，即使听众是满宠，他也不介意与之分享自己殚精竭虑的心血。

满宠摇摇头："您说得对，可袁绍麾下并非庸才，一旦他们看到许都变乱，势必会进言袁绍南下，局势便会脱离您的控制。以车骑将军您的才智，怎会算不到这一步？所以在下以为，您在袁绍帐中，必有一人作为挽具，令得袁绍欲前则前，欲止则止。我想知道的，就是此人的名字。"

"满伯宁，是什么让你产生了我会乖乖招供的错觉？"满宠走近木栅栏，把一张扁脸贴在两根栏柱之间："因为这将是您复仇的最好机会。"监牢里的空气似乎又冷了一些，墙壁上开始挂起薄薄的一层霜气。董承与满宠对视片刻，忽然放声大笑起来："好，好。你说得不错。我在袁绍军中，确有一个关键人物。如今说出来，与我丝毫无损，只怕你们承受不起。"

"愿闻其详。"满宠道。"当今尚书令，应该比我更熟悉他才对。那人的名字，叫作荀谌荀友若。"满宠皮肉未动，邓展在一旁听到这名字，却是面色大变。

与此同时，在许都城内的另一角，赵彦目瞪口呆地盯着杨俊空荡荡的袖管，一时间不知该说什么才好。

"杨公，您的胳膊……"

杨俊摸了摸袖子，苦笑道："能捡回一条命来，已经算是不错……"然后他把自己遭遇的变故讲了一遍，赵彦听到杨平居然身死，连忙低下头道："在下失言了。"

杨俊自从被邓展"救回"许都之后，荀彧来探望过他一回，温言宽慰了几句，留了不少名贵药材。满宠也来过一回，问了一堆很细节的问题，但也没下什么结论。杨俊不清楚他们是否识破了自己的谎言，索性借口养伤，在许都馆驿里闭门不出，把自己与外界彻底隔离开来，即使是在董承之乱时，他也没有离开房间半步。

杨俊再没有与杨彪或唐姬等人见面，因此不清楚刘平在皇宫里发生了什么。他只能从城中局势判断，至少目前还没出什么大差错。"希望那孩子在皇宫里一切安好，不要辜负了我这条手臂。"杨俊心想，同时泛起身为父亲的忧虑。

这一天，他的房间忽然来了一位访客，自称赵彦。赵彦和杨俊也算相识，早在长安时赵家就与杨俊有过来往，那时候赵彦还是个小孩子。现在赵彦听说故人来了，而且遭逢大难，自然要来见上一见。

"杨公你来许都，可还习惯？"

杨俊指了指窗外："荀令君礼贤下士，特意让许都卫给我安排了两名卫士，寸步不离照顾我起居。他们知道我是获嘉人，又曾在陈留游学，所以还特意挑选了一个获嘉籍的卫士，叫审固；另外一个叫卫恂，陈留人。实在是无微不至，让我感到很惶恐。"

窗外的两名卫士听到喊他们的名字，把头探了进来，一直到杨俊挥挥手，他们才离开。"有才之士，自当安车蒲轮以待，这都是朝廷之福啊。"赵彦赞叹道。杨俊不知道赵彦的立场，赵彦也不清楚杨俊的心思，两个人只能像猜哑谜一样试探对方。通过这一轮无甚意义的寒暄，他们确认彼此不算曹公一党，生涩的气氛稍微缓和了一些。

赵彦忽然想到，杨俊出事的那一天，恰好也是皇宫大火那天。董妃说皇帝性情大变，似乎也是在大火之后。他已经把所有的细节都印在了脑子里，每次听到什么事情，都会习惯性地拿出来进行横向与纵向的对比。

"唉，真是。杨俊怎么可能跟皇宫里的事情扯上关系呢？我是不是太紧张了？"赵彦想到这里，拍了拍自己的脑袋。

杨俊看到赵彦发愣，遂开口道："彦威，你今日来造访，可有什么事？"

赵彦这才如梦初醒，想起自己此行的目的。他从怀中取出一套笔墨，恭敬地铺在杨俊的几案前，说道："孔少府和赵司徒前几日有了一个成议，如今兵荒马乱，学术不彰。为了不使道统中绝，希望各地能征召一批儒生来许都游学，教授经学。"

杨俊皱起眉头。这倒真像是孔融干的事情，高调且华而不实。学问这东西确实要紧，当初孔家覆壁藏书，就是要保留下读书的种子。但在这时候搞这个，实在有些不合时宜。

可这其中的味道，总有些不对头。

赵彦看杨俊不言语，以为他有些迟疑，连忙道："杨大人您是边让边令史的得意弟子，获嘉又是灵聚之地，必有逸士才俊。所以孔少府派我来，是希望请您推荐几位。"

杨俊笑了，赵彦这番话，拉拢之意已颇为明显。边让是中原大儒，数年前被曹操所杀，导致士族大震，几乎引发了天大的乱子，这名字已成为曹家的一个禁忌。赵彦公然把这层关系挑出来，目的昭然若揭。这一次征辟天下儒生，果然不那么简单。

杨俊虽属于伏寿、杨彪一派，但他知道现如今应该要拉拢一切力量。既然对方投桃，自己也不能不报李。杨俊想了想，说："我郡中有王象与荀纬，都是学问通达之士。孔少府既然有意，我便修书两封，请他们来许都便是。"

赵彦大喜，主动磨墨蘸笔，要替杨俊写，杨俊道："不妨事，我本来就是左手执笔。"他就手提笔，在一张麻皴纸上挥毫疾书，一边写着，一边随口问道，"如今少府都在哪几处征召人才？"

赵彦道："两年前陛下曾征辟过郑玄公一次，可惜那次他未能赴任。如今他在高密隐居，身边弟子也有几十人。孔少府已经修书一封，请他再次赴许。"

杨俊的笔端停住了。"可高密如今不是袁谭的属地吗？袁氏岂会容许你们把郑玄公弄来许下？"赵彦道："郑玄公有位高足，如今正在袁绍军中，恰好又与少府大人有旧。有他从中斡旋，这件事问题应该不大。""哦？敢问这位高足是谁？""您一定听说过，就是号称最有希望继承郑玄公衣钵的经学大师——荀谌。"赵彦道。"啪"的一声，杨俊握着的毛笔，一下子从中折断了。

2.

纷纷扬扬的大雪终于停了，许都内外触目皆白，有若举城缟素。这应该是开春前的最后一场雪，附近的农人都说今年只要不闹兵灾，说不定会有个好收成。这一日天气晴好，一串长长的队伍从许都的正北昌德门徐徐开出，朝着城北的和梁而去。队伍中有当今天子与皇后、尚书令荀彧、司徒赵温以及朝廷百官，就连曹公的二公子也来了。队伍的仪仗十分简陋，仅仅只有皇帝与皇后的座驾是一辆翠羽黄里的双辕马车，卤簿只有十余名打着冠盖的黄门。其他皆为轻车，许多人甚至不得不在"雪泞"的土路上步行。翊扈左右的原本该是羽林、期门二军，由于众所周知的原因，他们被别的卫队替换。

这些卫队分成了步、骑两部：步兵皆着黑甲，乃是曹仁营中的精锐；骑兵则是张绣的西凉精骑，马头上还蒙着褪毛的深褐兽皮。

这些倒霉的文武百官之所以要艰苦跋涉，全因为孔融在数天前上的一道疏。疏的内容很简单："农者国事，天子当亲耕籍田，劝民始耕如仪。"正月亲耕，本为汉帝每年必行之礼。只是前些年汉室颠沛流离，别说田了，连立锥之地都没有，这些仪礼自然无人提及。到了许都之后，诸事都出于司空府，朝廷更不需要操这份心思。孔融忽然提起这一出，荀彧也不好拒绝——皇帝亲耕籍田，为天下表率，这本就是件无可厚非之事。而且这件事宣扬出去，也可以向天下宣示许都政治的稳定，对曹氏也是件好事。

于是荀彧挑选了许都城北十五里处的和梁。那里本是军屯，曹公大军北上以后，一直由附近流民耕种，只是地广人稀，忙不过来，倒适合当籍田之用。

车轮在默默地向前滚动，刘协坐在马车上，试图把脖子向外伸，贪婪地吸着外头清冷的寒气。他自从来到许都，只能在皇宫、司空府有限的几个地方待着，那些地方窄小逼仄，让他憋闷得快要发疯了。难得出来一趟，总算让他的山野之心得以有片刻的喘息。

"陛下，你大病未愈，不可多吹寒气。"伏寿在旁边温柔地提醒道。刘协知道她的意思，他现在不是在河内打猎的野小子，而是一个病弱不堪的皇帝，不能表现得太过兴奋。

"朕倒忘了。"刘协悻悻地缩了回来，重新握住伏寿冰凉的手。伏寿低下头，用另外一只手去拨弄暖炉里的炭灰。

自从那一天在祠堂与杨修密谈之后，刘协选择了留下来，可是他与伏寿的关系变得奇怪起来。伏寿还是和从前一样，无微不至地尽着妻子和一个同谋者的责任，可是刘协能感觉到，从前那个蕴藏着熊熊烈火恨不得要推着他一起燃烧的伏寿不见了。现在的她，更像是一个手执税簿的主计，冷漠而严谨地履行着自己的职责，一分不差，也一分不多。刘协相信，即使现在他提出敦伦之事，伏寿也会沉默地接受，不会有任何反抗。

一想到这点，刘协心里颇不好受，手上被伏寿咬的伤口还未完全愈合，他宁可被她多咬几口，也不希望看到现在温而死寂的局面，好似那尚有余温但炭火已熄的暖炉。

也许杨修说得对。她之前的热情如火，不是为了他，而是把他幻想成了真正的刘协；现在她已经把这个幻想抛开，对于一个同谋者，只要做到自己应尽的责任就足够了。

刘协正在想着，忽然身旁传来马蹄声，荀彧骑着马从车畔经过，拉住缰绳，俯身说道："陛下，前方马上就要到和梁了。一切礼仪，都有司徒和少府大人操持，届时陛下只须依言走一圈就可以交代了。"

"当今天子，连耕个籍田都要被人指引着来啊。"刘协心里不无嘲讽地想着，脸上还保持着病容，缓声道："朕知道了。"

荀彧又道："陛下，还有一事。依照朝制，天子之后，本该是三公、九卿、诸侯、百官依次耕作。不过许都乱事刚平，臣以为，当请张将军和曹将军在天子之后先耕，以示穆睦。"

刘协知道荀彧的意思，张绣新降，曹仁又是曹氏在许都目前最有实权的代表，天子携此二人亲耕，意义非同一般。刘协习惯性地回头看了一眼伏寿，她专心拨弄暖炉，没有任何表示。

刘协只得自己权衡了一下，点头应允。荀彧得了回应，驱马离开。刘协还没把身子坐正，伏寿忽然开口细声道："陛下你做得对，如今我们须得恭顺隐伏，不可让曹氏再起疑心。"

"杨先生让我学会用自己的方式去处理问题，不要老是靠着别人的提点。"

伏寿听到这番话，唇边有一丝不易察觉的抖动："听起来陛下您对杨修，还真是言计从呢。"

刘协眉头微皱，显然对这句话不太接受。伏寿看出他的反应，复又把头低下去，以更低的声音道："杨先生乃是当世奇才，胸中带甲百万，实是汉室的最大臂助——可是他太聪明了，易惑人，亦易惑己，若任其驱驰，有倾覆之虞。"

刘协有些不快："聪明也是过错吗？这种评价，实在有失公允。"

"这并非我说的，而是杨太尉的意思。"伏寿说完这句，垂下头去闭口不言。刘协听到这个名字，有些发愣。老子居然这么说儿子，他复回想起杨修，那日对杨彪的行事似乎也有些意见，看来这反曹阵营里，即便是一家子，也并非是铁板一块啊。

就在刘协愣神的时候，赵彦正混迹在百官队伍中，深一脚浅一脚地朝前走着，任凭飞溅起的泥点弄污官服的下摆。别人走起路来，都刻意拎起衣角，他却顾不得这些，这是他难得的可以近距离观察皇帝机会，必须要抓紧记下每一个细节才行。

若按照汉宫仪仗，他绝不可能有接近皇帝的机会。但是在许都这个皇权衰微的地方，连卤簿都凑不全，更不要说设重围骑障了。赵彦相信，就算自己凑到皇帝车驾旁边，最多也就是被呵斥几声，那些卫兵不会真的认真保卫一个傀儡皇帝。

于是他快走几步，谨慎地朝着队列的前端移动。身旁的人都忙着跟脚下的路面打交道，谁都没注意到这个小议郎奇怪的举动。赵彦抖擞精神，仔细在心里默数着过往的骑兵和步兵，等到身边卫兵最少的时候，他忽然迈开大步，借着一处凸起地势，从两个走得歪歪斜斜的官员之间穿了过去，让自己置身于九卿的队列之中。

汉室此时九卿不全，也都没资格坐车，个个走得苦不堪言。赵彦看到孔融也在其中，走上一步，扶住他的胳膊。孔融一看是赵彦，呵呵一笑："你腿脚倒灵便，咋先跑到前头来了？"

"少府大人您可小心，别摔倒了，等会儿可还有对您的安排呢。"

"哼，放心吧，我可都准备好了，不会让这些人好过。"孔融气哼哼地朝着前头的丁冲、王必等人做了个威胁的手势。他们都是曹氏在朝廷的代表，喜欢聚在一起走。更远处是荀彧和赵温，他们一个是尚书令，一个是司徒，是朝廷顶尖的两名高级官员，也只有他们有资格尾随皇帝的銮驾。

"对了，听说你去找杨俊的时候，他的反应有些奇怪？"孔融问道。"嗯，怎么说呢……那个名字似乎对他刺激不小。""这也难怪。杨俊是今文派的名士，而荀谌师从郑玄，是古文派的大将。虽说郑玄一直致力于调和两派，可他当年毕竟当众打败过号称'学海'的今文大师何休，而何休正是杨俊的师祖、边让的老师。"

这些掌故，赵彦远不如孔融熟稔，可他总觉得不是那么回事。一个人名怎会让他惊讶到连毛笔都捏断了呢？这得用多大的劲？

暂时不要想这些无关的事情了。赵彦摇摇头，重新把注意力集中在皇帝身上，可不能让这些闲事干扰了董妃临终前的嘱托。

说实话，别说这么远远观望，即便是与皇帝正面相对，赵彦也无法分辨出什么异样。董妃与皇帝有过肌肤相亲，自然能感受到其中微妙之处。而赵彦只在朝堂上隔着百十步外和垂帘看过几眼，对他来说，那是一张陌生的面孔。

但赵彦始终觉得，不亲眼近距离确认一下皇帝的脸庞，就不算真正履行董妃的嘱托。皇帝的脸对他来说，是一个起始仪式，是军队冲锋前的战鼓。

他借着搀扶孔融的机会，不动声色地向前挪动，很快就超过了其他几名大臣。现在距离皇帝的马车只有三十多步，小跑几步就可以赶上。赵彦在心里盘算着，是一口气冲过去，还是假装去跟赵温说话，继续前挪。

正在这时，赵彦觉得脖颈一凉，一把钢刀架在了他的咽喉之前。只消刀刃再向前半寸，便可以割开他的咽喉，让热气腾腾的人血洒在雪上。

赵彦大惊，连头都不敢转动，整个人僵在了原地，只有耳边传来一个讥讽的声音："逾越辇道，冲撞舆乘，你小子是活得不耐烦了吗？"

这个声音他很熟悉，是曹仁。赵彦感觉到脖子上的刀刃稍微离开了点，这才勉强扭动头颅，看到一个武士正在马上冷冷地看着他。这武士的身材不高，却极为敦实，整个人有如一块黑色的巨岩，胯下的西凉骏马似乎都有些难以承受他的重量。

"曹将军，抱歉，我刚才是想扶少府一把，一不留神走过头了。"赵彦赶紧解释道。曹仁把刀收回，左手习惯性地在颌下的粗硬黑髯上摩了摩："我的人没给皇家做过扈卫，下手不知轻重。你这么乱走，可是会被当反贼砍死的。"

"下次不敢了，下次不敢了。"

"嘿，最好如此。你们这些人老实一点，对咱们都有好处。"曹仁话里有话地说了一句。

孔融快步走过来，看到这一幕，瞪大了眼睛，义愤填膺道："反了！反了！子孝，你职衔也只是个广阳太守，怎么敢在天子仪仗里对同僚寒刃相加？"

"孔少府，我这也是职责所在。"

"职责？羽林四十五星，散在垒南，可以藩蔽天垣，故以星为军名，扈护天子。你们是哪部分的？叫什么名字？应和的是什么天象？"

曹仁似乎对这个说话高调的家伙很头疼，他没容孔融继续说下去，转身驱马离开。"这些狐假虎威的家伙。"孔融恼怒地拍了拍赵彦的肩膀。赵彦知道自己这次没什么机会接近皇帝了，向着虚空中某一个身影歉疚地叹了口气。队伍很快就抵达了和梁。在这里，籍田早已准备好了，田埂上摆放着一把铁耒，木柄用黄绸缠好，旁边还放着一把木耒。这是给皇帝和皇后使用的，他们只需要拿起这两件农具，在籍田里摆摆样子，三推三反，即可以完成自己在仪式中的职责。接下来朝廷诸臣将按照官阶大小，依次下田耕推。

这是一套早已规定好的流程，不需要任何人发挥，只需按照司礼的指示照做即可。先是刘协和伏寿，然后是荀彧与赵温，接下来——按照事先商量好的——是张绣和曹仁。这意味着张绣正式被纳入曹氏阵营，不过如果有心人仔细观察，就会发现张绣和曹仁从头到尾没有进行过任何交谈。

接下来百官都下地耕了一遍，把整块田地踩得乱七八糟。好在这是个象征性的仪式，事后自有农人来打理。

耕罢了籍田，该是祭祀青帝。就在这个时候，孔融忽然从群臣中走出来，跪在皇帝面前大声道："陛下，臣有事启奏。"

一群大臣都用哀怨的眼神看着他。就是这家伙出的主意，让他们在大冷天跑来这荒郊野岭。现在不知道他又有什么打算，怎么害人。

"社稷大事，唯农与经。如今农事已劝，合该劝学。臣请陛下广召天下儒生齐聚京城，教以学问，使道统不绝，复白虎之盛。"

荀彧听到孔融这个请求，眉头微皱。重开经塾倒也不是坏事，可得分时候。如今袁、曹对峙，粮草兵员都运不过来，哪里有余力搞这些。赵温这时站出来道："文举，国家如今百废待兴，外贼未除。我看不若让各地举荐良才，来京中整理经籍，也就够了。"

荀彧冷笑，这两个人是约好了一唱一和，试图借着耕籍田的声势强行通过奏议。看来雒阳系在失去董承以后，又有新的核心人物出现了。

他们的这个提议，其实无关痛痒。孔融每个月都会提出一大堆类似的东西，都是冠冕堂皇，实则一无实用的奏议。他们只能靠这些学术上的东西，来证明自己的存在。可像这次这样，近乎要无赖般地搞突然袭击，却是很少见。

不过若是直接驳回去，也不妥当。赵温姑且不论，孔融可是当今名士，这条奏议深乎天下儒士所望，若被阻挠，少不得又会兴起"曹氏录人不取德"之讥。

荀彧正琢磨着该如何开口，站在一旁的曹仁和张绣同时"嗯"了一声，把视线投向籍田旁边的小丘陵上。

仅仅只过了瞬间，丘陵上的一个土包突然动了，大块的雪块"唰"地飞散开来，一个黑影从中跃起，朝着端坐在田埂旁的刘协扑来。一柄寒光四射的长剑，以极快的速度袭向天子的胸膛。

凛冽的剑光让刘协的山野记忆猝然苏醒，他左手挽住伏寿的细腰，右手随手抄起铁耒，身体在田垄上极速旋转，只听"叮"的一声，旋起的铁耒刚好与剑锋相磕。刘协借着这股力道，抱紧伏寿双腿猛地一弹，两个人跳到数丈之外的一条土垄之上，刚好脱离剑锋的威胁范围，一连串动作行云流水。

这时曹仁也做出了反应，他挥起钢刀，斩向持剑之人。不料那人左踏一步，以极其微小的偏差避开曹仁的斩击，手中青锋弯过一个角度，又朝着张绣刺去。

张绣手中没有武器，只得奋力踢起脚下一个藤条编的圆箕来阻挡。这时剑光又一次拐弯了，电光火石般刺入旁观的人群。原来刚才那袭向天子、曹仁和张绣的几刺全是虚招。可是剑速委实太快了，快到三人不及思考，只能凭借本能来应对，根本无从判断虚实。

这一切都是在转瞬间发生的，等到刘协、曹仁和张绣三人重新调整好姿势时，整个籍田已经陷入了死一般的寂静。

只见一把锈迹斑斑的铜剑横在曹丕的脖颈上，持剑者是一名四十余岁的男子，面目平常之至，唯见双目眼角拉出两道疤痕，仿佛整个人一直在流泪。

3.

　　和梁发生惊变的同时，在许都卫的地下牢狱里，两位老人正沉默地对视着。董承在栅栏里神色枯槁，双手都被铁链拴住；杨彪站在栅栏之外，手捧一尊陶壶；杨修则斜靠在门口，漫不经心地玩着骰子。

　　杨彪神情严肃地把陶壶向前一送："董公，请饮此杯，以全名节。""哈哈哈，文先，你也这么迫不及待地盼着我走？"董承在栅栏内哈哈笑道。"你我之间恩怨如何，已不重要。我今日到此，只是尽同僚之谊。堂堂大汉车骑将军，不可见诛于市。""我早就知道，你们与我们不是一路。只是我没想到，你们居然狠辣到了这地步。"听到董承这么说，杨彪略显尴尬，正要开口，董承却打断了他的话，"文先，我没有愤懑，真的没有，我是满心喜悦。当日我陷你入狱，和如今德祖陷我入狱的理由是一样的，发自公义，并无私仇。你等决绝至此，必是有了大决心、大誓愿，心毅如此，何愁曹贼不灭。我走得放心。"

　　董承又道："在走之前，我已埋下祸根一粒，德祖知道其中首尾。你们好好运用，或者能有所助益。"杨修闻言，颔首道："董伯父尽管放心，在下已有成算。"

　　董承"嗯"了一声，慢慢倒退回去，背靠石壁，对杨彪道："只是你这杯鸩酒，我不能喝。不是怕死，而是怕没有价值的死。我不可死于暗狱，一定要被处斩于市，传首天下。到时候天下都会知道，汉室不曾屈服，尚有臣子尽节死义，殉于国事，自然会有更多志士来勤王事。我既身败，也只用这颗人头来为汉室出最后一份力。"

　　杨彪听罢这一席话，仰天长叹，信手将陶壶扔在了一旁。那壶在地上咕噜噜转了几圈，酒水从壶口流泻而出。

　　"董公，你我同殿为臣多年。虽则中有龃龉，但危身奉主之心，却一般无二。而今见之，公之高节，远在我上。请受彪一拜。"

　　说完杨彪深深向董承鞠了一躬，半天方起，肩膀微微抖动。他年纪太大，身体又曾受折磨，在这等阴寒之处不可待得太久，如今心情激荡，更显老态。杨修见状，连忙从地上把酒壶捡起来，要扶杨彪离开。

这时董承忽又开口道："文先，有句逆耳忠言，可愿听临终之人说否？""请说。""我布局之初踌躇满志，以为一切尽在掌握，这份傲慢终于种下败因。你们行事，莫要蹈我覆辙哪。"董承说完，别有深意地看了看杨修。杨彪苦笑一声，什么也没表示，转身离开。董承见他们走了，颓然瘫坐于地，双目紧闭，两行浊泪缓缓流下。偌大的监牢里，只有他虚弱至极的呢喃声："君儿，爹对不起你，爹这就过来陪你了……"

杨彪、杨修父子探望完董承以后，离开了许都卫。董承案子的审理由满宠举荐了杨修负责，所以他在许都卫内被一路放行，无人怀疑。杨彪坐的还是那一辆迎接刘平的马车，那斩下杨俊一臂的车夫手持马鞭，安静地坐在辕首。

杨彪甫一上车，就看到座位上搁着一张纸片。他拿起来看了看，白眉"唰"地腾起，随即又飞快地落了下来。他把字条撕碎，搓成纸球，复又拍散。

"修儿，你把王越叫来许都了？"杨彪问道。

杨修笑道："爹，您的那位高手果然对剑击之士最为敏感，可惜他什么事只愿与爹您说。"说完他下意识地环顾四周。马车附近一片安静，可杨修知道，那位口音如沙砾滚动的神秘高手，应该就伏在某一处阴影中。

"你不用找了，他已经不在这里了，他知道该怎么做。"杨彪淡淡道，"无论你把王越叫来许都有什么图谋，马上都停下来。让孔融那帮人去折腾就够了。""父亲，我不明白您的意思。"杨修有些诧异。杨彪面沉如水，手指用力地敲击着车栏："难道你不知道吗？他快回来了。""这我早就知道了，"杨修的声音陡然提高了几度，"那又如何？""你这孩子，又在赌……曹公在外，他不会在许都待很久，暂且隐忍几日，何必在此时强出头。"杨修听到自己父亲这么说，把手里的骰子抛得更快，俊朗的脸孔升腾起一股不易觉察的怒气，一股受到侮辱而不甘的怒气。杨彪疲惫而忧虑地看了自己儿子一眼，一字一句道："修儿，你记住这句话——这句话荀彧曾说过，陈宫曾说过，前几日贾诩也对我说过——郭嘉从不犯错。"

医者华佗所著《青囊书》有言："人以眴时最朴。"意思是说人在受到惊吓时，他的瞬时反应最为体现出本心。

所以在这一天的和梁籍田附近，刘协会在第一时间抱住伏寿跳开。所以久经沙场的曹仁会第一时间拔刀相向。所以谨小慎微的张绣会第一时间踢起簸箕自保。所以当杀手将剑横在曹丕脖子上的时候，在场的大部分大臣第一时间不是关心天子的安危，而是把惊骇的目光投向这位曹家的二公子。曹丕没有想到，杀手的真正目标，居然是自己。他的瞬时反应，是拔出腰间的匕首，向杀手身后狠狠刺去。这个小手段让杀手微微错愕了一下，他没想到这个小孩子在利刃加身时，居然还企图做出反击。他左手轻轻一挡，曹丕手腕登时酸软，匕首掉落在地。

"年轻人，要爱惜生命。"杀手说道。

曹丕感觉到咽喉前一道森森的寒意。他知道，这不是兵器本身的温度，而是因为浸染了太多人血而带来的杀意。他用眼角看到远处伏寿被天子搂在田垄上，有些狼狈地朝这边望过来，不由得挺直了胸膛，大声道："我乃曹司空嫡子曹丕，不可无礼。"

"找的就是你。"杀手微微一笑，眼角的"泪痕"随着肌肉扭动起来，好似两条蛇在爬行。他右手握剑，左手按在曹丕的肩膀上，这才抬头环顾四周。

以曹仁为首的曹营精锐已经聚拢过来了，无数双军靴粗暴地踏过皇帝亲耕的田地，雪泥飞溅。西凉骑兵本来也要凑过来，但张绣悄悄做了一个手势，于是他们都勒住缰绳，远远站开，把籍田外围的几处道路据住。

很快那杀手和曹丕四周就被士兵们围了个水泄不通，但没人敢靠近十步之内。曹仁分开卫队，走近五步，开口问道："你是什么人？你想要什么？"

曹仁没有暴怒如狂，他很冷静地问了两个关键问题。从刚才那快若流星的刺击中，他看出这人是个绝对的游侠高手，而这种游侠，一般都不是寻常之道可以解决的。

"在下王越，欲为舍弟报仇。"杀手如实回答，既不傲慢也不兴奋。"是那个王越？"人群里传来几声惊呼。一些雒阳老臣都想起来了，当年在京都的时候，曾经有一名虎贲就叫王越，以剑法出名，号称是王氏一族中最强悍的剑手。不过他早在灵帝时就已离开京城，游侠四方去了。想不到这么多年以后，他会突然在许都出现。

"令弟莫非就是王服？"曹仁不傻，立刻联想到了两者的联系。"不错。""哼，王服协同董承谋叛，以国法诛戮，有何冤可申？""我们游侠复仇，向来只问血亲，不问法度。"

王越扫视一眼周围雪亮的刀丛，轻蔑地笑了笑，"我听说曹公军中有击质的传统。若有挟持之事，劫者与人质一并击杀。不知今日之事，是否还会依循旧例？"曹仁面色一僵，后退了一步。曹丕忽然昂头叫道："今我虽死，尚有两个弟弟在。你想断绝曹氏血脉，只怕没那么容易！"王越按住曹丕微微颤抖的肩膀，把刀刃稍微挪开咽喉半寸，少年的喉结不由得蠕动了一下。

"你这孩子，明明害怕得紧，却要逞强作势。到底想做给谁看呢？"

曹丕的脸轻微地抽搐了一下，赶紧闭上眼睛，生怕目光泄露自己的秘密。王越赞赏地把刀刃又挪回原位，在他耳边说道："怀惧而自凛，你是个学武的好苗子。可惜你学不得王氏快剑，倒要死在其下。不过你可放心，快剑之下，无垂死之徒，不会有太多痛苦。"

"杀王服的是我！"

有两个声音同时从队伍里传出来，两个人走出来站在曹仁身前。第一个是邓展，他天生怒相，现在看起来更加愤怒；在邓展身后站出来的，是孙礼。王越眯起眼睛，两道疤痕变得格外醒目。一个凶手，居然有两个人出来认领，这倒有趣。

邓展抱拳道："在下汝南邓展。董承谋叛之夜，我于宫城前与令弟对招。""胜负如何？""在下完败。"邓展说得一点也不羞愧，"但下令追杀令弟的人，是我。若阁下想报仇，在下愿与曹大人相商，退开围兵，与君公平一战，胜者自处，如何？"邓展的武功不及王服，跟王越单挑只有死路一条。他开出这么大的诱惑条件，摆明了就是要用自己的性命换回曹丕的。孙礼连忙上前一步，距离王越只有五步："追杀王将军的人是我！看着他死的人也是我！"王越眉头一挑："你们一个是下令追杀的，一个是看着他死去的。那我倒要问问看，到底是谁杀了他？"两人一心要赎回曹丕，却不料王越问出这么一个问题。两人面面相觑，孙礼犹豫了一下，又凑近一步道："王服被我追杀，身中数箭，逃至城南欲挟唐夫人为质，忙乱中被唐夫人手刃。"

孙礼说的句句是实，可他却有些忐忑不安。那一天晚上，唐姬凌厉愤怒的眼神，如同一根刺搋入他心中。孙礼只是个普通队官，对汉室仍有威畏之心，唐姬那一句"一个坐视皇妃死亡而无动于衷的人，总要有人记住才行"，至今仍在他耳中萦绕。

刚才有人偷偷告诉他，只要当众说出杀死王服的真凶，便可以救到司空嫡子。孙礼不得不照做，可内心不免有种出卖女人的屈辱感。这种屈辱感他在面对董妃时已经体验过一次了。

　　听到孙礼的话，王越的表情起了一丝变化："莫非是唐瑛那个小丫头……"手中的长剑略微向外偏了偏。

　　就在那一瞬间，距离他只有四步远的孙礼和五步远的邓展同时出手。在这么短的距离内，这两个出身虎豹骑的人突发杀招，只要及时把挟持者一击杀死，曹丕尚还有一线生机。

　　王越却早就料中了他们的打算，他的左手倏然集指成拳，把孙礼硬撼回去，然后右手用剑刃在曹丕的脖子上轻轻地一抹，随即高举过头，刚好挡住邓展的斩击。

　　曹丕瞪大了眼睛，歪歪斜斜地倒了下去，孙礼和邓展被曹丕脖颈上飞出的血花惊呆了，动作俱是一滞。王越忽地哈哈大笑："好，好，你来得正好！"转身朝着曹兵的重重包围杀去。

　　只听到"叮当"数声兵器交错，十来名士兵已然倒在地上，个个一剑封喉，他们身上披的重甲在王氏快剑面前毫无用处。霎时，王越的身影已闯破了重围，飘到数十步之外。

　　张绣呼哨一声，西凉骑兵从四面八方朝着王越追去。在这种开阔地上，任凭你武功多么卓绝，也不可能与骑兵抗衡。可奇怪的是，那些马匹走到一半，纷纷一声嘶鸣，前蹄微屈，连人带马摔倒在地。王越趁这机会，刺死一名冲在最前面的骑兵，把战马夺过来，头也不回地绝尘离去。

　　包括荀彧在内的所有人都被突如其来的惨剧惊呆了。曹司空的次子，居然在许都郊外被人刺杀，这实在是太荒谬了。不少人用不怀好意的眼神望着张绣，曹家的嫡长子已经在他面前死去了，这个人也许真的是有什么巫蛊在身。

　　孙礼怀抱着曹丕软软的身体，惊骇至极。少年的脑袋无力地枕在他的手臂上，脖子歪斜，鲜红的血染红了他的半截衣袖。孙礼仿佛又看到了那一夜的董妃，他嘴唇无声地张阖着，试图喊医者过来，却发现自己的声带因为过于紧张而麻痹了，发不出任何声音。

四周一片嘈杂，却没有一个人敢靠近。邓展不敢，曹仁也不敢，他们实在不愿意去证实，曹家最宝贵的一个儿子，在他们的重重保护下被杀死，刺客居然还逃跑了。这件事会引发什么严重的后果，谁都不敢去想象。

在场唯一没有关注这个意外的，只有赵彦一个人。他眼中没有其他任何事，只有天子。

刚才刺杀暴起的时候，他恰好站在一个绝佳的位置，看到了天子应对刺客的全过程。他几乎不敢相信自己的眼睛，那个董妃口中身体弱不禁风的天子，居然像一只猿猴般灵敏，还挡住了王越的一剑。

这种身手，真的是那位病恹恹的天子吗？难道说，他在宫中一直偷偷练习着某种搏击之术，这才导致性情大变？

无数种可能飞过赵彦的脑海，可无论哪一种他都觉得太过荒谬。

而现在他看到的事情，比他想的更加奇特。只见刘协松开了伏寿的腰，快步离开籍田，越过荀彧与赵温，走到孙礼的身边俯下身去，忽又抬头急切地说了句话。原本站在一旁的曹仁立刻单腿跪地，以手拊胸，表现出前所未有的恭敬。

天子到底做了什么？赵彦愈发觉得难以索解，他缩在袖子里的手捏成了拳头。谜团是好事，有了谜团，才有破解的方向——他终于摆脱了无处着手的窘境。想到这里，赵彦又有了些兴奋。他深吸一口冰凉的野风，再度望向那一片混乱，无意中发觉除了他以外，至少还有一个人与这片混乱格格不入。

一个身影正站在距离孙礼几十步开外的野地里，几匹西凉兵的马匹还倒在地上，不住哀鸣。他从马匹身旁捡起几块小石子，在手里掂量了几下，然后试着把它们用力向王越遁逃的方向掷去，石子在半空画出一条弧线，落在地上。

身影默默地点点头，转身踱着步子走回来，在王越刚才挟持曹丕所站立的地方又一次蹲下身子，十个指头飞快地在土地上翻弄。

站在附近的张绣忍不住问道："伯宁兄，你到底在找什么？""公子的救命恩人。"满宠趴在地上，头也不抬地回答道。

4.

依循常理，曹丕的遇难对汉室来说是件快意之事，是对曹贼的一次沉重打击。可不知为何，刘协眼中看到的，不是曹操之子曹丕和王服之兄王越，而是一个小小的孩子被一名游侠一刀斩杀。

那日杨修的话，猝然在他脑海里响起："你若是把不忍杀生的信念贯彻到底，那也是一种坚定。"此时的刘协，决定遵从自己的本心行事。所以他放开伏寿，几步冲到了孙礼跟前。

孙礼已经陷入精神恍惚的状态，整个人如傀儡一般，任人摆布。刘协把他的手臂挪开，俯身去查探曹丕的身体。一旁的曹仁以为天子要对曹丕的尸身不利，不禁怒目圆睁紧捏钢刀，作势要劈向刘协的后背。

"滚开！他还未死呢！"刘协猛一抬头，厉声喝道，眼神霎时如电驱雷涌。曹仁被刘协突然展现出来的龙威给震慑住了，不由得手中一顿，先倒退了半步，然后他才反应过来刘协说的话的意思是"曹丕未死"。他二话不说，"咕咚"一声单腿跪地，以手抚胸，低声嗫嚅道："陛下，请救救公子，救救公子。"

刘协在河内游猎时，经常受伤，因此对于跌打扭磕之类的伤势，颇知止敷之道。他刚才一检查，发现曹丕尽管脖颈被利刃所伤，但切口却堪堪避开大脉，流血虽多，其实只是皮外伤，只要处置及时，伤不会危及性命。曹丕昏迷不醒，其实是被吓的。

刘协松了一口气，他一面止血，一面对曹仁吩咐道："用陶瓮多取清水来，再取几束干净布条，军中的金创药拿三份。"

汉家天子的权威，从来没有被如此迅速地执行过。不过转瞬工夫，这些东西就已经准备好了。刘协小心翼翼地开始处理伤口。他的手法熟练，却未见得有多高明。但这个时候，周围谁也不敢靠近去越俎代庖，都沉默地注视着天子为曹司空的儿子处理伤口。这可真是一番难以想象的奇特景象。

刘协此时脑子里没有别的杂念，只是希望这一条生命不要在自己面前流逝。自从那日祠堂深谈之后，他第一次变得坚决而果断，对自己的抉择毫不犹豫。

曹仁久经沙场，这些流血其实早就见惯了，可这次被刺的是曹丕，让他一时间方寸大乱，竟忘了先去检查伤口。此刻他看到刘协全神贯注地为曹丕裹伤，眼神坚定，全不似作伪，不由得涌出一股感激之情。

这时候，一个冷漠沉着的声音从他旁边传来："曹将军，在下有事相告。"

曹仁偏过头去，发现是满宠。满宠这时候已经从地上爬了起来，衣衫上沾满了雪泥，样子有些狼狈。曹仁对这个冷冰冰的家伙没什么好感，把手臂一横："陛下在为公子疗伤，不可惊扰。站开说话。"

他们两个走开几步，满宠道："公子如今安危如何？"曹仁道："脖颈虽伤，总算未至要害，看来是那王越留了一手。"满宠轻轻地摇了摇头，平伸出手掌："这是我刚才捡到的石子。"曹仁一看，这是一枚石子，表面呈现暗褐色，形状明显经过打磨，貌似鹅卵，大小恰可为两枚指头夹住。"这是？"

"刚才王越那一剑，确实存了杀人之心。只不过被这一枚飞石击中了剑背，缓了三分力道，公子方才得幸。"

曹仁的脸色变得有些难看。一个王越也就罢了，这附近居然还藏着一位高手。能够以飞石打中王氏快剑，这份功力实在令人咋舌。曹仁下意识地四下环顾，可只看到一片片被大雪覆盖的田亩与山丘上稀疏的枯林，除了王越藏身的雪包以外，完全看不出任何曾经有人潜伏的痕迹。

"我在那边方向，也寻到了几枚石子。说明刚才击伤张绣的西凉骑兵，掩护王越退却的，也是这位高手，"满宠还是那一副不阴不阳的表情，"也就是说，那位隐藏的高手即便不是王越的同党，两人也绝非敌对。"

听了满宠的话，曹仁冷汗直冒。不知不觉让这么多人靠近籍田，他这个负责警戒的人，绝对难辞其咎。倘若刚才那两名杀手存了心思，恐怕此时已经是血流成河。

"许都什么时候冒出这么多高手……"他咬紧嘴唇。这次许都肯定又得全城大搜索。不把这个刺客找出来，谁也别想安心睡觉。

满宠把石子收入袖中，慢慢道："王越来历如何，在下不知。不过那掷石的高手，我倒是在董承之乱时见到过一次。那一次他也是自远处发石，转瞬即毙董承身边的数名高手，腕力之强，不在劲弩之下。"

曹仁的瞳孔陡然收缩，语气里隐然带有不善："是谁？""杨修。"

"竟然是他！杨老狗的狗崽子！"曹仁咬牙切齿道。"子孝，冷静点。不要随便乱下结论，教旁人看了笑话。"曹仁一回头，看到荀彧铁青着脸，一手按在他肩上，一手指向远处那一群幸灾乐祸的大臣。

那群幸灾乐祸的人，此时正聚在一起，袖起冻得有些发疼的双手，低声聊着天。孔融得意扬扬地对赵温说道："看来老天爷都在帮我们。这次的许都聚儒之议，肯定能成了。"

赵温有些不解："曹丕遇刺，难道他们不会中止一切外人进入许都吗？"

"你错了。你看看咱们那位陛下。"孔融指了指埋头为曹丕疗伤的刘协。"陛下当真惊才绝艳，居然当众表演了一番吴起吸脓。天子如此关心臣下，纡尊降贵为曹操的儿子施术，卖了曹氏一个天大的人情。荀令君又怎么好驳回这点小小的请求呢？"

赵温觉得孔融说得很有道理，连连点头，然后凑到孔融耳边，用几乎不可闻的声音问道："我说文举啊，那个王越，是你找来的？"

孔融先是一愣，旋即意味深长地笑了笑，不置可否，只是用两只大袖拂了拂前襟。赵温暗暗挑起大拇指，眼神里多了一丝敬畏。

"哎？那个人，是议郎赵彦吧？"赵温忽然问道。循着他的手臂指向，孔融眯起眼睛，看到那个熟悉的身影在一个本不该出现的地方。孔融诧异地说道："那小子，到底在干什么？"

赵彦距伏寿的距离，只有十步之遥。

刘协奔向曹丕之后，伏寿就一直优雅而孤独地站在田埂上，眺望着自己的"男人"在抢救敌人之子。她没有像寻常女子遭遇刺杀时那样吓得花容失色，眼神安详而平静，只在眼角处多挂了半滴晶莹之物。谁也没听到，这位处变不惊的汉后刚刚轻启朱唇，对着皇帝的背影吐出两个感情复杂的字来："笨蛋。"

赵彦谨慎地迈入籍田，眼神一刻都不曾离开那个窈窕的背影。这是一个让少君不开心的女人。董妃对伏后的敌意，多少影响到了赵彦对她的观感。但赵彦绝不会让情绪影响自己的判断。他知道，如果说能有什么突破口的话，那必然是从这个女人身上寻找。刘协是赵彦要挖掘出来的终极真相，而伏寿，则是缭绕在这个真相四周的云雾。

若搁在平时，臣子是绝无机会单独靠近一位嫔妃的。但刺客在籍田的出现和皇帝的意外举动，让赵彦终于抓住了一个千载难逢的机会。

"启禀皇后，刺客不明，此地不宜久留。臣请速还銮驾。"赵彦半跪在地，大声说道。

伏寿听到声音，转过头来，看到一个青年官员殷切地望着自己。为了辅佐皇帝，她默默地记下了朝中几乎每一个官员的名字和性格特点，她认出这个人似乎叫赵彦，是孔融举荐来朝做议郎的，表现一直很安静，大概又是个被孔融的高调忽悠来许都的愣头青吧。

想到这里，她心中略松，抬起右手，点向曹丕，顺手不露痕迹地拭去眼角流晶："你没看到陛下正在忙碌吗？"赵彦强忍着胸腔内怦怦乱跳的激动，向董妃的敌人恭敬道："陛下久染沉疴，臣一直夙夜忧叹，恨不能替天子身受。如今见到陛下龙体已愈，臣实在欣喜至极。"

伏寿警惕地看了赵彦一眼，不太明白这个人是真心想溜须奉承，还是受人指使有什么不明的企图。她抿嘴笑道："陛下在宫中一直修习强体养生之术，效果甚佳。"

"请皇后赐教，是何仙术，有如此神效？"赵彦大着胆子问道。什么仙术，居然能把一个在床上奄奄一息的皇帝变成一个身手敏捷的高手，换了谁都会问出这句。

伏寿的眉毛轻微地蹙了一蹙，她只是随口一说，却没想到这人要打破砂锅问到底。她有心不回答，又怕引起怀疑。正在犹豫之间，第三个声音自左边响起："赵议郎，陛下修习的，乃是我师自创的导引之术。习得此术，可以免三灾，去八难，身轻如燕，百病不侵。"

赵彦一看，原来是中黄门冷寿光。他是近侍，不能参与籍田之礼，刚才一直在外围等候，看到里圈出事才匆忙赶了过来。

"请教导引之术的名字是？"面对一个宦官，赵彦的声音变得大了一些。

"此术师法自然，取自虎、熊、鹿、猿、鹤五种禽兽之态，故名'五禽戏'。"冷寿光回答道。

伏寿看着冷寿光一脸认真的表情，居然判断不出他是顺着自己的谎话继续编下去的，还是真的有这么一门神奇的导引之术。

第八章　其名曰蜚

黑暗中她的笑容无比明媚。刘协一时间有些失神，她灿烂起来，如艳阳高照；她决绝起来，却好似冰封万里——这两面大概都是她的真性情吧。

1.

　　王越疾驰了数十里路，来到许都附近一片荒凉的山沟之中。他猛地拉紧缰绳，朗声道："徐福，你出来吧。"他的嗓门极大，在周围连绵起伏的山谷中传来阵阵回音，一直持续了许久才逐渐消失。数只树顶寒鸦被惊起，拍动着黑色翅膀在天空中"呱呱"叫着，更显出谷中寂寥。可是那位神秘高手却没有任何回音，似乎并不在这附近。

　　王越等了片刻，面露不悦，复又仰头大叫道："你用飞石破我剑法，如今又不肯出来相见，是个什么道理？"

　　四周依旧没有任何动静。王越一拍腰间长剑，面上两道疤痕猛然屈起："好！你再不出来，我便杀回许都，把曹家与当今天子一并杀了，与我兄弟祭坟！"

　　话音刚落，一阵破风之声传来，王越听风辨位，手腕一抖，剑鞘挥起，一声脆响，恰好把飞石打得远远的，撞折了一棵小树。

　　"若王兄返回许都，我便只好拼死一阻。"那沙砾磨动般的声音凭空传来。

　　王越冷笑道："你当年在阳翟就是我的手下败将，如今口气倒是大了许多嘛。"那被唤作"徐福"之人不知藏身何处，只听到他道："往事已矣，我如今不过是杨太尉麾下区区死士，奉命阻拦而已。"

"我杀曹丕，有何不好？我得仇人，你等得利。"

徐福道："王兄游侠之气，溢于言表，却非国家之福。"王越不屑地用指甲弹了弹剑刃："你可以试着阻止我。"

"你我动手，必有一伤，却横使曹贼得利。你有大仇未报，何妨留到官渡？"王越眯起眼睛，牵动疤痕："这是杨太尉的意思？""是。"王越把剑插回鞘中，扬声道："好！"他一夹马肚子，马匹前蹄踢踏，原地转了几个圈子。他忽然又说道："只是我在许都，尚还有一个仇人要杀。""是谁？"

"那个忘恩负义的唐姬。"王越冷笑道。四周沉默半晌，"徐福"方才回道："我可安排你们相见，如何解决，你等自便。"这差不多就等于是判处唐姬死刑了。在一个高明刺客和一个废妃之间，谁都知道孰轻孰重。

王越满意地点点头："我等你消息。"然后驱马离开。眼看着王越离去，徐福从藏身之地慢慢现出身形。他的年纪其实并不大，可坑坑洼洼、沟壑纵横的脸上透着沧桑，几抹白垩土涂在额头与脸颊上，把他装扮得好似西南夷的巫士，只有一双大眼睛炯炯有神。

天子籍田的仪式被王越的刺杀意外搅局，只得草草收场。不过这倒也不算什么轰动的大事，汉室这些年来，哪一次活动不是草草收场，天下人早已习惯——反倒是曹司空的儿子遇刺这事，更能引起人们的窃窃私语与揣测联想。

天子回銮许都之后，奄奄一息的曹丕被直接送回了司空府，悲痛欲绝的卞夫人几次哭倒在地。数名最好的医者被召入府中，进行进一步的护理诊治。

与此同时，曹仁下达了封城令，数千名士兵进驻许都，全城五步一岗，十步一哨，彻夜都有重兵披甲巡逻，呼号声此起彼伏，昼夜不停，气氛比孙策要袭许时还紧张。

等到他布置完这一切，第一个命令就是召见杨修。召见地点是在许都的尚书台内，同席作陪的还有荀彧和满宠。

"杨公子，听说你的身边有一位高手，擅长用飞石？"曹仁慢慢搓动着手指，发问道。他的佩刀就横放在案上，如果杨修有什么问题，他会直接劈了他，才不管荀彧会怎么说。

面对质问，杨修笑了："我身边？对不起，我可没办法指挥那家伙，他只听我爹的话。"

"他是谁？"荀彧抢先问道，他不希望曹仁的粗暴态度毁了曹氏与杨家好不容易即将改善的关系。

杨修满不在乎地掸了掸衣袖上的灰尘："那个人叫徐福，和荀令君您还是大同乡哩，阳翟人。他原来是个游侠，大概是灵帝中平年间吧，徐福替人报仇，杀了当地的一家大户，惹得朝廷前来围剿，结果被打入大牢备受折磨，几乎死掉。我爹出手把他给救了出来，从此徐福隐姓埋名，甘为我爹的鹰犬。"

荀彧、曹仁和满宠三个人彼此对视一眼，他们倒没料到杨修说得这么干脆，丝毫没有隐瞒的意思。游侠为友人复仇这事，虽不为朝廷提倡，但在民间颇为盛行，徐福所作所为，亦是寻常事，各郡各乡都时有发生。

满宠道："董承之乱时，杀死我许都卫五名干员，又飞石击毙董承身边几位高手的，也是他喽？"

"不错。我爹知道我要游走董曹之间，太过危险，特意让他来保护我，所有可能对我产生的威胁，都会被他一一抹除。可惜局势一平定，他就被收回去了。"杨修试图在满宠脸上看出些变化，可惜失败了。满宠扁平的双眼焦点落在了杨修身后的黑暗中，似乎要从中挖出"徐福"来。

曹仁皱着眉头问道："今天在和梁籍田发生的事情，你都知道了？""听说了。"杨修神态自若地回答道。曹仁看了一眼满宠："我们在王越身边的地面上发现了一枚飞石，应该就是那位徐福所发。""能够救下曹公子，总算是件好事。""可是！"曹仁陡然提高音量，表情也冷峻起来，"我们在追击王越的西凉骑兵附近也发现了数枚石子。你说，为何徐福要阻止我们的人去追击王越呢？你们是不是沆瀣一气，有什么不可告人的阴谋？！嗯？！"

"如果我们有阴谋，徐福又何必阻止王越刺杀曹公子呢？"杨修一点也不惊慌，好整以暇地说道。

"哼，谁知道。我只看到徐福把王越放跑了。"

杨修忽然问道："曹将军，如果你抓住刺杀曹公子的凶手，你是希望亲手杀死他呢，还是希望假手于他人？"

"当然是亲手！我会一刀一刀地削去他的血肉，让他慢慢死去。"曹仁盯着杨修细嫩的脖颈，右手开始去摸那刀鞘。

"说得好。其实徐福的心情，和您是一样的。""什么？"曹仁一愣。"我刚才的故事还没讲完呢。徐福在阳翟遭遇的那一场大难，有一个关键人物我没提到。要知道，徐福师从名家，技击水平高超，官府多次派人围剿，都不成功，最后不得不请求京城支援。而京城派下去的捕吏，正是虎贲王越。"

尚书台里一片安静，三个人都等着听杨修往下说。

"王越到了阳翟，与徐福较量了一场。结果徐福被王氏快剑一剑洞穿膝盖，束手就擒。从此两个人结下了血海深仇，互相拼斗过数次。徐福视杀死王越为其毕生的目标，当初投靠我爹麾下，也是约定一旦知道王越的消息，必先报此仇。所以曹将军，你想想，徐福一看到王越出现，又怎么愿意假手他人来取他性命呢？"

曹仁"哼"了一声："那这徐福如今身在何处？"

"自从听到王越的消息之后，至今未归。如今徐福不在城中，估计已经去追杀王越了。我看您不必在许都封城，他们肯定已经离城几十里了。不出几日，必有消息传回。"

听了杨修这一番解说，荀彧和曹仁的脸色都缓和了下来。杨修的解释合乎情理，丝丝入扣。他若是要反，早跟着董承反了，不会等到现在突兀地来这么一出。满宠却忽然把身子前探："杨公子，你的话没有矛盾，可要如何证实你所言为真呢？"

杨修不甘示弱地与满宠对视，目光灼灼："三日之内，自然会有分晓——对了，那时候，祭酒大人也回来了吧？还有什么好担心的？"

正说话间，门外忽然传来急促的脚步声。一个卫兵急切道："夫人，里面正在议事……"然后一个女人的声音传来："议事？我儿子的命都快没了，他们还有什么好议的？"

"卞夫人？"

尚书台内的几人都分辨出了女人的声音。卞夫人一向很识大体，甘居家府，从不僭越政事。她这时突然闯来尚书台，只怕是曹丕遇刺的消息，触动了这位母亲最敏感的逆鳞。曹仁刚一起身，就听木门被"砰"地推开，卞夫人怒气冲冲地迈步进来，粗服披发，和她平日里严妆雍容的风范全然不同。"嫂嫂，你这是……"曹仁赶紧迎上去，语气有些畏惧，像个做错事的孩子。卞夫人扫视屋中之人，厉声道："子孝，我儿今日几乎死去，我过来讨个说法。"她双眼肿胀如桃，显然已是哭了数场。荀彧道："夫人不必惊慌。刺客之事已有成议，子孝会全力缉捕。"

卞夫人瞪大了眼睛："荀令君，曹公仇敌甚多，难免波及家眷。丕儿纵然身死，也是为国家而死，妾身对此不敢有怨恨。只是外患易躲，内贼难防，妾身所不解的是，在许都周密之地为何会发生这样的事？"

在场的人心中都是一凛，她这么说，显然是意有所指，大家不约而同地看向杨修。

"具体情形我已听邓展说了。那刺客如何知道天子籍田的具体方位和时间？如何事先避过搜查，藏身雪丘之中？更奇怪的是，他为何知道丕儿在队伍中？我明明在前一日方才应允他去。"

这几个问题个个都很犀利，满宠一边听着，一边极其轻微地点点头，很欣赏卞夫人的眼光。反观杨修的神情却逐渐严肃起来，没了刚才的嬉皮笑脸。

"这些问题妾身想了又想，实在想不明白，只得过来问问诸位大人！"卞夫人的眼神愈加凌厉，险些丧子的伤痛令这位母亲的羽毛全都警惕地竖了起来。

曹仁正欲解释，卞夫人却摆了摆手，尖削的指甲如剑般指向了屋中一人的胸膛。

"其实妾身只有一个问题要问：许都卫号称无所不知，许都连个苍蝇飞过都逃不过你们的眼睛，何以却独独漏过王越这等杀手？丕儿遇刺，四周皆惊，连子孝这等久经沙场之人都乱了方寸，那个叫孙礼的军官甚至骇到嗓音失声，至今未复，何独你满伯宁毫无惊诧，反而能迅速找出旁人投出的石子？满伯宁，你是否有个解释给我？"

满宠面对卞夫人意外投来的诛心之问，没有什么心理准备。他连忙跪倒在地："未能明察奸凶，致使主公被难。此皆宠之误。"

卞夫人对他的恭顺态度却丝毫不领情，冷笑道："前几日丕儿骂你，我还好心为你回护。现在回想起来，从放任张绣包围司空府开始，你的所作所为就处处针对我们母子几个。这一点丕儿倒比我们几个大人看得透！"

荀彧大惊，这个指控太严重了，他知道满宠绝非那样的人，连忙起身相劝。卞夫人却不依不饶，目光如刀，直戳向满宠的心窝："妾身知道这些全是空口无凭，治不了满伯宁的罪。但你瞒得过别人，却瞒不过我。"

满宠这时候反而从容起来："臣自入仕以来，一片赤心，不曾有半点迁延。"

"不错，你的忠心确实不曾有半点迁延，"卞夫人怨毒地瞪着他，嘴角牵动，"是从来没对丁夫人迁延过吧，你们到底是同籍的乡亲，对吗？"

她这一句话说出来，尚书台里登时满布冰霜，所有人都僵在原地，动弹不得。

2.

"这五禽戏，可是你杜撰的？"伏寿饶有兴趣地问。此时她在司空府的临时寝殿里跪坐着，让冷寿光给她按着肩膀。

冷寿光恭恭敬敬回答道："不是，我的老师确实有这么一门导引之术。当时我看那赵彦问得尖锐，就随口说出来了。"

"看来你的话还挺可信，暂时唬过那个赵彦了——对了，你回头去跟杨修说一声，让他查查这人的底细。孔少府的门下，怎么会这么冒失？就算他只是有口无心没有图谋，但到处跟别人一嚷嚷，这事也会变得不可收拾。"

"臣已经派人去告诉杨公子了。"

"你做得不错，不愧是杨太尉举荐的人。"伏寿闭上眼睛，冷寿光的按摩手法相当巧妙，让她感觉浑身酥软，筋骨松弛。冷寿光最初是由曹操的亲信王必介绍入宫，实际上却出自杨彪的授意。他在宫中随侍了两年多，不显山不露水。一直到了禁宫大火张宇去职之后，冷寿光因为背景有浓厚的曹氏色彩，被破格拔擢为中黄门，侍候皇上、皇后。

这个人低调谦虚，不像张宇那样牢骚满腹，不过行事颇有几分神秘，有时候连伏寿都不知道他的想法。对于汉室在私底下的活动，冷寿光尽收眼底，每次都会刻意保持一段距离，只是倾听，从不发表意见。像今天这样主动出来解围，对他来说，还是头一次。

"你这个按摩的手法，也是跟你师父学的？"伏寿问道。"是的，不过这却并非微臣最擅长的。"伏寿睁开眼睛："哦？你最擅长什么？""房中术。"冷寿光一本正经地回答。伏寿放声笑了起来，一个宦官最擅长的居然是房中术，这可真是个大笑话。冷寿光也呵呵笑了起来。笑够了，伏寿对着铜镜，幽幽道："你说，今日他为何要抱着我跳开？明明自己跳开岂不更快？"

"这说明陛下心怀慈悯之心，有大仁之德。他连敌人之子，都肯纡尊降贵前去施救，何况是您？"

冷寿光一边说着一边双手不停按摩，忽地发觉伏寿的双肩往下垂了垂，似乎有些失落。冷寿光唇边露出一丝洞悉的笑意："不过……陛下可能也有别的意思在里头。"

"嗯？是什么？"伏寿意识到自己问得过于急切了，连忙咬住嘴唇，摆了摆头，"算了，你不说也罢。"

"臣猜，陛下大概是不想睡地板了吧？"

自从那日两人争吵之后，刘协与伏寿便不再同床共寝。刘协主动在榻旁铺了一块绒毯，自己卧在上头，只有当冷寿光以外的人走近时，他才赶紧爬到榻上装装样子。伏寿原本想让他上来，自己睡地上，可刘协态度异常坚决，她也只得听之任之。这时听到冷寿光这么说，伏寿面上浮出些许绯红，气恼道："没人教他睡地上，偏他自己赌气不上来。"冷寿光道："陛下表面上柔顺宽和，骨子里却固执得很。拿定了主意，九个许褚都拽不回来。""就这点跟他兄弟还算相像。"伏寿心中想着，叹息道："可惜啊，他根本就是个滥好人，巴不得全天下都跟他一样有君子之范。""也不尽然。我的老师写过一本书，叫《青囊书》，书里说'人以眴时最朴'。意思是说人在受到惊吓时，瞬时反应最能体现真心。陛下那时抱住您离开，恐怕没时间思考太多，仅仅只是不想您受伤害吧。"

"那个笨蛋。"伏寿毫不客气地评价道，然后抬起右手，"寿光，别瞎分析了。嗯，你去把那绒毯搬去榻上，老搁在那里，早晚会被人看出破绽，于汉室复兴不利。"

这时候门外传来禁卫的喊声，看来皇帝已经完成了接见——刺杀事件发生以后，一大群臣子都赶来司空府向天子问安，折腾到现在才能返回"寝殿"。

门扇响动，传来刘协的脚步声。冷寿光感觉得到，伏寿突然没来由地紧张起来。刘协进了屋子，与伏寿四目相对，彼此都感觉目光里有些东西悄然松动。伏寿服侍刘协换下外袍。他一把抓住她的手："我今日一时心软，救了曹丕，你怪我吗？""曹营名医无数，就算陛下不出手，他也会得救。陛下如此行事，能取得曹家信赖，深谋远虑，令臣妾佩服。"刘协苦笑道："你是知道我的，我哪有考虑那么多。只是天性使然，不忍让一个孩子在眼前死去罢了。"伏寿似笑非笑，任凭他握着自己的手："那陛下你救下臣妾，也是天性使然喽？"面对这个问题，刘协没有正面回答。他轻轻摩挲着伏寿的手背："那日与杨先生谈完，我想了许多。想过逃回河内去隐居起来，再不与外人来往；也想过像哥哥那样，硬起心肠，万千头颅落地而目不眨。可是后来我发现，这些事都不是我想做的，不是我的本心。"

"那陛下你的本心，是什么？""当我看到曹丕垂死的那一瞬间，突然间一下子豁然开朗。我的本心，是要救人。救人，就是救汉室。"刘协停顿了一下，又说道，"我是一个软弱的人，无法做到像哥哥那么冷酷无情，他是汉武帝，我是汉文帝，一是雷霆，一是雨露。手段不同，却都是为了汉室。所以，我会用自己的方式去履行承诺。"

"对他的承诺还是对我的？"她的声音带有戏谑的意味，满眼的媚意，柔美的手指在男子赤裸的胸膛爬行。

刘协犹豫了一下才回答道："对你们的。"说完他尴尬地舔了舔嘴唇。无论外人如何看待，他心里知道，在身旁躺着的这个女人，是他兄长的妻子、他的嫂子。

听到刘协的回答，伏寿笑了起来。曹家二公子的性命，反倒成就了一位帝王，这可真是有些讽刺。

黑暗中她的笑容无比明媚。刘协一时间有些失神，她灿烂起来，如艳阳高照；她决绝起来，却好似冰封万里——这两面大概都是她的真性情吧。这样一个爱憎分明的女子，真不知怎么能在许都这个尔虞我诈、虚与委蛇的暗井中生存下来的。

想到这里，刘协忽然想去摸摸她的脸庞。伏寿闭上眼睛，任凭他粗粝的指头滑过她的面颊。她以为男人的手会继续下探，可那只手却忽然抬高，按在她的头顶上，爱怜地揉了一揉。

"苦了你了……"刘协喃喃道，手掌顺着缎子般光滑的头发抚下来，像是安抚一只受惊的小兔子。伏寿半晌没有说话，过了好久才睁开眼睛："陛下您在籍田抱我避开刺客的时候，可知我想起了什么？"

"嗯？"

"想起数年之前，我和陛下刚刚逃出长安。风雨飘摇，群敌环伺，我们走到安邑断了粮草，进退不得。我与陛下缩在安邑城下的低矮草庐里，望着庐外的如瀑雨水。陛下忽然问我，如果此时有刺客出现，我会怎么做。我毫不犹豫地回答，将用自己的生命去捍卫天子。陛下点点头，说他也是那么想的。"

"这不是很好吗？""不，他的意思是，他也会用我的生命去捍卫天子。""……"伏寿看到刘协古怪的表情，不由得笑起来："你的哥哥，就是这么一个人。"刘协觉得有些滑稽，又有些悲凉，他又问道："那你听了以后是怎么想的呢？"伏寿的双眼闪过耐人寻味的光芒，抿起朱唇，挑起一个优美的弧度："果然，这真是你的作风啊，要知道，陛下是绝不会问我这种问题的——他不关心。"刘协张了张嘴，终究没有发出声来。真正的刘协，连自己的生死荣辱都无动于衷，遑论伏寿的心情。伏寿道："你们太不一样了。陛下是一块冰，他唯一的目的，只有复兴汉室，除此以外他什么都不在意；而你是一团火，你会去关心一个黄门的生死，会去询问一个嫔妃的喜怒哀乐，会为了牺牲的棋子而流泪。你们的王道，是全然不同的。"

刘协把喃喃自语的伏寿搂在怀里，伏寿也顺从地伸展手臂，把他紧紧环住，蛮首顶住下巴，肢体交错。女性颤抖而热情的声音，在他耳边嗫嚅着，吹气如兰："我会一直陪着你走到最后。"

男女的声音逐渐低沉，一个细嫩的小拇指不知不觉钩住了另外一个，二指钩连，彼此紧密不可分——这是伏寿第二次与天子立下誓言。刘协随即将伏寿紧紧地抱在怀里，两人紧紧贴在一起，亲密无间。

这一次，刘协不再彷徨。

荀彧在路上忧心忡忡地走着，脚步声流露出几许疲惫。董承之乱结束以后，他本以为可以稍微喘息一下，可乱子一个接着一个，让这位尚书令有些疲于奔命。许都的乱流，似乎并未因董承的败亡而停止涌动。

可想归想，荀彧实在没有多余的精力去关注，他要处理的事务太多了——比如说此时跟在他身后的那位将军。

张绣此时正跟在荀彧后面，为了屈从尚书令的速度，他在迈步的时候，有意让自己的长腿抬得很低，看上去有些滑稽。这个人虽然也是西凉出身，但跟大部分西凉将领不同，总是显得忧心忡忡，眼神抑郁。荀彧这几天跟他深入接触，发现他严重缺乏安全感，不降曹时害怕，降曹了还是害怕。

尤其是刺杀事件发生以后，他更是噤若寒蝉，卞夫人、曹丕斥责满宠的举动，在张绣看来怎么都像是指桑骂槐。为此荀彧不得不好言安慰，再三保证他会得到最好的待遇，可张绣仍旧是一副如履薄冰的模样。

如何处置这支西凉部队，确实是一个令人头疼的问题。倘若就这么拉去前线，就算曹公不介意，其他将领也会有反弹的声音；若要进行整编，又会造成张绣的不稳。

思忖再三，荀彧决定采用分而治之的手段。现在曹公已经返回官渡，荀彧把张绣和少量精骑先送到曹公那里去，其他部队留在许都附近，交给贾诩和胡车儿去弹压。一来可让曹公亲自给予张绣保证，让他宽心；二来也是让张绣与主力分离，让西凉军不敢轻举妄动。

"备则，这个月底你便要护送辎重北上。这次除了粮草资财以外，还有一人要随军同去，他如今刚刚返回许都，我现在就带你去见见他。"

张绣点点头："请荀令君放心。同为司空僚属，我会与他多多亲近。"

荀彧停下脚步，露出古怪的神情。"这个嘛……不必勉强自己，你把他安全护送到官渡就好，多余的事不要做。"

荀彧和张绣很快来到一处宅邸。宅子并不宽阔气派，只是一间普通的半砖式两隔院落，但是这间小院距司空府仅仅只隔一条街的距离。上次张绣带兵包围司空府的时候，曾经路过，但完全没有留意。在小院门口，早已经停了一辆古怪的马车，宽方车舍，铃铛吊角。

两个人对视一眼，没说什么，一起朝里面迈去。甫一推开门，张绣就闻到一股浓郁的酒味，他再一看，屋子里的景色令他瞠目结舌。

屋子里对跪着的，是一个老人和一个年轻人。老人头发花白，眼神浑浊，裹着一张裘皮不时咳嗽几声，正是贾诩；而贾诩对面那个年轻人的额头很大，两只手瘦且细长，如同鸡爪，皮肤泛着一种不健康的苍白光泽。

但真正让张绣惊诧的不是那年轻人，而是在他怀里，居然还侧躺着一个酥胸半露、媚眼如丝的女子。年轻人的右手，正伸入女子衣襟中漫不经心地揉搓着。

贾诩拿起一壶酒来，给他斟满，一边咳嗽一边说道："咳咳……还是你们年轻人好哇。我这把年纪，若去江东之地，只怕早已湿毒入骨，咳……"

"喂，老东西，我是真病，咳咳……你可是装的。"

这一老一小仿佛斗气一般，居然对着咳嗽起来。年轻人连续咳了十来下，从怀里掏出块方布，把嘴角几丝淡淡的血迹擦掉，恨恨道："我本想回许都以后的第一件事，就是解决掉你。想不到文和你抢先一步降了曹公。你这狗鼻子，还是一如既往地灵敏哪。"

贾诩无可奈何地摇了摇头："我一把老骨头，还能活几年？倒是奉孝你，女色要节制些才好，不然阴取阳竭，精气虚浮，于你大不利啊。"

听了贾诩这话，那年轻人放声大笑，狠狠地在姬妾胸尖掐了一把，道："历数英雄豪杰，所图者不过霸业与女色。我助曹公夺取天下，曹公许我尝尽绝色。人生在世，不过几十年尔尔，该当乘时雄起，一任恣意，何苦束缚自己呢？"

面对这样一番情景，张绣一脸骇然，比看到曹丕遇刺还惊恐。荀彧拍拍他的肩膀，表示安慰，然后面无表情地说道："介绍一下，这位是曹公幕府中的军师祭酒，颍川郭嘉，郭奉孝。"

"哟，北地'枪'王，久闻大名！"郭嘉眯着眼睛，倾斜着身体，右手抬起美姬软软的玉臂冲他摇动一下，算是打过招呼了。

张绣突然明白，为何荀彧不让他做多余事。

3.

王越道："唐姬那个女人，就在这里？"在他眼前，是一座松柏林中的祠堂，徐福一如既往地隐藏在暗处，不露身形。

徐福道："对，你与她的恩怨了结之后，杨太尉希望你尽快赶去官渡。""干掉袁绍吗？""不，是他身边的一个人，一个对我们很重要的人，他的名字，叫作荀谌。"王越歪了歪头："如果是官渡的话，那么不用我亲自去。我的弟子徐他和史阿已经在官渡了，他们可以完成你们要求的一切，包括刺杀曹操在内。"黑暗中的祠堂沉默了一阵，徐福似乎在思考王越的话。过了半晌，徐福方才开口说道："总之，你们不可轻举妄动，只要做好荀谌的事就好，随后我会带给你详细指示。""好吧，不过你们最好动作快点。史阿还好说，徐他那孩子若是冲动起来，连我都不一定能控制得住——他可是徐州大屠杀的幸存者。""看来你的弟子，不怎么听话。"

"时局太乱，没什么好苗子……我倒见过一个资质不错的，可惜跟我没有缘分哪。"

王越罕见地叹息了一声，朝着许都的方向望去。他的话音未落，远处传来一阵窸窸窣窣的脚步声。王越面露不悦，这本该是一次秘密会面，不应有任何外人。他把手按在剑柄上，随时准备斩杀来人。

"不要出手，这是我请来的客人——其实对她来说，我们才是客人。"

听到徐福的话，王越定睛一看，看到一名穿着青布粗裙的年轻女子缓缓走过来，手里挎着一个篮子，发髻挽在头顶。

"唐瑛？你们还算守信。"王越嘴唇抿紧，饶有兴趣地看着这位杀死自己弟弟的女人走近。

唐姬走到祠堂前，像是没看到王越一样，径直从他身边迈过门槛，把篮子里的祭品放在弘农王牌位前面。她轻轻地拂干净几案，把祭品摆正，郑重其事地拜了三拜，然后把额发撩起，转过身来直面王越。

"王服非我所杀，却是为我而死。"唐姬说道，然后把那个雪夜的事情一一道来，包括王服最后撞向自己时那深情的一瞥，和自己那一句轻轻的"对不起"。

听完唐姬的话，王越慢慢抬起长剑："很不错的故事，可惜对我没有区别。我只知道，你手里握着的兵刃，刺进了我弟弟的身体。就这么简单。你能选择的，只是乞求我的宽宥，或者引颈受死。"

唐姬没有回答，而是从祠堂里面抽出一柄磨得锃亮的铜剑，摆出一个进击的姿态："此剑乃是天子剑，是我丈夫亲手磨制而成。他曾对我说，他无力保护我，也无力保护汉室，只能磨成此剑，冀望我能自保。在长安之时，我就凭着这一把剑，与王服杀出重围。"

"我弟弟把你救出来，这就是你报恩的方式？"王越感觉有些好笑。

"我辜负王服的恩义，本该自戕以报。但我如今身负两朝天子所托，不可把性命白白捐弃此地。持此剑，是为与阁下立一誓约。"

"这可不由你来决定。"

王越手臂轻运，长剑平平递进。唐姬急忙举剑相迎。祠堂之中，两把剑激烈相交，连续碰撞了三四招。唐姬劣势尽显，不得不后退数步，喘息不已。王越却一剑紧似一剑，唐姬只得咬紧牙关，奋力抵抗。她只觉得王越的快剑，和她从前对阵过的敌人完全不同，有如一张绵密大网铺天盖地而来，无论如何拆解都难以挣脱，只能眼睁睁看着剑光将自己吞没。

唐姬濒临绝境，突然间手臂剧振，手中铜剑陡然化为一条蛟龙，义无反顾地冲向王越。这是同归于尽的一招，不到万不得已她绝不会用。强如李傕，都险些在这一招下丧命。

就在蛟龙的龙吻擦到王越咽喉的一瞬间，王越的剑从天而降，稳稳敲在了剑脊之上。唐瑛顿觉手臂一阵酥麻，虎口震裂，铜剑脱手跌落于地。

王越却没有进迫斩杀，反而露出一种奇特的表情："这是我王氏快剑的秘传。莫非王服连这招也教你了？"

唐姬半蹲在地上没有回答，胸前起伏不定。刚才那一招对她的体质来说，消耗太大了。

"你这一招火候把握不错，可是力量太弱了，毕竟是女人。"王越点评了一句，然后道，"你可知这一招是我王氏的不传之秘，只可传给至亲，不容外人与闻……"说到这里，他的话停住了，似乎领悟到了什么，抬起头来，朝黑漆漆的天花板望去，良久方轻轻叹息一声，收回视线。

王越猛一挥剑，唐姬只觉头顶一凉，一缕青丝飘落到地上。

"既然我弟弟代你求情，今日姑且放你一马。记住，你欠我一颗人头。汉室复兴之日，我自会来取。"

王越的声音还在，身影却已经飘然消失。

"不成了，不成了，再喝下去老夫恐怕要醉死了。"

贾诩无力地摆了摆手，把酒杯"咣当"往案几上一搁，几滴浊酒顺着他花白的胡须滴到地面。郭嘉斜眼瞄了他一眼，笑骂道："你这个老东西，在长安的时候装，在华阴的时候装，在宛城的时候装，到了许都还在装。我看你不要叫贾诩了，不如叫贾装。"

"备则，送我回去吧。"贾诩没理睬郭嘉的挑衅，朝张绣伸出手来。张绣连忙起身，把这位醉醺醺的老人搀扶起来，冲主人挤出一个勉强尴尬的笑容。郭嘉搂着美姬，懒洋洋地把酒碗略一高举，算是送行。

张绣对郭嘉那副浪荡样子十分不适，这倒不是因为礼法和习俗——从董卓以降，西凉将领比郭嘉糜烂者比比皆是——令他感到厌恶的，是郭祭酒那一副神态，那副神态让他想起了数年前的宛城。那一夜，曹操搂着他叔叔张济的夫人邹氏，也是这般得意扬扬的嘴脸。

建安二年的宛城，无论对张绣还是曹操，都是记忆中难以磨灭的一年。那一年张绣主动投降曹操，曹操去受降的时候侵犯了张济的遗孀邹氏，勃然大怒的张绣起兵复反，杀死了曹昂、曹安民和典韦，几乎杀死曹操和曹丕。

这些事情张绣不想过多回忆，可郭嘉的目光仿佛一双粗暴的大手，把他的侥幸剥得精光。张绣迫不及待地想离开这里，贾诩的要求可谓恰逢其时。

事实上，张绣怀疑，贾诩老早就看出自己的窘境，有意提前离席。

两人告别郭嘉和荀彧，走出了府邸。贾诩喝得一步三摇，张绣不得不紧紧抓住他的肩膀，避免他摔倒在地。两个人一路走到马车旁，贾诩以手攀住车辕，晃悠着往上爬。张绣连忙从后面扶住，提醒道："文和，路途颠簸，你可要坐稳点啊。"

　　贾诩忽然回过头来："呵呵，这是我的说辞，倒被你先说了。"哪里还有半点酒意。"什么？"张绣一怔。"我是说，将军你此去官渡，才是路途颠簸，需要坐稳些才是……来，托我一把。"张绣双臂一托，贾诩手脚并用地爬进车内，咳嗽两声。张绣忧心忡忡地问道："文和你到底想说什么？"贾诩的声音从漆黑的车舍里悠悠地传了出来："官渡关乎中原气运，各地大族，各押一边。袁、曹之间的这潭水啊，太深了。胜者未必胜，败者未必败，将军你心思质朴，在老夫前去之前，可是要慎之又慎。"

　　"那文和你到底什么时候去？"张绣急切地问道。没有贾诩，他心里实在是一点底都没有。

　　车内沉默了片刻，贾诩徐徐道："自然要等许都的几个小家伙都安顿好了。"说完他叩了叩木窗，车夫会意，扬鞭驱动马车。张绣目送着马车离去，搓了搓手，翻身上马，朝着另外一个方向疾驰而去。

　　就在贾诩和张绣二人在门外告别的时候，郭嘉请荀彧进了里屋。

　　相对于颓废淫靡的外屋，里屋还算正常。一张漆成黑色的枣木案几，上面搁着一盏铜制的鹤嘴油灯和笔墨竹筒；一个书架上放着几本卷帙，还有几张兽皮质地的地图；再加上两块二尺见方的厚绒毯和一张披着厚厚丝帐的木床。这就是郭嘉的全部家当了。

　　"女人是不允许进入这间屋子的。"郭嘉解释道。那名美貌的姬妾恭顺地站在门口，把药壶递给他，一步都不敢迈入。

　　荀彧笑了笑，什么都没说。他这位小同乡的秉性，他再了解不过：荒唐起来简直没谱儿；可要是认真起来，天下很少有人是他的对手。他踱着步子，跪到案前，就着那盏油灯扫到了一张摊开的地图。这张地图画得颇为精细，道路城池以及附近山势地理都标记得很清楚。

　　"官渡？""对，这是闻喜裴家的手笔，画得不错吧？"郭嘉一屁股坐到荀彧对面，揉了揉有些发黑的眼圈，也不知是哪种彻夜辛苦所导致的。"看来你在许都不会待很久。"荀彧用手拂了拂地图翘起的卷边，边缘有些灰污，看来时常被人翻阅。"对，我这次南下时间有点长，眼下前线袁绍虽然按兵不动，暗地里小动作可是增加了不少。我得早点赶回去。"荀彧点点头。官渡的热战是曹公亲自主持，水面下的冷战则是郭嘉带领的靖安曹所负责，双方暗杀、劝诱、用间、施计，无所不用其极，丝毫不比战场轻松。郭嘉这次秘密南下，对外却仍旧宣称在官渡主持大局，因此必须尽快赶回去。

荀彧捋髯道："许都最近的事情，伯宁都跟你说了？""嗯，都说了。"满宠的许都卫隶属于靖安曹，他在郭嘉抵达许都的第一时间，就把这期间发生的事情做了汇报，从禁宫大火里那具离奇的尸体到针对曹丕那次离奇的刺杀，事无巨细。荀彧相信，满宠对郭嘉说的，远比对自己说的更多更详尽。

荀彧一直觉得，有一种若有若无的力量默默地在许都底层流动，它很微弱，却很顽强。即使在董承败亡之后，荀彧仍旧有种它从不曾消弭的感觉。尤其是曹丕遇刺和满宠遭训斥这几件事，让他的这种感觉更加强烈。

"奉孝，你对此有何看法？"

郭嘉拿起一个铜勺，有节奏地敲击着药壶："曹公子遇刺姑且搁在一旁。伯宁遭训斥，想必是有什么人感觉到了来自于许都卫的直接威胁，不得不靠煽动曹公子和卞夫人来施加压力。我问过伯宁，他最近所做的事情，我所疑心者有二：其一，禁宫大火中，为何有一具未经阉割的男尸；其二，杨俊为何伪造自己儿子的被害现场。"

这两件事荀彧都起过疑心，但事务繁杂，无暇细想，他决定把这些交给专业人士来思考。

郭嘉继续道："伯宁曾以为这两件事是董承计划的一部分，但根本不是。这两个布置，于董氏计划是画蛇添足，毫无助益，策动者必别有所图。董承之乱，不过是掩盖那个企图的烟幕——甚至再大胆点说，董承恐怕自己都毫无知觉，稀里糊涂地成了别人的替罪羊。"

"难道说，这许都还有人欲对曹公不利？他们的目的何在？"

郭嘉忽然伸开双臂，仰起头来，一脸阳光地对荀彧说道："文若，你还记得当年在颍川，阴老师是怎么教咱们的吗？"

"我只修经学，不像你，搞的都是杂流之学。"荀彧听到"阴老师"这个名字，也是一脸感怀。

"阴老师曾经说过，天下万事，无不以因由为联，推甲则得乙，查乙而知丁，环环相扣，陈陈相因，居斗室而知天下。这是所谓的洞察之道。"

说到这里，郭嘉站起身来，兴奋地在里屋来回踱着步子，右手的拇指与中指一会儿按揉着两侧的太阳穴，一会儿又在半空挥舞，嘴里喋喋不休："为何禁宫中要放一具身着黄门服饰的男尸？自然是为了伪装成唐姬身旁的黄门。唐姬为何要伪造出一个黄门？自然是要带一个外人进宫。为何她要带一个外人进宫又把他烧得面目全非？自然是为了掩饰他的身份——也就是说，这个人咱们都认识，都很熟悉，只有彻底烧成灰才不会让他的身份泄露。"

他一直赤着脚在地上走，踩得地板"咯吱咯吱"作响，好几次差点踩到荀彧。荀彧没有打断郭嘉，这是郭嘉的习惯，每次他在思考的时候，就会旁若无人地自言自语，有的时候甚至还手舞足蹈，用炭木棍或毛笔在墙壁上随意勾写乱涂。

在去年，曹公一直在为是否与袁绍开战犹豫不决。郭嘉就是这样在司空府里的花园一边涂抹着，一边说出了著名的"十胜十败论"。后来曹公终于坚定了开战的信心，而卞夫人也不得不找人把花园重新粉刷一遍。"再回过头来看杨俊。他的儿子杨平也是被砍得面目全非，这说明什么？说明他不希望自己儿子的脸被认出来。在许都，同时出现了两具不希望被我们认出脸的尸体。文若，你知道这意味着什么吗？"

荀彧摇摇头，根本不需要他回答，因为郭嘉不会听，他已经完全沉迷在自己的想象中，双目炯炯有神。

"被刻意毁容的尸体，传达出的讯息只有两种可能：要么是有人要隐瞒死者的死讯，要么是有人想代替死者的身份。无论是哪种，最简单的解决办法，就是找出尸体的相貌——这件事只要找个画师，去询问死者亲近之人就够了。"

荀彧一惊："你打算对杨俊动手了？他背后是华阴杨家与河内司马家。我军与袁绍决战在即，不可徒增河东士人的敌意。"

郭嘉咧开嘴笑起来："我怎么会做那么愚蠢的事。杨平的相貌如何，又不是只有杨俊一个人知道。杨平从小长在司马家，只怕温县的人都见过。"

"有道理。"荀彧击节赞叹，"只消派人去温县把画像描摹下来，一切便可真相大白。"

"这件事已经在做了。今天邓展将军已亲赴河内。我倒想看看，杨俊这个儿子究竟生得什么模样。"郭嘉说得很平静，可语气却锋利无比。

荀彧叹道："如果他们足够聪明，真不该主动来挑衅你。"

"谁说的？王越刺杀曹公子，我看就是有些人忍不住要冒出头来了。这样也好，可以省出不少时间，我可以把注意力放在另外一件事上。"

"什么事？"

"一件让袁绍不太舒服的事。"郭嘉说到这里，露出诡秘的微笑，他站起来拍拍袖子，抱怨道，"人生苦短，真不想把时光都浪费在这些事情上啊！"

说完这些，郭嘉用手比了个送客的姿势："行了文若，说完了。任姑娘还在外头等着我呢。"

4.

郭图手执一份竹简，厌恶地摸了摸鼻子，走入这个阴冷低矮的洞穴。这里距离官渡前线只有二十里，是一片山地，周围驻扎了三千名袁绍军的精英。他们名义上是巡逻右翼，防备曹军偷袭，实际目的却只有一个：保护这个洞穴，保护这个洞穴里的人。洞穴里灯火通明，到处都点着桐油火把与素白大蜡烛，十几名身穿短衫的小吏在抄录、搬运着各式各样的文书。他们在行走的时候不得不弯下腰，以免碰触到天花板。在洞穴的最里头，灯火没有那么明亮，只在岩壁凹陷处插了几截松枝，晦暗不明。一个人影端坐在那里，身前摆放着无数散碎的竹简与纸片，还有几管写秃了的毛笔。"明明军中有大堆厚帐子，可偏偏要像地鼠一样龟缩在这里。"郭图不满地嘟囔道。"我来这里是为了胜利，不是为了舒适。"那个人影嘶哑地回道。这是一个用青布将全身都罩起来的人，只露出人骨般惨白的长发和一只赤红色的眼睛，看上去可怖而凶残。他的真名谁也不知道，大家都把他叫作"蜚先生"。郭图认为这个绰号起得恰如其分，《山海经》里记载太山上有一种野兽"状如牛而白首，一目而蛇尾，其名曰蜚"，可不就是这番模样？

但郭图不敢太过得罪他，这个人现在是袁军秘密战线的核心，执掌对曹用间的权柄，这数月以来折冲樽俎，让曹军吃亏不小——更何况，他还是郭图所必须倚重的智囊。

袁绍军中错综复杂，田丰、沮授等冀州人为一党，同样是冀州出身的审配却不屑与之为伍，跟逢纪、许攸等南阳人为一党；郭图和辛氏兄弟等颍川人和军中大佬、临淄人淳于琼又为一党。如果没有一个智囊襄助，郭图这些颍川人，很难在冀州集团和南阳集团的夹击中生存。他把竹简里的字条递过去，蜚先生扫了一眼，尖刻的声音立刻响起来："哈！我怎么跟你们说的？我早告诫过沮授那个蠢蛋，郭嘉不在官渡，郭嘉不在官渡。可他就是不信！""冀州人一向刚愎自用，蜚先生不必太过动气。"郭图劝道。沮授是他的政敌，他不介意在必要时偷偷下个小绊子。蜚先生恼怒地抖了抖青袍："哼，若按我的方略，趁郭嘉不在予以奋力一击，如今大军早便取下阳武与白马，拿下官渡亦如探囊取物。可沮授那个胆小鬼，却畏郭如虎！""沮授原本就反对与曹操开战。他以监军之职压制诸部，审正南都无可奈何，何况我等。"郭图试图辩解。沮授是袁绍最信任的臣僚之一，他以监军督诸军，谁见了他都要低上一分。"同是阴修的弟子，怎么你跟荀文若、郭奉孝差这么多！"蜚先生毫不客气地训斥道，然后把字条丢去地上，"如今知道也晚了，以郭奉孝的手段，恐怕已在返回的路上。他不会留那么多破绽。"

"那您看咱们是……"

蜚先生呵呵发出几声干笑："让我先教你个法子，搬开沮授这块大石头，免得有人掣肘……你还记得荀谌么？"

郭图听到这个名字，神情一僵。

"是时候让他发挥作用了。"蜚先生独存的眼睛，放出熠熠光彩，瞳孔四周的血丝似乎膨大了几分，好似野兽扑食前的神情，"看我如何在郭嘉最得意的领域击溃他，一报当年的大仇！"

　　郭图一瞬间有种错觉，这简直是一头满怀仇恨的蜚兽，在洞穴深处舔舐着伤口，却无时无刻不伺机吞噬对手。要知道，蜚这种野兽，不只是牛头、白发和独眼，还有一个特别醒目的特征——那就是蛇尾，沾有剧毒的蛇尾。

第九章　逐鹿者郭嘉

郭嘉闪着大眼睛，望向窗外黑暗中的某一个未知，也没吭声。他的脑子无时无刻不在高速运转中——比下半身高速运转的时候都多——这种安静，往往意味着一个新风暴在孕育。

1.

卞夫人听到天子来访的消息，连忙从榻旁起身。她的眼圈有些黑，神色也颇憔悴，几缕油腻枯黄的头发从头上飘落到肩膀，又飘到地上。她已经不眠不休地看护了数夜，实在是心力交瘁。

曹丕躺在榻上睡着，脸色因失血过多而显得很苍白。他的身上盖着厚厚的麻被，脖颈处被细心地包扎起来。现在他的额头还有些发烫，但医师说不妨事。

刘协与伏寿一齐来到，卞夫人急忙要叩拜。卞夫人不管政治上的事情，她只知道曹丕遇刺之后，第一时间反应过来施以急救的是天子。历数大汉四百多年，可还没人享过这种殊荣。

刘协让她起身，温言相劝了几句，然后伏寿挽起卞夫人，扯到一旁细细地说起话来。女人与女人之间，总是很好说话。

刘协让那些女人自己聊着，他走到榻旁，仔细地端详睡梦中的曹丕。曹丕浑然不觉自己被天子注视，闭着眼睛，不时还嘟囔两句含混不清的话，不知是梦里见到谁了。

天子挺身相救的举动，在不同人眼里，被解读出了不同的含义。对雒阳系大臣来说，这是天子对曹氏讨好的手段，表明汉室已经服软；对司空府来说，天子的举动雄辩地向天下证明了，汉室与曹司空之间的君臣和睦，让董承之乱所引发的险恶谣言不攻自破；而在满宠或者郭嘉眼中，刘协会去救曹丕，肯定是在搞什么阴谋诡计。

但刘协自己知道，他当时没有想那么多，只是单纯想去拯救一个孩子罢了。现在孩子活了下来，刘协不得不开始思考，该如何利用这段因果。如果是真正的刘协，一定会借此大做文章，收获或明或暗的利益。但刘协对这种思路却很生涩，他宣称要开拓自己的王道，可这毕竟不是一夕之功。

"唉，哥哥，这可真是很难呢。"刘协苦笑。他不能总是依靠伏寿和杨修，必须得自己有所决策才行。眼下他只好依照直觉行动，对曹氏施以怀柔之术，总不会错。想到这里，他看了眼窗外，不经意地挪了挪脚步。

杨修此时就在一墙之隔的窗外。自从许都大洗牌后，宿卫被统统换了一遍，原来种辑的职责，现在暂时由杨修来掌管。他身为外臣，不方便进入司空后府，就带着扈卫在门廊等候。

他正在和扈卫丢着骰子。忽然从外面传来一阵脚步声和卫兵的询问。杨修抬起头朝那个方向看去，瞳孔陡然收缩——披着一件大裘的郭嘉施施然走了过来，身后还跟着一个美貌女人。

杨修挡在郭嘉面前，把手一伸："奉孝，抱歉，陛下正在里头探视，此地已设重围，外臣不得靠近。"郭嘉停住脚步，把身上的大裘披了披："哎呀，那我等等好了。"杨修注意到，郭嘉的头发潦草地用一方青巾束起，几缕乱发从额头上垂落下来，显得凌乱不堪。

郭嘉恭顺地后退了几步，站到一旁去，女人亦步亦趋。杨修笑道："天气还冷得很，奉孝你身体不好，还是去屋子里歇歇吧。陛下离开时我派人来叫你。"他一指旁边左侧的耳房，那里有炉子可以取暖。郭嘉却拒绝了他的好意，表示自己耐得住。

"许都的这点严寒，冻不坏人，只会让人更精神，德祖你说是吧？"郭嘉的话似乎别有深意。

杨修抛着骰子，也笑道："嗯，说得是，眼看就要开春了，风雪也吹不了几天了。"

短暂的交锋之后，两位青年才俊都陷入了沉默。这时候郭嘉身后的女子扯了扯他的袖子，郭嘉露出无可奈何的表情，对杨修道："她能进屋先待会儿吗？"

"自然，自然，这位是……郭夫人？"

郭嘉是司空府军师祭酒，司空长子遇刺，他来拜见顺理成章。曹公不在许都，外臣欲探视曹丕，总绕不过卞夫人，须带女眷方不失礼数。就连天子前来探病，都要把皇后带在身边。

"同房人。"郭嘉大大方方地坦承道。旁边几个扈卫听到，都偷偷笑了起来。

这个放浪形骸的家伙，想必是从什么地方随便找来个女人充数。杨修眯起眼睛，暗暗打量郭嘉身后的女人。这姑娘身材玲珑小巧，胸口浑圆，浑身洋溢着一种野性。看她的怯怯举止，想来是长年混迹乡野，没有大族闺秀的优雅气质。

大概只是郭嘉想换换口味才找来的吧。难怪他只肯说是同房人，连姬妾或侍婢的名分都不愿意给。

"呃，那怎么称呼？"

"她叫红昌，你叫她任姑娘就行。"郭嘉拍拍红昌的屁股，让她去屋子里。红昌面色一红，转身急匆匆走到门口，却不敢进屋，只敢坐在门槛上把手伸进去烤火。

"这位任姑娘，不是中原人士吧？"杨修问道。

"这次我去南边捡回来的，还不错。"郭嘉毫无掩饰地用指头点了点，杨修一愣，然后两人一齐哈哈笑起来。笑声既罢，郭嘉把双手抄回到袖子里，在院廊里慢慢踱步，转着圈子。杨修看他眼神到处扫视，忍不住开口问道："奉孝你眼光敏锐，可是觉得这里有什么不妥？"

"哪里，有德祖坐镇此地，又有谁能瞒得过你。"郭嘉下巴微抬，冲某一个方向勾了勾指头，"何况又有徐福在此，连王越都无可奈何，遑论别人了。"

杨修道："呵呵，侥幸而已。倘若曹公子有什么损伤，我们可是万劫莫赎啊。"他心中警惕暗升。郭嘉知道徐福的存在，这并不奇怪，但看他刚才的举止，似乎连徐福的藏身之地都知道，这便有些耐人寻味了。徐福从不公开露面，他藏在何处，连杨修都不知道。

想到这里，杨修不免多看了一眼郭嘉。郭嘉继续踱着步子，闲聊般道："荀令君说，有徐福这等人才，是国家之福啊。"

杨修面色一僵。徐福布衣出身，是杨彪的私家部曲，即便幕府也无权调遣。郭嘉这一句话，是在试探。如果杨家拒绝赐官，那么说明他们心里有鬼；如果杨家接受，那么徐福就有了官身，多了一重束缚，以后随时可以被司空府征发至前线。无论怎样，郭嘉都是赢。

果然这家伙是对我杨家起了疑心啊，杨修暗想。把王越调来许都是他的主意，没想到只露出这点端倪，就被郭嘉一口死死咬住。

"不瞒奉孝你说，他那个人个性古怪，向来听调不听宣。他们这种侠客，多少都有点任侠之气。"杨修微笑着把话接过去，不露痕迹地打下伏笔，"哪像伯宁的许都卫训练有素，如臂使指。"

既然你来逼徐福，那么我也不妨点出满宠。满宠当朝被曹丕训斥，紧接着就是曹丕被刺，又被卞夫人找麻烦，这个许都令的位子，可谓是风雨飘摇。杨修不动声色地开出了筹码，徐福若被授职，许都卫少不得会被整顿一番，他这个军师祭酒也脱不得干系。

可当杨修脱口而出时，他看到郭嘉的头颅歪了歪，唇边露出一丝轻笑，似乎一早等在那里。杨修再一思忖，不禁大为懊恼。

中计了，郭嘉的目标，从来不是徐福。他这是借徐福的话题，诱出对满宠施压的源头。截至目前，满宠的压力都是来自于卞夫人母子，他们身份尊贵，无论荀彧还是郭嘉都无法从这里取得突破。杨修这一句话，等于是自己跳出来承认在这件事上的角色。

好在这时冷寿光的呼喊声从里院传来，打破了杨修的尴尬。天子夫妇已经探望完了曹丕，准备回驾了。杨修看了一眼郭嘉，急忙召集卫队，准备迎候——尽管天子如今还驻跸司空府，但不可草率走动，还是得先被恭送出府，再回銮入府。

郭嘉也不再说什么，靠在门廊边与红昌有一搭无一搭地说着话，叽里咕噜不似中原话。

刘协、伏寿从里面走出来，卞夫人紧随其后。刘协看到了郭嘉，可他不认识这个人，扫了一眼，问杨修："他是谁？"

"司空府军师祭酒，颍川郭嘉。"杨修回答道。

刘协凛然。郭嘉的厉害，他一直在听伏寿、杨修等人说，想不到居然在这里碰到。郭嘉看到刘协望向这边，连忙跪拜于地。红昌也有样学样地跪下来。

"听闻陛下小疴已愈，龙体复有天然之盛。臣郭嘉不胜欣喜。"

郭嘉之前见过刘协数面，尽管两者没什么近距离接触，可杨修不敢保证郭嘉不会看出什么破绽。他试图插嘴，刘协却抬起手来阻止杨修，对郭嘉说道："郭祭酒，怎么你看起来，脸色不大好？"

郭嘉道："臣天生体弱多病，已服食丹药，不劳陛下费心。"刘协"哦"了一声，吩咐宫里准备些药物，赐给郭嘉。郭嘉也不客气，叩头谢恩。

杨修在一旁偷偷观察，他忽然在刘协眼中看出一丝自信的光芒，这自信在他刚才入府时还没有。杨修微微攥住手里的骰子，想看看这位假皇帝到底想做什么。

刘协道："祭酒这官名，源自稷下学宫。到了本朝，五经博士之首乃名之曰博士祭酒。州郡有郡掾祭酒，三辅有京兆祭酒，宫内有东阁祭酒等，都是典训谕、掌教化的要职。"

谁也没想到，这位天子居然开始说起官职沿革的事情来，这下子连郭嘉都摸不着头脑，饶有兴趣地看着皇帝侃侃而谈。

"司空大人新设的这个军师祭酒，想来亦是有教谕之意。郭祭酒我说的可对？""诚如陛下所言。"刘协笑了起来，说道："孔少府前几日上奏，建议群儒聚议于都城，重开经塾。刚才我与卞夫人还在说，曹司空的几位公子，也需要明师指点。荀令君虽有大才，可惜政务缠身，你这位军师祭酒，可得要多帮帮他呀。"

这一席话说出来，大出伏寿和杨修的意外。孔融本来在籍田时已经提出了"聚议"之事，后来被曹丕遇刺给耽搁了。现在刘协重提此事，显然是有意促成。他对曹丕有救命之恩，又打的是曹氏几位公子的旗号，卞夫人那里自然不会反对。

而他拿"祭酒"本意说事，貌似无赖，计较起来也真难以辩驳。郭嘉是曹操的左膀右臂，断不可能在官渡战酣之时留在许都讲经。如此一来，聚议之事他也不好反对，否则就有"踞溷不屑"之嫌。

这是刘协听到"军师祭酒"时灵机一动想出的手段。郭嘉听了，无惊无怒，淡淡答道："臣体弱多病，不堪从命。倘若聚议之事可行，倒是有一人，足可为荀令君分忧。"

"哦？哪位？""宣义将军贾诩。"刘协听到这个名字，整个人的情绪陡然慢了半拍，一丝怒意自从容的表情缝隙间飘然而出。这一切，都被咳嗽连连的郭嘉收入眼中。看来，这位皇帝对贾诩始终是恨意未除啊。那边两人正议着事，在一旁的伏寿忽然发现，冷寿光表情不甚自然，便小声问道："你怎么了？"冷寿光垂头道："臣看到一位故人。""故人？"伏寿对冷寿光的过往历史并不了解，不禁大有兴趣。"臣原来修习房中术，曾有一位师兄，才华在臣之上，想不到居然在这里见到了。"冷寿光抬眼盯着郭嘉略显疲惫的脸色，说不清是怒是喜。

2.

探视完曹丕以后，皇帝皇后返回居所。刘协耐不住天天窝在屋子里的圈禁生活，去院子里打拳活动筋骨。自从他在籍田惊鸿一现以后，现在全许都的人都知道，皇帝学了一套能够强身健体的"五禽戏"，龙体恢复得很快。如果不是恪于皇家威严，恐怕会有许多人来求学。

刘协出去以后，伏寿坐在铜镜前卸簪，照例让冷寿光在后头按摩肩膀。她一边把脸上的花钿一一取下，一边问道："这么说来，你跟郭嘉曾经是师兄弟？"

听到这个名字，冷寿光按摩的力度有了微妙的变化。他苦笑道："那时候臣可不知道他就是郭嘉，他在门中用的名字，是叫作戏志才——我们华门的规矩，弟子都须起双名，以与世人相区分。"

伏寿点头。汉时天下皆以单字为名，极少有人取双字。华佗这么规定，自是期望华门自成一局。

"冷寿光、戏志才，嗯，念着倒也相称。"伏寿缓缓念了一遍，微微颔首。华佗这一门房中术的两位高足还真是不得了，一个做了宦官，一个纵欲过度伤了身体……

"说是师兄弟，其实我与戏……呃，郭嘉来往并不多。他那个人兴趣广博，从不肯专心酬注一道，只在师门待了三个月。"

"怪不得他一副病恹恹的样子，莫非是学艺不精？"

"不，老师说他是个天才，倘若能专心岐黄，足可称当世扁鹊。可惜他志不在此，只学得了房中术便飘然离去。我们真正同门，不过区区一月而已。"

伏寿奇道："你与他既然无甚交际，但看刚才的反应，似乎对他颇有愤恨情绪。"

冷寿光的双手骤然紧抓，伏寿略微吃痛，往前躲了躲。冷寿光这才回过神来，连忙松开手指，伏寿示意没关系，让他继续说。冷寿光道："老师有个侄女叫华丹，视若掌上明珠。郭嘉临走之前，竟将其强暴。老师迁怒我等，把一门弟子全数阉割。"

伏寿倒吸一口凉气："这华佗竟然如此暴戾，如何能称名医？后来那华丹如何了？"

冷寿光摇摇头："有说郭嘉与华丹两人是未聘苟合；有说郭嘉对华丹求欢不成施以暴力；还有的说，华丹是老师寻来的双修炉鼎，被郭嘉盗走红丸。总之说什么的都有。事发以后，老师把我们逐出了师门。"

"这个郭嘉，竟然还做出这等事来，倒真配得上曹氏'唯才是举，不问德行'的风格。"伏寿咋舌，"那你来这里，难道是为了复仇？"一个堂堂男子被连累阉割，若说无愤懑之心，那是不可能的。冷寿光道："我只知'戏志才'之名，却不知他就是郭嘉，怎么可能来许都寻仇？若非刚才看到那人的脸，我也无法把这两个人联系起来。"他抬起头来，双目有些茫然，"人残不可复，纵然复仇又有何用？再说，连华丹的亲生父亲都不愿追究，反与凶徒相善，我们又算什么？"

"华丹的父亲是谁？""如今正在豫章做太守的华歆，华子鱼。""哗啦"一声，伏寿失手把手中的步摇摔到了地上。冷寿光道："世人只道华歆是平原高唐人，与沛国华佗并无关联，却不知两人本是兄弟。华歆不愿被人知道与医者是一族，所以改换门第籍贯。"

冷寿光兀自喋喋不休，伏寿却没有接话。她吃惊的不是华歆与华佗的关系，而是想到了另外一件事。

郭嘉这一次秘密南下，目的不明。倘若冷寿光所言不虚，他与豫章太守华歆颇有渊源，豫章如今是在孙策治下，莫非江东近期会有什么大事发生？那个病痨鬼的破坏力有多大，可是没人说得清楚。

"看来南边会很不太平啊。"伏寿暗道。

"你这里，还真是冷啊！"郭嘉抱怨着，把大裘又裹得紧了些。满宠亲手给他端来一碗热气腾腾的肉羹汤，郭嘉接过碗啜了一口："这是你自己煮的？"

"是，安全起见。"满宠回答道。郭嘉无可奈何地把碗递回去："你自己喝吧，我还想多活几年。"满宠面不改色地接过碗，把一碗肉羹汤一饮而尽。郭嘉用手挡住眼睛，把头歪到一旁。

这里是许都卫的所在，阴冷寂静，到处都挂着冰霜。满宠认为寒冷可以让人思维敏锐，精神抖擞，所以没有设置太多火炉。此时已近夜半，属员要么归家，要么出勤，只剩下满宠和郭嘉两个人。严格来说，还有一个与郭嘉形影不离的任红昌，她正蜷缩在郭嘉旁边的简陋竹榻上，像一只小野猫。

"都安排好了？"郭嘉一直等到满宠喝完，才开口问道。"嗯，一切如祭酒所规划的。""很好，那咱们接下来就慢慢等待，看会有什么鱼来咬钩吧。"郭嘉悠然自得地拍了拍膝盖。满宠在他的下首跪坐，双手谨慎地盖伏在膝前毯子上，他从来没在荀彧面前展现过这种尊敬。

屋子里陷入安静之中。满宠从来不懂得怎么寒暄，他与别人的交谈，都是在说明事情。当事情讲完，他也就无话可说了。郭嘉闪着大眼睛，望向窗外黑暗中的某一个未知，也没吭声。他的脑子无时无刻不在高速运转中——比下半身高速运转的时候都多——这种安静，往往意味着一个新风暴在孕育。

毫无征兆地，郭嘉突然把头转向满宠："杨修这个人，你怎么看？"满宠没有半点犹豫或愣怔，立刻回答："很聪明，也很果断，是曹公会欣赏的那种人。""很中肯。不过这家伙的性子还是不够稳重啊。"郭嘉歪了歪头，"看他今天的眼神，好像迫不及待要干掉我似的——你不觉得，这段时期许都的动静，有点像是在水里憋气没憋住，冒出来两三串泡泡？"

"您的意思是……"满宠对比喻这种修辞的理解一向不大在行。

"哼，跟你说话真费劲——最近许都的这一连串异动，彼此之间没有配合。我估计，大概是杨修急于施展什么手段，可是却被他爹或者其他人在中途给拦住了，但他们又拦得不够彻底，还是被杨修露出一点痕迹来。""属下也有同感，王越刺杀与徐福出手阻拦，感觉是仓促为之，似是他们自己有了分歧。如若王越真是杨修指使，至少证明他投靠曹公并无诚意。"郭嘉拍着大腿——任红昌的大腿——不无揶揄地说着："杨修投靠曹公这事，很难说是真心还是假意。一面要效忠汉室的名声，一面还要在曹公这边打通关节、预留伏笔。我看他们杨家也矛盾得很。"

"需要属下进一步彻查吗？"满宠翻翻眼皮，他的许都卫在许都是无所不能的。

"不必。"郭嘉摆摆手，似乎兴趣索然，"许都刚经历董承之乱，不宜再有大动作。把杨修抓出来，会带出汉室。你让曹公怎么办？总不能连皇上一并抓起来吧？毕竟官渡那边，还得靠汉帝这面大旗撑场面——他们是算准了咱们投鼠忌器呢。"

说到这里，郭嘉忽然停顿了一下："不过我说伯宁啊，这些事情，你以后都不必管了。""嗯？"郭嘉瞥了他一眼，缓缓道："我跟荀令君商量过了，你不能留在许都。"这个消息没有让满宠的表情产生丝毫波动。他先得罪了曹丕，又得罪了卞夫人，早晚都得离开许都。虽说大家都在说着公私分明，可谁都知道，得罪了主君亲眷是件麻烦事。且不说主君猜忌，单是同僚议论，都会引发许多问题。

"原本我是可以保下你的，不过如今你另外有任务，干脆顺水推舟。伯宁你不妨猜猜看，是去哪里？"

"汝南。"满宠想都没想就脱口而出。郭嘉露出一脸无趣："跟你说话，真是没意思。"

"如今南边张绣已定，唯一可虑者，只有江东孙策与汝南。汝南乃袁氏根本，势力盘根错节，李通将军虽然善战，却不擅长应对那种局面。祭酒大人，是要我去打扫一下吗？"满宠难得地露出蛇一般得意的笑容，郭嘉低声嘟囔了几句，算是承认了。

"不过你也不必懊恼。他杨修既然不安分，若是咱们不表示一下，也不合礼尚往来之道。"郭嘉咧开嘴，露出招牌式的阳光笑容，拍了拍满宠的肩膀。

满宠道："这个自有祭酒大人劳心。属下只是想知道，谁来接任许都令？"

许都令掌管许都内外，许都卫数百人，肩负着监控汉室、汉臣的重任。满宠在这里倾注了心血，对于继任者自然最为关切。

郭嘉还未回答，忽然外面传来急促的脚步声，两个人都闭上了嘴。很快外头传来禀告声，然后木门被猛然推开，两名许都卫架着一个人走进屋里。任红昌被声音吵醒，揉了揉眼睛要起来看，郭嘉摸摸她的头，让她继续睡去。

"大人，这是我们在皇城内抓到的可疑之人。"

"咦？这么快便上钩了？"郭嘉眯起眼睛，端详着下面这人。这人年纪不大，身穿青袍，头扎青巾，一张圆脸有些惶恐。

"议郎赵彦，孔融的人。"满宠不动声色地介绍道。郭嘉眉头微锁，这个和他期待的结果似乎不大一样。他不喜欢这种计算落空的感觉。

在前几天，满宠撤销了皇城废墟的守备，宣布将不日整修，然后悄悄放出风声，说似乎有人在废墟里发现了一些奇怪的残骸。传言语焉不详，没说明那些残骸是什么，也没表示许都卫会如何处理。

郭嘉的想法很简单：禁宫大火当夜，汉室把一名未去势的男子带入寝殿杀死并烧得面目全非，显然是想掩盖一些东西。当他们听到许都卫在废墟里发现了不知什么东西时，一定会心中生疑，生怕有什么重大遗漏被发现。心里有鬼的他们没有别的选择，只能趁这件事没被大张旗鼓地调查之前，派人去检查废墟。

在郭嘉的预想里，应该可以拿获一两个知情者，他们的身份不像唐姬、杨俊那么敏感，可以肆意拷问出真相。

可没想到的是，抓住的居然是孔融的人。郭嘉睥睨着赵彦，没有说话。满宠开口问道："赵议郎，这么晚了，你去皇城做什么？"赵彦惊疑地望着郭嘉，一个字都说不出来。他自从籍田归来以后，确定了自己的调查方向，打算从伏寿身上入手。而伏寿贵为皇后，与他单独接触的机会几乎为零。一直为此发愁的赵彦听到废墟解禁以后，便打算乘夜前往，看能否在寝殿废墟里找出什么新的线索。可他万万没想到的是，一踏入废墟，就被埋伏已久的许都卫给拿住了，不由分说就被抓了回来。

"我是去散步。""这么晚，去皇城散步？"满宠眯起眼睛，这是毒蛇吐芯前的危险姿态。眼前的许都令，是害死董妃的凶手，于是赵彦打定主意闭口不言。他这么无赖，满宠一时也没办法。赵彦毕竟是朝廷官员，如果没有合适的理由，轻易动刑会有不好的影响——何况他是孔融的人，那个大嘴巴可从来不会留情。"伯宁，交给我吧。"郭嘉把任红昌的小腿从膝盖上搬开，走过去，凑到赵彦身前，和颜悦色道："把你知道的事情，都说出来吧。"赵彦紧闭着嘴唇，一言不发。郭嘉紧盯着他，慢慢说道："我的眼睛曾为秋水所洗，不为人欺。你若是说了谎话，身体必有反应。哪怕你把眼睛和嘴巴都闭上，你的身体还是会出卖你。"

赵彦闻言，身体一下子僵硬起来。郭嘉对这个反应很满意，这句话对受审的人犯来说，是个无形的压力，迫使他们去拼命隐藏自己的思绪，越是拼命，破绽便越多。郭嘉甚至不需要他们开口，就能知道许多事情。

"这件事，与天子有关？"郭嘉轻轻问道。

赵彦极力控制自己的肌肉，可喉结还是忍不住蠕动了一下。郭嘉又问了第二个问题："这件事，和死去的小宦官有关？"

赵彦平静了一点，急促的呼吸略微放缓。这些细微的变化都被郭嘉和满宠看在眼中。郭嘉微笑着问出了第三个问题："难道说，你是为了女人？一个还是两个？"赵彦把眼睛闭上，面部肌肉紧绷，极力不显露出任何情绪，脖颈的青筋微微暴起。郭嘉咂了咂嘴，有些失望，这个人真是太容易操控了，难免有些缺乏挑战。"这家伙潜入皇城，不是为了那次大火的痕迹，反而是为了两个女人……难道说他跟伏后、唐姬有奸情？"郭嘉飞快地思考着，还忙里偷闲地多看了赵彦一眼，眼里满是欣慰，"连天子的女人都搞，真是一个可造之才。"

满宠在一旁不解道："祭酒大人，你怎么知道这个人是为了女人？"郭嘉耸耸肩："我不知道，反正每个男人都是这样，这句话总能击中他们的肺腑。"

月色惨白，如同给大地披上了一层孝服。一匹骏马趁着这月色在大道上疾驰，马蹄声急。

邓展手执缰绳，面色冷峻，两道怒眉挑在双目之上，他已经连续奔跑了四个时辰，两侧大腿被磨得血肉模糊。但是他不能停，也不敢停，甚至不能中途换人。

他现在最重要的任务，就是把怀中那一卷画像安全地送到许都，送到郭祭酒的手中。

此时有一个身影在附近的山梁上出现，这身影如同此时的月色一般，阴郁而苍凉。

3.

"郭奉孝，你给我出来！！"

这一声巨喝从许都卫的外头传来，在夜空下震得窗棂微微颤动，屋中气息为之一顿。在榻上睡觉的任红昌被吓醒过来，抱着郭嘉的手臂瑟瑟发抖。原本面如死灰的赵彦听到这声音，却像是抓到一根救命稻草，眼睛一亮。

郭嘉厌恶地耸了耸鼻子，像是吃到了一大口满宠烹制的肉羹一样："真是讨厌，谁告诉他的？"满宠看看郭嘉的脸色，说："我出去看看。"然后推门走了出去。过不多时，他倒退着回到屋子，一个大胖子几乎顶着满宠的面门闯了进来。

这胖子身材狼犺，却生得剑眉星目，肥嘟嘟的圆脸不显臃肿，反有些伟岸之气。他一进屋子，推开满宠，快步上前搀住赵彦，看他身上并无伤痕，这才瞪向郭嘉："郭奉孝，谁给你的权力，竟然私自羁押朝廷官员？"

郭嘉重新跪坐回茵毯上，两手一摊道："许都卫秉公办事，我只是陪审而已。"胖子又是冷笑，一指任红昌："秉公办事？那这女人哪里来的？"

"侍婢。"郭嘉理直气壮地回答道。"来许都卫办事要带侍婢？哼，你倚仗曹公宠信，荒淫无度，如今居然变本加厉！"郭嘉一副爱搭不理的表情，把红昌的小手抓过来揉搓。胖子见郭嘉这般挑衅的举动，更加愤怒。他上前一步："姑且不论你行为不检，我朋友他犯了什么罪过，竟要被你半夜捉来提审？"

"夜闯皇城，冒犯天威。"满宠在一旁回答。

"皇城早就是废墟了，天子又移驾别府，冒犯哪门子的天威？"胖子对这个回答很不满。

"长文你这么说就不对了，"郭嘉慢悠悠地拖了一个长腔，"皇城乃是天子平居燕处之所，纵是白地，亦不可轻闯。再者说，当日大火之后，朝廷已有成议，着许都卫抽调人手协防宫内。伯宁这么做，于理于法，均无可厚非。"

那份成议本来是董承削弱许都卫的手段，如今倒被郭嘉拿来当作挡箭牌。胖子一听，一时语塞，找不出说辞。赵彦偷偷扯了扯他的衣袖："长文兄，不必为难。"胖子没好气地瞪了他一眼："你也是轻佻，大半夜的去皇城那鬼地方做什么？平白被宵小拿住把柄。"赵彦讪讪赔笑，没有回答。

郭嘉拊掌道："既然长文作保，今日我们就不为难赵议郎了。但他事涉曹公安危，必要时还要相询。这也是朝廷法度，长文兄你身为司空西曹掾的人，理应明白。"

胖子眉头一立，没再说什么，拽着赵彦往外走。两人走过满宠身旁的时候，胖子忽又停下脚步，对满宠正色道："你们许都卫一心奉曹公，这我是知道的。可凡事须有度，你们一直私下里动用肉刑，连杨彪杨太尉都差点没逃过，我早晚会禀明曹公，废止这荒唐东西。"

说完胖子大袖一拂，转身离去。他们两个走了以后，满宠略有不安地问郭嘉："祭酒大人，就这么放他走了？"

郭嘉拿起案前的酒杯："该知道的都知道了，赵彦知道的不比咱们多。勉强把他留下来，陈群那个讨厌鬼又会啰唆——那小子一脸正气，又长得胖，两件事都够让人讨厌的。"

那个胖子名叫陈群，和郭嘉一样皆是颍川士人，可两个人似乎天生就不对付。陈群看不惯郭嘉的放荡，郭嘉也瞧不上陈群的古板，凡是两人同时出现的地方，必有一场争吵，是司空幕府里蔚为壮观的一道风景。对此连曹公都无可奈何，只得尽量不让两人见面。

郭嘉变换一下姿势，摸了摸光滑的下巴："不过有件事我很感兴趣，为何陈群会半夜跑来许都卫为赵彦出头呢？"

"孔融和陈群的父亲陈纪是好朋友，赵彦又是孔融提携的，两个人素日关系良好。"满宠回答，他的脑子里储存着许都大部分官员的案卷。

"陈群毕竟是司空府的人。赵彦既然想去皇城勘察，必不会告诉那个老古板。可是陈群这么快就知道赵彦被许都卫捉了，看来在赵彦身后，肯定还有什么人跟着，给陈群通风报信。"

"您是说孔融？""那可不好说。"郭嘉用指头敲了敲太阳穴，懒散地伸了个懒腰，"先不说了，赵彦只是消夜的小食，真正的大菜，今天晚上还没端上来呢。"他和满宠同时望向黑暗中的某一个方向，那边的事，才是今夜的重头戏。

陈群把赵彦拽出许都卫，上了一辆单辕马车。赵彦看到马车前头悬挂的杏黄色垂穗，认出这是司空府西曹掾的公用舆乘，不由得大为惊讶。陈群是个一板一眼的人，公器私用这种事，一向是他最反感的。今天怎么动用了公车来捞他？

"上车。"陈群没好气地喝道。赵彦像个做错事的孩子，缩缩脖子，攀到车上。陈群也上了车，命令车夫扬鞭。马蹄有节奏地踏在青石路面上，车轮发出"辚辚"的声音。

"彦威，你跟我说实话，你大半夜跑去皇城废墟，到底是做什么？"陈群神情严肃地问道。刚才郭嘉说事关曹公安危，他相信那个浪荡子在这种事情上不会胡说。

"呃……"赵彦抓了抓头，"我是去吊祭一个人。"

陈群狐疑地转过头来，用目光询问。赵彦把身子往车靠背重重一靠，幽幽道："若是你说出去，只怕又是一场风波。"

"这要看你说的是谁。""董妃。"赵彦闭上眼睛。陈群一时无语。他知道赵彦和董妃是青梅竹马，还差点定亲，可实在没料到这个年轻人长情愚痴到了这地步。"叛臣之女，天子之妃，彦威啊彦威，你沾上她哪一个身份，都是万劫不复。"陈群摇着头责备道。赵彦不甘心地争辩道："在我心里，她是董少君，不是旁的什么人。如今她已离世，我只是想凭吊故人而已。"

"幼稚！"陈群毫不客气地批评道，"你好歹也是议郎，做事过过脑子。现在多少人在找董家的短处，你倒往上去撞。郭嘉若真要整你，一百个你都死了！"

"这次真是多谢长文兄你了……""若非有人通风报信，我早就睡下了，谁会想到你大半夜地发疯。""嗯？是谁？"赵彦有些惊讶。他这次潜入皇城，纯属兴致所致，没跟其他人商量。

这夜色如墨，若非有心跟踪，谁能想到自己会跑去皇城。陈群也露出微微不解的神色："不知道。我本已脱袜上榻，忽然听到外头窗篷响动。仆役去查看，看到窗篷之下丢着一片竹简，上面写着几个字：彦为许都卫所获。"然后他从怀里掏出竹简，递给赵彦。赵彦在黑暗中眯着眼睛端详了一阵，认不出笔迹是出自谁手。赵彦把竹简递还给陈群，表示自己没见过。陈群接过去，肥厚的手指在竹简表面摩挲一番，沉声道："也不急于这一时，等一下你可以慢慢回想。"赵彦望着随着马车奔驰而晃动的杏黄垂穗，突然之间醒悟为何陈群要坐公车来迎接自己。这不是解救，而是拘禁！陈群乘坐这辆公车之时，代表的不再是赵彦的好友，而是司空府西曹掾的官员。西曹掾主府吏署用，曹公又将其职权扩大，兼有对两千石以下官员审查之权，例同东曹。议郎秩比六百石，被他们召来问讯，不算越权。

也就是说，陈群这次夜闯许都卫，不光是为了挚友之谊，还是出于公心。

"赵议郎，一会儿我将以西曹掾属的身份对你进行质询。"陈群严肃地对好朋友说道，同时把自己的符佩展示给他看。赵彦谅解地摸了摸鼻子："不愧是长文你的风格啊。你要问的，也是我私入皇城之罪吗？"

"不，那是许都卫的责任。我想问你的，是另外一件事。你既然说是私入宫禁，无人知晓，那么为何会有人夜半通报，却又不肯露面？这其中关节，我怀疑是有什么图谋。"说到这里，陈群又补充了一句，"彦威你放心好了，我不会徇私，但我可以保证你会得到公正的待遇——至少比落在郭嘉、满宠那些人手里好。"赵彦这才知道，陈群接到那竹简以后，原本第一时间要赶往许都卫捞人。但他转念一想，认为竹简来历不明，其中动机颇可深究，于是特意绕去西曹掾，调来了一辆马车，这才匆匆赶去。

私谊固然重要，但身为西曹掾属，对于官员背后的疑点，绝不会轻易忽略。

赵彦下意识地捏了捏前襟，这里藏着一件东西，是他赶在被许都卫抓捕之前在禁宫废墟里找到的，他还没来得及搞清楚这东西的意义。但直觉告诉他，他距离真相又近了一步。

"只要这个东西还在就好，这是我唯一的线索……少君，你可千万要保佑我呀。"

邓展继续在原野上驰骋着。他怀里的画像，其实不止一卷，而是五卷。临出发之前，郭嘉叮嘱过他，不要过早地泄露目的，先跟一些司马家的下人接触，再找司马家族人攀谈。于是邓展先找到了司马家的一个车夫、一个织工、一个苍头和温县坞堡的一个小头目。

在他们那里，邓展拿到了四幅杨平的画像，然后才敲开了司马家的大门，向他们通报杨平的死讯并索要画像。

当这些工作完成之后，邓展谢绝了挽留，稍做停留，便匆匆赶回许都。因为这五幅画像放在一起，呈现出一个疑点，一个必须尽快让郭祭酒和荀令君知道的疑点。

脚下的路越发平坦宽阔，雪地上的蹄印、车辙印也多了起来。在沉沉夜幕下，视野不是很清晰，邓展只能根据周围模糊的自然环境判断，自己已经接近许都了。也许只消一个时辰，就能看到许都城头那一直燃烧着的楼火。

就在这时，邓展身为军人的本能突然警觉起来，提醒他有一缕不易觉察的杀意从附近的某一处飘出。可是他一夜奔波，身体已经极其疲惫，肌肉与感官没有在第一时间做出反应。突然一声弓弦振动，一支羽箭刺破黑暗，牢牢钉在了邓展坐骑的脖子上。

坐骑哀鸣一声，当即倒在地上。邓展及时偏身一跃，整个人扑倒在雪地里，这才不至于被马匹沉重的身躯压住。

对手没有射偏，而是在追求最稳妥的刺杀。马匹体形较大，在黑暗中比人体更易狙杀。只要坐骑一死，邓展便丧失了机动性，任人鱼肉。邓展在落地的一瞬间就意识到，那个杀手是个心思缜密、无比冷静的敌人。

邓展毕竟是行伍出身，他落地之后没做停留，飞快地连续横滚，滚到一棵粗大的枯树旁，身体屈伏，单腿半跪在地上。这样既可以有效地降低中箭面积，又能把身体保持在随时反击的舒展状态。他的判断十分准确，这里是大道，方圆百十丈内都是开阔的野地，只有这棵大树作为路标孤独地矗立着，成为他寻找遮蔽的唯一选择。

对手并未继续射箭，黑暗中一片安静。这里的夜色并不浓郁，双眼只要适应黑暗，能勉强看到周围十几步的动静。邓展知道自己的命暂时保住了，但他相信那个弓手的夜视比自己要远，只要自己一动，就会被毫不留情地射穿。

夜里的空气冰冷无比。邓展极力屏息宁气，强忍着来自背部的强烈疼痛。他摸了摸腰间的黄杨木柄匕首，以轻微的动作拔出皮鞘，插到地上——他从温县走得太急了，这是他手里唯一的武器。

"嗖嗖"又是两箭射过来，分别扎在了距离大树左右三步之遥的草地上。这是弓手的警告，告诉邓展他已经掌控了他的藏身之所，不要再痴心妄想逃走。邓展瞥了一眼箭杆的长度与箭羽，推断出这应该是由一把短路弓射出。

这种弓多为竹质，弓身短，箭杆较汉军标制要短，箭羽多为立羽，携带比较方便，但射程和威力都比路弓或者虎贲弓要弱。汉家军队很少用到，反而很受黄巾贼、山匪与各地大族部曲的青睐。如果是有预谋的狙杀，应该选择重型的虎贲弓或者强弓——那个弓手居然用短路弓，说明他也是长途跋涉，匆匆赶到，并不比邓展提前多久，所以才会携带相对轻便的弓具。

"不知是司马家的哪个高手……"邓展暗暗咬牙，谨慎地把酸麻的右腿往外伸了伸。现在他相信，这个弓手肯定是一路从温县追过来，试图把他杀死在半路。

黑暗中的弓手气息又消失了，如同一个鬼魂，不知下一次会在何时何地出现。看得出，弓手是一个非常有耐心的人，他没有选择在温县动手，是因为怕连累整个家族，因此一直紧紧追在邓展身后，等到足够接近许都、疲惫程度达到巅峰之时，才断然出手。这种耐心，简直就如同草原上的狼一般可怕。

如果是一剑在手，邓展有信心听风辨位，把飞箭挡开；如果自己是在万全状态，也能拼起一搏。可是邓展现在是强弩之末，长途奔驰耗去了他大部分体力，两条大腿酸疼难忍，他甚至没有一跃而起的余力。

邓展知道不能这么僵持下去，否则送命的绝对是自己。他缓慢地转动身子，尽量在不引起弓手注意的情况下改换姿势。汗水慢慢沁出皮肤，又立刻被冻得冰凉，在他身上覆出一层薄薄的冰甲。

短路弓的射程他很清楚，不会超过五十步，从刚才那两箭射来的方向，表明弓手在东南。也就是说，那个司马家的人，是在距离这棵大树东南方向五十步内的地方。

邓展熟悉许都附近的每一条路和路标。他闭上眼睛，极力回想这棵路标树东南方向的地貌特征，最终确定了三个可能的伏击地点。

他费力地把护胸皮甲两侧的绦带解开，这在平时是件很容易的事情，可邓展此时不能把身体露出树干太多，只能僵直着手臂，用手指慢慢扯松。他好不容易把皮甲卸下来，掏出夹在皮甲与布袄之间的五卷画像，把它们轻轻搁在地上，然后从腰上一圈圈松下腰带，一头系在皮甲的扣钩上，一头捏在手里。

邓展在心中默默地念诵了几句，突然直起身子，拽着布带把皮甲甩到了半空。一支飞箭毫不迟疑地射穿了半空的皮甲。邓展把皮甲拽了回来，摸一摸那支箭镞，唇边露出笑容。敌人的位置，他差不多已经清楚了。那个弓手，终究还是没有沉住气，大概是黑暗也对他造成了困扰吧。另外一只手飞快地抓起画像，再次抛向半空。轻盈的左伯纸在半空舒展开来，像几只张开翅膀的蝙蝠。同时他整个人冲出遮蔽，把皮甲举在身前，好似举着一个盾牌。又是数箭飞来，一箭射中了其中一张画像，紧接着第二箭很快飞过来，射中了皮甲，擦伤了邓展的左手虎口。短路弓的穿透力和射击速度都很有限，邓展的几个小诡计，为他争取到了很短的一段时间。

这点时间对一个军人来说，已经足够了。他迅速拔起插在地上的匕首，倒拎刃尖，朝着黑暗中的某一点掷了出去。只见那匕首闪着寒光扎入黑幕，去势极强。

在匕首飞出去的同时，邓展猛然听到后面传来弓弦声。"糟糕，上当了。"邓展脑子里这个念头刚刚浮现，就觉得胸前剧痛，低头一看，一支锐利的箭矢从他的后背刺入，从右胸扎出。原来对方一开始就有两个人，第二个人隐藏得极为隐秘，一直忍到最后一刻才出手，之前的一切铺排，都是在误导邓展，让他误判局面，主动出来送死。

"我还不能死，我还有要事禀报郭祭酒……"邓展的视线开始模糊。这时候，邓展的耳朵听到了急促的马蹄声，这声音是从许都方向传来的。一定是郭祭酒派来接应我的虎豹骑，邓展这样想着，不知从哪里迸发出力量，伸开双手奔向大路。那两名弓手大概也听到了马蹄声，又隐伏起来，没有作声。马蹄声很快便接近了，一众骑士从黑暗中一一跃出。他们个个穿着曹军的战甲，手执钢枪，在黑暗中气魄十足。他们看到邓展时，第一个反应便是竖起钢枪，朝他刺去。"我……我是虎豹骑邓展！"邓展愤怒地大喊，右胸鲜血直流。钢枪的刺杀停止了。"邓展？哈哈，想不到这次南下，还能碰到你！"其中一员曹军大将摘下铁盔，露出一张嚣张、自负的面孔，那张脸上挂着一枚悬胆大鼻，煞是醒目。"你还认得我吗？""淳于琼？！"邓展嘶声喊道，然后他惊骇地发现，淳于琼身后的马背上，是一个神态萎靡、披头散发的老头。这老头是他在许都宫城前亲手拘押，送入大牢的。可这位曹家最重视的囚徒，如今却出现在袁绍大将的身边。

难道是袁绍派人潜入许都，把董承给救出来了？邓展残留的意识，已经不足以支撑这种复杂的思考，他只觉得天旋地转，周围的世界正逐渐被什么力量拉远，身体不由自主地瘫软在地。

"嘿嘿，你可不能死，咱们兄弟这么多年不见，可得去乌巢好好叙叙旧哇。"这是邓展在陷入昏迷前听到的最后一句话。

4.

陈群把赵彦带到西曹掾的官署，那边已经收拾出一间敞亮干净的屋子，烧好了火盆，点起了几根蜡烛。几个仆役站在门口，本来已是呵欠连天，被陈群瞪了一眼，都紧张得纷纷站直了身子。

进了屋子，陈群让赵彦在对面站好，然后自己跪坐到木台之上。这台子比地面高出一大截，上面摆放着木案与跪毯，人跪坐其上，跟站立的人差不多高。这是为了体现出高低尊卑，好教被问话的人心生敬畏。司空府西曹掾负责的是幕府人事，这方面异常谨慎。

"彦威，接下来你我的对话，都会一一被抄录下来，备案存档。"陈群严肃地指了指墙角，黑暗里坐着一个小书吏，手持一支短杆硬毛笔，这是为了方便快速记录对话。赵彦点点头，表示自己知道了。

"你私入宫禁，所为何事？"陈群问道。

赵彦刚才已把董妃之事告诉陈群了，他此时又重问一遍，显然是希望赵彦能另外找个理由，免得大家都难堪。赵彦心念电转，脱口而出："我听说禁宫起火，别有蹊跷，想查勘一下现场。"

他不得不说出真的理由，为的是遮掩假的动机，这可实在有些荒唐。

陈群对这个理由还算满意："禁宫起火，自有宿卫和许都卫负责，你一个议郎，何必越俎代庖？"

"朝廷有难，臣皆有责。"赵彦语带双关地回了一句。陈群没打算在这个问题上纠缠太深，他继续问道："你前往皇城这事，都有谁知道？""我是临时起意，不曾和别人商量。""那就是说……你的动向，一直是在别人的监视之下？"陈群的胖脸愈加严肃起来，身体不由自主地前倾。禁宫大火之后，就是董承之乱，幕府一直疑心这两件事之间的联系。赵彦一要调查火事，就有人跟踪起来，很难想象不是未现身的董承余党所为。

这是个很严重的问题，如果许都有董承余党留存，说不定已混入司空幕府任职，那负责甄选人才的西曹掾难辞其咎。陈群一向视郭嘉为对手，可不希望西曹掾在这方面输给许都卫。

"彦威你仔细想想，你是否跟任何人吐露过此事？"陈群不甘心地问道，赵彦摇摇头。陈群对这个回答很不满意，他又追问道："那么最近是否有什么人与你接触，形迹可疑？"

赵彦抿着嘴低头思考着。他现在的处境有些复杂，一方面他必须掩盖自己最真实的目的，为此不得不抛出一个又一个真假难辨的借口；另一方面他也想知道，那个跟踪自己给陈群报信的人是谁，是否真的有人觉察到他的用心。种种考虑之下，赵彦必须谨慎地选择言辞，哪些该透露出来，哪里不该讲，都颇费思量。

无论曹氏、雒阳系还是其他什么派系，他们都有可以信赖、掩护的同伴；而赵彦能够依靠的，只有他自己，他是许都最孤独的人。

"我最近做的事情，只有一件……"赵彦缓缓抬起头，"少府大人希望把大儒们召来许都聚议，让我去找过几位大人，请他们修书去家乡召集名儒。"

"你接触过的都有谁？"陈群问。这事孔融嚷嚷了很久，朝野皆知，倒不算什么秘密。"太史令王立、宗正刘艾、卫尉周忠，还有曲梁长杨俊和中散大夫伏完。"陈群仔细回味着这几个名字。前三个都是雒阳系的老臣，杨俊是曹公要征辟入幕府的人，他们都代表着各自乡族的利益，孔融找他们无可厚非——但最后一个名字，却让他很意外。

伏完不是一般人，他是当今皇后伏寿的父亲，原本是辅国将军。天子自从归政许都以后，他为了避开曹操和董承的锋芒，主动缴还印绶，自降为中散大夫，极少与人交往，是个低调小心的人。即使在董承之乱期间，伏完都没有冒出头来。

"他怎么也掺和进来了？"陈群皱起眉头。

赵彦笑了笑。曹公麾下的人大多如此，于权谋之道所知颇熟，对经业反倒不大有兴趣。他给这位好友解释道："伏完的先祖是伏生，今文《尚书》的开山之祖，因此伏家在儒林一向备受尊崇。少府这一次请他出马，也是为了壮大声势。"

陈群"哦"了一声，表示知道了。孔融这是打算借各地大族的声望造势，为今文派一振声威。作为颍川大姓，陈群清楚这些隐伏各地的士族力量，绝对不容轻觑。

赵彦没有继续说，其实孔融这次召集伏完、郑玄这些今文派的名宿，摆明了是要为难荀彧这个古文派——陈群和荀彧都是曹氏羽翼，又同为颍川出身，有些事情还是不说为好。

不过说到郑玄，赵彦就想到了他那个投身袁氏的大弟子荀谌；想到荀谌，立刻就联想到杨俊在听到这名字时的奇怪反应。赵彦自己也没想清楚其中关节，便把这件事说给陈群听。陈群听完，陷入了沉思。杨俊是受司空府征辟而来，事先经过西曹掾的审查，如果他有问题，那么陈群的立场就会变得很尴尬。

忽然屋外连滚带爬地跑进一个小吏，连门都顾不得敲，满脸惊骇。

陈群面孔一板，肥厚的手指不耐烦地敲了敲案面："我在谈话，什么事？"小吏跪在地上，语气惶然："禀大人，刚才传来消息，袁绍的人把董承给劫走了！""怎么可能？董承不是被关在许都卫的天牢里吗？"陈群一脸震惊。

小吏回答："据说是许都卫把董承连夜转移到叶县，结果甫一出城即遭遇了袁家的刺客。"

"哗啦"一声，案几被掀翻在地。陈群腾地站起身来，怒不可遏："郭奉孝，你好大的胆子！"

根据许都卫的说法，许都的雒阳旧臣太多，董承羁押此地，日久必会生变。所以满宠禀明郭祭酒与荀令君，派人把董承连夜运出城去，押往叶县隔绝，等曹公返许时再行判决。

囚车离开许都不久，便在路上遭遇了一大群身穿曹军衣甲的骑兵。这些骑兵声称是曹仁将军特意派来护卫的，囚车守卫不疑有他，放松了警惕，结果这些"曹军"在中途暴起发难，砍破囚笼把董承救了出去。根据在场幸存的人说，这些骑兵带有河北口音，恐怕是袁绍的人。

袁、曹此时在官渡对峙正炽，袁绍居然派遣一支骑兵杀到了许都城下劫走囚犯，这实在是一个令人咋舌的大胆行动。陈群在西曹掾听到消息后，立刻中止了审讯，让赵彦先回去休息，然后匆匆赶到了尚书台。果然如他预料的那样，荀彧和满宠正在屋中商议，灯火通明，不断有小吏与军校进进出出，似乎对这起"意外"早有准备。

唯独郭嘉不在。

荀彧倒是没有丝毫藏私的意思，他把左右屏退只留满宠一人，然后把董承遇袭的事详细说给陈群听。陈群一听就听出其中味道不对，他也是阴老师的弟子，对这几位同学的手法可是再熟知不过了。

"河北离此路途遥远，这支骑兵是如何突破曹军封锁、毫无警兆地欺近许都的？他们又怎么能算得这么准，恰好在董承离开许都的当夜，便动手劫囚？"陈群大声质问道，把前方传回来的报告捏在手里用力抖动。尚书台的屋子并不大，他臃肿肥胖的身体一进来，立刻显得拥挤不堪。

面对陈群的质疑，满宠避实就虚地回答道："我已知会曹仁将军，派兵前往追击。带队的是孙礼孙校尉，天亮之前，就会有回音。"陈群把报告重重扣在案子上，死死盯着满宠的眯缝眼，忽地冷笑道："别以为我不知你的算盘。郭奉孝是不欲曹公背负杀董的骂名，所以故意让袁绍的人把这烫手山芋劫走吧？"

董承是汉室忠臣，天下皆知。如果曹氏杀他，会被有心人拿来大肆宣扬，政治上不免被动，还不如扔给袁绍。此时正是跟河北决战的节骨眼，一点一滴的进退，都可能使双方的力量均衡发生改变，不得不慎重。

"长文，可以了。"在一旁的荀彧淡淡说了一句。这种想法只可意会，不必宣之于口。

陈群却不肯示弱，他把声音放低了一些，语气却依然严厉："文若，你有没有想过，董承被袁绍迎入营中以后，届时袁、董合流，号召天下讨伐主公，河北强兵压迫于外，雒阳故臣骚然于内，曹公该如何处之？"

这是一个相当尖锐的问题。陈群最不喜欢郭嘉的一点，就是他这种兵行险招的作风。这些寒门出身的穷酸子弟，为了博得功名，不惜冒大险把什么都押上去，赢则大胜，输则精光，如同一个赌徒。陈群是世家出身，对这种搏命式的投机一贯嗤之以鼻。

郭嘉赌输了，曹氏都会送去与他陪葬，这是陈群所不能容忍的；郭嘉赌赢了，军师祭酒一飞冲天，更是陈群所不愿见到的。

让陈群失望的是，荀彧对此一直保持着沉默，表明他也认同郭嘉的做法。陈群不太明白，荀彧作为颍川派的中流砥柱，是个稳重的人，为何会支持这种凶险的计划。这时候他才发现，这位君子师兄，似乎很难被看透。

陈群知道自己在这件事上没什么机会了，他勉强压下心中的震惊与不甘，长长吐了口气："好吧，这是许都卫的职权所在，随你们去折腾。可有一件事，我却要问个清楚。"

满宠歪了歪头，表示自己洗耳恭听。他对郭嘉之外的人，从来都是这样一种态度，哪怕是面对荀彧也一样。陈群扫了他一眼："郭嘉借袁绍的刀来劫走董承，势必要事先周密规划。我要知道，是谁与袁氏暗通款曲，联络的又是谁。"

陈群身为司空府掌管人事监察之职，这种与敌营交涉勾连的事——即便是用计——他必须要有所耳闻，以便随时掌握动态，不致出现间敌者反被敌间的情形。

满宠道："这边是靖安曹在负责，具体是谁要问郭祭酒了。"

陈群知道他说的是实话，许都卫只负责许都周边，在官渡与敌人一线接触的，是靖安曹，那是一个西曹掾也无法伸进手的地方。

"那么那边呢？负责与你们接触的是谁？又是如何说服他配合行动的？"

"董承有一个在河北高层的联络人。我们扮作董承余党，主动建议劫囚，使那位联络人深信不疑，派来骑兵支援——只不过，那人的名字，大人你真的要听吗？"满宠有些挑衅地反问道。陈群轻蔑地动了动眉毛，表示自己无所畏惧，让他继续说。"那个人，叫作荀谌，荀友若。"陈群霎时把目光转向荀彧，后者捋了捋胡须，温润的面孔微微流露出一丝无奈。董承那老狐狸当初在许都卫的囚牢里抛出这个人名，果然是没安好心。陈群意识到，自己毕竟还是太冒失了。

第十章 乱流

当下环境，无论荀彧还是天子，都不能把话说得太明白，传出去将是一场政治大灾难。天子能体察到这一苦衷，以这种方式隐晦地予以安抚，让荀彧一时感动莫名。

1.

孙礼勒住缰绳，抬起右手让身后的人停步。随从举起火把，将大路附近的环境照亮，他朝四周扫视了一圈。地面上杂乱的马蹄印记、路旁雪地的拖动痕迹、折断的树枝以及淡淡的血腥味，无不暗示这里曾经发生过一次不算太激烈的战斗。

孙礼跳下马来，俯身仔细勘察了一番，忽然发现雪地里落下几张薄薄的东西。他走过去，一一捡起来，凑到火把前一看，发现是五张画像。他把这几页纸谨慎地揣起来，重新跨上马，马匹嘶鸣一声，掉了个头驰骋而去。

在王越刺杀曹丕的事件中，孙礼挺身而出，赢得了曹仁的赞扬。他被破格拔擢为曲长，距离牙将只差一级。对大部分下层军官来说，曲长与牙将之间是一道鸿沟，许多人一生便止步于曲长一级。如果孙礼能够抓住机遇，跨过这条天堑，等待他的将是前途无可限量。

孙礼最初在接到这个任命时，很是激动。可一个人的评价，却让他的心情跌落谷底："靠杀女人和表演救小孩来换取高位，这样的事在本朝还是第一次呢。"那位刻薄评论者就是唐瑛，她与孙礼在许都街上狭路相逢的时候，说出这一番话来。孙礼无言以对，只能低头走开，再也高兴不起来。

这一天，孙礼在半夜突然被曹仁召见，要求他带着几十名骑兵连夜离开许都，去追击劫持了董承的袁军。孙礼在搞清楚任务以后，一阵苦笑，他先是追杀董妃，又追杀董承，看来自己与董家还真是有挣脱不开的孽缘。

唯一令他不解的是曹仁的要求，让他带着两个人随行。这两个人一老一少，都骑不动马，必须坐马车，可这样一来，队伍的速度便无法提高。他提出疑问，曹仁没有正面回答，只是拍了拍他的肩膀，说了一句："尽力而为。"

此时那一辆轻车就停在不远处的路中，四周几名虎豹骑的人警惕地护卫着。孙礼把画像抓在手里，驱马赶到车旁。

"发生什么事了？"车里的一人问道。"回祭酒大人，卑职在前方发现一些痕迹，袁军似乎在这里发生了一场小冲突。""哦？"郭嘉的身体朝前探了探，把头伸出车子。他的脸颊浮现出不太健康的红色，身上裹着的貂裘似乎也抵御不了寒气侵袭，整个人冷得微微发抖。陈群把赵彦接走以后，郭嘉留在许都卫里与满宠聊天。当董承被劫的报告传到以后，他立刻召集了包括孙礼在内的一批精锐骑兵和一个老人，追出了许都。名义上，郭嘉是要去追击袁军奇袭部队，可实际上有什么打算，谁也不知道。

不过这个计划，在这里发生了一点小小的意外。

按照郭嘉的推算，劫囚得手以后的袁军骑兵，应该全速向着北方逃窜，中间不会做任何停留。为了配合他们，郭嘉还特意让曹仁调开了所有的巡哨。

可是袁军为何在这里打了一仗？难道是遭遇了曹军的小巡逻队？

孙礼把他所看到的景象详细描述了一番，然后把怀里的几张画像交给郭嘉。郭嘉接过去看了一眼，脸色一僵："哎呀哎呀，我的运气……哦，不，是邓展这家伙的运气实在太差了。"

郭嘉咂咂嘴唇，他在看到画像的瞬间就想通了其中因果。邓展在温县一定有什么惊人发现，所以提前要赶回许都，结果恰好在半路遭遇了袁绍派来劫囚的骑兵。这两件事都是郭嘉安排的，本来在时间上错开了一天。可邓展的自作主张，导致两件事正好撞到了一起——如此的巧合，也只能归结为邓展运气不佳了。好在邓展没忘记自己最关键的任务，出事前把画像扔在路旁雪堆里。袁绍军大概不知道这是什么东西，也没兴趣知道，这才让孙礼回收过来，算是完成了邓展最后的使命。"邓展的尸体呢？""没有尸体，只有这五张画像。"孙礼回答道。奇怪，袁军应该没有掩埋尸体的余裕，他们干吗要带走邓展？郭嘉纵然智计通天，也想不出其中原因。他不是个爱钻牛角尖的人，对于这种无法判断的疑惑，想不通就很快放弃了，转而去看那画像。

郭嘉首先注意到，每一张的人像发髻偏右的地方，都有一个小小的墨钩，不仔细看看不出。这墨钩看似闲笔偶落，实则是郭嘉与邓展约定的暗记。如此一来，倘若有心人想偷换，便一目了然。

确定了画真伪以后，郭嘉才去看那画像。这五张纸皆是掩埋在雪中，已被雪水濡湿，墨迹洇开。其中三张画像的人脸很相似，其他两张的人脸轮廓与前三张略有不同。这是可以理解的，毕竟画师是根据别人的描述而绘，描述有详有略，因此执笔重现必有偏差。

郭嘉端详良久，觉得这人眉眼之间似曾相识，可印象又虚无缥缈，一旦试图想得再清晰些，印象便倏然消散。

难道杨平苦心孤诣要掩盖的真相，仅此而已？难道邓展连夜赶回许都的动机，也仅此而已？在画像上，郭嘉看不出什么问题，但没有问题，才是最大的问题。

郭嘉把纸叠好揣起来，决定把这件事先搁置，他不想因为这个意外打乱正事。

这时一阵寒风吹过，在场的人都不由自主地把身上的衣服裹紧。孙礼有些焦虑地望向郭嘉，他们出发时就耽搁很久了，如果在这个地方多做停留，只怕那些袁军早跑得没踪影了。

"奉孝，你大半夜的把老夫叫出城来，到底是为了什么？"郭嘉身旁的老人忽然问道，语气里有淡淡的不满。

郭嘉摆出无奈的表情："您也看到了，我这不也是才捡到嘛，顺便问问而已。咱们的正经事，还是车骑将军。他与你我关系都不浅，国家勋贵，不可任由落入贼手。"说完他用手指头往远处的黑暗勾了一勾。在他们视线所不能及的远方，淳于琼的骑兵正风驰电掣地奔跑着。

他话是这么说，却一点也不着急。老人佝偻在马车上，也把视线投入那片黑暗中：

"河北骑兵这么快的脚程，你拖着我一个老朽，怎么追？"

"您追不上，可是徐福追得上嘛。"郭嘉爽朗地笑起来，笑到后来又连连咳嗽了数声。老人神色先是一凝，旋即又舒展开来："郭祭酒你这回漏夜追击，果然是狩人之意不在狐。"

"不把您请出城，他怎么会出来呢？"郭嘉拍拍车辕，示意轻车可以继续前进了，然后侧过头来，细心地把老人膝前的毯子往上掖了掖，"杨家在平乱之中阙功甚伟，曹公开心得很。这次袁绍劫囚，兹事体大，自然也得借重您的力量，方显朝廷之团结嘛。"

你肯借出力量去追董承，显示的是朝廷团结。言外之意，你若是不肯，自然就是跟朝廷不团结了。跟朝廷不是一条心，就是跟曹公作对。跟曹公作对，那么这次董承被劫之事，一定也脱不了干系。

老人几乎在一瞬间就听懂了郭嘉的言外之意。这是自己儿子冒进之后，郭嘉所做出的反击。郭嘉大半夜把老人硬拽出城来，就是想施加压力，把徐福握在手里——他连等到天亮都不肯。看来这一次，徐福很难继续待在许都了。

更令老人惊讶的是，他相信这次郭嘉故意放走董承，一定还有更深远的用意，剥夺杨家的武力，不过是顺手而为罢了。他对身旁这个年轻人的手段，从来没有低估过。"郭祭酒打算如何借助？"杨彪问道。目前来看，郭嘉只是打算借徐福敲打一下杨修，没有继续追究的意思。为了汉室和刘协的安危，杨彪只能选择壮士断腕。听到杨彪的回答，郭嘉得意地拍了拍手掌，仿佛刚刚写就一篇华丽的大赋。"我要他变成我在官渡的一把刀。"

2.

郭嘉和杨彪达成协议的同时，在距离他们大约数里之外的树林里，司马朗满头大汗地搀扶着一个人，在雪地里深一脚浅一脚地前进着。司马朗搀扶的那人神志清醒，就是脸色不大好。他的腿上被一把匕首深深插入，肉外只留刀柄，这种伤势不敢轻拔，只得用布条草草扎起，布条已经被鲜血浸染了大半。"仲达，你撑得住吗？"司马朗关切地问道。司马懿咬紧牙关，强忍着大腿传来的剧痛："放心，死不了。"他的表情因疼痛而有些扭曲，双目更显出几分狠戾，就像是一头负伤的雪原孤狼。在刚才的狙击战中，司马懿不惜暴露自己的位置来吸引邓展的注意力，成功地让司马朗发箭得手，但邓展最后的反击也刺中了司马懿的腿部。

司马朗焦虑地看了眼司马懿腿上的伤口，感叹道："那家伙不愧是虎豹骑的精锐，临死前还要反咬一口。"

"他生死与否，可还不知道呢。"司马懿摇摇头，吸着凉气挪动另外一只完好的脚。

虽然司马朗成功地射中了邓展，可在他们走过去确认其生死之前，突然半路杀出一支古怪的马队。司马兄弟势单力薄，只能先退到远处。可他们没想到的是，马队的首领居然把邓展也带走了。

"肯定没问题，都穿胸了，邓展一定是死了。"司马朗满怀自信，"不过你说，那些带走邓展的是什么人？曹军吗？"

"不像。如果是曹军的巡逻队，应该第一时间下马四处搜索凶手才是。他们鬼鬼祟祟，根本无心停留，像有什么急事。八成和咱们一样，没安好心。不过咱们也得赶紧离开，说不定一会儿曹军大队人马就追上来了。"

司马懿虽然负伤，头脑却很清楚。司马朗擦了擦额头的汗水，憨厚地笑了笑，随即又变得忧心忡忡："果然和父亲说的一样，这许都云谲波诡，处处透着居心叵测——唉，看来杨平惹出了不小的麻烦啊。"

听到这个名字，司马懿从鼻子里发出一声冷哼："哼，那个自以为仁德的蠢材，惹出来乱子，还要咱们来给他擦屁股。"说完脚下一个趔趄，差点摔倒。司马朗连忙紧拽住弟弟的胳膊，用力托起，好让他的伤腿离开地面，嘴里低声嘟囔着："明明拽着我连夜追击的人是你……"

"我是怕他连累了咱们司马家！"司马懿大声反驳，一不留神脚下又一滑，疼得倒抽凉气。前一天，邓展登门拜访司马家，说杨氏父子在半路被盗匪劫掠，杨俊臂断，杨平身死，需要画像来辨认尸首。听到这个消息，司马家的人都非常吃惊，无不伤心流涕。

唯独司马懿觉出不对，他出去打听了一圈，发现邓展在登门前，已经偷偷接触了司马府和温县的几个下人，绘出了数张画像。

司马懿找到还在为杨平之死哭泣的司马朗，说出自己的疑惑。司马懿认为，如果只是普通劫杀，不会出动虎豹骑的军人来温县报信，更不会在拜访司马家之前偷偷摸摸地不告而查。何况这个人连杨俊的亲笔信都没带一份，事有反常必为妖。

虽然司马懿不清楚许都到底发生了什么，他判断，杨平一定还没有死，只是出于某种苦衷改换了身份。

那五张画像里，有四张都是杨平的真实相貌，只有第五张出自司马懿的有意误导，和杨平一点都不像。邓展一定也发现了这其中的异状，所以才决定连夜返回。一旦他把这些画像带回去，稍做对比，杨平和司马家都会陷入大麻烦。

于是他们兄弟俩备弓带箭，在邓展离开温县后也尾随而出，利用熟悉地理的优势抄小路拼命追赶，总算是在邓展进入许都前截住了他。

那支马队离开的时候带走了邓展，却对散落在地上的画像毫无兴趣，司马兄弟趁机把它们搜罗在手。司马朗本想把它们付之一炬，却被司马懿拦住了。司马懿说烧掉是没用的，如果曹氏没有拿到画像，还会继续派人来温县调查，直到查明白为止。为了彻底消除曹氏的疑心，必须让他们捡到这五张画像，并相信它们没有问题。

这件工作不比狙杀邓展更容易。司马兄弟出发得太匆忙，没有带笔墨，无法涂抹——就算有笔墨，司马懿也不敢篡改，这种东西，肯定会隐藏着外人不知的暗号，擅自改动只会徒增怀疑。

但最后司马懿还是忍着伤痛想出了办法，然后他们把五张纸半埋在雪里，这才离开。

"许都的人不会发现什么破绽吧？那边能人可不少。"司马朗有些担心地唠叨了一句。他们此时已经快接近拴马的树林，只要到了那里，就有烧酒和食物可以补充体力。司马懿已经冻得脸色煞青，脚步虚浮，体力支撑不了多久了。司马朗只能一直跟他说话，让他保持清醒。

听到哥哥的质疑，司马懿挣扎着抬起头来："绝不会，这可是我做的手脚。义和的相貌，绝无法从这五张图里看出来。"

"仲达，你何以那么笃定义和没死⋯⋯"

听到这个问题，司马懿摇了摇头："我不确定。也许那家伙已经死了，也许没死。如果他没死，咱们这一趟苦差事算是有价值；如果他已经死了——"年轻人的脖子像狼一样迅捷地转向许都方向，"我会让整个曹家给他陪葬。"

说完他一头栽倒在地，晕了过去。

淳于琼把沾在胡须上的露水捋掉，摸了摸自己的大鼻子，顺手把铁盔从头上摘下来，掼到草地上。这是曹军铁匠打造的，比袁军的手艺差太多了，盔边的毛刺都未加打磨，把他的额角磨出浅浅的血痕。

在淳于琼前方两里不到的地方就有一条河流，他们已能听到"哗哗"的流水声。只要接应的船只及时赶到，他们在两个时辰之内便可以进入袁军控制的地域，这次行动就算是大获成功。淳于琼身后的骑士们个个疲惫不堪，但保持着高昂的士气。昨天夜里和今天整整一个白天，他们在曹军大军的夹缝里来回钻行，昼伏夜出，奇迹般地没有引来任何注意。

"将军此次袭许，立下奇功，声名必会响震四方。"副将韩莒子兴奋地说道。淳于琼心不在焉地"嗯"了一声，用鞭梢拨弄着坐骑耳朵，眼神充满落寞。

按说淳于琼是不必亲自来冒这个险的。他曾是灵帝朝西园八校尉之一的右校尉，与袁绍、曹操平起平坐，地位尊崇。后来他一直追随袁绍，在军中地位超然，这么一位高级将领，根本用不着亲赴险地。

但淳于琼自己非常想去。

奇劫许都的计划一提出，淳于琼就自告奋勇，表示要亲自带兵前去。淳于琼跟那些为了功名或者财货的庸碌将领不同，别人是为了胜利而冒险，而他纯粹是为了冒险而冒险，巴不得每天能有一次惊险刺激的行动，好让自己快要生锈的筋骨活动一下。

当年建议袁绍杀入宫中为大将军何进报仇的，正是淳于琼——他不是出于政略或者军略的考虑，只是单纯喜欢刺激，越是险象环生的地方就越兴奋，这已经变成了他的人生享受，他对此欲罢不能。

对于淳于琼的毛遂自荐，沮授劝不住，审配和郭图也劝不住，甚至连袁绍都劝不住，最后只得勉为其难地准许。于是淳于琼带着麾下精骑，换上曹军的装备，兴冲冲地奔许都而去。可是出乎淳于琼的意料，这次行动太顺利了，一仗都没有打。他憋了一身的杀气无处发泄，心中不免有些郁闷。

唯一让淳于琼感到欣慰的是，这次居然在半路遭逢了邓展，还把他活着带回军中，算是个意外收获。

"那两个人状况怎么样？"淳于琼问道。

他说的两个人是董承和邓展，两个人都在队伍仅有的一辆马车上。韩莒子回答说，前者精神还好，只是离开许都以后一直一言不发；后者也保持着沉默，因为整个人已经奄奄一息，一度被护卫的人疑心已经死了。

淳于琼下马，走到马车旁边掀开布帘，亲自检查了一下邓展的伤势。他惊异地发现，这人的生命力真是顽强，马车连续的颠簸居然没有把他的伤口震裂，伤口也没有恶化。虽然邓展仍旧处于昏迷状态，但如果马上得到良好的看护与治疗，他应该能撑过这一关。

韩莒子开口问道："将军您为何不辞辛苦把这个人带在身边？"自从淳于琼决定把这个被弓箭穿胸的半死鬼带在身边后，他就满腹疑窦。此前这支队伍一直处于危险的境地，他没有多嘴，现在眼看就返回安全地带了，他终于忍不住了。

淳于琼看了韩莒子一眼："你觉得对一个仇人来说，最残忍的报复是什么？""呃……杀死他吧？""你错了，"淳于琼从铠甲缝隙里掏出一只跳蚤，扔进嘴里用力一咬，"是给他施舍一份无法拒绝的大恩情，让他这辈子都无法偿还。"韩莒子恍然大悟："原来将军是要施恩……""你又错了。"淳于琼愤愤地打断他的话，"他的仇人是我，当年施大恩给我的却是他。"远处忽然传来一声鸣镝声响，交谈中止了。淳于琼和韩莒子重新跨上马，朝着河边飞奔而去。他们看到两条木船从河流上游偷偷摸摸地飘过来，船头打着苏家的旗号。苏家是中山豪商，生意遍布诸州，在南皮、许都、徐州等地都有营生，打他们家的旗号不会引起曹军的怀疑。

木船开到南岸，寻了一处水浅之处停住了船。淳于琼隔水与他们对了几句话，确认是袁军派来接应的人，这才把其他人叫过来。董承和邓展被两名膀大腰圆的骑士抱着涉水登船，那辆马车运不上来，被就地拆散掩埋。

淳于琼最后一个上船，他遗憾地朝着南岸望了望，朝船老大做了个开船的手势。木船顺流而下，走出约莫二三十里路，缓缓靠近北岸，在一处隐蔽的简易码头停船。

码头上早已有一个人等候在那里，淳于琼认出是沮授。他这个人生得很有特点，身材颀长瘦直，头却特别大且扁，远远望去好像一枚牢牢钉在码头上的大钉子。此时沮授目不转睛地注视着木船靠岸，却没有露出任何急躁的神情。一直到水手把木船搭到岸边，系好缆绳，沮授才不疾不徐地踏上搭板，把淳于琼迎上码头。

沮授在袁绍军中任奋威将军，掌管监军之职，上可管将，下可调兵，权势极大，就连情报工作也有一部分在他手下。这一次劫持董承的计划，是沮授一手策划，他亲临战线迎接，足见重视。

沮授是冀州一系的中流砥柱，跟淳于琼不是很对付。所以淳于琼见到他，没有多做寒暄，只是一抱拳道："公与，人我给你带回来啦。"

"辛苦将军了。"沮授从怀里取出画像，远远对着董承打量一番，然后淡淡一笑，也抱拳道："这一份深入敌后的奇功，将军算是得着了。"

"公与你说笑了。什么奇功，不过是带了个老头回来而已。"淳于琼意兴阑珊地摸了摸鼻头。

"将军这就不懂了。有车骑将军现身说法，曹贼卑侮汉室、欺凌中枢的劣迹，便可昭告天下，于袁公大业大有好处。不战而屈人之兵，方为上策，呵呵。"

沮授这两声干笑有些生硬，淳于琼瞥了他一眼，心里不由得"呸"了一声。

这两个人在袁绍营中，一贯政见不合。淳于琼认为军队就是一切，刀锋胜过言语；而沮授论调持重，一向不大主张轻动兵戈，倾向于用政治手段解决问题。

当初沮授曾经提议袁绍把天子接来南皮，挟天子以讨不庭，在政治上立于不败之地。这种提议在自由惯了的淳于琼看来，纯属自找麻烦，束手缚脚，远不如真刀真枪去讨伐来得爽快，因此极力反对。最后淳于琼联合颍川派和南阳派，愣是把此事搅黄，从此两个人交恶。

这次劫持董承，显然是沮授又打算用"娘娘腔"的手段来打击曹操。淳于琼虽然自告奋勇前往执行，但他的目的只是享受刺激，并不表示对沮授的认同。

淳于琼固然看沮授不顺眼，沮授对这位莽夫亦是腹诽颇多。他亲自跑来码头迎接，正是因为不放心——说实在的，沮授一看到淳于琼那硕大的鼻子，就忍不住牢骚满腹。当年如果淳于琼没有从中作梗，让他把天子迎来南皮，只怕曹操如今早已俯首请降了，哪里还用得着费尽心思去抢董承？

"一群鼠目寸光的东西，袁公周围的小人和蠢材，未免太多了些。"沮授不无愤慨地想。他一半精力在为袁绍主公出谋划策，另一半精力消耗在确保这些主意不被那些白痴干扰上。这让他很疲惫。

两位政敌皮里阳秋地寒暄了一番，沮授表示该去迎接车骑将军了，淳于琼连忙吩咐手下人把老人搀过来。

就在这时，意外发生了。

董承突然之间面色变得惨白，他推开搀扶着他的士兵，朝着淳于琼和沮授跑来。士兵们试图拽住这位老人，但居然被他挣脱。沮授也吓了一跳，董承在他的计划中占有很重要的地位，可不能有什么闪失。他和淳于琼张开双臂，小跑几步，把跃上码头的董承一下按住。

"董将军，你莫要怕，你已安全了。"沮授安抚他。董承没理睬他，赤红的双眼扫视着码头，近乎疯狂地喊道："荀谌，荀谌来了没有？"

沮授听到这名字，先是一愣，旋即意味深长地笑了笑："等您抵达南皮的时候，自然会安排您见荀大人。"董承对这个答案很不满意："我要马上见到他！马上！不然来不及了！"沮授有些微微的不快，觉得这位车骑将军架子是不是太大了点，一个流亡的罪臣，居然还颐指气使。他伸出手掌，按在董承的胸膛上想让他尽快把情绪平复下来。

当他的手掌一接触董承的前胸，董承突然浑身一震，从口中喷出一股鲜血，登时把沮授喷成一个血葫芦。沮授一下子吓呆了，整个人僵在原地不知所措。还是淳于琼反应迅速，伸出大手一把将沮授拨开，去揪董承的衣襟。

这一抓，居然抓空了。董承喷血之后，整个人软软地瘫倒在码头木排之上，身躯蜷缩得像只虾米，四肢不断地剧烈抽搐。淳于琼眉头大皱，董承之前都还正常，这才刚过河不久，便有怪病发作，实在是太蹊跷了。

淳于琼隐隐觉得有些不妙，他推了推呆若木鸡的沮授，催促他赶快过去。沮授是负责接应的人，如果董承有什么遗言，只有他有资格听取。

他勉为其难地凑过去，看董承的死活。董承突然昂起头，野兽一般吼着："荀谌！荀谌！"每喊一声，他的嘴里都要涌出许多鲜血。码头上所有人都看得出来，这个老人在疯狂地燃烧着自己最后的生命，试图说出些什么。

沮授蹲下身子，手忙脚乱地把董承扶起半个身子。董承紧紧抓住他的胳膊，剧烈地喘息道："荀谌！他……到底在哪里？"沮授无奈地环顾四周，然后凑到董承耳旁，压低声音说了几句话，周围的人包括淳于琼都听不清。

董承瞪大了眼睛，捏住沮授的手臂又紧了几分："你们……他们……郭……"

沮授听到他喊出"郭"字，但不知道这个"郭"指的是谁。他俯身想再多问一句，董承的躯体突然一阵剧烈抽搐，然后整个人完全安静下来。

沮授抹了抹脸上的鲜血，脑子一片混乱。董承是袁曹大战前的关键一环，他们为此已经准备了很长时间，如果董承出了什么问题，那可是要惹出大乱子的。

淳于琼跛着步子走过来，董承扭曲的五官表明，他死得极其痛苦。对董承的意外身亡，淳于琼可一点都不沮丧。董承生死与否，那是文官们需要操心的事情。对他来说，这趟乏味的劫囚之旅在结尾居然翻出新的变故，这才是最好玩的部分。他有些兴奋地捏了捏胡子，眼神变得闪亮。

这老头似乎是服了延时的毒药，一直到这会儿才发作。这一路上淳于琼亲自监督，他没沾什么可疑的食物，这么说，他是在被送出许都前就被下了毒。这么一推想，难道说，曹氏是故意让董承被他们劫走？难怪一路上都没有曹军的追兵啊……

从董承的反应来看，他恐怕自己都不知情。一直到刚才毒药发作，他才急于找荀谌，大概是要交代一些重要的事吧。可惜毒药的烈性，让董承连这一点都做不到了。

淳于琼激动地琢磨着，心想要不要再渡回南岸一探究竟。忽然他看到董承弯曲的指尖有些异样，凑近一看，发现他在临终前，用手指蘸着血在码头木板上写了两个字。

这两个字写得潦草不堪，却让淳于琼一下子陷入了沉思。

3.

刘协一大早刚起床，冷寿光就匆匆入禀，说荀彧在外等候觐见。刘协在伏寿的服侍下穿好衣袍，用青盐草草漱了口。临出去前，伏寿叮嘱他，说荀彧这么早就过来拜见，许都一定有大事发生，让他做好心理准备。她有些忧心忡忡，最近许都的"大事"未免多了点，不知屡弱的汉室到底还能承受多少打击。

"无论发生什么事，总不会比现在更糟就是了。"刘协安慰伏寿。伏寿尽管心事重重，还是被他这句自嘲逗笑了，丰润的嘴唇弯成弧形，露出一排雪白的牙齿。伏寿发现了自己的失态，连忙用衣袖掩住嘴，恨恨地瞪了自己的夫君一眼。

刘协"哈哈"笑了一声，双手快速在胸前拉伸数次，然后转身步出内室。经历了反复的压抑、惊惧、愤怒与迷茫之后，他已逐渐从紧张状态中松弛下来，开始适应自己的角色——准确地说，不是适应，而是让自己的本性自然流露，与大汉天子这个角色慢慢融合。正如杨修所说，他不是他的哥哥，不需要勉强去扮演一个不熟悉的人，遵从本心便已足够。

刘协走到外堂，与荀彧各执君臣之礼。然后荀彧告诉天子，车骑将军董承昨晚押运出许，结果途中被一伙强梁劫走了，劫持者很可能是来自于河北袁氏。

刘协听到这个消息，先是惊愕，旋即陷入沉思。以郭嘉、满宠行事之缜密，居然让要犯在许都附近被劫走，这听起来有些不可思议——这件事更像是他们有意为之。可是目的何在呢？

"派人去追了吗？"刘协问道。

"曹将军已遣精骑前往追击，两三日内即有回报。"荀彧没有透露郭嘉与杨彪随行的细节，他认为没必要多此一举。他此行的主要目的，是另一件事。

"袁太尉此举，悖法蔑礼，请陛下颁旨予以训诫。"

"天子训诫啊……"刘协意味深长地瞥了一眼身旁的锦盒。锦盒内盛放的乃是传国玉玺，汉室权威的象征。这枚玉玺自从被送还许都之后，一直掌握在天子手中。曹氏若要借中枢以令诸侯，形式上必须得请示天子，用宝后方可视为朝廷意志，行文传檄。汉室最后的尊严，就靠这么一点可怜的权柄支撑着。

"可该给他什么训诫呢？"刘协试探着问。

荀彧早有准备，从袖中取出一卷已经写满墨字的诏纸，双手捧着递给天子："尚书台已拟好制文，请陛下垂目。"刘协接过制文展卷一读，不由得心中暗暗佩服。

这一篇制文写得文采斐然，滴水不漏，以天子的口吻反复质问：为何袁军兵至许都而不觐见？为何路遇朝廷车马而不避道？为何擅邀朝中大臣北上而不知会天子？一连串问了十几个问题，无一字涉董承谋逆之事，无一字指斥袁绍，但字字诛心，把袁绍勾勒成了一个劫持重臣、居心叵测的奸贼，偏还教人无从指摘。

刘协注意到，这篇制文的最后一段说：董承主动请辞回乡，结果袁绍不体恤老人的心意，强邀至河北，董将军一定心生思乡之情，万一身体出了什么问题，该如何是好？

明明追兵还没返回许都，这篇制文里却已预见到董承在河北心情郁卒，以致"身体出问题"，这其中的暗示，可是有些过于明显了。

董承不能死在许都，不能死在曹氏手上，那样他便成了英雄。所以郭嘉故意放董归袁，把这烫手山芋丢到河北。可怜袁绍喜滋滋地满心以为是块肥肉，吃到嘴里才会发现是块硌牙的骨头。

郭嘉不是借刀杀人，而是把人推到袁绍怀里，再偷偷补上一刀。要知道，一个活董承，对袁绍来说极具价值，但一个死的董承，却是一盆避之不及的脏水。

董承一死，天下之人不免暗自揣测。刘表、公孙度、马腾、蹋顿等一方豪强纵有相助之心，也会心生踟蹰；袁氏四州里暗藏的韩馥、公孙瓒旧部和黑山贼余党更是会蠢蠢欲动，袁绍在政治上立陷被动。

刘协在伏寿、杨修等人的帮助下，开始努力用朝堂的思维去看待事物。他惊讶地发现，在这种冷酷的思考法则之内，人命几乎不占分量，可以轻易被舍弃或交换。眼下这篇制文及其背后隐藏的意义，是一个最好的注脚。

"真是好文采，不知出自何人手笔？"刘协把制书放到膝前，半是讽刺，半是真心地称赞道。

"是军师祭酒的掾属，叫徐干。"荀彧犹豫了一下，又补充道，"陛下也许应该知道，他会接替满宠任许都令之职。"

"哦？满宠怎么了？"刘协一愣，他可还记得那张蛇一样的麻脸。

"此次车骑将军被劫，许都卫难辞其咎。只是朝廷正在用人之际，经司空府与尚书台议定，满宠将被调往汝南李通将军麾下，戴罪立功。"

这头阴恻恻的夜枭，终于要离开许都了。刘协咂了咂嘴。他对许都卫没有那么刻骨铭心的敬畏，但也知道满宠的可怕，他的离开，会让许都许多人大大地松一口气。

刘协不知道郭嘉为何把这一位干员调离许都，也许是汝南真的有麻烦，也许是来自于之前曹丕和卞夫人的压力。如果是后者，说明杨修的手段还是奏效了。

至于那个接替他的徐干，刘协完全不了解，他决定回头去问一下伏寿或者杨修，那人再有手段，总不会比满宠还难对付吧？

冷寿光为刘协捧来朱胶印泥，然后打开锦盒，取出玉玺去蘸印泥，却被刘协拦住。刘协说还是我来吧，伸手接过玉玺，亲自在制文上钤盖了个端正的红印。既然汉室没有拒绝的权力，索性表现得大方些。在过去的几年里，汉室一直担当着曹氏喉舌的角色，也不差这一次。

"朕也只有这件事能做，何不亲力亲为呢？"刘协拍了拍手，把文书交还荀彧。

听到这句话，荀彧捧制文的手稍微颤抖了一下，素净的面孔微妙地起了变化，好似一阵风吹过水面，掀起阵阵涟漪。他把制文小心地搁在一旁，轻声问道："陛下，是否觉得臣跋扈？"

声音不大，但听到刘协耳朵里却不啻一声惊雷。当朝的尚书令，居然在问天子自己是否太跋扈？这未免太离奇了。

当年大将军梁冀，把持朝政，被质帝面斥为"跋扈将军"，乃至恼羞成怒，毒杀皇帝。至此"跋扈"一词，专为欺主权臣而备。若单以行为而论，荀彧事先代天子拟制文，再请玺用宝，不容说半个不字，比起梁冀、霍光、王莽等人的跋扈来说不遑多让。

但当刘协望向荀彧的时候，他看到的却是一张痛苦、自责的脸。荀彧在极力控制着情绪，可微微抽搐的嘴角、疲惫的眼神与不经意间蹙簇的长眉，朝不同方向牵扯着他温润如玉的面孔，令他在一瞬间皱纹丛生，老去不止十岁。

"荀令君，你这是……"刘协被吓了一跳，双手局促地放在几案上，不知该怎么摆放才好。

"臣，是否跋扈？"荀彧又轻轻问了一句，伏下身子，额头几乎贴到地面，同时闭上双眼。他没有抬头，也不敢抬头，此时的荀彧，根本不敢与天子对视，生怕天子吐露出一个他早已知道的答案。

刘协不知道，他刚才那一句不经意的自嘲，像一把沉重的船锚被抛入江底，荀彧本已尘封的痛苦被震荡而起，泛出水面。

荀彧自幼所学，都是王佐之术；所立的志向，皆是姜尚、张良之俦。未出仕时，乡党名士无不称誉；出仕曹公之后，更是一帆风顺。为了实现自己对汉室的忠诚，他还一手策划，在许都迎回了天子，解汉室之危于倒悬。

如今他已贵为朝廷尚书令，又是曹公最可信赖的肱股之臣。可越是风光，荀彧发觉离自己的理想越遥远。一门心思地隔绝汉室，一门心思地告诫雒阳系不要与曹公对抗，看似出自爱护之心，可荀彧忽然发觉自己的所作所为，非但不是自己心目中的名臣所为，反与史书中那些权奸越发相似。

可荀彧没有选择，他只能把不安禁锢起来，埋首于案牍之间，不去细想自己这份忠诚究竟几分向着曹公，几分向着汉室。

今天早上，满宠告诉他，董承已被顺利地"劫出"许都，事情一如筹划。荀彧突然发觉，自己非但毫不舒心，反而一阵没来由的心虚。他知道，以传统的标准来看，那位车骑将军是忠，自己是奸。

荀彧从来没想过，自己会批准使用这么一种卑劣下作的伎俩，来打击政敌。他一直试图回避的忠奸之辩，随着董承的离去，逐渐浮出沉默的水面。荀彧从那时开始，便处于一种惶惑不安的状态。当刘协不经意地说出那句自嘲时，他再也无法承受重压，不得不伏在地上，向天子问出了一个可能导致自己身败名裂的问题。

"臣，是否跋扈？"荀彧第三次发问。他是在借着向天子发问的机会，拷问自己。

刘协愕然地看着这位尚书令，突然意识到，荀彧的痛苦，与自己是何等相似。他们都身处一个不情愿的环境之下，扮演着与本心相违的角色。

略做思忖，刘协露出一丝了然的笑意，右手有节奏地拍打着玉玺，用舒缓而奇妙的声调咏道："既替余以蕙缥兮，又申之以揽茝。"

荀彧昂起头来，对天子的这个回答有些意外。这是《离骚》里的句子，说的是屈原因佩带蕙草、白芷等高洁之物，而被奸人攻讦，隐喻三闾大夫守正不移，为朝中所不容。

汉代治经学章句者，对此无不熟悉。可天子为何忽然吟出这样的句子？尚书令何等聪慧，只困惑了数息，便洞悉了其中暗示。天子挑选此句吟诵，意义含蓄而清晰——朕知道你本心清白，只是为奸人所迫，不得已而为之。

当下环境，无论荀彧还是天子，都不能把话说得太明白，传出去将是一场政治大灾难。天子能体察到这一苦衷，以这种方式隐晦地予以安抚，让荀彧一时感动莫名。

但埋藏在其中的深意，却不止这些。"既替余以蕙缥兮，又申之以揽茝"的下一句，是"亦余心之所善兮，虽九死其犹未悔"。荀彧闻弦乐而知雅歌，知道天子的本意，其实是落在这未曾咏出来的一句上。心之所善，岂不就是王佐之道？九死未悔，岂不就是效忠汉室？这个劝诫太敏感了，天子不得不把它深深埋藏在辞赋之中，让人去细细品味。这种温和而含蓄的手法，天子在从前可从未表露过。

"是臣一时失态了。"荀彧缓缓起身，深吸一口气，把适才流露出的情绪全数敛回，又变回那位清雅淡然的尚书令。至于心结是否解开，又该如何抉择，则只有他自己知道了。"陛下您可变了不少。"荀彧感慨地说道。之前的天子是一个阴冷、隐忍的年轻人，从来不苟言笑，喜欢用一种平静而危险的眼神观察他们这些曹氏心腹，像是一个孱弱的复仇者；而现在天子变得温和多了，言谈举止更加圆柔。

荀彧不知道这种变化是从何而来，但他确实从心底期望天子是这样一个人。这种潜藏着的期望，从某种程度上冲淡了他的疑虑。

两个人默契地把刚才的话题跳过，随便闲聊了些别的。刘协忽然不经意地问道："曹司空与袁太尉行将交锋，何者占优？"荀彧答道："郭祭酒曾进言曹公，说我军有十胜，袁绍有十败。"刘协道：《十胜十败论》朕已经看过了，写得很好，不过有些避实就虚，未免空泛。若以实数比较，是否曹公处于劣势？"

荀彧一时无言。天子所言确为实情，河北地广人稠，十分富庶。此次袁绍倾巢而来，无论兵力还是所携粮草辎重，皆远胜曹军。若非如此，荀彧也就不必在许都拼了命往前线调集兵员物资了。

只是天子忽然问起这个，不知有何用意。以他的智慧，该知道无论曹袁谁获得胜利，汉室的情形都很难在短时间内得到改变，甚至可能会更糟糕——袁绍对汉室的轻蔑程度，还在曹公之上。

荀彧斟酌再三回答："我军有大义在手，袁军不及。"言外之意，除了大义，其他方面曹操都是不如袁绍的。荀彧说了实话，也是对天子刚才之举的回报。

刘协把玉玺重新放入锦盒："荀令君，朕忽然有个想法，你可否问问曹公，看是否可行？"

在一旁的冷寿光面无表情，眼神却是一凛。这位性格柔弱的天子，居然已经开始学着操弄人心了。刚才君臣一番交心，让荀彧感激万分，此时趁机开口，让尚书令连一个不字都不忍说出来。

"陛下请说。"荀彧果然没有迟疑。

刘协眼神里隐隐有些兴奋，这是他当了皇帝之后第一次主动提出建议："朕想御驾亲征，赴官渡为曹公助力。"

荀彧听到这个要求，一下子呆住了。

4.

同时发呆的，还有赵彦。他此时躺在自己家的木榻上，右手枕住脑袋，左手高举着一样东西仔细端详。昨天晚上陈群听到许都卫那边出了变故以后，匆匆赶了过去。赵彦在西曹掾等到天亮，一个小吏过来告诉他，可以回家了。赵彦问陈群跑哪里去了，小吏说他一直在尚书台议事没出来过，什么事却不肯说。

赵彦回家以后，用井水洗了把脸，关好门窗，这才把那件在皇城废墟里找到的东西拿出来。

这是一片狭长的白绢布，边缘已经烧得焦黄。从形状能看得出，它曾经属于某一件中衣的衣袖部分。

朝廷的东、西织室例由少府管理，赵彦跟着孔融，也曾对帛缯之事下过一番功夫。从烧焦的丝线断头，他辨认出这片残绢质地是双丝细缣，出自民间织工，所以丝质微微泛黄，远不及官织的蜀缣和临淄缣细腻柔滑。

织一丈"双丝细缣"所耗生丝，是普通织物的两倍，而且工艺繁复，很容易抽丝泛黄，行话谓之"破黄"，卖不出好价格，所以民间很少生产。最近十来年，天下纷乱，蜀道不通，中原特定几个地方才开始有织户尝试生产这种细缣，供给当地大族。

天子从雒阳迁至长安，再迁至许都，这一路上颠沛流离。赵彦可以肯定，汉室所用帛物，要么是从宫里带走的正宗蜀产细缣，要么是曹氏进献的普通丝帛，断无可能使用私产的"双丝细缣"。董妃就曾经对赵彦抱怨过，说堂堂汉室现在连匹像样子的织物都拿不出来，只能穿曹氏送的破烂。

而他居然在寝殿的废墟里发现了民间"双丝细缣"质地的中衣，这说明，至少有一个外人曾经进入过寝殿。这人要么穿着这件衣服，要么带着这件衣服，但他在离开时，肯定没带走。

直觉告诉赵彦，这件事与董妃的嘱托密切相关。

赵彦高举着绢布来回看，忽然动作一僵，一骨碌从床上爬起来，双手扯住绢布两头，把它举到窗边。这时已经接近巳时，日头正高，一道光线从窗边射进来，透过绢布照入赵彦的眼睛。

借着光照，他能勉强看到帛布内里经纬交错的纹路。在一个不起眼的角落，四根纤细的丝线巧妙交会，构成一个菱形织纹，不瞪大眼睛仔细看，是看不出来的。

不同产地的织工会在布匹上留一个专属记号，方便分货贩卖，万一有什么纠纷，也可以借此追查。比较知名的官家和民间织室，都会在少府留有记录，哪个记号对应哪地的织工一目了然。

赵彦记得，孔融就任少府之后做的第一件事，就是建议重整朝廷内档，并得到了荀彧的大力支持，从雒阳、长安等地回收了一大批残缺不全的历代文书案卷。这些文书都被囤积在距离皇宫不远的库房里，除了孔融没事进去翻腾一圈以外，无人问津。想到这里，赵彦在榻上待不住了，赶紧穿好衣袍，推门出去。

他家仆役很奇怪，主人出去一夜不说，怎么回来才待了半天，就急急忙忙又要出去？他想询问，却被赵彦狠狠推开。仆役再一定神，主人已经跑出大门，连门都没关。

好不容易捻到一点线头，可绝不能轻易放过。赵彦望了望天上有些刺眼的大火球，在路人的注视下狂奔起来。

他飞快地跑过一条条街道，一刻都不肯放缓。当他即将穿过两条街道交叉的十字路口时，从左侧突然冲出一辆马车。马车车夫见势不妙，及时拉住了缰绳，辕马前蹄抬起，发出不满的嘶鸣声。这一人一车堪堪交错，马车车轮上甩出一串雪泥浆，在赵彦背后画出一道灰印。赵彦看都没看，加速往前跑去。

"咦？那不是赵彦吗？"郭嘉从马车里探出头来，手搭凉棚，若有所思地看着赵彦消失的背影。他把脑袋缩回去，摸摸下巴："一大早就在城里跑步健身，身体好可真叫人羡慕呀。你说对吧，杨公？"

杨彪坐在另外一侧，闭目不语。他年纪太大了，又在外头折腾了大半夜，已经疲惫不堪。郭嘉看他这一副神态，知趣地闭上了嘴。

马车一直到了杨府大门口才停下来。郭嘉和杨彪还没下车，杨府大门忽然打开，杨修从里面急匆匆地迎出来。

杨彪望着自己的儿子，轻轻地摇了摇头。不知是想告诉他自己已无能为力，还是试图告诫他不要继续招惹郭嘉。可这个细微的暗示，让杨修更加愤怒，他的脸上腾地升起毫不掩饰的怒火。

"父亲！"

杨彪抬头阻止杨修继续说下去："董承被劫，北方局势只怕不稳。所以徐福这次会跟郭祭酒北上抗袁，算作咱们杨家臂助汉室之功。"

他一句话，就让杨修明白昨天晚上发生了什么事，郭嘉的反击来得又快又狠！

杨修在早上才听到风声，说满宠可能不会继续担任许都令的职务，要外放汝南。他开始以为是自己的手段奏效，可现在听到父亲这么说，才意识到情况绝非那么乐观。

表面看，满宠被迫去职，徐福无奈北上，双方各输一招，曹氏拿一个许都令换了一个布衣武夫，有些不值。但实际上满宠只是平调汝南，职权更重于从前，许都令也会另有安排，许都局面不会有任何松动——而杨家却是实打实地损失了一个绝顶高手，还把半个身子暴露在明面，进退两难。

更让杨修深觉被侮辱的是，郭嘉甚至不是专门出手来对付他的。

满宠的南下，是应南方局势的必然安排；董承被劫，是为了让袁绍在政治上陷入被动。即便没有杨修上蹿下跳，这两件事郭嘉仍旧会做。

换句话说，郭嘉只是在按自己节奏布局的同时，顺便反击了杨修一下而已。

郭嘉慢条斯理地爬下马车，当着杨修的面长长地伸了个懒腰。杨修直勾勾地盯着他，狭长的双眼眯成了一条缝，如同一只被夺走了口中鸡雏的妖狐。

"我还没有输。"杨修忽然开口道。

面对这突如其来的直白，郭嘉有些无奈地拨一下额前的乱发，拍拍杨修的肩膀："我对输赢没有兴趣。"

杨修把郭嘉的手拨开，冷冷道："你等着瞧吧，曹公幕府之中的第一策士，一定会是我。"

郭嘉怔了怔，旋即一脸认真地回答："等我死后再说这个好不好？"这时候一个小吏从远处跑来，在郭嘉耳畔耳语几句。郭嘉听罢面色一凛，抬手与杨氏父子一拜，然后匆匆离去。"什么事竟能令郭嘉面色生变？"杨彪喃喃道。此时杨修已经收敛起那副嫉贤妒能的面孔，双手抄在袖子里，笑嘻嘻地答道："我猜啊，是陛下开始反击了。"

第十一章 暗涌

伏寿这时才发现，原来刘协不光已经融入"皇帝"这个角色，甚至已开始学着利用官场规则来达到自己的目的——这个细微而关键的变化，似乎是从他听说了温县司马家的事情之后开始。

1.

皇帝要御驾亲征。听到荀彧转述天子的这个建议，屋子里的人都为之一愣。这里不是尚书台，而是荀彧的私人府邸。只有在商议最机密的事情时，荀彧才会选择在这里会客。此时屋子里只有四个人，他们代表了许都城内最高的实权。荀彧刚刚向其他三个人转述了天子对官渡的一个小提议。

"陛下是打算投袁吧？"曹仁忍不住率先开口说道。军人的思维，总是比较简单。在他看来，天子显然是打算打着"御驾亲征"的旗号离开许都，跑到官渡，再伺机投靠袁绍。不过他又想了想，否决了这个想法。

且不说司空府会不会允许天子北上，也不说汉室能不能顺利脱曹投袁，退一万步讲，就算是天子成功投到袁绍阵营，处境是否会比在许都更好？要知道，早在曹公之前，沮授就曾向袁绍提议收留汉室，结果被其他袁家幕僚反对，最后袁绍一口否决。那位大将军和手底下人对汉室的不屑态度，可见一斑。

"问题不在于陛下想去哪里，而在于他提这么个荒唐的建议，到底想干什么……"

郭嘉一手支着大腿，一手捏着下巴。对于天子这个突兀的提议，连他都感到有些难以把握。

有汉一朝，御驾亲征这种事只有高祖刘邦、武帝刘彻和光武帝刘秀三人干过，而且这三人全都是在完全掌握朝政和军队的前提下，才敢挥师离都。眼下的汉天子一无实权，二少权威，俨然一个傀儡，却说要御驾亲征，未免有些可笑。就好像一个穷光蛋，却要学豪商说要大宴天下一样。

曹仁想得烦闷，一捶桌子："既然那位陛下如此积极，咱们索性把他绑到阵前当肉盾，一路推过去。袁绍那老小子胆敢放箭，就坐实了反贼之名，岂不快哉！"

郭嘉哈哈一笑。曹仁这说法粗率大胆，但不无道理。汉室虽衰微，但毕竟还是天下之共主。当年关东诸侯联军讨董，如果董卓旗帜鲜明地亮出天子，以大义名分讨伐叛军，联军必败。可惜那个粗鄙的关西汉子不懂政争之道，终致败亡。

不过今日的情势，又略有不同。曹公的对手，是四世三公、声名煊赫的袁氏一族。曹军固然可以把天子抬出来助势，袁绍同样可以站出来指责曹操矫诏，或者干脆另外扶植一位天子——他手里刘氏宗族可不少呢。天子这枚棋子，对付袁绍可不是这般用法。

再者说，假如天子去了前线，曹公必须从本来就处于劣势的兵力中分出一部分来保护——或者说监视天子；还得考虑一旦战败，如何裹挟天子安全后撤……总之麻烦多多，好处却少之又少。

"文若你真的没听错吗？"郭嘉问。

"我倒希望我是听错了。"荀彧苦笑道。如果天子要求在某些重要职位上安插雒阳系的官员，或者掌握一支宿卫，甚至要求更多政治权力，这都可以理解。可天子偏偏提出这个御驾亲征的荒唐要求，让他十分困惑。

曹氏阵营最具智慧的两个人，因为傀儡天子的一句话而陷入苦苦思索。这时候，在屋子的角落里悠悠传来第四个人的声音："诸位可能都想岔了。"

三个人一齐把视线投过去，看到"老毒物"贾诩跪坐在角落里，裹着貂裘，含含糊糊地说道。

今日议事本是机密，贾诩这新降之人本来是没资格参加的。但荀彧还是派人把贾诩请来了，希望能借重他的狡黠智慧。贾诩和郭嘉不同，郭嘉是螳螂，时机一到，出手犀利，从不拖泥带水；而贾诩却是一只圆滑老到的蜘蛛，在阴暗处不露痕迹，于无声处悠然布局，等到对手惊觉之时，已然深陷罗网，怎么都挣脱不开了。

他自从带着张绣投诚之后，一直安静地蛰伏着，谁都不知他想干什么。因此郭嘉也赞同把他请来商议，想摸摸这老家伙的底细，看他到底在织什么网。

此时贾诩说出这么一番话来，曹仁不以为然地撇了撇嘴："贾先生，你有何高论？不妨说来听听。"随即用手指在嘴边比画了一下，补充了一句，"不过请先把那条流涎擦去吧。"

贾诩抬起袖口，把那串快滴到地上的口水擦干净，歉然道："上了年纪，肝木阳虚，嘴角松弛，总是不免的，不免的。"荀彧和郭嘉对视一眼，都有些无奈。这老头子装病已经入戏太深，年头太长，恐怕他自己都不大分得清楚真假了。

许都城里曾经传过一个笑话，说贾诩出生的时候，有名医专门诊看过，说这孩子体弱多病，病根无法根除，只能苟延残喘七八十年而已。

贾诩擦拭干净，缓缓说道："张君侯与曹公本有嫌隙，然而如今曹公却对其如此信任，请问这是什么道理？"曹仁恼怒地伸出大巴掌去拍他的肩膀："我说老贾，你糊涂啦？咱们说陛下的事呢，能不能别老念叨你那位张君侯？"

贾诩却恍若未闻，自顾絮叨着："设若张君侯突然举军投效，曹公必然心生疑窦，难以信交。是以当日董承作乱之时，西军入城深入腹心，许都阖城皆在张君侯一掌之中。可他平定祸乱之后，敛兵掩旗，自引军退去，世人方知君侯忠义。"

荀彧、郭嘉同时领首。西兵入城，绝对是一次极为大胆的操作。谁也没料到，与曹公血海深仇的张绣居然反正，杀了董承一个措手不及，而且放着近在咫尺的司空府不入，乖乖退出城去。一直到那时，荀彧才算是对张、贾二人真正放心。"所以我一直对张君侯说，先有大疑，始有大信。"贾诩说到这里，把声音略提高了些，"张君侯能如此，别人亦能。"曹仁疑道："你的意思是……陛下不是真的要去官渡，而是在政治上做个姿态，打算借此取信曹公？""调皮的小孩子闯了祸，总会试图表现得很乖巧，免受责罚。"贾诩的话从来不肯说得直白，拐弯抹角，躲躲闪闪，但偏偏在座的人都听懂了。董承之乱被荀彧控制在一个非常小的范围内，雒阳群臣没有遭到大清洗，也没有任何证据表明天子参与了这件事——但这不代表曹公对天子没有想法。董承之乱后，借住在司空府的皇帝一定惶惶不可终日，不知曹公的愤怒何时以何种方式落下来。

所以皇帝只得主动示好，打出"御驾亲征"的旗号。这样一来，汉室将与袁氏彻底决裂，让后者在名义上变成叛军，必会让其军心沮丧，人心浮动，袁绍也必痛恨汉室。

这是汉室向曹氏缴纳的一份投名状，表明无意北向。唯有如此，曹公才会真正相信汉室已屈服。

这时荀彧开口了："纵然天子有此一想，曹公也未必会应允此事。"

"答应不答应，又有什么相干？重要的是，让曹公体察到陛下这份体恤之心，也就够了。"贾诩淡淡说道。他轻轻咳了几声，把视线转向郭嘉，"再者说，曹公当真不会应允吗？"

若论臂助，荀彧是曹公的肱股重臣；但若论心腹，谁也不如郭嘉了解曹公更多。郭嘉听到贾诩发问，纤细的手指伸进乱发里抓了一抓，眼睛闪亮："贾公为何有此一问？"贾诩没有回答，反而突然又把话题扯远："袁绍军中，必有见过陛下天颜之人吧？"

"可着实有不少人。"也只有郭嘉能跟上他飘忽不定的思路。

"袁氏四世三公，世代皆食汉禄。若他们能有机会觐见陛下，奉忠输诚，也是一桩美事啊。"

贾诩没再继续说什么，重新把双肩垂下去，把双眼藏在层层叠叠的皱纹里，几乎看不清到底是睁着还是闭着。郭嘉听到这话，先是哈哈大笑，随即笑容一敛，手指着老人的鼻子道："你这个家伙，真的是太危险了。"贾诩不置可否，跪坐在原地宛若一尊翁仲。

汉室与曹操的不合，尽人皆知。如果天子通过某种渠道告诉袁绍，汉室愿为内应对抗曹操，并且亲身在官渡露面，袁绍必会笃信不疑。接下来曹氏可以运用的谋略，可就有太多选择了。

用"当今天子"玩诈降，也难怪郭嘉会说贾诩太过危险。

荀彧的脸色却有些沉重："奉孝、文和，此事有些太过凶险，我以为不妥。"郭嘉摆摆手道："倒也不急于一时，待我到了北方，与主公商议便是——若是主公首肯，贾公你可不要袖手旁观哪。"

贾诩徐徐拂了拂袖子："张君侯也在军中，我自然要看顾他。"

这三个人讲话如同打哑谜一般，把曹仁听得一头雾水，急得插嘴道："你们三个到底在说什么？一会儿袁绍，一会儿我大哥，一会儿又转到张绣那里了，咱们不是在说陛下吗？"

三个人都看着曹仁，似笑非笑。曹仁也不是蠢货，细细琢磨了一番，不禁瞪圆了眼睛："你们……真的打算搞什么御驾亲征啊？"

"不，不会有什么御驾亲征，陛下会一直留在许都。"郭嘉狡黠地摩挲着下巴。荀彧知道他打的什么主意，暗自叹了口气，曹公这次对袁绍开战本就是一次豪赌，郭嘉不会介意再下一注大的在上头。

可是，贾诩为什么要从中推动呢？他的目的又是什么？荀彧转过头去注视贾诩，发现那个人身上永远笼罩着一层薄雾，从未让人看清过。

贾诩似乎觉察到了荀彧的担心，再度睁开双眼，慢吞吞道："荀令君，在下正好还有一事相求。"荀彧问他何事，贾诩说，"可还记得司徒王允吗？"

司徒王允，这个人荀彧怎么会不记得。在董卓祸乱朝野、群雄束手无策之时，这位汉室忠臣一手筹划，劝诱吕布，诛杀董卓，几乎凭一己之力把整个汉室扶起来。可惜后来王允不懂安抚之道，为群龙无首的西凉军所杀。至此朝廷倾覆，当今天子不得不开始了尊严丧尽的流亡生涯。

讽刺的是，一手造成这一局面的，正是眼前这位贾诩。他一言劝回了本欲逃回家乡的西凉将领们，反攻长安。从这个意义上来说，贾诩才是杀害王允的主谋。

他这时候突然提起王允的名字，让荀彧和郭嘉都心生警惕。

贾诩道："当日李傕、郭汜攻入长安，我阻拦不及，结果王司徒和三个儿子以及宗族十余人惨遭戕害，至今思之，仍旧痛悔不已。前一阵我无意中访到，王司徒有个哥哥，膝下有二子，一个叫王晨，一个叫王凌。他们侥幸逃出长安，回到并州祁县老家。这等忠臣遗孤，朝廷不该忘记。"

荀彧不知道贾诩是良心发现，还是别有目的，不过他这理由冠冕堂皇，倒也无从拒绝。"以文和你的意思，朝廷当如何表奖？""此天子事，在下可不敢置喙。"荀彧听明白了，贾诩这是要给天子做个人情，委婉地缓和君臣之间的敌意，顺便给各地大族示好，表明他不只是乱汉之臣，也会维护名士遗苗。看来，这个家伙毕竟也是对自己的坏名声有所顾忌，打算洗白一点啊。

祁县王氏在并州是有名的大族，袁曹大战在即，这样的家族如能拉拢住，对曹军大有好处。这个人情，倒也值得做。

"我知道了，我会禀明天子的。"荀彧回答道，贾诩连忙伏地致谢。郭嘉饶有兴趣地盯着贾诩的动作，好似盯着一截被蛀空了心的木桩——表面看是截烂木头，里面藏着多少虫蚁，可是谁都不知道。

"该不该让他也看看那几幅画像呢？"一个念头掠过郭嘉心头。

2.

赵彦一路狂奔，一口气跑到少府存放内档的曹属前。他身子不算健壮，这一段路跑得肺部有些辣辣地疼，他不得不放缓脚步，慢慢呼吸以平复心情。

这里虽然号称是少府曹属，可其实只是两间破烂不堪的木屋，分成左右两厢。窗棂与门框都歪歪斜斜的，屋顶的青灰瓦片杂乱地堆叠在一起，上一次大雪把上头压塌了几个洞，还没来得及修补，只用一片麻布半遮住。

一想到上次大雪，赵彦眼中不由得一酸，那是董妃去世的日子啊。她那一天死得何等无助，何等凄凉，最后连尸身都不知道葬于何处。从此赵彦每次看到雪，都会觉得心如刀绞，因为每一片从天而降的晶莹六出，都可能是董妃的坟冢。

赵彦深吸一口气，推开木门。门没有锁，没人会对这种破落地方感兴趣。他踏进去以后，一股浓郁的竹纸的发霉味扑鼻而来，屋子里倒是不暗，因为屋顶漏了好几处大洞，几道光柱垂射而下，照出屋子地面上的数摊圆锥形积雪。

朝廷历朝内档文书卷帙浩大，在这里积存的只是一小部分。可即使是这一小部分，已然把整个屋子填塞得满满当当。几十个阔口的柳条筐和木箱中全是竹简、木简和绢纸，有的编串成卷，更多则是散乱地扔在各处。这些东西全无编类，摆放杂乱，负责搬运的人根本就是漫不经心。

但话又说回来，在这个时代，能有人把这些不能吃不能喝的无用之物搜集起来，存放一处，已属难得。

赵彦挽起袖子，开始猫下腰去检查。在少府这段时间，他跟着孔融学了不少东西。比如说策、制、敕等天子颁文都是用绢，章、表、书、状等朝廷行文用木简或麻纸，等而下之的是诸曹掾的吏事案牍，皆用竹木简。所以他只盯着那些竹木简就可以了，其他的可以弃之不管。

纵然如此，这工作量还是不小。这样的冷天里，赵彦居然找得汗流浃背，前后翻了一个多时辰，眼睛酸疼不已，可还是一无所获。

赵彦坐了一会儿，捶了捶有些麻木的大腿，忽然脑子里闪过一个念头。他要找的，是各地织物在少府的备案记号，这个不是日常行文，往往数朝不易，所以它的载体不应是简，而是要刻在金石之上，之前的思路错了。

想到这里，赵彦复又起身，在屋子里翻腾起来。就在这时，屋外忽然传来脚步声。赵彦大惊，他可没想到平时老鼠都不愿意来的少府曹属，今天居然破天荒有人过来。

严格来说，他属于擅入记室，要是认真追究起来，也算是一桩罪名，许都卫少不得又会怀疑，赵彦可不想再给陈群添麻烦。他左右看看，忽然发现在阴暗角落里有一个大木箱子，箱子极大，他掀开箱盖一猫腰跳了进去。

他刚跳进去，屋门"吱呀"一声被推开。赵彦悄悄抬起箱盖的一条缝，看到进屋的是一男一女。女的他认识，是废帝刘辩的遗孀唐姬，男的似乎是个军人，年纪似乎比唐姬还小一点。那名军官背对着赵彦，看不清面貌。他身材魁梧，比唐姬足足高出两头，可是两条手臂一会儿抬起，一会儿垂下，显得局促不安。

"莫不是唐姬耐不住寂寞，也想改嫁了？"赵彦暗想。寡妇再醮，这倒没什么出奇之处，但一位帝妃动了心思，这却是有汉以来头一遭。

可是唐姬的第一句话，就打破了赵彦的猜想："听说你昨天随郭嘉与杨太尉出城？"唐姬的声音很冷漠，比这屋子还要阴冷几分，怎么也不可能是见情人时的语气。

军官连忙躬身道："此系公务，不敢怠惰。"

"是啊，又是个雪夜。你总是雪夜执行公务，真是辛苦了。"唐姬的话满是嘲讽。说完以后，她昂起头，透过屋顶漏洞朝天空看去，口中喃喃道："也不知道昨天晚上的风寒，可有董妹妹死的那一晚冷？"

听到这句话，军官更加不安，不由自主地向后靠了一步。面对这位废帝之妃，他总是束手束脚。听到董妃的名字，在箱子里的赵彦也是手腕一抖，差点没撑住箱盖。

唐姬没有继续追问，她把瘦弱的身躯靠在柳条筐旁，直视孙礼那年轻的脸庞："你昨晚出城，曾经寻得几幅画像交给郭嘉，里面画的是什么？"

赵彦根据这寥寥几句话的信息，判断出两个人的关系，近似于胁迫与被胁迫的关系。不过唐姬似乎不是用什么把柄来要挟对方，而是不停地刺激对方，让对方感到耻辱和愧疚。

最关键的是，赵彦感觉到，似乎两人之间的这种奇怪关系，与董妃的死有千丝万缕的联系。

于是他屏住呼吸，继续安静地听下去，他们一点也没觉察到箱子里的异样。

对于唐姬的要求，孙礼有些犹豫。那些画像应该隐藏着很重要的信息，不然郭嘉不会郑重其事地收藏起来。一位王妃开口询问这种军国大事，这让他既奇怪又为难。

"郭祭酒不许外泄，我没有权力告诉别人。"

"你也没有权力坐视一位皇妃的死亡。"唐姬继续逼迫道，下巴微抬，淡眉挺立，让她看上去像是一柄锋利而秀气的短刀。

如果孙礼有勇气抬起头直视唐姬的话，他会发现，这位姑娘并不像她表现出来的那样强硬。她的眼神在每次说话时都会游移，不时吞咽口水，右手的指头偶尔还会去拈起衣襟，重重搓动一下。

唐姬心里清楚，严格来说，董妃的死真正要归罪于她、杨修和伏后，他们谁都没资格苛责这位孙校尉。可是她必须要装出一副大义凛然的样子，从他嘴里压榨出东西。这种做法有些卑鄙，不过唐姬别无选择。

这个工作从董妃死那一刻就开始了。杨修认为孙礼这个人心性偏柔，他有忠汉之心，道德感很强烈，却又屈从于现实，矛盾心态值得利用。在杨修的安排下，唐姬开始在各种场合"不经意"地碰到孙礼，每一次都毫不客气地嘲讽他，让他逐渐对自己的行为产生怀疑和愧疚，借此控制他，让他成为曹军中的一枚眼线。

画像之事唐姬是从杨彪那里听说的。杨太尉说郭嘉拿到画像以后，表情很是古怪，可惜他没机会看到内容，但似乎与神秘离京的邓展有关。杨修指示唐姬尽快与孙礼联系，问清内情。唐姬只得主动去找孙礼，并把他约到这间人迹罕至的屋子里来。

孙礼依然保持着沉默，唐姬决定采取另外一种办法。她把声音放缓，让压力稍微松弛了一些："孙校尉，人可以犯错，但不能一错再错。我不妨告诉你，那些画像，关系到天子的安危。你若真的忠心汉室，该知道其中利害。"

孙礼终于被说动了，他艰难地张开嘴："画像一共有五张，上面画的都是同一个人。""是谁的？"孙礼摇摇头："我不认识。""这些画像是从哪里找到的？""许都附近的路旁雪地里，应该是邓将军遗留下来的。"

"邓展？""是的，他前一日出城，据说是去了温县。"唐姬的脸色"唰"地褪成一片惨白。邓展、温县、画像，这三个词汇聚到一起，很容易让人联想到一个可怕的事实：郭嘉对皇帝的身份起了疑心。"郭嘉……拿到画像以后有没有说什么？"唐姬的话里有了几丝慌乱。"没有，不过郭祭酒拿着画像看了很久，以致耽误了我们追击董承。"孙礼略带抱怨地回答。他不知道上头的内情，一直在为没有追上劫囚的队伍而遗憾。心乱如麻的唐姬又随便问了几个问题，便离开了。她必须立刻进宫，把这个消息告诉伏妹妹与天子。孙礼被要求在屋子里多待一阵，以免被人看到两个人一齐出入。他自己在屋里保持着先前的立姿，过了好一阵才离开。他们走了以后，赵彦才掀开箱子站起来。从刚才那段话里，他发觉了三件事：一是唐姬并不像想象中那么安分，这位弘农王妃似乎在策划着什么，或者代表着什么势力；二是董妃的死，与那个年轻校尉有着直接的关系；三是郭祭酒手的画像，似乎不同寻常。

赵彦一边琢磨着，一边抬腿从箱子里迈出来。他的手指无意中碰触到一个冷硬的东西，随手一抓，发现抓起来的是一枚扁平铜符。这铜符以蟠虺为顶，底部呈铲状，表面凹凸不平。在最上端写着两个鸟篆：织造。下面分成两列，一边刻着许多字，一边刻着各种图形。

毫无疑问，这正是赵彦寻找的织室备案。它藏在一大堆竹木简中，若非赵彦改变思路，根本不可能找到。赵彦如获至宝，急忙拿起来细看。他先找到左侧一列的菱形符号，然后用手指划向与之平行的右侧，在那里，蚀刻着四个隶字：并河内温。

并州河内温县。这么说，那段织物应该是温县所出。

赵彦一下子想起来了。刚才唐姬和那名军官的话里，似乎透露说温县出了件大事，惊动了郭嘉亲自过问——这两件事之间，到底有没有联系？真的只是巧合吗？

这真是一个大突破。可是赵彦却头疼起来。原来他苦于线索太少，无从下手，可现在突然有了一大堆头绪，他反倒糊涂了，不知接下来该去设法接触一下那个校尉，还是去跟踪唐姬，抑或查查温县织物的来历。

他小心翼翼地拨开乱七八糟的竹简，把铜符捞出来，不小心"啪"的一声，一枚竹片被铜符带起，跌落在地。赵彦俯身捡起来，随便瞄了一眼。这竹片两指见宽，上面写着一行小字："光和四年夏七月己卯日辰时王美人娩于柘馆皇子一臣宇谨录。"在"皇子"与"一"字之间的空隙大了些，有被刮刀刮过涂抹的痕迹。"这些内档放得还真是杂乱啊。"赵彦感叹道。他知道这是出自宫内的记录。汉制嫔妃分娩，皆不得在宫内，须外出就馆，这枚竹简估计是负责伺候的黄门记录。这些分娩记录居然和织室的文书混在一处，可见在搬运文件时有多混乱。

他现在满脑子都是温县，无暇多想，随手把那枚竹简丢开，匆匆离开屋子。

3.

差不多就在同一时刻，唐姬踏进了司空府。她手里提着一篮鸡舌香和苦艾，名义上是来探望伏后的。负责护卫皇帝的宿卫对她略一检查，即放行了。她穿过几条走廊，迎面碰到了杨修。

杨修暂时还代着宿卫的工作，这给他接近皇帝创造了便利条件。除了不能进入皇帝皇后的寝室和曹氏家眷住所之外，他在司空府内可以随意活动。他看到唐姬，使了个眼色，伸手过去接她的藤篮。

"陛下正在会客，暂时不能进去。"杨修压低嗓子说道，同时用手在篮子里翻来翻去，假装检查。

唐姬会意地点点头，也小声说道："已经弄清楚了。那五张画像，乃是邓展自温县取回。"杨修一听，脸色骤变，手里的动作一僵。

郭嘉借董承被劫一事，轻轻一石打中数鸟，已经让杨修狼狈不堪。他万万没有想到，郭嘉居然还有后手——刘协在做皇帝之前，一直在温县生活。此时郭嘉居然派人前往温县画像，毫无疑问，他一定是怀疑皇帝的来历，甚至可能已经搞清楚了来龙去脉。

唐姬急切地问道："德祖，我们怎么办？"如果让郭嘉知道皇帝的真实身份，那汉室将面临灭顶之灾。一想到这点，她就心慌得不行。

"让我想想……"杨修放下藤篮，闭上眼睛，用微微颤抖的手指拼命挤压太阳穴，努力让自己冷静下来。他不得不承认，郭嘉这个对手太可怕了，回许都才区区数日，轻描淡写几手布置，便几乎把他们逼到了死角。

他浑身在战栗，但这不是因为害怕或紧张，而是兴奋，就像是赌徒面对着一盘即将开盘的巨注和一个极其高明的对手，感官处于极度亢奋的状态。郭嘉越是难以对付，这种刺激感越强烈，他才越有击败的价值。

"不对……郭嘉应该还不知道。"杨修缓缓睁开眼睛，口气十分笃定。唐姬问道："你怎么知道？""他这种人，一旦把握住了优势，会以最快的速度出手，电光石火之间击溃敌人，不容敌人任何喘息。如果郭嘉已经知道天子的身份，你我如今早已身陷囹圄，哪里还会在这里从容讲话。"

杨修的语气里带着淡淡的苦涩。刚才他见到郭嘉，被后者以胜利者的身份小小地教训了一下。由此可见，郭嘉只是把他当成一个急于出头的小角色，随手敲打了一下，却没视为心腹之敌。这对杨修是一个打击，同时也证明，郭嘉确实不清楚天子的底牌。

"那他派人去温县，到底是为什么？"

"郭嘉再聪明，也不可能猜到天子的身份。他应该是对那具面目稀烂的'杨平'尸首产生了怀疑，认为有人在试图掩盖什么，所以才会派邓展去温县调查，只是针对杨平或者杨俊而已，与天子无关。"

杨修把自己代入郭嘉的思考方式中去，豁然开朗，思路越来越清晰。

"那对我们来说，岂不是一样危险吗？"唐姬反问道。杨平就是刘协，郭嘉只要一看到画像，立刻就会明白两者的关系。

"这就是蹊跷的地方。我爹告诉我，郭嘉已经看过了画像内容。可是，他一直到现在仍旧没有动作。要么是那画像画得不够逼真，他没能辨认出来；要么是他还有更大的图谋，隐忍未发；还有一种可能，温县有高人识破了郭嘉的用意，设法调包或伪造了画像。"

杨修说到这里，不由自主地摇了摇头，最后一种可能性实在是太低了。郭嘉的手段缜密，不会不考虑到这些因素。现在一共有五张画像，说明是来自于五个不同的人的描述。他们彼此独立，即使其中一张是伪造的，也能很快被识别出来。除非温县所有见过杨平的人全都事先串通好，否则郭嘉这个安排不可能被破解。

"如果能亲眼看看画像就好了，孙礼能有机会弄到手吗？"

唐姬给出了否定的回答。孙礼只是个校尉，这种级别的机密他肯定接触不到。更何况，他向唐姬透露情报只是出于愧疚，不可能指望他背叛曹氏。

杨修沉思片刻，把藤篮重新塞到唐姬手里，笑道："赌注已下，骰子也已经扔出去，无论如何咱们是不能离席走人了。"杨修的话里有担忧，也有兴奋。

担忧的是，他们这个偷天换日的完美计划，如今变得岌岌可危。温县已然引起了郭嘉的关注，这个计划的第一重保护发生了龟裂——尽管这还未危及天子本身，但如果任由郭嘉查下去，早晚会把整个汉室暴露出来，必须要尽快拿出个对策来。

兴奋的是，比起未雨绸缪，杨修还是更喜欢这种亡羊补牢的刺激感。他搓了搓手，让开身后的通道，让唐姬赶快去禀报天子。

"德祖，你可不能掉以轻心。这事得你拿主意。"唐姬急道。杨修是他们的核心，无论是居中谋划还是实行，离了他都不成。

杨修指了指身后的走廊："我自然不会袖手旁观，可拿主意的不在我，而在那边。"

"天子？他行吗？"唐姬不以为然地皱起眉头。那次逼宫之后，她对"刘协"的懦弱认识深刻，没指望他有多大作为，只要乖乖扮演好皇帝这个角色就足够了。

杨修看出了唐姬的不屑，他带着一丝神秘说道："天子已经觉醒，许多事情会变得愈发有趣。你最好尽快抛开成见，否则可能追不上他的步伐。"

唐姬疑惑地盯着杨修，仿佛他在说一个天大的笑话。杨修知道她不信，也不多做解释，只让她赶紧去觐见陛下。

"天子不是正在会客吗？""那位客人，与这件事也有莫大的干系。"杨修回答道。很快唐姬就明白杨修为什么这么说。她踏入寝殿之时，看到一个人跪坐在天子下首，他是个独臂人，脸色惨白而疲惫。当初是他把刘平带出雒阳，一手抚养长大；是他甘愿自断一臂，把杨平悄无声息地送入许都。这是汉天子计划中最关键、也是最初的一环：杨俊。这一对曾经的父子、如今的君臣此时看着对方，彼此都有些尴尬。刘协自从来到许都以后，一件事接着一件事，无暇旁顾，但他一直想见见自己的"父亲"。杨俊抚养刘协的时间并不长，大部分时间都把他寄养在司马家，表现得颇为冷淡。现在刘协明白了，杨俊是刻意保持着隔阂，大概那时候他就有了预感，"杨平"早晚有一天会舍弃这个身份，变成另外一个人。

在唐姬进来之前，他们两个人的对话进展得很不顺畅。这里是司空府，耳目众多，刘协拿捏不准该如何对待昔日的父亲，杨俊显然也不适应如今的天子，对话经常陷入冷场。好在伏寿在一旁偶尔说一两句闲话，才把局面维持得不冷不热。

他们看到唐姬进来，都松了一口气。伏寿迎上去，把杨俊介绍给唐姬。杨俊和唐姬虽为同谋，彼此却没见过，如今大家都在同一条船上，彼此少不得寒暄几句。

严格来说，外臣、皇后、王妃混杂一室相见，这是不合礼制的。不过非常时期，有非常之制，汉室衰微至此，这些礼节也就没那么讲究了。如果张宇在侧，可能还会唠叨两句，可如今随侍的是冷寿光，他一向沉默寡言，没表示任何异议。

唐姬俯在伏寿耳边说了几句话，伏寿面色大变，很快刘协和杨俊也明白了当前的处境。伏寿使了个眼色，冷寿光走到寝室门口站定，防备有人偷听。然后伏寿问杨俊道：

"杨大人，温县是你好友司马防的家乡。以你的看法，他这人如何？"

伏寿的潜台词是，司马防是否有可能倒向曹氏。杨俊一口否认道："建公耿直公正，对汉室一片忠心。我当年将平儿……呃，陛下寄养他家中，也是看中建公的稳重。"

"我听说司马大人昔日在雒阳担任尚书右丞之时，曾推举曹操为尉，于其有举荐之恩。在汉室和曹氏之间，司马家究竟会如何选择呢？"

伏寿的言辞锋利尖酸。她跟随在皇帝身边多年，对各地大族充满了不信任。他们大多对朝廷缺乏忠心，只会龟缩在坞堡里算计自己家的利益，随时倒向拥有实权的一边——无论那是谁。

对伏寿的态度，杨俊一时也无话可说。司马防与他是至交好友，对杨平也是关怀备至，但这位老朋友从未明确表露过自己的政治态度。司马家蛰伏在温县，不与外界过多交接，摆明了要看清形势，择时而动。

更何况，如果郭嘉对杨平之死产生怀疑，去温县调查的话，那说明杨俊本身也遭到怀疑，自己都未必能得全，遑论替别人作保。

这时刘协忽然开口道："朕以为，司马家大可不必担心。"

"那是因为他们不知道陛下你的真实身份。"伏寿毫不客气地反驳道，"司马家爱护的是杨平，不是刘协！如果他们知道你是当今天子，是否会愿意为你与曹氏对抗？"

刘协猛然昂起头，眼神炽热："会的。我与司马家几位公子亲若兄弟，他们会为我与天下为敌。"

伏寿不知道刘协的这种自信从何而来，她不欲争辩，退一步道："姑且认为陛下你是对的。但司马家远在温县，不知许都内情。郭嘉这次派邓展去画杨平之像，他们没有理由说谎，情势对我们仍是不利。"

"别人或许无从察之，但仲达——就是司马家的二公子——肯定能觉察出其中异样，做出最好的应对。"

"他连你的生死都不知道，怎么帮你？""你不了解仲达，他是一个既聪明又任性的家伙。"说到这里，刘协的唇边不期然流露出一丝笑意，仿佛又回到了河内无忧无虑的时光。

他拍了拍膝盖："我觉得，郭嘉拿到画像却没有任何举动，这一定跟仲达有关系。""你觉得？"唐姬忍不住语出嘲讽。刘协不以为忤，他从座位上站起来："画像之事，朕亲自来处理，你们大可宽心。"唐姬被他的眼神扫过，心中居然一凛，这个河内的纨绔子弟，不知何时起，身上居然也开始有了淡淡的帝王之威。难道这就是杨修说的觉醒？

伏寿颇有些担心地问道："陛下你打算怎么做？"刘协回答道："再过几日，朕要去一趟尚书台，到时候一探究竟便是。"

伏寿觉得这不太合仪轨，刚想劝阻，忽然看到刘协的自信眼神，一下子便明白了。

按说以天子之尊，欲找臣子议事，召其入宫奏对便是，不必屈尊前往掾台。但妙就妙在，尚书台设在禁城之外、宫城之内，属于中朝。虽然天子暂住司空府，但他如果要去禁宫废墟旁的尚书台，理论上不算是出宫，谁也不好指摘。

伏寿这时才发现，原来刘协不光已经融入"皇帝"这个角色，甚至已开始学着利用官场规则来达到自己的目的——这个细微而关键的变化，似乎是从他听说了温县司马家的事情之后开始。

这时杨俊颇为担忧地劝道："陛下此举，甚为不妥。如今郭嘉只是疑心温县与臣，如果陛下不请自去，岂不是主动承认身涉其中？"

刘协笑着摆了摆手："不必担心。朕此去尚书台，是有旁的事情与他们商议。荀令君他们不虞有他。"杨俊不知道天子说的是什么，把探询的目光转向伏寿。伏寿犹豫了一下，开口道："陛下提议，他要御驾亲征官渡。"杨俊一时大惊，这岂不是儿戏？"陛下这个提议，一定会让人怀疑汉室想渡河投袁，平白增添曹氏的疑心，你们……不该如此鲁莽。"杨俊本来想开口训斥，突然想起来他们已不是父子关系，只得强行转圜语气。

伏寿苦笑，其实御驾亲征这件事，她也是在刘协向荀彧提出要求之后才知道的。她当时的反应和杨俊差不多，很激烈地反对。不过杨修听到这个提议以后，却大加赞赏，认为相当有意思，值得一试。伏寿只得勉强答应一试。

伏寿道："杨大人不必如此紧张，此事无非是向曹氏示好之意，摆出个姿态而已。曹氏怎么可能会答应呢？陛下更不会真的前往官渡。"

"摆个姿态而已吗？那还好，那还好……"杨俊知道目前汉室的策略是韬光养晦，只得叹了口气，起身告辞。

其实从杨俊把杨平送入许都的那一刻起，他的使命便已经完成了。汉室如何图存，自有杨修等一干才俊支撑，他杨俊应该与"杨平"彻底切割开来，不得再有半点瓜葛，以免被人过多联想。今日觐见，已属冒险之举。

想到这里，杨俊用仅有的一只胳膊支着地面，勉强撑住身子想站起来。刘协忽然快步走过来，搀起杨俊的手臂，慢慢地把他扶起来。杨俊吓了一跳，连忙想要避开。刘协却压低声音，在耳畔轻道："父亲，就让虎头送您一程吧。"

杨俊闻言一震，扭头盯着刘协，一时四目相对。虎头是杨平的小名，小时候杨俊就经常这么叫他。听到这一声熟悉的称呼，杨俊严峻如岩的神情终于松弛下来，肩膀低垂，任凭自己被儿子搀起，朝着门口走去。

这一刻，没有君臣，只有父子。这一对父子，还从来没这么贴近，这么亲近过。刘协这时才发现，自己对杨俊这位"父亲"的爱，并不逊于对司马父子的感情。可惜之前因为种种隔阂，他从未与自己的父亲认真地交流过，以致留给他们互相了解的时间，只剩下这短短的几步路。

两人在无言中慢慢蹭到了门口。刘协恋恋不舍地把他的胳膊松开，杨俊迈出门槛，转身跪倒在地，叩谢天恩。这里是司空府，曹氏耳目到处都是，如果看到当今天子居然执晚辈礼亲自送杨俊出来，会引发大乱子。

两个人心里都清楚，父子之情，到此为止了。

"朕要去打打拳，活动一下筋骨。"刘协故意提高声音，吩咐冷寿光去取外袍来，他想陪父亲多走一段路。

伏寿望着他的背影，忽然意识到：明明在数天之前，这位假刘协还懦弱而幼稚地试图逃避，而现在自己似乎都快要追不上他的步伐了。

4.

许都最近发生了一件大事。准确地说，是中原发生了一件大事。位于许都的朝廷发布了一份诏书。诏书中说前车骑将军董承意图谋反，遭遇失败。天子仁慈，不忍杀戮，让董承自承其罪，押返原籍闭门自省。可是他在离开许都的半路，却被袁绍强行请去南皮。因此天子下诏责问袁绍，要求他尽快来许都解释。

这份诏书的正本被送去了南皮，抄本则被分送至各地郡县。紧接着，董承死于袁绍军中的消息，传得到处都是，一时天下议论纷纷。只要是稍微有些政治头脑的人都能看得出来，董承之乱绝对不是这么简单，袁绍也不可能前往许都请罪。这份文采斐然的制文背后，一定隐藏着不为人知的内情。许都在这时候抛出这么一份东西，目的只有一个：这是袁、曹再次开战的明确信号。但董承死于袁绍领地内，这却是毋庸置疑的事实。天下人在感叹曹操对待政敌大度的同时，无不对袁绍的行为充满疑惑。要知道，袁家累世食汉禄，四世三公，袁绍本人还是朝廷的骠骑大将军。这种明确对抗朝廷的行为，多少会造成领地内士族与部队思想上的混乱——无视皇权是一回事，与皇权对抗是另一回事，汉家天子数百年来的余威，不是那么容易就能从人们心中消除的。一些小规模的叛乱相继在青州、幽州等地爆发，并州的大族们也表现暧昧，只有冀州还勉强保持着平静。袁绍潜在的一些盟友和敌人，纷纷来信询问详情。袁氏在舆论上很快陷入了被动。

对此袁绍非常恼火，他是个非常注重声誉的人，被这么兜头一桶脏水泼下来，心情实在是糟透了。名满天下的袁氏望族，什么时候被人这么戳过脊梁骨？袁绍为此甚至推迟了进军，发誓一定要彻查此事。

到底是谁的责任？要么是沮授，要么是淳于琼，两者必有其一。董承的尸体此时摆放在石洞里的一块大青石板上，袁绍、沮授、郭图以及淳于琼围在旁边，他们神色各异，但有两种共同的表情：厌恶以及震骇。蜚先生手中拿着一把造型奇特的勾刀与抓钩，有条不紊地剖开董承的肚皮，钩出一堆散发着浓郁血腥的内脏，一一放在烛光下查验，不时还用舌头去舔舔。他的双手和前襟沾满了血和汁液，唯一露出外面的红眼闪着兴奋的光芒，仿佛匠人在一截上好的木料上雕花。

在石洞里的人都是见惯了杀戮的，对血与尸体并不陌生。可当他们见到蜚先生这种极端冷静而精准的解尸之法，却从灵魂深处感到一丝战栗——杀死一个人是一回事，把一个人完整地分解开来，那是另外一回事。

蜚先生用了一个时辰的时间，才停下手中的动作。董承的心、肝、肾、脾、胃、肠等脏器整齐地排列在石板前，只剩下一具腹腔空空的车骑将军横卧在石板上，如同一口被山贼搬空了的木箱。据说蜚先生曾经师从名医华佗，从他的解剖手法来看，这个传言很有根据。

在这一个时辰里，即使是最无耐心的袁绍，也只是安静地旁观着，不敢打断。直到蜚先生把双手擦干净，袁绍才问道："蜚先生，查勘得如何了？"

"董将军是中毒而死，而且中毒时间是在两到三日之内。"听到这个论断，旁边的沮授长出一口气。两到三日之前，淳于琼还带着董承在曹军控制区内逃亡，无论如何，这笔账是算不到自己头上了。"仲简，这是怎么回事？"袁绍冷冷地望着淳于琼。淳于琼懊恼地抓了抓头皮，不知该怎么辩解才好。这让郭图很是着急。如果淳于琼受到斥责，沮授的影响力会进一步扩大，他们这些非冀州系的人处境会更加艰难。

沮授不失时机地添油加醋道："我想将军应该是无辜的，下毒的是他麾下的内奸。"

这个指控就更严厉了，明摆着说淳于琼治军失察。淳于琼皱着眉头道："我的部下都是多年跟随我的，他们的忠诚无可置疑。"沮授冷笑道："那董将军身上的毒是从哪里来的？难道是他自己下的不成？"

这时候，蜚先生开口说了第二句话："我适才尝过他的脏器，有淡淡的丁香味道。这是一种延时之毒，叫噎呜。初服并无效果，要等上一段时间以后，毒才会侵入五脏六腑，置人于死地。至于延迟的时间，可以靠下药轻重来调节。"

"能精确到多少？"郭图问道。"若是我来调配，叫你三更死，绝不会四更亡。"蜚先生平静地回答道。郭图又追问道："那么曹营之中，有谁能做到和先生一样高明呢？"蜚先生的独眼猝然变红了许多："自然是我那个亲爱的师弟郭奉孝了。"

是言一出，周围几个人的表情都变了变。这是他们第一次听到蜚先生承认与郭嘉的关系，两个人居然是同学，而且同出华佗门下。

郭图立刻站出来："主公，若蜚先生所言非虚，那么董承暴毙一事，恐怕是郭嘉的阴谋。"沮授忽然想到什么，面色变得极其难看。

郭嘉的手段，谁都知道。有他参与，那么整个事件就从一个意外变成一个充满危险气息的圈套。如果董承半路意外暴死，那是淳于琼执行不力；如果整个事件从一开始就是个阴谋，那就是沮授见事不明了。

沮授嘶哑着嗓子辩解道："主公，郭大人这番话，实在有些武断。"

郭图看了眼淳于琼，转脸冷笑道："沮大人，我问过淳于大人整个行动的细节，有三点不明。第一，为何曹军押运重犯董承时防范如此松懈？第二，为何淳于大人一路撤回却没遭遇任何曹军追击？第三，为何董承这边刚死，消息尚未走漏，许都立刻就发布了谴责的诏书？"

这三个问题问出来，淳于琼的精神放松了许多，而沮授的脸色却越发铁青起来。

"这只是一个猜测罢了。也可能是曹军发现我们劫走了董承以后，在半路下毒试图灭口。"沮授辩解道。

"如果曹军为了阻止我们获得董承，直接下剧毒就够了，何必大费周章用噎呜之药呢？他们用了延时之计，算准淳于大人过河的日子，让董承死在我军境内。这嫁祸之计，岂非昭然若揭？"

面对郭图气势如虹的诘问，沮授几乎无法抵挡。他很奇怪，一向不以言辞而著称的郭图，怎么今日如有神助，变得词锋滔滔？

袁绍听着郭图的分析，怒气愈盛。

骠骑大将军必须是清白而正确的，他的决策不可能有失误，如果有失误存在，那一定是手底下的人办砸了。他现在需要的不是真相，而是一只替罪羊。郭图的分析，他越听越有道理，越听对沮授的意见越大。

"以我之见，只怕此事从一开始就是郭嘉的设计。无论谁去劫持董承，他都一定会死。"郭图的一句话，既撇清了淳于琼的责任，又坐实了沮授的责任。

"主公！莫要听信小人之言。"沮授急切地喊道。

"够了！"袁绍一拂衣袖，"这里并非争吵之地，走吧。"说完他向蓥先生施过一礼，转身离去，沮授追上去继续解释，慌乱得几乎要摔倒在地。郭图和淳于琼对视一眼，也跟了过去，前者眼神里是得意，后者眼神里是感激。

……

郭图再一次进入那个洞窟，右手高举火把。这一次他的心情非常好，走起路来步子轻飘飘的，仿佛还未从喜悦中清醒过来。就连洞中那略带着腐朽气味的空气，此刻闻起来都很舒心。

他循着那一条狭窄幽暗的石路走到洞窟尽头，看到蜚先生正在昏黄的灯光下奋笔疾书，勤奋依旧。

蜚先生听到脚步声，停下了手里的活，抬头嘶声问道："情况如何？"

"一切就如同先生规划的那样。"郭图满脸兴奋。他把火把插在石壁的套座上，让洞里略微明亮了一点，然后继续说道，"主公对沮授非常生气，把他当众训斥了一顿，沮授颜面大失。"

郭图舔了舔嘴唇，兴奋不已。沮授是冀州系的擎天一柱，能够让他吃瘪，是一件非常快意的事情。郭图告诉蜚先生，在他说完之后，辛氏兄弟、逢纪、审配等人也纷纷落井下石，各显神通，把沮授的责任坐得实实的。沮授听得浑身发颤，差点没气晕过去，那脸色别提多难看了。

"袁绍最后是怎么处置的？"

"沮授的监军之权被一分为三。我与淳于将军也被擢为监军，与他三足鼎立，各典一军——从此他再不能对军中指手画脚了。"

"呵呵，这是为了安抚淳于琼吧。可惜监军听着好听，未必能捞到什么上阵打仗的机会。袁绍对这位老同僚十分尊重，可就是不肯让他去一线统领大军作战，可见明里暗里也有所忌惮。这是咱们的机会，记得要好好拉拢他。"

"明白，明白。"郭图对蜚先生如今佩服得五体投地。他对沮授的那一番攻击，全是蜚先生教他的，再配合蜚先生的验尸结论，堪称严丝合缝，不由得袁绍不信。

郭图只是略摇动几下舌头，便削弱了冀州一系，扳倒沮授，还把淳于琼拉入己方阵营。这种买卖实在太划算了。

"只可惜主公还是太仁慈了。沮授出了这么大的错，居然只是削权而已。若换了我，就把他直接赶回南皮，去陪田丰坐牢！"

蜚先生摇摇头："袁绍已经把田丰下狱，如果再重手处置沮授，那便把以田、沮为首的冀州大族得罪完了。更何况，对咱们来说，留着沮授来制衡审配、逢纪，颍川才好有腾挪之机。"

郭图连连点头称是，他忽然凑近蜚先生，略带讨好地说道："经此一事，主公已经不再信任沮授的操控能力。他除了监军之权被削，手里掌握的那一部分秘密力量，也都转移到我手中了。如今整个袁家刺奸用间之事皆由在下掌控。"

"这么说，现在荀谌也归你管喽？"蜚先生眯起独眼，青袍下的手臂略微动了动。这次能够顺利扳倒沮授，荀谌在其中起了关键作用。对于这么一个特殊的人物，他特别关心。

"是的，以后咱们颍川一派的路，是越走越宽哪！"说到这里，郭图的双目放出熠熠光彩，咧开的嘴唇拉开一个弧度，毫不隐晦地流露出他的勃勃野心。

颍川望族之中，以荀家最为知名，对此郭图一直满怀羡慕与嫉妒。颍川郭氏是汉大司农郭全后裔，从阳曲迁至颍川，算是外来户，与当地荀、陈、钟等大族相比，地位一直不彰，总是低人一头。

眼下在蜚先生的谋划之下，郭图在袁营的地位得到了很大提升，前景一片光明，这让他的心思也活络起来。倘若这次袁绍击败曹操，成为中原霸主，他郭图便有机会做到尚书令、九卿甚至更高，届时颍川郭氏一定能扬眉吐气。

看着郭图手舞足蹈，蜚先生微微一笑，又拿起身前的书简开始批阅。什么名利、什么家族，这些东西对他来说便有如浮云一般，甚至对于袁绍军的成败，他都漠不关心。在蜚先生眼中，中原大地只是一面让他和郭嘉对弈的棋盘，袁氏与曹氏皆是棋子。蜚先生唯一的目标，只有坐在棋盘对面的郭嘉。

破坏曹军的谋策，就是抽郭嘉的脸；辅佐袁绍击败曹操，就是要郭嘉的命。

沮授主持的这个劫持董承的计划，蜚先生一听便知是郭嘉嫁祸于人的计策。这种手法，根本就逃不过他的独眼。不过蜚先生没有点破，反而将计就计，干掉沮授，把郭图送上高位，全面掌握了袁绍军潜藏的情报力量。

"郭奉孝啊郭奉孝，你机关算尽，也不过是给我做嫁衣。"蜚先生手持策卷，身体朝后靠去，赤红色的独眼缓缓阖上，青袍罩下的溃烂伤口在隐隐作痛，时刻提醒他不要忘记仇恨。

"快点来吧，我已等不及要干掉你。"

第十二章　杀人阱

好在刘协并非天生的帝王，内心渴望能跟人有一次放松的交流——哪怕是敌人也好——他俯身前倾，把杯子拿起来，双手平握，略微一抬，然后一饮而尽。

1.

　　郭嘉不知道自己正在被遥远的仇人诅咒，他正在应付眼前的天子。

　　此时他们两人正跪坐在尚书台里。就在不远的东面，一座新的禁宫正在紧张地搭建中，不时有喊号声和锤击声传来。荀彧这时在城外督促粮草，曹仁也忙着整顿兵马，尚书台里只有他们两个，就连冷寿光都被赶到外面去。

　　"陛下意欲御驾亲征，曹公感激罔极。只是前线凶险，刀枪无眼，不宜轻动大驾。陛下只需安坐许都，便是对曹公最好的臂助。"

　　这一句话说得别有深意，郭嘉抬眼细看，发现天子并没有流露出失望的情绪。

　　曹公的意见数天前就回复了。按道理，应该是荀彧来转达这个意见，但郭嘉自告奋勇要向天子汇报，为此还特意推迟了前往官渡的行程，荀彧也只好由着他。郭嘉既然坚持要觐见天子，一定是有他特别的理由。

　　"那朕就在许都静候曹司空的好消息了。"刘协回答道。曹操谢绝了亲征的提议，对此刘协并不意外，他从来没指望过曹氏会答应这个请求。

　　刘协正琢磨着怎么把话题引向画像，不料郭嘉一猫腰，不知从哪儿变出两个矮脚竹

266

杯和一小瓮酒，笑嘻嘻地说道："陛下，趁着文若不在，咱们赶紧来喝一口。"

刘协一愣，早听说郭嘉狂放悖礼，可没想到面对天子他也这么放得开。觐见天子乃是件严肃的事，别说荀彧、董承、满宠他们，即使是孔融那样的名士，也是以直臣谏言自居，不会搞乱了尊卑。像郭嘉这样，以对朋友的随便口气与天子对谈，他还是第一次见。

"每天这样，陛下您也很累吧？咱们什么也不谈了，就是喝酒！闲聊！"

郭嘉从怀里取出一柄铜勺，在半空晃了晃，舀满两个杯子，然后身体略微后仰，把跪坐的腿伸直，露出两只缝着补丁的毛袜子——若是早个几十年，一条"殿前失仪"的罪名是逃不掉的。

好在刘协并非天生的帝王，内心渴望能跟人有一次放松的交流——哪怕是敌人也好——他俯身前倾，把杯子拿起来，双手平握，略微一抬，然后一饮而尽。

酒味清洌，辣而醇厚，刘协咂了咂嘴唇，意犹未尽。他品得出这是陈年佳酿，不是轻易能得的。郭嘉见他喜欢，又给舀了一杯："这可是我多年珍藏，若非陛下，我才舍不得拿出来呢。"

"你不喝吗？"刘协发现郭嘉面前的酒杯一直没动。

郭嘉满脸遗憾地说道："医师说臣须戒色戒酒，否则年华不久。色是戒不了了，只好稍微少喝些酒啦。"说完他微微啜了一口，算是陪过。

刘协把心一横，心想不管你怀有什么用意，我且喝了再说，不再客气，自斟自饮了好几杯。这酒劲不小，很快他便有些醺醺然，于是也像郭嘉一样，把身子后仰，双腿跷起来。说实话，这可比那规规矩矩的坐姿舒服多了，刘协感觉到心中一阵轻松，两个人之间的拘谨很快便消失了，如同一对年轻好友，在这尚书台里斟饮闲谈。

刘协发现，如果抛去政治立场，郭嘉是一个很好的酒友，头脑活络，谈吐有趣，偶尔还有些惊人的论点。他自从来到许都，还从未与人如此轻松地交流过，现在居然和一个最危险的敌人最谈得来，这有些荒谬的喜感。

谈到酣处，郭嘉忽然放下酒杯，问道："陛下你可听过白龙鱼服的故事吗？""嗯？没有。"刘协回答道，但这名字听着有些耳熟。郭嘉道："这是刘向《说苑·正谏》里的一段。说的是昔日白龙下清冷之渊，化为鱼，渔者豫且射中其目。"刘协眼睛一亮：莫不是张衡《东京赋》里提到的"白龙鱼服，见困豫且"？他旋即警惕起来，郭嘉提这么一个典故，到底有什么用意？

以古事喻现实，这是时人最喜欢的说话方式。刘协与荀彧一番《离骚》对谈，便可剖白心迹，如今郭嘉抬出白龙鱼服的典故，显然是意有所指。

龙变身成了游鱼，却被一个渔夫射瞎了眼睛。郭嘉想表达的，到底是什么？郭嘉又啜了一口酒，略带狡黠地瞥了天子一眼："眼看就要冰雪消融，春暖花开。陛下困守宫中这么久，可曾想过出去逍遥一番？"刘协听了，心中不由一动。他本来就是河内野人，平日里习于山野游猎，自从来到许都以后，还从未再舒展筋骨，只能每天在院子里打拳为乐。

"只是，这恐怕于礼不合吧？"刘协按下跃动的心情，谨慎地回答道。他始终没有忘记，对面的这个人叫郭嘉，是一个连杨修都不得不低头服输的人。他的每一个动作，都带有明确的目的性。

"这有什么不合？哪一朝天子没有田狩过——再者说，谁说是天子外出呢？"郭嘉故意把"天子"二字咬得很重。

这时候刘协才发觉郭嘉说那故事的用意。龙只有披上鱼皮，才能潜入潭水；天子只有换上私服，才能外出。他抬起头，看到郭嘉正用鼓励的眼神望着自己。

不会吧？他是在暗示我微服出行吗？

仿佛为了确认刘协的猜想，郭嘉很快又补充道："我已经备好了衣物和两匹马，咱们偷偷溜出去，入夜之前赶回来就是。"他絮絮叨叨地说着，从出玩的路线到如何躲避许都城的巡逻兵都计划得很周详，似乎很享受这谋划的过程。

刘协有一种非常熟悉的感觉，依稀觉得坐在面前的不是最凶恶的敌人郭嘉，而是司马懿。以前在河内的时候，司马懿也经常撺掇他偷偷跑出去玩。

可是，为什么？从曹氏的角度来看，皇帝只要老老实实地待在宫里就好了。可现在郭嘉为什么要劝说自己微服出游呢？看到刘协有些犹豫，郭嘉把杯中酒一饮而尽，站起身来向刘协伸出手："来吧，反正你不是皇帝。"

听到这句话，刘协犹如五雷轰顶，几乎骇得要跳起来。好在郭嘉又继续说道："我也不是军师祭酒。只限在今天，咱们是两个偷懒怠工的小吏，要背着曹掾长官出去踏青，享受一天的自由自在。这不是陛下你一直想要的吗？"

郭嘉双眸闪闪发亮，笑得活像一个恶作剧即将得逞的小男孩。

2.

孔融正趴在案几上奋笔疾书，一抬头看到赵彦过来，乐呵呵地说道："彦威啊，你来得正好。我刚写完一篇《白虎通义》的议论，你给来品鉴品鉴。"

赵彦接过去略读了读，恭维了一番。孔融得意地晃了晃脑袋，说这次许下聚议，凭这一篇就能震慑群儒，打通汉初以来的文脉。赵彦附和几句，然后说："孔少府，我想离开许都几天。"

"嗯？去哪里？"孔融停住了手中的笔，神情有些诧异。

"并州那边有几位隐居的大儒，地位不低。我想如果只是书信召集，未免有失诚意，不如派使者去登门延请，方显朝廷看重。"

"也有道理……不过眼下袁曹即将开战，并州那边可不太平啊。""经学千古事，岂是刀兵所能阻挠的。"听到赵彦这掷地有声的回答，孔融哈哈大笑，连连称好："彦威你能有这种心思，真是难得，我没看错你。一会儿我就去找赵温和荀彧，请个专使符传来。你带上那个，办事也方便些。"

孔融说到做到，不一会儿工夫，就拿回来一块木制方形符节，上头刻着"奉诏征辟"四个篆字，另外一端则是七星和貔貅纹，说明这枚符节是朝廷和司空府联合签发，效力非同一般。

孔融把符节扔给赵彦，问他什么时候走。赵彦回答说马上，孔融叮嘱了几句早去早回，然后把他那一篇旷世之作收了最后一笔，卷成一册，拿丝绳捆好，唤来一个小书吏。

"去把它抄录五份，一份送给陛下，一份送给荀令君，两份存起来。""还有一份呢？"小书吏紧张地问道。

孔融道："当然是送到荆州祢衡那里。这其中的妙处，除了杨德祖，可是只有他能了解呢。"交代完之后，这位名士拍了拍手，转到后屋取出一个兽头酒壶，自斟自酌起来，没人知道他在想些什么——或许是什么都没想。

赵彦揣着符节离开孔府，他的坐骑就拴在门口。这是一匹健壮的军马，鞍鞯齐全，屁股上还打着烙印。

本来马匹是许都重要的战略物资，被严格管制，赵彦这种级别的官员，根本不可能弄到。这一匹马，是好朋友陈群出面借给他用的。董承死后，陈群认为郭嘉越来越肆无忌惮，必须要有所控制才行。他借马给赵彦，是希望他去并州考察一下当地大族，看是否有合适的人才可以征辟入司空府，稍微制衡一下郭嘉。

当然，他绝不会承认是出于关心朋友。

赵彦跨上马，轻抖缰绳，心事重重地朝着城门跑去。凭着那枚符节，城门令没有多做拦阻，略做检查便放行了。赵彦一刻也没停留，扬鞭一抽，朝着北方奔驰而去。

此时许都周边仍为白茫茫的积雪所覆盖，可迎面吹来的风中已能感受到微弱的春意。到了这个季节，只消几天工夫，这些残雪便会消融成水，渗入泥土之中，滋养着土地中的种子与土地上的人们。讽刺的是，在这生机即将回归的时节，一场即将夺取无数性命的大战也在酝酿着。

如果是早几年的赵彦，一定会对眼前的景色大为感慨，说不定还会即兴吟诵一首诗出来。可是现在的他，已顾不得驻足观望。他此行的真正目的，不是那些隐居的名儒，也不是大族的名士，而是温县司马家。

从禁宫里找到的那截残布，已经确认是来自于温县的织工。而且从唐姬的话中也能判断出，郭嘉也对这个司马家有着不小的兴趣。这两个线索交汇在一起，似乎都与皇帝有关。于是赵彦认为那边一定隐藏着什么东西，不亲自过去查勘一下他总是不甘心。

促使赵彦前往温县的还有一个理由：许都现在太危险了。这个危险是来自于两方面，一方面是来自于郭嘉，他对赵彦一直抱有怀疑，只是未捉到把柄；另一方面的压力，则来自于一个神秘人。那个神秘人不仅跟踪他前往禁宫，还在他遭遇危险的时候及时通知陈群。赵彦不知道这人的动机是什么，是否有善意，但他觉得有些毛骨悚然。

在这种情势之下，赵彦不敢在许都再有什么大的动作，不如外出温县一趟，远离许都这个是非之地。

赵彦在路上跑了一阵，发现前头有两名头戴斗笠的骑士。他们前进的速度不快，任凭坐骑一路小跑，身体随之摇摆，肌肉颇为放松。赵彦注意到这两匹马也是军马，两侧的搭袋里还放着弓箭和酒壶，看来是出来踏青的。

在这个时候，居然还有心情出来游玩，可真是两个悠闲的家伙。赵彦没理睬他们，加快速度，想从他们侧面超过去。当他凑近以后发现，那两个骑士用丝帛蒙住了自己的脸，看不清面孔。

忽然其中一位骑士喊道："春光如此美好，先生何不驻足片刻，共酌一觞？"

赵彦哪里有这种心情，他在马上略一抱拳，然后快马一鞭，匆匆离去。那位骑士在马上笑道："你看，这些人总是这样，行色匆匆。"另一位骑士沉默地点了点头。

"不过那个人不是赵议郎吗？他这时候离开许都，是去干吗呢？"骑士摸了摸下巴，旋即拍了拍头，"哎呀，我怎么忘了，我是'戏志才'啊，这些公事跟咱们没关系。对吧，刘兄？"

另一位骑士没理睬他，而是摘下丝帛罩，环顾四周，胸部起伏。他们两个正是偷偷溜出城的郭嘉与刘协。对于郭嘉在尚书台微服出游的荒唐提议，刘协最终还是答应了。于是郭嘉借口要向皇帝密奏陈事，把他带去了自己的私宅。在那里，他们换上了信使专用的号衣，戴上大檐斗笠，准备了一条丝帛捂住口鼻，还想了两个化名。随侍的冷寿光没有表达任何反对意见，他的职责是侍候皇帝，而不是对皇帝指手画脚。

郭嘉和刘协在换衣服的时候，他只是恭顺地帮天子托着外袍，面无表情。只有当郭嘉说出自己的化名叫作"戏志才"时，这位曾经的同门师弟才微微露出一丝愤恨。刘协则选择了"刘平"作为化名。讽刺的是，这个才是他真正的名字。

准备停当之后，两个人从私宅后院偷偷溜了出去。冷寿光则被留在了宅前，守在空房之外，告诉每一个前来问询的人陛下和祭酒正在议事，不得靠近。

在许都卫的暗中协助之下，他们轻而易举地弄到了两匹马并混出了城。

重回原野，无论是清新的野风、稀疏的枯树还是远处的地平线，都让刘协十分陶醉。

他的心情被狭窄的许都压抑太久了，好似一匹被压叠得无比密实的宫锦，密到难以喘息。一直到此时，这匹宫锦才被徐徐展开，露出本来的颜色。

刘协现在总算明白，为何汉武帝对郊猎乐此不疲。无论谁在皇城那种地方久居，都会有冲出樊笼一任驰骋的冲动。他伸出手来，感受了一番料峭的春风，恨不得立刻催马挽弓，痛痛快快地发泄一番。但郭嘉在一旁看着他的眼神，让他立刻冷静下来。

他现在不是杨平，而是大病初愈的刘协。"五禽戏"可以解释他偶尔展露的武功，但无法解释他为何突然就变得弓马娴熟。一直到现在，郭嘉的动机仍旧不明，他可不能轻易卸下心防，露出破绽。

两个人并驾齐驱跑了一阵，"戏志才"在马上扬鞭笑道："刘兄，是否舒畅快意？""刘平"把浮上心头的跃动按捺下去，回了一个修饰过的微笑："古人郊猎之乐，今知之矣。"

出发之前，郭嘉就明确表示，这一天出来玩的是"戏志才"和"刘平"，没有军师祭酒也没有皇帝，不谈任何公务，也不提任何朝政。截至目前，郭嘉都做得不错，一语未涉曹氏，就连赵彦匆匆离开许都这么可疑的事，他都未有任何动作。

慢慢地，刘协也放下心来，全身心地投入这片美景之中。二人信马由缰，且走且看，一路朝着西北方向走去。郭嘉的骑术不算高明，勉强能保持不跌下来而已，经常会被刘协甩开。

此时积雪未化，踏青还谈不上，不过感受到春意初来的小动物倒有不少已经冒出头来。才一个多时辰，两个人已经猎到了两只野兔和一头狐狸。这还是刘协刻意藏拙的结果，否则战果更加斐然。

"可惜今年冬日太长，无论是兔子还是狐狸，一身精血都化成了厚毛，以致肉身枯瘦不堪，制笔合适，吃起来便没什么口味了。"刘协骑在马上，看着倒在眼前的灰白野兔，不无惋惜地说道。听到刘协这样讲，郭嘉下马拎起兔子，凑到鼻子前嗅了嗅味道，然后用舌头舔了几下被羽箭射穿的脖颈，抬头一本正经道："果然血味发涩，想不到刘兄你倒是此中方家。"

"呵呵，当初颠沛流离，不得不学得一技傍身。"刘协机警地回答道。当初汉室从雒阳至长安，再从长安一路东来，屡有大臣活活饿死，皇帝学点弓术糊口，也并非什么不可能的事。

郭嘉把兔子扔进坐骑旁边的搭筐里，重新上马扶住鞍子，感慨道："'秦失其鹿，天下共逐之，于是高材疾足者先得焉。'如今鹿死了，兔子和狐狸还是跑得满地皆是，不知会成为哪只猛虎的口中食啊。"前半句是《史记·淮阴侯列传》里的句子，感慨秦末楚汉相争，后半句不知是否是郭嘉有意试探。

刘协听了，侧脸道："戏兄，'肉食者谋之，又何间焉。'"这是《左传》里曹刿同乡对曹刿说的话，意思是自有上位者操心，你又何必忙活呢。

以典故对典故，他这是在提醒郭嘉，今天不谈国事。郭嘉听了，捶了捶头，比了个抱歉的手势，结果一下子平衡没掌握好，差点摔下马去。"哎呀，真是麻烦，平时我都是坐马车出入。"郭嘉紧抓着缰绳，脸上浮现出不健康的红色。"你又犯规了，戏兄。"郭嘉又要摆出道歉的手势，但这一次他没那么幸运了，只听得"扑通"一声，这位天才掉下马去，重重摔在地上。郭嘉狼狈地爬起来，咳嗽数声，一抬头，与刘协的戏谑眼神恰好相对。这两位对天下大势影响至深的敌人，在原野上忽然放声大笑起来。倘若让熟知朝廷内幕的人——比如荀彧——看到这一幕，一定会觉得莫名其妙。

两人且走且玩，眼看日头移到了天顶，远处忽然出现一片黑影，竟是一个村落模样。郭嘉袖手道："我们不妨在那里休息一下，再从原路返回，日落之前便可赶回许都。"

刘协感觉郭嘉一直在刻意引导着方向，既然他建议在这村子里休息，一定也是有什么目的。刘协没有多问，跟着过去了。

这村子不似寻常村落，屋舍东一栋、西一间杂乱无章，而是规整划一，一看便知是个新起的村子，里面住的多是屯田兵与家眷。如今官渡抽调了曹军大部分兵力，此时在村里的只有些妇孺。她们忽然看到有两个骑士闯入，都有些惊慌。

刘协暗想，这种村子，恐怕连酒馆都不会有，最多也就是歇歇脚，讨些水喝而已。然而郭嘉仿佛胸有成竹，也不问路，径直朝村子里走去。刘协跟在身后，心中纳罕不已。

郭嘉带着刘协七转八转，来到一条巷子深处。这里两侧俱是低矮茅屋，尽头是一处土墙大院，门口看似简陋，柴门却扎得颇为别致，门上刻意留了两个粗大树枝昂扬朝天，仿佛牛的两只巨角——刘协从未在中原见过这等规制。

郭嘉下马，拍了拍柴门，很快里面走出一位女子。

刘协认得她，她似乎是郭嘉的姬妾，叫作任红昌。但这千娇百媚的小女子，难道不应该在许都尽享锦衣玉食吗？怎么跑到这里，有如一个粗布荆钗的村妇？

"红昌，我带了一位朋友来坐坐，许都的刘公子。"郭嘉大大咧咧地推门而入，还补了一句，"这位可是汉室宗亲。"任红昌警惕地看了刘协一眼，又看看郭嘉，这才微微敛衽，表示欢迎。

刘协按下苦笑，也迈步走了进去。郭嘉这句介绍，严格来说还真没错，他真的是汉室宗亲。

三人进了院子，从旁边茅屋里跑出好几个小孩子。这些孩子大的不过十岁，小的才五六岁，看到有客人来了，都纷纷跑出来看热闹。

刘协一惊，心想莫非这是郭嘉在外头养的私生子？可任红昌年纪不过十八九岁，怎么能生出十来岁的孩子来？郭嘉看出他的疑惑，也不辩解，邪魅一笑，径直朝前走去。

任红昌把他们迎进正中的一间木屋，然后端来两碗新煮的热水和两块干硬的面饼。看得出，这是两个不速之客，她仓促之间也只有准备这些。想到这里，刘协略微放心了些，看来郭嘉来此也是心血来潮，并非出于某种"设计"。

刘协拿起一块面饼，蘸了蘸热水，塞入口中。这水带着一丝甘甜，似乎是用什么草根熬煮而成。郭嘉也拿起一块饼，端详片刻，对任红昌道："能不能多拿一块来？我们跑了半天，可都饿啦。"

任红昌嘴唇嚅动，似乎很不情愿，但最终还是屈服般地撩起额前乱丝，转身出去。过不多时，她又拿来一张面饼，搁到郭嘉和刘协面前。

在许都时，郭嘉与任红昌狎昵无遮，肆意大胆；可在这个村子里，郭嘉非但没有什么露骨举动，反而以礼相待，十分客气。

"真看不出你们还挺相敬如宾。"刘协好奇地说道。

郭嘉转开头，无奈地指了指茅屋顶："这是她的家。""她的家？""没错。我们约好了，在许都我可以对她为所欲为，但在这里，她才是主人。高兴了，扔给我两张饼，要是心情不好，把我打出去也不是没干过。"郭嘉说这些话时，语气充满无奈，眼神里却闪烁着一种很享受的光芒。对郭嘉的做法刘协感到很意外。乱世男人不如狗，女人连男人也不如，要么沦为贼匪玩物，要么托庇于大族，甚至被烹煮吃掉，也不稀奇。任红昌和郭嘉的这种关系，可实在是闻所未闻。

这时候屋外传来一阵笑声，几个小脑袋簇拥到低矮的窗户前，朝里面好奇地窥视。任红昌气恼地挥了挥手，可他们还是不肯走。她从郭嘉手里夺过半张面饼，撕成三片扔过去，这些小脑袋才发出一连串喜悦的笑声，从窗台消失了。

郭嘉苦笑着把剩余半张扔到嘴里，嚼了嚼，费力地咽下去，这才向刘协解释道："那些孩子都是战争遗孤，被她以典农中郎将任峻侄女的名义收养在这里，自成一家。她时常会过来看看。"

"她一个女子，孤身往返于许都与村子之间，难道你也放心？"

"嘿嘿，你可不要小看她。"郭嘉瞥了一眼任红昌离开的背影，手指轻轻弹动，"她的来头，可不小。"

"任峻的侄女嘛，身份不低了。"刘协点头。任峻在曹氏阵营，也是元老级的人物，一手主持曹军的屯田事务，还娶了曹家女子，可以说是荀彧以下最重要的司空幕僚。

郭嘉摆摆手："你误会了，那只是个遮掩而已。任峻欠我一个人情，只好认下这个干侄女。"他又压低了嗓子，"你可知我从哪里得到这女人？两年前的徐州，白门楼下！"

刘协一口水没喝下去，差点噎着。"吕布的女人？！""刘兄你的想法太龌龊了，不要看见女人就联想到姬妾。"郭嘉义正词严地批评道，"她一直跟随在吕布身边，但吕布似乎对她没什么想法，亦兄亦友。白门楼吕布身死之时，求我收留此女和她抚养的遗孤。"

"然后你就答应了？"

"当然。你想，她一介美貌弱质女子，竟在虎狼横行的西凉军中站稳脚跟，没点本事怎么可能。吕布告诉我，这姑娘不是汉家人。她此来中原，一直在寻找有力者依附，似乎怀有什么企图。至于这企图为何，吕布自己也说不清。"

刘协点点头，任红昌给他的感觉，确实有些奇异之处，时而幼稚娇憨，时而严厉精干，总是笼罩着一层迷雾。

"那她到底怀有什么目的？你现在知道了吗？""不知道。"郭嘉很干脆地回答道，"所以这才有趣。"刘协注意到，郭嘉谈起任红昌的表情，和杨修谈起郭嘉时的神情颇为类似。郭、杨他们其实都是同一类人，厌恶平庸，渴望挑战，困难和谜语对他们来说，只是一种人生消遣。刘协甚至怀疑，郭嘉之所以对任红昌如此热情，多半不是因她才貌，而是因为她身上的难解之谜。

"曹公在那一次，也收了秦宜禄的老婆为外室。所谓上行下效，我禀明曹公之后，就把红昌姑娘接走了。当夜我们便做了约定，她甘愿侍奉我，换得那几个遗孤有立锥之地。"

说到这里，郭嘉站起身来，拍了拍手里的饼渣："现在时候还早，刘兄你读的书多，能帮我一个忙吗？"

"但说无妨。""我原本想把红昌和这些孩子放到许都，但陈群从中作梗，我只得把她们安顿在此处。这里环境尚好，就是读书人太少。红昌希望这些孩子能有所教化，不要像那些目不识丁的村莽之夫，浑浑噩噩过此一生。你既然到此，给他们开蒙讲授一番？"

刘协略做沉思，欣然应允。若说学问，他虽不敢说比得上孔融、边让等一代大儒，但给几个小孩子讲课，还是可以胜任的。

郭嘉冲外头比了个手势，任红昌很快赶着那几个孩童过来。他们每个人都搬着一张板凳，齐齐坐在刘协身前。任红昌端来一个沙盘和一截树枝，放到刘协面前。

这些孩子既无父母养育，也无大族庇荫，若再没什么一技之长，这辈子注定只能在这屯田村里终老一生。任红昌这也是一番苦心，希望能给他们指出一条进身之路。

刘协决定给他们讲《仓颉篇》。此篇是汉代给童子开蒙之书，乃是由《仓颉》《爱历》《博学》三册合编而成，语字浅显，意喻深刻。刘协五岁的时候，就跟司马朗、司马懿两兄弟学过。

于是刘协先讲了"仓颉作书，以教后嗣。幼子承诏，谨慎敬戒"，把这十六个字写在沙盘里，逐一讲解。孩子们听得颇为认真，还不时提出问题。无论那些问题有多幼稚，刘协都会认认真真作答。这十六个字，讲了足足一个时辰。刘协把那些孩子单独叫起来一一考较，直到所有人都会背了，方才结束。

"刘先生，你还会来教我们吗？"最小的一个孩子仰头问道。

刘协对这个称呼感到十分亲切，他揉揉小孩子的脑袋，柔声道："只要有机会，我一定常来。"任红昌递过来一碗甜水，他一饮而尽。

刚才那一个时辰是他来许都之后最快乐、最轻松的时候，甚至比野外游猎还开心。他先前可从不知道，将学问传授给他人，是件多么有成就感的事情，可以把其他一切都抛开，完全沉浸在愉悦之中。

刘协的细微变化，郭嘉尽收眼底。他走过去拍了拍刘协的肩膀："辛苦刘兄。"刘协感慨道："孔子诲人不倦，我原以为是圣人有兼济天下之志，如今看来，他也是乐在其中哪。"

"刘兄能够这么想，也就不虚此行了。"

郭嘉别有深意地回答道，顺手揽住任红昌的细腰，轻轻摩挲片刻。任红昌眼神复杂地看了看郭嘉，没有挣扎。

任红昌还要在这里多待几天。于是郭嘉和刘协二人从屯田村出来，不再耽搁，一路飞马赶回许都。在太阳落山之前，他们终于赶到城门口。

望着那高大巍峨的漆黑城门，郭嘉忽然勒住了马："穿过此门去，'戏志才'与'刘平'便不复存在了。"语气中颇有些感慨。郭嘉这话，既可以视作对这荒唐一天的怀念，也可以视为一句提醒："戏志才"可以与"刘平"并骑出游，但郭嘉绝不会对刘协有什么留手。

刘协听出其中曲折，从容答道："昔日张敞五日京兆，过得充实完满；我如今能做一日布衣，经历这许多事情，已足堪安慰。"

张敞是宣帝时京兆尹，因受平通侯杨恽牵连，即将停职。张敞手底下的贼捕掾絮舜听说以后，拒绝再听他的命令，说你最多也就是五日京兆，还有什么意义？张敞大怒，把絮舜抓起来判了死刑，说五日京兆尹又如何？足以杀死你。

刘协这典故用得犀利。听到这回答，郭嘉偏过头来，轻轻咳嗽数声："陛下若是不舍，其实还有机会。"刘协略抬了抬眉毛，似乎对郭嘉的这句话很不解。

"戏兄……不，郭祭酒何出此言？"

郭嘉早看出他是在装糊涂，慢慢直起腰，把收敛了一整天的锋芒陡然全放了出来："陛下你是个聪明人，跟聪明人说话其实简单。御驾亲征，虽不可能，但倘若陛下以'刘平'之身前往官渡，我想曹公必不会不允。"

这近乎直白的言辞，让刘协有些沉默。他拍了拍有些躁动的坐骑，不置可否。这一天的微服出游，已经让他摸清了郭嘉的用意。一个御驾亲征的皇帝，会引发许多问题；而一个掩盖身份前往官渡的天子，这其中可做的文章，那可真是车载斗量。所以从那一坛酒开始，设计便启动了。郭嘉让禁锢已久的刘协体验到了游猎之乐、骑射之乐，教授之乐，甚至与他推心置腹，分享属于自己的小秘密，让一个皇帝体验到了布衣之乐、一旦皇帝食髓知味，心防既破，接下来再做引导便不显生硬，顺理成章了。

白龙鱼服，见困豫且。皇帝是白龙，而郭嘉则是钓龙的豫且。他想借这"一日布衣"的香饵钓起天子，送到官渡去。

想到这里，刘协笑了。这计划巧妙而完美，可郭嘉终究还是犯错了，一个非常微小却无可避免的错误：按照郭嘉的设计，刘协将化名"刘平"，遮掩真身前往官渡。殊不知刘平是他真正的姓名，"刘协"才是假名。这一个小小的心理错位看似细微，实则影响深远。要知道，这个计划所诱导的"刘协"，并非是那个一直生活在尔虞我诈中、从未有过片刻欢愉的大汉天子，而是河内山野中长大的杨家公子——对他来说，布衣前往官渡不是白龙鱼服，而是蛟龙入海。这才是刘协主动提出"御驾亲征"的真正用意。他没有别的武器，只能从身份错位上做文章，这是他对曹氏最大也是仅有的优势。"陛下意下如何？"郭嘉再一次发问，目光灼灼。刘协双臂平抬，抱拳一揖："那么戏兄，咱们官渡再见吧！"说完这一句，"刘平"一抖缰绳，率先驰入许都城中，姿态坚定而豪迈。他身后的"戏志才"愣了一下，才策马赶了上去。

3.

赵彦刚一踏入河内郡温县境内，便遭到了冷遇。当他出示司空府颁发的符节时，当地官员态度不能说恶劣，但也绝算不上热情，言谈间总显得尴尬。

这种奇异态度的根源在于：河内太守魏种是曹操亲自任命的，但魏种这个人有临阵脱逃的前科。眼下袁、曹两大势力即将开战，各地官吏都不知道魏太守到底什么态度，会倒向哪一边，自然也不肯表露出明确的倾向。

先前邓展前来温县调查，直接走的是司马家的门路，县守可以睁一只眼闭一只眼。但赵彦在政治上太没经验，上来就亮出了司空府的符节，等于逼着他们表态。

面对这个愣头青，当地官员十分为难，遵从也不是，不遵从也不好。所以当赵彦提出想去参观一下织室的时候，县守理所当然地认为，这个使者只是想索取些贿赂，忙不迭地应承下来，想把他赶紧打发走算了。

在织室里，赵彦找到一个老织工。那是个五十多岁的老女人，织了一辈子布，指肚留着厚厚的茧子。赵彦进来的时候，她仍坐在织机前忙碌着。

"请您看一下这样东西。"赵彦说明来意，恭敬地把那一截白绢递给她。老织工把织机停下来，颤巍巍地接过去用掌心摩挲片刻，又把它举在光线下眯着眼睛看了一番，点了点头。

"这绢布确实是我们这里出的，应该是出自李家娘子之手。"

"您能确定吗？"赵彦问道。凭借一片残布能判断出丝织方式，这他相信，但一眼就看出来是谁织的，还指名道姓，这便近乎猜枚一样不可思议了。

老织工有些不悦地回答道："我织了一辈子布，岂会看错！各家织机的机杼、踏板、马头尺寸长短不一，织工的捻线手法与手脚配合也各不相同，织出来的绢布自然会有微小差异。你们外行人看起来都是一样的，在老身我眼中，一看经纬，便知绢布出自谁人之手。这绢布踪线细密，严整不乱，只有李家娘子那样的巧手，才能织得出来。"

赵彦为自己的唐突道歉，然后又问道："这位李家娘子的绢布既然如此上乘，销路一定很好吧？"

老织工拿起梭子，忍不住发出一声嗤笑："销路？李家娘子织的绢布每年就那么十几匹，只供温县大族都不够用，哪里还有多的拿出来卖？"

"当地大族？"

"自然就是司马家喽，"老织工又补充了一句，"就算是在司马家，能有资格穿李家娘子绢布的也不多，也就是司马族长亲眷、族内耆宿和几位公子。"

赵彦默默地把绢布收了回来。原来那个进入寝宫的人，竟来自于司马家！司马家一向非常低调，司马防的主张是蛰伏龙潜，以待天时，从来没听说这个家族与朝廷或者曹氏有什么瓜葛。忽然一道闪电在赵彦的脑子里掠过。他想起来他那次去拜访杨俊，问他为何残掉一臂，杨俊回答说是接儿子从温县到许都的半途遭遇了匪人——而那一天，恰好发生了寝殿大火。

想到这里，赵彦又旁敲侧击地问了几句，问老织工是否知道杨平这个人。老织工找来一个小工，吩咐她出去端些水来，这才告诉赵彦，杨平一直被寄养在司马家，被司马防当亲儿子养。这件事整个温县的人都知道。

"司马防很疼爱他，也就是说，李家娘子的绢布，杨平也有资格穿戴吧？"

"嗯，司马老爷很疼爱他，他与司马家的几位公子在待遇上没什么区别。"这时候老织工诧异地反问道，"杨平那孩子到底怎么了？最近总是有人来打听他的事情。"

赵彦闻言，悚然一惊："除了我还有谁打听过？""就在几天之前吧。来的是个当兵的，自称是许都来的，来问我杨公子的相貌。"赵彦的呼吸顿时急促起来。他那天偷听了唐姬和孙礼的对话之后，知道这个前来温县的人是邓展。看来邓展打听的，正是杨平的相貌，他返回复命，结果半路遭遇了袭击，最后画像落到了郭嘉手里。

换句话说，杨平果然是这一切矛盾的核心。这个年轻人明明已经在半路死去，却惊动了这么多势力的关注。不仅郭嘉亲自关注，就连唐姬以及她背后那不知名的力量，也急切地想要把画像弄到手。

一个普通的年轻人，怎么会招惹这么多人的注意？那天晚上潜入寝殿的，难道是杨平的鬼魂？

赵彦的思路有些混乱，他忽然想到，眼前的这位老织工，才是解决这些疑问的关键。他调整了一下呼吸，慢慢问道："您能给我描述一下杨公子的相貌吗？"

"又要说一遍啊。"老织工不太情愿，在赵彦的再三请求之下，她才勉为其难地开始描述。赵彦不擅丹青，但以前为了讨董妃高兴，多少也掌握了点技法。根据老织工的描述，他在一张纸上画下一张人脸，并不断根据描述修订。

当画像最终完成以后，赵彦拿起来端详，整个人在一瞬间如被雷殛，僵滞在了原地。强烈的风暴在他内心掀起滔天巨浪。

画像的人脸他太熟悉了。在董妃去世后的每一天晚上，这张脸都会出现在赵彦的梦里；每一次朝会，这张脸赵彦都会注视良久。每一道皱纹、每一个轮廓都深深烙印在赵彦内心深处，熟稔无比。

"天子?！"赵彦不由得脱口而出。

和天子一般模样的杨平，性格突然大变的天子，寝殿那场诡异的火灾，这许许多多纷乱的线索被风暴吹到半空，彼此组合，一个赵彦一直在苦苦追寻的答案呼之欲出。

赵彦放下画像，死死地盯着老织工，目光像两只锐利的鹰爪，试图从她的身体里再剜出更多的秘密来。老织工有些惊慌地朝后挪了挪屁股，不敢与之对视。突然赵彦的后脑勺被一个巨大的东西猛然撞击，眼前一黑，晕死过去。一名身材魁梧的家丁放下手中圆木，把昏迷不醒的赵彦拖走。一个身穿锦袍的男子走进织室，扫视一圈，脸色有些阴沉。老织工连忙伏身在地，略显紧张地说道："大公子，老身谨遵您的吩咐，一发现这人探听杨公子的底细，就立刻通知司马府了。"

司马朗"嗯"了一声，俯身把赵彦掉在地上的画像捡起来看了一眼，问道："他都问了些什么?"老织工把刚才两人的对话复述了一遍，司马朗皱起眉头，把那截残布拿起来捏在手里。

一截属于司马家的绢布，却来自于一个从许都来的议郎。这让司马朗陷入沉思。"

"你记住，你什么也没听到，什么也没看到，明白了吗?"司马朗一字一句地说道。

老织工惶恐地连连顿首。司马朗虽然并无官职在身，可司马家在温县权势滔天，想弄死一个小小织工，可比踩死只蚂蚁都容易。

警告了老织工以后，司马朗离开了织室。在门口等候的县丞见他出来，迎上去有些紧张地搓手道："大公子，这可是朝廷派来的人，万一出了事追究下来……"

司马朗冷冷瞥了他一眼："我们司马家自会给朝廷一个解释。"县丞诺诺而退。如今朝廷权威丧尽，各地郡县治官大多形同虚设，若无当地大族认可，连屁股没坐热便可能会丢掉性命。司马朗能给他一个解释，已算是很给面子了。

打发了县丞，司马朗吩咐家丁把赵彦偷偷运去一处隐秘的坞堡，然后回到位于孝敬里的司马府，径直去找他的弟弟。此时司马懿躺在榻上，手里拿着一卷书，正津津有味地看着。他的右腿被用一层布细细包起来，直挺挺地伸开，腿旁还搁着一碗药汤。碗里汤药满盈，一口都没动。

"仲达，你怎么不吃药？"司马朗责怪道。

"我的嘴受伤了，喝这种东西会从嘴角流出来，弄脏被子。"司马懿的视线一直盯着书卷。

司马朗摇了摇头，无奈道："你又来了。每次一让你吃药，你就装中风，还把药汤全从嘴角吐出来。我看等你到七老八十的时候，还会不会这么无赖。"

"看情况吧。"司马懿一点愧疚感都没有。

他们两兄弟完成了狙击邓展的任务以后，顺利撤回了温县，没有被任何人发现。司马懿的右腿被邓展所伤，在雪地里又奔跑了很久，伤势颇为严重，只得谎称打猎的时候被老虎抓伤，躺在府邸里养伤，一动都不能动。

司马朗把赵彦的事说了一遍，司马懿把书卷放下，露出奇特的表情。"他说了一句'天子'？""没错。"司马朗把画像递给司马懿，司马懿接过去看了一眼，便扔在一旁。他原本已有了几个猜想，可赵彦那一句"天子"，将其全部推翻，他不得不重新思考。他那位好兄弟的遭遇，现在越发扑朔迷离了。

司马朗看到司马懿垂着脑袋沉思，朝窗外一指："要不要去问问那个姓赵的？"司马懿知道司马朗的"问问"是什么意思，他轻轻地摆了摆手，示意兄长少安毋躁。

"再怎么说，他也是个议郎，还手持司空府的符节。杀了他倒没什么，就怕会被有心人利用。"

司马朗默默地俯身把画像捡起来，扔进榻旁的暖炉里。很快纸张便在火焰的舔舐下化成了灰，屋子里的温度略微上升了一点——或许只是幻觉。河内毗邻并州，两边百姓与士族彼此交互迁徙，关系紧密。曹氏阵营一直有一种意见，认为河内根基不稳，很可能会被袁绍控制的并州所影响，须加以防范，必要时可把河内大族连根拔起，强迫迁向南方。

在这个即将开战的敏感关头，司马家如果杀死——或者伤害——或者侮辱一名持有司空符节的朝廷使者，等于是公开宣告倒向袁家。这会引发一连串的连环效应，使曹氏对河内的政策发生巨大变化，让士族陷入动乱之中。即使曹操暂时绥靖，这件事迟早会成为司马家的一个隐忧。

"咱们恐怕连留都留不住他。"司马懿把竹简一卷，磕了磕榻边，发出清脆的声响，"早点把他弄醒，送回许都吧。"司马朗急道："上次邓展画的画像，咱们费了千辛万苦才截下来，你还搭进去一条腿。现在把赵彦放回去，咱们岂不是前功尽弃了吗？"

司马懿嚅动嘴唇，给他哥哥露出一个阴冷的笑容："这两次许都来的人，明显不是一条船上的。看来那边的斗争很激烈啊。咱爹说得对，许都的水太深了，不知哪朵荷叶下藏着游鱼。咱们可不能轻易被卷进去，害了司马家。"

"那咱们难道袖手旁观？"

"哼，杨平那小子，把咱们害得这么惨，他自己倒好，连个消息都不送过来，也得让他吃点苦头。"司马懿恨恨道。

司马朗听到这句话，总算放心了。他这个弟弟，从来都是口是心非，既然司马懿说要让杨平吃点苦头，说明这件事他是不会放弃的。于是司马朗随口又问了几句他的身体状况，然后端起已经凉了的药离开。

他走以后，司马懿半支起身子，费力地挪动身体，一不留神牵动到大腿伤口，疼得直抽凉气。他好不容易挪到床榻的另外一侧，伸出手来，从小橱里取出一样东西。

4.

赵彦从昏迷中醒来，发现自己置身于一处黑漆漆的牢房里，空气中弥散着一种牲畜粪便的腐臭味道。他下意识地摸了摸后脑勺，火辣辣地疼，还肿起一个大包。赵彦痛苦地摆动着脑袋，试图回想起自己在晕倒前到底在干什么，可强烈的眩晕感把他的脑子搅成了一锅肉糜。

忽然他的手碰到什么软软的东西，赵彦低头一看，原来是一条人腿。他吓得缩了缩手，四下扫视，发现原来有另外一个人软软地坐靠在墙角，腿直直地伸过来。

"你是谁？"赵彦问道。

"这个问题该我先问吧？"那个人说。赵彦伸手一摸，发现腰间的符节居然还在，连忙拿出来晃了晃道："我是朝廷派来河内寻访逸儒的议郎赵彦。"

"寻访逸儒？"那人声音里带了丝嘲讽，"这年头，谁还会有闲情寻访逸儒？"

赵彦没理睬他的嘲讽。他的头脑已慢慢清明，想起来昏迷之前到底发现了什么，心急如焚："你是谁？这是哪里？"

"这里是温县司马家的坞堡，我叫司马懿。"

赵彦一愣，随即想起来这是司马家的二公子。可是这二公子怎么看起来如此落魄，还被关到司马家自己的监牢里来了？年轻人看出了他的疑惑，摸了摸自己的那条腿，惨笑道："如今司马家的人，大概都还以为我在外游猎未归，谁想到二公子竟被亲生大哥打断了腿丢在这无人知晓的黑牢中呢？"

赵彦看到司马懿的伤腿，便信了几分。听司马懿的口气，这似乎又是一个兄弟阋于墙的故事。这个时代，这样的事情并不罕见。司马懿似乎不愿意多谈自己的事情："你又是为什么会被关进来？"

赵彦呆怔了一阵，不知道该怎么回答。他自己确实不知道为什么会被关到这里来，只记得最后一眼是看到杨平的画像，然后不省人事。"大概是触犯了温县的什么禁忌吧？"赵彦敷衍道。司马懿见他避而不答，冷笑道："你也不必隐瞒。既然是从许都来的，一定是为了我那杨平兄弟吧？否则也不会被我大哥关到这里来。"赵彦听到"杨平"这名字，手脚并用，朝司马懿爬近几步："杨平？你也知道了？"

"嘿嘿，你以为我大哥为何打折我的腿，把我丢到这种地方来？真的是为了争司马家的这点产业吗？还不是为了许都的那个人。"司马懿有意放慢语速，观察着赵彦的神情。赵彦果然瞪大眼睛，沉声道："你说的到底是谁？"

见赵彦如此急切，司马懿索性把脑袋往后面一靠，抬起右手指了指天空，闭目不语。赵彦看着司马懿的手势，眉头拧在一起，忽然叹道："你说得不错，这天子与杨平之间的渊源，只怕远超我等想象。"

又一次听到"天子"二字，司马懿的眼神里爆出一团火花。他沉默了半息，挪了挪身体，给赵彦腾出点空间。赵彦爬过去，小心地避开他的伤腿，并肩坐定。司马懿示意他先莫要作声，侧耳倾听了一番，确定牢外无人偷听，方才说道："曹司空对此怎么看？"

"曹操？岂能让那种人知道？"赵彦对曹操原本没有特别的恶感，但自从董妃死后，他变成了彻底的反曹派，对曹氏的厌恶之情，在这黑牢里更无掩饰。

司马懿若有所思地看了他一眼，道："其实我所知亦不多。只是一时好奇略做探听，才知道杨平竟与天子有了龃龉。"赵彦狐疑地看了他一眼，司马懿立刻改口道，"只是我不信这么简单，又深入探查，被人发现，结果……"他拍了拍伤腿，一脸自嘲。

赵彦同情地瞥了他一眼，叹道："我又何尝不是如履薄冰。你没去过许都，没见过天子，不知道这祸事有多大啊。"

他原本对司马懿存了戒备之心，可如今看来，这人似乎与自己志向相同，加上两人同处黑牢，不免有同病相怜之心。司马懿冷笑道："哼，我没见过天子，却见过杨平。他生得那么一副模样，如何不惹出祸来？"

这一句话仿佛一条带电的鞭子抽过来，让赵彦浑身俱震。他瞪着司马懿，颤声道："你，你都已经猜出来了？"司马懿一脸凝重，头颅微微一动，也说不上是点头或是摇头。

赵彦突然间如释重负，他长长地吐出一口浊气，眼眶倏然湿润起来。他缓缓站起来，在这狭窄黑暗的牢狱里努力挺直腰，望着头顶一处透气的小窗口喃喃道："我只道除了少君，世间再无人发现天子的异状。想不到在这牢里，竟也有知音。"

那小窗户外头有淡淡的月色照射进来，司马懿借着月光，看到赵彦竟已是泪流满面。

长久以来，赵彦一直孤独地在许都奋斗着，无人倾诉，无人明白，蓄积了无数的压力，只凭着董妃的嘱托而勉力支撑着。当他看到依老织工描述作的杨平画像时，之前的种种线索霎时聚合到一处，一个他几乎不敢相信，但却可以解释一切异状的结论呼之欲出："天子已非天子！"知道谜底的一瞬间，那种强大的重负几乎把他压垮。

所幸他被丢入这个黑牢，认识了司马懿。当赵彦发现居然还有另外一个人一直在追查这件事，并和他得出了相同结论时，心中的负累陡然减轻了大半。

望着情绪激动的赵彦，司马懿忍不住暗暗得意，嘴角露出一丝得逞的笑意。其实他除了模模糊糊的几个关键词以外，根本什么都不知道。高明的谎话须得是七虚三实，说一藏十，这样别人才会深信不疑。司马懿对于许都之事旁敲侧击，故意说得模糊神秘，仿佛全盘在胸，实则一句实指也无。偏偏赵彦心事重重，听在耳朵里事事全中，不知不觉之中，便被套出了实情。

心防既破，接下来的交谈便如行云流水，再无滞涩。赵彦从董妃去世前的嘱托开始，全都告诉了司马懿，这一说就是两个多时辰，其中大半时间是在絮叨董妃之事。司马懿随口应和，眼神闪烁不定。

其实赵彦对寝宫大火、董承之乱背后隐藏的细节知之甚少，除了猜测出皇帝被调包之外，别的也说不出什么。倘若是郭嘉或者满宠在这里，一听到天子已非天子，立刻便可以推断出大半真相。

尽管如此，司马懿听完以后，内心震骇仍是非同小可。任他再如何聪明，也想不到杨平的相貌居然和天子刘协一模一样，居然还取代他做了皇帝。

"这小子，难怪要中途装死，原来悄无声息地做了这么大的事。"司马懿舔舔嘴唇，心里说不上是愤恨还是高兴。他想的要比赵彦长远：杨平是杨俊亲自带出去的，换句话说，这件事杨俊也是策划人之一，但绝不是主要的。在许都内部，一定还有一股强大的势力来操作这胆大包天之事，目的是为了与曹氏抗衡。

为什么杨平和刘协生得一模一样？原来的刘协去哪里了？到底幕后主使是谁？这些司马懿都不知道，但他心里清楚，眼前这个人，掌握着杨平的生死。只要他回许都多说一句话，杨平便会万劫不复。

这种危险人物，杀不能杀，放不能放，要如何处置呢……

司马懿想到这里，多看了一眼赵彦，后者还沉浸在对董妃的追忆之中。通过刚才的对谈，司马懿已经确定，赵彦是个痴情种子，情绪易波动；他绝非曹氏一党，也非汉室一派，一直是孤军奋战——这一个判断，对接下来的行动至关重要。

"你必须要回到许都去。"司马懿对赵彦道，语气非常郑重。赵彦抬起头来，有些茫然。司马懿肃然道："行百里者半九十，你既然已触摸到了真相边缘，又岂能前功尽弃，有负董妃之托？"

赵彦听到董妃的名字，神情恢复了一点活力，望着月色喃喃道："你说得对，少君还在天上看着我，我不能就这么放弃……"可他转眼之间情绪又变得低沉，"可如今你我身陷牢狱，怎么出得去？再说，你那大哥恐怕也参与了阴谋，他连兄弟之情都不顾，又怎会放过我？"

刚才司马懿有意无意地暗示，司马家在这件事上涉入很深，自己也是因为发现真相而被投入牢狱。若非如此，司马懿便无法取信于赵彦。果然赵彦听出了暗示，深信不疑，把司马懿引为同路知己，这才有后面那一番剖白。

司马懿道："只要你在此起誓，回到许都一定要查明最后的真相，我便可帮你。"赵彦又惊又疑："你能怎么帮？"他只道这年轻人是在安慰自己，一个身陷黑牢又断了腿的瘸子，能有多大用？

司马懿伸出手指，指向牢狱里某一处角落，傲然道："再怎么说，我也是司马家的二公子，有些底牌，我那大哥也是不清楚的——那里墙角有处破洞，是前年撞破的，后来修补了一下却不牢固，若是用指爪抠破，便能出去。"

"那你自己为何不用？"

司马懿拍了拍自己的伤腿，一脸苦涩道："我和你不同。我腿已残，如何能逃？再说即便逃出去，又能去哪里呢？"赵彦顿觉热血翻涌，起身大声道："我背你出去，咱们一起去许都！"

司马懿摇摇头："你的好意我心领了，但成大事者，岂可拘牵于这些。你只要能返回许都，查得真相，便够了。"

"这，这怎么行？"

司马懿厉声道："如今我已至此，若你连最后的真相都无法查实，怎对得起我？怎对得起董妃？"

他早看穿了赵彦的软肋是董妃，果然这名字一提出，赵彦立刻沉默下来。赵彦思忖片刻，抬起右手，三指向天，郑重其事道："我赵彦向天起誓，此回许都，不查证天子真相绝不罢休，如有半点迟疑，甘受雷殛。"他又俯身下去，握住司马懿的手，一字一句道，"我在司空西曹掾里有相熟的朋友，等回到许都，一定设法让他把你征辟入司空府。这样你就安全了。"

西曹掾代表了曹操选拔人才的意志，陈群如果要征召司马懿，那司马家肯定不敢再对他下手，否则无法向曹司空交代。

赵彦能想到这一点，说明他对司马懿已是彻底信任，推心置腹。那些看不见的丝线，在悄无声息之间已被司马懿全都挂在了赵彦身上，只消他轻动手指，木偶便会随之起舞，如臂使指。

接下来的问题，便是如何让木偶在不引起曹氏警觉的前提下，一步步走向毁灭。这对司马懿来说，并不容易，毕竟他对许都的内情几乎一无所知。

"你此去许都，切记谁都不可信任，这等秘辛，不可与任何人说。"司马懿谆谆叮嘱道，"你看，一涉及这件事，连我亲生父亲和大哥都不顾骨血之情，遑论许都那些居心叵测之辈。"

赵彦点头称是，又问道："那我该如何查实真相？"尽管他现在确认皇帝和杨平相貌相似，但猜想毕竟是猜想，如果没有确凿证据，不算完成董妃的嘱托。

司马懿等的就是他这一句话，他微微一笑，将赵彦扯近，在他耳边低声说了几句，赵彦听完以后，面露惊恐："这，这真的可行吗？"司马懿阴恻恻地回答道："此举虽德行有亏，却也是唯一的办法。"赵彦犹豫片刻，看了看司马懿的伤腿，又望了眼那皎洁的月色，终于一咬牙，狠狠道："好吧！就这么办。"

司马懿从怀里掏出一样东西递给赵彦："必要时候，你将这东西拿出来，自会有大用场。"赵彦接了揣入怀中，冲他深深一揖，然后转身走到那墙角，开始摸索着那新补的墙洞，试图抠开一条生路。

望着赵彦费力地扒着墙壁，司马懿如释重负地闭上眼睛，默默在心里念道："义和啊义和，我能做的就只有把这个隐患送到你手里了。你可要自己把握好，再不要搞什么无谓的怜悯，辜负我一番心意啊。"

第十三章　失重的复仇

这一枚箭镞，代表的是杀戮，是决断，是冷酷无情。司马懿希望当刘协看到这箭头时，会硬起心肠，当场格杀赵彦，不可再有射鹿时的妇人之仁。

1.

刘协缓缓抬起拳头，朝空中一打，然后迅速收回来，双脚一错，转身迈开一个弓步。在他身旁，大病初愈的曹丕以及曹植、曹彰三人也学着天子的模样打拳。曹彰打得最认真，一招一式都颇有章法，曹植看起来兴趣缺乏，而曹丕时而打得漫不经心，时而打得无比认真——这取决于伏寿是否在旁边看着。

跟天子学拳，这是卞夫人的提议。自从曹丕在籍田被王越割伤以后，身体一直不大好，卞夫人听说天子会一种拳法叫作"五禽戏"，可以强身健体，便央求让曹丕也学一学，曹植和曹彰自然也跟过来了。

不过让天子教拳这种事实在不成体统，传出去会惹来非议，所以采取了折中的方式：天子每天早上练拳，三个孩子在旁边看着，就不算教了。

刘协一套拳打下来，浑身热气腾腾。他接过冷寿光递来的毛巾，擦了擦额头的汗水。三个孩子也收住招式，彼此对视一眼，都"嘻嘻"笑了起来。卞夫人吩咐端来三碗莲子汤，给他们喝下。

"身体可好些了？"刘协负手问道。曹丕恭敬答道："托陛下洪福，臣已无大恙。"刘协看到他脖子上伤痕犹在，已经结疤，好似一条灰褐色的丝线绕颈而过，心想这孩子真是命大。若是王越的剑力度再大半分，他绝活不下来。

不过此时曹丕的气色明显很差，脸颊深陷，眼圈泛黑，面部浮着一层不健康的浅黄。他毕竟只是个小孩子，王越那无限接近死亡的锋利，如同一条毒蛇纠缠在他脑海深处，让他至今仍噩梦连连，寝食难安。卞夫人看在眼里，急在心中，只得请求天子能教些强身健体之术。毕竟曹丕遇刺后第一时间施以援手的，正是天子。这一点香火之情，让卞夫人一直感激不尽，有意让几个孩子跟天子多亲近。

曹丕本人对天子倒没那么强烈的感激，他正处于叛逆期，总觉得自己娘的话太过夸张，不可全信。卞夫人越是说天子的好话，他越是觉得不以为然——明明只是向我爹卖好罢了，谈不上救命恩人。

在这种心理驱动之下，曹丕学拳学得漫不经心。他之所以坚持每天过来，只有一个原因：伏寿。

天子打拳时，伏寿总是在旁边安静地看着，然后在结束时亲自端来一碗莲子汤。曹丕经常痴迷地望着她曼妙的身躯，有时候还能与她视线交错，让愉悦充盈于胸，稍缓病痛。曹丕甚至觉得，其实自己什么药都不用吃，只要能靠近伏寿，闻闻她身上的馨香，便可以把阴霾驱散一空。

这时脚步声传来，曹丕的身体一僵，呼吸变得急促。伏寿款款走了过来，不过这次她的手里却托着两碗粥。她将一碗递给刘协，然后转向了曹丕和卞夫人道："今日煮多了些，陛下说让大公子也吃些，滋补一下身子。"

曹丕的心脏不争气地狂跳起来，他脑海里瞬间飘过无数种应答，可每一种都不够完美，都可能让伏寿看轻自己。伏寿看到曹丕的脸色，嫣然一笑，把碗递到他面前："曹大公子，趁热喝吧。"曹丕张口结舌，一动不动。

"丕儿，皇后跟你说话呢。"卞夫人在一旁提醒道。曹丕这才如梦初醒，先接过碗去，然后想要揖礼致谢，双手这么一错乱，"哗啦"一声竟把粥碗摔到了地上。

曹植和曹彰都吓了一跳，连忙缩得远远的，知道娘亲又要骂人了。果然卞夫人眉头一竖，大声训斥曹丕的失态。伏寿笑着劝解说小孩子打碎个碗没什么关系，不要再给他增加压力了。卞夫人这才住嘴，向伏寿致歉。

这些声音曹丕根本没听见，他的心思已经完全乱了。此时他的手心里，多了一团纸。这是刚才伏寿递给他莲子粥的时候，垫在粥碗底足凹陷处的。

曹丕一直等到回到自己的卧室，才舒展拳头，把纸团摊开来。这可是伏寿的手握过的纸团，他甚至闻到几缕馨香味道。

字条上只写着几个字："午后，青梅亭。"

青梅亭是司空府后院的一处景致，园子不大，遍植梅树，中间有一个小巧凉亭，只容两三人。青梅亭在许都的地位别具一格，它代表着一种认可、一种象征，只有曹公最看重的人，才有资格在此园与其共酌。至今曾入亭与曹公共酌之人，除了荀彧、郭嘉寥寥几个以外，只有那位刘皇叔。

这一上午曹丕简直度日如年，什么都没心思做，反复在脑海里猜测，伏寿单独约他到底所为何事。日头一过天顶，曹丕便急不可待地跑到青梅亭。

等了一阵，伏寿终于出现了。曹丕大喜，他先把头髻仔细地扶了扶，然后向前迎了两步，突然间瞳孔陡然一缩。原来伏寿背后，还跟着一个人，正是当今天子刘协。

怎么是他？曹丕一团热火陡然被凉水泼灭。他哀怨地望了伏寿一眼，悻悻向天子请安。

"我想和你谈谈。"刘协开门见山地说道，然后他挥了挥手，让伏寿站到亭外。这个简单的动作表明，天子十分清楚曹丕对皇后的感情，而且还利用这种感情把他骗到了青梅亭。曹丕不禁有些心虚，又有些恼火。

"请陛下开示，臣洗耳恭听。"曹丕答道，语气里颇有些气鼓鼓的味道。

刘协慢慢踱步到亭子里，坐在石墩上，然后让曹丕也坐下。曹丕在对面找了个石墩，只坐半个屁股，身子挺得笔直。刘协用手指点了点空荡荡的石台："我听说曹司空好以青梅酒在此待客，不知有何典故？""父亲讨伐袁术之时，曾中途断水。父亲对部下说前方有青梅林，部下们口中生津，士气复振，乃至克敌制胜。父亲为了纪念这段往事，遂在家中建起这么一座亭子。""虽说君子重诚，可有时候欺骗他人，不是害他们，而是帮他们。曹司空权变机略，可见一斑，果然是成大事之人。"刘协感叹道。曹丕不明白他突然说这些是什么意图，谨慎地保持着沉默。刘协看看他，忽然转变了话题："你是否觉得，每日清晨的'五禽戏'对你毫无帮助？""不错，纯属浪费时间，"曹丕心下一横，直言不讳道，"我看陛下您练那拳法，也不是那么认真。"刘协眉头微挑，这孩子果然与众不同，眼光毒辣得很。"五禽戏"只是为了掩饰他武功而杜撰的借口，如今打的拳路，是刘协硬拼凑出来的。"你说得不错。这'五禽戏'强身健体可以，可若想驱除心中梦魇，还差了点劲。"听到天子这么说，曹丕的眼里闪过一道锐芒。自从被王越挟持，他一直恶梦频频。曹丕不承认自己被吓坏了，可是每天晚上，王越那把带着死亡气息的利剑总会如期而至，剖开曹丕的咽喉或者肚子，甚至挑出眼球，让他尖叫着醒过来，浑身汗如水洗。

现在天子把这件事挑出来说，到底想干什么？嘲笑，还是别有所图？

刘协看着一脸警惕的曹丕，颇有些感慨。他以前在温县山中打猎时，有时候会碰到与母狼走失的受伤幼狼，幼狼一见人靠近，也是这种眼神。

刘协以手抚膝盖，望了一眼司空府前院："卞夫人爱子心切，教你卧床静养、抱枕服药，殊不知如此根本是南辕北辙，大错特错！"曹丕闻言，似乎有所触动，刘协拿手指着眼前的少年，一字一句道："心病自然要心药来医。你的梦魇根源在哪里？是对死亡的恐惧！你若是身处静室，一味避趋，只会令畏惧逐日滋生，最终无法摆脱，一世为其所困。越是怕什么，越是要直面以对。等到你见惯生死离乱，心性磨砺如顽石，心中那一点点畏惧，自然烟消云散。所以你的痊愈之道，不在静养，而在历练。战场一日，胜过在家中十年。"

刘协这一席话，说得曹丕为之动容。他一直对母亲的无微不至感到不耐烦，尤其是遇刺之后，卞夫人更是连门都不让他出。这种管束令他很痛苦，反而加剧了梦魇的折磨，他都快疯了。

"可陛下，我该如何做呢？"这一次曹丕是心悦诚服地请教。他实在不想继续过这种日子。只要能够去掉这个心病，哪怕派他去西域都行。

刘协一直在等待这句话，他沉默地敲着手指，未作回答，等到曹丕第二遍问起，才徐徐道："再过几日，朕就要随郭祭酒北上官渡。你要不要陪朕一起去？"

曹丕惊讶地抬起头来。郭祭酒要北上，这他早就知道，可是皇帝居然也要去？官渡可不是什么安全地方，那是父亲预设的与袁绍决战的战场。

刘协把中指搁在唇边，微微一笑："嘘，这是个秘密。我此去官渡，将化名刘平，无人知道我的真实身份。"然后似是不经意地补充道，"听说那个王越，也会出现在官渡。你的梦魇从他开始，也要到他终结才是。"

这次曹丕毫不犹豫地点了点头，心中颇为兴奋。他毕竟是曹操的儿子，身体流淌的是继承自父亲的冒险血液。可他忽然想到什么，垂头沮丧道："可是，母亲不会让我走的。自从宛城之后，她就坚决不肯让我们兄弟再靠近战场一步。"

"母鸡护雏，天道常情，然则雄鹰志在四方，终究要从母亲的羽翼下飞出来。"刘协忽然放慢了语速，语气变得意味深长，"我刚才不是说了吗？望梅而止渴，所以有些谎言，并不违君子之道。"曹丕听到这里，眼神猝亮，苍白的面孔多了几丝红润。

"记住，这是咱们之间的小秘密。"刘协眨了眨眼睛，抬起袖子，他与曹丕的小指头悄无声息地触碰了一下。两个人谈话完毕以后，曹丕从亭子里走出来，他看了一眼等候在旁的伏寿，转身匆匆离去。伏寿惊讶地发现，这次曹丕居然没对她多做注目，眼神也不似从前炽热，让她心中多少有些失落。

刘协缓步从亭子里走出来，伏寿上前问道："说妥了吗？""说妥了，至于如何让卞夫人松口，我想这孩子自己会有办法的。"刘协对曹丕的聪明劲很有信心。

伏寿赞叹道："陛下你果然厉害，几句话下来，让曹丕连我都不顾了。我看他离开时的眼神，已是急不可待。"刘协大笑道："既然郭嘉让我微服前往，不添些彩头，岂不是太便宜他了？"

"陛下你不要学杨德祖说话……"伏寿嗔怪道，同时轻轻在他腰间拧了一下。刘协收敛起笑容，正色道："话说回来。那孩子的心病，也确实需要在斗争中磨砺，于生死之间感悟。我如此做，虽怀私心，于他其实也是有好处的。"

伏寿乖巧地点了点头。这是汉室的既定策略，如果能取得曹丕的信赖，将对曹氏是极大的掣肘。刘协自从蜕变以来，柔慈的风格未变，行事却越发积极主动。怀柔曹丕一事，足见手段。

正如杨修所说，他已摆脱了哥哥的阴影，寻到了自我之道。

伏寿看着刘协的面孔，这两兄弟的处事风格截然不同，但这副自信的笑容，却是毫无二致的。她正痴痴地想着，忽然手被刘协搀起。

"此地清雅幽静，何妨多待一阵，聊为踏青呢？"刘协柔声问道。

年轻夫妇外出踏青，乃是雒阳旧俗。伏寿自从嫁入汉家，颠沛流离，还从未享过此种乐趣。此时听到刘协说起，她心想难得他还能想着，心底涌现出一阵异样的甜蜜，不由低垂着头，任凭夫君牵着进了凉亭。

2.

在许都北城的城楼之上，守城司马看到有一骑急匆匆地从远处跑来，速度不慢。前一阵子刚刚发生过董承囚车被劫的事，许都内外正处于紧张状态，守城司马不敢大意，把脑袋从城楼上探下去。

很快那骑士来到护城河边，大声喊着要进城。守城司马看看他身后，视野之内看不到别的兵马，也没有尘土飞扬，稍微放宽了心，让他出示凭据。骑士拿出符节，吊上城去，守城司马一看，发现这人居然是个议郎，而且还是司空府西曹掾发的牌子，不敢怠慢，连忙放下吊桥。

这骑士正是赵彦。

在司马懿的协助下，赵彦顺利地从司马家的黑牢里逃了出来。他不敢在温县过多逗留，连夜取了马匹赶回许都。不过他的骑术不太好，加上怕司马朗派人来追，不敢走大路，一直到第三天下午方才抵达许都。

这一路上，他思虑良多，到了许都时整个人已双目清明，神情坚毅，再无半点迷茫。

城门打开以后，赵彦一抖缰绳，快速通过楼洞，甫一出来，陡然见得前头街旁站着三个人：一个是郭嘉，一个是满宠，还有一个与郭嘉年纪差不多的文弱之士。

郭嘉也没料到能看到赵彦，他正在和满宠以及新任职的许都令巡察城防，进行许都卫的移交。他看到赵彦匆匆从外头回来，眯起眼睛，手指一弹，几个许都卫的探子便把赵彦拦了下来。

郭嘉几天前与天子微服出游的时候，撞见过赵彦离开许都。他当时的身份是"戏志才"，于是没有上前追问。现在见他急匆匆地回来，自然想要上前盘问一番。

"你们想干吗？"赵彦厉声道，"我有要紧公务在身，要去司空府西曹掾汇报。"司空府西曹掾是陈群的地盘，那里自成一股势力，即使是郭嘉也无可奈何。赵彦不想与他们多做纠缠，便抬出陈群的名头来。"赵议郎，我来给你介绍一下，这位是徐干徐伟长，他会接替伯宁担任许都令，以后多多照拂。"郭嘉指了指身边的男子。徐干额头很宽，一副文净之气，冲赵彦拱了拱手。赵彦在马上不卑不亢地抱拳回礼，拨马就要走，郭嘉忽然又说道："赵议郎，之前你擅入宫禁一事，西曹掾还未厘清，怎么陈曹掾竟派你出去办事了？""此事与许都卫与靖安曹没关系。有问题就去问陈大人，恕不奉陪。"赵彦冷冷甩下一句话，转身离开。以他的性格，如此强势还属首次。许都卫的探子望向郭嘉，郭嘉摇摇头，示意他们放他走。等到赵彦离开以后，郭嘉转头问道："你们两个看出什么没有？"

满宠道："我之前查过，赵议郎是受少府委托，前往河内诸县寻访隐儒。西曹掾发出符节，也让他去当地举荐人才。"郭嘉眼睛一斜："伟长，你觉得呢？"

徐干躬身道："河内郡计有十八县，上县有野王、平皋、温、沁水、朝歌五县。赵议郎纵然有分身之术，也断无可能在六日之内，遍访整个河内。属下以为，他定是以寻访全郡为幌子，实则只去了一个地方。"

郭嘉笑道："你说得不错。这小子说是要摸遍全身，其实就奔着一点而去，实在不通风情。"他收回视线，不再谈论这个话题，负手信步朝前走去，满宠与徐干在后面默默跟着。他们走到一处十字街头，郭嘉仰头望了望街中竖起的高大木旗幡，随手一拍，回头对徐干道："伟长，你以前是我军师祭酒的掾属，这次担任许都令，可不比从前那么轻松了。那些雒阳来的老东西们，打不得，骂不得，整天还玩各种小心眼。就好像是这风，根本撼不动旗幡，可总是不停吹来吹去。韩诗怎么说的？树欲静而风不止。嘿嘿。"

徐干从容笑道："那些人平日里专好辞赋散论，学生也偶与他们唱和，投其所好，已是略有薄名。满大人以霸道镇之，学生以攻心化之，两者殊途同归，都可保得许都一方平安。"

这番话颇有嘲讽之嫌，满宠的蛇皮脸纹丝未动，郭嘉的脸上带着淡淡的笑容，亦不说破。

徐干在任军师祭酒的掾属时，以文名见长，那封质问袁绍的诏书，就是出自他的手笔。连孔融、赵温等人都对徐干的文采啧啧称赞，对他的态度格外不同。郭嘉指派他来接替满宠，正是出于这个考虑。

不过郭嘉很清楚，徐干"清玄体道"的文风掩盖的，是他的勃勃野心。郭嘉挺喜欢这种有野心的人，尤其是有野心的文人。一支蘸了毒墨的毛笔，有时候比蛇牙更有效。

又一阵风吹过，旗杆上的旌旗猎猎飞舞。郭嘉扫视两人道："我现在有一件事要交给你们做。这将是伯宁在许都的最后一件任务，也是你徐伟长的第一件任务。"

徐干抢先抱拳应道："满大人经验丰富，有他指导，必无疏虞。"

郭嘉岂听不出他的弦外之意，答道："我马上要北上官渡，伯宁也将南下汝南。所以这次就以伟长主之，伯宁辅之。伯宁你觉得呢？"

"一切听从祭酒安排。"满宠耷拉着眼皮，一副古井无波的木然神情。

3.

"你举荐的人，是温县司马家的二公子司马懿？"陈群问道。赵彦点头，语气坚定："此人聪亮明允，刚断英特，绝对是难得的人才。"陈群圆圆的胖脸上浮起狐疑的神色。他停住手中的毛笔，努力从脑子里搜寻这个略显陌生的名字。司空府西曹掾负责为曹操选拔各类人才，赵彦这次出行，打的就是寻访人才的旗号。所以他一回来，先跑到西曹掾来汇报。

"彦威，你这次出去一共只有五六天时间吧？这么短的时间里，能对这个人有多少了解？"

赵彦双臂撑在案前，身体前倾，神情极为严肃："我虽在温县时间不长，可这一双眼睛绝不会看错。而且不光是我，获嘉的杨俊、清河的崔琰，都对他评价极高。"杨俊是司空府认可的人才，而崔琰也素有声望，两个人都可称得上是名士。陈群听到他们的名字，表情缓和了一些。在这个时代，往往名士的推荐才是最为可靠的晋升之阶。

司马懿至少有两点符合陈群的要求：一是出身于世家大族，门第颇高；二是不是颍川出身。这是陈群自己偷偷制定的用人原则，用来制衡郭嘉这种门第不高的颍川寒士。

陈群沉吟片刻，让赵彦写了份荐牍，然后放入一个标着"逸才"的竹筐里。每年西曹掾都要搜集大量逸才资料，逐一甄选后存入内档，以备举荐拔擢之用。赵彦一看，有些着急："不能早些发征辟文书吗？"陈群奇道："这征辟的名单，不是随便定的，还得要曹司空过目才能发出。彦威，你干吗这么急？"

赵彦自然不能说出司马懿身陷黑牢的事，他情急之下只好说："据说袁绍也对司马懿有兴趣，若是我们不快些动手，让他跑去袁绍阵营岂不可惜。"袁、曹对人才的争夺，早在几年前就开始了，不少人从袁投曹，也有不少人从曹投袁。

陈群想了想，把司马懿的名刺从"逸才"筐里拿出来，夹到另外一叠文书里去："这批文书会在两天后送至官渡，曹司空那里批准，这里马上就会发文征辟。"

赵彦无可奈何地闭上了嘴，生怕自己再坚持，就会被陈群看出端倪来。现在他只能暗暗祈祷，希望司马懿能多撑几天。

公事谈完了，陈群说："晚上一起吃饭？给你洗尘。"赵彦摆摆手道："我还得去少府那里，跟他说一下寻访隐儒的事。"陈群一听，便不再挽留。赵彦告辞，转身离开西曹掾。快要出门的时候，陈群忽然把他叫住。

"彦威，你这次出去，是不是碰到什么事情了？""长文何出此言？""总感觉你整个人变得不一样了。"陈群皱起眉头。他阅人无数，能看出赵彦的元神似乎被秋水洗过一遍，人还是那个人，可气质大不相同。可究竟有什么不同，陈群试图找一个词来形容，最终还是放弃了。

赵彦看到自己的朋友一脸困惑，没多做解释，只是轻笑一声。陈群总觉得那笑容里，带着点苦涩，又带着点决然。

"长文，保重，我走了。"

赵彦离开西曹掾以后没去找孔融，而是先来到一处驿馆，跟里面的人略作交谈，又转身去了一趟东街的商铺。在那里他挑了一件青衫和几条白巾，还有一套奠仪用的蜡烛和白木台。然后他又去了位于南边的典当铺和军营，花大价钱从一个下级军士那里买了一把自制的匕首。

他不知道，从他离开西曹掾开始，就有人在他身后悄无声息地跟着他。跟踪者都是许都卫的干员，他们隔开大约几十步的距离跟着赵彦，并随时反馈给许都卫。

在许都卫内，满宠和徐干拿着不断传入的报告，表情不一。

"这个赵彦到处东游西逛，到底想干什么呢？"徐干每拿到一份报告，就用炭笔在地图上标记出行进路线，短短一个时辰之内，地图上已经出现了几条曲折且无规律的线段。

满宠一言不发地跪坐在旁。既然郭嘉要求以徐干为主，以他为辅，那么他便不会轻易发表意见。

郭嘉给他们下达的任务很简单——缉拿赵彦。这个任务说简单，也不简单。赵彦孤身一人，无兵无权，随便哪个许都卫的刺奸都能轻松制服他；可他的身份是秩俸六百石的议郎，身后还站着大嘴巴孔融，如果没有一个适当的理由，会造成不良影响——所以郭嘉的要求是低调、迅速以及无可争议。

赵彦刚才一直在大庭广众下行动，在这种情况下，许都卫无法动手，只能一直跟踪。"哼，我就不信，你会一直闲逛下去。"徐干盯着地图，发出冷哼，"还有两个多时辰太阳就落山了，届时宵禁一开，我看你还能去哪里。"他说这句话的时候，赵彦恰好走到南市某坊的门口，忽然被人撞了一下肩膀。他一个跟跄差点倒地，那男子把他搀住，说了一句对不起，然后匆匆离去。这个小细节没有受到监视者重视，没有回报给许都卫，于是无论满宠还是徐干都不知道这件事。

碰撞事件发生以后，赵彦的行动路线又变了，他进入更多的店铺，买的东西杂乱无章，行踪飘忽不定，很快地图上出现了更多杂乱线段。徐干一边命令许都卫死死咬住，一边派人去彻查这些店铺，搞清楚赵彦到底买了什么、说了什么。一时间许都卫里喧闹不已。

"看来赵彦已经觉察到了，我们的动作还是太慢了……"满宠喃喃道。

徐干认为许都卫掌控全城，区区议郎不在话下，郭祭酒实在有些小题大做。但满宠知道，事实并非如此。许都卫在级别上太过低微，许都令秩不过六百石，与议郎同级，上头还受到司隶校尉辖制——尽管司空府如日中天，朝廷早就无力掌控，但这尊卑之别，若是被有心人拿出来指摘，也是件麻烦事。

在满宠看来，徐干的做法并没有错，只是过于被动了，一直被赵彦牵着鼻子走。如果是满宠来做这件事，他会撒出一张大网，故意让被跟踪者发现，从四面八方制造压力，迫使他走向事先选择好的地方。

满宠又看了一眼地图，地图上的线段虽然漫无目的，可赵彦似乎一直在接近城南荒僻之处。那里居民颇多，房屋杂乱，真要是钻进哪个坊市里，一时半会儿可真抓不出来。

"伟长，果决为上。"满宠轻轻提醒了一句。对方已经觉察到了跟踪，要趁他还在绝对控制之下时果断出手，拖下去可能会有意外变数。尽管满宠不知道赵彦与那名神秘男子的碰撞，但他隐隐感觉，此事有失控的迹象——这不是才智的问题，而是经验的问题。

听到满宠的话，徐干意味深长地看了他一眼，没说什么，也没做什么。

他的思路和满宠不同。满宠的名声早就臭了，即便在曹氏阵营内部，也没多少人喜欢他，只当他是条滑腻阴险的毒蛇，所以满宠行事没有顾忌，不在乎背负什么骂名；而他徐干却不一样，他大名远扬，广受名士好评，因此更倾向于用巧妙、优雅而不失体面的办法去达到目的，就像是在文章中写出一句让人拍案叫绝的双关。

徐干坚信，郭嘉指派他来主导这次拘捕行动，是在暗示许都卫应该更换一下做事的风格了。这是他的第一件任务，又这么简单，必须要完成得漂漂亮亮，有一点瑕疵都不行。

"我已经派人去了南市坊区，他如果想借机潜入，只会自投罗网。"徐干向满宠解释道，满宠没再说什么，继续入定一般地保持沉默。

又过了半个时辰，徐干得知，赵彦失踪了。

更详细的报告很快传入许都卫：赵彦走进靠近城南的一条狭窄街巷时，迎面来了一辆马车。擦肩而过的瞬间，辕马不知为什么受到了惊吓，开始狂奔。跟在赵彦身后的刺奸无法闪避，只能迅速退出巷道。结果马车冲出巷道以后，倾覆在了路上，引发了一场混乱。等到刺奸重新跑进巷子时，赵彦人已经不见了，他们只在街巷尽头一处民房的水缸里捞起了一件官服。

那辆马车的来历也已经查清了，里面的乘客是少府孔融，陪同的是宣义将军贾诩。他们是为了聚儒事宜赶去与几位大臣商议，却不料半路辕马受惊，车身倾倒，好在孔融没有受伤。

"传令四门紧闭，宵禁提前，所有刺奸与城卫都集中城南搜捕，一间房子也不许漏过。"徐干拍了拍额头，镇定自若地发布了命令。他没有惊慌失措，只是轻轻地咬了一下嘴唇。满宠注意到这个小细节，轻轻地摇了摇头。徐干的布置并无疏失，只不过他一开始就选错了策略罢了——至于孔融那辆马车到底是有意还是无意，追究的意义已经不大。

郭嘉的目的，也许正在于此。他可从来不会直接告诉你什么是对，什么是错。

4.

唐姬这一天没有外出，在自己的宅子里处理着采集来的药草。她把这些植物分门别类剪碎，碾成粉末，再按照比例调配在一起，用小袋收好。这些处理药材的手法，都是王服教给她的。没事的时候，这是唐姬唯一的消遣。

刘协白龙鱼服的决定，让她觉得有些不安。官渡此时暗流涌动，且不说袁、曹大军云集，单是她知道的高手，就有王越、徐福、徐他、史阿四位，更不要说袁绍那边擅长暗杀的人有多少。

更让唐姬担心的是，郭嘉手里那几张画像，始终是个隐患。天子虽然说会去处理，可一直也没动静。到底那个人做事行不行，唐姬实在是无法做出断言。除去伏寿，她是对真刘协最信服的一个人，所以也是对假刘协的能力最有怀疑的一个人。

这时宅门外传来敲门声，唐姬起身去开，发现是一个从未见过的人。那个人身穿布衣，一看就是个普通百姓。他抓抓头问道："是唐瑛？"

"是。"唐姬面无表情地回答道。这人言谈间不见恭敬，还直呼她名字，看来并不知道她的王妃身份。

"有一个叫孙礼的人让我转告你一声，说希望见你一面。"

唐姬眉头一皱。孙礼是他们安排在曹营中的一枚暗棋，但从来都是唐姬主动找他，今天他为什么主动要求见面？而且用的还是一个闲汉传话，莫非曹营中有什么大事发生？

再一问碰头地点，唐姬心中的疑惑更浓，因为地点是在董承府邸。那里自从董承被捕以后，已被封存废弃，目前没有人居住。甚至在附近的居民口中，还流传说每到夜半会听到有冤鬼在里面号哭——倒是个接头的好地方，只是跟孙礼的作风有点不符。

她脑子里飞快转过数个念头，开口问道："他给了你多少好处，教你传话？"那人从腰间摘下一枚玉佩，咧开嘴道："那人送了我枚玉佩，真是大方。"

唐姬面沉如水。那个人只是让闲汉传一句话，便舍出一枚玉佩，可见所图非小。

打发走闲汉以后，唐姬心中翻腾不已。那个人绝不是孙礼，而且他没打算真的骗过唐姬。他只是通过这个方式，暗示自己知道许多事情。即使这闲汉被人捉了，也只说得出唐瑛和孙礼两个名字，那人根本不必暴露。

可究竟会是哪一方出手的呢？唐姬想不出来。雒阳系没这种魄力，曹氏不必多此一举，其他更没什么成气候的势力。

不过唐姬至少知道一点，自己无法拒绝。

入夜后的董承府，显得有些阴森。大门的漆色尚未剥落，但台阶前已经有点野草冒头的痕迹。自从主人离开以后，整个府邸死气沉沉，如同被一只蜃怪吸光了所有精气。目前这里没人居住，倒不是因为董承的死，而是因为董妃带着身孕含冤而亡，据说这样死去的人会化为厉鬼庅婴，凶险得很。

唐姬不相信这些荒诞之说，不过她在踏入府中时，心中也不免有些忐忑，脑海里又浮现出董妃无助的眼神。她镇定心神，绕过影壁，来到正中的开院里，双眸霎时闪过一丝惊骇。

院中不知是谁支起了一面玄色角幡，挑起一件彤云赤袍，其下两支素白蜡烛垫在白木台顶，四角兽头造型格外凄厉。唐姬认出这种祭礼名叫"唤褉"，是用死者生前之物来召唤魂魄，使其归来，通常只有至亲至痛之人才会实行此礼。

难道董家竟还有幸存者？唐姬心中有些慌乱，她暗暗用手按住腰间匕首，环视左右，四周漆黑一片，寂静无声。她再去看那祭台，发现木台上居然搁着几只蟋蟀，仔细看才发现是草编的。

"草蟋蟀，披黄带，日头东升，贵人西来。"一阵轻轻的童谣声传来，唐姬听在耳中，瞳孔陡然收缩。这童谣，和董妃死前所吟唱的完全一样。如果不是声音沙哑低沉，唐姬真以为是董妃回来了。

一个人从黑暗中缓缓走了出来。这人头缚白带，身披青衣，通红的双眼如同一只凶兽，正是赵彦。看到他的模样，唐姬不由得退后了两步："你是谁？""这是董妃生前最喜欢的歌谣。"赵彦答非所问，他俯身下去，从怀里又拿出一只新的草蟋蟀，搁在台子上，然后仰望玄幡，"今夜招她回来，我要唱给她听，来安抚她的魂魄。"

"那你为何唤我来此？"唐姬一直紧盯着他的动作。"您是她死前见到的最后一人，我想问一下您，她死前可曾说了什么？"唐姬踟蹰片刻，方才答道："她唱的，也是这一首曲子，和你唱的一样。"赵彦闻言浑身一震，复又垂头，神色又喜又悲："原来……她最后记得的，居然是我……"他原来布满血丝的双眼，慢慢变得清明起来。

唐姬知道董妃在出嫁前曾有一门亲事，似乎是许给了赵家，眼前这人，莫非就是赵家公子？她又仔细端详了一下，不知为何，总觉得这表情似曾相识。

赵彦缓缓抬起手来，摇动旗杆。随着玄旌摇曳，他把头高高仰起，用一种号哭的凄厉嗓音大声喊道："少君，回来吧！少君，回来吧！……"喊到后来，他的嗓音沙哑不堪，眼角隐有泪光，脸上却浮起奇特的愉悦之色。

在漆黑的董府中，这哭魂之声显得格外诡异。唐姬忽然想起来了，这个表情，和被自己刺死那一瞬间的王服是一样的——那是一种愿意为对方付出一切的喜悦。她的指尖不由得一颤，身子委顿。

王服是唐姬根本无法面对的痛，是她无论用任何理由都挥之不去的阴影。她之所以对孙礼态度极其恶劣，与其说是惋惜董妃，毋宁说是痛恨自己对王服的忘恩负义，借以发泄。现在王服从刻意封存的记忆里飘然而出，与眼前那凄惶悲伤的男子合二为一，让唐姬的神情有些恍惚。

正在这时，赵彦放开旗杆，从怀里掏出一把匕首，朝唐姬扑过来。唐姬瞬间恢复清醒，眼神闪出一道寒光，手腕一抖，一下挡开赵彦握住匕首的手，同时右脚一踹，正中赵彦的小腹。赵彦惨叫一声，仰面倒地。唐姬更不迟疑，上前一步踢飞匕首，然后用脚踏住他的胸膛。

通过刚才的交手，唐姬知道这人根本不会武功，大概只是被悲伤冲昏了头，所以她并没下重手。她俯身看着这人，冷冷道："如果你是为了替董妃报仇，那你找错人了。"

赵彦听到她的话，勉强挪动脖颈，发出"呵呵"的惨笑声："我知道，少君的死，是那个姓孙的校尉干的，我还知道你当时也在场，并一直拿这件事要挟他。"

唐姬不动声色，脚踏着胸膛的力度大了几分："你还知道什么？""我还知道，你和天子关系匪浅。"赵彦毫不示弱地直视着她。唐姬背心一凉，杀心顿起，这人似乎知道得有点多。她问道："你想要什么？"赵彦道："董妃虽死，可有些心愿还未了。我要去面见天子，你一定有办法。"唐姬被这个请求逗笑了，这个人似乎根本不清楚自己的处境。只消自己一踏，他的肋骨就会断裂，可他居然还理直气壮地提出要求。

"我刚从温县回来，在那里我听到一件有趣的事。"赵彦平躺在地上，一字一句地说道，"如果你杀死我，或者不带我去觐见陛下，这件事在明天便会成为童谣，到处传遍。"

这句话让唐姬的右脚略微抬高了些。她不知道赵彦是知道真相，还是在要诈。她仔细端详脚下的男子，想从他面部的细微变化看出隐藏的心思。

"拿到画像的，可不只是郭嘉——还要我说得更清楚吗？"赵彦轻声道。

唐姬闻言剧震，她按捺住内心的滔天惊骇，把右脚从他的胸膛挪开。这个人，竟然知道了天子的秘密？

如果他只是单纯要报复与董妃之死有关的人，唐姬不会介意牺牲自己；可牵涉到汉室，意义就大不相同了。

"我会安排的，但这需要时间。"唐姬勉强回答道。"我今晚必须要见到。"赵彦斩钉截铁地拒绝。在这一刻，他才是真正掌控局面之人。

5.

一辆前狭后圆的鸾车在黑暗的街道上疾驰，当它跑到一处路口时，被巡逻的士兵们截住了。马车好不容易才停住，辕马嘶鸣不已。"宵禁期间，禁止外出。"一名军官走到车边，对车夫训斥道。车夫低垂着头，指了指车厢，意思是这事得问后头。军官一愣，没想到这车夫胆子不小。他朝车后走去，掀开帘子，与乘客四目相对，两个人都愣住了。

"孙校尉。"乘客面无表情地说道。孙礼连忙低头恭敬地行了个礼："唐夫人……"孙礼没料到被拦下的车居然是唐姬的，一时有些慌乱，过了数息才恢复镇定，履行自己的职责："许都卫下了命令，全城宵禁。唐夫人这是要去哪里？"

唐姬拿出一个锦盒："陛下大病初愈，尚有余疴未消，每日需服食药粉。我今日做得迟了，不敢耽误，只得违令夜行，希望孙校尉能通融一下。"

孙礼扫视了一眼鸾车前后，没发现什么异常。他看了一眼唐姬，发现她的脸色有些苍白，心中略带歉疚，抬手示意放行，还给了一块令牌，以免再被其他巡逻队拦截查问。等到马车离开以后，他才发觉，唐姬每次见到他都是冷嘲热讽，不假辞色，什么时候变得像现在这么客气？

孙礼把头盔正了正，百思不得其解。

车子很快就抵达司空府。由于天子驻跸此地，诸臣出入不便，所以特意开辟了一条通道，不经过曹氏住所，直通天子寝殿，沿途皆由宿卫控制。对于唐姬突然要求觐见陛下，宿卫不敢擅自决定，要请示杨修——这正是唐姬的目的。

杨修住得不算远，很快就赶到司空府前。唐姬偷偷在他耳边嘀咕了一番，杨修看了看车夫，下达了放行的命令。于是唐姬和她的车夫以及杨修三个人一起走了进去。

一踏进司空府，那位车夫的身体开始颤抖起来，每走一步都显得很艰难。杨修把手放到他的肩上，沉声道："这里是曹操的府邸。你若不想搞砸，就给我镇静点。"车夫把他的手拨开，摸了摸腰间匕首，努力抑制着紧张的心情。

表面上看，他唯唯诺诺，亦步亦趋地跟随着别人；实际上，是他拿出莫大的勇气，胁迫着杨修和唐姬一步步接近真相。这种前所未有的刺激，怎能不让他紧张。

这一切都出自司马懿的规划。司马懿告诉他，真正的威胁，永远是在出口之前才奏效，所以要他摆出一副有同伙在外的架势，随时可以公开真相，这样汉室一党必不敢轻举妄动。以此来制造压力，逼迫他们带领他觐见皇帝。

"即使利刃加身，你也要相信，掌控局面的是你，不是他们。"司马懿如此叮嘱道。

赵彦的行动，完全就是依照这个原则行事，也确实效果显著。

杨修和唐姬一前一后走着，他们的心情忐忑不安。这个叫赵彦的家伙柔弱不堪，想杀死他实在太容易了，但他死亡的后果却是他们无法承受的——赵彦知道汉室的真相，这绝对是一场灾难。更可怕的是，他们根本不知道赵彦所图为何，也就无从应对。唯一值得庆幸的是，赵彦并非曹氏一党，所以杨修才决定先静观其变，同时脑子飞快地运转，思考到底是哪一个环节泄了密。

每一个人都心事重重，很快他们来到了皇帝的临时寝居。冷寿光已经接到通知，点起了蜡烛，屋子里陡然亮起来。按道理这是非常危险的举动，因为曹氏的眼线会把这一切尽收眼底，然后报告给许都卫，但他们没有选择。

"你进去吧。"

杨修和唐姬站在台阶前没动，赵彦犹豫了一下，向前走去，冷寿光拉开了屋门，好奇地注视着这位要求连夜觐见皇帝的家伙，把他带进去。等到大门重新关闭以后，唐姬忧虑地问杨修："不会有什么问题吧？"杨修这次没有露出笑容，罕有地皱起了眉头："这一注，就连我也看不大明白……"

刘协只穿了一件中衣，在寝居里的床榻上坐着，伏寿恭顺地站在旁边。赵彦进了屋子，没有像臣子觐见皇帝一样脸朝下匍匐跪拜，而是先在刘协的脸上盯了良久。冷寿光正要斥责，却被刘协拦住。刘协觉得这人有些不对劲，一动不动，静等他先开口。

"少君，你要的答案，我马上就能得到了。"赵彦在心里默念着，然后长长吸入一口气，跪在地上，叩头行礼，口气毫无尊敬："臣议郎赵彦参见陛下。"刘协对这个名字并不太熟悉："你连夜要觐见朕，所为何事？"

"陛下你可还记得董妃吗？"赵彦直勾勾盯着刘协。"朕的女人，朕怎么会不记得？"赵彦的嘴角嘲讽地抽搐一下，继续问道："那么陛下可知道她是为何而死？""被她父亲牵连而死，具体情形我听唐姬说过了。"刘协真心实意地叹了口气，他与董妃虽无感情，可一想她的死状，总不免心生凄凉。"陛下难道一点都不难过？"赵彦平静地问道。他在刘协的脸上分辨出了惋惜、同情和不忍，可唯独没有痛彻心扉的难过。伏寿在一旁忍不住冷笑。一个臣子大半夜来见皇帝，口口声声问的全是宫闱之事，这可真是奇事一桩。她忍不住说道："此乃天子家事，你有什么资格问？"赵彦猛然抬起头，双目瞪向伏寿，目光有如女人的指甲般凌厉。

"背德妖妇！滚开！"赵彦突然咆哮道。

伏寿是赵彦最讨厌的女人，因为她总是排挤董妃。董妃不止一次在赵彦面前抱怨那女人有多么恶毒，多么讨厌。自从他猜到皇帝的身份以后，更加怀疑伏寿在其中起到的作用，认为她即使不是幕后黑手，也是个关键人物。现在她居然还有脸称什么家事！天子都没了，哪来的天子家事！

听到这一声咆哮，伏寿的脸色大变，她可从来没被如此羞辱过。刘协按住她颤抖的手，轻轻捏了一下。伏寿毕竟是个识大局的人，她勉强把怒意压下去，别过脸不去理睬赵彦。

赵彦这一声喊，等于是彻底撕破了脸，再无转圜余地。刘协看得出来，这人恐怕已是豁出去了，他飞快地在心里计议一番，掸了掸外袍，从容道："这些都是朕的家事，赵议郎你身为外臣，为何置喙？"

"董、赵两家，本就指腹为婚。少君入宫之前，与臣已有婚约。只是后来董大人欲效力皇室，这才改变主意，退了聘书。"

刘协闻言失笑道："难道你就是为了这件事，要来与朕算账吗？"

"不是！"赵彦大喝，他今天算是放开了架子，"我赵彦岂是夺妻背德之人！今日觐见，为的是董少君临终前的一个嘱托，来问问陛下！"

刘协神情微微变化。他只知道董妃死于唐姬的庐舍，却不知道在那之前曾有过遗言。他看了眼伏寿，伏寿摇摇头，表示自己也是第一次听说。

赵彦闭上眼睛，思绪又回到了那天晚上。那一晚，董妃手提灯笼守在董府门口，揪住赵彦的衣襟，喊出了这一生中对赵彦说的最后一句话："陛下就像是换了一个人……你一定要代我搞清楚这件事，否则我母子死不瞑目！"

赵彦睁开眼睛，仿佛被董妃的鬼魂附体，他从怀里掏出一尊写着董少君名字的灵牌，双手捧起，开口问道："真正的陛下在哪里？"

是言一出，整个屋子都安静下来。伏寿忽然没来由地想到了张宇，也是在这间屋子里，那位老人也曾经问过同样的问题。在不到半年时间里，连续发生了两次，让她有一种微妙的荒诞感。

"九泉之下的少君想知道，真正的陛下在哪里？"赵彦又问了一次，手中灵位高举，声音增大了几分。这是一种无形的压力，如果他们一直不肯回答，他最终将会喊出来，响彻整个司空府。

"该来的还是来了……"刘协暗暗感叹。他为了不露馅，一直不敢接近董妃，想不到女人的直觉如此可怕，不仅猜到了真相，还留下这么一个危险的隐患。刘协沉吟片刻，再次试探了一句："赵议郎，朕即在此，何出此言？"

赵彦冷笑道："你们瞒得过荀彧，瞒得过郭嘉，却瞒不过我！你与陛下为何相貌相似，微臣不知，但你绝不是陛下！"伏寿觉得不能再任由他胡闹下去，疾步向前，训斥道："简直是放肆！他不是陛下，你说是谁？"

赵彦充满自信地伸出食指，指向汉室的九五之尊："你，是杨俊之子，杨平！"

听到这名字，刘协、伏寿大为动容，他们本以为赵彦只是怀疑皇帝身份有伪，可实在想不到他居然查到了这一步。两人面面相觑，一时居然无话可说。伏寿向冷寿光使了一个眼色，身体轻轻移向床榻旁的梳妆台。

这个人太危险了，必须立刻干掉！哪怕惊动曹氏的耳目，也必须把他的命留在这寝殿之内。

伏寿的举动没有逃过赵彦的双眼，他下巴一昂，挺直了胸膛迎上去："天子之剑，可以刺穿我的胸膛；皇帝斧钺，可以砍下我的头颅。但这只会让你们遮羞的帷幕更快被扯开，让全天下的人都知道其中的龌龊。"

听到他这么一说，伏寿只得停下了脚步。这个赵彦果然在外头安排了手段，所以才如此有恃无恐。她用一种怨毒的眼神瞪着他："董少君生前不懂事，想不到死后托付之人，也是这么胡来。"

"闭嘴，你没有资格评价少君！"赵彦怒目而视。伏寿面露嘲讽："本后执掌凤印，统领宫闱。我没资格评价，难道你这外人倒有资格了？还是说，你们……"她故意露出暧昧的表情。

赵彦不怒反笑："哈哈哈哈，你不必费尽心机来激怒我。我与少君清清白白，问心无愧。彦今日绝非负气而来，岂会为你这恶妇所挑拨？你越是诽谤少君，越证明尔等心虚！"他笑罢，直视伏寿向前迈了三步，每一步都走得无比自信、无比亢奋，一股前所未有的强势席卷而来。

在这个小小的寝殿之内，此时的他才是掌控一切、臧否一切的人。

伏寿退缩了，她紧咬嘴唇，把求助的目光转向天子。刘协还是那一副淡然神情，不见半点慌张，他注视着赵彦，口气一如既往地温和："赵议郎，纵然是寻常狱讼，亦需凭据。你诸多非议，言之凿凿，总不至于空口无凭吧？"

赵彦闻言，目光一凛，他早就在等这句话了："如果陛下您还存有半分侥幸，以为臣的要挟乃虚张声势，不妨请看此物。"说完他从怀里掏出一样东西，扔到刘协脚前的地面，发出清脆的"当啷"声。

这是一件大杀器。司马懿把它交到赵彦手里时，说它是一件刺破伪帝的最强武器。当假刘协看到这一件东西的时候，一定会彻底垮掉。

现在，就是这个关键性的时刻。

冷寿光趋前欲捡，却被刘协拦住。他亲自从地上把它捡起来，在赵彦狂热的目光注视下慢慢检视。

这是一枚铁制箭镞，头呈双翼形，暗灰颜色，翼侧还镌刻着两个小巧的隶字"重黎"。刘协把它架在右手大拇指和食指之间，轻轻一拨弄，这箭镞便飞速地在指间飞转。伏寿和冷寿光惊疑地对视一眼，他们都看出来了，这一类箭镞刘协一定经常使用，才会玩得如此熟稔。

刘协的指头灵活地上下翻飞，巧妙地控制着平衡，让它始终不会落地。随着箭镞在指间越转越快，他的唇边不经意露出一丝微笑，仿佛忘了这是在许都的寝殿与一个危险的敌人对质。

赵彦看到他的反应，冷哼道："你笑什么！心虚了吗？"

刘协停下了手中的动作，用指肚轻轻摩挲箭头边缘的粗糙，感受着它的锋锐。过了好一阵子他才重新睁开眼睛，开口问道："这是仲达给你的？"赵彦重重地点了点头，露出一丝残忍的微笑，答案已经揭晓，这个伪帝该被终结了。

刘协用箭头有节奏地敲着案几，面上泛起无限感怀："果然是他，仲达可真是用心良苦。"

箭头上所刻"重黎"，乃是颛顼之后，司马家族的最早祖先。因此司马氏铸造的鼎器武备上，都会镌刻"重黎"二字，以明族裔。刘协在河内之时，时时骑射狩猎，这种箭镞不知射出去多少。就连读书时，都会用指头夹着一枚箭头转玩。

刘协一眼便认出来，这枚箭头，是他最后一次打猎时射出的最后一箭。那一箭本来瞄准一头母鹿，结果他一时心软故意射偏，被司马懿大骂软弱，收走了箭头。就是在那一次狩猎结束后，刘协被杨俊匆匆带来许都，再没与司马懿见过……

此时重新看到箭镞，刘协几乎在一瞬间便解读出了司马懿隐藏其中的寓意。

赵彦胆敢孤身闯入寝殿，是因为他有司马懿做外应，有恃无恐。他相信如果自己死了，司马懿会把这个秘密彻底揭开，汉室必会投鼠忌器。讽刺的是，当赵彦亲手奉上箭镞，满心以为摧破伪帝心防时，殊不知，在刘协眼中，他的凭恃已彻底坍塌，杀他将不再需要任何顾忌。

这一枚箭镞，代表的是杀戮，是决断，是冷酷无情。司马懿希望当刘协看到这箭头时，会硬起心肠，当场格杀赵彦，不可再有射鹿时的妇人之仁。

赵彦看似智珠在握，独闯寝宫当面质问皇帝，可实际奉上的却是一张自己的催命符。

司马懿深知赵彦是一个顽强的人，几乎不可能阻止他对天子身份的调查。为了保护刘协，司马懿只能反其道而行之，利用赵彦的狂热，苦心孤诣地鼓励他、刺激他，让他自己乖乖地送到皇帝面前，引颈受戮。赵彦好似一个傀儡，在匠人的牵引之下一步步走向火焰，自己却浑然未觉。

这，就是远在温县的司马懿设下的傀儡之术。

刘协虽不知其中原委，但司马懿的用心他一清二楚，不禁无奈地摇摇头："仲达啊仲达，你可真是够任性的。"他知道，其实司马懿还有别的办法，但偏偏采取这种刺激的手法，让他心惊肉跳一番——这是司马懿对刘协表达自己的不满，想小小地报复一下。

赵彦看着皇帝发愣不语，以为被自己戳中了痛脚，也不催促，踌躇满志地站立在寝殿正中，等待着宣布胜利的一刻。

刘协挪动脖颈，把箭头扣在手里，有些怜悯地望着下首这人。现在情势已然清晰，只消他一声令下，冷寿光便会出手把赵彦杀死，再悄无声息地把尸体处理掉。曹氏最多只会有些疑心，汉室最大的秘密可以保证不会外泄。这是最简单的做法。可是，这样真的好吗？刘协心头闪过一丝迟疑。这丝疑惑不完全是出于仁慈，里面还掺杂了更多情感——有对人心的揣测、有对大局的考量，也有几分对赵彦执着的赞赏，甚至还有对董家的惋惜。

思忖再三，刘协把箭镞轻轻搁下，对赵彦说道："赵议郎，诚如你所说，朕并非是真正的皇帝。"

天子出乎意料的坦白，让伏寿和冷寿光一下子怔住了。这个天大的秘密，怎么能轻易说给一个外人听？何况这外人还一直叫嚣着要毁灭汉室。伏寿蛾眉轻蹙，想要出言阻止，忽然看到刘协偷偷比了一个宽心的手势，只得闭上嘴。

赵彦笑了。答案他早已知晓，现在只是要为少君讨回一个公道。伪帝被逼开口认罪，说明他已心神大乱，低头认输。他把灵位抱得更紧，心想少君在天之灵，听到这些一定会很开心吧？"哼，少君一早就看出你不对劲，可惜满朝文武有眼无珠！"赵彦愤愤说道，同时瞪了一眼伏寿。董妃几次要接近皇帝，都被她阻止，若非如此，真相早已大白。刘协缓缓道："可是这其中隐情，不知你可知晓呢？""背主篡位，还能有什么借口？好吧，你且说来，我和少君在听着！"赵彦索性把灵位搁在地上，自己盘膝而坐，双手抄胸，语气里再无一丝恭敬。刘协瞥了一眼灵位，开始讲述刘氏两兄弟的故事，语气从容不迫，就像是一位史官在记录着前朝遗史。赵彦开始面露不屑，但随着讲述的深入，他的身体不知不觉挺直，眼神里的狂热逐渐收敛。

"……大局所迫，不得不如此行事。朕得位并非不正，有先帝诏书在此。"

刘协讲完了故事，拿出一件东西递给赵彦，这是一条绢带，上面潦草地写着一行墨字。赵彦接过去一看，面色为之一僵。上面写得清清楚楚："朕以不德，传位弟刘平，务使火德复燃，汉室重光。切切。"

这是真刘协临死前所留衣带诏，是董妃一直牵挂之人在世间的最后一点痕迹。原来，他竟比董妃死得更早。一想到在短短数日之内，这一家三口居然都相继离世，赵彦蓦地一阵心酸。他双手捧起绢带，颤抖着放在董妃的灵位之上，重重磕了三个响头。

"你们……也算是团圆了……"赵彦喃喃自语，却突然感觉到前所未有的孤独。

刘协看着赵彦叩完了头，平静地问道："汉室的真相，朕已剖白。赵议郎，你既已发觉真相，接下来你会怎么做？"

这个问题，让赵彦彻底愣住了。他之前一门心思想的，是如何挖掘出真相，完成董妃的嘱托，却从来没想过，挖出真相以后该怎么做。

在他原来的想象里，这是一起丑陋的宫廷阴谋，他身为追查者，天然立于公义一面。但刘协所揭示出的真相，却让他心生踌躇。赵彦并不愚蠢，跟随孔融这么长时间，对政局非常了解。如果刘协所言不假，汉室行此李代桃僵之计，实在是情非得已，被曹氏所迫。那么他赵彦行事的大义名分，便会大打折扣。

"接下来，你会怎么做？"刘协又问了一次，语气凝重。他已看穿了赵彦大义凛然背后的虚弱，这个问题就是射向他死穴的一支铁箭。

果然，这短短一个问题，让赵彦陷入了莫名的矛盾，就像是一枚小石子被丢入湖心，却激起了滔天巨浪。

是啊，我该怎么做？

赵彦也是汉臣，对汉室仍旧怀有忠义之心。他也许不会如杨彪、董承那样，愿意为复兴汉室抛头颅、洒热血，但也绝不会亲手毁掉汉室。更何况，真相倘若公布出来，最欣慰的不是死去的董妃，而是杀害董妃的凶手。曹氏会借机进行打击，让汉室彻底完蛋。

那岂不是让亲者痛，仇者快？

赵彦看着刘协似笑非笑的双眼，陡然意识到，天子并不是要发问，而是要点破自己之前一直未曾发觉的荒谬。这种行为，是何等可悲兼可笑，一心要为董妃讨个公道，到头来却发现，得益的却是董妃最大的敌人。

刚才的滔天自信消失了，一瞬间，似乎身体内有什么东西"咔吧"一声断裂开来。赵彦的双肩轻轻一晃，突然喷出一大口血，整个人萎靡地软下去。

刘协起身快步走过去，不顾他前襟淋漓的鲜血，扶住他的肩膀："赵议郎，死者长已矣，我们生者，还有许多事情要做。"

第十四章　死寂

仁德之术，不是一味慈绥。仁德可以杀人，可以夺政，可以钩心斗角、尔虞我诈，唯得是外圆内方，方为正道。

1.

从温县读书时起，刘协就一直抱持着一个信念：人生于天地之间，须有好生之德，不以万物为刍狗。所以他不肯射哺乳之鹿、不肯阻归巢之雁，对许都那些为他无辜牺牲的人感到痛心和愤怒，甚至当曹丕受到伤害时，他第一时间选择了出手相救——在古代圣贤眼中，这种品格被称为仁德。

为此，司马懿骂他迂腐，伏寿讽刺他幼稚，甚至连老头子张宇都断言他太过善良，不是好事。但杨修也曾经说过："我们需要的，不是一个仁德或者冷酷的皇帝，而是一个坚定不移的领导者，他的意志必须硬逾金铁。"

在刘协看来，"仁德"就该是自己要坚持的意志。他在许都待的时间虽不长，却经历了太多的事情，在不断冲突中，信念逐渐成长，逐渐成熟，就像一件粗粝的铜器被打磨得锃光瓦亮，变成一樽精致的祭器。

仁德之术，不是一味慈绥。仁德可以杀人，可以夺政，可以钩心斗角、尔虞我诈，唯得是外圆内方，方为正道。刘协在大好形势之下放弃了诛杀赵彦，而是先说破他的心事，再点醒他的执迷，温言予以抚慰，令彼事败而心无怨，未遂而人不悔——这正是刘协的堂堂阳谋。

他相信，这才是自己的道之所在。

伏寿和冷寿光体察到刘协的细密心思，不由得暗暗佩服。尤其是伏寿，她望着刘协镇定自若的微笑，一时百感交集。自己在前不久，还很可笑地断言许都不适合他，要把他赶回河内，这才多少时日，他居然已成长到了这地步。

刘协把赵彦扶起来搀至殿角，让他靠坐着，还掏出一块丝帕擦去他嘴角的鲜血。赵彦面色煞白，刚才那一大口血伤的不只是他的元气，还有他的生机。那道固拗的执念让赵彦坚持到了今天，也让他在醒悟之后被反噬得格外严重。

刘协抚住他的肩膀："车骑将军诛曹未成，反受其害，以致董妃被株连横死。你既有心，何妨与我等共谋大业？待得汉室重光，董氏父女入驻忠烈祠，也不枉你如此苦心。"

这一番话既体谅了赵彦的用心，又许以前景，可谓仁至义尽。若换作别人，早已心神激荡，纳头即拜。谁知赵彦却摇了摇头，把刘协的手拨开，挣扎着起身，从地上抱起董妃的灵位，竟转身朝外面走去。

"赵议郎，你要去哪里？"刘协有些惊讶。

"我不知道，但我不想继续待在这里……"赵彦失魂落魄地喃喃道。刘协说的话，他一个字也听不进去。他只想找一个像温县黑牢或者少府内档那样的荒凉地方躲起来，怀抱着董妃的灵位，孤独地蜷缩成一团。

"陛下，不可让他这么出去。"伏寿忍不住提醒道。赵彦已经听到了全部秘密，如果他不承诺投身汉室，绝不能容他活着。

赵彦听到喊话，霍然转身，取出那柄匕首。冷寿光反应最快，迅速挡在刘协身前，眼中暴出精光。不料赵彦没有冲天子比画，而是手起刀落，将自己的舌头斩下，一时血花四溅。

这一下横生惊变，让所有人都惊呆了。赵彦满口鲜血，犹嫌不够，又是寒光一闪，削下了右手大拇指。无舌，口不能言语；无指，手不能握笔。他用这种激烈的方式告诉刘协，自己不会泄露这个秘密。

赵彦不顾鲜血淋漓，一双血红色的眼睛瞪向伏寿，仿佛在问她："我是否可以走了？"

伏寿面色苍白，后退数步，不敢与之对视。

刘协感觉自己口舌发干，他实在想不明白，明明双方并无深厚仇怨，可以携手合作，为何却选择了这么一条路呢？他想靠近，却被赵彦的眼神所阻，只得开口叹道："赵议郎，何必决绝到这一步……"

赵彦已无法说话，他蹲下身子，用颤抖的指头蘸着血在地板上写了一个"曹"字，然后用鞋底擦掉。

刘协一惊，心中顿时明悟。看来赵彦已经引起了曹氏的注意，他不肯与汉室合作，恐怕正是出于这层顾虑。可是，这件事并非殆无可解，实在不需要斩舌切指这么激烈。

他注意到，赵彦的眼神十分哀伤，黯淡无光。这种生志已断的神色，他曾经看过一次——那次在祠堂里，伏寿逼他刺死她自己时，也是这样的眼神。一个念头忽然闪过刘协脑海：难道说，他不想活了？

赵彦没有再做回应，他双臂用力抱住灵位，朝着屋外走去。嘴角和拇指伤口处鲜血肆流，在董妃的木牌上留下一道道触目惊心的滴痕，好似哭出的血泪一般。

刘协刚才问的那个问题，他已经知道该怎么回答了。"你既已发觉真相，接下来你会怎么做？""我唯一能做的，是把这件事告诉少君。可少君已在九泉之下，我也只有一死，才能把这份心意传达给她。这个答案，实在再清楚不过了。我真傻，怎么原来就没想到呢？少君，你等着我。"

赵彦用尽力气推开殿门，踉跄着走了出去。杨修和唐姬本在外面守候，忽然看到赵彦浑身是血地走出来，无不大骇。唐姬以为他对皇帝施以杀手，怒气勃发，挥手就要取他性命。刘协及时追了出来，阻住唐姬，吩咐杨修不要阻拦，两人只得停手。

此时赵彦心神恍惚，即便是泰山崩于前，都不会多看一眼，更别说这小小的混乱。他没理睬旁人，摇晃着身躯径直朝司空府外走去。

杨修和唐姬望向刘协，眼中疑惑重重。刘协只得低声说了几句，两人这才明白其中原委。唐姬嘴角抽动，神色复杂。赵彦的所作所为，让她想起了王服，两个人都是痴情种子，为了一个不可能的爱慕而甘愿付出性命。她望着赵彦的凄惶背影，那背影不觉与王服临死前的身影重合，一时间心乱如麻。

杨修侧眼看了眼唐姬，有些轻蔑地摇了摇头，开口向刘协问道："陛下打算就这么放他离开吗？"

刘协注意到杨修的手指又开始灵巧地转起骰子来，表示这人在飞速思考着。杨修一步三计，素有"捷才"之称，一定是想到了什么。

杨修扬掌道："如果陛下不介意，我倒想借此人一用。反正他已无生念，不如用来做些文章。"

刘协知道杨修的意思。赵彦是朝廷官员，如果能把他的死和曹氏挂上钩，可以生出许多花样，影响人心向背，为汉室腾挪再挤出些许空间。刘协沉吟片刻，摇头道："还是算了。此人用情至绝至坚，可惜不能为我所用，就让他安静走吧。"杨修耸耸肩膀，没有继续坚持。

他们目送着赵彦离开廊院，越过那条线，就是司空府的警戒范围。接下来发生什么事情，就不是汉室所能控制的了。

三人回到殿内，冷寿光已取来香炉灰垫在地板上，稍微压住血腥味道。赵彦的半截舌头还搁在地上，伏寿远远站开，根本不敢靠近。刘协走过去拉住她的手，细声安慰，伏寿的眉头略微舒缓，把头贴在刘协胸前。

唐姬抬眸望着天花板，根本心不在焉，一双手不自觉地揪紧了裙带。她心中郁闷愈加浓厚，几乎艰于喘息，只得对杨修低声道："赵彦是我带来的，如果放之不管，恐怕会有后患，我出去盯着。"杨修道："去吧，记住，你是被赵彦挟持进来，然后他刺杀曹公眷属不成，畏罪潜逃。"唐姬点头。赵彦在众目睽睽之下被她带进司空府，如果没有合理的解释，以后会很麻烦。

杨修又道："好好做，这是你摆脱梦魇的最后机会。"唐姬一怔，旋即明白她对王服的纠结，早被杨修看在眼中。她垂首致谢，然后转身离去。她离开以后，刘协重新跪坐回席上，把赵彦之事详细说给杨修听，连箭镞隐藏的内情也和盘托出。众人这才明白，为何赵彦要拿出箭镞相逼，为何刘协又是浑然不惧。杨修拍桌赞叹道："司马懿这个人还真是了得，只凭着那么一点点线索，便勾画出这么大的手笔。他的谋略，已不在我与郭嘉之下。"听到别人称赞自己兄弟，刘协大为自豪："仲达这个人，虽然脾气古怪了点，可谁若是惹了他，可是从来讨不到好去。"杨修忽然眯起眼睛，看着刘协道："不过陛下……听您刚才所叙，似乎早在赵彦献箭之前，您就知道司马懿在暗中襄助了？"

刘协道："也不算是知道，只是隐约触摸到一些迹象而已。"杨修又道："让我再猜猜，莫非与那五张画像有关？"刘协尴尬地笑了笑："真是什么都瞒不住你。"

邓展从温县带回五张杨平的画像，落在郭嘉手里。但奇怪的是，郭嘉自从收了那画像之后，却一直悄无声息，十分蹊跷。可这些东西一直是悬在汉室头顶的一柄倚天宝剑，一日不搞清楚，便一日不得安生。

刘协曾经主动请缨去查问，结果反被郭嘉带出去微服出游，从此再无下文。这时听到刘协这么说，伏寿瞪大了眼睛，她每日与刘协同进同出，却从来没觉察到，原来他心中早有猜测，只是未宣之于口，连她都被瞒住了。

"陛下你为何不早些说，让我们平白担心。"伏寿有些不满。

刘协连忙解释道："原本我并不十分确定，说出来怕误导你们。一直到赵彦闯宫，两相印证，我方才确信无误。"杨修催促道："那到底是怎么回事？"

刘协忽然问了个看似无关的问题："你们可知道揭影之术吗？"两个人摇了摇头，同时望向冷寿光。大家都觉得他师从华佗，杂学丰富，或许知道。冷寿光皱着眉头想了一阵，才谨慎地回答道："莫非，是一种纸术？"

刘协点头："纸祖蔡伦死后，其弟子孔丹曾路遇一棵青檀树，抽其树髓为料，捶制成纸。这种纸看似菲薄，实则层次分明，中有空隙，利于渗墨。于是便有一种纸术，可以揭开纸髓而不伤画质，一张纸可揭为两张乃至三张，每一张内容完全一样，只是墨色稍淡——谓之揭影。温县如今会这门手艺的人，只有仲达一个，他是缠着一个老画工学会的，这事只有我知道。"

杨修眼神一凛："所以郭嘉拿到的画像，其实都是揭影？"刘协食指有节奏地敲击着案几，试着在脑海里重构那一天的场景。那一天，邓展在温县一共访问了五个人，画出五张画像。其中四个是温县的居民，还有一个就是司马懿。司马懿觉察到了邓展不怀好意，故意对杨平的相貌说谎。于是，邓展手里的五张画像，四张与杨平相似，一张不相似。

司马懿连夜截击，从邓展手里追回这五张画像。他仓促之间没别的选择，只能毁掉其中两张，然后把自己那一张假的揭成三份，与剩下的两份混杂在一起，遗留在现场。为了进一步混淆视听，他还故意把画像埋在雪中濡湿，这样一来可以方便揭影，二来让墨迹洇开更多，使之看起来更加模糊。

当做完这一切以后，司马懿匆匆离开了现场，很快郭嘉赶到，找到那五张画像。即使是郭嘉那样的人，如果事先不知道揭影，也想不到这一生三的奥妙。

杨修叹道："以郭嘉的才智，肯定会在画上留有暗记，如果用这揭影的法子，连暗记一并揭走，真是毫无破绽。仓促之间能想到这一步妙棋，果然好手段！"

这种程度的计策，杨修自问也想得出来。但他每行一计，前提必是对全局了若指掌。而这个司马懿只是凭借一点点细碎的线索与猜测，便开始施展手段，胆量之大，实属罕见，赌性犹在杨修之上。

刘协唇角微微翘起，心思飞回到了温县那片熟悉的土地。在那里，他的兄弟们对许都之事一无所知，却仍旧义无反顾地为他雪夜追画，还苦心孤诣地把赵彦送到他面前。一想到这些，刘协的内心就涌入一股暖流，仿佛给四肢百骸注入了无比强大的力量。

"这个司马懿是个什么样的人？"伏寿好奇地问道。她实在想象不出，一个远在温县的年轻人，居然先后两次救汉室于危难。

"那可是我最好的兄弟啊。"刘协回答，然后一个念头钻入他的脑海，再也挥之不去，"如果仲达能够来到许都，也许我会轻松些吧？"

2.

唐姬离开寝殿以后，长长呼了一口气，快步走了出去。自从王服死去以后，她就被歉疚和不安笼罩，这两粒种子在心中生根发芽，难以去除。当她看到赵彦为了董妃而选择死亡时，仿佛又回到了那一天雪夜，看到王服死在自己手中，双目充满爱恋。

杨修说得对，这是她摆脱梦魇的最后机会，必须要直面以对。

她快走到司空府门口时，忽然听到前方一片喧闹。唐姬心中一动，没有凑近，而是寻了一处隐蔽的地方，悄悄探出头去。

　　在司空府门口，站着两队人马。一队人马带头的是孙礼，他身后皆是巡夜的士卒；还有一队人皆未披甲，刺奸衣装，满宠和新任的许都令徐干站在前头。而赵彦此时被两名膀大腰圆的士兵紧紧按在地上，动弹不得，董妃的灵位掉在地上。

　　"孙校尉，这是怎么回事？"徐干阴沉着脸问道，他的额头上沁着微微一层汗水。

　　孙礼连忙抱拳道："我们刚接到报告，说有一人出现在司空府前，形迹可疑，所以赶过来看看，结果正好撞见他。"

　　"赵彦？他怎么会弄成这样？"徐干吓了一跳，眼前的赵彦满口是血，右手手指也少了一根，整个人萎靡不振。

　　孙礼道："我们发现他时，便已经如此了。"

　　满宠俯身从地上把灵位捡起来，凑近灯笼看了看，递给徐干。徐干一看，脱口而出："原来是为了她！"

　　下午他们跟丢了赵彦以后，徐干气急败坏，发动所有人进行搜捕，把赵彦进过的商铺、接触过的人统统抓起来审问，却仍不知其去向。最后根据赵彦买的物品，许都卫得出结论：他应该是为了决意向某人复仇，所以才买了不少祭奠用品，为自己的血亲招魂。

　　根据这个思路，徐干查找了许都城内所有与赵彦可能结怨之人，仍旧不得要领。就在刚才，一枚神秘的竹简出现在许都卫，上面只写了三个字：司空府。一涉及天子和曹公家眷，徐干不敢怠慢，他顾不上追查竹简来源，连忙和满宠一起前往司空府。一到府门口，就看到孙礼把赵彦按在地上。

　　徐干看到灵牌上写的"董少君之灵位"几个字，立刻就明白了。这个赵彦一定是董承余党，为了给董妃报仇，试图潜入司空府行凶。这也与许都卫的分析吻合。

　　满宠冷静地拦住徐干："不要急于下结论，得先搞清楚，他到底是怎么潜入司空府的。"孙礼在一旁说："在宵禁刚开时，我们碰到了唐夫人的车马前往司空府，车上只有唐夫人和一个车夫。属下以为，很可能是赵彦扮成车夫，胁迫唐夫人，借口觐见陛下进入府邸。"

听到"唐夫人"这个称呼，满宠饶有兴趣地抬起头："你看来很了解唐夫人嘛，为何当时不把她拦下来？"

孙礼面色一红："您知道的，唐夫人对属下一直……有点误解。当时如果属下知道她是被胁迫，无论如何也不会让他们进入司空府。"

他说得结结巴巴，显然是心中起急。满宠拍拍他肩膀，示意他少安毋躁。这位年轻军官什么都好，就是容易紧张，看到曹家大公子遇刺之时，甚至急得连声音都麻痹了，一时在军中传为笑谈。

唐姬就藏在附近，靠着风声和唇语捕捉到了这段对话。她很意外，没想到孙礼居然会主动替她开脱。"哼，他一定是怕我被捕以后把他咬出来，一定是的。"唐姬在心里恨恨地说。不过这样一来也好，省得她亲自现身了。

满宠可没有孙礼那么单纯。他的绿豆眼不停地扫视着地上的赵彦，一副毒蛇般的表情，陷入了沉思。这件事疑点很多，尤其是那一枚神秘的竹简，让满宠觉得其中大有问题。他忽然想到，之前赵彦被许都卫拘捕，西曹掾的陈群也是被一张字条提醒，赶来捞人。冥冥之中，似乎有一只看不见的手在操纵这一切。

"此事还须审慎。"满宠委婉地提醒徐干。

"没关系，等下把他带回许都卫。哼，别以为没舌头，就什么都吐不出来了。"徐干阴冷地说，同时恶狠狠地瞪着赵彦，眼角多了几条血丝。他原本以为是个简单的任务，却没想到折腾出这么大动静。如果曹公眷属有什么闪失，他的罪责可就大了。

满宠轻轻地摇摇头。徐干做事聪明有余，却太过情绪化，欠缺弹性，很难保持开放而冷静的心态——而这一点对许都卫来说非常关键。

孙礼做了个手势，把赵彦从地上拖起来，打算交给许都卫带走。

就在这时，一辆马车突然从远处冲了过来，在司空府前停住。一个青衣老者从马车上跳下来，发出雷霆般的怒吼。

"你们怎么敢公然欺凌朝廷官员！"孔融大吼道。谁也没料到，这时候孔融会冒出来。这家伙在许都谁都不怕，什么都敢说——最重要的是，他还特别护短。看到他突然出现，周围的人都下意识地往后退了一步，生怕被他的口水溅到。孔融看到一身血污、奄奄一息躺倒在地的赵彦，胡子气得一抖一抖的。他环顾四周，对满宠喝道："满伯宁，你给我解释一下，为何你们许都卫要当街殴打一位朝廷官员？"他不知道许都令已经换了人选，所以第一时间把矛头指向了满宠。满宠还未开口，徐干一步赶过去，在一瞬间收敛起焦躁，双手抱拳，满脸堆笑："孔少府，现在这里是我负责。"孔融一看是徐干，脸色稍微缓和了点。这个人文名甚佳，还曾和他一起探讨过经学玄学，算得上孔融难得高看一眼的人。"你怎么会跑来这里？"孔融有些不解。在他看来，只有最肮脏、最龌龊的小人才适合管理许都卫那个大粪坑。徐干解释道："伯宁不日将前往汝南赴任，许都卫眼下暂由在下代管。"然后恰到好处地苦笑了一声，让旁人觉得他是情非得已，非但不生恶感，反而会有"高士自污"的同情。果然，孔融听完以后，把手按在他的肩膀上，嗟叹不已。

"今夜宵禁，您怎么会跑来这里？"徐干问道。

"唉，还不是为聚儒之事。你家郭祭酒举荐了贾文和，老夫与他商议到现在，才谈完回家。结果不意被我撞见这等事情！"

徐干笑道："能者多劳，智者多虑。"孔融"嗯"了一声，颇为受用。

满宠在一旁暗暗点头，郭嘉选择的人，果然都不会那么简单。若论谋策执行，徐干不及他；但若说起与这些雒阳派的人周旋，徐干的确自有一套办法。

孔融跟徐干寒暄完，俯身欲把赵彦扶起，孙礼不肯相让，这时徐干开口道："孙校尉，你先退下吧。孔少府为人正直，不会徇私的。"孙礼只得让开。

赵彦看到是孔融，眼神里的光芒亮了一些，嘴唇嚅动几下，发出含混不清的声音。孔融一看，发现他的舌头居然都没了，面色立刻阴沉下来。他抬起头，问道："赵彦是我的人，他到底犯了什么法？"

先表明赵彦是他的人，再问犯了什么法，孔融摆明了是要插手。徐干叹道："赵议郎意图刺杀曹公眷属与天子，为董承报仇。兹事体大，我初任许都令，诸事未熟，生怕有所疏失，错陷忠良，所以与伯宁一起亲自处理此事。"他话里话外，有意误导，仿佛赵彦一事是满宠一人而为，他这个新任许都令只是代人受过。孔融一听，果然阴冷地扫了满宠一眼："先是拷打杨太尉，又割赵议郎的舌，你这头夜枭还真当自己是许都之王啊！"

"孔少府，您误会了。我们发现赵彦时，他已是如此，不是伯宁所为。"徐干为满宠辩解道。

"你是说他是自己把舌头割掉、手指切掉，然后在大街上闲逛，直到被你们凑巧地捡到喽？"孔融讽刺地反问道。

满宠保持着沉默，他已经明白郭嘉的用意。郭嘉知道拘捕赵彦困难重重，会惹起强烈反弹，所以故意让他与徐干一起负责。这样一来，无论发生什么事，雒阳系的怒火只会倾泻到他身上，让徐干保持清白令名。

若换作旁人，定会埋怨郭嘉厚此薄彼，但满宠不会。他在雒阳群臣那边，早已被视如妖魔，也不多这一次的骂名。郭嘉很了解他，知道他根本不是为虚名所困之人。

徐干见孔融情绪又开始激动起来，便把董妃的灵位递了过去："这是我们在他身上搜到的。"孔融接过去一看，猛然间想起来了，赵彦和董少君原本是有婚约的，只是因为董承反悔，才没结这段姻亲。想不到这小子一直惦记着人家董家闺女。

这么说来，他前一阵确实没怎么出现，难道真是在筹划刺曹？孔融自己心生疑窦，语气不由得缓和了几分。倘若真是如此，赵彦可未必保得住。

徐干说："我们的人已前往司空府调查，一会儿便知实情。在此之前，还是先把赵议郎送去许都卫处理一下伤势吧。孔少府若是担心，可以一并跟来。"

孔融对这个安排还算满意，徐干到底是读书人，比那个面目可憎的满宠会做事。徐干拍拍胸膛，凑近躺倒在孔融怀里的赵彦，大声说道："孔少府、赵议郎，你们请放心，我身为许都令，一定会秉公处理。"

一听到"许都令"三个字，赵彦"唰"地睁开眼睛，双臂张开，扑向徐干。

所有人都以为他奄奄一息，放松了警惕。结果赵彦突然暴起发难，徐干猝不及防，被赵彦抱了一个满怀，两个人滚落在地上。赵彦不知哪里来的力量，赤红着双眼扼住徐干的咽喉，发出野兽般的吼叫。徐干拼命挣扎，却扳不开铁钳般的双手。

自从真相被刘协坦白之后，赵彦已心存死志，唯一支撑他到现在的，只有一件事：杀死曹氏重臣，为董妃报仇。当他听到"许都令"三个字时，最后的怒火化为力量，不管他是谁，径直扑了过去。

士兵一拥而上，一时间却很难把两个人分开。徐干的面色越来越白，他的双手乱抓乱摆，突然触到了赵彦腰侧一个凸起，好似是个刀柄。他情急之下顾不得许多，抓起刀柄往外一抽，然后拼命刺向赵彦，一刀一刀，刺入他的身体。

　　赵彦腰眼一阵剧烈疼痛，让他更加疯狂。这两个人一个拼命紧扼，一个抵死乱捅，好似彼此都有着不共戴天的大仇。周围的人不敢靠近，无从下手，最后还是孙礼反应最快，他拿起刀鞘连连猛击赵彦的后脑勺，试图把他敲晕。

　　赵彦连挨了几下，脑子已经开始糊涂，可双手凭着直觉和一股濒死之劲，仍旧抓住徐干细弱的脖子。眼看徐干的挣扎越来越慢，孙礼眼中寒光一闪，手起刀落，将赵彦的头一举斩下。他的力度掌握得非常好，刀刃刚好切开赵彦的脖颈，却没伤到徐干的身体。

　　徐干只觉得一股刺鼻的血腥冲自己而来，赵彦的头颅从身上滚落，而无头的身体，却仍旧保持着掐脖子的动作。孙礼蹲下身去，用力把赵彦的双手掰开。他发现，徐干至少在赵彦的腰眼附近刺了十几刀，每一刀都入体极深，即使没有那一刀断头，赵彦也绝活不了。

　　董妃死在自己之手，现在为她报仇的男人也死在自己之手，命运还真是奇怪。孙礼想到这里，面上露出一丝自嘲，用下摆擦干刀上的血迹，插入鞘中。

　　赵彦的头颅掉在地上，双目依然圆睁，眼神里没有不甘，没有愤怒，只有一种强烈的期待，似乎死亡对他来说，是一件迫不及待的事情。

　　"唐姬会不会有一天，也会被我杀死呢？"孙礼没来由地涌现出莫名预感。他不知道，就在距离现场不远的地方，隐蔽身形的唐姬用手掩口，泪流满面。

　　当孙礼砍下赵彦头的那一瞬间，她的梦魇非但未得削减，反而愈加清晰。这个人逼杀了王服，困杀了董妃，斩杀了赵彦，而每一个死者都曾对唐姬产生过刻骨铭心的震撼。唐姬心中的阴霾，逐渐凝聚成实体，成了孙礼的身影，深深烙在了她的心中，再也无法擦除。

　　在孙礼的身旁，死里逃生的徐干躺在地上一动不动，眼睛有些发凸，像一只青蛙，原本一尘不染的长袍上都是血污，再无倜傥风流的气度。死里逃生的他一丝力气也无，惊惧有如一条锁链紧紧把身体缠住。满宠走过去，摸了摸徐干的脉搏，吩咐左右道："快把徐大人扶坐起来，脖颈后仰，放到上风处。"

他浸淫忤作之学很久，对这类事故的处理得心应手。吩咐完这一切，满宠又把目光投向赵彦，全场都震惊的时候，只有他还保持着冷静——因为他观察的不是赵彦，而是赵彦身后的夜幕。

另一个凝望着无头尸体的人是孔融，他将着胡须，久久无言，一瞬间仿佛老了十几岁。

"彦威，你，你怎么如此冲动。许都聚儒之事刚有了眉目，老夫还指望你挑起重担，居中奔走呢……"孔融闭起眼睛，心中哀伤难平。赵彦是他看着长大的，赵家倾覆之时，他父亲还把他托付给孔融照顾。孔融前来许都之时，有意栽培这年轻人，把他提携为议郎，跟随左右。想不到今日竟……

赵彦在众目睽睽之下袭击许都令未遂被杀，即便是孔融也无法为他公开辩护。可是，赵彦虽然鲁莽，此举却于大节不亏，倘若孔融撒手不管，岂不让天下义士寒心？

"彦威，你是聂政再世，荆轲复生。我不会让你籍籍无名地死去。我会让你的名字昭于天下。"

孔融暗暗下了决心，大袖一拂，正要开口说话，忽然眼前人影一动，满宠挡在了他面前。

"满伯宁，老夫现在心情不好，你别来惹我！"

满宠平静道："有两件事须请孔少府澄清一下。"孔融瞪起眼睛："人你们都杀了，还有什么好问的？"满宠抬起头："不是问赵议郎的事，而是问您的。今日下午，您所乘马车在城南街巷突然失控，几致倾覆，可有此事？"

"有。"孔融生硬地回答。

"第二件。您的居所在归德坊，从宣义将军处返回家中，直行一路向西即是，为何要绕行这里？"

"老夫愿意走哪里就走哪里，难道还要许都卫管吗？！"

看着几乎要爆发的孔融，满宠没有继续问下去。孔融又看了一眼赵彦的尸身，未置一词，悄然拂袖而去。

徐干已经被人扶到树下瘫坐，眼神发呆。孙礼指挥着周围的人开始清理现场，将赵彦的身体和头颅搬开，在附近弄来黄沙铺在血迹之上。司空府里的护卫此时也听到动静，纷纷前来询问。而在不远处唐姬刚才藏身之处，此时已空空如也，只留下地上几滴湿痕。

四周的人都在忙碌着，满宠此时却双手负在身后，仰望着如墨天空，脸上的皱纹勾勒成一副困惑的表情。

他有一种强烈的感觉：这一切都不是偶然，包括赵彦的举动和自己的离职，以及许都最近一连串诡秘事情的背后，都有一条丝线若隐若现。他在努力想着，试图解析出其中真相。

在他的脑海中，尚书台、禁宫、司空府、许都卫以及其他各式各样的建筑化为点，身居其中的人们彼此连接成线，点线相交，几十条乃至几百条线彼此连结纵横，令人眼花缭乱，勾勒出一个别样的许都。他倾尽全力，推算出其中动向，在繁杂的流动中拎出那一条关键的，却总是失败。

身为前任许都令，满宠对许都潜藏的几条暗流了如指掌，无论是雒阳系、汉室还是世族，他都有自信捋清脉络，胸有成竹——可唯独这一根线，牵系广泛，错综复杂，牵一发而动全身。它隐于万千头绪之中，有若入林之兔，极难寻见痕迹。赵彦之死，恐怕只是它入林一刹那被吹开的野草罢了。

满宠不清楚谁在背后操控那根丝线，亦不知他终将把许都牵引至何处，只能勉强分辨出那丝线的下一个节点会落在何处。夜空下，他缓缓抬起手，食指伸向北边远方的某一点。

满宠的嘴唇轻微地摩擦了几下，周围没人听见他的声音。

尾声

袁绍独自跪坐在貂皮大毯上，把脸转投向南方沉思。他忽然用拇指按下唇边微微翘起的笑意，把手中的酒杯略一高抬，仿佛遥祝某位远方的友人，然后一饮而尽。

“主公，讨曹檄文已经写就，请您过目。”

文士将一卷竹简恭敬地递过去。在他两侧，河北的文武重臣站成两排，注视着高高在上的主公。袁绍左手端着酒杯，右手将竹简递给身旁的侍从，让他读出来，让大帐中的人都听见。

侍从领命，展卷开始大声诵读。等到念完以后，袁绍拍案赞道："写得好！陈主簿文笔犀利，句句刺中要害！等曹孟德看了这檄文，只怕是要羞愤欲死，自来请降了。"他说完以后，麾下诸臣都"哈哈"笑了起来。文士听到这夸奖，倒没面露喜色，只是尴尬地搓了搓手，一副谦逊的姿态。

这时候，郭图突然出列，跪倒在地："启禀主公，臣虽才不及，愿为陈主簿锦上添花。""哦？你有什么好主意？"袁绍啜了一口酒。"陈主簿历数了曹贼诸多罪名，可谓精准犀利，但臣以为还不完全。曹贼以迎立天子为功，如果举发他在许都欺凌汉臣之事，则天下人皆知其虚伪，曹贼军心势必动摇。"袁绍"嗯"了一声，上次董承之死，弄得他灰头土脸，狼狈不堪，一直希望能扳回一局。他瞥了沮授一眼，让后者非常尴尬。袁绍问道："那么郭监军你有什么好计？""臣新近获得一条消息，再加上杨太尉之事，二事并举，添入檄文，足可以撼动许都。""哦？说来听听。"袁绍饶有兴趣地勾了勾手指，马上有人将笔墨取来，还铺开一片新的空白竹简。郭图得意扬扬地挥笔写了几句，呈给袁绍看，上面写的是：故太尉杨彪，典历二司，享国极位。操因缘眦睚，被以非罪；榜楚参并，五毒备至；触情任忒，不顾宪纲。又议郎赵彦，忠谏直言，义有可纳，是以圣朝含听，改容加饰。操欲迷夺时明，杜绝言路，擅收立杀，不俟报国。

袁绍用手指滑过墨痕："这个赵彦被杀，果有其事？"

"正是！他是前几天……"郭图正要详细说明，袁绍却挥了挥手，兴味索然地打断他的话，"这件事记得加进去，然后传檄天下，细节你们自己把握就是。"

郭图和陈琳领命而去，其他人也都纷纷告退。袁绍独自跪坐在貂皮大毯上，把脸转投向南方沉思。他忽然用拇指按下唇边微微翘起的笑意，把手中的酒杯略一高抬，仿佛遥祝某位远方的友人，然后一饮而尽。

在他目光的终点，数百里外官渡的一座营帐里，另外一个人也同时举起酒杯。"官渡见。"两个人在心中同时默念道。

马伯庸 作品

三国机密

潜龙在渊

【新版】

湖南文艺出版社
HUNAN LITERATURE AND ART PUBLISHING HOUSE

博集天卷
CS·BOOKY

图书在版编目（CIP）数据

三国机密：全 2 册 / 马伯庸著 . — 长沙：湖南文艺出版社，2018.1（2025.5 重印）
ISBN 978-7-5404-8338-8

Ⅰ . ①三… Ⅱ . ①马… Ⅲ . ①长篇历史小说—中国—当代 Ⅳ . ① I247.5

中国版本图书馆 CIP 数据核字（2017）第 248073 号

上架建议：长篇小说

SANGUO JIMI：QUAN 2 CE
三国机密：全 2 册

作　　者：马伯庸
出 版 人：陈新文
责任编辑：薛　健　刘诗哲
监　　制：蔡明菲　邢越超
出 品 人：周行文　陶　翠
策划编辑：李齐章　王　维
营销编辑：刘斯文　周　茜
封面设计：利　锐
版式设计：张丽娜
出版发行：湖南文艺出版社
　　　　　（长沙市雨花区东二环一段 508 号　邮编：410014）
网　　址：www.hnwy.net
印　　刷：三河市兴博印务有限公司
经　　销：新华书店
开　　本：700mm×980mm　1/16
字　　数：756 千字
印　　张：43.5
版　　次：2018 年 1 月第 1 版
印　　次：2025 年 5 月第 9 次印刷
书　　号：ISBN 978-7-5404-8338-8
定　　价：79.60 元（全 2 册）

质量监督电话：010-59096394
团购电话：010-59320018

目录

序

一匹纯白的骏马跃出草丛，四蹄敲打在铺满鹅卵石的河滩上，发出犹如战鼓进击般的急促鼓点。马背上的骑士似乎还嫌不够快，单手持缰，另外一只手重重地拍了一下马臀。骏马昂首嘶鸣，速度又加快了几分。左旁河林中惊起数只灰白羽翼的飞鸟，扑棱棱拍动翅膀盘旋数圈，朝着北方飞去。

此时已经四月光景，江东之地早已处处皆有孟夏的气象。丹徒之地毗邻长江，更是林木繁茂，水草丰美，侥幸度过冬季的兽类都纷纷活跃起来，正是狩猎的好去处。

骑士猛然间看到左前方一只鹿跃过，他立刻拉紧缰绳，让坐骑的速度降下来，然后双足紧紧夹住马腹，从肩上摘下弓箭，利索地搭上一支青绿色的竹箭。

可还未等骑士将弓弦拉满，他虎目突地一凛，握住弓身的左臂轻转，把箭头重新对准了右侧的一处小山坡。那山坡上出现了三个人，他们徒步而来，身披无肩皮甲，手里各自拿着一张木弓，腰间还用一圈山藤别着环口刀。

"来者何人？"骑士喝道，保持着满弓的姿势，他的坐骑乖巧地停下了脚步，以期为主人获得更平稳的射姿。那三个人看起来颇为惊慌，互相看了看，最终一个年纪稍大一点的汉子壮起胆子上前一步，半跪抱拳道："启禀主公，我等是韩当韩校尉的部属，在此猎鹿以充军粮。"

"哦……"骑士拖了一声长腔，手中弓箭微微放低了几分，旋即又问道："既是猎鹿，为何身披甲胄？"

"此地靠近射阳，常有陈登的军士出来樵采。所以韩校尉叮嘱我们外出都要披甲，以防不测。"

骑士对这个回答很满意，他扫视三人一圈："韩当治军一向严谨，细处不苟，如今一见，果然不错——那你们今日可有什么收获？"

听到这个问题，三人的表情都轻松了点。为首者起身抓了抓头，羞惭道："可惜我等运气不好，至今尚未猎到什么大物。"

"打猎可不能心急，你动，猎物也在动，谁能先发制……"那一个"人"字尚未出口，骑士手中的竹箭猝然射出，霎时贯穿了为首汉子的额头，那人瞪大了眼睛，登时仆倒在地。

剩下的两个人慌忙抄起木弓，朝着骑士射去。可惜骑士的速度比他们更快，从箭壶里取箭、搭弓、射出，一气呵成，第二个人的箭还未射出，额头便被一支飞镞牢牢钉住。不过两位同伴的牺牲，终于为第三个人争取到了足够的时间，弓弦一振，利箭直直朝着骑士飞去。骑士来不及躲避，就将手中的硬弓在身前一横一拨，竟将那箭矢拨开。

"你们到底是谁？"骑士在马上喝道，他的神态与其说是愤怒，倒更接近于兴奋，那是一种嗜血的兴奋，像是猛虎见到了弱不禁风的猎物一般。

"狗贼！你还记得被你绞死的许贡吗？"第三个汉子一边大吼着，一边搭上第二支箭。骑士听到这个名字，略微有些意外："你们是他的门客？"

"不错！今日我就要为主公报仇！"汉子又射出了一箭。可惜这一箭仍是徒劳无功，被骑士轻松拨开。他的反应速度与臂力都相当惊人，这把区区数石的木弓根本无法对他造成威胁。

"那个老东西，倒也豢养了几名听话的死士嘛。"

骑士舔舔嘴唇，露出嗜血的兴奋，笑容却突然僵住了。他的右耳捕捉到一声细微的弓弦振动，这声音不是来自前方，而是从身侧的密林中发出来。骑士毫不犹豫，瞬间翻身下马。与此同时，一支利箭破空袭来，直接射穿了骏马的头颅。马匹连哀鸣也来不及发出，便一头摔倒在地。骑士避过马匹倾倒的沉重身躯，迅捷地伏低了身子。

那支射穿了马头的箭，长度足有二尺三寸，箭杆粗大，还刷了一层深灰色的漆。骑士知道，能发射这种箭的大弓，规制至少在二十石以上，一个人无法操作，射箭时必须事先固定好弓身，再慢慢拉紧弓弦——换句话说，他与许贡门客的相遇不是偶然，而是一次有预谋的伏杀。这周围已经被不知名的敌人架设了死亡陷阱，只等他进来。此时不知有多少大弓，已经对准了这片狭小区域。

又有四支大箭从林中飞出来，将骑士的躲避方向封得死死的。骑士一个鱼跃，借助马匹庞大的身躯，勉强避开了这凌厉的杀招，可也被逼到了一处没有遮掩的开阔地。

就在这时，他听到，林子里正对着自己的方向，响起了一声轻微的金属铿锵声。

"妈的，是弩……"

骑士骂了一句脏话，这次他再没有机会闪避了。弩箭要比弓箭穿透力更强，飞行速度更快。它从骑士的右腮穿过，刺入口腔，撞飞几枚臼齿，然后狠狠扎入另外一侧，立时血花四溅。骑士发出一声惨叫，身子晃了几晃，露出了更大的破绽。这时第二支弩箭从另一个角度飞出，正刺中他的左侧面颊，强劲的力度让骑士倒退了数步。但令人惊讶的是，骑士顽强地保持着站姿，他不顾鲜血淋漓的脸部，右手抓紧弓身，左手扣弦，还试图对准密林深处的卑劣伏击者。

地面微微发颤，远远传来无数急促的马蹄声，似有大队人马不断迫近，"孙将军！""主公！"的呼声此起彼伏。唯一还活着的许贡门客惊慌地望了一眼树林，林中依然安静，但一种无言的杀势悄然弥漫出来，仿佛有一双严厉的眼睛自林中注视着他，那种沉重的压力，甚至要大过对死亡的畏惧。

许贡门客闭上眼睛，深吸一口气，然后拔出腰间的环口刀，对着骑士大喝道："孙策狗贼，受死吧！"冲了过去。骑士猛一转身，用尽力气射出最后一箭……

建安五年四月，故吴郡太守许贡门客三人，刺孙策于丹徒。孙策击杀三人，面中两箭，回营后不久即重伤身死。人们在感慨小霸王英年早逝的同时，也对许贡门客不忘故主的义烈之举表示钦佩——至少绝大多数人是这么认为的。

第一章　两个人

刘延捡起来一看，发现是一块精铜制的令牌，正面镌刻着『汉司空府』四字，背面獬豸纹饰，牌头还雕成独角。刘延不由得倒吸一口凉气，这两位到底是什么人，不光有靖安曹的凭信，连司空府的令牌都有。

刘延面色阴沉地从低矮的城垣望下去，城脚横七竖八地躺着几十具袁军士兵的尸体。这些战死者只有少数人身上披着几块皮甲，大部分尸体都只是简单地用布衫裹住身体。手里的武器，也只是简陋的木制或竹制长矛，甚至连一面小盾都没有。

这种胜利并不让刘延感觉到快意。从装备判断，这些不过是冀州各地家族的私兵，被袁绍强行征调过来，一来可以充作战争的消耗品；二来变相削弱那些家族的实力。这样的士兵无论死多少，袁绍都不会有一点心疼。

刘延抬头看了看远方，袁军的营寨背靠黄河而设，旌旗招展，声势浩大。这些袁军部队是从黄河北岸的黎阳渡河而来，牢牢地把控住了南岸的要津，然后从容展开，将白马四面围住，骄横之气，溢于言表。

可刘延又能做什么呢？这一座白马小城不过三里见方，他这个东郡太守手里的可战之兵只有两千不到。算上白马的居民也不过才一万多人。而此时包围小城的袁军，仅目测就有一万五千之众。

以袁军的威势，只要轻轻一推，就能把此城推倒。白马一陷，冀州大军便可源源不断地渡过黄河，直扑官渡，在广阔的平原地带与曹操展开决战。可奇怪的是，对面的袁将似乎心不在焉，除了派出一批大族的私兵试探一下守军的抵抗意志以外，主力一直按兵不动。

刘延摇摇头，白马已是孤城，现在想什么都没用了，只有殉城战死或者开城投降两个选择。他叮嘱城头的守将几句，然后满腹心事地沿着青石阶梯走下去。他刚一下来，立刻有一名亲随迎了过来。

"抓到了几个袁军的细作。"亲随压低声音对刘延说。

刘延一点也不觉得惊讶，大战持续了这么久，各地的细作都多如牛毛。他淡淡道："当众斩首，以安民心……哦，对了，尸体别扔，也许还能吃。"

亲随有些踌躇："这两个细作，有点不太一样……"

"怎么不一样？"

"要不您亲自去看看？"

刘延眉头一皱，没说什么，这名亲随跟了他多年，不会无缘无故说这样的话。他们离开城墙，来到城中一处紧邻兵库的木屋里。木屋里站着两个人，他们没被绑住，但四周足足有八名士兵看守，动一下就会被乱刀砍死。

这两个人年纪都不大。一个二十岁上下，面白无须，两道蚕眉颇为醒目；他身边的根本还只是个大孩子，细眼薄唇，下巴尖削，小小年纪额头就隐有川字纹。两个人的穿着都是青丝单衣，幞巾裹头，一副客商打扮。

刘延在路上已经了解到详情。一接到袁军渡河的消息以后，白马城立刻封城不许任何人进出。同时城内大索，凡是没有户籍或没有同乡认领的人，都会被抓起来。这两个人，就是在这时候被抓进来的。

"你们叫什么名字？"刘延问。

"我叫刘平，这是我的同伴魏文。我们是行商之人，误陷入城中。"刘平略一拱手，不卑不亢。

刘延冷笑道："曹公与袁绍对峙已经半年多了，天下皆知，又有哪个商人胆敢跑来这里？分明是细作！"他假意一挥手，"拖出去杀了。"听到他的命令，几名士兵上前正要动手，刘平挡在魏文前面，厉声喝道："且慢！"士兵们都愣住了，手里的动作俱是一顿。

刘延心中大疑。刘平说这两个字时的神态和口吻，都带着一种威严，这是身居上位者特有的气质，学是学不来的。这两个人的身份，似乎没那么简单。他又重新打量了两人一番，觉得那少年的面孔有几分熟悉，却一时说不出。

"你们到底是谁？"刘延问道。

刘平把手伸进怀里，这个动作让护卫们一阵紧张，刘延也下意识地退了一步。那少年见刘延如此胆小谨慎，发出一声嗤笑。刘延却面色如常，他如今身系一城安危，自然不会拿自己的性命开玩笑。

刘平从怀里掏出一件东西，远远扔给刘延。刘延接过一看，原来是一条柏杨木签，签上写着"靖安刺奸"四个字。

这四个字让刘延眼皮一跳，这——是靖安曹的东西！靖安曹是司空府内最神秘的一个曹，这个曹的职责众说纷纭，没人能说清楚，无数传言总是和刺奸、用间、刺探、暗杀等词语相联——唯一能够确定的是：靖安曹的主事者，是军师祭酒郭嘉。

靖安曹的人无处不在，行事却极端低调。即使是在如今的白马城中，刘延相信也有靖安曹的眼线，只是自己不知道罢了。他用手摩挲着木签的粗糙表面，缓缓开口道："仅凭这一条木签，似乎不足为凭。"

"那么加上这个呢？"那个名叫魏文的少年昂起下巴，又扔过来一样东西，眼神里满是不耐烦。

刘延捡起来一看，发现是一块精铜制的令牌，正面镌刻着"汉司空府"四字，背面有獬豸纹饰，牌头还雕成独角。刘延不由得倒吸一口凉气，这两位到底是什么人，不光有靖安曹的凭信，连司空府的令牌都有。

"还不快把我们放开？"魏文叫道。刘延不得不亲自上前，将他们松了绑。两人舒缓了一下手脚，魏文没好气地伸出手来："看够了？还给我。"刘延把令牌与木签双手奉还，魏文抢回去揣好，眼睛骨碌碌地盯着刘延，不屑道："你不专心守城，反倒与我们这些客商为难，胆量也太小了吧？"

刘延淡然一笑，没说什么。刘平淡淡地喝止道："二公子，别说了，刘太守是职责所在。"魏文气鼓鼓地闭上嘴，自顾朝门外走去。门外士兵看到大门敞开，出来的却不是刘延，"哗啦"一起举起钢刀。魏文脸色霎时变了几变，似乎想到什么可怕的事情，连连倒退几步。直到刘延发出命令，士兵们才收回武器。魏文昂起头，努力地装出一副不在意的模样："你这些兵倒是调教得不错。"

一听少年这居高临下的口气，刘延可以肯定，这两个人绝不是什么客商。至于他们到底是什么人，刘延已经打消了追究的念头。靖安曹做事，不是别人可以插手的。他是个极度小心的人，不想因为一时好奇而搞砸郭祭酒的计划。

"如今城中纷乱，各处都不太平。两位一时半会儿是无法离开，不如去县署少坐，也稳妥些。"刘延客客气气道。刘平一点头："恭敬不如从命。"

刘延带着刘平和魏文离开兵库，朝着位于城中心的县署走去。此时街上已实行禁令，几乎没有什么行人，只偶尔有一队士兵匆匆跑过。整个白马城陷入一种焦虑的安静，好似一个辗转反侧的失眠者。他们走过一处空地，几个士兵拿着石头在往一口井里扔。

刘平和魏文一直在悄声交谈，还辅以各种手势。走在前头的刘延感觉，这两个人之间的关系有些奇怪，既不像主仆，也不像兄弟，那个叫魏文的小孩子虽然听命于刘平，但总在不经意间流露出颐指气使的气度；而刘平对魏文说话不像长辈对晚辈，更像是上级对下级，还带着点商量的口吻。

这时候意外出现了。

两个黑影突然从两侧低矮的民房顶跃下，速度如影似电。刘延与他的护卫刚露出惊疑，两道寒芒已然刺中了刘延的小腹——却发出了"铛"的两声脆响，刘延整个人朝后头倒去，从破损的布袍下，隐约可见铜光闪耀。原来刘延为了防止被刺杀，在外袍下还穿了一身铠甲，这个人真是小心到了极点。

刺客还要继续行刺，这时候最先反应过来的人，居然是刘平。他先拽开失去平衡的刘延，然后飞起一脚踹开亲随。只听一声惨叫，原本注定要切开亲随脖颈的刀锋，只斩入了大腿。两名刺客见一击未中，不见任何迟疑，立刻拔刀各自跃上房屋，很快消失在视野里。

那些还忙着填井的士兵扔下手中的石头，都跑了过来。刘延挥着手吼道："还不快去追！"他们连忙转身朝着刺客消失的方向追去。

"您没事吧，刘太守？"刘平问。刘延脸色煞白地从地上爬起来，勉强点头。这次丢人可丢大了。这城里经过几遍盘查，把两个靖安曹的人当成细作不说，居然还漏掉了真正的刺客，一漏就是两个。若不是他生性谨慎，恐怕此时白马城已陷入混乱。

"谢……谢谢先生救命之恩。"亲随捂着潺潺流血的大腿，冲刘平叩头。刚才若不是刘平及时出手，他早已成了刀下之鬼。那剑斩的力道极大，他的大腿被砍入极深，可想而知若是加在脖颈上，会是怎样一番景象——他刚刚还指控这人是细作，现在却被其救了一命，这让他有些惶恐。

"不客气，同行之人，岂能见死不救。"

刘平温言一笑，回头去看魏文，却发现他站在原地，眼神有些发直。刘平问他怎么了，魏文嘴唇微微颤动，低声道："这……这种剑法，好熟悉……对，就是噩梦里那种感觉，我曾经经历过，不会错。"魏文双股战战，试图向后退去，却被刘平按在肩膀上的手阻住。

"别忘了你为什么来这里。"刘平悄声对他说，似乎也是对自己说。魏文咬着牙攥紧拳头，过了好一会儿才平静下来。

针对刘延的刺杀引起了一场混乱，守军对城里展开了又一轮搜捕。刘延赶紧把他们两个人送到了县署，加派了守卫，然后吩咐奉上两盏热汤压惊。刘平坐在尊位，魏文坐在他的下首，两个人端起汤盏略沾了沾唇，旋即放下，他们的举止风度，一看便知出身大族，这让刘延更生敬畏。

刘平开口问道："如今白马四面被围，不知刘太守有何打算？"

刘延心中一凛，若刘平问的是"如何应对"，他还可以从容回答；可他偏偏问的是"有何打算"，这就是存了试探的意思在里头。袁绍大军压境，许都这边难免人心浮动。这两个人，说不定是曹公派下来检校军心的……

想到这里，刘延苦笑一声道："如今之局，已非在下所能左右，唯有拼死殉城而已。先生问我，真可谓是问道于盲了。"他将城内外局势据实相告，刘平听了以后，沉默不语，面露难色。刘延看出他心思，又道："如果两位是要急于出城，倒也不是没有办法。"

刘延叫手下取来牛皮地图，铺在两人面前，用盛汤的勺子边指边说："袁军虽然势大，但我白马城也并非全无出路。两位且看，在西南处，如今还有一条宽约数里的通道。不知为何，袁军至今不曾到此，只偶尔有斥候巡逻。若是有快马，两个人要冲回南方，不算太难。"

魏文伸着脖子端详着，忽然抬头问道："你们的信使，是否就是从这条路去给我……呃，曹公报信？"

"不错。"

魏文道："袁军兵力如此雄厚，却围而不攻，反而留了一条单骑可行的南下通道，你难道看不出什么问题？"这小孩子语气尖酸，说的话却大有深意。刘延重新审视地图，一言不发。魏文忍不住身子前倾："我问你，我军与袁军若是决战，孰强孰弱？"

"袁绍兵力数倍于曹公，又新得幽燕铁骑。若正面决战，我军胜机不大。"刘延答道。

魏文伸手在地图上一点："白马城是黄河南岸的立足点，乃是我军必救之地。袁绍放开白马的西南通道，明显是要你去向曹公求救，他们再围城打援，逼迫曹公主力离开官渡，北上决战。明白了？"

刘延脸色陡变。他只纠结于白马一城，这少年却轻轻点透了整个战局，虽说略有卖弄之嫌，却也显露出高人一等的眼光与见识。黄河与官渡之间是广袤平原，在那里两军展开决战，曹军败多胜少。真到了那个时候，他刘延就是战败的第一个罪人。一想到这里，刘延顾不得礼数，霍然起身，额头沁出细细的汗水。

"得马上派人去警告曹公！"

"不必了。"魏文摆摆手，"我都看得出来，曹公会看不出？你老老实实守你的城就行了，不要自作聪明，乱了阵脚。"教训完刘延以后，魏文颇为自得地瞟了刘平一眼，刘平却是面色如常，镇定自若地啜着热汤。

刘延现在已经明白了，这两个年轻人，定是十分重要的人物，可不能折损在白马城中："我马上安排快马，打开南门送两位出去。"

刘平却摇了摇头："多谢太守。不过我们不是要南逃，而是北上。"他轻轻在地图上一点，眼神透出几丝坚毅，指头点中的位置正是如今白马城外驻扎的袁军营盘。刘延手一抖，几乎要把手边的汤盏碰倒。

"您这是……"

"我们去试探一下，看看袁绍对汉室还有多少敬畏。"

"汉室不就是曹公嘛，说得这么冠冕堂皇……"刘延心中暗想。

与此同时，在那一处被指头压住的袁军营盘门口，一场酝酿已久的混乱即将爆发。

一大队剽悍的骑兵安静地排成三队阵列，他们个个身挎弓箭，腰悬长刀。他们所处的位置有些奇怪，前面一半已经出了袁军主营的辕门，后一半却还在营中，好像一条出洞出到一半就卡死在那里的蛇。

在队列的最前方，是一个全身披挂的黑高汉子，他正好整以暇地用一把宽刃大刀修剪着指甲。他胯下那一匹乌丸骏马有些不耐烦，因为缰绳不在主人手里，而是被一个怒气冲冲的文官抓住。那文官身后不远还站着一员大将，但他看上去似乎完全没有帮手的意思。

"颜良！你到底是什么意思？"郭图喝问道，用力去拽缰绳。可那坐骑四蹄如同生根一般，纹丝不动，郭图拽不动，只得悻悻松开手。颜良身后的骑士发出一阵哄笑。

颜良收起大刀，诧异的表情略带做作："郭监军，我不是给你发了一份公文吗？ 延津附近发现了曹军斥候，我身为先锋大将，自然得去查探一番。"郭图冷笑道："这等小事，何须大将亲自出马！你根本就是想去游猎吧？"

被说中心事的颜良一点也不见惭愧，反而昂起下巴，理所当然地说道："白马小城，交给监军你就足够了，我在营里待得都快长毛啦，得活动一下筋骨。"

郭图一听，登时火冒三丈："出征之前，袁公有明确训令，以我为前部监军，节制诸军。你难道想违抗……"他话还没说完，颜良双腿一夹，坐骑默契地向前冲了几步，吓得郭图不得不闪身避开。这一闪，之前说话的气势被打断，再也续不下去了。

"审时度势，临机决断，此皆大将之法。尔等颍川腐儒，何必管那么多！"

颜良逼退了郭图，哈哈大笑，一抖缰绳喝令开拔。郭图见拦不住他，转过头去，求援似的喊道："淳于将军，您莫非要放任这个家伙胡闹？"

这一次先期渡河的袁军主将，是淳于琼和颜良。郭图作为监军随军，名义上地位比颜良高，但后者是冀州派的实权人物，兵权在握，郭图根本压制不住，只得求助于淳于琼。

一直一言不发的淳于琼听到呼喊，拨转马头冲到了颜良身前。颜良面色一怔，抱拳道："老将军莫非也要阻挠？"

淳于琼咧开嘴笑了："原本是要劝阻，可听颜将军说得有趣，老夫动了心思，也想出去游猎一番。"这个回答让郭图和颜良都很愕然。淳于琼见颜良有些迟疑，眉毛一抬，又道，"怎么，老夫不够格吗？"

面对这个请求，颜良眉头一皱。郭图一介文吏，斥退也就算了，这位淳于琼是军中老人，当年还与袁公平起平坐，轻忽不得。可真的答应让淳于琼同行？别逗了，那可是一个胆敢轻军入许劫走董承的老疯子，他会做出什么事来，谁都无法预测！

颜良在马上默然片刻，开口道："既然如此，淳于将军不妨与我同行，以一日为限。万一白马这里起了变故，也好有个应对。"

一日为限，能打到多少猎物？在场的人都听明白了，颜良这是在找台阶下。淳于琼也不为已甚，笑眯眯地满口答应下来。颜良乜斜了郭图一眼，朗声笑道："白马小城，即便是郭监军，应该也能看住一日，老将军不必担心。"

郭图被他如此讽刺，气得面色涨红，却无可奈何。颜良这次带了一共八千步骑，真要起性子来，郭图还真吃不消。

淳于琼道："既然如此，还请将军在营外稍等片刻，老夫去取弓箭来。"颜良在马上略一抱拳，然后一抖缰绳，发下口令。他身后的骑兵一起呵斥坐骑，大队人马耀武扬威地开拔，令出即行，毫不拖沓，果然是冀州精锐。

郭图恨恨地把鼻前的尘土挥开，对淳于琼抱怨道："明明有将军与我做先锋便足够，主公却偏偏还要派这个冀州莽夫前来，真不知怎么想的。"

淳于琼昂起头，眯起眼睛吸了口气，答非所问："孟夏之时，最宜郊游，颜将军当真是好兴致哪。"郭图一愣，不知他意何指。淳于琼把手伸向颜良渐行渐远的背影，勾了勾指头："颜将军游猎之意，只怕不在禽兽啊。"

说完他哈哈大笑起来，拍了拍郭图的肩膀："郭监军你年纪轻轻，可不要跟老夫一样老糊涂啊。"说罢扬长而去，剩下惊疑不定的郭图。郭图也不是傻子，略思忖便明白淳于琼的意思。

颜良这次公然外出，猎兽是假，争权是真。冀州派一向是袁家的泰山之镇，结果田丰被囚、沮授被叱，现在先锋的监军居然也落到了颍川人的手里，颜良若是不争上一争，只怕权势会继续旁落。

"莫非颜良是要试探我等……"

郭图想到这里，悚然一惊，匆匆回到营帐之中，提笔写下一封密信，封上印泥，然后叫了个心腹小校，低声吩咐道："去黎阳，送蕫先生。"他侧头想了想，又写了一封。

在白马西南方向几十里外，一支曹家的军队正在徐徐前进。两侧的散骑始终与主队保持着一百步的距离，中央的步卒排成松散的行军队形，矛手与戟手在外，弓手在内，每三个人还抬着一面大盾。可知兵的人一眼就能看出，这队列外松内紧，一旦有什么情况出现，他们会立刻变成一把锋锐的尖刀或坚实的盾牌。

在队伍的最前列并排着三名将军，他们身上披着厚实的两裆铠和虎獠盔，神态各异。最右边是个矮壮汉子，眉毛极粗，眼睛却很小，肥厚的嘴唇显出几分忠厚；最左边的将军一脸的桀骜不驯，面部狭长，鼻尖鹰钩，是相书上说的青锋之相——这种相貌的人，大多偏狭狠戾；而在最中间的男子，方正的脸膛微微发红，美髯飘在胸前，颇为沉稳英伟，可他的神情却是怏怏不乐，似乎有什么烦心之事萦绕于心。

这时一名斥候从远处飞快地驰来，数名游骑迎了上去，确认了对方的身份，这才让开道路。这斥候冲到队列前方，对着三位将军大喊道："报！前方六十里处，有袁军侦骑。"

这个消息让三名将军表情都微微一滞。在那里出现侦骑，说明他们已经进入袁军主力的视野了，随时可能遭遇战斗。

三人久经沙场，习惯性地同时举手，想让队伍停止前进，可他们发现两位同僚也做了同样的动作，连忙又收回来，面露尴尬，一时间让整个队伍有些混乱。好在这混乱并未持续太久，士兵很快整好了队，矛戟微斜，弓弩上弦，以便随时可以应对可能的偷袭。一看便知是百战之师，细节毫不疏忽。

中间那将军对左右两人道："袁军此来，目的不明，咱们主力拨一支军迎上去探探虚实。"这是持重之论，其他二人都纷纷赞同。

这时候，第四个声音在他们身后响起："诸位将军，不如来博个彩头如何？"

三个人同时回过头去。说话的是他们身后一个有点狐狸脸的年轻人，他只简单地披着一件长袍和软甲，细长的手指拈着两枚骰子。这人叫杨修，是太尉杨彪的儿子，刚从许都北上官渡。军中传言，杨家被郭嘉敲打了一下，已彻底屈服，不光家里的高手被征调，连杨彪的独子都要被迫随军。

此时听到杨修这么说，三位将军面面相觑。杨修又笑道："听闻这次围困白马的，是颜良、淳于琼和郭图三人。这带兵西进的，会是他们中的谁。诸位不想猜一猜？"

左边那位将军不悦道："杨先生此来随军，是参赞军事，可不是来胡闹耍钱的。"杨修悠悠道："在下开的这个局，博错了，无非是输些钱财。曹公开的那局，几位若是下错了注，可是要赔上身家性命的。"

他这一句话说出来，三个人俱是一凛。他们互相使了个眼色，向前走了几十步，驱马登上一片小丘陵，与队列远远隔开。左边那将军开口道："杨先生，你适才那句话，是什么意思？"

杨修拱手道:"德祖不才,自出征以来,一直有个疑问。曹司空麾下猛将如云,这次救援白马,为何单单挑选你们三位来打头阵?"

"我三人为何不能打头阵?"右边的将军淡淡道。

"诸位是身在局中,而不自知啊。"杨修摇摇头,他一指左边那将军,"张辽张文远,你本是吕温侯麾下的头号大将,在徐州归顺了曹司空,官拜中郎将。"他又一指中间那将军,"关羽关云长,你是玄德公的义弟,月余之前方在徐州斩杀了曹公的守城将军车胄。曹司空攻破徐州以后,玄德公乘夜遁逃,你才归顺曹公,至今尚只数月,却已是偏将军。"

关羽听到"归顺"二字,面有怒意。他正欲开口争辩,却被张辽扯了扯衣角,勉强压下火气。杨修把这一切看在眼里,微微一笑,也不说破,把视线转向第三位将军。

"至于你……"杨修指着第三位将军,"徐晃徐公明,你根本就是汉室之人。"

徐晃听到这个评价,却是面色未变。当初他是杨奉麾下大将,从长安到雒阳一直保护着汉室安危,是天子亲封的都亭侯。后来曹操与杨奉闹翻,汉室迁到许都,他便留在了曹军之中,作为汉室在军中唯一一枚摆放在明面上的棋子,是彰显皇帝与司空之间互相信赖的标志。

不过为了避嫌,徐晃与汉室之间几乎没有任何往来。即使是董承起事的时候,也不曾把他计算在内。时人都认为,徐晃汉室的烙印逐渐淡化,已彻底成了曹家大将。

现在杨修突然把他的这一层身份揭破,徐晃却没有勃然变色,反而稳稳答道:"杨先生说得不错,我一直是汉臣,从未变过。"他这话答得巧妙,如今天子尚在,连曹操、袁绍都自称汉臣。

杨修三根指头竖起来,三位将军你看看我,我看看你,一下子意识到其中的玄妙。

这三个人都是降将,而且是来自吕布、刘备以及汉室这三个曹公大敌的阵营,虽说曹公有"用人不疑"的名声在外,可先锋这么重要的位置,曹公一个原从心腹之将都不用,却派了地位如此微妙的三个人,其中意味颇可琢磨。

这三人合在一起,互相监视还好,眼下分兵去对付那一股袁军,究竟派谁去,见了袁军又做了什么,就不能不让人琢磨了。

想通了其中关节,张辽道:"你的意思,莫非是不要分兵?"杨修道:"若是见敌不顾,就更不好了。"张辽把手按剑,冷哼一声:"分兵要猜忌,不分兵亦要猜忌。我看你分明是来离间的!"杨修从容道:"我一片公心,全为诸位。若是诸位不信,那我从此噤声,全凭几位调遣。"关羽拍拍张辽的肩膀,示意他镇静,又转向杨修道:"那德祖你说说看,该如何是好?"

关羽在曹营地位超然,不像张辽、徐晃那样患得患失,由他来问,最好不过。杨修把骰子掷了掷，道："若是从小处着眼，怎么做都是错。只有放宽视野，才知进退之道啊。"

张辽不耐烦道："别卖关子了！"

杨修长笑一声，伸手指向黄河东边："那边袁绍派了颜、郭、淳于三将前来白马，围而不攻。这三人分属不同派系，却同为先锋，实乃兵家大忌。这边曹公调了你三位降将打头阵，主力却缀在延津，这其中的味道，说白了就是两个字——试探。"

听到这两个字，三将眼神起了不同的反应。

杨修继续道："曹公在试探袁绍，同时也在试探你等；而袁绍又何尝不是在试探曹公，也在试探颜、郭、淳于三人。白马城本是鸡肋，守之无益，曹、袁仍各自派兵周旋，可不知藏了多少心机。若是窥不破这点，随意妄动，说不定就是杀身之祸。"

徐晃握紧手里的长柄大斧："依杨先生所言，要如何才能合了曹公的心思？"

杨修下巴一抬，露出狐狸般的微笑："这法子说来也简单，取下颜、郭或者淳于的首级，一切疑问自然烟消云散。"

听到这话，三将中的一个人面色如常，心中却是"咯噔"一声。听杨修这一番剖析，曹公竟是早已起了疑心，把最有嫌疑的三人一并撒出来，拿袁绍军来试探虚实。他若是按照原计划，借这次出征之机，与颜良密会，就会有暴露的危险——这个杨修无端说破此事，显然也是想试探出自己的身份。

该死的，全都在试探。他心想，同时努力让自己的表情变得自然。

日至正午，白马城的北门附近忽然发出喧闹声。附近负责监视的袁军游哨迅速上报，上面给了指示：静观。这一支袁军的任务是围城。很快喧闹声更大了，东城的城头居然着起火来，火势还不小。游哨再次上报，上头还是那句话："静观。"

袁绍围困白马，是为了吸引曹军主力前来，所以城内的这种小混乱，根本不值得关注。现在就算刘延自缚开城，他们都要把他赶回去。

很快游哨发现，有两个人影从城头偷偷摸摸地想要缒下来，已经有粗大的绳子垂到城墙下面。此时上面火势蔓延，浓烟滚滚，估计守城兵丁都顾不上了。游哨想到上峰叮嘱，也懒得上报，远远站在城头弓箭射程之外观望。

这两个人影一高一矮，在城头忙活了一阵，开始抓住绳子慢慢往下坠去。缒城是军中必练的科目，讲究的是双手交错握绳，双脚踢墙，一荡一荡地缒下来。而这两个人一看便是生手，居然双腿盘在绳子上，双手紧握往下溜。游哨暗笑，这么个滑绳的法子，不是手被绳子磨得血肉模糊，就是直接摔到地上没有半点缓冲。

两个人下到一半的高度，城头上忽然有人大喊了一声，立刻就有士兵挥起大刀，要砍断绳索。两个黑影大概是过于惊慌，双手猛地松开，一下子跌落到城脚。好在白马城本来也不算高，这一下不致摔死人。

城头卫兵看到他们掉下去了，不再砍绳子。北城门隆隆开启了半扇，一队步卒手持长戟环刀杀出来，直扑向那两个人。那两人也不含糊，强忍着剧痛，跌跌撞撞朝着袁营方向跑。那队步卒个个身着重甲，跑得不快，反倒被那两人越甩越远。眼看他们要冲出弓箭范围，突然之间从城头顺着那根绳子，又下来两个人。这两个人手脚麻利，动作迅捷至极，三两下就缒到城下。一落到地上，他们立刻掣出手中铁剑，恶狠狠地朝追兵扑去。

那些追兵只顾看前头的，没料到身后突现杀着，一下子被刺倒了三四个，惨叫声四起，队形一下子就乱了。那两个黑影的剑击相当狠辣，每一剑下去，都没有活口，很快就杀出一个缺口，冲到前面两个黑影面前，一人一个，却是用剑横在了他们脖子上，一步步押着往这边走来。

这几番变化让游哨看得瞠目结舌，一时间都忘了回报，呆呆地看着他们走出城头弓箭射程，朝自己靠近。一直到他看清这四个人的相貌，才如梦初醒，拿出手中的短弓，喝令他们原地站住。

那两个持剑者，俱是黝黑精瘦的汉子，一脸褶皱看不出年纪，手里的铁剑一看便知是私铸的，粗糙不堪；而那两个被利刃抵住咽喉的，是一个青年和一个大孩子，身上穿的是锦袍，气度不凡。

脱城投奔的人，每次围城都会碰到，但这次的情况实在有些古怪。游哨掏出一个柳哨，奋力一吹，附近的巡逻队听到声音，很快就会赶过来。那孩子表情惊恐，瑟瑟发抖，似乎是被吓坏了。游哨同情地看了他一眼，心里想起自己第一次上战场，也是差不多同样模样。

可在下一个瞬间，那孩子突然用头猛地回撞了汉子一下，趁着剑刃一颤，身体一缩，回手拿起匕首要刺他的小腹。那汉子猝不及防，只得回剑低撩，锵的一声把孩子的匕首磕飞。

游哨大怒，手里射出一箭，正中那汉子肩头："把剑扔了！妄动者杀！"汉子以手捂肩，面无表情地后退一步，把剑扔开。孩子原地站着，胸口起伏不定，脸上仍是惊怖神色。吓成这样子还要试图反击，这孩子可真是不得了，游哨不由得啧啧感慨。

很快巡逻队赶到，把他们四个一发制住，押回营寨，他们都没有反抗。而在白马城头，一直往下观望的刘延汗如雨下，双腿一软，瘫坐在墙内侧，嘴里喃喃道："怎么回事，到底是怎么回事……那两个人，不是我派的啊。"

郭图接到四人逾城而出的报告后，有些好奇，因为士兵说他们明显是分成了两拨，还互相敌对——但都宣称有要事求见袁家。郭图吩咐他们把人带过来，然后点起了一炉鸡舌香。馨香的气味很快飘然而起，让他觉得醺醺然有种陶醉的感觉。

这是时下最流行的风尚，肇始于许都的那位荀令君。荀彧每日都要熏上一阵，以至于去别人家拜访，香味都会留存三日，风雅得紧，于是全天下的名士都开始模仿起来。郭图不得不承认，颍川荀家目前仍是第一大族，影响力巨大。

"不过这种局面不会持续很久了。"他心想，同时把宽大的袍袖展开一点，以便能熏得更为彻底。这时两名囚徒被士兵带入帐内，郭图打量了他们一番，开口道："你们是谁？"

"我叫刘平，他叫魏文，是从南边来的行商。"

郭图不耐烦地晃了晃脚，这一句里恐怕一成真的都没有，这两个人一定是出身世家。不过这个自称刘平的人，居然说是从南边来的，倒是有几分意思。

"你们为何要从白马城逃出来？"

刘平没有回答，反而进前一步："请大人屏退左右。"

"屏退左右？然后你好有机会刺杀本官？"郭图似乎听到一个很好笑的笑话，"我听说了城下的事情，你这位小兄弟，手段可是相当狠哪。就在这儿说！"

刘平缓缓直起了腰，粗鲁地注视着郭图，脸色慢慢阴沉下来。郭图被他盯得有些恼怒，一拍几案："放肆！"刘平凑到郭图面前，伸出手来："郭先生，你看这是什么？"

郭图一看，却是一条棉布做的衣带，小龙穿花，背用紫锦为衬，缝缀端整。他们进帐之前，已经被仔细地搜过身，但谁也没觉得这衣带会很可疑。但郭图看到这带子，却陡然起身，仿佛看到什么鬼魅。几名护卫作势要去按刘平，郭图却突然暴怒，拼命挥手："你们还在这里做什么，给我滚出去！快！"护卫不明就里，只得纷纷离开，帐篷里只剩他们三个人。刘平在郭图的盯视之下，从容拆开衣带丝线，露出一块素绢。

"郭图，听诏。"刘平站在原地，双手捧着衣带，轻声说道。郭图犹豫了一下，跪倒在地，身体因过于激动而微微颤抖着。

"朕以不德，权奸当朝。董承虽忠，横被非难。唯冀州袁氏，四世三公，忠义无加。冀念高帝创业之艰难，纠合忠义两全之烈士，殄灭奸党，复安社稷，祖宗幸甚！破指洒血，书诏付卿。"

刘平念完以后，俯身把素绢递过去。郭图验过上面的玺记，心里已经信了九成。董承在年初起兵，用的就是汉帝传来的衣带诏，这件事知道的人不多，郭图恰好是知情人之一。皇帝能发第一次衣带诏，就能发第二次。失去了董承以后，皇帝唯一的选择只能是北方的袁绍了。

现在这条衣带诏居然落到了自己手里，郭图觉得快被从天而降的幸福砸晕了。如果能在他的手里促成汉室与袁公的联合，这将是何等荣耀之事。届时颍川荀家将风光不再，取代荀彧的，将是他郭图。

"这么说，您是……"

"汉室绣衣使者。"

"绣衣使者"本是武帝时的特使专名，有持节专杀之权，所到州郡，官员无不栗栗。在那个时代，他们就代表了皇家的无上权威与恐怖。光武中兴之后，此制渐废，逐渐被人遗忘。此时刘平轻轻吐出这四个字来，几百年前那滔天的威严肃杀竟是喷薄而出，霎时充盈整个帐篷。

郭图感受到了这种威压，赶紧换了一副热情的笑脸："使者此来可真是辛苦了。"

"我们从许都而来，假借行商身份，想早渡黄河。不料你们来得太快，把我们困在白马城里了。刘延全城大索，我们几乎暴露，只得冒险出城，几乎丧命。"刘平摇摇头，显得心有余悸。

郭图放下心思，宽慰了几句，又开口道："陛下既然诏袁公勤王，不知有何方略？"

天下无白吃的肉酢，天子要袁氏勤王，必然是要付出代价。究竟汉室准备开出什么价，这才是最重要的。听到郭图这个试探，刘平正色道："郭先生，君忧臣辱，君辱臣死。莫问汉室何为尔等，要问尔等何为汉室。"

这话大义凛然，却隐隐透着一层意思：汉室的价码是有的，你想得到多少，就要看你出多少力气。郭图哪里会听不出其中深意，连忙叩拜道："郭图才薄，却也愿意为陛下攘除奸邪。"

刘平道："勤王的方略，陛下确有规划。郭大人可愿意一听吗？"郭图听他的口风，是有意跟自己合作，不由大喜。要知道，他如果直接把汉室密使送到袁绍那里去，多半会被冀州或南阳派篡夺了功劳，还不如先拢在手里，做出些事情。

"未知天子有何良策？"

刘平在郭图耳边轻语了几句，郭图眼神一凛，本想说"这怎么行"，话到嘴边却变成了"这能行吗"，刘平缓缓抬起右手，掌呈刃状，神情肃穆："为何不行？陛下派我来前线，可不只是做使者。我掌中这柄天子亲授之剑，未饮逆臣血前，可不会入鞘。"

刘平的话再明白不过，汉室不是乞丐，它有自己的尊严，以及力量。

郭图眼神游移一阵，终于点了点头。刘平赞道："不愧是颍川望族，果然有担当。""颍川望族"四字恰好搔到了郭图的痒处，登时眉开眼笑，让两人入座，奉上干肉鲜果。

魏文望向刘平，看到他的背心已经浸透了汗水。

郭图寒暄了几句，把眼光投向一旁的魏文："这位是……"

魏文趁刘平还没开口，抢先说道："我是扶风魏氏的子弟。"他说完以后微微露出紧张的神情。假如刘平真的想害他，现在就是最好的时机。没有什么比曹操的儿子更好的贺礼了。可刘平什么都没说。

魏家是雒阳一带著名的豪商之一，富可敌国。黄巾之乱开始以后，魏家化整为零，把家财分散在各地世族与坞堡里，表面上看被拆散，实则隐伏起来，与各地势力都有千丝万缕的关系。汉室跟他们挂上钩，得其资助，丝毫不足为奇。

郭图跷起拇指赞道："年纪轻轻就承担如此大任，真是前途无量啊。"他心想，魏家居然只派了这么一个小孩子前来，看来他们对汉室没寄予太大希望。这孩子八成是哪个分家的庶子，派过来做个不值钱的质子。

郭图叫来一位侍卫道："去把那两个胆敢对使者动手的奸贼带进来。"不多时，那两个黑瘦汉子被带进来，他们的身手都十分了得，身上五花大绑，几乎动弹不得。郭图有意要给使者出气，手微微一抬，侍卫一人一脚，把两人踹倒在地。郭图冷笑道："你们两个好大的狗胆，还不如实招来。"

四十多岁的汉子抬起头："我叫史阿，他叫徐他，我们是东山来的。"另外一个汉子垂着头，一言不发。

郭图听到东山这名字，眉头一皱。东山指《山海经·东山经》，蜚先生这个名号，即来自此。所以蜚先生所掌控的细作，都自称是东山来的。眼前这两个汉子，想来也是蜚先生安插在曹方的细作。他们冒着暴露的风险逃回来，估计是有重大发现，倒不好下手太狠。他一边想着，口气有些变化："你们在白马城做什么？"史阿道："我二人受命潜伏在白马，伺机刺其首脑。适才看到他们出城，便也趁机离去。"

"既然同为出城者，为何要挟持他们？"郭图朝刘平、魏文二人那里一指。史阿浮出一丝苦笑："我看他们二人华服锦袍，又直奔袁营而来，定是什么重要人物。我若不先挟持住，赚得开口之机，只怕还未表明身份，就被游哨射杀了。"

这倒是实话。行军打仗，驻屯之地都不容可疑之人靠近。像是史阿和徐他这种衣着褴褛的家伙，游哨和望楼上的军士可以不经警告直接射杀。杀错了也无所谓，无非是些草民罢了，所以郭图除了"哦"了一声以外，面色如常，没觉得有什么不妥之处。

这时一直垂着头的徐他猛地抬起头来："大人是觉得人命如草芥吗？"

郭图脸立刻沉了下来："放肆！你这是怎么说话呢？"侍卫们扑过去拳打脚踢，徐他抱头蜷缩在地上，但满脸的愤懑却是遮掩不住。刘平心中不忍，在一旁插嘴道："人命如天，无分贵贱。郭大人，我看他只是一时失言，还是饶了他吧。"

郭图拖着长腔道："这两位是贵客，你们这般唐突，我也不好护着你们。"史阿心领神会，转身对着刘平和魏文，双腿跪地，头咕咚一声磕在地上，几乎撞出血来。徐他在史阿的逼迫下，勉为其难地也磕了一下。

郭图这才劝道："这两个人是我军细作，不知深浅，还望两位恕罪。"刘平表示不妨事，魏文盯着史阿，忽然没头没脑地问了一句："你的剑法，是跟王越学的？"

史阿一愣，连忙答道："正是，王越是我二人的授业恩师，您曾见过他？"

魏文原本表情僵硬，听到史阿这句话，却哈哈笑了起来。在他的笑容里，恐惧与愤怒交织在一起，让他的表情变得异常狰狞。

邓展睁开眼睛，第一眼看到的，是灰色的帐篷顶。他觉得自己已经被斩首了，颈部以下毫无知觉，只有塞满了疼痛的脑袋能勉强转动，视线像是被罩上了一层薄纱。

"你总算醒啦？"一个熟悉的声音传来。

邓展努力寻找声音的来源，看到的却是一张模糊的脸，这张脸有一对大得惊人的耳朵，隐隐让他心里有种不太舒服的感觉。邓展还在考虑如何开口相询，那张脸已经主动开始说话：

"哇哈哈哈，邓展啊邓展，我是淳于琼啊！"

这个名字仿佛一根钢针刺入邓展的太阳穴，让他陡然惊醒过来。淳于琼？淳于琼？！

"还记得我吗？"淳于琼的声音里带着一丝得意。他本来陪着颜良在外游猎，听到邓展醒过来了，就急忙赶了过来。

望着这张脸，邓展恍恍惚惚之间，被突然涌入的回忆淹没。他回想起来，那是十多年前的事情了。当时邓展只是雒阳附近的小游侠。汉灵帝组建西园八校尉，招募乡勇壮士，他前去应征，被编入右校尉淳于琼的队伍。淳于琼是个耐不住寂寞的狂人，终日带着手下外出游猎，无意中看到一伙黄巾贼，一路追击，结果中了埋伏。邓展拼死救下淳于琼，自己身负重伤，被送回雒阳休养。又过了几天，淳于琼返回雒阳，得意扬扬地告诉邓展，他已经率大军找到了黄巾贼栖身的村子，把贼人乡党杀了个干净。邓展惊愕地发现，这村子竟是自己的家乡。

淳于琼得知真相以后，决定给邓展一个公开决斗的机会。不料邓展只扔下一句"我要你亏欠一辈子"，扬长而去。淳于琼追杀也不是，拦阻也不是，只得任他离开西园。后来邓展在中原游荡，碰到了曹纯，欣然加入虎豹骑为曹公效力。

这些久远的记忆慢慢复苏，随这些记忆苏醒的伤痛也慢慢解封。邓展愤怒地试图仰天大叫，身体摇动，四肢逐渐恢复知觉，只是声带仍是麻痹，说不出什么。

淳于琼站在榻旁，哈哈大笑，很是开心："你知道吗？我是在许都附近把你救起来的。当时你躺在雪里，身中大箭，若没有我，你就死定了。"他一直觉得邓展的恩情是个沉重的负担，这次终于有机会把恩情还回去，让他格外兴奋。

　　邓展原本对这个杀亲仇人充满怒意，可听到这句话，怒火陡然消弭了。淳于琼的话提醒了他，他恍惚记得在自己受伤前，似乎有件很重要的工作。郭嘉、画像、温县司马家、杨俊……一些散碎的词语在一一飘过。邓展闭上眼睛，试图理顺纷乱的思路，把落满残叶的思绪之路打扫清爽。

　　"我知道你恨我，不过如今你先安心养伤。你如今是在袁本初的营里，马上就有一场大战，曹阿瞒那边我看你是没机会回去了。"淳于琼絮絮叨叨地在榻边念叨，像是一个啰唆的老管家，"等你的伤好了，我去跟袁本初说说，你愿意留在这儿，可以做个裨将军；想走，也随你；你若是想报仇，我就给你个公开决斗的机会——哼，上次你不要，这次总不能推托了吧？"

　　邓展听着淳于琼的絮叨，继续思索着自己之前的职责。他现在知道，如今身在袁营，诸事皆受限制，但那件任务似乎非常重要，如果不能及时回想起来，耽误了郭祭酒的事，可就麻烦了。

　　淳于琼见他在榻上挣扎了一下，连忙喊了两名军士："这个人在榻上躺得太久，不利休养。你们扶着他出去在营里走几圈。记住，不许他和人交谈，也不许接近任何人，转转就回来，不然仔细你们的脑袋！"

　　两名军士应一声诺，把邓展小心翼翼地搀起来，披上一件熊皮大氅。淳于琼目送他们离开营帐，这才转身离去。

　　一个身披熊氅、脸色惨白的高瘦汉子被两个人搀扶着在营里行走，路过的袁军士兵都纷纷投去好奇的眼光。邓展一边贪婪地吸着清新气息，让自己的脑袋尽快变得更清晰一些，同时观察着周围军营里的一切动静。尽管他视力仍未恢复，看东西模模糊糊，但还是从营地的种种细节判断出来，这是个规模相当大的营地，估计能容一万到一万五千人。能让袁绍动用这么大规模军团的，只有曹公。难道官渡战端又起？不知局势如何。

　　邓展暗暗思索着，顺从地被军士引导着。他们从淳于琼的营帐走出去，朝着西边走了大约两三百步，然后转向左侧，再走一百多步，就抵达了淳于琼和郭图所部的营帐边界处。这两处没有用木栅分隔，只是简单地用数辆装满辎重的大车横置过来，权当界线。走到这里，对邓展的身体来说，差不多是极限了，喘息也剧烈起来。军士连忙搀着他往回走。

就在转身的一刹那，邓展忽然看到，从大车另外一端的大帐里走出一群人，其中有一个半大的少年，模模糊糊很是熟悉。那少年忽然朝这边看过来，那张面孔一映入邓展瞳孔，便让他悚然大惊，这身影实在太熟悉了，可是，他怎么会出现在这里呢？！

　　"二公子？！"

　　邓展张开嘴大叫道，想去救他。可是他麻痹的声带只能发出蚊子般的声音，对面根本听不到。他拼命想要越过大车，却被两名军士死死拽住。他们看到这人忽然变得狂暴，唯恐出什么事，手臂多用了几分力，把他硬生生扯回来，一路跌跌撞撞带回去。

　　他们把邓展重新扔回营帐，怕他跑掉，还用绳子捆了几道。不过军士们吃不准淳于将军是拿他当宾客还是战俘，下手捆缚的时候松了几分。

　　邓展身体动弹不得，灵台却在急速转动。二公子怎么跑到这里来了？难道说，许都已经被攻陷？曹公的家眷全落在袁绍手里了？他忽然想到，站在二公子身旁的那个人，似乎也很熟悉，而且与自己苦苦追寻的散碎记忆颇有关联。

　　他到底是谁？邓展拼命回忆，可刚才匆忙一瞥，根本看不清楚。

　　颜良在外头草草地游猎了半天，心里有些郁闷。淳于琼那个老东西如影随形，嘴里还唠叨着一堆令人生厌的怪话，实在有些煞风景。好在这种折磨没持续多久，淳于琼似乎在营中有急事，匆忙离开。颜良心想，反正这次出游只是为了杀杀郭图的气焰，既然目的已经达到，便没必要继续游荡了，于是也朝着自己的驻地回去。

　　他刚刚回到驻地，就被卫兵说有一个人求见。颜良把他叫进来，发现是个毛头小伙，自称汉室绣衣使者。

　　"说吧，有什么事？"颜良不耐烦地用大刀磨着指甲。他和郭图不一样，"汉室"这个词在他的耳朵里，还不如河北几个大族的名头响亮。

　　刘平对他的怠慢并不着恼，他不慌不忙地说："我来到此，是想卖给将军一个消息。"

　　"哦？"

　　刘平道："曹军先锋已过延津，正向白马急速而来。若将军即时出迎，必有惊喜。"

　　颜良磨指甲的动作停住了，他眯起眼睛，饶有兴趣地问道："我军斥候尚未有报，你是怎么知道的？"

　　"我是汉室绣衣使者。"刘平答非所问。

　　颜良觉得这个回答有点挑衅的味道，面色一沉："你不去找郭图，为何来寻我？难道觉得我更好骗吗？"

　　"不，恰好相反。"刘平道，"只是因为将军手中握着更好的东西。"说完他用脚尖在沙地写了一个人名。颜良瞪着刘平看了半天："这件事你都知道了？汉室果然有点名堂。"

"若是不知道，又怎么给将军备一份厚礼呢？"刘平毕恭毕敬地说道，又在沙地上写了一个人名。颜良一看，黑红色的脸膛立刻洋溢出会心的笑容："果然是一份厚礼！说吧，你要什么条件？让我把你引荐给主公？"他拍拍刘平的肩膀，态度亲热了不少。

"等将军博得头功凯旋之后，再议不迟。汉室志在高远，不急于一时。"

"哈哈哈，说得好！那你就等着吧。"

颜良一拍大腿，大踏步走出帐子，对正在解鞍的骑兵们喝道："你们这些懒鬼，本将军游猎还没尽兴，再跟我出去转一圈。"

一直到颜良大部队匆匆离开大营以后，刘平低头用脚尖把沙地上的字抹掉，转身离开。

"斩杀颜良？"

听到杨修的话，三位将军都纷纷露出苦笑。颜良是谁？那是河北一代名将，死在他手下的武人比黄河岸边的芦苇还多。即便是心高气傲的关羽都不得不承认，至少在目前，他们三个加到一起，都不如"颜良"这个名字煊赫。

杨修却不以为然地晃了晃指头："颜良再强，又岂能比得过吕温侯？还不是落得白门楼的下场。"

这个例子让张辽有些不舒服，面色一黯。

杨修舔了一下嘴唇，又道："战场之上，谋略为首，军阵次之，个人武勇用处不大。颜良如今孤军深入，正是击杀的绝好时机，诸位要成就大功业，可不能错过啊。"

"颜良的部属都是幽燕精骑，想来就来，想走就走，我们怎么拦得住？"张辽提出疑问。杨修道："我刚才不是说了吗？战场之上，谋略为首。三位若肯依我的调度，颜良的首级唾手可得。"

三个人互视一眼，忽然发现，杨修的这个提议居然无法拒绝。曹公既然有了试探之意，如果此时拒绝参与斩杀颜良的策划，只会让自己的嫌疑更深。即使是关羽，在明确玄德公的下落之前，也不愿过于得罪曹公——原来这个轻佻的家伙从一开始，就在言语中设下圈套，等到他们觉察之时，已是不由自主。念及此，他们对杨修立刻都收起了小觑之心。

关羽一捋下颌美髯，丹凤眼爆出一道锐利光芒："德祖说的不无道理，颜良的高名，正合垫做我等的晋升之阶！岂不就在今日？"徐晃与张辽以沉默表示赞同。

见大家意见取得一致，杨修把骰子揣到怀里，捡起一根枯枝，在地上随手画了几道："颜良的部队全是幽燕精骑，进退如风，却不耐阵地战。咱们分一支部队，将其缠在黄河滩涂，坏其马蹄，然后其他两军迂回侧后，再合围共击，可奏全功。"

三人微微有些失望，这计划听起来四平八稳，没什么出奇之处。不过战场上确实没那么多奇谋妙计，讲究的是实行。一个普通的战前方略，若能实行个七八成，也足够取得胜势了。

"那么我去缠住颜良。"张辽主动请缨。其他两个人都没提出异议。他是西凉军出身，麾下为数不多的精锐都是来自高顺的陷阵营旧部，马战娴熟，派他们去缠住河北骑兵再合适不过。

徐晃也开口道："由我去堵住颜良退路。"憨厚的方脸如岩石般沉稳。这位将军的话不多，语速缓慢，仿佛每个字都经过深思熟虑。

其他三个人同时看向他，眼神里都有些明悟。阻截是个高风险的活，颜良这次带来的皆是骑兵，倘若迅速逃掉，负责阻截的将军到底是"力有未逮"还是"有意纵敌"，可就说不清楚了。徐晃是汉室之人，身份早已公开，由他摆明车马前去截杀，显得光明正大。

杨修满意地点点头："徐将军稳若泰山，这任务交给你最放心不过。关将军，届时请你迂回到南侧，封堵颜良回营之路。三路合围，来个瓮中捉鳖。"

杨修说完，把树枝一撅为二，扔在地上，顾盼左右，显得信心十足。三人对这个计划没什么异议，驱马回去调派人马。这时候斥候又来报，颜良的部队已经在十五里开外了。

徐晃要走了所有的长矛和一半的弓箭，还有二十余具皮甲。他的任务是堵截骑兵，用矛拒马是最有效的防冲击办法。稍做整理以后，徐晃带领部属先行离开。他们在行军途中缓慢变阵，逐渐由一字长蛇向前推成了三个方阵，戟兵矛兵在前，盾兵分布两翼，弓兵与刀兵夹杂于中，标准的对骑阵势。

能够在行军中如此迅捷变阵且不乱的部队，可不多见，徐晃治军的手段，可见一斑。

他出发以后，张辽与关羽也对自己的部队进行了微小的调整。徐晃肩负着阻断颜良回撤之路，很可能会被骑兵正面冲击。所以他用几百把环首刀交换了张辽同等数量的长戟、短戟和直矛。而所有的骑兵都留给了张辽，他必须以最快的速度与颜良正面交锋，坚持到友军合围。

整顿完以后，张辽在马上一抱拳："云长，保重。"关羽也做了回礼："文远，咱们看看，谁先取得颜良的人头！"两人相视一笑，各自拨转马头离去。

张辽目送关羽离去，看到杨修仍站在旁边不动，大感意外。张辽的部队是最先投入战场的，风险极大，他居然选择跟随这一路人马，只怕这小年轻的根本不知战场凶险。

张辽摸摸鼻子，冷笑一声，也不去理他，自顾点齐兵马，一声令下，几十名带了大弓的斥候呈一个扇面分散出去。他们将负责狙杀可能出现的敌人侦骑，遮断战场，切断颜良与主营之间的联系。

看着那些斥候飞驰而出，杨修忽然握住缰绳，似是不经意道："徐将军和关将军已经远去，文远你不必这么警惕了。"张辽注意到他称呼上的微妙不同，乜斜一眼："杨先生又有何见教？"他把"又"咬得充满嘲讽。杨修笑呵呵道："文远此来赴约，再这么遮遮掩掩，可就赶不上约期了。"

张辽猛地一勒缰绳，双眉高起，把一张脸牵得更长，更衬出鼻钩阴兀。他下意识地把手按在了剑柄上。这个弱不禁风的家伙，只消剑芒一扫便可杀死。杨修笃定地扶在马上，一脸风轻云淡，对他的威胁视而不见。无声的对峙持续了数息，张辽长长叹息一声，把手从剑柄挪开："你是何时知道的？"

杨修道："适才斥候来报，只说是有数百骑接近，可你张口便说是幽燕铁骑，岂不是早知颜良要来？"

"仅凭这一点而已？"张辽疑道。

杨修把骰子一抛："自然不够定论，但看张将军你主动请缨，我觉得足以赌上一赌了。"张辽听了，不禁有些愕然。只凭着一条似是而非的破绽，这家伙就敢投下这么大赌注。运筹帷幄的顶尖谋士他见得多了，但像杨修这种把计算建在赌运之上的大胆，还从来没领教过。

张辽盯着杨修，忽然想道：杨修的父亲是去职的太尉杨彪，与曹公一贯是政敌。杨家自董承之乱后，已归伏曹公，家中精英也尽数被迫调遣来到官渡。他背着曹公搞点自己的小算盘，倒不足为奇。

"张将军不必如此警惕，你我同处一舟，彼此应该坦诚些。"杨修凑到张辽身前，低声说了句什么。张辽眼中闪过一丝为难的神色，皱着眉头道："先旨声明，在下去见颜良纯为私事，绝无对曹公不利之心。"

杨修露出狐狸般的欢欣笑容："真巧，我也是。"

一骑白马飞快地从南边驰来，马上的骑士身着紫衣，一望便知是袁家的加急信使。那匹马遍体流汗，显然已奔驰了许久，鼻息粗重。可骑士仍不满足，拼命鞭打。沿途的袁军巡哨纷纷让开大道，以确保信使顺利通行。

忽然骑士一抖缰绳，向右拐了一个弯，离开官道，朝着黄河北岸的一处村落跑去。城池东侧的外郭旁是一片半废弃的村落，不过如今有军队驻扎此处。废墟间偶尔有人影闪过，手持刀弩，看起来这里的戒备并不似表面看起来那么松懈。

快接近村子之时，马匹忽然哀鸣一声，轰然倒地。早有准备的信使跳到地上，看都不看坐骑，一溜小跑，冲进入口处。两名卫士不知从哪里闪了出来，拦住去路。

"丹徒急报！"信使急促地说了一句，把手里的一个鱼鳞信筒晃动一下。卫士看到那信筒不敢怠慢，简单地搜了一下他的身，就放了进去。

过不多时，村里的某一处地方突然传来铜炉被踢倒的声音，然后一个歇斯底里的暴怒声响起：

"郭奉孝！"

第二章 丧金为谁而鸣

刘表是一个极其特别的人。他坐拥数十万精兵与荆州膏腴之地，却异乎寻常地安静。袁、曹开战之后，刘表的态度一直暧昧不清。

这一座大帐扎在黄河南岸一座小山的山阴之侧，十分僻静。稍知兵戎之人，一眼便能看出这帐篷的不凡，它外铺牛皮内衬棉布，以韧劲最好的柳木支撑起帐笼的架子；在大帐底下还垫着一层木板，让帐篷与凹凸不平的沙砾地面隔开，帐内之人可以赤足行走，不致被硌伤。即便是以豪奢炫耀为风尚的袁军阵营里，这帐篷都算得上是高级货色。

大帐外侧有足足一个屯的士兵守卫，他们将帐篷外围每一处要点都控制住，与袁军大营隔绝开来。不知是有意还是无意，这些戒备森严的守卫有七成面向外侧，却还有四成面向内侧。

营帐里此时只有两个人，自然正是当今天子刘协和曹司空的次子曹丕。他们各怀目的，化名刘平与魏文潜入战场，一直到现在，才敢稍微卸下伪装，以本来面目悄声交谈。若是他们在袁绍营中为座上宾的消息泄露出去，只怕整个中原都为之震动。

魏文这名字，乃是曹丕自己起的。刘平问他典出何处，曹丕说在琅玡开阳附近山中生长着一种蝎子，二钳八足，外壳朱紫，在当地被称作"魏蚊"。他母亲卞夫人就是开阳人，曾把家乡风土讲给曹丕听。曹丕颇为神往，一直想弄几只来玩玩，却因为太危险不能遂愿。这次要起一个化名，于是曹丕顺手拈来，去虫成文，便成了魏文。

对于用毒虫做化名这种事，刘平只能暗暗佩服这孩子，曹氏子弟，果然与众不同。

大帐内的食桌上摆着各色佳肴与美酒，甚至还摆了两串水灵灵的葡萄。刘平拎起其中一串，小心地摘了一枚，然后用指甲去掐皮。曹丕在一旁"扑哧"一声笑了起来："这东西和皮吞下便是，不必如此大费周章。"刘平尴尬地笑了笑，一口扔到嘴里，小心翼翼地咀嚼起来。

曹丕道："陛下在宫中，竟连葡萄也不曾吃过吗？"刘平叹道："朕登基以来，先后雒阳离乱、长安飘零，最惨之时，只能眼睁睁看着身边的大臣饿死于稼穑之间、兵卒们掠人相食。若非你父亲，只怕早已沦为一具饿殍，哪里还有机会去吃什么鲜果啊。"曹丕眼神有些复杂，不再说什么，默默地抓了几瓣淮橘扔到嘴里。

刘平又拿起另外一枚葡萄，拿指头捏着端详了一阵，感叹道："我记得葡萄这东西，应是西域所出吧？西域与中原交通断绝，凉州又是盗匪云集之处，这东西能辗转送到冀州，所费必然不赀啊。袁绍的手下如此奢靡享受，恐怕非成大事之人。"

曹丕很高兴把话题转到这边，他炫耀似的解释道："不用那么费事。早在博望侯凿空西域的时候，就带回不少葡萄种子，在陇西颇有种植。先前钟繇还曾给我家送来，就是这种圆润的，叫草龙珠。"

刘平听到这句闲谈，目光却是一凛："哦，就是说，袁家这些葡萄，也是来自陇西地方。"曹丕先是漫不经心地点点头，然后突然身子一颤。他虽年纪不大，终究是将门之子，平日耳濡目染，仔细一琢磨，就意识到刘平这句话的暗示。

此时陇西与关中有大小数十股势力，其中以马腾、韩遂最为强大。为了稳定左翼，曹操派遣了司隶校尉钟繇，持节督关中诸军。钟繇苦心经营数年，只能将他们震慑，却始终无法彻底消化。如今袁军营中出现陇西的葡萄，说明他与关中诸军也有联系。倘若他们突然反水，自长安、潼关一线杀入，曹操两面受敌，只怕大局便不可收拾。

"其实，隐患又岂止在西北啊。"刘平道。

曹丕一怔。刘平笑了笑，青袍中的手一指，指向了南方。曹丕挠挠头："张绣？他已经归降了……孙策，倒有可能，可他不是已经死了吗……"

刘平露出温和的微笑："还有一位，你漏算了啊。"

曹丕思忖再三，不由一怔："刘表？"

他之前一直陷入一个误区，以为张绣归顺，孙策遇刺，曹操在南方已无威胁——可他倒忘了，张、孙二人闹腾的动静最大，但真正有实力一举扭转官渡局势的，却是那个在荆州雄踞一方的刘表刘景升。

刘表是一个极其特别的人。他坐拥数十万精兵与荆州膏腴之地，却异乎寻常地安静。袁、曹开战之后，刘表的态度一直暧昧不清。他答应袁绍予以配合，却按兵不动；荆州从事韩嵩力劝刘表投靠曹操，却几乎被杀——总之，没人能搞清楚刘表的心思。天下一直传言，说刘表打的是卞庄子的主意，打算等二虎一死一伤，再出手渔利。

曹军占优，刘表或许不会动；可若西北和北方都爆发危机，他绝不会坐失良机。荆州到中原路途不远，荆州兵锋轻易可以推进到许都。

"不行！这事得赶紧禀报父亲！"曹丕站起来。刘平却示意他少安毋躁："你现在回去，咱们可就前功尽弃了。"曹丕眼神转冷："陛下不会是故意要为难我父亲吧？"

刘平也站了起来，他比曹丕高了不少，居高临下，语气严厉："小不忍则乱大谋！你要想清楚，咱们以身犯险深入敌营，到底是为了什么？"曹丕一昂头，针锋相对道："陛下意欲何为，臣下不敢揣测。臣只知道自己是曹家子弟。这一次随陛下前来，一是为消除梦魇之困；二是为了监视陛下，看是否会做出对我父亲不利之事。"

曹丕的话，对皇帝来说是相当无礼。刘平看着有些气鼓鼓的少年，不禁笑道："二公子多虑了，我与郭祭酒早有约定。你纵然不信我，也要信他才是。你都能想到这些隐患，难道他会想不到？你怀疑我会勾结袁绍对曹公不利，他会想不到？"

一听到郭祭酒的名字，曹丕双肩一松，刚才的警惕神色消散了不少，重新跪坐了回去。可他还是心有不甘，身体前倾，又大胆地追问了一句："那么陛下您到底为何要来官渡？别跟我说是为了曹家，我可不信。"

刘平缓缓转头，望向帐篷外面："子桓，你觉得是骑马挽射开心，还是端坐屋中无所事事开心？"曹丕一愣，浮起苦笑："自然是前者，若是天天待在屋里，闷都要闷死了。"刘平长长叹息一声："我自登基以来，虽然辗转各地，可永远都局限在朝臣之间。雒阳太狭窄了，长安太狭窄了，如今的许都也太狭窄了，我已经快要窒息了。"他伸出手，指向帐篷外头，"只有像这样的辽阔大地，才能真正让我畅快呼吸。我愿意付出任何代价，去换取一时的自由。这种心情，子桓你能了解吗？"

曹丕点点头，没来由地涌出同情心。刘平这话貌似空泛，却实实打中了他的心里。宛城之乱后，他被卞夫人留在身边，不许离开许都一步，少年人生性活泼，早就腻透了。这次前往官渡，未尝不是他静极思动的缘故。所以听到刘平有了类似的感慨，曹丕颇能理解——这与权谋什么的无关，纯粹是一个少年与另一个年轻人的共鸣。

"陛下你是不是害怕了？"

"是。之前的我都是按照郭祭酒的安排在说话。也许某一句话，就会让我陷入万劫不复的深渊。"

刘平把眼神收了回来，把盘子里的葡萄又吃了几枚，吃得汁水四溅——倒不是什么特别的寓意，他是真觉得好吃……曹丕整理了一下心思，又问道："那么，陛下你和郭祭酒有何打算？"他这一次北上，是偷偷出行，瞒住了绝大部分人，所以事先也没与郭嘉通气，对那位祭酒的打算茫然无知。

刘平用丝绢擦干净手，方才答道："郭祭酒临行前只送了八个字：汉室以诱，帝王以欺。凭着汉室这块招牌和朕亲身至此，不怕袁绍不信服。取信于袁绍之后，咱们在军中可做的事情就太多了。"

"刺探军情？"

"呵呵，若只是这样的小事，何必这么折腾。"刘平用一只手把整串葡萄拎起来，手腕一翻，五指托住，"我想要的，是把整个官渡之局掌握在手里，遵从我的意志发展，跟随我的指尖运动——此所谓控虎之术。"

"袁绍怎么会这么听话？"曹丕疑道。

"袁绍不会，不代表他手底下的人不会。我已经为郭图准备了一份礼物，他会满意的。"刘平笑了笑，显得高深莫测。曹丕撇撇嘴，心中有些不爽，感觉自己被排斥在了计划之外。他毕竟年纪还小，没留意刘平一直用的是"我"而不是"我们"，两者之间，有着微妙的不同。

这时帐外有人求见，一通报名字，居然是史阿。刘平略带愕然地望了曹丕一眼："是你叫他来的？"曹丕有些得意，觉得自己也终于让刘平意外了一回。他压低声音恨恨道："王越利刃加身之恨，臣日夜不能忘却。苍天有眼，将他的弟子送到面前，这是天赐良机啊！"

"他是郭图的人，你要杀他，恐怕没那么容易。"刘平道。

曹丕扬扬眉毛："陛下你又猜错了。我不要杀他，我是要拜他为师。"说到这里，他的神情略显狰狞，更多的却是兴奋，他一字一句道，"以王越之剑杀死王越，才能彻底斩断臣的梦魇。"

刘平的身体下意识地朝旁边偏了几分，这个少年一瞬间的锋芒毕露，让他觉得自己被微微刺疼。

黄河岸边，张辽的骑兵队在快速行进着，掀起了很大的烟尘。这支队伍行进至一处叫作囚昆的山丘附近，队形发生了变化：部队兵分两路，左路集合了三分之二的骑兵，继续沿着河边前进，另外三分之一的部队则从山丘另外一侧绕了过去。他们的目的是缠住即将到来的颜良，左右夹击会取得更好的效果，这在战术上是必然的选择，无可指摘。

带领那支偏师离开的，是张辽本人。这个举动没引起任何人惊讶，张辽在战场上是个疯子，永远身先士卒，站在最危险的一线，这次也不例外——没人注意到，那一支偏师的成员，全都是吕布覆没后的西凉军残部。吕布和高顺战死以后，张辽成为他们唯一的寄托。

杨修居然也在那支队伍里，这让很多同行的骑手很不解，他们想不出那个文弱的家伙能做什么。

这支队伍很快穿过了囚昆山麓，却没有急于寻找袁军的踪迹，反而一头扎进一条山沟里，贴着沟底走了数里，很快来到一处庙宇前面。这庙宇背靠岩崖，门对黄河，地势颇为不错。只是因战乱频繁，早已破败，只留下断垣残壁，如同一只被吃光了血肉的小兽骸骨。

张辽吩咐骑手们站开百步，然后和杨修两人慢慢骑到门口，下马进庙。他们一进去，就看到在院内的条石废墟上，正坐着一个黑铁塔般的大汉，正拿着手中大刀慢条斯理地修剪着指甲。他身旁几名侍卫警惕地望着两人，墙头还有弓手埋伏。

"颜将军，甲胄在身，不能施以全礼。"张辽略拱了拱手，喊出了他的名字。颜良没有回礼，抬着下巴打量了一番，轻佻地晃了晃马刀："你来啦？把剑扔开，走过来。"

公然让一名武将弃剑，可算得上是个大侮辱。可张辽面色抽搐了几下，还是把腰间的剑解下来交给杨修，乖乖地走上前去。颜良看他这么顺从，露出满意的神色，把马刀扎在泥土地上，吐了口唾沫："老沮出了点事，来不了，让我来替他跟你碰头。奶奶的，这鬼地方可不是太安全，咱们赶紧弄完走人。"

张辽却抢先问道："吕姬她还安好吗？"颜良扯着硬而亮的胡须，拖着长腔道："她在邺城暂时过得很好，今后如何，就得看张将军你的表现了。"

"沮先生之前说，会有她的信物给我。"张辽原地不动，语速慢而有力。

颜良暧昧地看了一眼张辽，从怀里取出一封书信，交给张辽。张辽一把接过去，如同一个饥民拿到食物，贪婪地展信迅速看了几遍，脸色数变，亦喜亦忧。

杨修在一旁默不作声，心想郭嘉之料，果然不错。

吕布有一个女儿，原本是要许给袁术的儿子，又数次反悔。后来曹操围下邳，吕布把女儿绑在身上试图突围，却被硬生生挡了回去。下邳城破，吕布授首，而这位吕姬却不知所终。靖安曹不知通过什么手段，查到这女人居然落到了袁绍的手里，郭嘉猜测袁绍一定会以此来要挟张辽。

准确地说，不是袁绍，而是沮授。杨修之前听说，沮授因为董承之事而被训斥，冀州一派声势大减。想不到他们还暗中握着这么一张牌，看来沮授他们是打算用张辽做一枚暗棋，在政争中扳回一城，这才有了此次会面。

看来这张辽和主公的女儿之间，真是有些说不清、道不明的缘由。杨修咧开嘴，像狐狸一样似笑非笑，暗自挪动一下脚步。郭嘉把这件事告诉刘平，自然有他的图谋。可刘平随后就告诉了杨修，他若不跟过来在郭嘉嘴里夺点食，岂不是太亏了。

颜良见张辽读完了，开口催促道："我们言而有信了，现在轮到你了。"张辽看了眼杨修，犹豫地取出一枚黄澄澄的虎符和一套竹制节令，递了过去。典军虎符是调动军队的凭证，竹制节令是诸营交通的信物，都刻有特定印记，难以伪造。这东西若是落入敌手，等于是把自家辕门敞开了一半。

不料颜良掂了两下，直接给扔了回来，一脸不屑："老沮也真是的，净玩这些虚的。我告诉你，现在条件改了，我要的，是你的输诚手书。"张辽一怔，旋即强抑怒气道："我与沮大人有约在先，只要交出这两样东西就够了！"

"老沮回邺城了，现在这里是我做主，我说不够，就是不够！"颜良毫不客气地顶了回去。

当汉室使者把张辽当先锋的消息透露出来时，颜良立刻意识到这是个大好机会。吕姬的事，冀州一派高层都知道，而现在能用出这枚棋子的人，只有颜良一个。沮授谈成什么样他不管，他大老远轻军离开袁营，不多榨点好处可不会回去。

张辽瞪圆了眼睛，嘴唇几乎咬出血来。写了输诚手书，就是把身家性命交给了对方，只剩下做内奸一条路。轻则阵前反叛，重则被要求去取了主家人头来献，总之只能任人摆布。

颜良大剌剌叉开腿，满不在乎道："你一回是卖主，两回也是卖主，何不卖得痛快些？"张辽脸色铁青，拳头紧攥："我出卖主家机密，已属不忠，你们不要再逼我！"颜良一听，不由得放声大笑，笑声如雷，震得身后废墟里几只鸟被惊走。

"忠义？你跟着原来那主子，先从丁原、董卓，后跟王允，早就是一窝的三姓家奴，也配在我面前讲忠义？若真说忠义，当日在白门楼上，陈宫、高顺慨然赴死，你怎么还厚颜活在世上？"

颜良看似粗豪，这话却比刀子还锋利，句句刺在心口。张辽脸色涨得发紫，偏偏一句话都说不出来。颜良见他哑口无言，不耐烦地催促道："我这次出来，也担着好大的干系，你不要拖延时间。吕姬的幸福，可就全在你一念之间了。"

最后一句，威胁之意溢于言表。张辽尴尬地站在原地，他若是拼命，未必会输给这个家伙，可偏偏被拿住软肋不能动手。眼见陷入僵局，这时杨修施施然站了出来，笑眯眯地对颜良说道："颜将军，与其驯虎，何不从龙？"

颜良乜斜杨修一眼，二话没说，手里的马刀骤然出手，一下子把他的纶巾削掉，只差一线就掀掉头盖骨。他本以为这个多嘴的家伙会吓得屁滚尿流，可杨修只是摸了摸头顶，扯下几丝头发，不动声色道："颜将军你若杀了我，便是滔天大祸。"说话间，他又走近了一步，双目逼视，气势居然不逊于这位河北名将。

颜良神色微动，这小子胆色倒不差。他盯着杨修细细的脖颈，心想若是先一拳打折，不知这个虚张声势的家伙是否还是这么嚣张。张辽眼神闪动，这个胆大妄为的赌徒，他又在赌！赌的是颜良对他的话有兴趣，不会先出手。

这一次，他似乎又赌对了。颜良终究没有再出手，把马刀收了回去："你是谁？"

杨修从怀里取出一卷素绢，一抖而开，振声道："我乃杨太尉之子杨修，今奉天子之谕，封尔征南将军，攘除奸凶，重振朝纲。"听到这话，在场的人除了张辽以外，俱浑身一震。汉室在这个时候，在人心中仍有龙威余存，这一封制书震慑住了全场，就连颜良身边的亲卫，都有些躁动。颜良先前对杨修的身份有几种猜测，但没想到他居然是天子身旁的人，不由得多看了一眼。

"汉室的绣衣使者想必你已见到了吧？"杨修问道。

"不错。"

杨修大声道："颜良，接旨！"

颜良却没动，保持着原来的姿势，轻轻摩挲着下巴。他虽是武人，对许都的情形也有些了解。董承死后，汉室向曹操全面屈服。现在看来，汉室仍旧是心怀不满，想借这个机会搭上袁家的线，试图翻身。

可颜良没有轻易接下这制书。沮授的失势，正是因为试图营救董承才中了郭嘉之计，又被郭图落井下石。谁知道眼前这个汉室是什么来头，是不是诡计？

"我怎么知道你不是郭嘉派来的？"颜良问。

"就凭我是杨修。"杨修一昂头。这话听起来无赖，可颜良却找不出什么理由反驳。杨彪杨太尉的忠义，天下皆知。若是天下只有一个忠臣，那必定是他们杨家。杨修看到颜良沉默不语，也不为已甚，将制书叠起来，往怀里一揣。颜良再想要拿那制书，却已经晚了。

"我刚才已说过了，与其驯虎，不如从龙。襄助汉室，内外交攻诛灭曹贼，岂不是比拉拢区区一个张辽更有价值？清君之侧，中兴之功，就在你们冀州的一念之间，回去仔细想想吧。"

杨修句句扣住冀州一党，摆明了是在暗示，你们没兴趣，还有颍川与南阳二党可以争取。这在颜良耳中，不啻为大刺激。他不得不把口气放软："杨公子，此事干系重大，我一个人可做不了主。"

杨修一指张辽："你们慢慢商量，若有定论的话，告诉张将军便是。"

颜良瞥了一眼张辽，眼神意味深长："怪不得你支支吾吾，原来早就傍上了粗腿，好，好！"也不知这两声"好"是赞叹，还是嘲讽。

张辽几乎郁闷得要吐血，杨修这轻轻一句话，固然是破解了自己输诚手书的困局，可也把他拖下更深的水里。关键是，自己偏偏还无从辩解，只能继续保持沉默。颜良把马刀收入鞘中，霍然起身拍了拍手："时辰已晚，杨公子的意思，我带回去让老沮参详。

天子的面子，我猜他总能卖上几分。"

"只怕将军归途，会有险恶啊。"杨修微微一笑，加了一句。颜良停住脚步，回头一脸疑惑。杨修伸出三个指头："将军此次轻军而出，曹军早有觉察。如今算上张将军，一共有三路人马正准备合围。"

"哼，我就知道郭图那狗东西不安分……"颜良恨恨骂了一句，随即不屑道，"曹军那些士卒，土鸡瓦狗而已，我五百精骑，纵有万人也不惧。何况……"他把眼神飘到张辽身上，"张将军既然同为汉臣，想来也不会痛下杀手。"

杨修意懒地拿出骰子，指尖滑动："名义上，总是要打一打的，不然曹贼会起疑心，对汉室不利。不过将军宽心，辅翼汉室的忠臣，可比你知道的更多。"说完这句，杨修凑近颜良，说了一句话。颜良听罢，未发一言，一打手势，和亲卫们迅速离开了小庙。

小庙恢复了安静，张辽搓搓手，疑惑地问杨修到底说了什么，杨修若无其事地回答：

"我告诉他，关羽关将军是忠义之士，降汉却不降曹。"

黄河岸边，两股军队发现彼此的存在。二长二短的信号从号角里吹出来，训练有素的袁军主骑们开始大声呵斥骑兵变换队形，其中一半骑手摘下得胜钩上的短槊，把身体伏下来，排成一条横列，每一个人与同伴都相隔半个马身的宽度；另外一半则摘下挎肩的弓箭，保持在槊手前十步的距离。

这是一个最标准的乌丸式攻击队形，首先马弓手们会放缓速度，射出第一和第二支箭，令敌人混乱，这时候槊手大举突前，用长槊和矛对敌人进行扫荡与刺杀，一举贯穿阵形。马弓手们会再度射出第三和第四支箭，并向两侧偏离，走过两条弧线，在战阵的另外一侧与破阵而出的槊手会合。

颜良的部下只有五百人，所以没打算长时间跟敌人纠缠，一旦突破敌阵，就可以轻松回到大营。这次会面，比颜良想象中收获要大，如果能和汉室搭上线，那对冀州一系将有极大的好处，还有什么比辅弼天子更能赢得声望的呢？所以他急于返回，把这个好消息告诉沮授。

"将军，东方与南方都有敌人踪迹！身后也有敌人跟进。"斥候飞快回报。颜良点点头，杨修果然没说错，曹军得了消息，派了三路兵马来围剿。不过颜良也没说错，这些人在他眼中，不过是土鸡瓦狗而已。

目前挡在他们与大营之间的，是一大队步卒。大戟和长矛林立，队形颇为严整。他们选择的位置很巧妙，右侧是黄河，左侧是一处绵延的丘陵，队形正好卡在中间。想要攻击他们，唯有做正面突击。仿佛算准了袁营不会出来接应，这队曹兵的背后甚至不做防备。

颜良在马上观察了一番，弹了弹手指，让队形变得更狭长一点，这样虽然牺牲了侧翼的安全，但让正面的穿透力变得更强。副将提醒他说，他们的后方和右侧的敌人如果施加压力，整个队伍将会陷入危险。

"不用理睬他们，专心突破眼前的步阵便是。"颜良想了一下，又下达了一个指令，"让骑阵的左队突前一点。"副将领命而去。

五百匹乌丸骏马一齐奔驰起来，声势极为浩大。大地微微地震动着，如同一头远古巨兽踏地而来。徐晃站立在阵形后方，神情严峻，宛若碣石般沉稳。手旁的鼓兵不疾不徐地敲着鼓点，提醒每一名士兵严守在自己位置上，而战阵两侧的督战队则半举大刀，严厉地监视着任何可能出现的逃兵。

士兵们聚精会神地抓紧手中的长矛与大戟，矛尖斜挑，戟头高立。敌人的骑兵冲过来，会首先被长矛刺中，然后戟头会狠狠戳下去，用锋利的援戳破骑手或马的脑壳。

弓弦声响，他们身后的弓手开始放箭，这意味着敌人已经进入一百五十步的距离。很多人滴下了冷汗，呼吸变得急促。鼓点声一变，徐晃发出了一个明确无误的指令："聚！"

听到命令，士兵们齐刷刷地向右侧的同伴挤过去，让彼此身体靠得紧紧的，一点缝隙不留。这是抵御骑兵冲击的必要措施，一则让阵形变得更加致密；二则让士兵彼此夹紧，即使有人想转身逃走也不可能。

徐晃嘴唇紧抿，不再给出任何指示。他已经看到，那些骑手伏低了身体，一手持槊，一手抓住马脖上的缰绳，双腿紧紧夹住马肚子，这是即将发起突击的姿态。下一个瞬间，骏马汇成的大浪将会狠狠地拍击在"礁石"之上，发出惊天动地的撞击。他甚至可以嗅到即将四溅的血腥。

可就在这时，奇怪的事情发生了。敌人那边传来几声号角，在战阵左路突出的骑兵突然放缓了速度，开始向右侧急转，而其他敌骑也随即拨转马头，陆续转向，阵形丝毫不乱地在徐晃的阵前画出一条漂亮的弧线，向右边反转切去。

这让徐晃和他的麾下都愣住了，感觉就像是用尽全身力气打出一拳，却打空了。此时整个阵形已经被挤得很密实，无法散开，只能眼睁睁地看着敌人离去。只有弓手们还在拼命放箭，希望能留下一些战果。

这一个漂亮的阵前急转不光是避开了步阵的锋芒，而且让徐晃的部队陷入混乱。这个拒马阵形聚得特别密实，重新散开排列成追击队形要花不少的时间，等于是短时间内瘫痪在了原地。

可是，颜良到底是什么打算呢？徐晃一边重新调整部署，一边在心里琢磨。颜良的右侧是一道连绵的丘陵，他不可能越过徐晃的阵势突围。骑兵们唯一的出路，是转向南侧或者回头向东，但那两个方向有关羽和张辽的追兵。徐晃眉头紧皱，怎么也想不通颜良会如何破这个局。

而颜良此时已经率队全体转向了南方，一阵马匹嘶鸣，为首的骑士很快攀过几丛乱石杂草，大声喊道："前方三百步，有敌！旗号，关！"颜良点了点头，纵马冲到队伍的最前列，大吼道："关羽阵前叙话！"

对面的部队稍微停滞了一下，很快一员手提长矛的长髯大将驱马出现在阵前。颜良打量了他一下，大声喊道："汉室兴旺，匹夫有责。关将军何不随我去见袁公。"

关羽不以为然地摆了摆长矛，对这个建议不屑一顾。事实上，在这个时代，大战前的叫阵劝降已成为一种惯例、一种仪式，并没有多少实质意义在里面。颜良对关羽的反应也不意外，他从来没打算单靠唇舌就说服关羽——刚才杨修给了他一个绝妙的提示。

于是颜良运足气力，又发出一声大吼："玄德公正在黎阳做客，将军不要自误！"这一声出来，对面的关羽脸色骤变，连带着他身后的士卒都一阵骚乱。

谁都知道关羽和玄德公的关系，也都知道关羽如今在曹营的微妙地位。此时颜良这一声喊出来，关羽立刻陷入两难的尴尬境地，若是二话不说直接开打，等于宣告与昔日主公彻底决裂；若是不战而走，却是暴露出自己的真实想法——颜良这句话真伪难辨，万一只是随口大言，玄德公根本不在河北，关羽便会立刻成了吕布一样的笑柄。

关羽麾下的士兵都是临时调拨来的，谈不上什么忠诚，他们此时听到，无不心怀疑虑，阵形出现了混乱。颜良看到对方心意动摇，不失时机地下令骑兵们发起突击。

骑兵们纷纷催动马匹，再度摆成进攻的姿态。关羽回过头去，拼命挥舞着长矛，督促士卒尽快摆好队形。可他的控制明显变弱了，很多人还没摆好木盾，很多人还握着弓箭，不知所措地呆望着前方。踏破这一盘散沙，实在是轻而易举之事。

这时候，意外发生了。袁军的后队突然发生骚动。还没等颜良搞清楚怎么回事，一名斥候飞奔而来，惊慌地对颜良说："后方，敌袭！"

颜良眉头一皱，登高去望，看到一大队曹兵骑手已经搠入后队，双方的加速距离都不够，只能展开一场惨烈的混战搏杀。不断有曹军和袁军的士兵跌落马下，杀声四起。不过明显袁军的伤亡更多，因为他们不得不先掉转马头，才能与敌人厮杀，而且没有马弓手掩护——他们都留在队列最前攻击关羽。

徐晃的部队不可能来得这么快，他也没那么多骑兵。那么附近能发动这种规模攻击的，只能是张辽！

"这个浑蛋……他不怕我会杀了吕姬吗？"颜良又惊又怒。

从刚才开始，张辽的骑队就一直遥遥地缀在后面，虚张声势地跟随着。颜良知道他们只是为了应付差事，没有多做提防。他的想法很简单，就算杨修是个骗子，张辽也绝不敢翻脸动手，除非他不再关心吕布女儿的生死。

可张辽居然真的翻脸了，而且还选在了这么一个时机。他利用袁军背对自己发起进攻的时机，狠狠地给了颜良屁股一下。

可是颜良此时已经无法叫停进攻。袁军的前锋已经插入关羽的军阵，霎时间就有数十名士兵被长矛挑翻，还有更多人被高大的马头硬生生撞倒在地，再被铁蹄践踏，惨呼连连。原本不算严整的阵线一下子被敲开一个大大的血色缺口。骑兵们争先恐后地从这个缺口拥进去，迅速朝前方同伴的侧翼补位，很快形成足够的宽度，减少接敌方向。

关羽的步卒一下子被打蒙了。弓手们平举短弓，不管不顾地把箭射向缺口，即使误伤也在所不惜；被长矛格挡的步卒们纷纷抓起短戟，朝着身陷阵中的袁军前锋疯狂地掷去，以期能阻挡他们前进。一些老兵试图抓起地上的大盾，发现它们居然被过于紧张的新兵踩在脚下。老兵们大声推搡，新兵们只得惊恐地持刀扑上前去，反而让阵形变得更加混乱不堪。

只要颜良的骑兵源源不断地冲入缺口，继续扩大战果，那么关羽的部队很快就会被打得分崩离析。可是后续部队已经被张辽的骑兵缠上了，无法脱身，反正造成了前后分离的状况。

关羽的部队逐渐从混乱中回过神来，如梦初醒的各级指挥官开始组织反击。数十名身披皮甲的戟士排好了长列，在屯长的喝令下，一齐高抬长戟，然后狠狠地戳下去。每次凿击都能击穿几匹马或骑手的头颅。滴着鲜血和脑浆的戟头再度被抬起，戟士们大喝着上前三步，继续对敌人进行打击。对于这种人，失去速度的骑兵没什么好法子对抗，战马的嘶鸣和骑手的呼救声此起彼伏。

在他们的鼓舞下，其他士卒拔出环首刀，从两翼聚拢过来，把缺口封闭，让前锋身陷阵中无法自拔。骑兵的优势在于奔驰，当他们停下脚步陷入步卒的沼泽时，处境会变得十分悲惨。他们被迫从马上跳下来，拔出短剑，背靠着坐骑跟敌人对砍。马上马下的优势骤然逆转，很快这些手握短刀的骑兵，就生生被长达七尺的步矛搠死。不时还有受惊的马匹把骑士甩下，负痛狂奔，然后被几支利箭钉住，跌倒在地动弹不得。

颜良眼见到前后都受到挫折，勃然大怒。拍马往回冲了几步，愤怒地大喝："张辽！你……"话音未落，一支又狠又稳的箭射过来，正中颜良的左肩。远处的张辽放下硬弓，面无表情。

颜良身子晃了晃，眼前发黑。他强忍疼痛举起右臂，却发现身边连一个传令兵都没有了。就在这时，一阵马蹄声由远及近传来，这蹄声强健而有力，每一步都像是踏在巨鼓之上，让心脏为之一颤。

颜良猝然回首，猛见一团火焰烧到面前。当他看清那是一匹枣红色的马匹时，前胸已经被一把长矛刺入——而长矛的另外一端，正被关羽紧紧握着。他在张辽射箭的一瞬间，从混乱的前线冲到颜良身边，那匹赤红骏马的速度，实在是叹为观止。

"玄德公正在河北行辕，你敢……"颜良一把攥住矛柄，拼命吐出几个字来。关羽的眼神微变，手中的长矛却丝毫不放松，一口气贯穿了颜良的前胸，还狠毒地拧了几拧。颜良在马上不甘地摇晃了几下，眼神迅速黯淡下来，整个人从马上重重摔在了地上。

关羽翻身下马，从尸体上抽出长矛，一股鲜血从创口激射而出，喷了他满脸血污。关羽擦也不擦，俯身摘下颜良的头盔，用矛尖高高挑起，一边纵马驰骋，一边仰天大吼：

"颜良，授首！"

这个消息迅速传遍了整个战场，还在拼命抵抗的袁军瞬间士气崩溃，除了那些身陷重围的士兵以外，其他人都纷纷选择放弃抵抗，朝着大营的方向逃去。他们很快绝望地发现，必归之路上，正横亘着徐晃的军团……

远处张辽看到关羽高举着大矛在战场上来回驰骋呐喊，放下手中的硬弓，喟叹道："想不到，云长他真的动手了。"他身旁的杨修一脸轻松地问道："文远你把这么大一份功劳让给关将军，心中不觉得可惜吗？"

张辽摇摇头："云长自从来到曹营，没有一日不在苦闷中度过。我明白他的心意。他斩杀颜良，不是与玄德公决裂，而是给曹公一个离开的理由。"

"只怕树欲静而风不止，别人眼里，可未必是这么回事。刚才颜良那一声'玄德公正在河北'，听在耳里的人可不少呢。"杨修露出嘲讽的神情。

张辽长长叹息一声，伸手摩挲了一下坐骑的耳朵，不再说什么。他忽然又想到什么，犹豫地问道："颜良一死，沮授必会知晓。我这么做，真的能保吕姬无恙？"

杨修看他的眼里满满的都是担忧，宽慰道："这一场仗意义重大，曹公一定会把功劳归于关羽，大肆宣扬，所以沮授怪罪不到将军头上；再者说，失去颜良的冀州派风雨飘摇，只会更加倚重于你，吕姬反而更加安全。"他身子微倾，声音也放低，"我向将军保证，会有人去把吕姬救出来，绝无差错。"

听完杨修这一番分析，张辽怔怔盯着他看了半晌，忽然开口："这一切，早就在你的算计中吧？"

"嗯？"

"从一开始，你以言语挑拨我们三个，就没打算放颜良离去。你想借他的死，逼我和云长上你们的贼船，对吧？"

"文远，你何必想那么多。"杨修打断他的话，"做一个简单的武人，在这乱世里也是种幸福。"张辽却坚持道："只怕想得太过简单，死得更早——既然你拉我上这船，就该把一切说清楚！"他剑眉陡立，脸拉得更长了，一副自尊心受到伤害的愤懑神情。

杨修无奈地把骰子收进袖子里，修长的手指灵活地梳理着坐骑的鬃毛："我不妨告诉你，今日我所做的一切，都是郭祭酒安排的。"

张辽一惊，随即醒悟过来："那份天子制书，只是郭祭酒设下的饵喽？其实根本没有什么汉室参与，对不对？"

杨修狡黠地看了他一眼："郭祭酒是这么打算的，不过计划总赶不上变化。他虚张声势，我顺水推舟，不是什么事都要遂他的愿。"

虚虚实实，实实虚虚，张辽觉得自己的脑子有点不够用了。杨修见他有些迷惑，道："如今颜良之死这一份大礼，恐怕是要礼分三家。"

张辽转过头，向战场上望去。此时厮杀已经逐渐平息，四千精卒合围七百如丧家之犬的骑兵，可以说是轻而易举。

随着最后一个试图抵抗的袁军骑手被乱刀砍杀，喊杀声消失了。黄河之水哗哗地奔流着，人与马匹的鲜血将绿油油的河畔草地染成暗红颜色，空气中弥漫着淡淡的血腥味道。曹军士兵们在战场上逐一搜检，翻动尸体，若还有喘息的，就一刀搠死。在更远处的高丘上，关羽把大矛支在地上，颜良的头颅高高悬起，他下马背靠坐骑，似是疲惫至极，目视前方，默不作声。夕阳映衬之下，他颀长的身影宛若战神。只是脸上沾满血污，无法分辨此时他的表情为何。

张辽回过头来，似乎已经有了答案："曹军首胜，这是送给曹公的大礼。"

"不错，你继续。"

"颜良一死，玄德公必被袁绍所杀。届时云长只能待在曹营，却绝不会诚心投向曹公。他若想继续效忠汉室，也只剩下一个选择。我和云长，就是送给汉室的大礼。"

杨修赞许地说道："文远你能想到这一层，却也不错。那这三呢？"

张辽思忖片刻，沮丧地摇摇头："这第三礼我猜不到。"

杨修微微一笑，抬起手，向着即将没入地平线的落日，如同要把那日头抬起来。

"这第三礼，乃是助那一条潜龙腾渊、旭日复升。"

这个时候，当当当当的锣声在战场四周响起，诸部开始聚拢队形，鸣金收兵。官渡的第一战，就在这如丧乐般的金鸣声中结束了。

第三章 绣衣使者的日常

这时候，校场外传来马蹄声，一骑信使飞快驰来，行色匆匆不及绕路，直接踏过校场，直奔主帅大帐而去。曹丕和史阿对视一眼，后者漠不关心，前者却隐隐有些期待。

"持剑要稳，突刺要发力于腰。"

史阿举起短剑，口中教训道。眼前的少年点点头，再一次扬剑朝他刺来。这一刺迅捷无比，已隐然有了几成火候。史阿游刃有余地格挡着，还不时提点两句。每一次提点，都让少年的剑势变得更加凶猛。他的悟性和根骨，让史阿心中颇为惊讶。

史阿觉得有些奇妙。他和徐他原本受雇于蚩先生，和其他十几名刺客潜入曹魏各城，伺机扰乱。现在却被指名要来教这个曾被自己挟持过的小孩子剑术。这少年看来身份不低，连郭图都对他客客气气的。

对于这个叫"魏文"的少年，史阿还是挺欣赏的。他有着同龄人难得的沉稳，而且悟性极佳，天生是个学剑的好苗子。他记得老师王越曾经说过，剑是杀人利器，人心怀有戾气，才能在剑术上更进一步。而魏文在这方面的天分，让史阿啧啧称奇，小小年纪，一握住木剑就杀气四溢，尤其是听他解说王氏快剑的要诀时，更是杀气四溢。他与史阿对练，每次都好似面对杀父仇人一样，经常逼得史阿使出真功夫，才能控制住不伤到他，也不被他伤到。

史阿真心喜欢这孩子，毫不藏私，把自己胸中所学尽数教出。他相信，如果师父王越知道，也一定会很高兴的。

"行了，今日就练到这里，筋骨已疲，再练有害无益。"史阿第十次拍落了曹丕手里的短剑，宣布今日的练习就到这里。

曹丕脸上红扑扑的，微微有些喘息，但整个人特别兴奋。他深躬一礼，然后用衣襟下摆擦了擦剑身，随口问道："王越如今在哪里你可知道？"史阿微微皱了下眉头，这孩子的话里对王越殊无敬意，按辈分来算王越可算是他的师公呢。不过这些大族子弟都是如此，学剑学射学御，无非是一技傍身而已，改变不了世家寒门之间的尊卑藩篱。他回答道："我与师父已一年未见。上次见他，还是在寿春。师父闲云野鹤，从来都是行踪不定的。"

曹丕"哦"了一声，又问道："跟你同行的那个徐他呢？"史阿笑道："那个人性格有点古怪。他以前在徐州遭逢过大难，所以不大爱说话，公子不要见怪。"曹丕好奇道："遭逢什么大难？"

"曹贼屠徐嘛。"史阿回答，没注意到曹丕眼里闪过一丝恼怒，"那年曹操打陶谦，在徐州大肆屠戮，死了十几万人。徐他当时家在夏丘，一家人都被杀死，尸体被抛入泗水，只有他侥幸活下来了，被师父所救。王氏剑法，讲究'怀惧而自凛'，要心中怀着口恶气或戾气，才见威力。我这个师弟，一直对曹操仇怨极深，施展出剑法来，连我都未必是对手呢。"

曹丕道："原来如此，下次有机会，我想和他过过招。"史阿连忙劝阻道："还是算了，他根本分不清喂招与决斗，一上手就是不死不休之局，伤了公子就不好了。"

曹丕露出一丝嘲讽的意味："王越起手无悔，徐他不分轻重，王氏快剑的剑手里，反倒是先生你最正常不过。"史阿无奈地笑了笑，把铁剑绑回到腰间。他们这样的人用不起剑鞘，都是用一根粗绳子把剑拴在腰带上，走路时得用手扶住剑柄，不然容易割伤大腿。曹丕看了一眼，把手边的吞口包铁楠木鞘拿起来，扔给史阿："这个送你吧，权当束脩。"史阿连忙推辞，不过曹丕再三勉强，他只得收下。

"若是你过意不去，就多教教我王氏快剑的要诀吧，我可是迫不及待要用呢。"曹丕眼神灼灼，这让史阿感到几分熟悉。他记得徐他在第一次学剑时，也是这样的眼神，不由得在心中纳闷，这锦衣少年哪里来的这么大仇恨？

这时候，校场外传来马蹄声，一骑信使飞快驰来，行色匆匆不及绕路，直接踏过校场，直奔主帅大帐而去。曹丕和史阿对视一眼，后者漠不关心，前者却隐隐有些期待。

那信使驰到大帐门口，下马把符信扔给卫兵，一头闯了进去。帐篷里郭图和刘平两个人正在饮酒吃葡萄，郭图一直不提北上见袁绍的事，刘平也故作不知，两个人虚与委蛇地谈些经学趣闻，鸡舌香的味道弥漫四周。

信使走到郭图身边，附耳说了几句，郭图脸色阴晴不定，挥手让他出去。刘平一枚枚吃着葡萄，仔细观察着郭图的神情。郭图起身道："刘先生，告罪告罪，有紧急军情需要处置一下。"

"看来我的礼物，是送到了啊。"刘平轻描淡写地说，郭图听到这句话，浑身一震。他挥手让帐内其他人都出去，趋前压低了嗓子，像是吞下一枚火炭："颜良……是你安排的？"

"若不如此，怎能显出我汉室诚意呢。"刘平把葡萄枝搁入盘中，还用指甲弹了弹盘沿。

郭图心情有些复杂，颜良的跋扈确实让他十分困扰。他也施展了些小手段，想让这蛮子吃点亏。但郭图却没想到，等到的，却是颜良枭首全军覆没的消息。能让数百精骑死得这么干净，必是曹军精锐悉出。能对曹军如臂使指，这家伙到底是怎么做到的？

一念及此，郭图看向刘平的眼神，多了几丝敬畏。刘平道："郭大人，礼物可还满意？"郭图面孔一板："颜将军首战遇难，挫动我全军锐气，这叫什么大礼！先生太荒唐了！"

"袁公心怀天下之志，应该接纳九州英杰，岂可局于一地之限，计较一人之失。"

刘平的话没头没脑，可意思却再明白不过了。

袁绍军的体制相当奇怪。冀州派的势力俱在军中，魁首是田丰、沮授，下面有颜良、文丑、张郃、高览四员大将牢牢地把持着军队；而在政治上，却是南阳派的审配、逢纪、许攸等人并总幕府大权。此次出征，逢纪名义上执掌军事，冀州一直深为不满，两边龃龉不断。

主帅身亡，兵将未损，对郭图、对颍川来说，算得上是一个最理想的结果。依着规矩，颜良死后，麾下部曲都会暂时划归监军郭图统辖。这握在手里的兵，冀州再想讨要回去，可就难了。等于冀州派经营得密不透风的军中崩坏了一角，一直处于弱势的颍川派便有了可乘之机。

刘平说得一点都没错，这对郭图来说，绝对是一份丰厚的大礼。

郭图望着一脸淡然的刘平，突然惊觉，自己犯了一个错误。之前他总是有意无意把自己摆在一个施恩者的高度，居高临下，现在才发觉，汉室的实力比想象中更可怕，他们根本不是走投无路前来投奔的困顿之徒，而是与袁绍地位对等的强者。

郭图重新跪坐下来："先生教诲得是……郭某乍听噩耗，乱了方寸，还望先生见谅。"刘平笑道："颜良轻军冒进，以致倾覆。只要将军审时度势，反是个大机遇啊。"

郭图连忙抬起头："依先生的意思，该如何应对？"

刘平在手心上写了一个字，伸向郭图。郭图一看，为之一怔，失声道："这，这能行吗？"刘平道："行与不行，明日便知。"然后把手缩了回去，用素绢擦拭干净。郭图隐隐觉得有些明白，却隔着一层素帷没点破。

郭图觉得这太荒谬，不再细问，刘平也不解释，起身告辞。郭图送走他以后，传令诸营加强戒备，亲自带着几十名亲卫往颜良营中去。主帅身死的消息很快就会传遍，不早早镇伏，造成营变营啸就麻烦了。

刘平一出大帐，恰好看到曹丕在帐外持剑等候。他走过去一拍肩膀："走，回营。"曹丕把剑鞘送人了，只得把剑扛在肩上，小声问道："我看到有信使匆匆忙忙进去，你的礼物送到了？"

刘平笑着点点头。这一份大礼送来得相当及时，一下子就把郭图给震慑住了。刚才他故意卖了个关子，就是为了进一步夺取话语之势。言语交往，形同交战，取势者占先。当郭图开口向他求教应对之策的那一刻，攻守之势已易，刘平完成了从"求助者"到"决策者"的角色转换，终于把一只手伸进袁绍军中，这对他接下来的计划至关重要。

"何必这么麻烦，想对付这种人，办法多的是。"曹丕颇不以为然，他觉得郭图就是个贪婪的胆小鬼，一把剑、几个把柄，足以让他言听计从，用不着这么苦口婆心。

"我给你讲个故事吧。"刘平道，与曹丕并肩慢慢走着，"昔日有风伯和羲和二神相争，约定说谁能将夸父的衣袍脱掉，便可为王。风伯先使北风劲吹，夸父却将袍子裹得紧紧。羲和召集了自己的十个儿子，化为太阳，当空炽晒。夸父耐不住酷热，不得不袒胸露乳，裸身逐日，羲和遂胜出。"

曹丕听完这故事，默不作声。刘平也没过多解说，他相信以这少年的聪明劲，能想明白其中寓意。这就是刘平自己选择的"道"，是仁慈之道，于无声处潜移默化，胜过咄咄逼人。

这时候曹丕忽然停下脚步，唇边露出一丝戏谑："那你知道后来发生了什么吗？"

刘平一下子被问住了，这个寓言到这里就该结束了，哪里还有什么后续。曹丕一本正经道："后来这十个太阳都不肯回家，大地焦旱，把夸父给生生渴死了。结果惹出了后羿，射杀了九个太阳，最后只剩下一个，成为天上独尊之主。"

刘平没想到这孩子居然会这么想，咳嗽一声，不知该如何接下去。倒是曹丕开口问道："可是，郭图也不过是个前锋罢了，袁绍身边策士众多，你怎么可能掌握全部？"

"袁绍在官渡，我是无能为力的，可是邺城不是还空着吗？"刘平笑了笑。

邺城是袁绍的重镇根基所在，地位与南皮仿佛。曹丕没想到刘平想得那么远，从官渡轻轻跳去了邺城。他一时想不出其中渊源，于是乖巧地闭口不言。

两个人走到营帐，发现门口站着一个人。他们定睛一看，原来是徐他。他还是衣不遮体的模样，一把无鞘的破旧铁剑随意系在腰间，大腿外侧尽是新旧伤口。他见刘平到了，把铁剑扔在地上，双手伸平走过去，以示没有敌意。

刘平不知道他为何出现在这里，徐他走到跟前，突然双膝跪地："大人你曾说过，人命如天，无分贵贱，可是真心的吗？"曹丕皱眉，刚要出言呵斥，却被刘平拦住。

"你有什么事？"

"大人既敬惜性命，必然不耻曹贼徐州兽行。"徐他一扯胸口，露出右胸一处触目惊心的伤疤，"我一家老小，全数被抛尸泗水。我独活至今，只为杀死曹贼，为徐州十几万百姓报仇，恳请大人成全。"

曹丕的脸色陡然变了，刘平按住他肩膀，平静道："你不是受雇于袁绍的东山人吗？此事你该去找郭大人商量，我不过一介商人，又有何能为？"徐他昂起头来，黄褐色瘦脸颊颤动一下，难以分辨是笑容还是愤怒："大人可不是什么商人。你们从白马城出逃，是刘延与你们配合演的一出戏，我当时都看在眼里了。如果我说给郭图听，你们就会死。"

四周的空气一下子凝滞住了，徐他的话直截了当，反倒更具威胁意味。刘平眯起眼睛："可我能做些什么？"徐他毫不犹豫地说："我要你把我送进曹军主营，要近到足够可以刺杀曹贼。"

刘平的呼吸依旧平稳，他把视线缓缓转向曹丕："小魏，这件事，就由你来定吧。"这是个避嫌的举动，表明汉室对刺曹没有野心。曹丕却没想到刘平居然让自己来做决定，一下子没什么心理准备，慌乱了一阵才说道："你确定要这么做？曹操治军严谨，你进了主营，就算成功，也没机会逃掉了。"

徐他手掌一翻，表示对这些根本不在乎。曹丕飞快地转动着念头，心想如果是父亲或者大哥面对这种情况，该如何处理才好，忽然，一个连他自己都觉得天才的想法涌入脑中。

"这么说，你愿意为刺曹付出任何代价。"

"是的。"

"很好很好，很有荆轲的风范嘛。"曹丕赞赏地看了他一眼，又环顾四周，"那咱们现在缺的，只剩一个樊於期了。"

"樊於期？"徐他眼神有些茫然，他根本不识字，这辈子唯一学过的两件事，只有务农和剑击。

"他是秦国的将军，后来叛逃到了燕国。荆轲取得了他的首级，才得以接近秦王。"

"哦……"徐他的眼神渐渐亮了起来，他身为刺客，自然明白这意味着什么。曹丕挥了挥手，上前一步："你暂且留在我身边，等到时机成熟，我会为你做易水之别。"

徐他与曹丕对视片刻，终于双膝"咕咚"一声跪在地上，用佩剑割开手臂上的一片血肉，用手指蘸着血擦拭曹丕的剑身。这是死士们效忠的仪式，意为"以肉为剑，以血为刃"，将自己化为主家的利刃，兵毁人亡，在所不惜。

曹丕俯视着徐他，这是他第一个真正意义上的死士，心情有些得意，也有些复杂。

颜良的死讯当天晚上就被公布出来，诸营着实骚动了一阵。好在郭图和淳于琼及时弹压，才没酿成大乱。郭图宣布在袁绍下达新的命令之前，全军都要听从他的调遣。他是监军，于是这个命令被毫无障碍地执行下去。

整个袁营当夜都严阵以待，郭图还撒出去大量斥候，去侦察曹军进一步的动静。一直到快要天亮的时候，消息终于传回来了。

斩杀颜良者，是玄德公曾经的麾下大将关羽，他如今已投靠曹营。颜良的部队覆没之后，关羽没有立刻趋向白马城，而是在白马与延津之间建起一道由弓兵定点哨位与游骑构成的遮蔽线。袁绍军的不少斥候都在这条线附近遭到狙杀。

好在关羽的兵力不足，无法在黑夜里做到全线封锁，还是有几名袁军斥候闯了过去，给郭图带回一个令人震惊的消息：曹军主力从官渡倾巢而出，直扑白马而来。

而与此同时，来自董先生的一封加急密信也交到了郭图手中。郭图展信一看，惊讶得眼珠都要掉出来。董先生给他的建议，居然和昨天刘平写在掌心的那一个字完全一样：

撤！

郭图把密信揣好，亲自赶到刘平和魏文的宿营大帐，忐忑不安地向刘平请教道："先生昨日手心之字，我一晚上都没想通。还请先生教我。"

刘平见他主动来问，知道这个关子算是卖出去了："敢问今日可是有新消息了？"郭图连忙把曹兵大军压境的事告诉他，刘平点点头："这就是了，先生你的大机遇，就在这里。"

他看到郭图还是一头雾水，继续说道："我来问你，袁绍指派大人为渡河先锋，所图者为何？"

"攻拔白马，确保渡河无忧。"

"那为何围而不攻呢？"

郭图迟疑道："袁公的意思，自然是围城打援……"

"不错！"刘平一拍几案，"袁公真正关心的，不是小小的白马城，而是如何调动曹公，来一场大决战，以优势兵力一战而胜。颜良这一败，看似曹军大胜，实则把曹公拖入尴尬境地，再无法龟缩在官渡，只能驱军来救白马，而且一动必是倾巢而出——我问你，你们这里一万多人，能抵挡得住吗？"

郭图略算了算，回答说曹军在官渡总兵力有六万之众，我这里一万多人虽抵挡不住，坚守数日等到袁军主力来援，不成问题。

刘平摇摇头道："郭大人这就错了。如果你在白马周围拼死抵抗，曹公最多象征性地打一下，然后赶在袁公抵达前就撤回官渡了，但是……"他故意拉长声调，郭图身体不由自主前倾，"但如果你现在主动后撤，远离白马，曹公又会如何呢？"

郭图现在完全被刘平牵着鼻子走，连声问如何。刘平身子往后一仰，双足微翘："白马之围一解，曹公只有一个选择，就是尽快把白马城内的军民辎重回迁官渡——这可走不快呀。"

郭图"啊"了一声，立刻全明白了。

他这一撤，无形之中把白马当成一个包袱扔给曹操，曹操还不得不接。趁着曹军背起包袱缓缓退往官渡的当儿，袁军主力便可迅速渡江，在黄河与官渡之间的广袤平原形成决战。

郭图怀里揣的那封密信里，蜚先生说的和刘平论调差不多，但他行文匆匆，并未详加解说。如今听了刘平分剖，郭图方才恍然大悟，不由得心悦诚服地伏地赞道："先生智慧，深不可测。汉室重光，指日可待啊。"

刘平坦然受了他一拜，心中却一阵苦笑。这等谋略和眼光，他可没有。这一切说辞，都是他在临行之前与郭嘉商议出来的。那几天里，郭嘉跟他一起推演了官渡之战的许多种可能，将曹军、袁军的每一步变化都解说得非常详尽。刘平那时候才知道，那些号称"运筹帷幄决胜千里"的天才谋士，大家只看到决胜千里的神奇，却不知道运筹帷幄背后要花费的心血。

郭嘉告诉他，他无法提供详尽的计划，只是尽可能把出现的变化都说出来，具体如何运用，就只能靠刘平自己了。

"放心好了，不会比在许都做事难多少。"郭嘉这样说道，刘平一直不太理解，他到底是讽刺，还是暗有所指。

郭图心中的疑惑被开解，神情轻松了不少。他这才发现，魏文一早就跟史阿出去练剑去了，而那个叫徐他的人，居然站在刘平身后，一言不发。刘平解释说，史阿现在是魏文的老师，那么如果能把他师弟调过来做个护卫，就再好不过了。一两个刺客，郭图根本不放在心上，一口答应下来。

"哦，对了，刘先生，有件事，我想还是告诉您为好。"郭图迟疑片刻，还是开口说道。

"哦？是什么？"刘平也很意外。

郭图从怀里掏出蜚先生的密信："刚刚传来的消息，孙策在丹徒遇刺了。"刘平眉头一扬，这个消息他早就预料到了，但郭图居然会主动拿出来说，证明他已对刘平彻底信任。

"这是哪里得来的消息？准确吗？那可是江东小霸王，谁能刺杀得了他？"刘平连声问道，恰到好处地流露出疑惑。

"肯定准确。"郭图神秘地把那封密信摊开，"因为这是来自东山蜚先生，我们河北军中的耳目。我想您在动身北上之前，先去见一见他。"

郭图宣布撤军的命令很快传遍全军，包括淳于琼所在的军营。淳于琼对这个指示没什么异议，吩咐了几名手下出去督促拆营，然后走进邓展的帐子。

自从那次邓展突然狂暴之后，他一直被绑在一顶小帐子内，平时只有吃饭时才会被松开双手，双脚则永远被一根结实的麻绳子捆住。淳于琼进帐子的时候，邓展紧闭双眼，装作沉睡。淳于琼端详了他一阵，叹息道："你说你这是何苦。我不会放你，也不会杀你。你就算挣脱了，也跑不出营地去，白白被人射杀。"

邓展没理他，继续装睡。淳于琼敲了敲他后背："你也别装睡了，赶紧起来收拾东西。咱们要拔营回军了。"邓展听到这句，眼睛"唰"地睁开："曹军胜了？"他的嗓子经过调养，已经恢复过来，只是稍微有些沙哑。

"呸！想得美。"淳于琼笑骂道，"只是暂时回撤而已。你可得老实一点，万一行军的时候乱跑，军法可不饶人，到时谁也帮不了你。"

"撤去哪里？"邓展有心诱他多说几句话。

"不知道，肯定不会渡河回黎阳，估计只是往西边挪挪屁股吧。"淳于琼摸摸自己的大鼻子，显得很兴奋，"颜良那小家伙被人给砍了，砍人的叫关羽，以前还是玄德公的旧部哪。最妙的是，现在玄德公还在黎阳，这可是够乱的。"

邓展仔细听着每一个字，试图推测出时下到底是个什么状况。淳于琼又跟他唠叨了几句，有士兵过来，说轮到拆这里的帐篷了。淳于琼吩咐两名近侍解开邓展双腿的绳子，亲手拿起一件轻甲给他披上，让他们带到外面随便找个地方待着，然后又去巡查全营了。

邓展一被带出帐外，就看到一番热火朝天的景象。几十辆马车与牛车散乱地停在营中，士兵们把一顶顶帐子拆卸，折叠，捆好搁到车上，还有望楼、栅栏、鹿砦什么的，也都要拆散了带走。整个营地热火朝天，乱哄哄的一片。

两名近侍带着邓展，走到一辆装满箭矢的牛车旁边，让他坐了上去。忽然附近传来一阵叫喊声，他们回头一看，原来是一处大纛没系住，斜斜地朝这边翻倒过来。周围的士兵呐喊着去拽绳子，可还是拽不住。只见大纛轰然倒地，宽大的旗面把整辆牛车都给盖住了。

邓展和旁边的两个侍卫都被压在了大纛之下。他在旗下身子一横，眼神闪过一丝狠戾，右腿膝盖一顶，正撞在其中一名侍卫的咽喉上，后者一声没吭就昏了过去。他又用双足夹起一枚箭镞，狠狠钉在另一名侍卫背后。邓展迅速掀开大纛，对迎上来的士兵喝道："到底是谁干的！怎么这么糊涂！！"

他身披轻甲，又把捆缚着的双手藏到背后，一时间竟没人认出他是个囚徒，还以为是淳于琼身边的某个侍卫，都不敢靠近。邓展骂了一通，这才让开身体："快过来帮忙！"趁着士兵们一拥而上的混乱，邓展悄无声息地离开了，临走时还在手里握了一枚箭镞。

他估计就算士兵们发现藁下昏迷不醒的侍卫，也会以为是砸昏的，那会争取到不少时间。邓展迅速判断形势，随手偷了一件风袍，然后走到营中下风处一个简陋的土溷里。这是一个一面是缓坡的大土坑，士兵平时顺着坡面走到坑底便溺，味道非常重，一般很少有人靠近。邓展用箭镞磨断了绳子，活动一下手腕，改换了一下装束。等到他再度走出来时，已经是一名幽燕的骑兵。

所有人都在忙着拆卸，没人留意到这位其貌不扬的骑兵。邓展在营里自由走动，琢磨着下一步的行动。对虎豹骑出身的人来说，抢一匹马逃出军营，轻而易举。但邓展不能这么一走了之，曹家二公子如今还在袁绍营里，吉凶未卜，他必须做点什么。

邓展凭着记忆，在营中四处寻找，努力回忆上次遇到二公子的地点。他拉住一个过路的士兵问路，士兵对这位骑士不敢怠慢，告诉他这里是淳于琼将军的营盘，郭监军的营盘在另外一侧。根据这条模糊不清的线索，邓展一路摸到了郭图的营地附近。

这里的大部分帐子也正在被拆除，现场一片忙乱。邓展小心地贴着人最多的地方转悠了许久，发现在东南角有一座小山丘，也被木栅栏围入营地。比起其他地方的热火朝天，那里却很安静。

邓展心中生疑，信步走了过去。他看到，在山丘的缓坡之上，有两个人正在斗剑，一高一矮。高的那人面目陌生，矮的那个少年却熟悉得很——不是曹丕是谁？此时两个人拼斗得异常激烈，一时分辨不出是在比试，还是真的在厮杀。听那铿锵之声，用的不是木剑，而是真剑。

邓展大吃一惊，心想难道二公子是夺了把剑，试图逃离？他不及多想，顺手从身旁辎重车上抽出两把短戟，朝着那高个子甩过去。史阿忽见暗器飞来，顾不得给曹丕喂招，慌忙收剑挑拨，勉强拨开二戟。趁着这个当儿，邓展又抽出第三把短戟，朝他们跑去，口中大喝：

"二公子！我来助你！"

曹丕听到这呼喊，浑身一震，骤然回身，眼神锐利至极。邓展开口要自报家门，却不料曹丕手中长剑一振，毫不迟疑地刺向他的胸膛。在那一瞬间，邓展汗毛倒竖，仿佛回到了许都的那一夜，仿佛再度面对王服那雷霆般的快剑和凛冽杀意。好在曹丕的剑法还显稚嫩，邓展下意识地闪躲，这一剑只是刺穿了他的右肩。邓展本来就是大病初愈，失血未复，此时骤受重创，一下倒在地上，几乎晕倒过去。

"这人是谁？"史阿擦了擦额头的汗，走过来问道。他如今算是半个默认的保镖，若是魏文出了什么问题，干系不小。

"仇人。"曹丕努力让表情显得平静，心脏却剧烈地跳动着。他没想到，在袁营里居然还有能认出自己的人，幸亏当机立断，否则自己很可能就暴露了。他仔细去端详邓展的面孔，觉得有几分熟悉，似乎以前在府上或者田猎时见过，大概是哪位曹氏或夏侯氏的亲随吧——只是不知他怎么会跑来袁绍营里。

史阿问："怎么处置？"曹丕有些为难，他有心把这家伙一剑捅死，永绝后患，可又怕会有什么牵扯。正犹豫间，远处一阵马蹄声传来，一个身材高大的将领驱马跑过来。这人耳大如扇，鼻若悬胆，正是淳于琼。

淳于琼听到邓展潜逃的消息以后，立刻放下手边的工作，寻找目击者。很快就有一位士兵前来举报，说一个形迹可疑的骑手向他问路，然后朝着郭监军的营地去了。淳于琼一听，立刻骑马赶过来，正看到曹丕刺中邓展的肩膀。

"你们好大的狗胆！敢动我的人！"淳于琼怒不可遏，眼前这两个人他都不认识，想来是哪处营头的低级军校，所以说话一点也不客气。

"你的人，可是要试图刺杀我。"曹丕不甘示弱地抬起头。他不认识淳于琼，但从甲胄就知道是个大将，有他在场，邓展无论如何是杀不掉了，只能先栽赃再说。

"鬼扯！他才来不久，跟你一个小娃娃能有什么仇怨……"说到这里，淳于琼忽然停顿了一下，摸了摸鼻子，露出一副诡秘笑容，"难道说，你们原来就认识？"

曹丕心里一突，不知该如何回答。这时邓展咳嗽一声，挣扎着要从地上爬起来。曹丕眼明手快，围着邓展缓缓走了七步，突然戟指大喝："我费了千辛万苦避入袁营，不让仇人知道底细！你又何必穷追不舍？"

邓展听到这几句话，眼光一闪。淳于琼在马上奇道："我说老邓，你真的认识这娃娃？"曹丕抢先冷笑道："我乃扶风魏氏子弟，名叫魏文。我兄长唯恐我夺其位子，买通了这人三番五次害我，岂会不认识？"他仓促间用走七步的时间编出来一段兄弟相争的故事，也算是捷才了。邓展立刻心领神会，接口叫道："魏文！若不是我身陷袁营不得自由，定要去杀你不可！"

两人对喊了几句，俱是微微点头，算是把对方的处境差不多摸清楚了。曹丕暗自松了一口气，看来这邓展不是叛变，而是出于某种缘由被带进袁绍军营，现在自己至少不会有暴露的危险。

听着两个人的对谈，淳于琼却待在原地，捏着马鞭，恍然失神。

魏文这个名字，让他回想起来，董承死前，在渡口留下的二字血书，是他在最后时刻试图传达出来的重要讯息。这两个字只有淳于琼知道，从来没跟任何人提起过。

那两个字，乃是"魏蚊"。

一个只有齐鲁人——准确地说，是只有琅玡人才知道的词。

"巧合吗？"淳于琼心想。

许都，皇城。

皇城已被修葺一新，被大火焚尽的宫殿也被重建。尚书令荀彧手持文卷，慢慢踱着步子走进禁中。冷寿光一早恭候在那里，看到荀彧来了，恭敬地推开寝殿的殿门，请他进去，同时口中喊道："尚书令荀彧觐见。"

荀彧和冷寿光对视一眼，都在淡淡地苦笑。他们都知道，天子如今不在这里，这些虚文无非是给外头人看的，虽然滑稽，却不能省略。

皇帝在官渡御驾亲征，这事若是捅出去，一定会天下大乱。现在许都对外给出的说辞，是皇帝又染重病，只得在深宫调养。皇帝一向体弱多病，去年冬天差点病死，所以没人怀疑其中有问题。更何况，荀彧荀令君每三天就会去探视一次，是唯一被允许觐见的外臣。他说一切正常，那就更没人多嘴了。

这段时间，许都特别平静。满宠走后，徐干萧规曹随，继续按老法子经营许都卫，滴水不漏。而雒阳那班臣子，除了偶尔上书要求拜见天子以外，也没什么特别的动静——董承已死，杨彪蛰伏，剩下的硬骨头不多了。

最让荀彧感到意外的是，孔融这个大刺头居然格外老实。若换了平时，他只要三日未见天子，一定会把整个尚书台闹得鸡犬不宁。可开春以来，这位少府大人一反常态地低调，不仅上书次数变少，连出格言论也不多了，平时只跟司徒赵温等人互相走动，许都卫都查不出可疑之处。

仔细算下来，孔融的异常举动，恰好是在议郎赵彦被杀之后。荀彧对赵彦做过调查，认为那只是一次董承余党的个人义举罢了。郭嘉对这个结论并不赞同，不过他要前往官渡，便没有彻查。

"虽然还有些隐患，但有荀令君在，没问题的。"郭嘉临走时说。荀彧对此只能苦笑。他知道为何郭嘉如此干脆地撒手不管，因为赵彦的好朋友陈群非常愤怒，一口咬定是郭嘉陷害忠良，官司一直打到了曹操那里。郭嘉索性把烂摊子交给荀彧来收拾，自己扬长而去。

赵彦之死的震动还不只是在许都，它被有心人渲染成了一起政治迫害事件，和杨彪被拷掠的事提升到同一高度，甚至被写入了袁绍的檄文中去，这在士人之中造成了波动。更有人把这说成是古文派对今文派的一次挑衅，一个与世无争的今文士子，在古文派当权的城市里惨遭杀害，这是要用刀匕来毁灭经学。

荀彧在许都禁止了这些流言的蔓延，但对许都之外就无能为力了。

他努力摇摇头，把这些思绪都努力赶出脑海。与在前线鏖战的曹公相比，这些都是小事。如何把足够的兵员和补给送上前线，才是最重要的。他深吸一口气，踏进寝殿。在他面前，伏寿穿着全套宫装，跪坐在坐榻之上，光彩照人，只是眉宇间有几分寂寞。

荀彧伏在地上，执君臣之礼，伏寿挥挥宽袖，开口第一句便问道："陛下可还安好？"

这是他们每次见面，伏寿必问的第一句话。荀彧垂首道："最新得到的消息，陛下已抵达白马城。如果一切顺利的话，这几日他们已进入袁营了。"

伏寿微微侧头，身子前倾，唇边挑起一丝耐人寻味的弧线："荀令君是在担心陛下？"

荀彧叹了口气："千金之子，不坐垂堂。陛下此举，臣终究是不赞同的。袁营凶险，又有田丰、沮授这样的人在，一步算错，就可能万劫不复。"他从一开始就不赞成这种高风险的计划，但事已至此，无可奈何。

"咱们这边，不是有从不犯错的郭祭酒嘛。"伏寿语气里带着淡淡的自嘲。

"纵有千般妙计，奈何鞭长莫及。到头来，还得要看陛下自己。"

"陛下天资过人，聪敏机变，这些小事，想来难不倒他。"

"您对陛下，可真是信心十足哪。"荀彧毫不掩饰自己的担忧。

"那是当然了。"伏寿整张脸上都洋溢着笑容，那是一种自信而幸福的笑容，"那可是我的夫君、当今的天子啊，一个能在董卓、吕布、李傕、郭汜、杨奉等虎狼之间周旋数年，仍能保全汉室的男人。"

没等荀彧回应，她忽又轻声喟叹："不过荀令君的担心，也不无道理。如果有可能，我真想赶到官渡，与陛下同进退，也胜过在此深宫里每日提心吊胆。"她看荀彧脸色有点僵硬，又笑道，"说说而已，荀令君别这么紧张。这点轻重，我还分得清楚。"

刚才还对天子信心十足，现在却又担忧安危，女人的关心，真是矛盾。荀彧心想。伏寿敛起笑意，把略显丰腴的身子挺直，她身材本就很高，这么一挺，对荀彧就成了居高临下的俯瞰。

"对了，听说最近孔少府在城里四处游走，可还是为了聚儒之事？"伏寿问。

荀彧苦笑着点点头。孔融除了到处宣扬赵彦被迫害的事情，一心一意只忙一件事，就是搞许下聚儒。这最初只是曹氏一个小小的安抚手段，却被这位大儒抓住机会，大声嚷嚷，传书各地，拳打脚踢弄到了今日的局面。

伏寿带着一丝嘲讽道："哦，看来孔融是打算把这次聚儒，搞成第二次白虎观啊，他野心不小。"

章帝建初四年，天下大儒群集在京城白虎观内，今文派与古文派展开了一场大辩论，最终核定了五经同异，由班固执笔写成《白虎通义》，成为儒学名典，影响深远。孔融这一番举动若是成功，史书上恐怕会大大地书上一笔。

荀彧道："学问之议，有裨人心，乃是好事。可惜眼下战事紧，朝廷无余力顾及，只好辛苦孔少府一个人了。"

荀彧的意思很明白，你想玩可以自己去玩，我们不拦着，但绝不要指望朝廷给你什么襄助。伏寿其实对孔融也很无奈，她不认为这种文人的耍嘴皮子能有什么实际用处，可孔融却乐此不疲，大概是为了虚名吧？她不由得暗自庆幸当初没把他拉进反曹阵营——这家伙当自己人的破坏力比当敌人还大。

于是伏寿道："这些事情我们妇道人家不好参与，荀令君您定便是。"算是表明了汉室的立场。

两人又闲谈了几句，荀彧便告辞了。当他离开皇城返回尚书台时，却在门口看到一位出乎意料的访客。卞夫人荆钗素裙，满面愁容地等在门外，她看到荀彧过来，快步迎了上去，连声问道："可有我儿的消息？"

曹丕偷偷离开许都的事，是他自作主张，除了刘平谁都不知道。卞夫人一直到当晚，才发现曹丕留在枕下的告别信，一度昏死过去。得到消息的荀彧也吓了一跳，可已经阻拦不及。卞夫人哭闹不止，直到荀彧吓唬她说，如果再闹下去消息泄露，曹丕一定性命不保，她才收起哭泣。

官渡高层也因为曹丕的出走而震动了一番，连郭嘉都向曹公请罪。不过曹公表示，既然孩子愿为国分忧，也该历练一番，既然已经去了，就做出些名堂才回来。有了这句话，这段鲜为人知的喧嚣才算彻底平息。

卞夫人虽然不闹了，却三天两头往尚书台跑，打听自己儿子的安危。面对这位焦虑的母亲，荀彧一点办法也没有。于是荀彧把对伏寿的话又对卞夫人说了一遍，卞夫人听了，眼皮一翻："进了袁营，天子若是生有异心，把我儿子出卖了怎么办？"

荀彧知道说什么都没用，索性把郭嘉抬出来："有郭祭酒筹谋，不会有事的。夫人莫非信不过他？"卞夫人果然无话可说，只是低声嘟囔道："他也不是神仙，岂能事事都算得准……"

"还有贾诩贾文和呢。这两个人在一起，天下没有办不成的事。"

一听到这个名字，卞夫人神色一怔，隐隐带着怒气："你是说那个几乎杀害我儿的人吗？"

荀彧这才想起来，宛城之时，十岁的曹丕几乎命丧沙场，卞夫人对贾诩不可能有太好的印象。荀彧暗叫自己糊涂，连忙道："此一时，彼一时，如今贾诩归了曹公，自然会尽心竭力。"

"希望如此。"

卞夫人咕哝了一句，却也没过多纠缠，转身离去。这让荀彧松了一大口气。

袁、曹的中原大战，从一开始就为天下所瞩目。而在建安五年的四月，这个战场上出现的古怪态势，却令许多围观的策士们胡须捋断了一地。

先是袁绍先锋进逼白马城，围而不攻，意图围城打援。可颜良居然莫名其妙地轻军而出，结果被曹军抓住机会，在一场遭遇战中被降将关羽斩杀。曹操立刻亲率主力离开官渡，进逼白马，郭图与淳于琼不得不解除包围，仓皇东遁。而袁绍的大军，还安然待在黎阳，不动声色。双方这第一回合的落子，都有些飘忽。

从表面看，是曹军主力尽出，逼走了郭图。只有少数敏锐之人才注意到，这两者的先后次序，其实和想象中完全不同。先是郭图解围而走，然后曹操的主力才不情愿地趋向白马，就像是一头被人扯着尾巴倒着拽出巢穴的猛虎。

黄河岸边，一万多名袁军正徐徐沿河而东，队伍中间打着"郭"与"淳于"的旗号，朝着黄河渡口开去。他们背后的白马城头已经飘起了黑烟，应该是东郡太守刘延在焚烧资财辎重，看来曹军也是无心久守。

郭图和刘平并肩骑行，奇怪的是，曹丕居然跑去和淳于琼一路，居然还谈笑风生，让郭、刘二人均大感意外。

关于刘、魏两人的身份，郭图只告诉淳于琼这两个人是从许都逃出来投诚的，却隐瞒了汉室的事——他可不想跟别人分享果实。淳于琼看起来相信了这套说辞，他对刘平毫无兴趣，却对"魏文"大感好奇。

之前为了不暴露身份，曹丕在七步之内编出了一套兄弟相争买凶杀人的故事，搪塞住了淳于琼。邓展被几名侍卫抓回队伍里，五花大绑，成了真正的囚犯。曹丕向淳于琼求情，说邓展此人是欠了魏家人情，才被迫出手，是个义士，不必严惩。淳于琼对此大加赞赏，说你这娃娃年纪轻轻，倒真是有度量。

袁军开拔以后，淳于琼把曹丕叫过去，细细询问起邓展与魏家的恩怨。曹丕没料到淳于琼的好奇心这么重，只得硬着头皮编下去，这个故事越编越大，心中已有些发虚。好在淳于琼盘问了一阵，话题一转，忽然问起魏蚊的事来了。

"你可听过魏蚊？"淳于琼问道。

曹丕一愣，旋即答道："这不是我的名字吗？"

淳于琼呵呵笑了几声："不，是蚊子的蚊。"他在虚空比画了几下，继续道，"听说过这个词没？"

"一到夏季，我倒是少不得要喂几回蚊子。"曹丕笑着故意装傻，心生警惕。

"魏蚊可不是蚊子，它是一种毒蝎，只在我家乡蒙山——听过没，就是琅玡郡开阳附近——寻常蝎子只有三对足，而魏蚊却有四对足，再算上两只大螯，又叫作全蝎，毒性甚猛，每年都要蜇死好多人。"

"那干吗叫魏蚊呢？"

"你知道孙膑围魏救赵的故事吧？在马陵伏击了魏国大将庞涓。庞涓自杀前怀着一腔怨毒，全喷在了齐兵身上。孙膑连忙把染毒的士兵带回到蒙山，赤膊卧地。蒙山的蚊子纷纷飞出来，把毒血吸光。庞涓的毒太过猛烈，结果这些蚊子全都变成了毒蝎，从此被人称为魏蚊。这故事，不是从小在琅玡长大的人，都不知道呢。"

曹丕早就听母亲说过这故事，现在却装成第一次听到，兴致盎然。淳于琼讲的时候，一直在观察曹丕，看他的神色似是第一次听说，有些失望。

扶风的魏氏，能跟琅玡有什么关系，名字里带个"文"字的人，也不知有多少。"看来只是个巧合吧，我想太多了。"淳于琼敲敲脑袋，有些懊丧。

"淳于将军，你莫非也是琅玡人？"曹丕好奇地问。

"不，我是临淄人，不过我母亲是琅玡的，所以知道很多当地掌故。"淳于琼昂起头，望着天空，难得地叹息了一声，"她老人家去世好多年了，死的时候还是个太平之世。"

曹丕没吭声，心里嘀咕了一句，原来是半个同乡。淳于琼决定再试一次，凭着野兽般的直觉，他总觉得眼前这小家伙有些古怪。他决定再抛出些猛料来。

"董承你知道吧？"

"知道。前一阵子不是刚在河北去世吗？"曹丕点头。董承死后，许都大造舆论，天子还亲自下诏问责袁绍，传得沸沸扬扬。

"其实他是被我从许都救出来的，结果刚刚渡河，就突然毒发身亡了。"淳于琼说。这本是军中机密，不过一来他觉得这些秘密没什么大不了的；二来规矩什么的，他淳于琼可从来不会在乎。

曹丕果然一阵讶然，不明白为何淳于琼会吐露这等要密。淳于琼摸了摸自己的大鼻子，继续道："临死之前，董承留下两个血字，就是'魏蚊'，所以我一直在怀疑，董承想表达的消息，一定很重大，这事和琅玡人关系不浅——魏文，你既然在许都待过，可知道有什么特别出名的琅玡人吗？"

曹丕的脸色一下子阴沉下来。

这个变化被淳于琼敏锐地捕捉到了："怎么？你想到了谁？"曹丕连忙掩饰道："没，没想到，我只认识几个商人，跟其他人接触不多。"淳于琼疑惑地看了他一眼，刚想追问，曹丕连忙一抖缰绳："淳于将军，我还有事，先过去那边了。"

淳于琼没有阻拦，任其离开。望着曹丕有些慌张的离去的背影，淳于琼饶有兴趣地舔了舔嘴唇。这个小家伙的身上，可藏着不少秘密。他最喜欢混乱，还特别喜欢未知。现在他凭着直觉朝这片不知深浅的小池塘投下一块石头，究竟水有多深，能激起多少涟漪，可着实令人期待。

曹丕逃离淳于琼的身边，一直在埋怨自己，那个大鼻子一定看出了什么端倪。"我明明可以再从容一点，再从容一点。"他暗自念叨。他这次冒险出来，一是为了解决自己的噩梦，二来也存了向父母炫耀的心思。他能做得比大哥曹昂更好。现在自己居然被淳于琼一句话震得方寸大乱，这可太沉不住气了。

但那句话，实在是太震撼了。许都的琅玡人，曹丕只知道一个，那就是自己的母亲卞氏。难道母亲居然跟董承有勾结吗？那也太荒谬了！！

曹丕勉强按下烦乱的思绪，把徐他喊了过来。邓展"刺杀"事件发生以后，徐他俨然成了曹丕的保镖，一直紧紧地跟在他身后，以防万一。

"那个刺杀我的人，你还记得相貌吗？"曹丕问。

徐他默默地点点头。那件事发生以后，他很快就赶了过来，把邓展的相貌看得很清楚，这也是杀手必备的能力。

"一会儿我要你搞清楚他所在的马车、守卫的情况，然后设法给我传一句话过去。"

"好。"徐他一句废话没有。

曹丕向前又骑了一段时间，忽然怔住了："郭大人和刘先生呢？怎么不在队伍里？史阿呢？"

徐他道："他们刚才先行离开大部队了，没说去哪里。"

"你怎么不告诉我？"

"您又没问过。"徐他一本正经地回答。

徐他并没有说谎。就在曹丕和淳于琼聊天的时候，郭图、刘平和史阿三人已更换甲胄，离开了大部队，朝着黄河一处小渡口奔去。在那里，已经有一条舢板预备着。他们弃马上船，来到北岸，继续走了一段，来到一处小村子。

村民们早就逃光了，村子里静悄悄的，几乎没有任何声音。说几乎，是因为刘平在行进过程中听到几声轻微的铿锵声，这是弩机上膛的声音。

"这里就是东山？"刘平眯起眼睛问道。许下靖安，河北东山，这是中原最有名也最隐秘的二府，分别代表了曹操与袁绍在暗处的力量。靖安的威名，刘平通过许都卫略知一二；而这个东山，今日才得以见到它的真面目。

"这里只是个临时据点罢了。随战局不同，东山的位置随时在变。蚩先生身在之处，即东山。"郭图解释说。刘平表示理解，如果耳目不尽量靠近一线，及时掌握情况，那它就毫无意义。

几名身披锁甲的守卫不知从何处闪身出来。他们明显认识郭图，但仍对这三个人一丝不苟地对口令、搜身，把他们当成危险的刺客来对待。刘平甚至怀疑，他们与郭图对口令的语言都暗藏玄机——如果郭图是被人挟持而来，那么他就能不动声色地发出警告。

经过烦琐的检查手续以后，他们终于被放行进入村子。村子里有不少青袍小吏，或抱着文卷或拿着纸笔，行色匆匆，脚步却极轻。出乎刘平意料的是，蜚先生的居所居然不是在屋子里，而是选在了一处大院的地窖里。那是一个略为倾斜的漆黑洞口，窖口用木框围住，仿佛巨兽贪婪的大嘴。

史阿守在外头，刘平和郭图鱼贯而入。地窖里寒意凛然，土壁挂着白霜，外头的春意与这个小世界没半点关系。不过地窖空间倒是颇为宽敞，刘平居然能直起腰来走路——看来原主人挖地窖的时候，也有避战乱的打算。

在地窖的尽头，几支蜡烛闪着晦暗不明的火光。一个人影佝偻着跪坐在一张薄薄的毛毯上，身边是数不清的纸卷、简片以及绢帛。墙壁上满是墨迹，有文字，也有符号，笔触无一例外都很凌乱，似乎是信手而为，无法辨读。

"你们来了？"

人影嘶哑地问候道。刘平这才看清这个叫作"蜚先生"的人，不由得一惊。他身体佝偻，一袭青袍把他从头到脚都遮住，只露出一头白絮般的头发和一只赤红色的眼睛，像是蚩尤麾下的九黎魔兽。

郭图快走两步，趋前弯腰向蜚先生问候，说明来意。蜚先生的红眼珠盯着刘平，眨都不眨一下，刘平浑身浮现一层鸡皮疙瘩。他努力让心情保持镇定，告诉自己人不可貌相。这头怪物，可是唯一能跟郭嘉对抗不落下风的男子。他拱手道："蜚先生，久闻大名——在下刘平。"

蜚先生没有回礼，而是围着刘平转了几圈，鼻子像狗一样耸动。刘平不知他是什么用意，站在原地有些莫名其妙。蜚先生突然抬起头，嘶哑的嗓音如同沙磨：

"你身上，有郭嘉的味道。"

刘平不动声色，也把衣袖举到脸前嗅了嗅："那是一种什么味道？"

"自负，自恋，还有一股自以为是的恶臭。无论是谁，只要跟郭嘉扯上一点关系，就会沾上这种味道，比秉烛夜行还要醒目，休想瞒过我的鼻子。"蜚先生阴森森地说道。

刘平嗤笑一声，凭味辨人品，这说法实在荒诞不经。蜚先生俯身从书堆里拿起一卷册子，扔给刘平："汉室宗藩的系谱里叫刘平者一共三人，都不符合你的年纪。你到底是谁？"

如果说刚才的疑问是无理取闹，那么现在这问题则犀利无比，正中要害。所有的汉室宗亲，都有谱系记录，谁祖谁父，一定有底可查。蜚先生在刘平造访之前，已经做足了这方面的功课。

刘平把手平搁在膝盖上，看也不看那卷册："玄德公还号称是中山靖王之后呢，又有什么人当真？宗藩只是名义，姓氏只是代号——你只要知道，我是代天宣诏的绣衣使者，这便够了。"

蜚先生不为所动，他从青袍里伸出一只枯槁的手，点向刘平的鼻尖："你入我东山腹心，还拿这些话来敷衍遮掩，未免太愚蠢了。"

刘平昂起头来，眼神变得严厉起来，他把蜚先生的手指推开，冷冷说道："在下此次北渡，是为了召集忠良之臣复兴汉室，征辟调遣，可不是来乞讨求援。袁大将军四世三公，皆是朝廷封授，你们东山不过是其僚属，又有什么资格敢对天子使者无礼？！"

郭图没想到一见面，这两个人就快吵起来了，赶紧站出来打圆场。蜚先生缓缓坐回毯子上，哂然道："郭公则，你太小看郭嘉了。以他的耳目之众，汉室派人潜入官渡，又怎么会觉察不到？这人不过是个死间，行动举止都带着一股郭氏臭气，留之无用！"

郭图听他这么说，不禁有点气恼。人是他带来的，蜚先生毫不客气地指为细作，等于是抽他的面皮。他忍不住开口道："先生太过武断了吧。刘先生此来，所送之物诚意十足，又襄助谋划，就连撤军之策，都与先生暗合啊。"

蜚先生发出一声干瘪的笑声，傲然道："这就对了，除了郭嘉，天下谁又能与我谋划暗合？"

刘平无奈地摇摇头道："自从进窖以来，您一共说了九句话，倒有七句是与郭嘉有关系。看来您对郭嘉的忌惮，当真是刻骨铭心，已容不得别人了。"

听到刘平这么说，蜚先生的眼球变得愈加赤红，似是用满腔怨愤熬成血汁，慢慢渗出来，他一字一句道："郭嘉是个浑蛋，但他也是个天才。我恨他入骨，也了解他最深。所以我根本不信，区区一个汉室，能背着他玩出什么花样来。"

刘平冷笑道："这话倒不错。郭嘉一向算无遗策。以河北军势之盛，去年尚且被阻于官渡不得寸进；以先生之大才，先死董承，再折孙策，败绩种种，惨不忍睹。我们汉室，又能玩出什么花样？"刘平本以为这赤裸裸的打脸会让蜚先生暴跳如雷，却没想到对方的癫狂突然消失了，就连眼球颜色都在慢慢变淡，整个人似乎一下子冷静下来。

"他特意送你到此，是来羞辱我的吗？"蜚先生问，语气平静到让人生疑。

刘平大笑："不错，正是如此！郭大人，我去地窖外头等你处置，这里太憋屈了，不适合我。"说罢朝郭图一拱手，转身要出去。

"站住。"蜚先生突然喊道。

刘平脚步却丝毫不停，郭图过去扯住他袖子，口中劝慰。蜚先生忽然道："郭嘉绝不会只是为了羞辱我而煞费苦心，他从来不做多余事。"

刘平回首道："这么说，你现在知道自己错了？"

"不，你肯定是郭嘉派来的，这一点毫无疑问。"蜚先生的独眼闪动，青袍略微摇摆，"只不过在你的身上，除了郭嘉的恶臭，还多了点别的味道——我刚才是要撬开那一层郭嘉的壳，露出里面你的本心。现在我给你一个机会，别用郭嘉那套说辞，用你自己的想法，试着说服我。"

郭图暗暗叫苦，已经把脸撕到这份儿上了，他说出这种话，刘平又怎么会答应。可他又一次猜错了，刘平听到这句话，反而回身重新跪坐下来，露出自信满满的微笑。

"用我自己来说服你，一句话就够了。"

蜚先生和郭图都微微一讶，他要在一句话内解释自己的身份，撇清与郭嘉勾结的嫌疑，怎么可能做得到。刘平环顾左右，深吸一口气，缓缓吐道："我乃是杨俊之子。"

他这一句话没头没脑，郭图听了莫名其妙。蜚先生却陷入沉默，整个地窖里，只听见粗粝的指甲有节奏地敲击在石块上。这是他思考时的习惯。过了许久，蜚先生方才抬头说道："杨俊字季才，河内获嘉人。受学于陈留边让，曾在京城任职，后任曲梁长。建安四年末，杨俊受司空府征辟，前往许都，途中遇袭，断一臂，独子死难，如今在许都调养。有传言他在京时与杨彪有旧，属雒阳一党。"

刘平心里暗暗佩服。东山不愧是与靖安齐名的组织，连许都发生的这些细小的事情，都查得一清二楚。

"你是说，你就是杨俊的儿子……我记得，嗯，叫杨平？"

"不错。"刘平嘴角一颤，这个蜚先生居然随口便把一个人的履历报出来，不知他脑子里记着多少东西。

"也就是说，你父亲伪造了那一场劫难，为的是湮灭你的身份，好为天子做事。"

刘平点点头，同时在心里涌出一股难以言喻的感慨。这不算是谎言，在原本的计划里，他是被安排作为天子的影子而存在，只不过计划永远追不上变化……

蜚先生居然笑了："你若说别人，我还有些迟疑。但说起杨俊，这事便好分辨了。他去许都之前，在曲梁可是个好客之人。"刘平心中一动，果然不出所料。他一直在怀疑，自己父亲在外面奔走，是负有特别使命的，现在终于从蜚先生口中得到了证实。

杨彪之前曾被满宠拷掠，曹操认为他与袁术之间有姻亲关系，会借此与袁氏里应外合。现在刘平明白了，所谓"袁术姻亲"那只是在明面的掩护，杨彪真正与河北袁氏联系的中转管道，却是在曲梁的杨俊。

"你父亲是个胸中有鳞甲的人。"蜚先生简单地评论了一句。刘平还好，郭图却多看了他一眼，隐有妒意。蜚先生可从来不轻易夸奖别人。

蜚先生又问了几个细节问题，刘平一一作答，气氛逐渐趋于缓和。杨俊这条线异常隐秘，连郭嘉都不知道。刘平说出其中的细节来，自然便能证明自己身份。讽刺的是，蜚先生以为是杨俊把秘密告诉儿子，实际上，这些秘要都是杨俊觐见天子之时一一交代的，那时候他们已不是父子。

"也就是说，你父亲牺牲了自己，把你变成汉室的一枚暗棋，替天子打点外头的一切。"

"不错，所以我刚才说过，名字只是个代号，对我来说，它毫无意义。你只需知道我效忠的是谁，就够了。"刘平微微苦笑道。

他现在的处境，委实有些奇妙。在伏寿、杨修的眼中，他是伪装成刘协的孪生兄弟刘平；在荀彧、郭嘉和曹丕的眼中，他是伪装成商人刘平的刘协；在蜚先生和郭图的眼中，他又变成了伪装成汉室密使刘平的杨平。诸多身份，交织纷乱，他不得不时刻提醒自己，不要迷失。

"在谎言的旋涡里，最可怕的是忘记真实。"杨修曾经如此告诫过他，现在他终于明白了。"可我真实的身份，到底是谁呢？"刘平忽然没来由地想。可他不知道答案。

蜚先生又道："我听郭图说，陛下准备了一份衣带诏，可有此事？"

"不错，但这只能传达给两个人：要么是袁大将军，要么是荀谌先生。"

郭图看了蜚先生一眼，忍俊不禁，扑哧一声笑了出来。刘平莫名其妙，问他何故发笑，郭图指着蜚先生道："你要传达口谕之人，远在天边，近在眼前哪。"

刘平大吃一惊："您，您就是荀谌？"

荀谌是当世名儒，又是荀彧的从兄，在刘平心目中应该也是个风度翩翩、面如冠玉的儒雅之人，怎么会变成这番模样。

蜚先生嘿然一笑："可以说是，也可以说不是。"

刘平彻底糊涂了。

郭图看向蜚先生，看到后者微微点头，这才拍了拍刘平的肩膀："刘老弟，为了表达对汉室的敬意，我今天就告诉你一个东山最大的秘密：荀谌，已经死了。"

"死了？"刘平双目立刻瞪圆。这怎么可能？荀谌对许都非曹氏阵营的人来说，是个特别的存在。杨彪、董承，甚至孔融，都曾经与他有过接触，荀谌就是袁氏的代言人。杨俊当初在曲梁，就是负责杨彪与荀谌的交流。

"死了有几年了。但他的身份特别，不利用一下实在可惜。这几年来，你们许都接触到的'荀谌'，都是出自蜚先生谋划，我和辛氏兄弟负责书信往来，并不时放出点风声，证明他还活着。"

郭图手舞足蹈，得意之情溢于言表。荀氏是郭氏最大的对手，他郭图能操纵一具荀家的僵尸，把荀家的人玩得团团转，还能给那个荀令君添点麻烦，没什么比这更开心的事情了。这事太过隐秘，郭图不好公开炫耀，如今终于可以对外人说起，他自然是说得满面生光。

"这一具尸体，非常好用。知道这秘密的人，可不多。"郭图像是在评论一道秘制菜肴。就连董承，他们都不曾说出真相，以致他临死前还叫着要见荀谌。

刘平面色不动，心里却叹息。他本来的计划里，荀谌是重要的一环。但现在看来，这计划要做大幅修改了，而且留给他思考的时间并不多。

"既然如此……"刘平一边斟酒一边控制着语速，"那么这个衣带诏，就交给您吧。"

刘平说完从腰间摘下一条衣带。蜚先生接过去把它抓到鼻子前，仔细地闻了半天，这才说道："嗯，这条衣带诏里，没有郭嘉的臭味，应该是天子亲授——你能念给我们听吗？"

郭图和蜚先生伏在地上，就像是两名恭顺至极的臣子。无论真心如何，礼数上还是要做周全。刘平朗声念道："假曹氏之意，行汉室之实。两强相争，渔利其中。钦此。"

蜚先生哈哈大笑："陛下果然是聪明人，没拿些废话谎话来羞辱我。"

明眼人都看得出来，汉室地位虽高，实力却衰微至极，只能借袁绍和曹操这两个庞然大物的碰撞来寻求机会。这点心思，怎么都是藏不住的，天子索性挑明了其中利害，你利用我，我也利用你，把话说在明面上，大家都方便。

笑了一阵，蜚先生又露出敬佩神情："自光武之后，天子可算是汉室最杰出的人才，有眼光，有手段。在治世可比文景，乱世若逢机遇，也是秦皇孝武之俦。这么一个人物，却被困在许都这个牢笼里，实在可惜，可惜。"

"陛下春秋正盛，可还未到盖棺论定之时。"刘平意味深长地回答。

蜚先生把衣带诏放下，抬起手不知从哪个角落端出三个木杯，杯里盛着点黄颜色的醇酒："说得好，就让咱们祝陛下长命百岁吧。"三个人一起举杯，一饮而尽。刘平心里一下子如释重负，慑服郭图，是第一步；摆脱郭嘉的阴影，是第二步。他前来官渡的意图，正在一步步地实现。

地窖里的气氛，变得融洽起来。蜚先生又给刘平奉上一杯酒："这件大事定下来，我也放心不少。接下来，刘先生不妨暂且留在郭图军中，等到了时机，再见袁公如何？"

"哦，莫非有什么不方便？"

"袁公近处，掣肘甚多，不是每个人都对汉室有忠贞之心。东山与汉室，在官渡能做的事情，可还有不少呢。"

三个人心知肚明，都是一饮而尽，相视一笑。这地窖里的三个人各有私心，郭图要上位，蜚先生要置郭嘉于死地，而刘平则要为汉室捞更多好处。过早地接触袁公，对他们都没什么好处。反正袁公一定会赢的，多捞些好处才是正道。

蜚先生放下杯子，似乎有些兴奋，拍着大腿，吟起张衡的《两京赋》来。小小的地窖里，他沙哑的声音竟有些激越。郭图冲刘平使了个眼色，表示他每次一喝酒，都会这样，不必大惊小怪。

刘平心想，蜚先生变成这副模样之前，想来也是个风流倜傥的才俊，只是不知为何变成这模样。在那青袍之后，到底藏着何等往事呢？

蜚先生注意到刘平的眼神，停止了吟咏，翻动红眼。刘平赶紧尴尬地把视线转开，蜚先生坦然道："你不必尴尬，我以我的容貌为恨，却不以它为耻。"他伸出手来，把青袍撩开，刘平看到的，是一张长满了脓疮的面孔，形态各异的脓包像菜地里的幼芽，层层叠叠，密不透风，在肿胀的包隙之间还流淌着可疑的浊黄汁液，把整张脸切割得支离破碎——这是小孩子在深夜的梦里所能想象到最可怖的脸。

"因为郭嘉？"刘平大着胆子问道。

地窖里的温度突然降低了，这个禁忌的名字每次出现，都让这个狭小的空间变得更加阴寒。蜚先生没有回答这个问题，他颤巍巍地站起身来，走到地窖口，仰望出口良久，背影说不出地落寞：

"我也想行走于日光之下，谈笑于庙堂之间——但我已经把身心都献给黑暗，洞穴才是我的归宿。"

刘平说不出话来，他突然有一种强烈的感觉：眼前这个恶魔一样的人，却有着比任何人都深沉的悲伤。

蜚先生的声音再度响起，这次显得有些疲惫："孙策遇刺，你是知道的？"

"不错，郭大人告诉我了。"刘平道。

"本来这件事是不该发生的。"蜚先生的声音里有些挫败感，"我早就预见那个人会施展如此狠辣的手段，也做了一些布置，可还是低估了某些人的无耻程度。"

"哦？"

"曹家在江东势力微弱，若要刺杀孙策，只能请当地势力相助。我们袁家若要阻止，也必须寻求帮助。而最合适的人选，莫过于豫章太守华歆。可这个无耻之徒居然欺骗了我们，投靠曹操，并调动了一批军用强弩，配合郭嘉出手刺杀了孙策。"

"这有什么不对吗？"刘平有些诧异。这虽然没什么道义可言，可乱世之人，投向哪一边，岂不是平常之事吗？可听蚩先生的意思，似乎这是件极其恶劣的事情。

蚩先生转过身来，青袍下的身体微微颤抖："华歆有一个女儿，叫作华丹，被郭嘉奸杀。"

"啊！"刘平一下子想起来了，伏寿曾告诉过他，据冷寿光所说，郭嘉早年曾拜在华佗门下，后奸杀华佗侄女，扬长而去——而华佗和华歆，本来就是兄弟，只不过后者不愿与医者为伍，改换了门庭籍贯。

"那人为了趋附权势，连杀女的仇人都能合作，我实在是太低估他了。"

刘平注意到，蚩先生在说起这段往事的时候，脸上的脓疮都在发颤。他盯着蚩先生："莫非你，也曾在华佗门下？"

蚩先生答非所问，喃喃道："他带走的，可不只是尊严……"他说到这里，悚然一惊，似乎发觉自己有些失态，连忙摆了摆手，示意谈话结束了。

第四章　血与沙

曹丕盯着邓展的脖颈，面无表情地挥动长剑，把他的绳索一一挑断。刘平的不告而别，让他觉得应该在身边留几个能用之人，以备不时之需。

　　曹丕现在很不高兴。刘平居然没告诉他一声，就擅自跑掉了。这让他觉得自己被忽视了，而且也滋生出一丝疑问：他难道是想背着我，去搞什么阴谋？曹丕轻轻摇了摇头，又给否认了。本来刘平是可以一个人来的，但他主动提出让曹丕同行，说明心里没鬼。想到这里，曹丕突然又心生疑窦：他不会是真的打算把我当成一份大礼，送给袁绍吧？

　　这少年待在营中，心气起伏不定，焦灼不堪。他拿起剑来，挥舞了几下，却全无章法。王氏快剑讲究心境如冰，他现在完全不在状态。

　　就在这时，徐他从帐外进来，对曹丕耳语两句。曹丕说正好，然后抓起剑走了出去。在营帐外头，淳于琼把邓展五花大绑拎了过来："魏公子，我把人给你带来了。"

　　曹丕身为"苦主"，却替邓展求过情。那么按照礼数，淳于琼不能把这个求情当真，应该把邓展交给曹丕，亲自发落。

　　邓展跪在地上，垂头不语，看样子颇为狼狈。曹丕走过去，围着他转了几圈，长剑在手里来回摆动。有那么一瞬间，他真的动了念头，干脆把邓展一剑捅死算了。邓展的忠诚毋庸置疑，但那一句冒冒失失的"二公子"几乎把曹丕推下深渊，用这样的人太有风险，还是死人最保险了。曹丕不怕得罪淳于琼，他早看出来了，这位大将的地位很超然——"超然"意味着谁也管不着，同时也管不着谁。

　　曹丕盯着邓展的脖颈，面无表情地挥动长剑，把他的绳索一一挑断。刘平的不告而别，让他觉得应该在身边留几个能用之人，以备不时之需。

　　邓展被解除了束缚以后，双膝跪地，向曹丕重重叩了一个头："公子不计前嫌，邓展感念无极。"

曹丕道："你不再与我寻仇了？"邓展抬头道："魏家的人情已还完。我这条命，是公子您的了！"说完他又跪在地上，重重叩了几下，额头出血。

曹丕露出满意的神色，转头去看淳于琼。淳于琼对这个事态发展有些意外，他知道邓展的强硬性格，没想到居然这么容易对一个少年臣服，连他也不好出言阻止。淳于琼转念一想，这也不是什么坏事。他正发愁该如何安置邓展，这个叫魏文的小家伙倒是把这个难题解决了。

"我跟邓展不是主仆，你想收就收吧——不过邓展可是曹家虎豹骑的曲将，万一曹操找你来要人……"

"从今以后，在下只以公子马首是瞻。"邓展避实就虚地回答。

淳于琼摸了摸鼻子，心想我救了邓展一命，又给他找了个合适的主家，这么大的恩情足以抵偿那点历史阴影了，便点了点头。曹丕把佩剑交给邓展，邓展倒提剑柄，割开手臂上的一片血肉，擦拭曹丕的剑身，执行死士的仪程。

邓展从地上站起来，看了一眼淳于琼，走到曹丕身后站好。他已经下了决心，不再从袁营逃走，而是坚守在二公子身边。他与身旁的徐他对视一眼，心中一凛。在徐他眼里，邓展看到的是一种极端的漠然。

"二公子身边什么时候多了这么个高手……"邓展暗想，忽然又想到另外一个问题，"二公子刺我的那一剑，为何感觉如此熟悉？"

就在这时，外围走过来三个人，士兵们纷纷站开。淳于琼抬眼去看，原来是郭图和刘平返回宿营地了，史阿一言不发地跟在后头。他和东山本来只是雇佣关系，这次去交割了任务，被蛰先生顺理成章地派到刘平身边了。

"你们几个跑哪里去了？错过了一场好戏。"淳于琼放开嗓门喊道。

"哦？发生了什么事？"郭图一改在蛰先生面前唯唯诺诺的样子，摆出一副监军的气度。淳于琼把邓展认主的事一说，郭图笑道："一日之内见两义士，这是好兆头啊。"

刘平转动脖颈，看向曹丕，发现曹丕身后的那个人也正在看向自己。两个人四目相对，双眸同时爆出两团火花，心跳骤然加速。

这张脸，我一定在哪里见过！邓展在心中呐喊，那一场雪夜的记忆慢慢复苏。

邓展是震惊，刘平却已僵在了原地，手脚发凉如坠冰窟。他对这张脸不太熟悉，但对这名字却印象深刻。正是这个叫邓展的赶去温县为杨平画像，引发了一连串危机，幸亏有了司马懿以及一点好运气，才算安然度过。他们一直以为邓展已死，想不到他居然出现在袁绍营中，而且归顺了曹丕。

邓展在和梁籍田见过天子本人，在温县又见过"杨平"的画像，只要稍微一联想，就会无限接近真相，也许已经知悉了真相……刘平实在不敢再往下联想。

郭图和淳于琼又寒暄了几句，各自回帐歇息去了。刘平呆呆地站在原地，脑子里混乱不堪。他毕竟不是那种一步三计的策士，一遇到这种预想外的意外，一下就蒙了。曹丕喊了他几声，他才回过神来。曹丕挺纳闷，问他怎么了。刘平赶紧把眼神转开，讪讪答说忽然想到件事情，一时失神。

曹丕盯着刘平，天子可很少有这种狼狈的时候。他回头对史阿道："从今天起，邓展跟你们一起行动，你带他去宿营的帐篷吧。"史阿说了一声是，叫上徐他与邓展离开了。邓展本想多看一眼刘平，但他想了想，终于忍住了，沉默着转身离去。

他们走远以后，曹丕这才问道："你到底去哪里了？"

邓展离开以后，刘平的精神压力没那么大，举止也自然起来。他也不隐瞒，告诉曹丕说他去见了东山的蕫先生。曹丕冷着脸说怎么不跟他说一声，刘平解释说事起仓促，根本来不及通知。曹丕暂时接受了这个解释，又问他跟蕫先生谈了什么。

刘平环顾四周，确认所有人都走开了，这才悄声道："自然是东山与汉室合作的事。"曹丕敏锐地注意到，是"东山与汉室"，而不是"袁氏与汉室"，这说明他们达成的协议，某个小集团的利益，将在袁绍之上。他现在已经能从一些细微之处，去揣测隐藏其后的真实意图，人在恶劣的环境下，学习的速度总会非常快。

"看来咱们在他们心目中的价码又提高了，以后在袁营的日子，会稍微好过一点了。"

曹丕感慨了一句，原本一脸的恼怒总算略有改观。他的这句话，让刘平猛然想到，他们如今是身在袁营，邓展为了曹丕的安全，必然投鼠忌器，就算觉察真相，也一定不敢大声宣扬。整个事情，还有转圜的余地。

刘平其实还有个极端的解决办法，就是亮出自己的天子身份，借袁绍之手把曹丕和邓展都杀死。如果是真正的刘协，一定会这么做吧？刘平心中苦笑，意识到"仁道"坚持起来，有多么艰难。他暗暗期望不要让事情演变到那一步，收起这些纷乱的思绪，对曹丕说：

"我还有两个好消息要告诉你。"

"嗯？"曹丕眼睛一亮。

"第一，关于樊於期的人选，已经有了着落；第二，王越的动向，东山也已经掌握。"

一听到这名字，曹丕的脸色又变得异常精彩，甚至忘了去责难刘平。

夜幕降临之后，白马城却是灯火通明，二十余个军用松油灯笼悬吊在城门口，把四周照得有如白昼。东郡太守刘延和一个年轻人在门口迎候，他们身后的城门大开，一辆辆牛车正紧张而有序地鱼贯而出，车上放满了大大小小的包裹，甚至来不及绑缚。

很快一支部队从远处的黑暗中走了出来。他们保持着严格的方阵，甲胄质地精良，走近城池时会反射火光，看上去像是一座闪耀着磷火与腐萤的移动墓地。刘延看到他们，微微松了一口气，把身体弓得更弯。他身旁的年轻人抛着骰子，若有所思。

队伍走到城门口就停住了，随着数名军官的呼号，他们迅速分成数支分队，各自开去一个方向，很快以城门为圆心，展开成一个半包围的保护圈，甚至还体贴地给城内的运输队留了条通道。

一辆奢华精致的马车缓缓驶入保护圈内，一直开到刘延和年轻人面前，方才停下。车帘被一只纤细的手从里侧掀开，先是露出一大片额头，然后探出一个人的脑袋。他的双眸比头顶的夜空还要黑，脸色却白得惊人。

"刘太守守城不易，辛苦了。"郭嘉平静地说，同时把一枚药丸送入口中，又喝了一口水。

"这是属下本分。"刘延斟字酌句道，面对这个比他小十几岁的人，一丝也不敢怠慢。郭嘉看出他的紧张，扬了扬手掌："曹公的大军已在左近，白马可暂保无虞，你身上的担子，可以轻松些了——对了，我听说今日正午开始，白马城头已经开始冒起浓烟。是不是你算准了曹公早有不守之意，提前开始做迁移的准备？"

刘延吓得遍体流汗，讪讪不敢回答。郭嘉道："刘太守你紧张什么？这件事做得很好。袁绍大军瞬息即至，白马不可久守，早晚是要撤的，晚走不如早走。你能主动揣摩曹公心思，先期而动，可是替我省了不少事。"听他这么一说，刘延长舒一口气，拱手道："郭祭酒钧鉴，此议并非我所想，实是杨先生谏言。"

郭嘉露出一副"早知如此"的神情，把视线放到了那玩骰子的年轻人身上："德祖，你可真是曹公的知己哪，曹公在官渡刚一念叨撤退，你这就开始收拾行李了。"

杨修上前一步，狐狸般的面孔有一丝得逞的轻笑："白马就是块鸡肋，食之无用，弃之可惜，不如早走，这道理不是很浅显嘛。"

郭嘉盯着他看了一阵，轻轻叹了口气："你何尝不是曹公的鸡肋，弃之可惜，用之……"他没继续说下去，而是用锐利的眼神刺向杨修。后者毫不客气地与之对视。短暂的视线交错之后，郭嘉无奈道："你一来，就干掉了一员河北大将，我还真是低估你了，你说说，这叫我以后怎么打压你？"

郭嘉坦诚的发言把刘延给吓了一跳，杨修却面带微笑，谦逊地回答道："那是关将军杀的，我一个随军策士，没出什么力——倒是郭祭酒，你亲自跑来白马做什么？"郭嘉没回答，而是把身子往旁边让了让。杨修往里看去，一阵愕然，因为在郭嘉的身旁还坐着另外一人。这人老态龙钟，病恹恹的像是一棵行将枯萎的老树。

"贾文和，你也来了？"杨修结结实实吃了一惊。

贾诩深深看了杨修一眼："老夫时日不多，还想最后再来看一眼这黄河的风景。"说完还狠狠咳嗽了两声。杨修有点想笑，可他实在笑不出来。郭嘉、贾诩两大策士同时莅临准备弃守的白马小城，所图一定非小。若单是郭嘉，杨修还能揣测他的用意居心；可现在又多了一个贾诩，杨修眼前立刻升起一片白雾，把他们的意图遮掩得朦朦胧胧，难以看清。

官渡大战已经开启，诸方势力盘根错节，如果不能及时把握局势，便如瞽翁攀山，危险之至。望着贾诩那张衰朽的脸，一种危机感在杨修心中悄然升起，原本淡定的表情也有些僵硬，手里抛骰子的动作悄然停止。

杨修的任务很简单，趁着官渡之战开启，尽可能地渗入军中播撒种子，为汉室营造隐势，兼之配合刘平在袁营的行动。如今张辽和关羽的伏笔已经深埋下去，杨修正打算筹划下一步动作。偏偏贾诩在此时出现，杨修的计划，不得不修改了。

贾诩看出杨修的变化，也把头探出马车来："德祖哇，张君侯的部曲已经到了这附近，我得帮他照看着点。"杨修一怔，意识到他是在向自己解释。张绣自从归顺曹操以后，麾下大部分被拆散分配到诸营之中，只留下了一个飞墀营，算是张绣自己直属的武力，由一个汉羌混血的将军胡车儿掌握。贾诩是推动张绣归顺的关键人物，如何维护张绣在曹营的利益，是贾诩的天然职责。

杨修根本不相信，但也说不出什么来。他面对郭嘉，尚能针锋相对互别苗头，但对上贾诩，却有一种束手缚脚的无力感，就像跌入一个烂泥潭，越动沉得越快，不动也往下沉。

杨修决定不再去想，不能被带入他们熟悉的节奏，遂拱手道："既然两位都到了，不知有何指示？"郭嘉道："袁绍闻听曹公大军出动，势必率主力渡河来袭。白马辎重转运不易，速度又慢，你可有什么成算？"

杨修道："我与刘太守已把不能带走的都弃掉了，阖城百姓也已编好了队，明天一早就离城。至于能不能顺利抵达官渡，就得看曹公了。"说完他看了郭嘉一眼，看他怎么回答。郭嘉道："有你护住辎重，我放心得很。其他事情你无须担心，我和文和会处置。"

杨修心里一动，颜良的事果然引起了郭嘉的疑心，用辎重队把他不露痕迹地拴住，与整个战场割裂开来。但让杨修气愤的是，郭嘉这一手安排，根本不是处心积虑要来对付自己的。他与贾诩齐至白马，一定是对袁绍有什么重大图谋，把杨修调去押送辎重，显然只是顺手敲打一下罢了。杨修一直认为自己是郭嘉的劲敌，可郭嘉却懒得专门对付他，这种把对手不当回事的态度，让他深感被侮辱。

唯一让杨修稍微有点安慰的是，郭嘉似乎并不清楚张辽的情况。在所有的战报上，都写的是张辽、徐晃合围颜良，关羽破阵而入，没有任何破绽。颜良的首级已被送去主营，所有人对一场大胜的疑惑总会比一场大败要少——所以张辽不会暴露，这枚棋子若用得好，将有奇兵之效。

郭嘉又交代了几句，放下车帘，马车连城都没进，径直离开了。

"郭奉孝，咱们这局棋，才刚刚开盘。"杨修望着逐渐隐入夜幕的马车，冷哼一声，继而投向北方的夜幕尽头。在那里，还活跃着另外一个人，那是杨修最大的底牌。

"那个不让人省心的家伙，不知在北方过得如何。"杨修暗想。

杨修不知道，同样的话，也同时在远去的马车里响起。

"天子在北方，不知过得如何。"

郭嘉靠着车厢，慢悠悠地对贾诩说道，贾诩垂着头似乎是要睡着了，听到郭嘉说话，才连忙抬起头来，尴尬地解释道："年纪大了，不耐夜，老是贪睡——你刚才说什么？"郭嘉早对他这个把戏习以为常，把问话又重复了一遍。贾诩用袖口擦了擦口水，呵呵一笑："以天子的聪颖，足以应付。不然当初董卓为何冒天下之大不韪，废掉弘农王，改立陛下呢。"

"呵呵，你的意思是，董卓当初也有兴汉之心？"郭嘉饶有兴趣地追问。贾诩当年是董卓军中的策士之一，见识了西凉大军从煊赫一时到分崩离析的全过程，对内情知悉最深。可贾诩嘿嘿一笑，不置可否，把话题又转开了："天子当年以年少之身，能保汉室不散，若非心志坚逾钢铁，可做不到这地步。现在的陛下虽显柔弱，却也有另外一种好处。"

"你对天子的评价，可有点前后矛盾啊。"

"哎哟哎哟，老糊涂了，老糊涂了。"贾诩拍拍脑袋，让郭嘉颇有些无可奈何。这老乌龟的龟壳太硬了，稍一触动就缩回去，就算是郭嘉都无处下嘴。

郭嘉转动脖颈，优雅的指头灵活地敲击起木壁来："连你的评价都这么高，我真是有些期待，不知道天子能做出什么惊天动地的大事来。"贾诩意外地看了他一眼："是你把他放过去的，现在你也没把握控制他？"郭嘉坦然道："是的，陛下这个人，我有点看不透。不过这样才有趣嘛——对了，这话可别告诉曹公，不然我又得挨骂。"

"居然还有你看不透的人？"贾诩刻意忽略了最后一句。

郭嘉歪着头想了下，扳着指头数起来："陛下算是一个，你算是一个，还有一个我不想说……"

这时马车终于停住了，外头的车夫毕恭毕敬道："郭祭酒，我们到了。"郭嘉拉开车门，和贾诩一起下了车。他们这辆马车没有进城，而是在卫队的保护下转了个弯，停在了郭图前一天的驻营所在。贾诩下车以后，先是有些迷茫地环顾四周，然后看了眼郭嘉，下巴轻轻抬了一下。郭嘉吩咐一名侍卫举着灯笼，陪着贾诩慢慢踱步走进营址，自己则留在了原地，也不上车，就在外头负手而立。没女人的车厢，对他实在没什么吸引力。

几十名靖安曹的卫兵分散在四周，警惕地望向黑暗中。他们个个都手持上膛劲弩，背后还背着一面轻盾，必要时可以抵挡数倍于己的敌人。

贾诩在火把的照耀下在营中四下游荡、端详，似乎漫无目标。袁军撤退的时候很从容，几乎没留下什么有用的东西，只剩下一道道交错沟堑和星星点点的灶坑。他转了约莫大半个时辰，回到了马车旁。郭嘉把手扶在车厢外壁，问贾诩道："如何？"贾诩这次倒回答得很干脆，从袖子里伸出三根手指："左军严整，中军次之，右军最乱。"

"淳于琼？他如何乱法？"郭嘉问。左军是颜良的营盘，中间是郭图的，右边是淳于琼的。

贾诩把手重新笼到袖子里去，慢慢说道："右军的扎营手法，至少有六种，若再分细微不同，得有十数种。比如有数十顶帐底有焚烬的木灰，应该是先点起了火堆，将土烧热，然后再移帐于其上——这是雁门的惯常手法，那里与塞外相接，天寒地冻，这么扎营可以保暖；还有几十顶帐篷，附近土地颇多白粉，尝之苦咸——这应该是来自渤海郡。那里毗邻大海，长年风吹日晒，篷面都有少许盐留存，免不了抖落在地。"贾诩说到这里，不由自主地咂了咂嘴，他似乎是真的去尝了……

"这么说来，淳于琼的部下，来自冀、并、幽、雍、青诸州，什么地方人都有。"郭嘉咧着嘴若有所思，这些情报靖安曹都有搜集，但毕竟不如眼见为实这么真切。

看来袁绍对淳于琼根本不打算重用，他的直属部曲数量很少，其他部队多是从各州的地方世族抽调而来的私兵。袁绍只是打算拿他们当炮灰，顺便削弱大族势力，所以这些私兵士气很低，也不与河北兵混在一起，按籍贯扎堆。凭着贾诩那一对毒眼，甚至能轻松地划出各州私兵的宿营区域：淳于琼的主军在高处，而低洼寒湿之处都是私兵营寨，待遇相差很大。

郭嘉兴致勃勃地吩咐旁人手里的灯笼放低一点，然后蹲在地上，用一根树枝在泥土上画了几笔。贾诩也蹲下身来，拿起另外一截树枝。两个曹营最杰出的策士就这样撅着屁股头碰头，用树枝在地上你一笔我一道地画起来，还不时皱起眉头，苦苦思索，像两个顽童在玩游戏一样。等到这一块地面被他们刨得不成样子了，郭嘉笑眯眯地站起身来，把树枝扔开："我看，这事可行。"

贾诩又恢复到那一副病入膏肓的模样，双手笼在袖子里。刚才那一轮小孩子游戏般的攻防演练，郭嘉用了各种法子，都没占到便宜。

郭嘉脸上没见有多大沮丧，从怀里又掏出一枚药丸吃下，乐呵呵地说："不过按照这法子来弄，文和你可就会有点被动啊。"

"先有大疑，方有大信，就算有些许牺牲，也是值得的。"贾诩含混不清地说，全无刚才刹那间露出的锋芒。听到这话，郭嘉沉默片刻，敛起了笑容："到底是当年一言乱天下的贾文和啊，你可比我狠多了。"

贾诩似乎没听到郭嘉的话，眼皮耷拉下来，昏昏欲睡。

邓展跟随曹丕返回宿营之后，发觉二公子的神色有些不对。曹丕双目睁得很大，呼吸略显急促，脸上还泛起少许红晕，情绪处于亢奋状态。邓展本想找曹丕谈谈心中的疑惑，没想到一回帐内，曹丕把外袍脱下来扔给他，又招呼史阿出去练剑了。邓展只得捧着袍子，在一旁看两人练剑。

他这一看，真是越看越心惊。邓展算是剑击好手，他发现曹丕和史阿的剑术，和两个人的风格非常接近：一个叫王服，一个叫王越。这是天下闻名的王氏快剑！

"这个叫史阿的人对王氏快剑这么熟悉，怕是和王越有什么关系，二公子可就危险了……"

邓展想到这里，不由得遍体生寒，想过去阻止。但他忽又想到二公子如今隐姓埋名，一定有大图谋，不由得停下了脚步。他正游移不定，突觉身旁一阵杀气弥漫过来，下意识地去闪避。可那杀气却如影随形，始终锁定在他身上。邓展大伤初愈，始终躲闪不开，他猛然扭头看去，却发现站在身后的是徐他。

"你在看什么？"徐他一脸淡漠地问。

"看二公子练剑。"邓展回答。

"你叫邓展？是曹贼的虎豹骑？"徐他的说话没有任何铺垫，也不绕任何弯子，就与快剑一样，直进直退。邓展稍微犹豫了一下，觉得没什么好隐瞒的，点了一下头。徐他眼神里迸出一道寒芒："你去过徐州？"邓展有点莫名其妙，但还是回答道："没有，我是兴平二年入仕的。"曹操屠徐是在兴平元年，那时候邓展还在中原游荡。

徐他眼里的杀气消失了，想转身走开。这次却轮到邓展提出了问题："他们练的剑法，是王氏快剑？"徐他道："是。"邓展又问："教者与王越有什么关系？"徐他道："史师兄是师父大弟子。"邓展心中一惊："那你们的师父呢？"徐他道："不知道。"

邓展越发迷惑："你为何追随二公子？你师父知道吗？"

"师父不知道。魏公子答应我，会给我创造机会亲手杀死曹贼"。

邓展脱口而出："这，这怎么可能？"徐他以为他质疑的是魏文的能力，特别认真地点了点头："这是可能的，因为我看到刘先生和魏公子在白马守军的配合下逃入袁营。他不答应，我就把这件事公开说出去。"

邓展顾不得感慨徐他说话的直率。他陡然意识到，整个事件远比他想象中复杂。这个叫徐他的人，明明对曹公怀有刻骨仇恨，却被二公子罗致帐下，却又像是掌握了二公子的什么秘密，语带胁迫。他连忙闭口不言，若是贸然开口，每一句话都有可能把曹丕带入死地。

这时候，远处的曹丕发出一声大吼，挺剑刺向史阿。这一剑又快又狠，史阿猛地敲在曹丕手腕上，当啷一声，长剑落地。邓展看得出来，曹丕这一招杀意尽现，史阿不可能在不伤他的情况下拆解，所以才下了狠手。

"再来！"曹丕喊道。邓展望着俯身捡剑的少年身影，心中突然有一种不安。两人初见之时，邓展明明已喊出二公子，曹丕仍然刺出那必杀的一剑来。这说明，曹丕为了维护他的神秘计划，不惜一切代价。如果自己流露出不该有的兴趣，或者说出不该说的话，曹丕会毫不犹豫地出手杀人。邓展的头有些疼，他揉了揉太阳穴，暗自下了决心，除非二公子主动开口，否则绝不可轻易与二公子交谈，最好什么都别说。

"也许问那个叫刘平的人，会知道些端倪吧。"邓展对那个人，实在是有一种难以描述的熟悉感，总忍不住要去找个理由接近他。

曹丕不知道邓展在一旁的纠结，他现在整个人都处于一种兴奋状态。刘平刚才告诉他，王越的下落已经找到了。蜚先生的耳目十分广泛，他们最后一次发现王越的踪迹，是在乌巢。

乌巢位于白马城的西南方，夹在延津与阳武二城之间，是酸枣县的治所之在。在它的南边有一大片大泽，叫作乌巢泽，地名因此而得。乌巢大泽里水泊星罗棋布，沼泽遍地，地势十分复杂，是水贼盗匪们最好的藏身之处，是个著名的贼窝——不过袁曹开战以来，那些乌巢贼都销声匿迹了。

蜚先生告诉刘平，东山与王越之间，是单纯的买卖关系：东山出钱出粮食，王越给他们提供训练有素的杀手——事实上，史阿和徐他就是这么被雇用潜入白马的——所以王越此时出现在乌巢有什么打算，东山也不是特别清楚。

蜚先生肯定不会吐露全部真相，但至少这个地点是确凿无疑的。

曹丕不关心王越想干什么，他只知道这个人还活着，而且很可能会再度出现在视野里。他内心的惊喜与恐惧同时涌现，交错成五味杂陈的兴奋感。他自己都说不清楚，这么声嘶力竭地与史阿对练，是为了发泄得知仇人下落的狂喜，还是为了掩盖内心那挥之不去的阴影。

"克服对狼恐惧的办法，就是再靠近它一点，直视着它。什么时候它先挪开视线，那么你就会彻底摆脱恐惧。"刘平把他的狩猎心得告诉曹丕，曹丕也喜欢打猎，对这个说法深信不疑。他知道以自己的水平，再练三十年，也打不过王越，曹丕不打算追求所谓的"公平决斗"，只要最后一剑是他亲手刺出的就行。

"只要他现出踪迹，就一定有办法！"

想到这里，曹丕又狠狠地刺出一剑，眼神里涌现出与他年纪不相称的狂热与狠戾。

少年在火炬下亢奋的身影，除了被史阿与邓展看在眼中，同时还映在了刘平的双眼里。此时他正站在一栋简易望楼上，位置是在整个营地东南凸出部分的一处高坡上。这里可以居高临下地俯瞰整个营地，也能对东南方一百步内的动静做出反应。

这望楼是用事先打造好的良木拼接而成，不用铁钉与鱼胶，纯以榫卯而成，拆卸都非常方便，适合在行军途中作为警戒之用。但代价就是，它不够结实，人爬上去会发出吱呀吱呀的声音，无法承载太多重量。

郭图给刘平安排了几位随从，不用问，他们都负有监视之责。当刘平提出想要爬到望楼上去看看时，这些随从面露难色，这望楼太过轻薄，多过两个人上去，说不定就塌了。刘平说既然如此我一个人上去就好，随从们商量了一下，答应了。望楼之上只有空荡荡的一个台子，只要下面围好，不怕他做出什么事情来。

刘平爬到望楼之上，先是凝望曹丕的方向良久，然后双手扶住脆弱的护栏，把身子探出去，望向远处。这种感觉，和自己的处境何其相似：高高在上，脚下却是一栋摇摇欲坠的危楼，随时可能倾覆，摔个粉身碎骨；纵然举目四望，入眼皆是无边黑暗，空有极目千里，又能如何。

但刘平很开心，特别开心。他闭上眼睛，回想在许都的每一件事、每一个人。他惊讶地发现，虽然对伏寿思念绵绵，却一点回许都的意欲都无。他宁愿在广阔的天地与更可怕的敌人周旋，也不愿意回到那逼仄的皇宫里去。

一阵夜风吹过，刘平陶醉地深吸了一口气，以前和仲达游猎太晚不得不夜宿山中时，就是这样的味道，清洌而自在，无处不在。刘平想伸个懒腰，动作却一下僵住了，一个如同沙砾滚过的声音传入耳中。

"刘公子，我是徐福。"

刘平浑身一震，先朝下面看了一眼，发现那几名随从都站在四周，恍若未闻。他又抬头四下看了一圈，也看不到任何可疑的人。

"不必找了，我在营外，你看不到我的。"徐福说，他的声调有些奇怪，是一个字一个字送出来的。刘平暗暗敬佩，这人好生厉害，距离望楼这么远，还能把声音送过来不被其他人觉察。徐福这名字他临走前听杨修说过，是杨家豢养的一员刺客。

"杨公子说一切按计划进行。"徐福干巴巴地说。

刘平"嗯"了一声。可惜这种传送方式是单向的，他没法询问徐福，只能被动收听。

"接下来，是郭祭酒要我转达给你的话……"

刘平这才想起来，徐福被郭嘉强行征调到了前线，现在属于靖安曹。他有这么一门绝技，实在是传递消息的最好办法，郭嘉从来不犯错，也从来不浪费。他调整呼吸，凝神倾听，徐福一口气说了几十个字，然后停顿了很久，想来这是一件极耗精力的活。过了半晌，徐福的声音才再度飘来，疲惫不堪："传完了，告辞。"随后整个望楼便悄无声息。

不过刘平也顾不上关心他，因为郭嘉传过来的那条消息实在令人震惊，需要好好消化一下。

"郭嘉这是要玩大的啊，很好，很好……"刘平扶着栏杆，双目炯炯发光。

袁绍的大军，是在这一日的午时开始渡河。浩浩荡荡的队伍从五个黄河渡口同时登船，漫天的旌旗猎猎作响，声势极为浩大。两百多条渡船来回穿梭于黄河两岸，把无数士兵和闪着危险光芒的军械运过岸去。排在他们身后的是堆积如山的粮草辎重，冀州连续三年都是丰收，积蓄足以支撑十万以上的大军在外征战，相比之下，袁绍在南边的小兄弟处境窘迫多了，连军队都要被迫下地屯田，没少惹冀州人讪笑。

渡河的时候发生了一些小小的混乱和冲突。有一支轻甲骑兵和一支重步兵为了谁先登船发生了冲突，他们分别属于平南将军文丑与别驾逄纪，前者是冀州派与颜良齐名的大将，后者则是南阳派的巨头，身份殊高。

这一次渡河，文丑有意纵容自己部下，就是想发泄一下心中不满。颜良是他的好兄弟，却莫名其妙地战死沙场，这里面一定有阴谋——而每一个阴谋背后，肯定都有一个南阳人在作祟，文丑觉得这个推测真是天衣无缝。

逄纪接到报告以后，只是淡淡一笑："文平南战意昂然，其心可用，就让他先过去吧。"侍从领命离开，逄纪在马上俯瞰着渡河的大军，又抬头看看已经在南岸恭候的郭图、淳于琼营帐，表情微微有些遗憾。

借白马之围诱出曹军主力，这是开战之前就决定好的方略，但逄纪并没给当先锋的郭、颜、淳于三人交代透彻。他希望这支先锋队与曹军形成拉锯战，消耗一阵后，主力才动。可没想到颜良居然轻军而出，以致倾覆，更没想到郭图居然吃透了他的意图，干净利落地撤走了，颍川非但没受损，反而多掌握了一支军队。

"哼，无所谓了，成不得大气候。"逄纪扬了扬马鞭，现在曹操主力护着白马城辎重正在仓皇南遁，只要袁军追击及时，形成主力决战，大局可定。到时候，并总幕府的南阳派将会变得无可撼动。

这个渡河的小插曲很快就结束了，文丑的部队趾高气扬地先行渡河，逢纪的部队则留在后面。等到下午袁军大部已渡过南岸，构筑起一道坚固防线以后，幕府总枢才开始移动。逢纪以及其他幕僚陪着袁绍一起登船渡河，并简短地商议了一下接下来的布置。袁绍对颜良的失利很不满，责问沮授他为何擅自行动，沮授对原因心知肚明，可又无法说出来，只得连连谢罪。

很快船抵南岸，幕僚们簇拥着袁绍下船。这时一位侍从走过来，悄声告诉逢纪说有人求见。逢纪面色一沉，呵斥说我正在陪主公，为何如此不分轻重。侍从连忙分辩道："那人自称来自许都。"逢纪一愣，甩了甩袖子："让他等我。"

逢纪借口说有营务要处理，离开袁绍，匆匆来到一处简易营帐内。在那里，一个年轻人等候多时。他见到逢纪以后，未执大礼，只是不卑不亢地拱了拱手，道："在下刘平，来自许都。"

若是曹操的信使，必然自称来自幕府或曹氏；以许都为号，显然是皇帝的人。听刘平这么一说，逢纪不由得眉头一皱。自从沮授迎董承吃了大亏以后，"汉室"这个词变得颇为敏感，所有人都小心翼翼，尽量不与之产生瓜葛。

"我数日前从白马逃出，进入袁营，为郭监军收留。"刘平说到这里，停顿了一下，露出一丝憾色，"可惜郭监军疑惑太重，难以交心。绦佩之美玉，只付与君子，希望逢别驾你别让我失望。"

原来是从郭图营里过来的。逢纪将了捋胡髯，警惕之心更盛："你想要什么？"刘平当即回答："在下到此，不是为得到什么，而是想问问看，逢别驾想要些什么？"

逢纪对这种卖关子的口气很不喜欢，冷冷道："如果你下一句话还不让我满意，那就以细作论处。"刘平走近两步，指了指天空，声音却压得极低："郭嘉有什么打算，难道逢别驾不想知道？"

郭嘉这个名字，显然对逢纪产生了影响。即便是最高傲的策士，也不得不承认郭嘉是个难对付的家伙。眼下两军主力碰撞在即，如果能提前获知他的计划，那将对战局产生巨大影响。逢纪重新打量了一下刘平："郭嘉所谋，必是曹氏机密，你又凭什么与闻？"

"忠心朝廷的人，在哪里都是有一些的。"刘平平静地回答。逢纪对这个答案根本不满意："你来路不明，身份不清，只凭几句大言就想取信于人，未免太蠢了。"

刘平不慌不忙道："我所言为真，您便能旗开得胜；所言为假，也不过我一人身死。不出半日别驾您便会知晓，何不等等看呢？"

逢纪盯着他的脸，不动声色地点一下头。他不喜欢卖关子，但这种事花不了多少时间来验证，所以他决定等一下。逢纪和郭图不同，郭图没有意外的话是无法出人头地的，但他已经"位极袁臣"，这个位子不需要变数，也不欢迎风险，只要确保没有意外就足够了。

结果意外真的发生了。

袁绍是一个典型的世家子弟，不太喜欢在野外睡帐篷。所以当袁军控制白马城以后，他理所当然地选择把中军大帐设在城里。袁绍在幕僚们的簇拥下巡查了一圈，最后选定了位于城正中的白马衙署作为驻地。这间衙署早已经被搬空，搬了个精光，连铁锅和门锁都没留下，只剩个空架子。不过在入口处还留有两个临时搭建起来的石垒和一段土墙，这代表了刘延抗争到底的决心——这在人去城空后显得格外讽刺。

袁绍发表了几句评论，然后与幕僚们一起踏入衙署。就在那一瞬间，那两处石垒突然坍塌，正好堵在了正门口，将他们与还没来得及进入的卫队分隔开来。土墙也随之倒塌，数名藏身其中的杀手恶狠狠地扑向身穿金环甲与披风的袁绍。

准确地说，这些刺客不是藏在墙里，而是被砌在墙里，那截土墙是贴身垒起来的，内留虚空，外用泥灰抹平缝隙，所以先期进入搜查的袁绍士兵才没有发现，用心之深，叹为观止。

可惜的是，这个精巧而狠辣的圈套注定没有结果。那位金甲"袁绍"是河北最强悍的战将张郃假扮的，同行的幕僚也都是精锐军校。在一番短暂而激烈的搏杀之后，杀手悉数毙命。随后赶到的袁绍感慨不已，说他与曹孟德相知几十年，如今却视若仇雠，竟到了要派人刺杀的地步，不胜唏嘘。他随后问逢纪怎么知道曹军设下这个陷阱，逢纪只是简单地回答："孙策新亡，天下悚然。曹公之心，不可不防。"袁绍很满意，称赞他心细如发，是个真正会为主公着想的贤臣。这让旁边的沮授、郭图等人脸色有些不好看。

东山的仵作迅速赶到现场，他们的检验发现了一些特别的地方：这些刺客的右腋窝下，都用墨刺着两个字，而且最近才用石灰烧掉。经过一番辨识，仵作设法还原了这两字的原貌：魏蚁。

淳于琼此时并不在袁绍身旁，但有出身齐鲁的将领认出了这两个字的来历：琅玡山中的十全毒蝎。齐鲁盛产杀手，而能以毒蝎之名在身的，更是杀手中的强兵。所有人都不约而同地想到一个人的名字：臧霸。

臧霸在曹营是一个特别的存在。他是泰山人，在青、徐二州极有声望，经营着一个盘根错节的地下世界。只要是在这二州之内，无论陶谦、吕布，还是刘备，谁都奈何不了他，只能把他当作盟友来笼络。即使在臧霸归降曹操以后，仍旧保持着半独立的状态，对此曹操也无可奈何。

袁、曹开战以来，臧霸一直带兵坚守在青、徐交界，和鄄城的程昱一起，为曹操扼守东部防线。现在白马城里居然出现了臧霸的杀手，而且都还湮灭了痕迹。这其中的含义，就不能不让人深思了。难道说，他的青州兵已经悄然西移，投入正面战场了？这不是没有可能。曹操目前兵力处于劣势，暂时放弃东部青、徐、兖三州，集中力量击破袁绍主力，这也是战略上的一个选择。

蜚先生的东山没收到任何这方面的情报，但谁也不敢打包票说一定没有。袁绍军的大批辎重正源源不断地渡河，这相当耗费时间。在有一支强军动向不明的情况下，主力不敢离开白马。可是，如果坐等粮草全数渡过黄河，曹操的主力早就掩护白马辎重缩回官渡了，苦心经营出来的决战态势将从指间溜走。

经过短暂的商议以后，袁绍决定派遣文丑带领五千人先行追击，高览与张郃各率一万人在左右策应，其他部队则暂时留在白马。

"你现在可以继续说了。"

逢纪回到营帐以后，对刘平说，态度还是冷冰冰的，可语气却缓和了不少。刘平知道自己预言的事情已经发生了，不由得松了一口气。逢纪可比郭图难对付多了，他心志坚定，很难被外物影响，一旦做出什么决定，旁人很难挽回，所以刘平必须得谨慎从事。

"郭嘉从来没指望刺杀成功。他借臧霸之兵，只是为了故布迷阵，令袁公裹足不前，好争取更多时间。如今郭嘉在延津附近选定了战场，尽起曹军精锐，一口吃掉突前的文丑所部。"刘平说到这里，露出迷惑不解的神色，"可是在下不明白，别驾您既已知道臧霸是虚招，为何不明告袁公，反而一力促成分兵之势呢？"

逢纪捋髯："若是变得太早，郭嘉必会觉察，等到他改变计划，就不好猜了。如今顺着他的意图来，我埋下的两手安排才好见奇兵之效。"刘平瞪大了眼睛，又惊又佩："我原以为破计就已是极致，想不到还有将计就计。"听了这话，逢纪昂起下巴，颇为自矜地摆动头颅，小指头来回拨动着胡髯的尖梢："郭奉孝啊郭奉孝，真想看看，你发现自己算错时，到底是什么表情。"

刘平在一旁又赞叹了几句，心里却是感慨万分。郭嘉告诉过他，华佗老师曾言道："人所欲者，分为五品。五品曰命，唯求苟活于世；四品曰定，苟活既有，复求安定；三品曰和，安定无碍，复求和睦；二品曰敬，四邻和睦，乃求礼敬；一品曰志，天下礼敬，方有抱负极望。这五品由俭入奢，循次递增。"

以逢纪如今的地位，衣食无忧，地位殊高，他所欲求者正在第一品内，希求有所抱负，成就令名——击败郭嘉，就是他自我实现的最大心愿。找准了这个位置，刘平稍以言语动之，便轻而易举换来信任。逢纪的高傲和郭图的野心一样，都成为他们眼前遮蔽视线的一片叶子。

"不知能遮蔽郭嘉的叶子，又在哪里？他又是在第几品？"刘平心想。

徐晃紧张地向前方张望了一眼，伸出两个指头，挥动一下。他的两名亲兵心领神会，伏身从两个方向的草丛里匍匐着过去。刚才那里出现了可疑的迹象。

击溃颜良的一战中，张辽衔尾纵击，关羽阵斩大将，都立下了功勋，唯有他被颜良摆了一道，一无所获。徐晃嘴上不说，心里却十分遗憾。因此他主动要求留在距离白马最近的战区，带领一批亲信士兵伏击袁军落单的斥候、信使或者辎重队。在袁军主力渡河以后，这个任务的危险性成倍增高，可徐晃决定再坚持一阵，看还有没有什么立功的机会。

徐晃一边注视着前方的动静，一边解下腰间的水袋喝了一口。清凉的水滑入咽喉，让他浑身都惬意地哆嗦了一下。徐晃放下水袋，自嘲地晃了晃，袋上用火漆涂了两个隽永的大字："忠笃"。这是他在杨奉手下当骑都尉时得来的。当时杨奉护驾有功，在雒阳重建了宫殿，被天子起名叫杨安殿，他麾下的将校也都得了奖赏。可那时候汉室穷得叮当响，能拿得出手的东西，只有几个皮水袋，上面让皇帝亲自用火漆御笔写了几个字，权当赏赐。其他同僚早就扔了，只有他一直用到了现在。

之所以保留到现在，是因为年幼的天子写完这两个字以后，对徐晃说了一句话："我看得出，你很不安。去找一个更强大的主公吧，为你，也为了我。"

徐晃不知道天子是如何看透自己心思的，那一双黑得透亮的眼睛仿佛直刺肺腑。后来曹操要迎天子入许都，徐晃积极参与斡旋，还亲自护送天子离开危机四伏的雒阳，直到进入许都城内。入城那一刻，徐晃长长地舒了一口气，觉得一件大事做完，他终于可以卸下包袱专心做一名普通将领了。

无论是董承还是杨彪，徐晃都没有跟他们有任何联系。他已经打定主意追随曹操，可"汉室旧臣"这个标签却像水袋上的火漆一样，怎么都洗不掉。

他摇摇头，把无端的思绪都甩开。两名亲兵回来了，还挟持着一个人。这人面黄肌瘦、蓬头垢面，身上穿着一件单薄肮脏的袍子，只有手里紧紧抓着一卷竹简。

"将军，我们抓到一个探子，他说是咱们这边的，想要见您。"

徐晃打量了他一番，亲兵已经搜过身，身上藏不了任何凶器，便吩咐把他放开："你是谁？"那人抬起头来，眼神茫然地望着徐晃，把手递过去："我叫徐他，我这里有一封亲笔书信，给你的。"

"谁的亲笔？"徐晃问。徐他道："魏家的二公子，说你看了信，就明白了。"

徐晃眉头皱起来，他可不认识什么魏家的二公子。他抓住竹简的一头，正要拿过来，却发现不对。这竹简的一头，被刻意削成尖角，卷在一起还不太看得出来，一摊开就变得明显。那个有些茫然的徐他，突然锋芒毕露，抓起竹简的平头一侧，用力一旋。竹简变成了一把利器，两名亲兵的喉咙登时被竹尖割开，喷着鲜血倒在地上。

干掉两名亲兵以后，徐他抓着竹简又扑向徐晃。徐晃及时后退，勉强避开，但咽喉还是被割开浅浅的一道口子。他向来刀不离身，猝然遇袭，立刻抽出环首宽刀猛砍。徐他只得用竹简去挡，结果一招下来就被削去了两片竹简。

两个人在短时间内过了十招，徐他的攻击凶猛，徐晃却占了兵刃的便宜，打了一个旗鼓相当。四周的士兵闻风而动，纷纷聚拢过来。徐他看已经无法伤及徐晃，把竹简啪地朝他脸上扔去，然后身子向后掠去。

徐晃的部队训练有素，立刻散成一个半圆状朝着徐他围去。徐他跑出去百步，一俯身，居然从草窠里摸出一把剑来。有剑在手，他的危险程度陡然增加了好几倍，只见寒芒闪过，数名先追出去的士兵惨叫着倒在地上，伤口无一例外都在咽喉。他似乎对曹军有着刻骨的仇恨，下手狠辣至极，后来赶到的十几名士兵把徐他团团围住，一时半会儿却奈何不了这个拼命的疯子。

徐晃一看，连忙下令弓弩手上前，尽快解决这个疯子。就在这时，徐晃面色突然一变，头颅急速转向东方，看到远处旌旗飘扬，出现无数士兵的身影。

从旌旗的密度能看出来，这是袁军的主力部队！

袁绍军的前进速度非常快，很快几支羽箭就射到了脚前面。徐晃知道如果再拖下去，只有死路一条，他狠狠地瞪了徐他一眼，顾不得收尸体，比了个手势："撤！"然后飞快地撤退了。

徐他站在满地的尸体之间，昂头望天，一动不动。他身上的衣衫被泼上一片片血污，看上去狰狞无比，宛若蚩尤再世。路过他身边的骑士都投以敬佩的目光，曹军的单兵战斗力比袁军要强悍，而这个人以一敌十，还杀死对方这么多人，战力可以说是十分惊人。

终于一匹高头大马停在了徐他身旁，马上的将军披挂着厚重的甲胄，铁盔下的面孔白皙细嫩，一如锦衣玉食的世族儒生，简直不像是个武夫。白面将军勒住缰绳，扫了一眼徐他和遍地的死尸，开口道："这都是你一个人干的？"

徐他恍若未闻，将军的随从们大声呵斥："文丑将军在问你话呢！"听到这个名字，徐他这才缓缓抬起头，轻微地点了一下。这个无礼的动作反而让文丑觉得很有趣，他抬手让随从们住嘴，俯身问道："真是个有个性的家伙，你是哪部分的？"

"东山。"徐他道。

"东山自己的人还是他们请来的？"

文丑知道东山，还经常调阅他们的报告，对东山的运作很了解——和好朋友颜良不同，文丑特别注重战场的情报与分析，是袁军高级将领里除郭图以外对蜚先生最重视的人——他知道东山的细作分成两种，一种是自己培养的，一种是雇用的各地的游侠、盗匪。后者与东山只维持松散的雇佣关系。

　　徐他道："五匹河东布，半年。"文丑"啧"了一声，受雇于东山，基本上一条命就没了，这个价码未免太便宜了。他向徐他伸出手："我看你剑击不错，不如跟着我干吧。"旁边的随从听了，纷纷露出羡慕的神情，这简直是天上平白掉下来一块龁肩，一步就从下等游侠变成了平南将军的亲随。徐他却摇摇头："我与东山约定未尽，岂可反悔？"

　　"东山那边我去知会，我在问你个人的意愿。"文丑显得颇有耐心。徐他问道："能让我杀曹贼吗？"文丑笑了，他指着自己的脸道："你别看我是个小白脸，打起仗来可从来不畏缩。做别家将军的亲随，你也许只能在阵后看热闹；若跟了我，以后拼命的机会多得很，只怕你嫌命短。"

　　"好。"徐他答应得很干脆，他"唰"地撕开胸襟，露出胸膛的伤疤，"只要能杀掉曹贼，这条命交给谁都无妨。"文丑哈哈大笑，吩咐左右："好，给他牵匹马来，再拿来一副甲胄和一柄铁剑给他。"然后拨转马头，扬长而去。徐他神色木然，也不称谢，默默地跟上大部队，却与文丑保持着一定距离。

　　他注意到，在文丑的队伍中心，居然还有一辆单辕轻车，四周满布卫士，不知里面坐的是什么人，为何文丑出征还带着。但徐他很快就失去兴趣了，他对与曹操无关的事情，都没什么耐心。

　　经过这一个小小的插曲以后，这支步骑混杂的部队继续向东开去。他们的速度够不上急行军，但也绝对不慢。斥候不断往来驰骋，把四周的情况汇总到文丑这里来。一直到太阳快要落山之时，文丑终于得到他想要的消息：从白马城离开的辎重队在前方四十里处。

　　文丑在马上摊开地图，用指头量了量，托住下巴陷入沉思。这个距离，绝对是对手经过精心计算的。只有半个时辰就要天黑，袁军要是连夜追赶，只能打一场混乱不堪的夜战，辎重队可以轻易借助夜色遁走；要么等到明日一早再追赶，到时候辎重队会更加接近曹军阵营，很可能会被曹军主力反口吃掉。这是个两难的抉择。

　　文丑又拿起一截炭笔，在地图上勾画了几笔，翻出几支算筹演算了一番，唇边浮出微笑。

　　文丑出生时生得粉妆玉砌，一度让稳婆以为是个女孩子。他的父亲认为男子太过柔媚，不是好事，便特意给他起了个反义的名字，叫作丑。门第不高的他入仕河北以来，这张脸惹来无数讪谤，很多人把文丑的赫赫战功归结为袁绍对这个俊俏武将的偏袒，却有意无意地忽略一个事实：文丑的胜利不是来自偏袒，而是来自精心的算计。

"传我的命令，全军继续前进，比正常行军慢三成。"文丑发出了指示。他的副将提出疑问："这么行军的话，接近辎重队时差不多是丑寅之交，那时天色太黑，不适宜围歼。"

文丑手中的炭笔一挥，说了一句令人费解的话："放心好了，我们不会接触辎重队。"随即他挥笔如飞，又写了几道命令，数名信使飞一般地离开了队伍，朝着不同方向奔去。

文丑做完这一切，把徐他叫了过来。徐他不是很擅长骑马，整个人歪歪斜斜，双手拼命抓住马鬃防止掉下去。文丑道："你不是要杀曹贼吗？我现在就给你一个机会。"徐他听完指示，只说了一个字："好。"

继续前进的命令传达到了每一个士兵，队伍中响起一阵抱怨的声音。文丑这次带来的部队，自己的部曲并不算多，七成都是从淳于琼那边调来的大族私兵，纪律性相对较差。许多人都疲惫不堪，一听说还要夜间行军，无不牢骚满腹。只有文丑的直属部队悄无声息，仿佛早就习惯了主帅的这种风格。好在这次行军不是急行，士兵们整理一下队形，迈着步子向前移动。

当时间进入午夜时，斥候向文丑汇报，辎重队就在前方十里处的一个山坳里扎营。文丑立刻下令全军弓上弦、矛摘钩、盾从背上卸下来，举在手里，转入临战状态，同时马衔枚，人噤声，悄悄地逼近宿营地。

可是，首先遭遇袭击的不是白马城的辎重队，反倒是文丑的后队。在黑暗之中，高度紧张的士兵集中精神跟随前队避免走散，却忽略了身后的动静。大批骑兵突然从四面八方蜂拥而至，一下子就冲进了文丑的后队阵列，黑暗中许多人不能视物，不知敌人有多少，霎时混乱不堪。

文丑显然是中了曹军的圈套。白马城的辎重队与追击者保持着适度的距离，让他产生了可以漏夜追击的侥幸心理。而大批精骑则一直保持着距离，入夜后才在黑暗的掩护下到了附近。当追击者把全部精力都放在辎重营地时，真正的杀招便悄无声息地从背后砍来。

这些骑兵的突击是典型西凉式的。西凉式和乌丸式骑战法最大的不同是，前者并不完全依靠马匹的冲击力，而是强调在高速运动时的多点进攻。每一个骑兵都手持长矛，接战后先俯身去刺捅，一击松手，再拿出马战专用的长刀向下挥劈，同时马匹还前蹄拼命踢踏。在这迅猛的进攻之下，袁军束手无策，无法结成阵势与之对抗，只能拼命挥舞手里的武器进行一对一的对抗。一时间许多人被长矛刺穿或被长刀劈中，金属刺入血肉的钝声与惨呼声此起彼伏。即使举盾也没用，没了战友的掩护，他们往往会被骏马一蹄踏裂，整个人都震落在地，被随后而至的乱军践踏而死……

带领这支部队的，是一个头顶油光只在两侧留两根辫子的莽汉。他叫胡车儿，是汉羌混血，张绣麾下的第一大将。著名的"恶来"典韦，就是死在他的手下。胡车儿接到这个任务时，一度非常不满，认为这是曹操歧视张绣系人马的手段。袁绍大军近在咫尺，居然还玩偷袭？铁定是被重兵包围围殴至死的结局。他万万没想到，不知郭嘉施了什么魔法，居然让袁绍主力停滞不前，只派了文丑数千人突前。于是这必死的任务，突然成了上好的肥肉。

　　胡车儿没有参与厮杀，他站在不远处的高地上，不时吹起胡哨。清脆的哨声长短不一，宛若翠鸟鸣叫。西凉骑兵们听着哨音时而分进，时而合击，在黑暗中井然有序地围攻着文丑。西凉军最擅夜战，恰好他们的主帅胡车儿又是一个能夜视百步的异人，更是如虎添翼。

　　最初的进攻非常顺利，文丑军一下就陷入了混乱状态。胡车儿能清晰地看到，那些可怜的家伙连起码的三人背靠结阵都做不到，几乎全都是在单打独斗，还惊恐地哇哇乱叫，把惊恐传染给旁边的同袍。这是西凉军最喜欢的敌人。许多骑士挥舞着长刀冲进去，杀死两三个人，再呼啸着冲进黑暗，重新结队，再从另外一个方向踏入，令敌人无所适从。胡车儿看到满目都是敌人的鲜血迸流，热血偾张，恨不得自己亲自去过过瘾。

　　可是渐渐地，胡车儿发现有点不对劲。文丑的步兵在西凉铁蹄下呻吟，可他的骑兵跑到哪里去了？他的视线也只能勉强看到一百步，再远也看不清了。

　　"哼，在这种场合，就算他的骑兵全都集结好了，也奈何不了我。"胡车儿心想。如今两军已经战成一团，纠缠不开，文丑的骑兵就算展开突击，也只能误伤自己人而已。他拿起胡哨又吹了几声，召唤手下人动作再快些，这时他听到了一些动静。

　　胡车儿下马把耳朵贴在地上听了听，揪了揪辫子，咧嘴笑道："文丑这小白脸，原来是把骑兵藏在那边，打算杀个回马枪啊。"他正要抬起脑袋，忽然复又贴上去，这次他发现另外一个方向，也有微微的颤动传来。胡车儿挖了挖耳洞，第三次贴上去听。当第三个方向也响起同样强度的颤动时，他再也笑不出来了。

　　除了第一次听到的方向，其他两个方向都是重兵。胡车儿急忙爬起来，用胡哨发出一阵急促的声音，让骑兵们尽快脱离作战，向西边集结。他意识到，自己可能是中计了，敌人调动的部队，绝不只是文丑一部。此时东、南、北三边均有动静，他只能尽快西退，与白马辎重队合并一处，依托大车抵抗，等待曹司空的救援。

　　袁绍军主力已经动了，曹军的主力应该不会远。

　　可西凉骑兵们刚才杀得太豪迈了，此时已深深陷入步兵阵中，想抽身而走，谈何容易。还没等胡车儿的第二通命令发出，三面大军已经全都围上来了。无数火把同时举起，把四下照得一片明亮。敌我兵力的悬殊，印在了每一个人的眼睛里。

此时用不着胡车儿的胡哨声指挥，所有的西凉骑兵都意识到大事不妙，纷纷避开对手，呵斥着马匹朝着唯一没有火把的西边逃去。外围的袁军怕误伤友军，没有搭弦放箭，这给了他们一个逃生的机会。胡车儿带着几名随从匆匆离开高坡，杀散附近的袁兵，也朝着西方逃去。

战场上的形势，立刻发生了逆转。原本不可一世的西凉骑兵仓皇地拨马而走，刚才一直被压制的袁绍步兵迸发出了强悍的战斗力，死死拖住了对手，不让他们从容离去。他们要么俯身去砍马腿，要么将手戟扔出去，深深劈入敌人的后背。满带腥味的鲜血抛洒在黑暗的夜空中，屠戮者与被害者的身份发生了转换，只有死亡的密度却有增无减。

起初还有西凉骑兵不断突破防线，冲入黑暗。可随着包围圈的不断缩小，更多骑兵都没来得及走脱，只能慢慢聚拢到一起，与同伴背靠背，似乎这样能感觉稍微安全一些。可是，连坐骑都发出不安的嘶鸣，要花好大力气才能驾驭住。

包围圈收缩到一定范围，就停住了，每四排之间，都留出了一条狭窄的缝隙。圈内还在鏖战的步兵得了提醒，纷纷猫起腰朝着缝隙冲去。骑兵们想尾随他们出去，但在火把的照耀下，他们惊恐地发现，包围圈站起了数层弓兵，同时搭起羽箭，每一支箭都对准了圈内。

"控——"一名嗓门特别大的传令官高声喊道，故意让陷入包围的骑兵们听见。

无数弓弦被无数双手拉紧，发出咯吱咯吱的声音，如同无数条逐渐收紧的绞索。绝望的骑手们没有别的选择，只能再度拔出刀，簇拥在一起选择了一个方向冲去。

"目标中央，三连射！"

这次距离足够近，射手们甚至不用找角度，直接选择了平射。数百支箭矢同时飞射而出，在黑夜里就像密密麻麻的毒蛇伸出尖利的牙，刺穿甲胄，深深地啃噬血肉。那些骑手霎时人仰马翻，满场皆闻噗噗的钻肉声。第一轮就把一半以上的骑兵与坐骑射成刺猬，三轮连射以后，圈内尸横遍野，再也见不着几个活人，只剩下断断续续的哀鸣声从尸体下传来，刺鼻的血腥味充斥四野。

包围圈的士兵们开始散开搜寻幸存者，进行补刀。在胡车儿刚刚俯瞰占据的高坡上，三骑并辔而立，冷冷地注视着这一场惨烈而血腥的盛宴。

"啧啧，西凉兵可真是不复当年之勇了。"一个体格壮实的阔脸汉子感慨道。

"都过去十年了，再勇猛的老虎，爪子也早已掉光。"另外一员将领抚摩着坐骑的马耳，嘴里还叼着一根青草，狭长的双眼好似两条粗墨线，很难看清他的眼神望向哪里。

文丑朗声笑道："儁义、观堂，你们来得不早不晚，正是时候。能与闻名天下的西凉精骑交手，以后也是份资历。""你是怎么把握曹军动手与我们合流的时机的？"被称为"儁乂"的将军好奇地问道。他是袁绍军中河北四庭柱之末的张郃，身经百战，深知在夜间行军已属不易，要想完成如此精确的诱敌合围，更是难上加难。

文丑扬鞭一指："这辎重队行动诡异，与我总保持着可以追击的极限距离。我猜他们一定是打算诱我出手，然后半路予以伏击。我索性将计就计——我算过了，若是我落日时开始行军，在丑末寅初恰好能抵达那个点。"

"什么点？"张郃问。

"你们两路辅翼及时赶到的最大距离，以及他们忍不住要动手的最短距离，两者交汇之点。这样，只消我缠住他们小半个时辰，你们恰好能同时抵达战场。"

"为何不提前合围？这么弄，你的兵力消耗可也不小啊。"张郃皱着眉头，他能看出，文丑军在前期冲突中伤亡很大，这种牺牲本可以避免。

"若非如此，又怎能让敌军身陷泥沼无法脱身呢？"文丑对伤亡似乎不怎么在意，他从手心算筹里剔掉了几根比较短的，扔在地上，"再说了，那些都是借调来的世族私兵，不用鲜血磨砺一下，是成不了精锐的。"

"你小子算得真精啊。"那有着墨线般双眸的将军笑骂起来。他叫高览，同样属于河北四庭柱之一。他们四个是袁绍军中最优秀的将领，同时也是冀州派优势地位的可靠保证。

听到高览这么说，文丑得意地笑了，他的敌人都是这么在不知不觉间被算死的，这次也不例外。世人都以为他这个小白脸每次都运气好，殊不知那些偶然背后隐藏着多少必然。

"啧啧，一次合击，就动员了咱们三个人，那个敌将也算是够荣幸的了。"高览把青草吐出去，朝远方望去，"我与儁乂各自都有任务，不能待太久。你打算怎么办？"

胡车儿只是盘小菜，曹操的主力还没有被发现，他和张郃各自都有防区要负责，压力很大。这次应文丑之邀，乃属私人情谊，不可再二再三。若他们在此盘桓太久，被曹军觑个空子杀到白马城下，那脸就丢大了。

文丑捏着下巴，把手里的地图一抖："继续向前。白马辎重队是曹操的钓饵，而我现在就是主公的钓饵。究竟哪边能够钓起鱼来，这就得算算看才知道了。"

高览还当是他谦虚："呵呵，辎重队不就在数里之外吗？西凉军也被围歼了，你现在动手，岂不是可以轻松咬下钓饵脱钩回渊吗？"

"我可不想吃了点钓饵就回去。"文丑清秀的脸孔微微一黯，又浮起狠戾之色。高览与张郃面面相觑，末了高览叹了口气，拍拍他肩膀："颜将军的事，我们都很痛心，但别太意气用事。"

"我知道，我会很冷静地为他报仇。今天的曹军将领，是第一个。"文丑的手指一绞，把一根算筹从中折断……

胡车儿浑然不觉自己已被袭击者清出了棋盘，他收拢逃散的败军，一路朝着辎重队的营地跑去。可当他进入营地时，整个人都傻了。营地灯火通明，几辆空车潦草地支起一片茅棚，四周既无鹿砦也无沟堑，连一个放哨的都没有，几十支灯笼静悄悄地放射着光芒。胡车儿下马在营内转了几圈，顿觉如坠冰窟，这是一个空营。

"郭嘉，你个该被马踢死的病痨鬼！"胡车儿在马上一甩辫子，愤怒地仰天大叫。郭嘉指派他来执行这个任务，果然没安好心，把他当成一个声东击西的弃子。胡车儿发泄完愤怒以后，忽然想到，贾先生一直陪着郭嘉，肯定能看穿他的阴谋，为何不提醒一下自己呢？

贾诩在宛城地位很高，几次对曹军的战役都打得十分漂亮，这些西凉将领佩服得五体投地。此前胡车儿对贾诩太有信心了，所以现在反而疑窦丛生。

"难道说，贾先生把主公卖给曹操，是为了给自己谋好处？现在好处到手，我等也就没了用处，索性借郭嘉之手……"胡车儿把辫子咬在嘴里，眼神凶狠地朝四周望去，心里却一阵冰凉。他原本不赞成张绣投曹的决策，只不过出于对贾诩的盲目信任，才未反对。现在信任动摇，原来那颗怀疑的种子转瞬间便成长起来，胡车儿越想越心惊，索性一拍大腿，"不行！我得告诉主公去！中原人实在是太狡诈了，还是早日回西凉去吧。"

在中原待了太久，胡车儿已经厌倦了这里的一草一木，十分想念西凉那辽阔的大地与蓝天。他松开牙齿，让散乱的辫子垂落下来，暗自盘算该如何说服张绣："这么多兄弟都死了，主公应该会赞同我的计划吧。"

这时候，一柄铁剑悄无声息地从胡车儿身后的杂草堆里刺出来，直奔他的后心。胡车儿还沉浸在如何说服张绣的思考中，猝不及防，直接被剑贯穿了整个胸腔，剑头从前胸挺立出来。胡车儿一挺脖子，发出一声悲鸣，竟用肌肉把剑夹住，让袭击者无法抽出。只见双辫飞舞，他的大脑袋用力地朝后撞去，感觉结结实实地撞中了一个东西，而且让那东西受创匪浅。

周围的西凉士兵纷纷惊慌地跳下马来，朝胡车儿靠拢。他们看到，那个刺客被胡车儿一记头槌后摆，撞得满脸是血，只是死死握住剑柄不肯松手。这两个人前胸紧贴着后背，表情异常狰狞。

胡车儿一张嘴，已有鲜血溢出嘴角，可他还是勉强支撑着问道："你是……贾先生派来的？"

"不是，我来自东山。"徐他冷冷地说，同时死命抓住剑柄。刚才那一下撞击，让他受创匪浅，至今脑子都嗡嗡的，说话都有些不利落了。

"哦，袁绍那边的。"胡车儿的表情稍微欣慰了一些，肌肉舒缓了一些，"原来不是贾先生……"

"如果你问的是那几个人的话，已经被我杀了。"徐他说，摆动一点下巴。旁边立刻有士兵走过去，从杂草堆里拖出三具尸体，他们的装束与徐他差不多，都伤在咽喉处，腰间还挂着刺客专用的弩机。显然他们埋伏的比徐他要早，只不过后来者居上。

徐他突然感觉前头的这员大将升腾起一股强烈的气息，这是一种难以言喻的生命力，只能被极端的情绪驱动。徐他觉得有点不太妙，试图拽动剑柄，可胡车儿牢牢站在原地一动不动。他的身躯十分高大，瘦小的徐他难以撼动。

胡车儿缓缓回过头来，两条辫子之间是一张极度怨毒的脸。他盯着徐他，双眸如刀："这周围有三十多名西凉最好的骑手，你绝对无法逃脱。与其同归于尽，咱们做笔交易如何……"徐他不动声色："什么交易？"胡车儿低沉地嘶声笑了笑："我可以放你走，甚至可以把我的脑袋送给你做军功。但你要听我说一件事，把这件事带回到袁绍那边，讲给许攸听……"说到这里，胡车儿气喘吁吁，显然有点支撑不下去了，"你觉得如何？"

"好。"徐他毫不犹豫。

胡车儿低声说了几句，徐他面无表情地听着，也不知是否记在心里。胡车儿问他是否记住了，徐他点点头。胡车儿那旺盛的生命力似乎到了尽头，他长长地叹息一声，手起刀落，把头上的双辫斩断，扔给站得最近的一名士兵："你们不要回曹营了，回西凉去吧，记得把我葬在湟水旁边。"

那名拿着断辫的士兵不知所措："将军，我，我是扶风人。"胡车儿看了他一眼，露出自嘲的轻笑："我都忘了，十年了，老兄弟们都死得差不多了，都换过好几茬儿了。哎，真想再闻闻西凉的风啊……"

徐他注意到对方的双肩一松，立刻手腕用力，把剑硬生生抽出来，然后一挥，扑哧一声，胡车儿的头颅飞舞而出，滚落在地。"将军！"一群士兵悲愤地大喊，跪在地上泣不成声。无头的脖腔里喷出的血泼溅了徐他一身，他用手背把脸上的血擦了擦，走过去俯身拾起头颅，用布包好，在无数仇恨的眼神注视下从容离去。

当胡车儿死不瞑目的首级被摆在文丑面前时，他对徐他的最后一丝怀疑终于消除了。文丑当初算准这个辎重营是假的，他叫徐他单独潜伏过去，一方面是为了探听败退到此的西凉军虚实，一方面也有考验的意思。没想到徐他差不多拿到了满分，居然把胡车儿的脑袋给带回来了。虽然这个人在曹营分量不够，但毕竟是一方渠帅，这是对颜良战死的有力回击。

一想到颜良的死，文丑就觉得极度愤怒。颜良对他有知遇之恩，当听说他战死的消息时，文丑咬破手指，发誓要杀掉关羽以及曹军的十员上将来祭奠颜良，所以他才迫不及待地冲上前线，为此不惜与逢纪发生冲突。现在徐他带回来胡车儿，这实在是个好兆头，意味着文丑的复仇计划开始进入第一步。

　　文丑勉励了徐他几句，问他要什么赏赐。徐他说他希望能回去白马一趟，把与蜚先生的雇佣关系解除，做事要有始有终。文丑欣然准许了，叮嘱他要早点回来。送走徐他以后，文丑把胡车儿的首级用石灰处理了一下，搁到一个木箱里。这木箱一共分十格。

　　"不用花多久就能把箱子填满了。"文丑磨了磨牙齿，只有关羽的首级不会放在这里，他的脑袋有更合适的去处。想到这里，文丑下意识地看了眼外面，那辆与他形影不离的马车就停在外头。

第五章 刘平快跑

刘平明智地不再强调自己的汉室身份，低调地以提供情报为主、恭维为辅——他每次只要提起郭嘉，逄纪就会格外在意，这样一来，就简单多了。

逢纪迈着步子回到帐内，兴致看起来很高。他告诉刘平，前线已经传回捷报，文丑识破了郭嘉的埋伏，与高览、张郃合击，反而全歼了西凉铁骑，胡车儿授首。这一战是文丑指挥得当，但也要归功于逢纪的深远眼光。从及时阻止郭嘉的刺杀阴谋开始，逢纪对曹军的战略了如指掌，仿佛俯瞰整个战局，步步占先。有了他的布置，文丑才能有此胜绩。

刘平连忙恭喜，逢纪摆了摆手："如今只是小胜，什么时候捕捉到了曹军游弋在外的主力，才是真正的大胜。"他说到这里，若有所思地打量了刘平一眼，"我差点忘了，你才该居头功啊。"刘平谦逊道："在下不过是听得几句风言风语，明公调度得当，方有此胜。以郭嘉的智谋通天，竟吃了这么大的亏，想必现在曹营都震惊了吧？"

逢纪看了他一眼，眼角流露出一丝笑意。刘平已经搞清楚了逢纪的秉性：这个人对汉室毫无兴趣，一心怀着怂恿袁绍称帝的憧憬，这样一来，他逢元图就是一人之下万人之上。因此，刘平明智地不再强调自己的汉室身份，低调地以提供情报为主、恭维为辅——他每次只要提起郭嘉，逢纪就会格外在意，这样一来，就简单多了。

逢纪拉开帷幕，露出一张官渡附近的大地图，负手喃喃自语："既然文丑追击的那支辎重队是假的，那么真的白马辎重队只有三条路可以走，一条是北上渡黄；二是走东南方向进入乌巢大泽；三是走延津回官渡。刘先生，你自许都而来，觉得郭嘉会选哪一条？"

刘平稍微思索了一下，回答道："逢别驾让他吃了个暗亏，郭嘉接下来的计划，必有所调整。以我之见，北上渡河毫无意义，根本是南辕北辙；延津虽然距离官渡最近，但一路皆是坦途，贵军可以轻易追及；只有乌巢泽河流纵横，地形复杂不利行军，一头扎进去，很难出来。"

逢纪眉头一挑："你觉得曹军的主力，会在乌巢等着我们？"

"以郭嘉的性子，在下以为确然。"

逢纪捋了捋胡须，垂头沉思了一阵。当他再抬起头看向刘平时，刘平一瞬间在他的眼神中看到了极度的危险。

"拿下！"逢纪大喝道。

刘平当机立断，双臂一振，去抓逢纪的咽喉。不料逢纪的动作也相当快，表现出了一般文臣所没有的敏捷，在刘平的进逼下狼狈地闪躲，却始终不被抓住。他争取到的这几息时间，足以让帐外的十名披甲亲卫冲进来。十把寒刃加身，刘平不得不停下手，束手就擒。

"逢别驾，你这是做什么？"刘平又惊又怒。

"你一个嘴边无毛的黄口稚子，还想骗过老夫？未免太天真了。"逢纪冷笑道，随手正了正头顶的佩冠，发现自己的胡须在刚才的争斗中掉了三茎，有些心疼。

"我秉承陛下圣意，来助忠臣。你世代皆食汉禄，对汉室就是这种态度？"刘平有些惊慌，不得不把汉室这块招牌亮出来。

逢纪听到这两个字，没有丝毫动容："我逢元图阅人无数，什么鬼没见过？你甫一来投，就拼命奉承，左一句郭嘉不如明公，右一句曹营皆败于别驾，千方百计挑起我自矜之心，必然包藏祸心！我刚才随口一试，你就立刻出手胁迫，岂不是自认心虚了吗！"

刘平听了这一席话，心中大悔。逢纪是何等样人，岂会轻易被几句迷汤灌倒。他自以为学会五品就可掌控人心，运用起来却痕迹太重，落在逢纪这样的老姜眼里，处处皆是破绽。刘平暗暗责备自己，在郭图那里的成功让自己太过得意忘形，行事毛糙，竟在这儿翻了船。

此时身在险境，刘平却是一筹莫展，觉得任何辩解的话都苍白无力。

逢纪见刘平不说话，又走到大地图前，指头轻轻一点："你之前所说的郭嘉部署，句句皆中，显然是事先串通，好让我深信不疑，再引我堕入真正的圈套。刚才我故意出言试探，你建议走乌巢，那白马的辎重队，自然是要去延津了。"

刘平哑口无言，这确实是之前他与郭嘉定下的方略，想不到一点被突破，处处皆被逢纪看穿。逢纪饶有兴趣地欣赏了一下他的表情，摆了摆手："我不管你是真的汉室忠臣，还是曹操的死间，现在给我老老实实地待在监牢里吧。等拿下官渡，再杀你一并祭旗。"

亲卫们拽着刘平正要往外走，这时一名信使匆匆跑进营帐，禀告说东山传来消息，在乌巢泽附近发现曹军主力踪影。逢纪闻言不禁哈哈大笑："郭嘉倒真下血本，让你来误导我去乌巢，还不辞辛苦把主力调过去虚张声势，如今延津反而空虚。他聪明反被聪明误，可是要吃大亏了。"

刘平一听，面如死灰。逢纪笑罢，对刘平像是一个宽厚长辈般谆谆教导道："年轻人，你知道你真正败露在何处吗？你一开始，就不该拿郭嘉挑拨我。"说到这里，他的目光变得锐利起来，"我从来没把区区一个军师祭酒当对手，我的目标，是荀文若。"

"嘿呀！"

曹丕挥舞着长剑，与史阿对练。袁绍主力渡河之后，郭图就轻松多了。颍川派在军中没什么发言权，前线的任务被南阳和冀州两派瓜分一空，他乐得清净，和淳于琼躲在后方，为源源不断送来的粮草担任警戒。刘平在和蜚先生谈过以后，去了逢纪那里，曹丕则留在了营中，每日专心练剑。

他的剑法生机勃勃，和他的年纪一样充满朝气。王越曾经说过，剑法如琴，观者如知其肺腑。史阿觉得，今日的曹丕和原来稍微有点不一样，以往是憋着一股戾气，剑法奇险，今日却大开大阖，运转圆融，似是有什么得意之事遮掩不住，从剑法中流露出来。

不过史阿并未多想，他没什么大的心愿，除了报效恩师，就是教出一个好徒弟。他自从进了这行，就知道这辈子注定孤身一人，这次机缘巧合下碰到曹丕这棵好苗子，就像是自己有了子嗣一般，教曹丕已逐渐转变成了他的生活重心。至于曹丕是什么身份、隶属哪方阵营，他都不关心。

与他相比，旁观的邓展，心情可就复杂多了。他一直不敢向二公子吐露心声，二公子似乎也没打算告诉他真正的计划。邓展本想多接近一下刘平，结果刘平却在营中消失了。结果他发现自己处于一个很尴尬的地位，无所事事。

一趟剑练下来，曹丕的头顶升起腾腾热气。他走到邓展这边，拿起一条棉巾擦了擦额头。"二公子……"邓展终于忍不住开口。曹丕却用严厉的眼神瞪了他一眼，让他闭嘴。这个人让曹丕很为难，他确实忠心耿耿，而且武艺高强，但他同时也是袁绍营中第三个知道曹丕身份的，几乎当场喊破，曹丕花了好大力气才把谎圆回来。他现在只要这个家伙闭嘴不惹事，就足够了。

这时郭图匆匆走过来，脸色阴沉得好似锅底。他不客气地把史阿和邓展都赶开很远，然后对曹丕说："出事了，刘先生被逢纪抓起来了。"曹丕一惊，忙问怎么回事，郭图说刚接到一个相熟的五狱曹小吏消息，逢纪下令把刘平投入了军中大牢，但具体因为什么却不清楚。

曹丕一听，霎时呆在了原地，手脚冰凉。难道是身份败露了？不过他很快又给否定了。刘平的身份是天子，如果身份败露，逢纪绝不会把他简单地投入大牢。郭图也很郁闷，刘平接近逢纪是经过眭先生与他认可的。以刘平掌握的内幕消息，应该会很受逢纪青睐，可以进一步挤压冀州派的生存空间——可这刘平不知说错了哪句话，反倒先被抓起来了。

"逢元图那个家伙，出了名地顽固。我现在去找他求情，搞不好会被打为奸细同党。"郭图为难地抓了抓头，然后看向曹丕，"你是与刘平同来的，就没做什么准备吗？"

曹丕慌张地摇摇头，他本来也只是计划外的同伴。刘平的被捕，更是打乱了一切安排。郭图不甘心地追问道："这等机密之事，他总不会平白无故地带一个小孩子来吧？还有没有隐藏的信物？或者你听没听过他谈起曹操的什么机密？"

曹丕强作镇定，抛出早就准备好的说辞："魏氏是唯一愿意资助汉室的商贾。他之所以带着我来，不过是看中我家的财产罢了。那些机密，我几乎无法与闻。"

他说这些话的时候，要拼命压制内心的惊慌，表情十分不自然。好在郭图没注意这些细节，露出失望神色：看来这孩子只是汉室从魏氏那里榨钱用的质子罢了，魏氏那点资产，对穷得叮当响的汉室是救命稻草，对袁门来说真不够。郭图其实也没认真期待这个十几岁的孩子能有什么好主意，他想了想，问曹丕把那条衣带诏讨要了去。他打算再去找眭先生商量一下，如果还是说不通，就只能把衣带诏上交袁绍，说刘平是汉室前来联络之人。到时候如何定夺，就是主公的事情了。

郭图走以后，曹丕一屁股坐在地上，方寸大乱，茫然无措。现在他与刘平是一根绳上的蚂蚱，如果刘平出了事，他也不会安全，不，只会更加危险——刘平走投无路，还可以主动公布身份，说自己是天子，最多是从许都换到邺城去当傀儡；而他身为曹操的嫡长子，身份败露的下场将会极其凄惨。

此时第一个进入他脑海的念头，居然是跑。有史阿和邓展两个人帮忙，他弄一匹马偷偷离开袁营不算太难。可曹丕犹豫了一下，还是放弃了。他倒不是舍不得刘平，只觉得就这么像个懦夫一样跑掉，一切努力前功尽弃，感觉太不甘心了。就像在宛城那一夜，十岁的曹丕一边放声大哭一边纵马狂奔，眼看着两个哥哥战死，自己却无能为力。那种惨痛的感觉，曹丕不想体验第二次。

"一定还有转圜的余地，一定有什么法子能把陛下救出来。"他喃喃自语，失魂落魄地走回自己住的帐篷。他一进去，发现里面早有一个人在恭候。

徐他恭敬地站在床榻旁边，双手垂在两侧，头发乱得如同鸦巢，这应该是长时间高速骑马吹出来的。曹丕注意到，他身上的衣着与装备，都比出发时要高级一些。

"你回来干吗？"曹丕把脸一沉。他之前拟好了一个完美的计划，可以保证让徐他混入曹营。他对这个自己第一次独立操作的计划信心十足，十分自得。可徐他现在居然跑回来了，难道计划失败了？

徐他道："文丑将军已辟我为下属。我特意赶回来，是要告诉您一件事，我马上就要折返。"

曹丕皱眉："什么事？"他现在满脑子都是刘平被抓，已经容不下其他思绪。

徐他上前一步，神情木然："一位曹军将领临终前托我给袁营的许攸带一句话。"曹丕抬起头："那你为什么大老远跑回来告诉我？"

徐他道："因为我已用血肉为誓，终生奉您为主。我不能对您有任何隐瞒。"曹丕没被这话感动，他问道："那员曹军的将领是谁？"

"胡车儿。"

一听这名字，曹丕的嘴唇都颤抖了一下。宛城之战，正是这个人亲自围住曹兵的营寨，用潮水般的西凉兵淹没了典韦、曹安民和他的大哥曹昂……

"他转告许攸的话是什么？"曹丕问。

接下来徐他所说的话，让他霎时间五雷轰顶……

史阿和邓展原本站在帐外，他们忽然听见帐内传来一声嘶吼，齐齐冲了进去。此时徐他已经离开了，只剩下曹丕弯着腰，大口大口地呕吐着，地上有一摊黄绿色的呕吐物。他们以为曹丕是被谁下了毒，赶紧要去搀他起来。曹丕狂暴地舞动着肢体，双眼满布血丝，涕泪交加。他的胃一阵阵地痉挛抽缩，但跟他心中此时掀起的惊涛骇浪相比，这疼痛几乎可以忽略不计。

史阿急切地从怀里掏出一粒解毒药丸，这是他珍藏很久的保命物，是蜚先生赏赐给他的，据说是华佗亲手制作，可解百毒。此时他也顾不得了，伸手按住曹丕的脖颈，就要给他塞进去。曹丕却推开手，摇摇头道："我没有中毒，只是一下子魇住了。"史阿满是忧虑地望着他，不知道发生了什么事，能让一个心志坚定的孩子瞬间崩溃成这样。

曹丕掏出丝巾，擦了擦眼泪和鼻涕，让呼吸稍微均匀了一些，对史阿和邓展咬牙切齿道：

"你们两个准备一下，明天晚上咱们去劫狱！"

关羽和张辽并辔走在大路当中，在他们的身后只有寥寥六百余骑，但这些骑士都是百里挑一的精锐，坐骑都是钟繇特意从关西送过来的骏马。

在开阔的战场上，这一支部队的威力是不容小觑的。想当年，高顺的陷阵营不过一千骑，就几乎把整个曹军的战线击垮。现在这支军团如果发起飙来，战斗力不输于当年的陷阵营。

可让关羽和张辽无奈的是，本该奋蹄驰骋的骏马，如今却被笼头束住了。在他们的身旁，是一支浩浩荡荡的辎重队。这才是真正从白马城迁出来的队伍，里面有扶老携幼的一万多百姓，还有大小数百辆牛车混杂其中，沿着大路缓缓而行。

他们的骑兵队，是这只辎重队唯一的护卫。

这支混合队伍的行进速度实在不快。之前靠着假辎重队的误导，争取到了一天多的时间。但现在敌人已经反应过来了，文丑的部队正在高速行进。而他们距离延津还有半天多的路程——就算到了也没用，延津甚至不能称为一座城，只是有几座坞堡罢了。在那里迎击袁绍的大军突袭，和楚霸王在乌江差不多。

他们不明白为什么郭嘉要指派这个任务，还要做成这样的编制。保护辎重的任务，最好的选择是徐晃的步兵，骑兵应该放在更广阔的空间才有价值。

"咱们背后的文丑有数千人。就这点人，怎么打？"张辽有些恼火地挥了挥手臂。

关羽安慰道："郭祭酒说怎么打，咱们就怎么打吧。再说了，那个辎重队里还有杨修在呢。"张辽听到这名字，不无谨慎地瞥了关羽一眼，看他面色如常不像意有所指，这才放下心来。

自从在杨修的怂恿下阴死颜良以后，张辽一直惴惴不安。他与袁营有自己的秘密联络渠道，可沮授一直没有传来新的消息，没有训斥，没有威胁，没有询问，干脆一点消息也没有，这更让他担心不已，生怕吕姬会被迁怒杀死。他有一阵甚至在想，干脆只身潜入邺城去救人算了，什么忠义，什么道义，去他的吧！这些东西根本抵不上吕姬的轻轻一笑。

关羽看到张辽的脸色阴晴不定，心里也一阵苦笑。他这几天过得也不开心，颜良是他杀的没错，但事后曹营大张旗鼓地宣扬，让他感觉自己似乎被曹公算计了。这段时间，大家看他的眼神都不太一样，有一种"你终于决定踏踏实实跟随曹公"的欣慰。这在关羽看来，实在是烦恼得很，他根本不想被人这么误解。

这两个人各怀心事，忧心忡忡，一直到文丑军的前锋出现在地平线。

文丑在前夜接到了逢纪的消息，说曹军主力已经移到乌巢，高览、张颌两位将军已经朝那边机动行进，让他趁曹军在延津防守空虚的机会，大举突破，先吃掉辎重队，再进逼官渡。

这个安排很对文丑的胃口。他当即传令诸军开拔，连夜追赶，终于在这一天的午时追上了辎重队。他仔细地探查过，方圆十里之内，没有大股曹军踪迹，而肉眼能看到的曹军作战部队，只有六百多人。文丑甚至派遣了十几名眼尖的斥候，逼近辎重队去观察牛车，确认这些牛车上也没有隐藏伏兵的余地。

"进攻！"文丑简单地下达了命令。面对这种级别的敌人，实在没必要给予太多指示了。

袁绍军齐声发出一声呐喊，欢天喜地地冲了上去。这种战斗实在太轻松了，满眼都是手无缚鸡之力的老百姓，还有大车上装得满满的金银财宝，最重要的是，文丑将军似乎也没说不许劫掠。在袁军士兵眼中，眼前根本是一个一丝不挂的美女，虽然羞怯地用手遮住身体，但只要轻轻一推便可任君采撷。

袁绍军的耀武扬威似乎把辎重队吓坏了，白马城的老百姓们惊慌地大叫起来，你推我，我躲你，再也无法维持队列的秩序。那些拉车的民夫也骇破了胆子，呵斥着牲畜试图加快速度。每个人都朝着自己认为最安全的方向逃去，偏偏这里又是极开阔的地带，结果原本的一字长蛇阵瞬间溃散，分散成无数惊蚁，跑了一个漫山遍野。

袁军士兵兴奋地蜂拥而至，开始分头追逐，曲分散成了屯，屯离散成了队，队又分裂成了伍，最后连这个建制都维持不住了，往往三两个士兵就奔向同一个目标。他们将东一群、西一团的百姓截住，拽住其中的女人，杀死试图阻止的男子，再把尸身摸个遍；还有的人把牛车掀翻，踩着车夫的脖子肆意翻动上面的资财，拼命往怀里揣，或者干脆把口袋扛走。一时间战场上混乱不堪，哭泣和笑声混杂传来。

这些世族私兵出征以来，受尽了窝囊和委屈，现在终于得到了宣泄的机会，肆无忌惮地把最丑陋的贪婪泼洒出来。文丑的直属部下没动，但很多人脸上的表情都有些羡慕。乱世有自己的潜规则，战场上劫掠到的，就是自己的，即使是长官也无权收回。他们不太理解，文丑为何让外兵去占便宜，却限制自己人。

胡车儿被斩杀，意味着郭嘉的伏击已然破产。如今曹军主力都在乌巢，这里就没必要太过紧张。文丑感受到部下热辣辣的视线，他考虑了一下，开口道："你们去吧，但不许分得太散。"部下们得了命令，兴奋地纵马而出。

文丑侧过脸去，发现徐他一动不动，双手紧紧抓住缰绳，面露悲戚。他是昨天连夜赶回队伍的，一直跟随在文丑身边。文丑好奇地问道："你为何不跟着去？"徐他淡然道："在下出身徐州，乃是曹贼屠徐的幸存者。那一日，曹军也如这般侵掠，实在不愿多想。"

文丑讨了个没趣，悻悻把脸转回去。抢掠是哪支军队都会做的事情，但总不能不让人家触景生情。

这一片战场特别平坦，而文丑又没带望楼来。他不知道，此时在那一片混乱的战场之中，六百名曹军骑兵排成十匹一列的纵队，朝着文丑大旗所在的位置袭来，为首的正是关羽和张辽。他们得到的指示是，不要去管辎重，要抓住袁军分散抢掠的良机，直击中枢，干掉主帅。

这么大规模的行动，难免会引起战场上士兵的注意。但现在袁绍军分得太散了，就算有个别人觉察，一时之间也无法聚拢。结果一直到接近大纛三百步时，文丑才觉察到异状。

"快！再快点！"张辽和关羽拼命踢着坐骑，骑队的移动速度又加快了几分。

"看来这股曹军从一开始就没打算来救辎重，丢卒夺帅，这是打算拿白马的辎重来换我的命啊。"面对危局，文丑却丝毫也不慌张，他身边的几个传令兵立刻掏出号角，呜呜地吹了起来。

听到号角声，私兵们还在不顾一切地劫掠着，只有文丑部曲们立刻开始移动。他们看似分离各处，散乱不堪，实则把距离拿捏得十分精妙。如果有人能从天上俯瞰的话，就能看到，他们以文丑为核心形成了一朵绽放的花朵，花瓣四面伸展开来，当蜜蜂侵入花蕊时，层层叠叠的花瓣同时开始并拢，要把蜜蜂包在其中，使之再也飞不出去。

文丑早就知道这支骑兵的存在。辎重队溃散之时，他们没有出现，文丑便猜到对方的用意。那些世族私兵的丑态，恰好成了绝佳的掩护。当他们认为袁绍军陷入狂欢的松懈中时，却不知又被文丑算计了一次。

张辽和关羽也发现了这个状况，但他们已经没有别的选择。只要在合拢之前杀死文丑，胜利仍可以掌握在手中。两个人对视一眼，把乱七八糟的杂念赶出脑海，默契地把马身前后错开。关羽的单兵战力比较强，直取文丑；而张辽则负责排除袁军的干扰。

当关、张二人的骑队与文丑进入一射之程的距离时，文丑的直属部曲们的包围圈也恰好合拢，时间计算得分毫不差。两边的大战，均是一触即发。

"辽来也！"

张辽一边挥舞着大槊，一边在马上大呼。从这位前西凉将军的身上，散发出惊人的气势。他似乎陷入一种奇异的狂热状态中，有点自暴自弃。他分出两彪马队，如雁行布阵，风驰电掣般地卷过关羽两侧，把最先冲上来的几名袁军士兵一槊扫倒。瞬间爆发出来的压迫感，让阵前的敌人为之一窒，好似面对着千军万马。

关羽没有回答，他心无旁骛地端着长矛，化为速度惊人的飞箭，直接刺向文丑。文丑看到是他，眼睛一亮："果然是你！看来苍天有眼，颜大哥的仇今日可以报了！"

文丑克制住有些激动的心情，让马匹往后退了退，包括徐他在内的数名亲卫挡在了前头。文丑并不是一个以武力见长的将领，没有必要跟关羽这种武夫对砍。关羽看到有人阻挡，大吼一声："滚！"双臂运力，那弹性极佳的长矛如灵蛇般抖了起来，左右甩动，登时把两名亲卫抽到马下。徐他挺剑迎了上去，但兵刃太短，没两回合也被抽飞。

文丑见状，在剩余卫兵的掩护下且战且退，关羽穷追不舍，如同一尊上古杀神，又挑飞了三四人，距离逐渐接近。文丑逐渐退到了袁军阵形的后方，在那里，停着一辆马车。文丑退到马车旁就不退了，而是掀开马车帘子，从马车里硬生生拽出一个人来。

那人白面长髯，国字脸，还有两只不输于淳于琼的大耳朵，一看就是个宽厚长者。

"云，云长？"那人看到关羽，面露惊诧。

"大哥？"

文丑一把扯住刘备，挡在身前放声大笑："玄德公，带你来，果然没带错啊！"他开拔之前，强烈要求刘备随军，万一碰到关羽，这一招就能让他束手缚脚，乖乖就戮。

刘备环顾四周，这才意识到发生了什么事，面色为之一变。

关羽原本滔天的杀意，霎时间烟消云散。胯下的骏马速度不减，而高抬的长矛，却缓缓地放低下来。他想过各种与大哥重逢的情景，这是最为恶劣的一种。火红色的骏马无法骤停，在马车旁一掠而过，然后划了一个半圆转了回来。

战场之上，瞬息万变。关羽这一犹豫，已经错失了击杀文丑的最佳时机，更多的卫兵涌到文丑身边。张辽的亢奋状态无法持续太久，体力已显不支，包围圈逐渐收拢，曹军的伤亡越来越大。而关羽已完全乱了方寸，手持长矛不知该刺还是该收。

"云长，汝南……"刘备冲着关羽开口呼喊，关羽闻言一愣。文丑急忙抬手把他打晕。现在关羽心神已乱，若是刘备出言相劝，他临阵归降，颜良的仇可就报不了了。文丑叫人扛起刘备，扔下马车，继续朝外圈退去。中途不断有卫兵加到他与关羽之间。

现在即使关羽反悔，也不可能杀过来了。他和张辽已是身陷重围，这次神仙也救不了他们。文丑决定退到一个稍微高点的位置，慢慢欣赏仇人被踩踏至死的场景。

在这附近只有一个地势稍高的小坡，坡上还翻倒着三四辆牛车，车上的货物撒了一地。一群世族私兵正兴高采烈地翻检着东西，丝绸和绢帛被他们围在身上，显得十分滑稽。文丑懒得理睬他们，径自登上坡去。恰好这时徐他鼻青脸肿地跑过来，脸上被关羽抽出一条青印，颜色深得可怕。文丑招呼他道："快上来，这个你一定喜欢看。"

从这里望下去，可以清晰地看到关羽和张辽被围在阵中，带着骑兵们左冲右突。文丑站在坡上双手抱臂，开口道："关羽死前也算看过玄德公了，只可惜近在咫尺，无甚能为。给他一点希冀，再行掐灭，这感觉实在太美好了。每一个仇人，都该要这种死法，方才解恨！"

文丑正看得心情激荡，徐他突然动了。他手里的长剑猛然出手，朝着文丑刺去。文丑却像是早有预知一样，身子微移，避开锋芒。徐他想要再出一招，文丑却已经退开十步之外。

"荆轲刺秦王，你当我看不出来你杀的那十几个曹兵都是樊於期？"文丑笑盈盈地看着徐他，"我说过吧？我喜欢给人一点希望，再掐灭它。"

徐他木然道："我也是。"

文丑一愣，却突觉右肩一阵剧痛。他侧头一看，却看到一把乌黑锃亮的斧子斜斜地揳入自己的身体，一个头缠锦缎、腰束玉带的世族私兵站在自己身后，手里紧紧攥着斧柄。文丑惊怒之下，拔剑去砍，那人松开斧子避开。文丑趁机带着斧子朝前跑了两步，满口溢血，白净的脸上青筋暴起。

那私兵紧追过来，再度握紧斧柄，向下压去，同时喝道："杀汝者，徐晃！"文丑觉得自己的身躯又裂开了几分，过度的疼痛让他眼前发黑。他的亲卫们都留在坡下警戒，没料到坡上的这些私兵骤起发难。一直到文丑发出惨呼声，他们才急忙朝坡上冲来。

徐他闪身挡在这些人面前，利剑一扫，一名亲卫的头颅高高飞起。其他人又惊又怒，正要发起围攻，那些"私兵"也赶来助阵。这些家伙的战斗力实在令人咋舌，只是几回合交锋，就完全压制住了亲卫们。小队长调集人手，准备再发起一次冲锋，这时坡顶却出现了令他们惊骇的场景：

文丑将军被那个人用斧子硬生生劈成了两半，斧子从右肩斜劈过，一直斩到左腰才停住。文丑将军瞪大了眼睛，似乎要说些什么，斧子一抽，上下身子突然就这么分开了，内脏与鲜血狂泻而出。

当上半截身子轰然落地之时，文丑的脑中却突然一片清明。

假辎重队是个诱饵，是为了把他诱入胡车儿的伏击；胡车儿是诱饵，是为了让他以为延津空虚，可以放心追击真正的白马辎重队；这抛得漫山遍野的辎重是诱饵，是为了让世族私兵尽情劫掠，把水搅浑，张辽和关羽好趁乱突袭；张辽和关羽仍旧是诱饵，是为了遮掩徐晃易服接近文丑。

这么说来，一开始得到的胡车儿伏击消息，很可能就是郭嘉故意散布的。他巧妙地利用了袁军高层的心理，诱使他们把世族私兵当炮灰带在身边。这些私兵来源复杂，彼此不熟悉，成了文丑致命的软肋。当他们在田野为了劫掠而散成一团时，徐晃轻而易举就混了进来。

可是，这真是郭嘉一个人的手笔吗？

这种把人不露痕迹地哄入圈套，惊觉时却为时已晚的绵绵手法，真的是郭嘉所为吗？这种毫不犹豫地舍弃胡车儿以及一万多白马城百姓的冷酷，真的是郭嘉施计吗？

这个疑问文丑已经无法思考，他眼前的世界从彩色变成黑白，然后变成彻底的黑暗。从不离身的算筹哗地散落在泥地上，满是血污。

徐晃看了眼徐他，从怀里把那卷尖利的竹简扔还给他，淡淡说了一句："做得不错。"

当初徐他逃入文丑的队伍之前，故意将这竹简扔在地上，被徐晃捡起来看了其中的留言。徐晃虽不知这些字是何人所写，但他注意到了文中的暗号——那是只有曹氏高层才会知道的约记——知道徐他会在适当的时候站出来帮忙。

美中不足的是，这份竹简在格斗中被削掉了两片，滚落到草丛里找不到了，导致留言残缺不全。不过徐晃倒没有过于纠结，对他来说，如何在奇袭中干掉文丑才是最重要的。

眼前的结局证明，这份竹简的留言果然值得信赖，徐他确实是被刻意安排的内奸。

"大概是靖安曹的手笔吧？"

徐晃一边想着，一边俯下身子，一手揪住文丑的头发，一手拔出匕首，干净利落地将他的头割下来，高高举起，向着浴血搏杀的张辽和关羽大吼起来：

"文丑，授首！文丑，授首！文丑，授首！"

延津在一瞬间，为之凝固。

袁绍军的军正司很清闲，他们名义上是维持军中纪律的司曹，但实际上职责只有两个：一、把上头想抓的人关进监狱；二、别让犯人逃了。其他的事都不用操心。

所以他们每到一个地方，首先要做的是建起一座简易的监牢。监牢不用太舒服，但选用的木材都很粗大。立柱的时候，根部要入地二尺，上端削尖用火烤过。每隔五柱，还要用一块木板横拦。这样的一个监牢，就算是传说中的吕布或者典韦，也休想赤手空拳逃出来。

但现在的情况有点不一样。袁绍军如今据有白马城，城内的东西虽然都被曹军搬空了，但还剩下许多空荡荡的屋子。军正司手里只有一个犯人，实在懒得专门为他修建一所监牢，就随便挑了一间空房子，把他关了进去。

讽刺的是，这一间房子，恰好是前几天刘平和曹丕被刘延拘押的地方。他转了一大圈，又回到了原点。好在逄纪对他的汉室密使身份有所忌惮，没有折辱太甚。刘平在屋内可以自由活动，手脚都没被缚住。不过屋子外头的卫兵却比平常多了两倍，由一名曲长总摄全场。

这一天到了午夜换岗的时候，一批新的卫兵走过来换岗。他们与守卫验过信符，交换了位置，还与他们窃窃私语了一番，听的人露出惊讶的神色，很快空气中弥漫起一种轻微的不安。曲长走过来，问他们到底发生了什么。

新来的卫兵说，他们听守城卫戍的兄弟们说，从下午开始，城外不断有落单逃回来的士兵出现，督战队正忙着到处抓人。那些逃兵似乎属于文丑将军的部属。有一则传闻说，文丑将军在延津的冲突中丧生，全军崩溃；还有一则传闻说曹军的主力击溃了文丑，正高速朝着白马城冲来。

"你们是军正司的人，应当辟谣，而不是传谣。"曲长训斥了士兵一番，勒令他们不许再瞎说这些东西。可他转过身去，神情变得不大自然。他也有自己的渠道，知道得比士兵要详细。袁军确实在延津吃了大亏，文丑将军阵亡，不过他死以后玄德公接过指挥权，带着剩余部队正在返回白马，曹军并没有追击。

他甚至还知道一点内幕，这次失利，与屋子里的那个人有点关系，但到底怎么回事，就不是他这级别所能获知的了。

这个答案，甚至连逢纪都不知道。

他此时正惶恐不安地跪在白马城的府衙内，他的主君袁绍高居上位，手里把玩着一个青铜酒爵。逢纪的同僚以及政敌们站在两侧，他们极力收敛着幸灾乐祸的表情，但内心一目了然。

"就是说，这从一开始就是一个针对文丑的圈套？"袁绍忽然问道。他的声音浑厚低沉，有一种居高临下的威严。

"臣举措失当，难辞其咎，愿一死以谢三军。"

逢纪回答，把额头贴上冰冷的地板。如果说颜良的死还有一些意外因素的话，那么文丑的战败，完全是谋略上的一败涂地。弃子胡车儿、张辽、关羽的虚张声势、白马辎重的溃散以及徐晃的伏兵，一环扣着一环，像一只逐渐扼紧的大手，生生掐死了这位勇将——对此逢纪竟全无察觉，乖乖驱使着文丑进了圈套。

"自尽倒不必，不过元图啊，平日里你算无遗策，怎么这次就没看穿曹氏的计策呢？"袁绍的声音有些迷惑不解。从战报上看，逢纪在延津之战前半段的指挥非常出色，完全压制曹军，可到了后半段却大失水准，直接把文丑送上了绝路。

"臣一直侍奉大将军，久沐德风，实在是没料到曹贼无耻残暴到了这地步。胡车儿这样的新降之将，竟被如此干脆地当成弃子牺牲掉了，臣以有德度无德，是以误判。"

逢纪找了个理由，暗暗拍了袁绍一个马屁。袁绍面色略好看了些，其他臣子却一阵腹诽，这人到了现在还不忘恭维。其实逢纪心里也在暗暗叫苦，他也不想用这种借口，但不这么说，他就必须把刘平的存在公开说出来。

他在一开始接到战报的时候，气得把案几都给踹翻了，认为这一切都是刘平那个阴险小人的错。可他转念一想，刘平错在哪里了呢？他根本没说错什么，提供的所有情报都应验了。唯一一次勉强算是失误，是指出辎重队选择乌巢方向逃窜。结果这个提议被自己自作聪明地给否决了，反让文丑前往延津追击。

现在如果把刘平说出来，袁绍一定会追问："既然他掌握了曹军动向，为何你不听他的，执意让文丑前往早已设好圈套的延津？"这么一问，延津这一败就不再只是个失误，而成了忠诚问题。别忘了，文丑是冀州派，而逢纪是南阳人。这一仗打胜了，怎么都好说；这一仗打败了，而且是逢纪不听刘平的缘故，沮授、高览等人一定会借机跳出来，指责他怀有私心故意削弱冀州派。

他逢纪的声望倒是无所谓，可万一被有心人联系到世子袁尚，可就麻烦了……袁绍如今还没指定继承人，三个儿子里，中子袁熙置身事外，长子袁谭和三子袁尚，可都盯着这个位子。冀州派和颍川派拥护袁谭，站在袁尚身后的却是南阳派。如今田丰被囚、沮授被斥，颜良、文丑被杀，冀州派元气大伤，颍川派人微言轻，正是上位的大好时机，这个节骨眼上可不能出什么错。

听了逢纪的解释，袁绍用三个指头捏着酒爵，有些忧虑地说："颜良、文丑都是国家柱石，如今两战两殒，很容易挫动我军锐气哪。大军南征不易，这么下去，让我回邺城怎么去见田元皓？"

田元皓就是田丰，大将军幕府中的第一谋士。他开战前极力反对南下，结果被袁绍一怒之下关入监狱。袁绍的话里没指责任何人，但熟悉他的人都听得出，他现在很不满意——袁公不怕伤亡，只怕伤名。颜良、文丑败死不足惜，但让袁公在田丰面前丢了面子，这就犯了大忌讳。

逢纪也意识到了这一点，正琢磨着该如何解释。旁边站出来一人道："恭喜袁公。"整个厅堂里的人都呆住了，这是谁在胡说八道？无数道视线扫来扫去，最后集中在一个白面长须的儒雅男子身上。

"玄德公？"袁绍眯起眼睛，酒爵不自觉地歪斜了几分，"阁下说恭喜我，不知喜从何来？"

颜良、文丑之死都与他二弟关羽有关，袁公还没腾出工夫来处置他，这家伙反倒主动跳出来了。一群幕僚都在想，这人莫非是想求死。

刘备一脸坦然，他看了一眼跪在地上的逢纪，从容道："胜败乃是兵家常事。如今小败，正是大胜之兆，岂不该恭喜将军吗？"逢纪没想到出来替自己解围的，居然是刘备。这家伙是延津之战的生还者不错，也不该说这种混账话啊……

袁绍略微挪动身体："玄德公，愿闻其详。"刘备向袁绍一拱手，双目灼灼闪亮："兵法之道，奇正相合。曹军奇谋百出，正暴露出他们正道势穷的窘境。穷鼠啮狸，将军不会不明白。"

袁绍歪了歪头，用右臂肘部支在案几上，身子前伸："穷鼠啮狸……嗯，你是说，阿瞒他如今已是穷途末路，所以希望借此两仗激怒我，与他早早进行决战？"

"原本曹公欲守，我军欲战。如今他一反常态，急于挑起将军怒气，将军难道品不出什么味道？"刘备循循善诱，白皙的面孔上满是诚意。

"你是说，他在别处，还有隐忧？所以官渡之战，不能拖太久。"袁绍眼睛一亮。

刘备轻轻捋髯，赞许道："将军说得不错，曹公的隐忧，可是不少呢，所以他只能速战速决。兵法曰：攻敌之所不备，出敌之所不意，行敌之所不欲。如今曹公欲战，我军不如改急攻为缓守。寓攻于守，徐图缓进，步步为营。如此一来，曹公只能在官渡糜耗粮秣，进退两难——倘若这时四方事起……"他说到这里，眼神闪动，双臂张开，忽起合掌发出清脆的"啪"声，像是拍死一只蚊子。

袁绍还没表态，郭图跳出来厉声道："刘玄德！颜良是你兄弟关羽所杀，文丑之死，也与你脱不开干系。如今主公没拿你，你反倒说起风凉话来了！"刘备微微一笑："你可知文丑将军为何叫我一同随军？"郭图冷笑道："定是你想跟你二弟暗通款曲，想骗杀文丑！"

刘备像是受到极大的伤害，双目露出悲戚，下巴微微颤抖，要哭出来一样。他费了好大力气，才收住泪水，指向逢纪："我用心如何，元图尽知。"

刚才他替逢纪开解，如今逢纪自然不好拒绝，只得叹了口气，解释道："此前得到消息，关羽可能在曹军阵中。所以我请玄德公随文丑将军一起行动，是为了再遇关羽，劝诱他投入我军，就算不能，也可扰乱其心。"

其实刘备是被逢纪逼着随军做人质的，倘若关羽不从，他就会被当场斩杀。如今刘备反过来利用这一点，逢纪就算心知肚明，也只能随声附和。

逢纪解释完以后，郭图却毫不放松："任你们百般辩解，结果还不是一样！文丑将军阵亡，你刘玄德却毫发无伤地跑回来了。"郭图知道，咬住刘备，就是咬住逢纪，咬住逢纪，就是咬住南阳派的要害。

这时袁绍不悦地咳了一声，郭图赶紧闭嘴。袁绍对刘备温言道："玄德公是仁长君子，岂会害我。玄德啊，喝点蜜水，慢慢说。"刘备用衣袖擦擦眼角，接过一杯蜜水啜了两口，这才继续说道："文丑将军遇难，实非在下所能料。不过我已与二弟有了约定。"

"哦？可是关将军要来投我？"袁绍露出一点点兴奋。

刘备摇摇头："二弟现在北上，必被曹公所杀。所以我让他南下，与我会于汝南，同样可为将军效力。"袁绍闻言，不由得仰天大笑："玄德公啊玄德公，无怪阿瞒这么看中你，果然有一套。"

汝南是袁氏祖地，遍地门生故吏。刘备说去汝南，用意自然是激化曹公的诸多"隐忧"之一，为袁绍创造"四方事起"之略。郭图不甘心地追问道："汝南如今被李通、满宠守得严谨，你去了又有什么用？"刘备合掌笑道："他们只能保住城池不失，外野可是山贼的天下。其中兵势最大的刘辟、龚都所部，与我有旧，可用。"

郭图还要说什么，袁绍把青铜爵搁下，站起身来，右臂向上用力挥动。这是他的标志性动作，意味着马上要宣布什么重大的事情。群臣不由得都竖起耳朵，仔细倾听。

"有一件事，恐怕你们还不知道。东山刚刚传来消息，孙策在会稽因伤身亡，他弟弟孙权在张昭、周瑜的辅佐下接任江东之主。"

这个消息在厅堂里爆炸开来。在场的人都纷纷交头接耳，面露惊讶。孙策在丹徒遇刺之事，早就尽人皆知，没想到他伤势如此之重，没过几天就命丧黄泉。

袁绍很享受臣僚们的惊讶，特意让他们议论了一阵，才继续说道："东山的蚩先生说，孙策之死，与郭嘉脱不开干系，想必这是曹阿瞒为了消除南方隐患，专心与我决战所采取的手段。"说到这里，袁绍得意扬扬地竖起右手食指，点在眼角，"可惜啊……智者千虑必有一失，孙策一死，曹氏压力顿减，可也解放了另外一只猛虎。"

在座的幕僚皆非庸才，都立刻联想到了荆州的刘表。刘表和孙策可谓世仇，多年隔江互斗。此前刘表在荆州对袁曹之争按兵不动，就是因为受了孙策牵制。如今孙策一死，这只老虎该松了口气，望向北方了。

"玄德公所言，大有道理。此前我军急于求成，以致有白马、延津之败。如今我军主力渡河，乌巢大泽已为我与阿瞒共有，决战已无必要。阿瞒想打，我就跟他耗！耗到'四方事起'的时候，他就只能向我俯首称臣了。"

说到这里，袁绍不失时机地把右臂前伸，指向南方。声音意气风发，斗志昂扬："传我命令，诸军不要轻易深入，以乌巢为据点，慢慢压迫过去——至于汝南，就交托玄德公你了。"

众人这才意识到，袁绍收到孙策去世的消息以后，就已经做了缓攻的决定，适逢议论延津之败，顺便提了出来。刘备这个老狐狸嗅觉灵敏，早早表态，既择干净了关羽杀颜良的责任，又占了"四方事起"的一方，可谓是占尽了先机——好在他很快就要前往汝南，不然幕府所有的幕僚都要被他抢走风头了。

有心的幕僚注意到，孙策身亡的消息，是东山密报给袁绍的。也就是说，袁绍这个巨大的转变，实是出自蚩先生的谋划。所谓"四方事起"，说白了，就是董承计划的一个翻版。只不过把孙策换成刘表，刘备从徐州换到汝南。但这一次由袁绍发动，威力大不一样，俨然如天下霸主，号令四方，正搔到了他的痒处。无怪袁绍踌躇满志，改急为缓，甚至不再计较颜、文二将的损失。

想到这里，不止一个人在心中感慨：那个怪物对人心的把握，实在可怕。只有郭图暗自发笑。刚才他那一番指斥，是故意为之。袁绍的性格，是要驳倒别人，才显出自己高明。有他故意唱起反调，袁绍采纳蛮先生的计划更是万无一失。

议事结束了，诸臣慢慢散去，各自回营去传达最高指示。郭图临走之前，得意地看了一眼跪伏在地的逢纪，大为自得。把刘平送到逢纪身边，真是一着妙棋。既除掉了文丑，又让逢纪一无所得，有苦说不出。一石掷出去，冀州、南阳两派都是元气大伤。

"再过两天，就该让刘平回来了。"郭图心想。这可是他的宝贵资源。汉室就如同西域的葡萄酒，酿得越久，妙处越多。

郭图不知道，几乎是在他思考的同时，一个截然不同的念头涌入逢纪的脑海。

"刘平这个人不能留。"

经过刚才那一番挫折，逢纪终于下定决心。这位汉室使者如今已成毒丸，万一为人所知，自己必大受责难，不如杀了干净。

回到自己的营地以后，逢纪叫来一个军校说："你带上两个人，尽量低调一点，把刘平从牢里提出来。如果他试图逃走，格杀勿论。"他说最后一句的时候，语调轻轻放缓，军校心领神会，领命而出。

军正司的曲长抱臂靠在房门口，有点想打瞌睡。这白马城实在是太破了，曹军甚至拆走了所有的榻，他开始怀念在邺城温暖的住所。他眼皮正在打架，忽然外面传来脚步声。他连忙睁开眼睛，提起灯笼，看到外头一名军校带着两名士兵走过来。

这军校一身杀气，双目如刀，一看就是个老兵。曲长不敢怠慢，拱手道："三位军爷深夜到此，所为何事？"军校一指屋内："这个人，我们要提走。"曲长道："这可有点晚了，明天不行吗？"军官冷冷道："逢别驾要提人，还要你来定时辰？"

曲长打了个哆嗦，连称不敢，从怀里摸出半张符信和一张麻纸道："既然逢别驾深夜提审，卑职岂敢不从。还请军爷示下符信，在这提人的公文上盖个印记吧。"

军校把麻纸和印信接过去，看也不看，"啪"地扔在地上，用脚踩住。曲长有些恼怒："军爷这是什么意思？"军校揪住他的衣领，将他压到墙上，在耳边恶狠狠地说道："逢别驾深夜提审，自然有他的用意。你拿这些玩意出来，是要把逢别驾的事传得天下皆知吗？"

曲长暗暗叫苦。这正是军正司最头疼的状况，他们抓的犯人形形色色，高官想插手做事，又不愿留下把柄，往往拿权势压着军正司破坏规矩。万一哪日被揪出来，他们却绝不会承认，任由军正司背起黑锅。

可是军正司又有什么办法呢？司里最大的官也不过是司丞，可扛不过那一堆将军。

"我数十下，你若是还不开门，我也不勉强，只不过明天你就得自己去跟逢别驾解释贻误军机了。"军校转身作势要走。听到"贻误军机"四个字，曲长彻底放弃了。背上黑锅，也许只是十来军棍，贻误军机，可是杀头的罪过。

"等等，我开……"曲长连声喊道。他从腰间掏出钥匙，打开房门。刘平正躺在地上睡觉，军校走过去，二话没说，让身后两个人把他五花大绑，然后推了出去。

等到这些人走远了，曲长这才狠狠地啐了口痰，把钥匙重新挂好。这份工作实在太窝囊了，他开始认真考虑，要不要申请转去野战部队——那边至少不会被自己人干掉。

地上那口痰还没干涸，曲长一抬头，又看到三个人出现在面前。"奉逢别驾令，前来提犯人。这里是符信与手书。"军校说。

曲长一听，登时头晕目眩，几乎一头栽倒。

与此同时，在白马城内一处僻静之地，刘平把身上的绳索挣脱，活动一下手腕，长长吸了一口自由的空气。

那个跋扈嚣张的军校是邓展化装的，他扮这个，可谓是本色演出，完全把曲长给唬住了。身后两名士兵，自然就是史阿和曹丕。曹丕决定来救刘平以后，先借着郭图的势力弄了三套兵服，然后搞清楚了拘押之地。

"你怎么会想起来救我？"刘平问道。说实话，他多少有点意外。曹丕给他的感觉，是个心机颇重的少年，这种人很少会为了别人豁出性命。按照他的推想，曹丕应该会去找郭图和董先生，请他们想办法，而不是孤身涉险。

曹丕回避了这个问题，说道："我听到风声，文丑在延津大败。我估计逢纪搞不好要动你，索性就借了这个由头，抢在他前头，果然成了。"

刘平听到文丑败了，不是特别意外，反而遗憾地摇了摇头："按照郭祭酒的方略，这一败本可助我为座上嘉宾。可惜我自己不当心，竟被逢纪看出破绽。"曹丕没说什么，把另外一套兵服递给他换上。刘平一摸，这兵服里居然还放了两枚火折与一个牛皮水袋，看来是从野战兵那里偷来的。

邓展站在一旁，对刘平的相貌越看越熟悉，脑子里那隐约的景象逐渐清晰起来。可他还没想明白，一声凄厉的号角声打断了他的思绪，他不由得面色一变："糟糕，他们好像发现了，咱们得赶紧离开。"

"嗯，接下来的去向，是个问题。"刘平捏了捏下巴。这确实是一个大问题，即使回到郭图那里，一样会被逢纪追查到。而如果就这么返回曹营，无论是刘平还是曹丕，都不会甘心。他心目中的那个大计划，刚刚只实现了一半而已。

这时曹丕微微一笑，那笑容有些疲惫，也有些嘲讽："我都想好了，咱们往北走，去邺城。"

"邺城？"刘平一惊。

曹丕道："我们逃走以后，敌人必然把白马到官渡之间的通路封得死死的。咱们与其南下，不如北上，更何况，在邺城，有我想要的东西，也有你想要的东西。"

刘平听出他话里有话，不过现在局势危急，不及细问，有什么事出去再说。

袁军的卫戍军反应颇为迅速。号角声响起之后，四门立刻紧闭。过不多时，街头已有士兵开始举着火把沿屋搜查。接下来，肯定会有大队袁军盘城大索，一个闾一个闾地搜。用不了多久，他们四个落单的人就会被挖出来。

这种情况下，反而是史阿发挥了大作用。他当初和徐他一起潜入白马城，对城内建筑情况颇为熟稔，知道如何躲藏。他带着剩下的三个人时而隐伏墙后，时而穿梭闾里，巧妙地避过了数起搜查。中途碰到过几次跟搜查队正面相对的场合，全靠了邓展冒充军校蒙混过关。只是越到后来，袁军搜索的密度越大，而且都是十人一队，他们四个很难再骗过别人。

"城门已经关闭，你知道什么出城的路吗？"曹丕忧心忡忡地问。史阿略一思忖，说他们杀手进城之前，都会事先预备一条合适的退路。这白马城里有一口枯水井，通往外头。不过在围城之时，刘延下令把它给填了，这也是为什么史阿和徐他被迫选择强行突破城头。

"袁绍军后入城，应该只知道这井已枯，却不知里面有一条通道。咱们现在过去，把井里的石头搬开的话，应该还能用。"史阿犹豫了一下，又补充道，"但这井的位置是在城中靠近衙署的地方，那里住着袁绍，恐怕戒备会更加森严。万一行踪暴露，就再无逃脱的机会了。"

"现在我们也没有，不如搏一把。"曹丕站起身来说。刘平很惊讶，这孩子什么时候变得如此强势主动，有一种自暴自弃的冲劲。

四个人掉转方向，尽量从房屋之间穿行，有时候还不得不俯卧在沟渠之内。正如史阿所说，这个方向非常危险，士兵颇为密集，几乎找不到死角。但这里同时也是袁绍大军的幕府中枢，往来文书非常频繁，彻夜不停。即使是封城大索，也不能耽搁。人来人往也就意味着希望。

他们刚刚走过一间临街屋子的狭窄过道，转角忽然站出一名士兵，手中绰枪，厉声大叫："口令！"四个人面面相觑，这时史阿站了出来："我们是东山来的。"

"口令！"卫兵毫无放松。

史阿道："我们刚获得紧急军情，正要投下大将军幕府，尚不知口令更换。"他拿出一块木牌，递给卫兵。卫兵疑惑地看了他一眼，东山与幕府之间是两线并行，彼此对口令不熟的情况时有发生。卫兵检查了一番木牌，没发现什么破绽，又问道："那你后头这三个人是谁？"

"都是负有使命之人。"史阿含糊地答道。

卫兵眼神稍微缓和了些，枪头放低。这时另外一名士兵匆匆跑过来，对同伴说："刚接上头通知，有人去军正司劫狱，犯人一个，劫狱者三人，皆着兵服，务必小心。"卫兵闻言一惊，再看这四个人，手里的铁枪骤然抬起。

可惜他没有机会刺出，只见两道剑光一闪，他与前来报信的同伴的咽喉被同时割开，潺潺的鲜血喷涌而出。史阿干掉了其中一个，另外一个是曹丕杀的。史阿惊愕地发现，曹丕的剑意已不逊于他，这得在心中怀有多大的戾气，才能有此威力啊。

邓展和刘平正要把两具尸体拖到阴影里，又有一大队士兵轰隆隆地从街道另外一头开过来，眼看要暴露。刘平一挥手："你们快躲起来！邓展你留下。"三人不解其意，只得按他的吩咐做。

刘平把尸体上的血抹在自己脸上，又在邓展的脸上涂了几道。邓展还没搞清楚他的用意，刘平突然一拳砸在他小腹，邓展一阵剧痛，不由得又惊又怒，刘平却压低声音道："你现在是垂死之人！"邓展反应也很快，连忙躺倒在地。

刘平转身，朝着那一大队士兵跌跌撞撞跑了过去。邓展一怔，不知他要做什么。那些士兵看到刘平跑过来，戒备地抬起武器，刘平惊慌地大叫道："我们这一哨刚被袭击了，三名同袍战死。"

队长看到刘平身后横着两具尸体，还有一个满脸血污的邓展躺在地上，显然也活不长了，眼神一凛。这些人刚刚被袭击，那么刺客肯定跑不远。

"哪个方向？"

"东城门。"刘平把一脸惊惶的神色演得活灵活现。

事不宜迟，队长毫不犹豫地下了命令："跑步前进，敲惊昏锣！"整个大队开始朝着东城门飞跑起来，队伍中还不断传来铜锣敲击的当当声，在夜空中听得格外刺耳。所有听到锣声的士兵，都会循声赶去，并也敲响自带的惊昏锣，把消息传递出去，汇成包围网。

刘平的这个小花招奏效了。追击刺客的急迫性让袁军根本没时间来细细分辨真假，只听到远处应和的惊昏锣越来越多，大批士兵在锣声的召唤下，朝东城聚集，这无形中削弱了衙署外围的防卫力量。他们四个人趁机逆着方向继续前进，难度比刚才小了不少。

把邓展从地上拽起来时，刘平在心里暗自叹息了一声。邓展一直在观察他，他又何尝不是一直在观察邓展。刚才那一瞬间，他动了杀心，要把这个可能知悉惊天机密的家伙趁机杀死，可最终刘平还是放弃了。对一齐出逃的伙伴出手，这样的事他无论如何也做不出来。

"等离开以后再说吧。"刘平叹道。这是他与刘协决定性的不同。

四人接下来一路都颇为顺利，遭遇到两三次小险情，但都化险为夷。史阿探头看了几下，挥手让他们三人出来，指着两屋之间的一处空地道："就是这里了。"他手指之处，果然有一口井，四周围着青石井栏，只是没有辘轳和绳子。

曹丕和刘平先是一愣，然后相顾苦笑起来。这地方他们有印象，当初在白马城时，刘延带着他们返回衙署，就是在这里遭遇了史、徐二人的刺杀。刘平观察得细致，还记得那几名士兵正在往井里扔石头，扔到一半被刘延叫去追刺客了。

转了一大圈，却回到了原点，命数之奇妙，真是令人感慨万千。

不过他们此时并没有感慨的余裕。四人来到井口以后，邓展自告奋勇先下去探查。可是没有绳子，甚至连把衣服撕成条的时间都没有，只能硬往里跳。曹丕沉默了一下，这么做风险极大，这井到底有多深，谁也不知道；就算平安落地没有受伤，万一里面已被石头堵死，连重新爬回井口的机会都没有。

可邓展一点也没犹豫，他冲曹丕一拱手，纵身跳了下去。三个人趴在黑漆漆的井口朝下望去，过不多时，下面传来声音："深度不太高，有一条通道，被石头半掩，花点时间还能搬开。你们稍微等一下。"

过了一阵，下面传来声音："可以下来了，尽量往中间跳。"

"你先走。"曹丕说。刘平也不客气，纵身跳入井内。落了三四丈的高度，就碰到了地面。好在有邓展提醒，刘平落地时调整了一下姿态，没有受伤，只是双足震得生疼。他摸出火石打着，环顾四周，发现是在一个环形的井底。井底横七竖八搁着好些大石头，只有中央空出一片软泥地。幸亏邓展挪开了，不然落到那上面，难保不头破血流。

刘平注意到，在青砖井壁的侧面，可以看到一条通道，这通道能容一人爬行，洞口被一堆乱石给挡上了。好在石块都不大，花点时间就能挪开。他忽然看到，邓展侧靠在井壁上，脸色却不太好。刘平过去一看，发现他的右腿鲜血淋漓，扭曲成一个奇怪的形状，应该是落地时撞在石头上的关系。

"你不要紧吧？"刘平一惊。邓展"唰"地抬起眼睛，眼神里是迷茫散去后的平静："你是杨平。"刘平的手猛地一哆嗦，火折子落在地上，扑哧一声熄灭了。这个名字，都多长时间没人喊过了。

在这个逼仄的黑暗空间里，邓展的记忆终于完全复苏了。不需要太多交流，只要简单的两个字，他们就能明白对方都知道些什么。他把伤了的腿挪了挪地方，语气特别平静："你刚才犹豫了一下，为什么不趁机杀我灭口？"

刘平此时也恢复了平静，他回答道："我不会对同生共死的伙伴出手。"黑暗中传来一声意外的"哦"，然后邓展问道："那么现在呢？我们是敌人了。"

"我们身在袁营，我们还是同伴。"

"同伴又怎么样？为了掩盖自己的秘密，杀死同伴，这岂不是件平常事？"邓展的语气有些讽刺，刘平总觉得他说的不是这件事。

"这种做法，我绝不认同。"刘平往后靠了靠，"这里不是说话的地方，我看等到离开白马城再谈不迟。"

邓展却还是追问了一句："你和二公子此来袁营，到底所图为何？"

"这是郭祭酒的安排。"

邓展在黑暗中点点头，缓缓抬起头望着头顶的井口："祭酒大人安排的啊，那应该错不了……"然后他闭上嘴，不再追问。那个天大的秘密，似乎在他心中并没引起巨大波澜。是他还没想通，还是另有打算，刘平不知道。

这时候井口传来一阵焦急的呼叫，然后一个人掉了下来，背部着地，摔得不轻。刘平过去扶起来，发现是曹丕。曹丕强忍着疼痛爬起来，焦急地说："快！咱们快走，外头被袁兵发现了！"

"史阿呢？"

"他负责断后。"曹丕说，面色如常。刘平默然，这时候断后，基本上相当于送死了。邓展冷哼了一下，没发表什么评论。仿佛为了证明曹丕所说，井口传来了呼喊声和兵器相撞的铿锵声。此时别的事情也来不及多想，曹丕和刘平手忙脚乱地开始把石头扒开。曹丕问邓展怎么不来帮忙，刘平说他的腿已经折了，曹丕埋头继续搬石。

井口的打斗声越来越大。史阿虽然是王越的弟子，但同时面对这么多人，恐怕也难抵挡多久。曹丕和刘平用出全身力气，拼命推开最后一块巨石，井下通道的入口终于全露了出来。

"石头不要全推开，留一半。"邓展说。

曹丕和刘平同时把目光投向他，有些不解，邓展淡淡道："总得有人留下来，把石头重新堵上去，争取些时间。"

他言下之意，自己也要效仿史阿断后，用命来拖延追兵。曹丕只是简单地点了一下头，邓展是发了血肉之誓的，他本就该为曹丕而死。而刘平的心中，却震动极大。邓展这是知道自己跑不了，所以主动要求断后。他在临死前，会不会把秘密告诉曹丕？自己不杀他，到底是对还是错？

井口突然传来史阿的一声惨呼，然后一条血淋淋的胳膊从上面掉下来。胳膊末端的手里，还攥着一枚药丸。曹丕拔开手指，拿起药丸，他记得这是史阿的宝物，华佗亲制的解毒丹药，名为华丹。在生命的最后时刻，他把这东西扔了下来。

"二公子，要活下去啊！"史阿最后声嘶力竭地喊道，然后扑到井口，用身体死死遮住，紧接着传来一阵金属刺入血肉的沉闷钝声。

黑暗中曹丕的表情谁也看不清，他把药丸搁到怀里，一猫腰钻进通道，径直朝前爬去。刘平看了邓展一眼，也钻进通道。他很快听到身后的通道被石头重新堵了回去，还有几声闷响，估计是邓展又堆上去几块石头。他一直到曹丕离开，一句话都没说。

通道很狭窄，有些地方甚至收紧到让人担心是不是到了尽头。好在这种情况并未出现，也没有任何岔路。走过一段以后，砖墙就变成了土墙，最后变成了一个天然的洞穴，土地都颇为湿润。这估计是以前白马城的什么人沿着地下河道修建的。

曹丕和刘平不确定史、邓二人能拖延追兵多久，他们只能不顾一切地拼命向前爬去。很快这两个逃亡者膝盖处的布被磨破，双手也蹭出了血，脑袋因为无法判断高度撞上墙壁好几次，但是不能停。至于这条通道尽头在哪里，城内还是城外，会不会恰好落在袁绍军的营中，他们完全不知道，也没有时间去想。

忽然前面曹丕停住了，刘平差点一头撞上他的屁股。

"怎么了？"

"到头了。"曹丕的语气不算太好。

刘平心里一沉，这是最差的局面，意味着敌人可以轻松地瓮中捉鳖。曹丕慢慢退后一点，刘平点亮最后一个火折子，火折的光芒洒满了整个幽暗的地穴。他在周围照了一圈，发现曹丕说得没错，周围都是严实的泥土，没有路了。

刘平刚要开口说话，忽然怔在了那里——曹丕的双颊居然有泪痕，这些泪痕把沾满泥土的脸冲出一道道沟壑，像是一只花色狸猫，格外醒目。可以想象，刚才曹丕一边在通道里钻行，一边无法控制地泪流满面，却倔强地不肯发出声音来。只是不知他是为什么而哭泣。

曹丕意识到刘平奇怪的眼光，连忙用袖子擦了擦脸，拂去泪泥，故作冷漠道："身后的追兵随时可能追上来，现在我们怎么办？现在折返回去，也许还能帮他们省点脚程。"

刘平眉头皱了起来，他有一个问题始终想不明白："奇怪，如果这边是死路，那到底为什么要修这么一条密道啊。"曹丕道："也许原来是通的，后来坍塌了，史阿和徐他那两个笨蛋没仔细勘察，只道听途说，以为退路仍在。"

听到这句话，刘平的眼睛一亮，似乎捕捉到了什么东西。他的呼吸急促起来："白马城距离黄河很近，对不对？"曹丕点点头。刘平又道："黄河是会改道的，对不对？"

曹丕点点头，说光是桓、灵二帝期间，就改过两次，还闹出水灾。治黄是历代施政的要策之一，曹丕被有意识地培养政治能力，关于治黄的掌故也颇有涉猎。

刘平急切地说道："按常理来说，白马城的通道出口，必在河畔某处隐秘之所。而出口年久失修，十有八九已坍塌封闭，然后又逢江河改道……"

"你的意思是……"曹丕也渐渐明白过来。

刘平拿指头戳了戳湿润的顶壁泥土："这泥土水汽特别重。我们现在，是在黄河下头。"曹丕惨然摇摇头："就算你说得对，又如何呢？我们还是死路一条。"

"你会游泳吗？"刘平突然问。曹丕刚想说学过一点，说到一半顿住了，脸色变得煞白："你不会是要挖破这道障壁，把黄河之水灌进来吧？"

"我们没有别的选择。"刘平开始用五指插入顶壁，抓下一把泥土，"决口的瞬间，我们可以从黄河底部游出去，绝不会再有什么追兵了。"

曹丕想着那些追兵在爬到一半时被突然涌入的黄河水淹没的场景，眼神闪过一道厉芒："好吧，我们就搏一搏！"他解下腰间的长剑，也开始戳挖洞穴上部。两个人用尽各种法子，挖下大堆大堆的泥土。只见越往上挖，泥土越湿润。

刘平递给曹丕一个牛皮水袋，这也是从士兵服里拿来的。曹丕不解，刘平解释说等一下决口时，你把牛皮水袋口扎紧套在口鼻处，可以在水里多撑一会儿。曹丕问你怎么办？刘平扬了扬手："我以前经常去河里游泳，水性好得很。"

曹丕心里有些奇怪，这皇帝自幼颠沛流离，被人挟持来挟持去，什么时候有这种空闲。他接过水袋，眼神复杂地看了眼刘平，递过去："天子犯险，臣子岂能偷生？还是你用吧。"刘平推了回去："这里没有君臣，只有长幼。我就是你大哥，弟弟要听哥哥的话。我们没时间了。"

"大哥吗……"曹丕细细咀嚼着这个词，居然露出一个灿烂的笑容，把牛皮袋吹胀。这时在他们身后，已传来窸窸窣窣的声音，追兵已经逼近了。

"准备好了吗？我要挖了。"刘平感觉到快挖透了，让曹丕做好准备。曹丕把长剑奋力插入下面的土里，只留半个剑柄在外，然后一手捂住牛皮袋，一手抓紧剑柄。刘平也腾出一只手握住剑柄，另外一只手用力往上面一掏，登时感觉前方阻力一小，然后被冰凉的液体所包围。

几乎在一瞬间，大量河水以洞口为中心冲破顶壁，居高临下地涌入地穴。两个人一下子全都被浸没在冰冷之中。他们憋住气，握着剑柄都没有动。此时河水初入，冲击力非常大。他们需要的是固定住身形，不要被重新冲回地穴里面。

这一条黄河分出的小小水龙灌入通道，灵巧而迅猛地向前延伸，那些在狭窄通道里匍匐前进的士兵们一下子就被淹没，他们无路可退，只能痛苦地抓着洞壁，窒息而死。

白马城的地势比黄河要高，河水顺着通道灌到了一定高度，就不再上涨了。当刘平感觉水流趋缓时，他在水里鼓起腮帮子，松开剑柄拍了下曹丕的肩，示意可以上去了。两个人一起松开剑柄，身子扭动着朝上面游去。

深夜的河水格外冰冷，水中世界要比岸上更黑暗。那是一种彻底的黑，光是压迫感就足以令人窒息。刘平几乎无法辨明上下，只能凭着感觉游动，还要不时与暗流做斗争。他在河内经常和司马懿偷偷下河捉鱼，水性还不错，但在黄河里畅游还是第一次。游着游着，刘平觉得自己的气不够用了，肺中已搜刮一空，四肢开始变得绵软无力，而河面似乎还在遥不可及的彼方。

"幸亏把牛皮水袋给了曹丕，不然他这么小年纪，绝不可能憋那么久。"

刘平一边欣慰地想着，眼前开始有黑点冒出来，动作慢慢僵硬，身子也明显麻木起来。

"堂堂大汉天子丧身河中，这可真是窝囊的死法……伏寿还不知会怎么骂我呢……奇怪，我怎么看到曹丕坐上皇位的样子呢，果然是脑子开始进水了吗……喂，仲达……"

无数思绪的片段飞快地掠过刘平的眼前，他索性不再费力挣扎，身子完全放松下来，放松下来，想就这样慢慢沉下去。一种解脱的快感，奇妙地渗透心中，以至于那喘不过气的痛苦，都因此而消弭。

这时从黑暗中伸出了一只手，死死抓住了他。

第六章 邺，邺，邺

郭嘉看了贾诩一眼，脸上的笑意更盛：

「我军兵寡，前期缠战无非是争取个大势。真正的争斗，还是在官渡。乌巢大泽这种地方，乃是鸡肋，留之无用，弃之可惜，不如早离。」

　　天下瞩目的袁、曹之战在四月末五月初发生了一次剧烈的碰撞，结果却出乎所有人的意料。

　　在延津战场上，文丑先击败了新降的胡车儿，然后在有优势兵力的情况下，在延津被曹将徐晃斩杀。有传闻说玄德公也参与了这次战役，还及时收拢了败军，不致形成溃败。据说玄德公还与他的二弟关羽直面相对，但这个说法没得到任何确证，因为关羽仍留在曹营之中，玄德公也返回了白马。

　　但袁绍也并非一无所获。在乌巢战场上，高览与张郃两员大将以乌巢为中心，与曹军主力展开了数次战斗。乌巢大泽的地形复杂，两军都无法展开太多兵力，互有胜负。本来夏侯渊、李典两部已对袁军进行了一次极具威胁的合围，但突然莫名其妙地撤退了。结果曹军不得不退出乌巢泽，袁军大大地向前迈进了一步。

　　尽管先后有颜良、文丑两员大将阵亡，但袁绍军的兵力优势丝毫未减。进占乌巢以后，袁军兵分三路，分别从乌巢、武源、敖仓三个方向气势汹汹地进军，泰山压顶般地朝官渡落了下去。曹军只能依托官渡以北的阳武进行骚扰，完全撤回官渡只是时间问题。

　　这种态势，即使只是在图上推演，都能够感受到强大的压力——至少对大多数人来说，是这样。

　　郭嘉捏着下巴，轻轻把一尊兵俑推到了地图的某一点，脑袋略歪了歪，又稍微向右挪动几分。此时地图上还剩下十几个兵俑，分成黑黄两色分布在这一张兽皮的大地图上，彼此犬牙交错。在郭嘉对面的贾诩沉吟片刻，用指头夹起另外一尊兵俑，颤颤巍巍地放到了地图的另外一角，那里有一座小小的泥城，在兵俑的威胁下显得格外孤独。

"文和，有你的。"

郭嘉哈哈大笑，把那个泥城抓起来，扔到旁边的一个箩筐里。他拿起一杯冷酒，就着药丸一饮而尽，然后用袖子擦了擦嘴，拍拍地图："不玩了，不玩了，我露了这么多破绽，你这个老狐狸还是黏黏糊糊地纠缠，不肯正面对抗，太没劲了。"

"我年纪大了，气血衰微，早没了那股子冲劲——不过袁大将军正值壮年，意气壮发，可比小老积极多了，他肯定愿意陪你下完这盘棋。"贾诩意味深长地说，似乎疲惫不堪。郭嘉把地图折起来，兵俑收入匣中："袁大将军的干劲，可是不小呢。你可知夏侯渊和李典在乌巢那一仗为何失利？"

"乌巢贼？"贾诩眼皮也不抬。

"真是什么都瞒不住你。"郭嘉咧开嘴笑了，"不错，那些家伙本来已经偃旗息鼓，可最近突然变得活跃起来，连续骚扰曹军的后勤、斥候与小股部队。在夏侯、李两位将军打算合围高览的时候，有数名我军中层裨将遭到了刺杀，就连夏侯将军都差点弄瞎了一只眼睛。"

贾诩狐疑地抬起一只眼："你的靖安曹，不可能一点风声都听不到吧？"

"是那个王越干的。"郭嘉轻松地把幕后黑手指了出来，比拈起一枚兵俑还容易，"他和乌巢贼关系一向不错，这次他武力和重金并用，说服了乌巢贼的五个贼首，配合袁绍——蜚先生这次可真是下了血本。"

听到蜚先生这个名字，贾诩动了动眉毛。这个执掌河北耳目的神秘策士手段了得，从袁、曹开战前，他就一直在跟郭嘉对着干，东山和靖安曹在水底下的争斗不知流了多少血。贾诩一直对这个人颇为好奇，但除了知道他与郭嘉似乎渊源不浅，对其他情况一概付之阙如。

"蜚先生这碗毒药，你就这么咽下去？放弃整个乌巢泽，这可不像你的风格。"

郭嘉看了贾诩一眼，脸上的笑意更盛："我军兵寡，前期缠战无非是争取个大势。真正的争斗，还是在官渡。乌巢大泽这种地方，乃是鸡肋，留之无用，弃之可惜，不如早离。"

"这比喻倒是很新鲜。"贾诩乐呵呵地夸赞一句。

"呵呵，哪里，是杨修说的，我只是借用了一下。"郭嘉大大方方承认，"哎，说到杨家，那个徐福已经被我派去乌巢泽了，文和若有空，不妨帮我盯着点。"

徐福被收为郭嘉所用的因果，贾诩都清楚，那算是从杨家半强迫征辟出来的。于是贾诩摇摇头："老夫这几日殚精竭虑，油尽灯枯，哪里还有多余的精力。"

郭嘉给他斟了一杯酒，赞叹道："文和你又谦虚了，你在延津的手段，真是让我叹为观止啊——我都有点想提前动手把你干掉算了，太危险了。"他眼睛微眯，说得十分真诚。面对这赤裸裸的威胁，贾诩胡须微颤，却像是没听出来："延津有陛下为内应，我不过略做补缀，何功之有——比起你在乌巢的用心，还是差了那么几分。"

螳螂和蜘蛛彼此睥睨了片刻，螳螂悻悻地放下手里的镰刀，而蜘蛛依然稳坐在蛛网之中，似乎仍在沉睡。最终打破尴尬的是一位匆匆入内的小吏，他手里捧着厚厚的一摞案牍，这些都是靖安曹在各地收集来的军政要情，郭嘉每天都要过目。

最上面的几封文书以朱色套边，这是一切与袁绍军有关的汇报，属于最要紧的一类。郭嘉拿起一封，先是漫不经心地扫了一眼，不由得"嗯"了一声，又看了几眼，然后扔到贾诩面前："文和，你看看。"

贾诩拿起来一看，也微微有些动容。文书里说昨天晚上白马城似乎出了点状况，惊昏锣响彻全城，袁军搜了一整夜的城内外。据一名内线说，似乎是有要犯脱逃。至于抓没抓到，要等明日才有回报。

"是二子内讧，还是冀州、南阳两派起了冲突？"贾诩喃喃自语。曹军没有中高层将领被俘，够得上称为要犯而且被关在白马的，大概只能是某位触怒袁绍的随军高官吧。

郭嘉漆黑的眼眸转了几转，又扫了一眼文书："如今在北边的大人物，可不止袁绍麾下那些人哪……"他一边说着，一边从身边的口袋里掏药丸，这次他的手指花了一段时间，才慢慢摸出一枚。口袋瘪了下去，想来里面所剩无几。郭嘉微微皱了下眉头。

"你最近吃的药可是越发多了。"贾诩提醒了一句。郭嘉拍拍那一摞堆积如山的卷牍，难得露出无奈神色："分忧的少，牵心的多，这官渡虽小，要照顾的事情可太多了。"

这一老一少都沉默下来。郭嘉忽然拍了拍手，从里帐出来一个艳丽的女子。随军带女人，这事连曹公都不敢公开做，整个曹营只有郭嘉如此坦然。不过除了陈群，其他人也不会公开指摘他——靖安曹的眼睛，可不是只盯着袁绍。

女子先向贾诩鞠躬，殷勤地把郭嘉面前的地图和兵俑收拾好，然后蜷伏在郭嘉怀里。郭嘉握着酒杯，吃着药丸。手又开始不老实地在女子身上摸索，脸上那从容不迫的笑意却消失了。

贾诩知道，这是郭嘉式的逐客令，表示他现在需要静一静。看来郭嘉从这一封白马文书也嗅出了一丝令人不安的味道，那是一种事态脱离自己掌控的迹象，是所有策士最为厌恶的东西。令贾诩稍微有些意外的是，郭嘉居然还流露出一丝担忧，这可并不多见。

"他是在担忧别人。"一丝惊讶闪过老人的脑海。

贾诩起身告辞，走之前忍不住多看了那女子两眼，她居然不是任红昌，而是张陌生面孔。郭嘉看到他的疑惑，开口解释道："红昌有自己的打算，她对官渡兴趣不大，死活不肯跟我过来。"

"你的女人都很有意思。"贾诩评论道。

郭嘉正色道："文和可莫小看了女子，天生阴阳，各占一半，我可从来不敢看轻她们。"

"我也是。"贾诩说，然后就告辞了。

从郭嘉的住所离开以后，贾诩没有马上返回，而是去了张绣驻扎的官渡营地。

中牟县内的官渡并非什么地势险要之地，但这里是许都的北门户，如果官渡一丢，许都将彻底敞开，再无阻碍。所以官渡是曹军的底线，绝不可以被突破。有鉴于此，曹公从去年开始就一直在此经营。如今官渡已经以牟山为中心，筑起了十余个营寨和土城，绵绵相连，都是深垒高墙，严阵以待。

中牟是曹公的幸运之地。当年曹公从雒阳出逃，在中牟被亭长擒获，幸亏有县内的功曹赏识，这才得以逃出生天。大家都觉得，这样的幸运，不可能只发生一次。

张绣的营地驻守在整个阵线最中央的土城之内。这里地势相对低洼，左右没有丘陵、山林可资利用，硬生生筑起几道营城，沟堑挖深，墙壁夯实。一旦要展开对攻，这里将会承受极大的压力。曹公把新降的张绣搁在这里，大家都是看在眼里，只是不说。

"贾先生，胡车儿到底是怎么回事？"张绣一见到贾诩，就迫不及待地问道。他这几天来无时无刻不在蹙眉忧思，额头已经形成一个深深的川字。

贾诩从容地把他按回茵毯上："胡将军中伏而死，为国捐躯，曹公自会优加抚恤。"

"贾先生，跟我不要打这种官腔！我看过战报了，他真的不是被曹公有意牺牲的吗？"张绣的表情非常愤怒。任何人发觉自己的亲密部属被友军当成牺牲品，都会压抑不住愤怒。他的愤怒里，还有一丝恐惧。

"将军，你可记得出发之前，我是如何叮嘱的吗？"贾诩轻咳了一声，像是在抚慰一个生气的大孩子，"官渡的水太深，做个单纯的武人就好，多想无益。"

"可是……这次是胡车儿，下次可能就是我啊。不，不用下次。贾先生，你看，这个营垒根本就是个死地。袁绍一旦打过来，我只有坐以待毙。我是个骑将，不是守将，先生当初的建议，真的是对的吗？曹公这么安排，说明还是在记恨宛城之事吧？"张绣滔滔不绝地说着。

贾诩的眼神突然变得无比严厉，像是一团棉花里探出一枚尖针："闭嘴！"

张绣还从没见过贾诩露出这样的神情，一下子满腔的惊慌都被噎了回去。老态龙钟的贾诩仿佛年轻了十岁，皱纹舒展开来，浮在面上那一层病弱之色像被强风骤然吹散，露出一张锋芒毕露的严厉面孔。

"宛城之事，绝对不许在任何人面前提一个字。"贾诩一字一句道。

"那我该怎么办……"张绣颓然地向后退了几步。贾诩的强硬稍现即逝，重新变回老病之态，拍了拍他的肩膀，语重心长地说："那是曹公自己都不敢触碰的一根刺，你又何必自找麻烦伸手去拔呢。"

张绣点点头，眼神里却带着点点不甘。贾诩知道他的秉性，深深叹了口气，又补充了一句："放心吧，只要老夫在此，只要将军不乱说话，必会平安。"他混浊的双眸迅速转动两下，嗓音沙哑低沉，几不可闻，"凡事要多想想好的一面，胡将军一走，能拔刺的人，可是又少了一个。"

这次连贾诩也没注意到，张绣身后的帐帘悄悄动了一下，帘后那位有着一张狐狸脸的年轻人浮现起莫测的笑意，手里的骰子捏得紧紧的。

与此同时，徐他站在一处大纛下面，目不斜视地望着前方。这不是他第一次进入曹营，但却是他第一次毫无危险地进入曹营。周围士兵们投来的不是杀意，而是羡慕。

站在高处的徐晃昂起下巴，大声喊道："徐他出列！"徐他走出队伍，身体挺得笔直。徐晃一挥手，一名亲卫端来一个木盘，盘子里搁着两小块马蹄金、两匹绢和一块腰牌。

"徐他虽为乡野游侠，忠勤可嘉，奋勇忘身，甘心伏事敌酋，诛杀文丑，居功厥伟。特有赏赐，并擢屯长。"周围的士兵发出羡慕的啧啧声。徐他接过木盘，无惊无喜。

徐晃第一次接触徐他的时候，真的想杀了他，但徐他扔下的竹简却让他改变了主意。竹简里写的内容不重要，重要的是，他在竹简上看到了一个印鉴。这个印鉴很隐晦，只有少数人能看懂，徐晃恰好是其中一个。他知道，这是曹府世子的标记。

世子入袁营是曹军的头等机密，徐晃只是略有耳闻。按照徐他的说法，他是游侠出身，曾在袁绍营中险遭杀身之祸，却被一个神秘人所救。这人教他用荆轲刺秦之计，潜入文丑身边，伺机杀之，来投曹公。这个神秘人是谁，徐他却没说，徐晃也就没问。

"听说这里有一个能以一敌十的高手？"一个粗豪的声音在旁边发问。徐晃转头一看，先看到的是一面宽阔高大的肉墙，要抬起头来，才能看到那人硕大的脑袋。

这个给人以压迫感的健硕男子，是曹公的侍卫长许褚。侍卫长这个位子品级不高，但却极其重要。尤其是上一任典韦战死以后，空了很久，最后才任命了许褚，军中都叫他"虎痴"，虎是指他勇猛，而那个痴字，则是说他脑子一根筋，对武力的追求已经超越了正常的需求。

徐晃见许褚过来，连忙施礼。许褚没理睬徐晃，打量了一下徐他，说道："咱们来打一架。"

士兵们连忙给让开了一块空地，他们知道，许褚这人是个武痴，看到高手总是忍不住技痒。徐晃也无法阻止，只得退开十几步去。

两人对面而立，许褚从腰间拔出一把短戟，示意徐他进招。徐他毫不客气，挥剑便刺，许褚用短戟的侧枝挡住，传来清脆的铿锵声。徐他一击不中，退后调整姿势，许褚却抓住这个机会，巨臂一挥，短戟劈头砸了下来，徐他举剑格挡，却觉得一股巨大的力量通过戟端猛然压来，震得他剑几乎脱手。

徐他暗暗心惊，他知道这个大汉的臂力一定非常强劲，但威力之大，还是出乎了自己意料。他以快为先，却被许褚的力道压制。两个人过了十几招，徐他逐渐处于劣势。眼看许褚的短戟力道一阵强似一阵，徐他微微闭目，想到徐州的惨状，一股戾气自胸中横生。

当他再度睁开眼睛，长剑猛然刺出，沛然莫御。许褚躲闪不及，被他的剑刃划破了脖颈。许褚眉头一皱，暗哼一声，抬脚踹去，把瘦弱的徐他一下踹开一丈多远。

现场一阵混乱，好几名侍卫冲上去把徐他制住。许褚摸摸脖子上的血迹，很是开心："好快的剑！很久没人能伤到我啦。你们别为难他，游侠之剑就是这样，一往无前，没有后路。尤其是这种剑法，易发不易收。"

徐他从地上爬起来，觉得腰眼处生疼，那一脚力度着实不小。他相信，许褚若是下狠手的话，此时他已脾脏破裂而死。

"对了，你有没有兴趣来我这里？给曹公当侍卫？"许褚公然当着徐晃的面挖人。徐晃忙道："此人新降曹营，就担任近侍，这不妥当吧？"

许褚浑然不以为意："文丑不是他搞死的吗？我正好在用人之际，需要这种单兵强劲的家伙。"徐晃无奈道："只要徐他本人愿意，在下自然无不应允。"许褚把视线转向徐他，徐他默默地点了下头。

许褚很高兴，他把短戟扔开，一只肥厚的大手按在了徐他的肩膀上："你简单收拾一下，马上就有任务要交给你。"

"嗯？"徐他眼神闪烁。

"随我潜入乌巢泽，好好整治一下那里的贼寇。"许褚露出雪白的牙齿，似乎在讨论什么美食，"这件事你做好了，我保荐你去曹公那里做侍卫。"

自从皇帝病倒以后，许都的朝会便不怎么热闹了，本来就是个有名无实的空架子，现在连这空架子的主角都不出现，更加没有必要参加。但是这一天，城中的百官都接到了一封朝函，说是三日后朝会，落款是司徒赵温和少府孔融。

这封朝函的内容很简单："司徒赵温、少府孔融上表，言称九州纷乱，经学残破，多有不彰，计议聚天下宿儒于许下，重议典籍，参详圣贤。请陛下安车蒲轮、束帛加璧，延请高密郑公至许都主持。"

安车平阔，以蒲叶包裹车轮。当年汉武帝就是用这种方式把枚乘接入京中，从此这被视为汉室敬贤的最高礼节。郑玄是当世最著名的大儒，这个礼节放到他身上，谁都不觉得过分。孔融在信里说，安车蒲轮若无诏而发，则于礼不正，于贤不敬，如今天子病重，所以需要百官在朝堂形成朝议，这才合乎规矩。

一部分官员在家里低声嘟囔，觉得孔融实在是太能折腾了，屁大点的事，也要搞得如此大张旗鼓。更多官员则无可无不可，反正他们无事可做，偶尔上朝发发议论，总比待在家里长毛的好。而在曹系官员的眼里，孔融这举动实在有些出格，甚至可以说是不知好歹——可惜孔文举是个特立独行的孤高名士，这些城狐社鼠的议论，他才不放在心上呢。

如果说，在这许都还有什么人是孔融真正在乎的，恐怕除了天子，就只剩一个荀尚书了。所以，给荀彧的朝函，孔融是亲自送到尚书台，还在信上粘了一扇蒲叶。

荀彧从堆积如山的案牍里抬起头，神情有些疲惫。他扯下蒲叶，把朝函放到一个标着"即阅"的书筐里，对跪坐在对面的孔融说道："郑公今年七十四岁，身体岂能折腾。万一在半路有个闪失，你我可都是士林罪人哪。"

孔融抬起右手，夸张地摆了摆："身为儒生，最重要的是什么？自然是成就经典，流芳后世！郑老师若能来许都聚议，重现白虎观的荣光，他一定会高兴得年轻十岁不止……"他说到这里，有意拖长声调，别有深意地看了眼荀彧，"莫非文若你还是对他耿耿于怀？"

郑玄是古文派出身，但他不拘今、古，自成一党，两派都颇有些议论。只不过他学问太大，这些议论声都被压服，偶尔有人腹诽一下。荀彧正色道："我对郑公一向以师事之，可不敢有半点不敬。"

孔融释然而笑："郑公也是这么说的。他说荀令君规严方正，不是背后搞小动作的人，不会以权势来逼压异见。纵有学术歧见，也会交由聚众论辩，当场分剖。"他把这顶高帽子送出去，不失时机地从怀里取出一封信来，交给荀彧，"郑公给你的。"

荀彧恭恭敬敬先拜了两拜，这才展信开读。这笔迹他一看便知是郑玄亲笔所书，笔力微弱，但字体品格不减。信并不长，郑玄简单地回顾了一下前几次大儒聚议之事，然后表示许都若能让盛世重现，必成一代佳话。他虽已是老弱之躯，也必会效仿伏生、枚乘这些前贤，亲自前往京都襄助。

对于孔融能请动郑玄，荀彧并不觉得意外。孔融当年在北海的时候，对郑玄有大恩，他出面邀请，郑玄不会不答应。以郑玄的地位，他若表示参加聚议，荀彧无法直接拒绝。孔融求这一封亲笔信，正是为了封住荀彧的嘴。

荀彧放下郑玄的信，问道："郑公远在高密，如今是袁谭的势力范围。曹、袁交战正炽，你如何把他安然送来许都？"

这是一个实实在在的问题，孔融早有准备："荀令君真是灯下黑。你莫要忘了，袁绍军中，有一人身居要职。这人恰好还是郑公最得意的高足，也是您的亲族。有了这三重关系，他出面斡旋，谁也不会为难。"

"荀谌……吗？"

荀彧捋了捋胡须，表情古井无波。熟悉荀彧的人会知道，这种表情的他，情绪才是最不佳的时候。荀谌是荀彧心中的一根刺，倒不是因为他这位兄弟选择了袁绍阵营——乱世之中，各地大族多边投注，兄弟叔侄往往各事一主，乃是寻常之事——而是因为从几年前开始，荀谌变得神秘莫测，几乎不与族中往来，连专门前往河北的荀家族长都见不到。种种迹象表明，他和许都的雒阳系一直有勾结，现在他又突然跳出来，积极与孔融合作，无异于把荀彧推到一个相当尴尬的地位。

"你的兄弟都在反曹公，你又有何颜面辅佐曹公？你会不会和袁绍私通，以谋求退身之路？会不会假公济私，利用手中权势使曹公陷入败亡？"

当然没人会当面对荀彧说这种话，但每次荀谌的名字一出现，都会有类似的疑问在所有人心中响起。日积月累，三人成虎，以后难保会形成什么局面，造成什么影响。如今是曹、袁交战的敏感时期，荀彧不得不有所提防。

"既然荀谌也插手，文举，记得把这次聚儒的朝函，给骠骑大将军也送去一封，这事要做得公开大气，没必要藏着掖着。"

荀彧不动声色地提醒了一句，孔融笑眯眯地满口答应下来，夸口说袁绍对他的文章一向赞赏有加，不会不给这个面子。然后他又得意扬扬地说道："对了，咱们还可以发道诏书，责成荀谌在河北召集各地儒生，统一赶往许都，省得我们一一去发邀请了。"

孔融这话有点得寸进尺，荀彧却眼前一亮。

聚儒这事对曹公是个麻烦，却也未尝不是个保护伞。若是郑玄参加，这次许都聚儒将会成为近四十年来最大规模的学术盛事。几十位大儒和各地士子在城里这么一摆，就算是座不设防的空城，袁绍也不敢发起进攻。届时倘若曹公在官渡不利，可以从容撤回许都，多些喘息和回旋的余地。

孔融只为了声名，荀彧的眼光却早已落在了天下。

想到这一层，荀彧便开口道："我会请陛下尽快下诏给河北。对了，郑公与那么多位隐士逸儒要莅临，少府没什么人手，只怕忙不过来吧？"

"我请了杨俊来帮我，他在北边认识很多人。"

荀彧一听这名字，眉头一皱。杨俊已被郭嘉定性为极端可疑之人，只是还没拘押而已。孔融把他叫来帮忙，显然是有意为之。不过这无关紧要，荀彧微微一笑："光是季才一个人，怕是不够。我让徐干来协助你。"

孔融表情一滞，发现自己居然被绕进去了，无可奈何地说了一句好。

孔融的打算，是多召集些今文派儒生，敲钉转角把这段公案定了性，荀彧心里如明镜一般。徐干接替了满宠担任许都令，文声也不错，荀彧派他去，可谓名正言顺，任谁都无可指摘。这一把沙子掺进去，孔融对古、今派的人数比例控制便无法随心所欲，再怎么样也翻不了天。

这是典型的荀氏手腕，看似谦冲退让，实则绵里藏针，还把面子搞得光光的，谁也不必撕破了脸皮。

孔融扬长而去，而荀彧则重新投入如山的案牍中来。刚才的交锋，只是一个短暂的小插曲，与其说是一个烦恼，倒不如说是难得的喘息机会。荀彧现在的全部精力，都投在如何让曹公心无旁骛地在官渡作战上。

曹公若是战败，这一切伎俩的基础，也就荡然无存。

杨俊并不知道自己的名字只在荀彧的脑子里一闪而过，他此时刚刚拜别伏完，正要离开伏府，伏完起身送至门口。

伏完与杨俊的年纪相仿，可面相却老得像贾诩一样，走起路来佝偻着腰，似乎无时无刻不承受着巨大压力。他在许都的朝职不高，只是个中散大夫，但身份却颇为尊贵。原因无他，只因他有一个叫伏寿的女儿。伏完和野心勃勃的董承不一样，这是个深自内敛、极懂谦退之道的人。天子移跸许都时，本来曹公给他封了一个辅国将军，仪比三司，地位只比董承低一线，可是他坚辞不受，交还了印绶，最后只封了个中散大夫的闲职。平时他极少与宫内来往，府里的大门除非有朝议，否则很少打开，生活得无比低调。

杨俊来拜访他，是为了聚儒之事。伏完除了外戚的身份以外，还有一个格外显赫的身份——他是今文《尚书》的鼻祖伏生的十一世孙。

伏生是秦时博士，私藏《尚书》二十九篇，一直到孝文帝时方才开帐授徒，地位极其尊崇。今文一派，追根溯源皆出自他的门下。而伏家世传经学，历秦汉二世四百余年，号为"伏不斗"。孔融搞许都聚儒，对伏家这块大牌子，是无论如何不会放过的。

可惜杨俊的请求，碰了一个不软不硬的钉子。伏完委婉地表示，他是外戚，不应参与政事。大家心里都明白，如今政在曹氏，连天子都大权旁落，他这个外戚又能干预什么政事，无非是个借口罢了。但杨俊没有勉强，有人甘愿为了汉室付出一切，有人甘愿深藏身名以求保全，这都是个人的选择。

伏完把杨俊送到门口，杨俊用独臂向他拱手告辞："请恕在下肢体不全，不能施以全礼。"伏完把笑容挤在层叠的皱纹里，上前扶住："先生客气了，还请转告孔少府，小老勋戚之身，恐惹士林非议。有女儿做了皇后，伏家就知足了。"

杨俊看着他的脸，不知他只是客气几句，还是有所暗示。这时伏完的动作却僵硬了一下，杨俊觉察有异，回过头去，看到徐干站在身后，身后还有几个许都卫的探子。

"杨俊杨季才？"徐干不客气地直呼其名。

"是我。"杨俊回答。他知道徐干代替满宠担任许都令，这个脸上白白净净的儒雅之士，不比那个阴毒的大麻子好对付。

"先生能否造访许都卫一趟？董承案颇有几个疑点，要与您商榷。"徐干说。

杨俊眉头一皱："我和车骑将军素无瓜葛，恐怕有负所望。"

"等一下我们可以慢慢说。"徐干露出一个假惺惺的微笑。

赵彦之死让徐干一直耿耿于怀。那是他出任许都令以后的第一件任务，结果办砸了不说，还当着郭祭酒和满宠的面大大地丢了脸。徐干热切地盼望着能够再有机会挽回这一切，证明自己的才干。

可是他失望了。郭祭酒离许之前，告诉他对汉室要保持距离，绝不能深入刺探，甚至把皇宫里的几个耳目都撤了下来。徐干不明白这是为什么，但郭祭酒的话他又不敢违背，只得另辟蹊径，打别的注意。

徐干查阅了满宠遗留下来的资料，以他的才智，很快也发现杨俊身上的疑点。他认为这是个合适的突破口，偷偷布了眼线。当他听说杨俊拜访伏完，立刻意识到，这一定是宫内和外界勾结的阴谋，便兴冲冲地跑过来了。

杨俊不肯去，用单手推开冲上来的探子，大声道："不知杨某是何罪名？"

徐干看了一眼伏完，吐出八个字来："中外勾结，祸乱朝纲。"汉时朝臣与外戚交往，确实是件很忌讳的事，但在许都的形势下，这个罪名委实有些滑稽。徐干知道伏完是个胆小怕事的人，根本不怕惹恼他。

他话音刚落，从伏府内走出一人，冷冷说道："徐大人，你说中外勾结，是何意？"徐干闻言一愣，再一看，认出这是中黄门冷寿光，皇帝身边的一个宦官而已。徐干放下心来，倨傲道："许都卫在办事，你一个宫内的宦官插什么嘴？"

冷寿光淡淡道："杨先生月前曾觐见陛下。如今徐大人说中外勾结，莫非是对陛下心有所疑？"

徐干眉头一跳，这可真是诛心之论。郭祭酒临走前明确指示，汉室绝对不能碰，现在冷寿光把这杨俊和汉室绑在一起，形势变得棘手起来。徐干连忙解释说："许都卫只是怀疑杨先生与逆贼董承有关，和陛下无涉。"

冷寿光道："董承之乱，有杨修判词在先，荀尚书朝决在后，早有成议。徐大人翻出旧账，拷掠大臣，可是要让阖城官员惶惶不安？"

曹操在前线打仗，后方无论有什么理由乱起来，许都卫的责任都小不了。徐干没想到冷寿光一个宦官，词锋却如此犀利，心里暗骂："我他妈还没拷掠呢，再说杨俊一个司空府的幕僚算个屁大臣啊！"

不料冷寿光踏前一步，又抛出一顶更大的帽子："杨先生是司空府征辟而来的河内名士，你如此对待，消息传出去，河内士子与大族会做何想？"这顶大帽子扣下来，徐干可有点受不了。冷寿光在暗示杨俊一旦被抓，必会引发河内各界不安。在这个敏感时期，万一在有心人的撺掇下，整个河内倒向袁绍，那徐干有几颗脑袋，都要被砍了。

徐干脸上阴晴不定，在原地尴尬。伏完这时开口道："徐大人，杨先生造访敝府，实只是为聚儒之议，老夫可为其担保。一会儿老夫修书一封，送到许都卫解释，您看如何？"这个台阶铺下来，徐干只得就坡下驴，硬生生把郁闷憋回去。他在儒林也算有声望，可不想因为这件事搞得人人侧目。徐干冲三人一拱手："既然如此，还请伏大夫早早把折辩送去，以证清白。"然后匆匆离去了。

望着徐干悻悻的背影，三人相顾，均是一笑。杨俊要向冷寿光道谢，冷寿光摆摆手道："我是代皇后陛下送来些手织的绢布，恰好撞见此事，多嘴几句罢了。"杨俊看着这个肌肤光滑如玉的宦官，心中暗暗敬佩，刚才冷寿光那三句反问，字字诛心，却又无从辩驳，可不是寻常人能问得出的——这个宦官，不简单。

冷寿光已经办完了事，出言邀请杨俊一路走走。于是两人拜别伏完，一路朝着皇城走去，两名随从远远跟着。杨俊回头看了他们一眼，有些诧异："曹氏对汉室，可比从前放心多了。"

之前汉室四周遍布耳目，恨不得无时无刻不如影相随，所以杨俊有此一说。冷寿光道："陛下病重，曹氏自然也就没那么担心了。"

皇帝远在官渡，这个秘密知道的人极少。为了避免泄密，郭嘉索性把汉宫内的耳目都撤了出来，只在外围布置了些人手。他离开许都以后，针对此事的保密，就由荀彧和冷寿光一外一内负责，汉室获得了前所未有的宽松环境。

杨俊听到"陛下病重"四字，眉宇间多了些担忧："陛下的身体……"天子曾经是他的儿子，他始终对刘平有种父亲式的关怀。冷寿光看出了他的忧虑，微微一笑："杨先生不必担心，天子很好。"杨俊听到弦外之音，他是个知轻重的人，立刻改换了话题："冷公公曾师从何人？听阁下言辞，实有人杰之风啊。"

冷寿光停下脚步，仰头望天，杨俊以为问到他的伤心事，连忙致歉，冷寿光摆摆手，唇边露出一丝自嘲的意味："我乃华佗门下，说起来，还是郭祭酒的同学呢。"

杨俊惊愕地望向冷寿光，他可没想到还有这层关系。冷寿光简单地把他与郭嘉的恩怨说了一遍：郭嘉化名戏志才去投华佗学艺，却骗奸其侄女华丹，以致华老师震怒，把一门弟子尽数阉割。他讲述的时候，语调异常平静，如同在说一件不关己的事。

"你一定很恨郭嘉吧？"杨俊感叹。华佗不光以医术出名，名下弟子无所不学，冷寿光有这等见识，就是做州郡之长都不为过。可如今却因为毁损了身体，只能屈居宫中忍受竖阉之辱，他一定对郭嘉怀有极深的怨恨。

不料冷寿光轻轻摇头道："我如今专心侍奉天子，个人的怨恨，早已不重要了……"说到这里，他的话锋突然一转，温和的双眼闪过一道光芒，"听说杨公你将不日北上，去迎郑玄公？"

"不错。"

"郭奉孝天生病弱，依靠老师为他亲自调制的药方，才勉强支撑。只是那药方未臻完美，还缺一味养神的药引。我前几日略有所得，杨先生路过官渡时，能否代我转交给他？"

"你难道想毒……"杨俊有些吃惊，"即使你我有这心思，郭嘉那么聪明的人，又怎么会上当？"

冷寿光轻笑道："放心好了。我这药引绝不含半分毒，乃是盈缩滋寿的妙方。郭嘉跟随华老师时间很短，鸩毒之术我不如他，养生之道他却不如我。"

"这么说，这药引反而是为他延寿的喽？"杨俊还是不明白。

冷寿光双手垂拱，双眼望向天空，清秀的眉目之间，涌动着奇妙的情感：

"我虽不恨他，但也不曾宽恕他。这药引是毒是药，全在他一念之间。如何抉择，就要看郭嘉自己了。"

刘平从一个漫长的梦中醒过来，脑袋重得像装着十具青铜鼎器。梦的细节他睁眼那一瞬便全忘了，只依稀记得置身于无边的混沌，有无形无质的东西从四面挤压而来，侵入身体，艰于呼吸。

刘平用手肘勉强支起身体，环顾四周，才发现榻边有一个女子。他定睛一看，是个女子，五官很是熟悉，那是一种不同于中原人的眉眼，虽秀媚，却有野性之气。

"任……任姑娘？"刘平大惊，认出这女人是郭嘉的宠妾任红昌，她在许都附近的村子独自过活,他还跟着郭嘉去拜访过。她怎么会出现在这里?刘平连忙回想,自己陷入昏迷前的最后一段记忆,应该是在黄河之中——难道说自己被救回许都了?

任红昌见他醒来,端来一碗肉汤:"慢些吃。"

刘平饥肠辘辘,拿起碗大吃起来。这肉汤里搁了姜丝和花椒,入口辛辣,他吃得额头满是汗水,体内寒气被尽数逼出。刘平吃完以后,觉得身体这才有了丝活力。他抬起头,看着任红昌:"我在哪里?"

"陛下,这里是邺城。"

任红昌平静地回答。刘平一听这名字,一下子从床榻上坐起来。怎么跑到袁绍的大本营了?这时曹丕从外头一脚踏进来,他看到刘平恢复了清醒,先是面露喜色,旋即又收敛起来。任红昌跟曹丕交代了几句,把碗收起来,转身离开屋子。

"二公子,这到底是怎么回事?"刘平问。曹丕告诉刘平,他当时浮上水面以后,发现刘平半天没上来,他用牛皮袋充满气,再次潜入水中,把已经陷入半昏迷状态的刘平拽到黄河北岸。

刘平听他说得轻描淡写,却知道这对一个十几岁的少年来说,是何等艰难。他咳了几声,满是感激地说了句谢谢你,曹丕却淡淡答道:"要谢,就谢任姐姐吧。我把你扶上岸以后,已是筋疲力尽。这时候恰好任姐姐经过,把我们都救了起来,不然袁绍的追兵次日巡河,还是会把我们提回去。"

"她一个远在许都的弱女子,怎么会凑巧路过黄河?"

刘平满腹疑窦。曹丕苦笑道:"她说是来邺城办事,至于办的什么事,我实在套不出来——她可不是什么弱女子。"

这时候任红昌又走进屋子,她换了一身绯红色的短襟胡袍,头上还多了一只鹰嘴步摇,整个人犀利得如同一员将军。

对刘平来说,任红昌一直是个谜。她似乎可以在各种气质之间转换自如,时而是郭嘉怀中婉转承欢的美姬,时而是村中抚养孩童的慈祥大姐,似乎这些只是随时可以更换的衣物。

她扫视了一眼曹丕和刘平:"我出去一下,看有没有机会进入新城,你们好生在屋子里休养。"

"新城?"刘平有些糊涂。曹丕解释说,邺城如今分为新城与旧城,达官贵人都住新城,贫苦百姓都住旧城,两者有城墙相隔,不能随意通行。

刘平挣扎着起身:"任姑娘,你来邺城,到底所为何事?是否郭祭酒指使?"在他看来,任红昌蹊跷地现身邺城,肯定又是郭嘉施展的手段。他必须搞清楚郭嘉的打算,才能决定自己接下来的计划。

听到他这么问，任红昌的脸上浮出一丝略带嘲讽的笑意："贱妾虽然托庇于奉孝，却不是什么傀儡木俑。他是他，我是我，你们这些人，总觉得女人做什么事情，都是男人做主吗？"

刘平有些尴尬地闭上了嘴。任红昌道："不过告诉你们也不妨。我要找的那个人，她姓吕，如今就被关在这邺城的某个地方。"

"姓吕？"刘平和曹丕对视一眼，心中升起一个猜测。

"不用猜了，是吕温侯的女儿。"任红昌说。

刘平出发之前，就知道吕布的女儿落在冀州派手里，而且颜良打算以此要挟张辽。于是郭嘉策谋，杨修实行，让张辽在白马害死颜良，一举数得，借此提高刘平在袁营的地位——而张辽换来的，是一个把吕姬救出生天的承诺。

现在看来，这个承诺的执行者，就是任红昌。

"你们不要误会，我不是为郭祭酒才来的。吕姬与我情同姐妹，于情于理我都不会坐视不理。"

任红昌双手抱在胸前，眼神闪着锐利的光芒。刘平记得郭嘉曾经说过，任红昌并非中原人氏，她此前一直跟着吕布。吕布败亡之后，她才从了郭嘉。那么她与吕布的女儿结下深厚关系，亲自为其涉险，不足为奇。

任红昌看看窗外的日头："时候不早了。我不知道一位天子和一位曹家的嫡子跑到这里做什么，我也不关心。救下你们，是我给郭祭酒一个交代。而我要做的事情，也不用你们插手。"

刘平忙道："这里是敌人腹心，咱们必须得团结才行。"

任红昌眼神"唰"地射向他："那好，我问你，你来邺城的目的是什么？"

刘平一下子被噎住了。任红昌又看向曹丕："你来邺城呢？"曹丕也只能尴尬地垂下头。任红昌冷笑："两个大男人，还不如我坦诚。连这一点都做不到，还谈什么合作。好自为之吧。"说完她一扭头，转身走出屋子去了。

"请，请等一下……"

刘平挣扎着想追出去，他一迈出门槛，却被结结实实吓了一跳。在门外站着十几个衣衫褴褛的黑瘦汉子，站成两排，一看到任红昌出来，一齐躬身说道："任大姐。"

任红昌左手叉腰，扫视一圈："都来齐了？"一个汉子道："是。"她把额发撩起，轻轻一挥手："走。"然后迈开长腿，头上的鹰嘴步摇分外显眼。十几条汉子跟在后面，肃然无声，如同服侍女王一般。

"这是……"刘平呆住了。曹丕道："我第一次看见时，和陛下你现在的表情差不多。这些人都是邺城旧城的闲散农汉，没事在乡里横行霸道，也不知任姐姐使的什么手段，全给整治得服服帖帖。那些粟米，还有这房子，都是他们供奉的。"

"咱们到邺城多久了？"

曹丕脸上浮现出敬佩的苦笑："三天。"

三天时间，就把邺城附近的恶霸给收拾成这样，这女人到底有多可怕？两个男人面面相觑，末了刘平直起身子，对曹丕说："咱们……也出去走走吧。"

曹丕没言语，默默地搀起刘平，给他找了一套袍子。这袍子不知是买的还是从尸体上扒的，有一股强烈的油腻味。刘平花了好大力气，才勉强适应。他的体格很健壮，加上这一路任红昌与曹丕照料得很好，除了稍微虚弱一点，没别的问题。

两人出了门，刘平这才发现，他们是住在一处破落的大屋里，四周都是类似的房屋。这些屋子不能算简陋，但明显是年久失修了，架构尚在，残墙破瓦满目皆是，像是一座已经死去很久的城市的遗骸。大多数老百姓都面黄肌瘦、神色枯槁。

在这些房屋之间，放眼望去皆是杂乱无章的小旗与洗晾的衣物，垃圾遍地，黑水纵流。在远处可以看到一道高大巍峨的城墙，曹丕说那里就是邺城新城，达官贵人都迁去那里，剩下的屋舍索性开放给附近百姓，随意居住。结果老百姓一哄而上，彼此争抢住所，这里成了一片混乱之地。这是典型的袁绍式治政，大手大脚，粗豪慷慨，却缺少全盘规划。

"全凭一时心血来潮，全无筹划。看似慷慨，实则乱政。"曹丕一脸厌恶地发表评论，同时灵巧地避开一堆碎瓦。刘平也有同感，袁绍家底殷实，对这些细节全不在乎，比起曹氏锱铢必较的作风，真是霄壤之别。

两人慢慢来到了旧城的主道之上，这条主道连接着新城与外地，所以修缮得还算齐整。路面皆用条石铺就，中凸侧凹，便于排水。可惜两侧的沟渠早被淤泥填满，发挥不出什么功用。那些沿途种植的树木都还在，只不过树叶稀疏，每隔几段就有被盗砍的痕迹，树底满是便溺的味道。

曹丕和刘平混在其中，且看且走，逐渐靠近新城的城门。

"再往那边就不能走了，非得有手令或入城凭信才成。"曹丕指着一个方向说。主道与新城城门之间有一道很深的护城河，河上搭着一架随时可以拉起的吊桥。吊桥靠着主道这边有一道关卡，用粗大的杉木交错扎成拒马，足有十几名士兵把守。

在门口还聚集着许多人，他们都是希望能进入新城的平民。新城里的达官贵人经常要找些短工做零活，要从旧城找人，他们就指望这种微薄的幸运过活。如果有人足够幸运，当上了哪位高官或富豪的仆役，赢得在新城长期居留的权利，那更是要被人人羡慕的。

"这里戒备特别严，即使是任姐姐，也只弄到一日牌，早上进城，晚上就得出来。咱们两个就更难了，一定得想办法进去才行。"曹丕喃喃道。

刘平听完曹丕的说法，沉默不语。邺城是他一开始就计划要来的地方，尽管中途变数多多，还几乎丢了性命，但歪打正着，总算是顺利抵达了。

可是，曹丕为何要来邺城？

刘平注意到，现在曹丕像是换了一个人，以往因不成熟而展露的锋芒全都掩藏起来了，史阿和邓展的死对他来说，似乎不再有任何影响。只有双眸不时闪过的光芒，流露出这位少年内心的剧烈翻腾。

到底是什么原因，让他有如此之大的变化？刘平想问，可是他觉得，如果曹丕不主动开口，即使问了也是白问。

两人观望了一阵，打算往回走。这时他们看到远处的百姓有些慌乱，纷纷往两边靠去，一阵烟尘掀起，看起来是有人骑马朝着邺城新城而来，数量还不少。他们赶紧躲在一旁，过了不多时，一队趾高气扬的骑士过来，他们没带长柄武器，只在腰间悬剑，兜盔上还扎着孔雀翎，应该是礼仪兵。他们簇拥着一辆马车，飞快地跑过来。马车轮子在石路上滚动，发出低沉的隆隆声。

这支队伍很快开过两人身边，来到关卡。关卡守卫没有做任何阻拦，反而早早挪开了拒马，推开城门，让他们直接开了进去。

"袁绍也真阔气，前线正在用兵，邺城还能搞出这种排场。在许都，就连我和母亲出门，都没有两匹马的车可坐。"

曹丕啧啧地说，不知是羡慕，还是讽刺。刘平问旁人这车队里的是什么来头，别人告诉他，皇帝在许都发出诏书，要请郑玄大师聚儒大议五经，各地士子都要去。北方统摄此事的人是荀谌，所以各地大族都纷纷把自己的子弟派来邺城。

刘平点点头，忽然有了一个主意。

在这一天清晨，邺城西门的城门丞发现一件怪事：平时总有许多老百姓聚在拒马前，给卫兵们赔着笑脸。可如今却一个也看不到。卫兵们已习惯了冷着脸把这些刁民斥退，他们突然不出现，一下还真有点不适应。城门丞朝着旧城废墟张望，看到远处似乎聚了很多人，隐约还有喧哗传来。他觉得有些不安，决定过去看看。

站在高台上的是个青袍书生，面容稚嫩，恐怕只有二十岁，他在台上走来走去，不时挥手，慷慨激昂地讲着话。在他身后，还有一位童子手捧长剑，面容肃穆。童子身后还有一位面纱罩面的女子，手中持一管笛子，不时吹起清越之声。台下聚集了好多百姓，都昂着头，聚精会神地听着。

城门丞凑近了，才听清楚，这个书生讲的原来是国人暴动的故事。

国人暴动发生在周代。周代城邑有两层城墙，内曰城，城内为国人；外曰郭，城外为野人。周厉王在位之时，多行暴政，镐京的国人不堪欺压，群聚而攻之，把周厉王逐至彘，他病死在那儿。周定公、召穆公暂代政事，六卿合议，暴动才算平息。

这些老百姓全都目不识丁，什么周厉召穆，根本不知道。所以这个书生没用那套文绉绉的话，用词粗鄙不堪，颇为吸引这些村民的兴趣。可城门丞越听越不对劲，这个书生讲的明明是周代之事，可怎么听都特别刺耳。他说周厉王驱赶国人建了镐京新城，把旧城分赠给野人，可不允许原来的国人进城，惹得怨声载道。

老百姓们听得聚精会神，讲到国人开始暴动，周厉王仓皇离京时，下面更是一片叫好。城门丞注意到，人群里有不少附近出名的恶霸，他们往往先声叫好，周围人随声附和。

这哪里是在说周代，根本是在诽谤袁公。城门丞怒气冲冲地跳上台去，喝令书生住嘴。书生看了看他，轻蔑一笑："这里既非国，也非郭。我与诸位讲故事，你是何人，敢来喧哗？"台下一阵喧哗，城门丞道："你聚众闹事，论律当斩。"

书生又是一笑："论律？汉律六十篇，先有《九章》《傍章》，又有《越宫律》《朝律》。你说的是哪一篇？"城门丞一愣，他是行伍里拔擢上来的，没当过刑吏，哪里知道这些，只得说道："自然是杀你头的那一篇！"书生又笑了："律令合计三百五十九篇，其中有死罪六百一十条，赎罪以下二千六百八十一条，你又说的是哪一条？"

这一连串数字让城门丞张口结舌，一时说不出话来。书生面向百姓道："地穴里的鼹鼠，也敢妄谈太阳光辉，岂不可笑？"那女子的笛声也恰到好处地吹出一个滑音，似是调笑，立刻惹来了一片哄笑。城门丞恼羞成怒，从腰间拔出佩刀朝书生砍去。书生身后的童子猛然睁眼，长剑递出。只听铿啷一声，城门丞的刀顿时被磕飞，一把锋利的剑顶在了他的咽喉。台下百姓齐声惊呼，眼睛都瞪得大大的。

"无知之徒，还不快下去，扰了我说史的雅兴。"书生挥挥袖子斥道。童子把剑一收，城门丞连滚带爬地下了台，背后一阵冷汗。那童子的剑法未免太快了，简直不像是人。他当即打消了召唤卫兵驱散人群的念头，这个书生的谈吐不俗，万一有什么来历，他这个小小的城门丞可得罪不起。

很快邺城新城里许多人都听说了，说旧城有个书生善讲旧事，颇得民心，无论走到哪一门附近，都有大量听众。还有一些流氓闲汉主动维持秩序。这个书生既不煽动闹事，也不聚众诽谤，所言所讲都是三代春秋，卫兵们拿他没办法，只得任由他去。有些官员嗤笑他斯文扫地，可也忍不住派些仆役出去，听听他到底讲些什么，以做谈资。一来二去，这个消息传到了治中从事审配的耳朵里。

袁绍大军离开以后，审配就成了邺城最高的统治者。这位治中从事的地位比较古怪，虽然出身河北，但却拥护袁尚继嗣，所以与以逢纪为首的南阳派相善，反是田丰、沮授等人的眼中钉。不过审配根本不在乎，他坚信一切都会按照他的轨道行进，任何阻挠的人都会被车轮碾碎。

审配正在给袁绍写信。在他看来，袁军势大，没有必要急着与曹军决一死战，慢慢耗死才是正略。近期袁军调整了策略，进攻放缓，审配认为这毫无疑问是自己的功劳。

他写到最后一笔，毛笔在信笺上漂亮地甩出一个大大的撇，墨迹几乎甩到纸外。审配欣赏了一番，心满意足地把信笺折好，这才望向下首。

"辛老弟，那个书生你如何看？"

跪坐在他下首的，是一个三十岁出头的儒雅之士，长脸细鼻，两只圆眼分得很开，像是一只惊讶的山羊。他叫辛毗，也是大将军幕府的幕僚。辛因此见审配把视线移向他，连忙道："以卑职之见，这不过是一个想出名的儒生，故意举止狂狷，欲暴得大名，以获入城之资罢了。"

审配轻声"哦"了一下，又问道："邺城一向欢迎儒士游学，优容以待，他何必多此一举呢？"辛毗恭敬道："欲效冯谖而已。"

冯谖是战国时孟尝君的门客，初时不受重视，故意三次弹剑抱怨，才被孟尝君以上客对待。这个书生，显然是不甘心做普通儒生，想获得更好的待遇。这些小心思，审配自然知道，他轻蔑一笑："既然想当冯谖，不知道有何才能？"

辛毗道："口才倒还不错，不然四野百姓也不会围着他转悠。"审配笃信君子讷言，对鼓舌摇唇之徒一向没什么好感，他有些厌恶地摆了摆手："既然是儒士，就交给辛老弟你去处理吧。"

辛毗一愣，可这时候审配已经开始铺开另外一张信纸，这是下逐客令了，他只得起身告辞。等到离开了审配的府邸，辛毗才恨恨地低声骂了一句："老狐狸！"

这书生在城外隐然成势，若是直接下令抓起来，难免会搅动百姓不安，还会惹来士林物议；若是接入城中，以那书生的狂狷性格，惹出什么麻烦，也会怪罪到主事者头上。审配极度爱惜自己名声，这种左右都不落好的事，他毫不犹豫地抛给了辛毗，几乎不加掩饰。

辛毗和哥哥辛评、郭图一样属颍川派，在审配眼里，都属于沽名钓誉之党，派他们去交接沽名钓誉之徒，再合适不过。辛毗想到这里，无奈地叹了口气，登上马车返回自宅。他其实并不看好颍川人在袁营的未来，只不过哥哥辛评一心热衷于子嗣拥立，他也只能无可奈何地留下来。

幸亏他见审配时，也多留了一个心眼，没把情况说全。那个自称刘和的书生，一直在公开宣扬是荀谌的弟子。

荀谌弟子这个名头，或许能唬住别人，但却吓不到辛毗。"荀谌"究竟是谁，辛毗最清楚不过。按照蜇先生的谋划，这几年来，"荀谌"大部分书信都是由辛毗代笔而成。他和荀谌是同乡，对他的口气、笔迹乃至学见都模仿得惟妙惟肖。此时突然冒出一个荀谌的弟子，这在辛毗看来，与其说是破绽，倒不如说是个把柄。

"使功不如使过，待我戳穿了他的大话，再市恩于他，不怕他不心悦诚服。这人口才了得，或许能为我颍川所用。"辛毗想到这里，吩咐车夫停一下车，然后派了心腹出去办手续，安排"刘和"入城。

"您还要见见他吗？"心腹问。

"不必了，直接送到驿馆里……嗯，安排一间中房。"

辛毗淡淡道。这种貌似狂狷、实善钻营的家伙，不必太给面子，晾他一阵，收服的效果更好。自从孔融在许都放出风说要聚儒以后，许多河北士林之人都骚动起来，他们不便前往南方，就都聚在邺城，什么人都有，都等着统一南下。

"现在我把你搁进囊中了，锥子能不能冒头，就看你自己了。"辛毗心想。

就这样，书生"刘和"在众目睽睽之下，被大车以高规格接入新城，直入馆舍。其他儒生看他大摇大摆的模样，无不窃窃私语。他们被分配的那间屋子，轩敞明亮，打扫得一尘不染，甚至在大榻旁还有一张小榻，显然是给小童准备的。无论袁氏行事如何，在优待士人这方面，确实是无可指摘。

他们进了屋子，掩起门窗，确定四周无人。刘平一屁股坐到榻上："快取些水来。这些天来可把我渴坏了。"

刘平以前在河内时，就经常跟一些乡夫野老聊天，在他看来，这些人与自己并无差别，都是有血有肉的活生生的人。他乐于听他们讲话，还时常把书中看来的故事，化为粗鄙之言，讲给他们听。这次在邺城故技重演，他感觉到很快乐。他的口才其实并没多好，受到如此欢迎，只不过是因为从来没有一个士子会像他一样，纡尊降贵给这些百姓讲故事。

任红昌环顾小屋，看到屋角放着一个精致的水瓮，旁边搁着三个碗。她舀来一碗水，刘平一饮而尽。这是上好的井水，清冽甘甜，和旧城那种土腥味的河水有霄壤之别。

曹丕也喝了一小口，钦佩道："陛下你的这个狂士之计，果然管用。若是化装成平民，还不知何时能入城，就算入城，也享受不到这么好的待遇。"

136

刘平道:"所有人都觉得潜入坚城要低调,我只是反其道而行之。我看袁绍行事,对士子颇为礼敬。看来这狂士我还得扮下去。"

曹丕环顾四周,忽然问:"晚上如何睡?"刘平放下碗,发现这的确是个问题。任红昌名义上是他的侍妾,自然要睡在一间屋子里。任红昌忽然露出媚笑,双臂伸出去环在刘平脖子上:"如果你需要,我并不介意,郭祭酒也不会。"

她这大胆的发言让刘平和曹丕都面露尴尬,刘平连忙后退几步,摆脱任红昌的缠绕。曹丕闪过一丝犹豫,然后也毅然回绝。任红昌抿嘴笑道:"或者我睡小榻?你们两个……"刘平和曹丕对视一眼,一齐摇头。

任红昌道:"男不行,女不行,你这皇帝倒真难伺候。"刘平赶紧让她声音小些,任红昌满不在乎:"你现在是个狂书生,就算自称仲尼在世,也没人怀疑什么。"说到这里,她轻轻喟叹一声,"倘若你是真正的皇帝,说不定我早已投怀送抱了。"

两个男人都知道,任红昌似乎怀有大志,一直在寻找最有能力帮她的人,先是董卓,然后是吕布,再接下来是郭嘉,这对一个女人来说,实在是有些不容易。

任红昌说完这些,把头发束起来,挽起一个篮子:"好了,你们自便吧,我要出去做事了。"

她此前用尽心机只获得了日牌,不方便展开手脚。如今可以长居邺城,她不愿意浪费半点时间,马上就要出去调查。以她的姿色与手段,假以时日,不愁查不出来。

"请等一下。"刘平把她叫住,双手抚膝,诚恳地说道,"我仔细想过了,你说得对。如果我们连坦诚都做不到,势必一事无成。"

"你要怎样?"任红昌和曹丕同时问道。

"我们如今已进了邺城,已成一笼之鹤。藏心掖腹、各行其是早晚是要败亡的。任姑娘既已表白,那我们二人不妨同时说出来如何?"

刘平眼神灼灼,盯着曹丕,神情十分严肃。曹丕踟蹰片刻,最终还是同意了。刘平从案几上拿出两管毛笔,蘸好墨交给曹丕。两人转过身去,各自写在掌心,任红昌在一旁抱臂观望,未置一词。两人写好以后,同时亮出来,愕然发现两只手掌上写着同样两个字:"许攸。"

许攸是南阳派的重要人物,袁绍的核心幕僚之一。可他既非声名高远之辈,也无一语定鼎的权臣,只不过是大将军幕府里的策士之一,而且地位远在审配、田丰、沮授、逢纪等人之下,只与郭图勉强相当。刘平和曹丕的心中同时浮起疑问:"他找这个人,到底是想干什么呢?"但都不好追问。

现在事情变得清晰起来,任红昌想找的是吕姬,刘平和曹丕找的是许攸,所以目前最好的办法，就是尽快接近许攸，探听三个人都想要的消息——许攸也是邺城高层，或许对吕姬能略知一二。

和肃杀的许都不同，邺城对城内居民管束不甚严格。所有人都可以随意在城中走动，如果配发了令牌，甚至可以接近核心区域，只要在宵禁闭城前赶回来就可以。于是三人决定分头行动，各自去打听。

任红昌和曹丕一起离开馆驿，打着外出买粉饼头饰的旗号。而刘平则留在馆驿的公区，这里聚集了不少人，高谈阔论，注疏经卷什么的。刘平根本不需要走动，立刻就有几位儒生过来打招呼，为首的两人一个叫卢毓，一个叫柳毅，向他笑嘻嘻地打听野民讲古之事。

刘平牢记自己是个狂士，模仿着孔融的样子，对他们爱搭不理，反而更引起这些人的兴趣，纷纷围拢过来，与他谈论所谓"有教无类"的话题。有人赞同刘平的做法，野民也需要教化，却也有人反对，说孔门弟子，都是有姓氏的名门，一个贱民都无，然后这个话题变成了门阀大议论，参与的人越来越多。

几番交谈之下，刘平发现，这些年轻人言谈之间，都带着淡淡的傲气，对教化野民也持轻蔑态度。旁敲侧击之下，他才知道，他们各自背后都有大族的背景。比如那个叫卢毓的家伙，是涿郡卢氏出身，是卢植的儿子；那个冒冒失失叫柳毅的人，是河东柳家的。其他郡望诸如陈郡谢氏、清河张氏、高密邓氏、太原王氏等，无不是在当地赫赫有名的门阀士族。看来袁绍将各地士族子弟笼络在邺城，又把他们的私兵驱赶到官渡，这两手棋，可是包藏了不少心思。

刘平也给自己编造了一个籍贯——弘农刘氏。这个家族号称汉室远亲，其实早出了五服，毫不显赫。果然他一说出口，立刻就有人面露不屑，说了一句："又是一个村夫！"

刘平一看，说话的是一位锦袍贵公子，周围簇拥了一群帮闲。他一发话，卢、柳等人立刻站开几步。他心里有了计较，眯起眼睛双手虚空一拜："我弘农刘氏的始祖乃桓帝时的司徒刘崎，先祖乃是高祖的兄长——代王刘喜，地道的汉室宗亲。敢问这位公子，汉室子弟在你心目中，乃是村夫否？"

那贵公子没料到他反应这么犀利，一时间有些不自在，反唇相讥："汉室支脉可多了，一看你就是住在穷乡僻壤，仗着那点遗泽出来招摇的可怜虫！"刘平踏步向前，咄咄逼人："高祖起于沛郡，光武生于济阳，敢问他二人所住，也系穷乡僻壤否？"

面对这有点无赖的质疑，贵公子张了张嘴，正要回答。这时刘平又抬起手指，大剌剌地指着他，问出了第三句："弘农除我刘氏之外，尚有杨氏。封爵拜相，四世三公，乘朱轮者十人，敢问杨氏也是穷乡僻壤之村夫否？"

这一个问题接一个问题砸下来，贵公子总觉得哪里不对，可对方根本不给他回答的余裕。刘平知道，论辩之道，胜在气势，只要连续不断地提问，不留应答间隙，便可胜得大半。他居高临下，又是数个质疑出口，一个比一个刁钻，一个比一个诛心，直斥对方是一个蔑视皇权、践踏儒学、虐民寡德的罪人。

那贵公子哪知道一句无心嘲讽，居然被别有用心地引申到了这地步，气得脸色发青，手指指着刘平发颤，说不出话来。刘平眼睛一瞪："果然心虚，连话都说不出来了！"

"好你个狂生！你等着吧！"贵公子知道自己在口舌上是讨不到便宜了，一拂袍袖，转身走掉，他身边一群人也跟着出去，剩下刘平站在原地，气定神闲。

"刘兄，你可真是太厉害了！"柳毅抓住他的肩膀，激动地嚷道。刘平道："我只是见他欺人太甚，略施薄惩罢了。"这屋子里剩下的人哄地大笑起来，对他的态度亲热了不少。刘平一向谦逊内敛，如今却要扮成一个跋扈自傲之人，刚才借着那些狂放的言语，内心压抑一泻而出，倍感轻松。

卢毓告诉刘平，转身离开的那个家伙叫审荣，是审配的侄子，出身冀州魏郡，平时高傲得不得了，冀州人都围着他转。柳毅插嘴道："冀州人总觉得他们高我们并州人一等，不过并州又比青州、兖州的强点，最惨的就是老卢这些从幽州来的，总被奚落为公孙余孽——这馆驿里还有几个兖州、徐州甚至司隶的士子，但零零散散，抱不成团。"

刘平暗暗点头。他刚才就隐隐注意到了这个隔阂，故意挑事，正好可以拉拢这批非冀州的士子。

"那个叫审荣的，一贯这么嚣张？"

卢毓一脸不爽："哼，还不是因为他叔父故意压制我们。刘兄你知道吗？审配连我们的随身仆役都要限制，最多只能有十人，还不许随意出城，这成什么话。"刘平这才知道，为何自己公然带着侍妾和侍童入内，却没人说什么。原来这些世家子弟带得更多，在他们眼里，十个仆役都嫌少。

刘平暗暗把这些都记在心里，又问道："你们来邺城游学，莫非都是大将军的意思？"

柳毅耸耸鼻子："要不是大将军的命令，我等早去许都了。"

"哦？为何，因为靠近天子吗？"

"天子？哈哈哈哈，那尊泥偶能有什么用。"卢毓和柳毅一齐大笑，"还不是因为孔少府倡议聚儒的号召，各地的儒生都打算去凑个热闹。袁大将军让我等齐聚于此，是想等人齐了，由郑玄公和荀谌公带着一同上路——这是审配怕别州有才俊先行，抢了他冀州的风头啊。"

果然这件事和蜚先生、孔融有关。孔融在许都点火，蜚先生借着"荀谌"这具僵尸煽风，审配又借此打压各地大族。真是牵一发而动全身。刘平暗暗叹息，汉室在这些年轻士子心目中，已是羸弱不堪的土俑，帝威荡然无存，再想挽回，还不知要付出多少努力。

"刘兄来此，难道不也是为了许都聚儒吗？"卢毓问道。

刘平扬起下巴："不错，我来之前，听说河北精英荟萃，袁公海纳百川，想来切磋一下。如今一看，实在令人失望。都是些只认郡望不通经典的愚昧之辈！"柳毅和卢毓纷纷点头称是，觉得这人狂归狂，讲的话倒是很中听。卢毓叹息道："正所谓上行下效，大将军的幕府重籍贯甚于德行，才会有审荣这些小丑跳梁。若不是辛毗先生从中周旋，我们不知还要被轻慢到什么地步呢。"

看来这郡望之争积怨已深，刘平眉头紧皱，负手沉声道："看来这邺城，竟是他们审家的天下啊。"这一句话，引得这些人七嘴八舌，不是讲自己在邺城如何被排挤，就是说袁氏如何对当地家族苛酷。

见大家情绪都起来了，刘平抬起右臂，傲然道："不瞒诸君，在下乃是荀谌荀老师的弟子，那审荣在我眼中不过是土鸡瓦狗而已！我今在此，行孔孟之道，秉纯儒之心，教他们知道，不是只冀州才有名士！"他这一番话，又惹得一群士子嗷嗷叫起来。柳毅兴奋地嚷道："说得对！把咱们逼急了，咱们就叫人去衙署闹！当初太学生数千人诣阙上书，连桓帝都要退让，何况区区一个审荣！"

卢毓在一旁忽然道："审荣不过是借他叔父名头横行，学识有限。但这城里有另外一人，才是真正危险的人物。"屋子里霎时安静下来，刘平看众人的表情，似乎对此忌惮得很，微微一笑道："听凭八面风起，我自岿然不动。"

柳毅连忙道："刘兄，这人可是个狠角色，不能掉以轻心啊。我们在他手底下，都吃过亏。连审配、辛毗那些人，都时常过来拜访，对其赞赏不已呢。"

"哦？你这么一说，我倒想去拜会一下了。"

刘平昂起头来，显露出孤高傲然的气质。他知道，邺城的那些人在暗处注视着自己。表现得越狂放，就越容易受重视。最好的途径，就是打败他们最看好的英才。

这是邺城馆驿中的上房，独栋独户，还有个小院。刘平走到门口，叩了叩门上的兽环，发出沉闷的钝声。他的身后簇拥了一群以卢毓、柳毅为首看热闹的士子。卢毓有点担心把事情闹大，柳毅却是唯恐天下不乱。

很快门吱呀一声被打开了，一个年轻人出现在门口，与刘平四目相对。

"司马懿，你的劲敌来了！"柳毅在刘平身后大叫起来。

这两个人静静地望着对方，一时间都没说话。柳毅对这突如其来的沉默很是诧异，他看向卢毓："他们原来认识?"卢毓皱眉道："弘农与河内，倒不是特别远，两人认识，也未可知……"可他看两人神情，语气里也没什么自信。

率先打破沉默的是司马懿，他晃动脖子，阴恻恻地环顾四周："你们跑来我家门口，还没吃够教训吗?"他眼神扫处，众人都纷纷把视线挪开。刘平抱拳道："我是弘农刘和，特来向司马公子请教。"他的肩膀在微微发颤，声音略僵硬。

"哦……姓刘的，你是汉室血亲喽?"司马懿昂起头，嘴角带起一丝若有若无的笑意，慢慢拔出了腰间的佩剑，踏出门来，顶着刘平走了几步，"汉室的人，可不会只要耍耍嘴皮子，咱们来比剑吧。"刘平这才发现，司马懿走起路来，是一瘸一拐的，似乎右腿受过伤。

这年头的年轻人，除了读书研经以外，都要学点剑技，当几天游侠，此乃一代潮流。那些士子看到司马懿直接亮出了剑，都有些兴奋。剑斗可要比吵架精彩多了。刘平身上没有剑，柳毅立刻从同伴那儿解下一把，递了过去。

刘平刚把剑握紧，司马懿已经挺剑刺了过来。因为腿伤，他的剑速并不是很快，可刘平的反应却更加迟钝，甚至连躲闪的动作都没有。司马懿的手腕一抖，化刺为拍，剑脊重重地拍在了他的左肩。刘平往后踉跄了好几步，神色有些痛苦，想来被拍得不轻。

司马懿的进攻仍在继续，刘平勉强抵挡，却左支右绌，被他连连拍中，狼狈不堪。

"刘兄话锋了得，可手底的功夫还是差了点火候。"柳毅啧啧地说，面露遗憾。卢毓歪了歪头，他也懂得剑道，总觉得这场比斗的两人有些蹊跷。进攻者与其说是杀意凛然，不如说是怒火中烧；防守者似是心存歉疚，却又带着几丝轻松。两人一进一退，居然颇有默契。

"住手!"

一声大喊传来，司马懿与刘平都停下手。众人循声看去，看到辛毗匆匆走了过来，身后还跟着审荣。辛毗面沉如水，开口便呵斥道："你们都是儒生，在这里像匹夫一样乱斗，成何体统!"审荣不失时机地一指司马懿，瞪向刘平："仲达腿伤未愈，你好意思与他斗剑?"

明明是司马懿把刘平拍得鼻青脸肿，审荣还这么说，就是明目张胆地偏袒了，围观者哄的一声都议论开来。辛毗抬手，让这些鼓噪的非冀州士子稍微安静一下，问刘平道："到底怎么回事?"

刘平长剑倒持，讪讪道："在下与司马公子切磋剑技而已，并无恶意。"

辛毗一捋胡髯，训斥道："你们两个开衅私斗，违背城规，都该要责罚才是。你们是谁先动的手?"

刘平道："是我。"辛毗松了一口气，他一直在笼络非冀州士子，却又不想得罪审配。刘平如今主动认错，正好解除了他的尴尬。他说道："既然是你先动手，我也袒护不得。司马公子，你可有什么意见？"审荣得意扬扬地对司马懿道："仲达，有什么点子尽管说出来，我知道你最有主意了。"

司马懿乜斜刘平一眼："剑上亏欠的，不如笔端来还。就让他来帮我抄抄书吧。"

围观人群又是一阵哗然。这惩罚倒不重，只是太羞辱人了。这些人都是各地名族，谁能容忍像个校书郎一样给别人抄书？辛毗问刘平是否愿意接受，刘平居然点头认罚。

柳毅大叫："刘公子，你不可屈服，咱们替你诣阙上书，申冤雪耻！"审荣冷笑道："阙在许都，你有能耐，去面告天子啊。"柳毅大怒，上前要动手，却被刘平拦住："柳兄，今日之事我一人承担，不必旁及别人。"柳毅这才悻悻闭口，被卢毓劝了回去。

司马懿背着手走回院子，勾勾手让刘平进来。他们进院以后，司马懿从书架上取下一本《庄子》，扔在他面前："你这么自由散漫，就抄这个吧。"刘平一敛狂态，居然一句也没还嘴，乖乖研墨铺纸。辛毗看他没什么异动，这才跟审荣离开。其他人看了一阵，也都散了，无不叹息这个狂士果然还是不敌司马公子。

人都散了，司马懿把院门关好，慢慢走进屋内。刘平放下笔墨，一脸喜色正要开口，司马懿却喝道："不许回头，继续抄，不要停。"刘平莫名其妙，只得拿起毛笔蘸好墨，开始一行行抄起来。

"刚才我打得疼吗？"司马懿站在他身后，忽然问道。刘平笔下不停，口中回答："嗯。"

"哼，疼就好。这第一下是替我大哥打的，第二下是替我爹打的，第三下是替我三弟打的，第四下是替……"司马懿嘴里计着数，在刘平背后来回踱着步子。

"你的呢？"刘平想要回头，司马懿飞快地转动脖子，瞪了他一眼，吓得他赶紧重新转回去。

"我的另算！你以为挨几下剑就能抵偿？"司马懿冷冷道，"你这个浑蛋，当初在温县不告而别，自己偷偷跑到许都，居然当起皇帝来了！我连你的死活都不知道，还得给你收拾残局！现在倒好，又跑到邺城来，又来个不告而来，还自称什么弘农刘氏。我现在都不知该叫你什么？杨平？刘平？刘和？刘协？你到底是谁？"司马懿在屋子里走路的速度越来越快，情绪也越来越激动。

"我是你的兄弟，仲达。"刘平停下毛笔，心情激动。

"不许停！不许回头！"司马懿厉声道，大发脾气。刘平低头抄录，不敢回首，只听身后脚步声往复急促，仿佛情绪化为烈马在尽情奔驰，然后声音逐渐转缓，终于复归安静。刘平小心翼翼地侧头一看，看到司马懿靠在身后柱子坐下，一脸痛苦地揉着右腿，大概是刚才走得太急伤到了筋。他面上余怒未消，眼角却带着些许潮湿。

他一看刘平又偷偷回头，眉头一皱，刚要呵斥。刘平已开口道："仲达，对不起。"

司马懿没说话，隔了好久，声音才再度响起："你总算有一件事对得起我，就是杀了赵彦——尤其是栽赃给曹氏这一点，我很欣赏。我就怕你又犯傻念叨什么仁义道德。乱世已兴，仁德是病，得治！"

刘平一阵苦笑，没敢接茬儿。他的选择，正是司马懿所说最蠢的那种，只不过后来赵彦自己发疯，阴错阳差被曹家的人砍了脑袋。他不想继续讨论这个话题，转而问道：

"仲达你为何会来到邺城？"

司马懿似笑非笑，反问道："我来这里，还能干吗？"刘平手中的毛笔一颤："司马伯父打算暗结袁绍？"

司马懿是河内大族司马氏的子弟，而河内地处袁、曹交兵之间，太守魏种又曾有叛变曹氏的前科。司马懿此时前来邺城，又如此受到厚遇，政治意味浓厚。看来河内近期，恐怕会有剧变。刘平忧心忡忡道："袁绍兵多而不精，将广而离心，纵然一时势大，我以为终究不是曹公的对手，司马伯父这次，怕是押错了。"

司马懿满不在乎地拍了拍手："我爹让我来，只是考察一下风向，不然送来的就是我大哥了。你放心吧，我爹这个人虽不够聪明，可分寸从来掌握得很好，从来不会站错队。"刘平若有所悟地点点头，司马防在诸多诸侯之间存活至今，自有一套办法。次子前往邺城游学，这个举动说轻不重，说重不轻，进退皆宜。

司马懿换了个姿势："别说我了，说说你吧。你这个家伙现在做事越来越飘忽——记得把头转过去，一边抄一边说，说不定有人在外头监视。"

刘平转过身去，慢慢抄录着《庄子》，把他的事情和盘托出。这是一次漫长的坦白，刘平心中的秘密藏得太多太过复杂，对每个人都只能吐露一部分，只能三思而言，极其耗费心神。现在终于可以毫无戒备地袒露心声了，他说得酣畅淋漓，像是一个在黄河中挣扎的溺水者浮上水面，贪婪地吸着自由的气息。

一直到整部《庄子·外篇》全数抄完，刘平才说完自己这段时间的经历。司马懿闭目不语，陷入深深的思考。刘平的经历确实太过奇特，所牵涉的人也太多，他不得不在身上罩上一层又一层的薄纱。从伏寿、杨修看来，他是复兴汉室的同谋者；从天下看来，他是寄寓许都的屡弱天子；从郭嘉、曹丕看来，他是白龙鱼服的皇帝；从郭图、蜚先生看来，他是汉室的绣衣使者；如今到了邺城，他又成了弘农来的狂士。若要把这些顺序理清，即使司马懿也得花上一段时间。

"义和呀义和，你可……呃……你可真是个撒谎精。"司马懿感叹。刘平没料到他第一句评论，居然是这个，一时愕然，旋即笑了起来。他们当年在河内一起玩耍，闯出祸来，都是司马懿出面撒谎隐瞒，有时候能瞒过去，有时候却会被揭穿，刘平那时取笑司马懿是个撒谎精，想不到这外号有一天会落到自己头上。

司马懿微撇了下嘴，很快收敛起笑容，换了副忧心忡忡的神情："义和，我听到了你的经历，但还是不明白你的打算。你身为九五之尊，为何不惜以身犯险跑来邺城？你到底有什么图谋？"

听到这个问题，刘平把毛笔搁下，开始重新研墨，墨块慢慢在砚中化为黑水。

"自从我做了皇帝以后，日夜苦想。但无论我如何思考，都想不出在许都可以扳回局面的办法。汉室在这个螺蛳壳中腾挪，终究是一盘死局。唯有跳出来，才有广阔天地。"

时近黄昏，屋子里已有些暗淡。司马懿取来一个铜制烛台，插上一根素净白蜡烛搁到案几上，自己则退回到阴影里。刘平铺开一张新纸，继续抄录内篇。司马懿倚靠在屏风边，慢慢地用手拍打着膝盖。

"让我猜猜看……"司马懿闭上眼睛，又倏然睁开，"你借与郭嘉联手的机会，跳出许都；又借白马之围，跳出郭嘉的掌控，来到邺城——那么然后呢？"

这是刘平第一次吐露自己的真实目的，他下意识地左右环顾，压低声音道："我这次来邺城，是要找一个人。这个人叫许攸，他的手里有一本许劭的名册。"

司马懿在阴影里一听到这个名字，眉头一皱。

许劭乃是当代名士，最善于品评人物，每月一次，谓之月旦评。谁若能得他金口评价，必然是身价暴涨，各家追捧。当初曹公还未发迹之时，经常带着礼物去求见许劭，希望他能美言几句，许劭却对他的为人颇为鄙夷，不肯相见。曹公动手胁迫，许劭不得已，只得说他是"清平之奸贼，乱世之英雄"。据说曹公自己还挺喜欢这句。

刘平道："许劭本人在汉帝移驾许都的前一年在豫章去世，月旦评从此中断。可他留下来一本名册，几经辗转，最后落到了许攸手里。许劭足不出户，却知天下之事。他的背后，必有一个覆盖中原的人脉，对诸家动向了如指掌。你明白了？"

司马懿"嗯"了一声。许劭虽然过世，但这本名册里一定记录着他生前操控的那层人脉。只要把这本名册掌握在手，等于是多了一双俯瞰中原人才矿脉的眼睛。世族动向一目了然，其中的意义不言而喻。

"这名册叫什么？"司马懿问。

"名字就叫作《月旦评》。"

司马懿随即又问道："这册子如此有价值，为何许攸不给袁绍，反而深藏不露？"

"因为袁绍用不着。河北名士这么多，不需要费尽心思去搜刮人才。对饱食者来说，一块烤肉无非是一口香，对饥饿者来说，却是一条性命——许攸这个人，最喜欢待价而沽，珍宝贱卖这种事他是不会做的。"

"谁告诉你这册子下落的？"司马懿好奇地问。

"冷寿光。"

这个名字没有让司马懿产生任何触动，他只是若有所思地点了点头："你拿到名册之后，打算如何？"

刘平把毛笔蘸了蘸墨，抬起头来，望着高悬的房梁，轻叹道："古人云，天时不如地利，地利不如人和。汉室如今最堪倚仗的，就是人和；最缺少的，也是人和。只要我得到这本名册，便可多为汉室寻一些藤萝的种子，暗中寄生滋养于曹氏之树，以图大计。"

"这可不是你会说的话，谁教你的吧？"

"是杨修杨先生。他说汉室要做倚天萝，依附曹氏而生。"

司马懿嗤之以鼻："幼稚！藤蔓在成长，大树也在长！大树离藤，不过是壮士断腕；藤蔓离树，却是必死无疑。等到曹操发现汉室已尾大不掉时，你猜他会不会投鼠忌器？"

刘平被他呛得说不出话来，脸色有些尴尬。司马懿又道："义和，不是我贬低你。你这个人的性格太温和，又是个滥好人，根本不会这些钩心斗角。这倚树之计说起来简单一句话，实行起来要有多难？面对荀彧、郭嘉、贾诩、蜚先生这一群人的算计，不能行错一步，你觉得自己能胜任？"

刘平无奈地摇摇头道："我也知道这局面之艰难……但是汉室屡弱到了这地步，这是唯一的出路。仲达，若换作是你，你会怎么做？"

司马懿重新站起来，用手扶住柱子，五根手指有节奏地敲击着木节，发出橐橐的声音："无论把大树缠得多紧，藤萝终究是藤萝，永远成不了大树。不如去做蛀树的白蚁，索性把大树蛀蚀一空，再以腐木为养料，栽下一棵新树。"

说到这里，司马懿眼神里射出一道阴鸷的光芒，双唇磨动，似乎在模仿巨蚁啃噬木料。刘平垂下头，细细咀嚼着"新树"二字，未置可否。司马懿又凑前一步，眼神灼灼，这一次言辞更为直白："汉室已是衰朽不堪，纵然有灵丹妙药，也不过苟延残喘罢了。总围着这块朽木招牌转，还不如另起炉灶，别开新朝！"

"啪"的一声，刘平的手把墨砚碰翻，几滴墨汁洒在了案脚的竹席之上。

劝说一位皇帝别开新朝？这可当真是大逆不道的言论，犀利到不能直视。刘平缩了缩脖子，嗫嚅道："可我是大汉天子，怎么能另……"司马懿打断他的话："大汉天子又如何？光武皇帝也是汉室宗亲，号称绍继前汉，可谁都知道，这个汉和那个汉，根本不是一回事。他不是中兴之主，根本就是开国之君！光武能做到，你为何不能？"

司马懿的思维一贯出人意表，但他的这个建议仍是太过匪夷所思。刘平不得不停下运笔，勉强咽了咽唾沫，用尽心神去抵挡、消化它所带来的冲击。司马懿没有逼迫，而是退回到阴影里，声音恢复平静："若我是你，我就会这么做。这是最好、也是唯一的一条生路——不过我毕竟不是你。"

刘平忽然意识到，有一个至关重要的问题，自己居然忘记问了。

司马懿刚才一直谈论的，是刘平该如何如何，那么他自己的态度是怎样的？给出建议是一回事，投身于其中，是另外一回事。刘平知道司马懿与自己情同手足，可这件事太过重大，关乎到了司马氏阖族的安危。为了家族利益，司马懿会如何选择？会不会投入这一场胜算不大的艰苦对弈中来？

理智上，刘平不希望把司马家卷到这一场旋涡里来；感情上，他却一直渴望有一位真正能放心托付的战友。

"仲达，你会帮我吗？"刘平搁下毛笔，回过头来，忐忑不安地问。

司马懿冷冷地回答："不会，那种对兄弟都不放心的浑蛋，我没兴趣搭理。"刘平知道自己说错话了，歉疚地抓了抓头皮，正色道："我想让汉室复兴，需要仲达你的力量，来帮我。"

司马懿"哼"了一声，走到案几前，把墨汁淋漓的《庄子》抄件一把扯过来，略看了一眼，随手丢在一旁："这种事，果然就不该放任你乱来，还是我亲自动手吧。"

"谢谢。"刘平低声道。

司马懿咧开嘴，拍了拍他的肩膀，阴森森地笑道："告诉你一个秘密。我出生时有人给我算过命，说我是飞马食槽之命。所以你这个家伙啊，安心守住皇位就行，曹家就交给我来对付。"

刘平长舒一口气，正要开口说话，司马懿却机警地猛一转头，竖起食指："噤声！"

屋子里立刻陷入寂静，门外传来一阵敲门声，然后一个女人的声音传来："请问我家主人刘和在否？"

"是任红昌。"刘平压低声音说，和司马懿交换了一个疑问的眼神。按规矩，一个侍妾在入夜后，绝不可能跑到别的男子房前敲门。任红昌这么做，想来是有什么特别的急事。刘平不想让自己和司马懿的关系暴露，便主动起身去开门。司马懿则跪坐在案几前，装模作样地翻看《庄子》。

门一打开，任红昌一脸焦急地对刘平道："二公子被抓走了。"

第七章　一条暗流波浪宽

曹丕自从踏足官渡以来，无时无刻不惦念着手刃噩梦，一心一念怀着仇恨苦练剑法，又要掩饰自己身份，不得有片刻松懈。

曹丕厌恶地吸了口气，周围充斥着腐烂的稻草味和霉味。他挪动身体，发现手底下的地面沾着一大块不知质地的污垢。他吓得赶紧把手抬起来，擦了擦，想换一个地方，可是这个狭窄的牢笼根本没有太多选择。他只能把衣袍的下摆垫在手里，勉强靠坐在墙壁上，往后一抹，抹了一手绿绿的尿藓。

　　曹丕是在下午被抓进来的。他本来只想打听一下许攸的府邸，结果误入了贵人区，被附近的卫兵给盯上了。好在他自称是游学儒生刘和的仆从，负责审问的老吏没敢特别为难，把他关到一个单间里，还特意派人去邺城驿馆送了信。不出意外的话，第二天早上刘和过来缴纳一笔钱，就能赎出去了。

　　不过这一夜，就比较难熬了。曹丕不惮于吃苦，但躺在这么龌龊的地方，实在有点超出他的忍耐力。他思前想后，决定不躺了，干脆站上一宿算了。他不想贴着墙壁，就站在监牢正中间，待了一阵觉得实在无聊，索性右手虚握，开始在这个狭窄的监牢里练起剑来。

　　一套剑法走完，曹丕头上隐有热气，呼吸微促。这时一个苍老的声音传入他的耳中："不要跑来跳去，扰人清净。"曹丕一愣，这里是单间，怎么会有另外一个人的说话声？他再一听，却又没了声音。这监牢里只有一床稻草席子，除此以外别无他物，绝不可能藏着别人。曹丕脸色"唰"地变了，心想不会是以前死在这里的囚犯鬼魂吧？他不由得把身体靠在墙角，瞪大了眼睛，开始念诵驱魔的咒语——那是他从一个术士那里学来的。

　　"不要吵，烦死了。"声音再度响起。曹丕这次听清楚了，这是来自隔壁的一间牢房。

他蹲下身子，扯开草席，看到在脏污的墙角处有一个拳头大小的洞口，声音就是从这里传过来的。他把头探到洞口，冷不防看到对面一个硕大的白眼珠子在转，曹丕吓得"啊呀"一声，朝后躲去。

"原来是个毛头小子，无趣！"

声音意兴阑珊，眼珠子旋了几圈，从洞口离开。曹丕这才知道，隔壁的是个活人——不过这人的眼睛可是够大的，快赶上牛眼了。曹丕定下心神，愤愤道："君子贵慎独，讲究的是非礼勿视。你逾墙窥隙，已是无礼之举，反来怨我？"

他这一句话里，带了《大学》《论语》《孟子》中的三个典故。隔壁的声音"咦"了一声，颇为惊讶："小小年纪，谈吐倒也不凡，你是谁家的子弟？"

读过这些经籍并熟用其中典故的孩子，一定是有家境的人。曹丕答道："我是弘农刘家的书童，这次是陪主人赴邺游学而来，只因举止不慎，被关了起来。"声音沉默片刻，复又响起："弘农刘家啊……家教果然不错，小小书童，说话都这么有雅识。也罢！总比那些狱吏强点。长夜漫漫，咱们勉强来聊聊吧。"

曹丕一愣，心想这人倒是个自来熟，刚才还嫌聒噪，如今居然主动要求聊天。

"聊什么？"他谨慎地问道。

"诸子百家、诗经楚辞、三坟五典……无论什么，老夫都可以迁就你的水平，随便教诲一下。"声音傲气十足。

曹丕面对墙壁，席地而坐。牛眼透过孔隙，看到童子坐得很端正，颇有讲学聆听的仪态，很是满意，便开口徐徐讲了起来。

这人的声音老成，带着一股威严之气，一听便知是常居高位者，只是不知为何困居囹圄。他自己没提身份，曹丕也就不问，只谈历代文章。慢慢地，曹丕听出来了，这人一定是个孔融似的名士，满腹经纶锋芒毕露，一日不说便浑身难受。偏偏这监狱里都是目不识丁之辈，他一腔议论无处宣泄，憋闷非常，正巧碰到曹丕这种懂行的听众，自然是如获至宝，要一吐为快。

这个人的学问相当大，说起话来引经据典，滔滔不绝。曹丕本只是打算打发时间，却没想到他的言谈确有精妙之处，不知不觉被吸引，听得津津有味。曹丕家学不错，自己一向也颇为自负，所以听到这人的议论，顿时感觉到一扇大门被缓缓推开，引着他登堂入室，一窥文章秘奥。而曹丕偶尔的几句反问或驳论，让那人的谈兴更浓。

曹丕自从踏足官渡以来，无时无刻不惦念着手刃噩梦，一心一念怀着仇恨苦练剑法，又要掩饰自己身份，不得有片刻松懈。时间一久，精神疲惫不堪。一直到今日，他才给自己找到一个理由，平心跪坐，抛开杂念，安静地听一个不知名的老者说些单纯的东西。

这时候，曹丕才惊讶地发现，自己内心深处绽放开来的，居然是一颗文人之心。原来，他渴望着有一场这样无拘无束的谈天，已经很久了。

"这一夜，就让我歇歇吧。"曹丕闭上眼睛，压抑住戾气与杀伐之气，像一个太平盛世的普通学子一般，沐浴着春风，心无旁骛地聆听着老师的讲说。于是，这一老一少你来我往，交相论辩，浑然忘记外界的险恶，隔着一个极其肮脏的孔隙，说起最清雅的话题来。

"总而言之，童子，文章乃是经国之大业，不朽之盛事。咱们的寿数都有尽头，身死之日，一身富贵也就烟消云散。而文章却是万古长存，无穷无尽！我说完了。"

这人说完这一句，长长叹息了一声，手掌拍打着膝盖，似是感慨万分。曹丕抬头一看，窗外蒙蒙微亮，这才惊觉两人竟谈了整整一夜。他慢慢挪动已经麻木的双腿，反复琢磨老者最后的话语，心情异常平静。这一次对谈结束了，他既无遗憾，也无不舍。

声音道："天已大亮，一会儿就会有人来赎小友你出去了吧？"

曹丕道："正是。"

孔隙里的牛眼一闪而过，声音道："你这孩子，见识与悟性都不错，若非屈就书童，也是个可造之才，可惜，可惜。"曹丕站起身来，恭恭敬敬面墙而拜："老先生金玉之言，受益良多，可比我……呃，我主人家的教书先生强多了。"

"哼，昨夜与你所谈，都是老夫这几年来殚精竭虑的奥义，岂是寻常腐儒可比！"那声音傲然道，旋即又低沉下来，"昨夜之言，我已有了一个题目，名曰《典论》。可惜监牢里无纸笔，不能写下来，估计是没机会传世了——想不到这《典论》唯一的听者，居然是个小书童，嘿嘿，真是造化弄人。"

曹丕踏前一步，大声道："先生所言，我已谨记在心。等我禀明了主人，抄录下来，为先生刊行，刻在石碑之上，必可大行于世。"

孔隙里的眼睛消失了，一个疲惫的声音传过来："呵呵，你有这心思，我很欣慰。不过等你出去以后，赶紧告诉你家主人，找个理由离开邺城吧，不要横死在此处。"

"为何？曹军不是远在官渡吗？"曹丕大惊。

对方沉默片刻，缓缓道："审正南这个人，对各地宗族觊觎之心已久。他把你们招来邺城，绝无好意。若不及早脱身，必致大祸。"

听到这话，曹丕脊背为之一凉，不由得退后数步。审配对非冀州的世族子弟怀有偏见，这谁都知道，可他居然打算对这些人下黑手，这却超出了曹丕的意料。他皱着眉头，轻轻咬住嘴唇，突然意识到，这老人对审配的心思似乎了若指掌，一定和邺城高层有千丝万缕的关系。

曹丕心念一动，开口问道："我家主人是许攸先生的旧识，有他在邺城庇护，应该没什么事吧？"

声音发出一声嗤笑："许子远？他算得上什么名士，趋炎附势之徒，天性凉薄之辈。你那主人，可谓有眼无珠！"

"听您这么一说，确实如此！自从进了邺城以后，我们就一直找不到他。"曹丕巧妙地引导着问题。

声音道："哦，这不奇怪。他之前惹恼了袁公，被罚在家禁闭。除非有袁公的凭信，谁也不得靠近……嘿嘿，待遇倒是比老夫强多了。"

说到这里，曹丕忽然听到外面铁锁哗啦作响，有狱吏喊道："魏文，有人来赎你了！"曹丕整了整衣襟，对着孔隙深深鞠了一躬："先生昨夜教诲，在下铭记于心。未敢请教先生姓名。不然他日若有机会将《典论》发扬光大，恐怕有师出无名之憾。"

"哈哈哈，师出无名，你这童子倒是会歪解。"声音爽朗地笑了起来，"老夫姓田，叫田丰。"

曹丕告别田丰，被狱卒带出监牢，卸下镣铐。狱卒一推他肩膀："走吧。"此时外头阳光耀眼，曹丕手搭凉棚四下望去，没看到刘平或者任红昌，却看到几个形迹可疑的布袍男子不怀好意地靠近。曹丕连忙回头，狱卒"咣当"一声刚好把门关上，断了他的退路。

曹丕脸色一沉，知道自己有大麻烦了。这种事他曾听人说过，叫作"逋遗"，是一种汉代陋习。监牢里的狱卒会专门盯着那些轻犯，一旦发现他们能用钱赎罪，则说明这犯人家中有油水可榨。狱卒会在头天晚上收了赎买钱，次日故意把囚犯提早放出来，外头联络好几个泼皮，把犯人强行掳走，再向他家人勒索一道。这种做法风险极小，获利却大，在桓、灵时代曾经颇为盛行。

曹丕没想到，在邺城这个地方，居然还保留着如此陋习。此时天色刚蒙蒙亮，监狱又地处偏僻，来往行人不多，正是绑人的最好时机。这几个泼皮散成一片扇形，朝着曹丕围过来，嘴角都带着贪婪的狞笑。曹丕停下脚步，昨天晚上被文章压抑下去的戾气呼啦一声又翻涌上来，他像是一只受伤的小兽，朝着猎人发出沉沉的低吼。

他环顾左右，缓步走到一片低矮的屋檐之下。一个泼皮对这么个半大孩子没什么警惕，咧着嘴伸出手去抓他的脖颈。曹丕猛然跳起来，双手奋力一扒，把那屋檐上的瓦片哗里啪啦地拽下来。泼皮猝不及防，高抬起手来去遮挡。曹丕趁机用脚猛踢他的下裆，泼皮惨呼一声，捂着裤裆倒在地上。

曹丕趁机迈过泼皮佝偻的身体，撒腿就跑。其他几个泼皮见势不妙，发一声喊，一起追去。这些人身高腿长，比起曹丕来速度快多了，很快就追赶上去，嘴里还骂骂咧咧，说要打折这娃娃的狗腿。

包围圈越来越小，曹丕眼见要被挟住，他猝然就地一滚，俯身从地上捡起一根粗大的树枝，手做剑指，朝为首一人刺去。他现在的剑法，已有了王氏快剑五成火候，这一下子就刺中了那人的腿窝，那人咕咚一声倒在地上，大声呻吟。

这些泼皮倒也悍勇，见到同伴倒地，不退反进，纷纷从腰间抽出大棒或木刀，朝着曹丕狠狠砸去。曹丕抵挡不住，只得转身继续奔逃。邺城对他来说是一个迷宫，他不辨方向，只得凭着直觉在小巷里七转八转。泼皮们显然比他更熟悉地形，分进合击，有好几次险些得手。曹丕慌不择路，忽觉眼前一阔，居然冲出巷口，来到一条宽阔大街上。

曹丕还未松口气，忽听到耳边传来一声惊呼。他转头去看，看到迎面一辆单辕马车急速朝自己冲来。那车夫看到有个人斜里冲出来，急抖缰绳想躲开，殊不知犯了驭车大忌。只听辕马一声嘶鸣，车轮在青石地面滑过，整驾马车轰隆一声，侧翻在地。曹丕急忙躲闪，身体堪堪避过，却被倾覆的车厢压住了衣袍下摆。那车夫也被甩出车去，撞到一旁的墙壁上，一动不动。

这突如其来的事故，让那些尾追而来的泼皮愣住了。能用得起马车，这车主一定身份不低，现在凑过去说不定会惹出什么麻烦。究竟是继续追那孩子，还是化为鸟兽散，他们一时都拿不准主意。为首的泼皮打量了马车一番，注意到无论车厢还是辕头均无装饰，便吼道："怕什么，出了事，有审荣老大给咱们担着，上！"

曹丕听到那边大吼，急忙矮下身子去撕扯衣袍，想尽快脱身。可这时，从倾覆的车厢伸出来一只手，一把握住他的手腕。曹丕大惊，定睛一看，发现这只手白皙细嫩，一看便知是属于年轻女子的。

"救，救我……"

一个少女狼狈地从车厢里探出头来，面露痛楚，朝着曹丕小声呼救。曹丕瞥了她一眼，霎时间呆在了原地。这少女的眉眼，竟与伏寿有几分相似，翘鼻丰唇，双眸美得惊人，缺少的只是后者的沧桑成熟，看上去更多的是青涩的纯净。

泼皮们叫嚷着冲了过来。曹丕如梦初醒，知道这不是发花痴的时候。他低下头，想继续撕扯衣襟，那少女的手却紧紧抓着他，似乎在抓着自己最可信赖的人。曹丕想甩开她的手，可一看到少女楚楚可怜的眼神，就在脑海里把她和伏寿的样子重叠起来，让他心中为之一软。

就这么一耽搁，泼皮们已经杀到身旁。他们恼火曹丕的不老实，恶狠狠地对他拳打脚踢。曹丕为了避免受伤，只得把身体蜷缩起来，承受着暴风骤雨般的毒打。他身体扑倒，恰好挡在了少女跟前，看上去好似是把她保护在怀里。少女面色绯红，闭上眼睛一动不动，曹丕却是满目赤火，心中郁闷不已。

泼皮们打了一阵，要把曹丕扯起来带走。这时那个车夫从地上爬了起来。他的斗笠掉在地上，露出一张英武的面孔，年纪在二十五六岁。

"原来是谁家的姑娘要淫奔啊。"泼皮们哄笑起来。这一男一女一大早急急忙忙驾着马车要离开邺城，任谁都知道是怎么回事。车夫闻言大怒，疾步扑过来挥拳就打。这人别看行事鲁莽，手底的功夫却是不弱，出手狠辣无比，毫无花哨，拳拳都是打击对手要害。没几个回合，那七八个泼皮都被打倒在地，捂着下阴或者眼睛呻吟。

车夫抓住曹丕肩膀，粗鲁地将他拽开，飞快地俯身握住那少女的手，把她从车厢里拽出来，上下检查一番，用手比画了几下，少女红着脸，一指曹丕："多亏了这位义士挡住那些坏人……"

车夫冷哼一声，似乎对曹丕的行为不以为然。曹丕这才发现，原来这车夫是个哑巴。不过他对这一对男女没兴趣，也不想辩解，自顾站起身来，转身要走。就在这时，一阵急促的脚步声传来。从街道两旁突然出现了几十名士兵，个个腰挎短刀，头裹黑巾。这是袁氏在邺城最精锐的卫队。他们神情严肃，呼啦一下把倾覆的马车团团围住，登时围了个水泄不通。

曹丕有点糊涂，自己的身份不过是个书童，即便是被泼皮"逋遗"，也不至于惊动这种级别的卫队。那车夫把少女抱在怀里，狠狠"呸"了一声，怒目以对。曹丕这才恍然大悟，这卫队原来是冲着这两个人来的。

一名校尉模样的人走进圈子，略扫了一眼现场，阴沉着脸比了个手势。立刻就有十几名士兵出列，把那几个泼皮以及曹丕从地上拽起来，牢牢架住。曹丕吃痛，不由得"哎呀"叫了一声。卫士长手指轻晃，示意把他们都带走。这时少女忽然站出来，对校尉大声道："这人跟他们不是一路的，刚才还舍身救我，不是坏人。"

校尉眉头一皱，对这位弱不禁风的少女很是无奈。少女昂起下巴，显得很坚决，他只得低声吩咐了一句，架着曹丕两条胳膊的士兵稍微松了松手，让他感觉好受些，但还是紧押着不放。

这时候街上已陆续有了些行人，看到这一番景象，都远远看着，指指点点。不一会儿工夫，一辆新的马车从街道一头开过来，停在众人身前。校尉比了个手势，请少女登车。让曹丕惊讶的是，那个车夫居然也堂而皇之地登上去了。

少女进到车厢以后，脸在小格窗棂里一闪而过，似乎想多看一眼曹丕。从这个角度看过去，她的气质和伏寿愈加相似，眼中多了几丝忧郁。曹丕望着她在窗口消失的身影，有种怅然若失的感觉。

马车很快离开，可是校尉看起来并不打算放过这些人。他慢慢踱步到曹丕跟前："到底是怎么回事？"曹丕没什么好隐瞒的，就把那些泼皮试图"逋遗"的事情和盘托出。校尉点点头，看来对这种陋习也早已心知肚明。

"那我能走了吗？"曹丕问。现在事情很明显了，他跟那辆马车上的人一点关系也没有。校尉却伸手拦住了他，摇摇头，眼睛里射出两道既讽刺又同情的目光。曹丕脸色"唰"地变白了，他早该想到，能够惊动这种级别的卫队，那女人想必是邺城哪个大族的亲眷。她闹出这种淫奔的丑闻，家族肯定会设法掩盖，目击者肯定会被灭口。

曹丕手脚冰凉，周围都是精锐甲士，想逃也逃不掉了。接下来，他大概就会被带去某一个不知名的地方，被秘密处死，尸体扔到什么沟渠里慢慢腐烂。一想到这种可怖的场景，噩梦便重新复苏，占据了他的整个身心，让他汗如雨下，几乎站立不住。

校尉注意到了这孩子的异状，但没什么表示。他接下来的工作，是把倾覆的马车推开，所有的目击者都带走杀掉，今天的工作就算完成了。至于这些人是不是无辜，有没有免死的理由，他不知道，也没兴趣了解。只要这件事不被泄露出去，任何代价都是值得的。

可他没想到的是，意外发生了。

曹丕突然向前扑倒，整个人一下子摔在了地上。在他的身后，一个身穿青袍的儒生轻轻把左脚放下，一脸厌恶。曹丕从地上狼狈地爬起来，屁股上印着一个大大的鞋印。他强忍着臀部的剧痛，茫然地望着那个陌生的儒生——这人他从来没见过。那儒生伸出手来，"啪"地给了他一耳光，狠狠骂道："狗奴才，你还敢出现！"曹丕被这一巴掌打出火气来了，大叫一声，双手抱住儒生的腰，两个人纠缠成了一团。

这突如其来的混乱，让校尉以及他的卫兵有些不知所措。儒生似乎只打算痛打这孩子一顿，这样的行为，需不需要阻止？谁也不知道。

两人正扭打得热闹，儒生借着缠斗的姿态，在他耳边低声说了一句："二公子，继续打，而且要哭，越大声越好。"曹丕愣怔了一瞬间，可他毕竟聪明，立马反应过来，一屁股坐在地上开始放声大哭。他哭得丑态百出，鼻涕眼泪滚滚而落，俨然一个被小伙伴欺负的顽童。

校尉啼笑皆非，觉得这有点不像话，吩咐人上去把儒生拉开。不料儒生更来劲了，一边狠狠踢打曹丕，一边痛骂，似是有深仇大恨一般。这时另外一个儒生装扮的人从人群里站出来，指着那儒生鼻子就骂：

"好你个司马懿，为何打我的书童？"

那叫司马懿的儒生毫不客气地反击道："主贱仆蠢，主愚仆愚。他做了什么好事，你会不知？看来书抄得还不够多啊。"周围有人认出来了，知道昨天这个弘农的刘和与河内的司马懿打了一架，结果输了，还被罚抄了一本《庄子》。看来这两个人结下冤家，今天又在街头斗了起来。

刘平瞪大眼睛，把曹丕扶起来，厉声喝道："你太跋扈了，简直不把人放在眼里，我去叫辛先生、审治中做主！"

"你就是把光武皇帝请来，也没用。"司马懿毫不客气地反击，又要去踹曹丕。曹丕哭声震天，刘平一把拽过他来，躲过这一脚。三个人你来我往过了几招，曹丕的位置已不动声色地挪出了校尉的控制范围。

校尉不认识刘平，但他认识司马懿，知道这是最近邺城风头最劲的一个读书人，连审配都啧啧称赞。现在他们三个打得斯文扫地，半点仪态都不顾了。忽然右边街角传来几声喧哗，柳毅、卢毓等人也纷纷从馆驿赶过来，看到"刘和"跟司马懿这一对冤家又打了起来，又惊又怒，还带着几分兴奋，挽起袖子就要上前助阵。周围看热闹的人越来越多，本来肃杀的气氛，却被搞得如同花朝节一般喜庆。

校尉无奈地发现，这一场仗莫名其妙地吸引了太多目光。在眼下局势里，他已不可能将所有目击者悄无声息地带走。

"这里发生了什么事？"一个声音从校尉身后传来。校尉一回头，心里暗暗叫苦，原来来的人是审荣。他虽然只是一介儒生，但却有个权势滔天的叔叔审配，在邺城无论是谁都得卖他几分面子。

"审公子，这里有人斗殴。"校尉当然不可能去提马车的事，只得避实就虚地描述了一下。审荣看到斗殴的双方是司马懿和"刘和"，神情微微一滞，低声对校尉道："当街斗殴，有辱斯文，快把他们拉开吧。"校尉叹了口气，知道自己没别的选择，便下令让卫兵们拉架。

几个虎背熊腰的卫兵冲过去，这才把司马懿与刘平、曹丕拽开。刘平趁着混乱的当儿，扯着曹丕钻到柳毅、卢毓那一伙儒生的队伍里去。卫兵们现在若是还想动手抓人，必须得先突破这一群气势汹汹的天之骄子不可。

另外一边的司马懿拍拍身上的土，走到审荣面前，深鞠一躬道："审公子，献丑了。"审荣的脸似笑非笑："仲达你是个读书人，怎么跟那些土包子一般见识呢？"

"该出手时，就得出手。有些人不吃点亏，不知道尊重为何。"司马懿晃动着脖子，满不在乎地说。审荣道："下次何必弄污仲达的手，跟我叔叔说一声，有他们的苦头吃。"

这时候，在他们身旁，那几个被拘押的泼皮忽然大声鼓噪起来。为首的挺直了脖子对审荣喊道："审公子，你得为小的们做主啊。我们可是按您的吩咐去做的！"周围的泼皮也是一片求饶声，喊成一片。

审荣一听这话，脸色骤变，下意识地倒退几步，有些不知所措。校尉意识到这里似乎别有隐情，急忙喝令卫兵让他们住嘴。可一时之间，这么多张嘴哪里堵得住。司马懿眯起眼睛，对审荣道："审公子，借你的宝器一用。"审荣还没答话，司马懿欺近他的身子，"当啷"一声把他佩带的长剑抽了出来。审荣大惊："你要干什么？"司马懿笑了笑，提着剑走到那几个泼皮身前，来回踱了几步，开口道：

"当街闹事，妖言惑众，此非常之时，当行非常之法！不严惩不足以服众！"

说到这里，司马懿的双眸突然暴射出两道寒光，手里长剑猛地刺出，把为首的泼皮刺了一个对穿。整条街霎时安静下来。大家开始只是抱着看打架的心态，却没想到几句话没说完，居然真的闹出人命来了。

司马懿握紧剑柄，轻轻一旋，泼皮的面部剧烈抽搐，口中发出嘀嘀的呻吟。然后这个面带微笑的年轻人把剑从泼皮的胸膛抽出来，动作很慢，仿佛在欣赏一件自己亲手完成的珍品。鲜血顺着慢慢抽离的剑刃涌出来，腥味弥漫四周。

接下来，司马懿手里的长剑不停，连续刺了七次，七个泼皮一声不吭地被刺死。司马懿面色如常地用衣袖擦干净剑刃，双手奉还给审荣。审荣脸色略有发白，接过长剑，嗫嚅道："仲达……你，你做得不错。"审荣知道这是司马懿在帮自己灭口，可胃里一阵一阵地泛着酸水，想要呕吐。

"我刚才不是说过吗？有些人不吃点亏，根本不知尊重为何。"司马懿微微一笑，仿佛只是踩死了七只蚂蚁。校尉站在一旁，暗暗佩服。他久经沙场，可也没见过杀人杀得如此举重若轻的，谈笑间即斩杀七人，这得需要何等的果决与毅定。

司马懿这种做法，让校尉松了一口气。现在围观者们的注意力都放在了司马懿杀人上去了，至于那个倾覆马车到底怎么回事，不会有人再感兴趣，无形中为他减少了很多压力。至于那七条人命，本来校尉也是打算杀人灭口的，由司马懿代劳，更省事了。

司马懿把剑还回去以后，校尉走过来，向两位致谢。审荣说甄校尉你辛苦了，校尉苦笑一声，连声说家门之事。司马懿奇道："为何是家门之事？"

甄校尉脸色一僵，没有回答。审荣把司马懿拽到一旁，悄声道："他姓甄名俨。刚才驾车出逃的，是他最小的妹妹，袁熙的夫人甄宓。"

"哦？"司马懿眉头一抬，这身份倒有趣。

审荣道："甄宓是袁家老二新娶的媳妇，可这女人三天两头想着往外跑，被抓回来好几回，已成了邺城的笑话——我估计这次她又故技重演，被卫队给追回来了。"

司马懿奇道："这么大笑话，袁熙也不管管？"

审荣嗤笑道："据说这姓甄的小姑娘漂亮得不得了，袁熙喜欢还来不及，哪敢惩治啊，都是给惯出来的毛病。现在外头打仗，袁熙在邺城待得少，索性就让她与婆婆刘氏同住。那刘氏也是个懦弱本分的人，就更约束不住了——不过这话仲达你听听就算了，莫要乱说。老袁家的家丑，旁人若是知道，可不是好事。"

袁绍一共四子，其中长子袁谭和三子袁尚一门心思争嫡。而次子袁熙对位子没兴趣，自己又手握实权，地位超然，两方都是尽力拉拢，不敢得罪。所以这个甄氏动辄出走，邺城诸方都是装聋作哑，只在心里笑笑，不敢公开议论。

审荣不想多谈论这个话题，拍拍司马懿的肩膀道："对了，那个弘农的刘和那么讨厌，要不要我禀明叔叔，为仲达你出出气？"

司马懿扬扬手："算了，把他的书童痛打一顿，算是公开羞辱了。我也不想闹大，你知道吗？他还是辛毗先生特别批准放进来的呢。"审荣狠狠道："辛先生为人太老实，总被这些鼓唇摇舌的家伙骗。哼，若让我逮住把柄，让叔叔整死他。"

司马懿打了个哈欠，似乎对这些事毫不关心。

街上的尸体和马车很快都被抬走，围观的人也都渐渐散去。司马懿毕竟杀了人，被邺城卫请去做笔录，审荣也跟着去了。"刘和"一下子成了柳、卢等非冀州儒生的偶像，他们认为他敢于站出来，实在是解气，对冀州儒生的横行霸道越发不满。这些人簇拥着刘平，从当街一直走回到馆驿，一路上七嘴八舌。

到了馆驿，刘平借口要休息一下，屏退了其他人，只留下曹丕在侧。曹丕没多说什么，先打了一盆井水，痛痛快快洗了把脸，一去监狱里的腌臜污气。

过不多时，任红昌推门进来，身后还跟着一个用斗笠遮掩住相貌的人。他摘下斗笠，曹丕眼神一动，正是刚才打过他的司马懿。

"这位是河内司马家的二公子司马懿。"

刘平忐忑不安地向曹丕介绍。他们昨天一得知曹丕入狱后，立刻就赶往赎人，然后被告之次日早上来提人。结果他们抵达之时，正看到曹丕要被校尉抓走，危在旦夕。司马懿急中生智，使出这一招乱中取栗，才把曹丕救出来。

目的虽然达到，但手段有些过火，刘平知道曹丕的性子傲气，无端挨了这么一顿打，不知能否接受。谁知曹丕一见到司马懿，立刻走过去，一躬规规矩矩鞠到底："多谢司马公子救命之恩。"

司马懿眉毛一挑："哦？二公子不记恨我打你？"曹丕正色道："若非此计，我岂能脱身。大恩还不及谢，怎么会心怀怨恨。司马先生的急智着实让人佩服，尤其是杀泼皮时的杀伐果断，真是棒极了！"

开始曹丕还说得郑重其事，说到杀泼皮时，不免眉飞色舞起来，露出顽童本性。司马懿大笑："二公子不嫌我手段太狠辣就好。"

"我父亲说过，要成非常之事，要有非常之人，行非常之举。司马先生你一定会成为他的知己！"

他说话时双目放光，可见对司马懿是真心钦佩。刘平在一旁，表情有些不自然。司马懿为了达成目的，从来不惮于任何手段，而曹丕恰好也是同一类人。两人甫一见面，一见如故，一点都不奇怪。可这种行事风格，刘平并不喜欢，还一度想把曹丕扭转过来——可他不得不承认，在这个时代，司马懿和曹丕的方式才是最合适的。

司马懿忽然转过脸来，对刘平道："陛下你可不要学我们。臣子有臣子之道，天子有天子之道，不是一回事。"刘平尴尬地笑了笑，知道自己这点心思瞒不过司马懿，这是他在试图开解自己。

曹丕一听司马懿口称"陛下"，立刻猜出刘平把两人身份都告诉司马懿了，不禁好奇道："陛下您对司马先生如此信任，莫非之前你们认识？"司马懿面不改色："我也是靖安曹的人，是郭祭酒安插在邺城的眼线。"靖安曹在各地都有耳目，多是利用当地大族的人，这个理由顺理成章，曹丕哦了一声，不再追问。

接下来，曹丕把自己在监狱内外的遭遇讲了一遍。刘平和司马懿都没想到，关在曹丕隔壁的那个健谈大儒，居然是田丰。这个人是袁绍麾下最知名的幕僚，无论是声望还是才智，都凌驾于沮授、审配、逢纪、郭图等人之上，是冀州派的山岳之镇。南阳派和颍川派策动袁绍讨伐曹操时，田丰极力反对，甚至不惜公开指责袁绍，结果惹得袁绍大怒，把他关在监牢里，谁也不许探望。

"你身为曹氏之子，能得到这位河北名士的指点，福分不小啊。"刘平道。

曹丕叹道："那是多么伟大的一个人，我得拜其为一夜之师，真是幸运。这等人才，却不为袁绍所用，他一定会败给我父亲的。有朝一日，我要第一个进入邺城，亲自把田老师迎出牢狱。"

司马懿道："田丰地位极高，对袁绍高层秘辛一定知道不少。二公子你可曾听到过什么？"于是曹丕把临行前田丰那几句话也复述出来。司马懿听完以后，捏着下巴道："审配对非冀州的大族子弟要有动作？这个消息很有意思，很有意思……"

刘平见他眼神闪烁，就知道他一定是在琢磨什么辛辣的东西。这时候曹丕补充道："我还从田老师那里套出了许攸的下落。他如今被袁绍软禁，没有袁绍本人的手令，都不得靠近。"

司马懿看了眼刘平，后者轻轻摆了摆头。刘平找许攸的目的，司马懿是知道的。但曹丕为何要找许攸，这就没人清楚了。

这时候一直保持沉默的任红昌突然上前一步，眉头紧蹙："二公子，那辆倒地的马车……那个车夫，生的什么模样？"曹丕一愣，他刚才叙述的重点都放在田丰身上，对那辆马车只当是意外而已，没多注意。在任红昌的要求下，他努力回忆了一番，略做描述，任红昌情绪陡然激动起来："是了，就是她。"

"谁？"

"吕布的女儿吕姬！想不到沮授居然把她藏进了袁府，怪不得我寻不着！"任红昌的声音有些颤抖。

"她莫非是个哑巴？"曹丕惊道。

"不错。她是天生口不能言，不过吕温侯毫不嫌弃，仍很宠爱她。"

刘平和曹丕都是一阵惊讶。吕姬居然在袁府，还化装成车夫掩护袁熙的老婆甄氏出逃，此中蕴含的曲折内情，可当耐人琢磨。

审配的野心、许攸的处境、吕姬的出逃、甄氏的态度……曹丕这短短一夜，引出了一大堆线索，千头万绪。在场的几个人又都各怀自己的心思，一时间全沉默不语，试图从中理出个次序来。

"不能借助东山的力量吗？"司马懿突然问。如果这里有蜚先生的东山耳目，就容易多了。

"东山被严格限制在前线以及敌区发展，在冀州反而没多少根基。袁绍终究是对蜚先生不放心。"刘平回答。

司马懿闭目略微思考，露出笑意，他忽然指向刘平："陛下你要找许攸。"脖子迅速转动，又看向曹丕："你也要找许攸。"他又指向任红昌："你要找吕姬。"他最后又指向自己："而我们所有人，都希望做完这些事以后，顺利离开邺城。一共是这几件事，对不对？"其他三个人都望着他，等着下文。

司马懿用拇指和食指轻轻摩挲着下巴，在屋子里一瘸一拐地踱了几步，忽又回身，欲要开口，却忽然啧了一声，自嘲似的摆了摆手："我已有了一个一石四鸟之计。"

等到司马懿说完以后，任红昌皱起眉头："听起来不错，可是这计谋完全以你为主，一旦你有异心，这就是取死之道。第一，你为什么会帮我们？第二，我们为什么要相信你？"

司马懿用手戳了一下自己的太阳穴："第一个问题，我愿意；第二个问题，你们没的选择。"这个有些无赖的回答让任红昌脸色一沉。她觉得这个人在试图模仿郭嘉，简直就是东施效颦。

159

可还没等她说什么，司马懿已走到她跟前，两眼直勾勾地盯着她，让她不由得后退了两步，不期然想起草原上的狼。

司马懿一甩袖子，忽然厉声道："这里是邺城，不是许都。无论你们以前什么身份，最好都给我忘了！我告诉你们，你们现在只是一枚棋子，想要赢，就必须对我这个棋手无限信任，不能有丝毫动摇。即使我让你们去死，你们也必须毫不犹豫地把脑袋伸过来。做不到这点的话，不如趁早离开邺城。"

曹丕听得双眼发亮，觉得这样的气度太对胃口了。任红昌却没被轻易说服："我们无限信任你，但你若出卖我们，该怎么办？"

"如果我真想算计你们，你们已经死了。"司马懿冷脸道。

曹丕偷偷扯了下任红昌的袖子，想把她拽走。任红昌甩开曹丕，对刘平说："陛下，你信任这个人吗？"刘平毫不犹豫地回答："以命相托。"任红昌又看了一眼曹丕，看到他也没什么反对意见，长叹一声，转身离去。到了门口，她停下脚步，回首道：

"吕布的那群兄弟，也曾经这么说过，两位可要记好。"

吕温侯英雄一世，却被侯成、宋宪、魏续三位好兄弟兼部下出卖。任红昌在白门楼前，亲眼看见了吕布绝望而悲愤地怒吼。从那时候起，她就对男人之间所谓的"信任"全无好感，那些东西可以轻易被贪婪和怯懦撕碎。

任红昌默默离开了屋子，曹丕对司马懿道："司马公子，我出去看看任姐姐，别再出什么意外。"司马懿笑道："二公子请自便。"曹丕也推门出去，屋子里只留下司马懿和刘平两人。

望着曹丕离开的背影，刘平对司马懿道："你觉得这孩子如何？"司马懿歪了歪脑袋："胸中一团戾气，却能含而未露，引而不发。小小年纪能做到这一步，实在是不得了。日后成长起来，成就不可限量哪。"

"是啊，我也是这么觉得的。"刘平矛盾地说。曹丕成长得越快，对汉室的威胁就越大。

司马懿侧眼看向刘平，似笑非笑："其实我这计谋早想好了，只不过是想先跟你商量一下，免得事后落埋怨。"

"嗯？"

"我这计划，其实不是一石四鸟，而是一石五鸟。"

"一石五鸟？"刘平先是讶异，旋即倒吸一口凉气，"你是说……"

"不错。这第五只鸟，就是曹丕。我觉得不如趁这次机会把他干掉，为汉室除掉一个心腹小患。"司马懿漫不经心地跷起右手的小指，指向少年的背影，一脸轻松。

许褚大吼一声，像扔石头一样把两名乌巢贼掼入水中，激起两团水花。在他身旁，三十余名虎卫正在浴血奋战，与数倍于己的敌人相持。

这里是乌巢大泽内的一处偏僻水域，数个奇形怪状的无人小岛把水面切割得支离破碎，宛如老人的掌纹。此时大约有十几条小船正围攻着曹军的三条舢板。

三条舢板上的曹军人数虽少，但个个都是许褚精挑细选出来的精锐虎卫。他们身披甲胄，手持木盾与长桨分列在舢板两侧，总有一半人在划船，另外一半人则挥舞着木桨，不让敌人靠近。相比之下，衣衫褴褛的乌巢贼只在数量上占优势，他们连续冲击了五六次，跳上船的人不是被乱桨砸下水，就是被那个危险的剑手刺杀。

"再坚持一阵，援军马上就到了。"

许褚站在船头挥动着孔武有力的双臂，虎目圆睁。他身后的虎卫们一齐发出大吼，震得水面的波纹一乱。乌巢贼们的攻势为之一顿，又被曹军的木桨扫落了数人。这十来条船不敢再强行冲击，只能相隔几十步，把舢板团团包住，围而不打。为数不多的几支小弓远远射来，都被木盾轻轻挡住。

在不远处的一个小岛上，两个人并肩而立，冷冷地注视着水面上僵持的战局。

"不愧是与典韦齐名的虎痴啊，比之前的几队曹兵难对付多了。"一个水贼模样的大汉感慨道，言罢双目凶光毕露，掂了掂手里的一根粗铁棒，"可惜今天他也要重蹈典韦的覆辙，把命交在这乌巢泽里！"

另外一人眼下有两道泪疤，他双手抱臂，却不言语，腰间那柄长剑闪着阴森的光芒。水贼首领道："王大侠，你干掉的曹兵够多了，不如把许褚的人头让给我，我好去蜚先生那里邀功。"

王越道："取得曹军大将人头者，以同级相授，这是我跟你们约好了的。许褚虽只是个亲军校尉，但名声在外。首领你若能取得他的人头，一个中郎将的印绶是跑不了的。我没兴趣，让给你吧。"

水贼首领大喜。王越的剑法太过狠辣，已经有七八队潜入乌巢的曹军精兵被他杀光。只要他一出手，基本别人就抢不到功劳。这个杀神今天看来心情不错，居然肯拱手相让战果。水贼首领立刻掏出一枚柳笛，吹了几声。从其他几处水道里，立刻又涌出几条船来，船上站满了人。

"待我亲自割下许褚的虎头，来与大侠交换印绶！"水贼首领迈腿踏入水中。一条船飞快地驶过来，他被拽上船。"看来今天的收成，会很丰富。"王越摸摸胡子，他身形微动，双足略点了几下水面，像一只大鸟一样跃上船头。

在此前的乌巢之战中，蜚先生下了一着妙棋，许以巨利，让王越只身入泽，利用威望与武力说服了几大首领倒向袁绍。结果突然奋起的水贼让曹军吃了大亏，不得不拱手让出乌巢城，战线被迫后撤了几十里。

如今袁绍的主力已全数渡河，沿着白马、延津一线徐徐展开，对曹军的官渡阵线形成全面的压制。乌巢距离官渡不远，地形又很安全，被袁绍选为一线屯粮之地。蚩先生的当务之急，变成了肃清乌巢泽以及附近地区的曹军余孽——而这正是郭嘉所要极力避免的。

于是，围绕着乌巢大泽，东山与靖安曹都投入了惊人的力量，这片湖泊大泽成了两条隐秘战线的角力场。

许褚带着虎卫进入乌巢是三天前的事情，这是直接来自曹公的授意，目的是实行报复。若是乌巢贼的这种公开背叛没得到惩治，恐怕从官渡到许都再到更南方的汝南，都会有人蠢蠢欲动。

依靠靖安曹的眼线，许褚的这支精锐小部队攻破了几处乌巢贼的水寨。但他们的运气很快就用光了，王越觉察到了这个异状，驱使几支乌巢贼联合起来，巧妙地把许褚诱入这片错综复杂的水面，陷入敌人包围。

现在，是时候狠狠地再抽郭嘉一耳光了。

生力军的加入，让水贼们士气复振。数条大船同时掉转船身，把侧舷对准舢板的狭窄船头。这样一来，水贼们就能以最多的兵力，向最少的敌人发起进攻。与此同时，两侧的数船甲板上抛起抓钩，一下子抠住了舢板的船边，控制住了它们的行进。

很快这三条小舢板再度陷入重围，岌岌可危。不料这时许褚的战意反而更加浓厚，他伸出大手，抓住一只抓钩，双臂猛一用力，竟把整条舢板朝着大船拽去。当二船接近之时，他松开抓钩，身先士卒跳上甲板，手里的一把大戟只是简单地横扫横扫再横扫，就让甲板上的水贼们死伤枕藉。他身后的虎卫也争先恐后地扑上来，俨然要夺下这一条船。

水贼首领见状不妙，急忙指挥自己的坐船靠拢过去，然后跳船而过。他手里的铁棍沉重无比，几名虎卫躲闪不及，木桨被铁棍磕飞，人也被震到了水里。许褚怒吼一声，急忙回身，与他缠斗起来。这个首领确实有些手段，居然能和许褚旗鼓相当，让他无暇别顾。

少了许褚这尊山岳之镇，其他地方的战线顿时开始吃紧，虎卫们寡不敌众，不断被敌人隔着水刺过来的长戈与飞戟打中，开始出现了伤亡。王越站在船头，注视着战局的进展。虽然虎卫战力惊人，但这么消耗下去，许褚早晚是败亡的结局。

看来不需要自己出手了。未能和这个虎痴一战，倒有些可惜。想到这里，王越微微觉得遗憾。可突然他的眼神一凛，不由得发出"咦"的一声。剑客的眼神何等敏锐，他突然注意到在这乱纷纷的战场里，有一道极危险的身影。这身影不显山露水，可每及之处，必喷涌出一朵血花，那浓郁的杀机瞒不过王越的眼睛。

"原来虎卫里还有这样的高手。"王越摸了摸腰间的长剑，慢慢拔出鞘来。

水贼首领与许褚此时已经打了十余回合。许褚的招式并无甚新奇，只是倚仗着臂力猛砸，水贼首领初时还能应付，时间一长，虎口震离，有些吃不住劲了。他卖了个破绽，朝后退去，同时脚下踢来一捆解散的帆绳。许褚在船上站得不稳，被绳子一绊，登时倒在地上，露出脑后的大片破绽。

水贼首领大喜过望，趁机举棍要砸。说时迟，那时快，一道黑影挡在了许褚跟前。只听噗的一声，那瘦小的身影被铁棍砸中，直直落入水中。乌巢贼们发出一声呐喊，却发现自己的首领没有继续进攻的动作，再一仔细看，无不吓得魂飞魄散。只见水贼首领僵立在原地不动，硕大的眼珠突出来，咽喉上多了一把锋利的寒剑。

"王大侠！请快出手去救首领啊！"船头的水手惊慌地喊道。

王越原本已把长剑从鞘里半抽出来，此时却大手一按，把剑身重新按回鞘内，脸上浮现出一丝奇妙的笑容。"撤吧。"他淡淡说道，转身欲走。

"你怕了？亏你还是个什么大侠！"水手怒吼道。王越泰然自若，手里却骤然闪过一道寒光，比刚才那一道还要快上几分，水手的脑袋就这么"唰"地飞到半空，盘旋一圈，落到水里。

"你懂什么，徐他是要做大事的，我这做师父的，怎么好阻止他呢。"王越看着被鲜血染红的水面，喃喃道。

水贼首领的阵亡，让这次围攻很快落下帷幕。乌巢贼们垂头丧气地划船离开，同样伤亡惨重的曹军也没有追击，而是停留在原地。许褚亲自跳下水去，率领幸存的虎卫打捞落水的同袍。

"咱们虎卫不许丢下一个人，一具尸体！"许褚的吼声在小岛与水面间回荡。

王越在半路跟乌巢贼们分道扬镳。他留在一处极小的小岛之上，抱剑而立，面色比眼前的水面还阴沉。这岛上只有一棵大树，占据了差不多六成岛面，繁茂的树冠遮蔽了附近的水域。王越站了一阵，忽然一阵风吹过，树枝发出沙沙的声音。王越冷哼一声，勃然出剑，直刺树冠，与另外一把剑猛磕在一起，发出金石铿锵之声。随后一个面涂白垩的人从树顶飘然落下，站在王越面前。

"我不喜欢别人躲起来跟我说话，尤其是你。"王越淡淡地说。徐福道："我怕我忍不住会对你出手。"

王越连眉毛都没抖一下："有什么事，快说吧。"

"你今天为什么没动手？"徐福问。他虽被郭嘉强行征调来官渡，但立场却是偏向杨家的，对东山和王越在乌巢的行动持乐见其成的态度。所以当他看到王越中止围攻放过许褚时，大惑不解，要来问个究竟。

王越问："你看到全程了？"

"是。"

"难道你没看出来曹军之中有个高手？"

"确有一个，出手极快，毫无窒滞……"徐福说到这里，停顿了一下，语气有些恍悟，"王氏快剑，他是你的弟子！"王越不置可否。徐福心中大约猜出几分王越的用意，便不再追问，而是转向了另外一个话题："其实我今日找你，还有另外一件事——汉室向袁绍派出了一个绣衣使者，但最近失踪了，你可知道些什么？"

这次王越的眉毛"唰"地耸立起来，牵动着那两条泪疤一颤："哦？这可巧了。蜚先生也捎来消息，问我这个人的动向。"

这两个人一时间都怔住了。

徐福最后一次与刘平发生联系，是在郭图的军营里。那一次，他转达了贾诩对于延津之战的规划，让刘平把全部计划透露给逢纪。随后延津之战果然如贾诩推想的进展一样，说明刘平的运作奏效了。但随后天子就彻底与外界失去了联系——与天子同时失踪的，还有曹家的二公子，但这件事徐福无法告诉王越。

这个变故在知情人圈中引发了巨大波澜。无论是曹公还是远在许都的卞夫人、杨彪，都感到了巨大压力。郭嘉只得敦促靖安曹全力追查，最终只能确认那一夜白马城的骚乱，可能与他们有关。徐福此来乌巢，就是想查清此事。

王越并不知道天子微服，更不知道曹丕同行。在他的心目中，失踪的不过是个绣衣使者罢了，不值得特别关注。若不是蜚先生先后几次写信，他才没兴趣留意这些事。

徐福看到王越的反应，心中稍定。看来袁绍方也失去了对刘平的掌握，这总算是个好消息。他不能深问，唯恐王越看出破绽，便拱手告辞，转身离开。

王越在他身后突然说道："我一直很好奇。你一个读书人，为何要选择做我们这一类以武犯禁的游侠？"

徐福肩膀微颤，可他什么也没说，继续朝前走去。

"一个人适合不适合剑击，老夫一看便知。你虽然隐术无双，剑术出众，可终究不是这块料。你骨子里，根本还是个读书人，还憧憬着有朝一日能登朝拜相、辅弼王佐。你若不及时回头，便只能在这条路上走到黑了。"

"这与你无关。"徐福冷冷回答，沙砾滚动般的嗓音却失去了往日的淡定。

"你的母亲尚在吧？"王越问。徐福闻言，肩膀微颤，眼神变得锐利："你要做什么？"

王越道："当年老夫伤你，未尝不有愧疚。所以这次给你个忠告。若你还想走这一条路，这个软肋必须尽早解决，否则早晚会被拖累。"

徐福停下脚步，回过头："那么你呢？已然全无弱点？"

"老夫家中亲眷死得干干净净，两个弟子也都不在身边，生死都是一人，还有什么好怕。"

王越的声音里殊无自豪。徐福总觉得今日的王越与往常不同，睥睨天下的豪气仍在，只是多了一丝不该存在的忧伤——不知这是否与他遭遇了那个身在曹营的弟子有关。

这时一阵扑棱棱的声音传来，两人同时抬头，看到一大群乌鸦自树顶飞起，散到乌巢大泽的天空中去。王越道："听闻此地乌鸦极多，无树不巢，是以名为乌巢。这里，可真是个不祥之地啊。"

张绣站在望敌楼上，袁军的阵势在远处已隐约可见。让他不安的是，袁军并没有急于发动进攻，而是慢条斯理地开始筑起营寨来。这些营寨十分简陋，但布局却如同鱼鳞一样，层层叠加，环环相连。

可就是这些东西，让张绣心惊胆战。袁绍军明显改变了思路，打算打一场持久战。这可不是个好消息。这些鱼鳞寨不够结实，但便于互相支援，一寨修妥，可以掩护工匠在稍微靠前一点的地方继续修建，一口气能修到敌人鼻子底下。会如同一座磨盘，缓慢而有力地把曹军最后一滴血和粮草都磨平。

"张将军不必那么担心。"杨修站在一旁，漫不经心地安慰道。他的安慰没起到任何作用，张绣一转身，忧心忡忡地走下望敌楼，神色恍惚。杨修尾随而下，下到一半楼梯的时候，忽然开口道："张将军莫非是后悔了？"

张绣的右腿刚要迈出去，听到这句，脚下一空，差点跌下楼去。他双手扶牢扶手，回头愤怒地说道："德祖，有些话不可以乱说！"

"是，是。"杨修赔着笑脸闭上嘴。有些话不是不能说，只是不能乱说。他已经看到张绣心中那摇曳不定的信心，似是风中之烛，随时可能吹熄。

他们回到营帐内，张绣铺开牛皮地图，可他的眼神没有焦点，明显心不在焉。杨修也不言语，跪坐在一旁，难得手里没玩骰子，一副昏昏欲睡的模样，好似贾诩。他自从把白马城的辎重顺利带回了官渡以后，郭嘉把他不动声色地从张辽、关羽身边调开，转而辅佐张绣——这正中杨修的下怀，他一直就希望能接近这位不安的将军，如今贾诩不在，可以说是个绝好的机会。

张辽、关羽的心中已经埋下了种子，如果在张绣这里再取得突破，汉室在曹氏军中的空间，便可大大拓展。

杨修发现，张绣是一个极为谨慎甚至可以说胆小的人，一句轻佻的玩笑，就会让他紧张半天。开始杨修以为这是新加入曹营的缘故，但很快他推翻了自己的想法。张绣的紧张，应该是源自他与曹操之间的仇恨。可杨修对这个判断始终不那么自信，总觉得另有隐情。于是他不断地用言语挑拨，试图把张绣心中最深的那根刺拔出来。

营帐里的气氛安静而怪异。过了一阵，张绣重重地把地图扔下，对杨修道："德祖，你怎么看？"

杨修微微睁开眼睛："什么怎么看？战局，还是将军的处境？"张绣恼怒地瞪了他一眼："前者！"他知道这个叫杨修的讨厌鬼是董承之乱的曹家内应，还是杨彪太尉的儿子，尽量不可得罪。但他无时无刻不刺上一句的风格，让张绣非常无奈。

杨修道："若是战局的话，将军大可不必担心。有郭祭酒、贾老先生他们在，袁绍军翻不出花样。"张绣霍然起身："我怎么能不担心！袁绍军几倍于我军，如今又是步步为营，一点点压过来。怎么破解！"

杨修道："看来将军你是特别想知道郭祭酒他们在想什么喽？"

"是！"

杨修指了指自己，下巴微抬："那你可是问对人了。在曹营里，若说只有一个人能号住他们的脉，那就是我了。"张绣一听，重新跪回去，态度客气了不少，诚心向他请教。

杨修把地图拿过来，在上头拿修长的指头一比画："我军此前在白马、延津两场小胜，却在乌巢吃了亏。若你是袁绍，会如何做？"

张绣看了眼地图，思忖片刻，答道："若我是袁绍，会先控制乌巢，再以此为基点全线压上。"杨修道："官渡以北，有东、西两个要点：东边乌巢，西边阳武。阳武地势开阔，正适合用兵，远比乌巢大泽要便当得多，袁绍为何要走乌巢？"

张绣奇道："德祖你这不是明知故问吗？我军在西边连斩颜良、文丑二将，乌巢却兵败如山倒，换了谁做主帅，自然都会趋利避害，借着胜势先取下易与之地，何必再去坚城下拼个头破血流呢？"

不知何时，杨修的手里又出现了骰子，握在手里好似一枚药丸："这乌巢，就是一枚药丸。你逼着别人吃，别人心中必然生疑。倘若你摆出拼命抢夺的姿势却力有未逮，他们反倒以为是什么仙丹妙药，迫不及待一口吞下了。"

张绣的大手一下子压住地图，一脸惊讶。杨修缓缓点了一下头："郭祭酒处心积虑，示敌以弱，正是为了让袁绍心甘情愿地取道乌巢，进攻官渡。"

"可……可即便袁绍选择乌巢，我军又有什么好处呢？"张绣有点跟不上他的思路。

杨修意味深长地看了他一眼："乌巢背靠大泽，水道纵横，滩涂交错，是兵家所谓乱地。郭祭酒既然让袁家把这一丸药乖乖吞下去，自然会裹些毒饵什么的。对付袁绍这样的庞然大物，这一味毒丸效力可不会太低。"

张绣听了这话，擦了擦额头上的汗。原来白马也罢、延津也罢，都只是为了转移注意力，中间还藏了这么大心思。贾诩说得对，他还是做一个单纯的武人好了。

"所以我说将军不必为战局担忧，只消深垒死守。不出数月，必有变化……"说到这里，杨修的声调突然变了，狐狸眼一眯，"倒是将军自己，不仔细考虑一下吗？"

张绣面色一沉："我有什么好考虑的。既已投效曹公，自然是尽心竭力。"杨修拿指头点点地图，一字一句道："只怕是树欲静而风不止。"

张绣猛地站起身来，烦躁地走了两步："德祖，你不必绕圈子问了，我是不会说的。"

"若是将军无意，当初何必让我藏身帷幕之后呢？"杨修盯着他，不慌不忙地说，他的言辞像一枚铁针，一针一针刺着张绣的心防。张绣听到这话，颓然坐了回去，双手垂在膝盖上，黄色的面皮泛起疲惫。

"那，那次是个意外……"

那次确实是一个意外。本来杨修过来拜见张绣，讨论营防之事。后来贾诩来访，杨修自作主张躲去了后帐。张绣被胡车儿的死弄得心浮气躁，一时气急，忘了帘后还有个杨修，漏出一点口风，虽然及时被贾诩所阻，但杨修已经听入耳中。

杨修当时就敏锐地觉察到，当年宛城之战，一定另有隐情。而这隐情，才是张绣惶恐不安的真正源头。张绣不敢告诉贾诩隔墙有耳，但也拒绝透露更多消息。

"将军说是意外，别人可未必会相信。匹夫无罪，怀璧其罪。将军身藏巨隐，即便自己不言，难道别人就会信了？胡将军是怎么死的？他可不曾对人提过半句吧？下场却是如何？西凉军的人，现在活着的可不多了。"

最后一句话击中了张绣。他眉头紧皱，拳头攥紧复又伸开，露出痛苦矛盾的表情，嘴唇几次张合，却没发出声音。杨修目不转睛地注视着他，对张绣这样的人，咄咄逼人有时比暗示更见效果。

两人正僵持着，忽然门外一名亲兵禀告："郭祭酒请杨先生过去一叙。"张绣如蒙大赦，长长舒了一口气。杨修功败垂成，也不懊恼，拍拍张绣的肩膀："究竟谁才可信任，将军自己斟酌吧。"

杨修离开张绣营帐，朝着中军大营走去。这里是曹军的中枢，戒备森严，随处可见三五一队的近卫兵在巡逻。远处有一顶藏青色的帐篷，就是曹公的居所，用粗长的拒马栅栏与周围隔开，每一段都有手持劲弩的守卫，别说刺客，就连蚊子也飞不进去。

忽然一队骑手匆匆冲过来，从杨修身旁一掠而过。杨修认出了为首的那个健硕男子——虎痴许褚。他的身后都是精锐虎卫，个个一身杀气衣衫不整，似乎刚刚经历过一场恶战。马队之后还跟着一辆平板大车，上面躺着几个人，用草席盖着，生死不知。

旁边一个卫兵羡慕地望着这队人马，杨修走过去，掏出腰牌问他到底发生了什么。卫兵对这个大人物不敢怠慢，恭敬地回答："这是许褚大人刚从乌巢回来。我听同伴说，这一趟虎卫斩杀了寇首三人、渠帅六人、水贼无数，是场了不得的大胜。"

"乌巢啊……"杨修不期然地抬起眉毛，看来许褚这次出征，也是郭嘉针对乌巢的手段之一。但他相信，许褚只是个幌子，做个舍不得放手的姿态给东山蜚先生看，他一定还有别的暗手。

"不过我看他们好像也很吃亏嘛，那板车上拉的是遗体？"杨修问。

"没办法，那个虎贲王越也在乌巢。"卫兵露出畏惧的眼神，"咱们有个兄弟替许校尉挡下一击，差点没命，被许校尉没命地拖回来了。这应该是送去军医那里。"

这名字没给杨修带来任何触动。他又随便闲扯了几句，径直朝着曹军中枢走去。他一边走，一边在心里盘算。王越这次前往乌巢，应该是应蜚先生之邀去收拢乌巢贼的。杨修权衡了一下，觉得这个举动暂时对汉室没什么不利之处，决定先让那莽夫去折腾一番——反正这个人一贯傲气十足，就算是杨家，也无法简单地控制他，不如放手。

说到汉室，杨修揉了揉鼻子，心想不知道刘平在北边做得如何。自从跟张绣谈完以后，他已有了一个绝妙的想法，决定以官渡为局，开一场大赌。刘平也罢，王越也罢，甚至曹操和袁绍，都是这赌局中的一部分。而有资格坐在对面与他放对押宝的，只有那个讨厌的家伙。

他一边想着，一边接近那顶奢华的帐篷，忽然注意到，帐篷前停着两辆马车。第一辆马车极尽华丽，一看就知道是郭嘉的座驾；第二辆马车的造型朴实平和，轮子却比寻常马车大上两圈，轮轴之间还用蒲草裹住。

这不是征辟名士的玩意吗？怎么跑来官渡了？杨修脑子里浮起疑问，随手掀开帘子，看到那个讨厌的家伙正冲着自己举杯。

"德祖，有故人来访，一起喝一杯吧。"郭嘉懒洋洋半躺在榻上，似笑非笑地望着他。杨修看到一位独臂客人拘谨地跪坐在一旁，正露出勉强的笑容。

"杨先生？您不是在许都忙聚儒的事情吗？"杨修有些惊讶。杨俊抬起一条胳膊，施以残礼："我这次北上，是去高密迎接郑玄大人的，顺便到官渡来，给郭祭酒捎点东西。"

汉代以来，征迎大儒都需安车蒲轮的礼仪，杨修心想难怪帐篷外停着那么一辆马车。他和杨俊同是汉室机密的核心参与者，彼此心知肚明。杨俊这简单的一句话，藏了不少讯息，两人对视一眼，心照不宣。

"郑玄老师身体还好吗？"

"前一阵子他还亲自回信给少府大人，笔迹清晰流畅，可见精神还不错。"杨俊回答。

许都聚儒最重要的事情之一，就是把当代名儒郑玄请去。有他在，这聚儒之议才名副其实。孔融已经做通了荀彧的工作，袁绍那边也有"荀谌"协调，于是许都派出杨俊去接郑玄——杨俊是边让的弟子，在儒林身份不算低。

郭嘉笑嘻嘻地起身给杨修也舀了一勺酒："杨公是杨太尉义子，也算是你的义兄，今天咱们可要多喝几杯。"

狐狸的颈毛忽地直立，杨修心生警兆。郭嘉挑出这层关系，到底是出于什么目的？他拿起酒杯，一饮而尽，然后问道："对了，是捎什么东西如此贵重，还值得杨公亲自绕到官渡一趟？"

杨俊还没答，郭嘉先说道："还不是我这身体的毛病嘛。须得用我老师华佗的药方，才能缓解。只是这药方所需药材都比较稀罕，合药不易。我前一阵有点忙，把带的药丸都吃完了，只好让荀令君再弄点原料来。"

"原料？"

"是啊，华老师的药方，只有他和他的弟子懂得调配，旁人都不懂，我只好亲力亲为。"郭嘉拍了拍榻边，那里搁着大大小小十几个锦盒，想来都是各类珍稀药料。

"你是怕东山的人给你下毒吧？"杨修挑衅似的说，语中带刺。郭嘉哈哈大笑，抓起一个锦盒放在鼻下嗅了嗅，不屑道："能害到我的人，只有我的老师而已，余者皆不足论。"

郭嘉这是话里有话，杨修脸色一僵。杨俊赶紧打圆场道："郭祭酒真是全才，谋略不说，居然还精通岐黄之术。华佗能有你这样的弟子，也足以自傲了。"

郭嘉摇头道："华老师若见了我，非杀了我不可……不过回想起当年那段时光，可真是幸福呀。每天除了背诵《青囊经》、采药合药以外，什么都不用想，心无旁骛地玩玩女人、踏踏青，日出而作，日落而息，一天飞快地就过去了。"说到这里，他的脸上浮现出感怀，把手里的杯子转了几转。

杨俊像是忽然想到什么，直起身子道："说到这个，在下来官渡的路上，遇见一位仙师，自称是郭祭酒你的同窗，说华老师给你的药方未臻化境，尚缺一味药引。他给了我一个锦囊，中藏药引，说以此合药，药力更胜从前。"

郭嘉看了他一眼，笑意益然："我的同窗，都是我的仇人，恨不得食我骨、寝我皮。谁会特意给我送来延寿的药引？"杨俊一脸坦然："那位仙师头戴斗笠，面容看不清楚，也没留下姓名。我只答应代他转交，至于这锦囊内有什么，还请郭祭酒自己决断。"

说完他从身上摸出一个小巧的紫线锦囊，递给郭嘉。郭嘉接过锦囊，端详片刻，眼神愈加明亮起来。他在手里把玩了一番，随手揣入怀里。杨俊一愣："您不打开看看吗？"郭嘉道："不必看了，光靠闻就能闻得出，这确是好药无疑，合在药丸内——盈缩之期，不但在天；养怡之福，可得永年哪。"郭嘉一边念诵着，一边拍打着膝盖。

"这末尾四句，是出自曹公的《步出夏门行》吧？曹公的诗作，实在是精妙。"杨俊感叹道，这不是恭维，而是真心实意的夸赞。曹公虽然政治上名声不太好，但文学上却一直被时人所称赞。

郭嘉撇了撇嘴，举杯道："你们知道吗？曹公其实是两个人。"

这一句话出口，杨俊与杨修心中俱是一凛，表情登时都不太自然。郭嘉难得地长长叹息一声："他们一个是枭雄，一个是诗人。曹公为枭雄时，杀伐果断，有霸主气象；可他有时还是个诗人，诗人都是些什么人？任性妄为，头脑发热，行事从不考虑，根本就是胡闹。你们说对不对？"

杨修觉得这种对话继续下去，走向实在难以捉摸，赶紧岔开了话题："咦？贾文和呢？他怎么没来？"郭嘉道："文和去找许校尉了。许仲康在乌巢刚回来，得有个人帮我去参详参详。我太忙了，顾不上。"

杨修一愣，言外之意，乌巢这盘棋，郭嘉放手交给贾诩去处理了。郭嘉嘲讽地拿出锦囊，用小指头敲了敲："这东西其实不该给我，应该给贾文和啊。他才是最需要灵丹妙药的人。"

杨俊又寒暄了几句，看了杨修一眼，躬身离去。杨修知道，杨俊如今嫌疑颇大，还被许都卫骚扰过。这次北上，也是孔融出于保护他的目的。

等到帐篷里只剩两个人，杨修冷脸问道："郭祭酒把我叫过来，应该不只是与杨公叙旧吧？"郭嘉漫不经心地给自己又倒满一杯酒："如今有件麻烦事，还得请德祖你帮忙。"

杨修警惕地望着他。郭嘉道："你知道吗？关将军很快就要离开了。"

"关羽？"杨修一惊。

"不错。当初他归降时就与曹公约好了，只要刘备出现，他就一定会离开。"

"这么说，刘备没死？"

郭嘉无奈地摇摇头："是啊。前几日靖安曹得到消息，刘备居然被袁绍派往汝南。结果关羽一听说，立刻跑来向曹公辞行。"说到这里，他感慨地用手指敲击酒壶的侧边，"这个玄德公，就连我都很佩服。关羽杀了颜良、文丑，我本以为这人一定会死在袁绍手里。可他非但没死，反而说服了袁绍，高高兴兴跑去汝南了——这家伙的运气，未免太好了。"

郭嘉的郁闷可想而知，他原本打算借白马、延津两战杀死刘备，把关羽死心塌地留在曹营；杨修更郁闷，他本来计算得很好，等到刘备一死，把郭嘉的计策透露给关羽，让他诚心为汉室所用。结果这两个人苦心孤诣，却都低估了刘备的狡猾。

郭嘉还好，关羽只是他计划中的一个捎带的小小成果，得之我幸，失之我命；而对杨修来说，关羽这一走，汉室非但没有半点好处，反而让张辽也去掉一个大制约。等若是一条潜在的胳膊被斩断。

杨修强抑住心中失落，探身问道："关将军要走，那曹公什么意思？"郭嘉撇了撇嘴，语气有些埋怨："曹公还能有什么意思？他说了：'各为其主，随他去吧。'哎，我刚才不是说了吗？曹公一会儿是枭雄，一会儿是诗人。当初玄德公在许都的时候，也是曹公一念之仁，把他放走，才有了徐州之乱，现在又是这样！都是诗人惹的祸。"

"那么，需要在下做什么呢？"杨修试探道。

郭嘉略一抬眼："斩颜良、诛文丑时，你都与关羽合作过，他对你一定没什么警惕心，这个任务交给你去完成最适合。"

杨修何等聪明，已经猜到郭嘉接下来要说的话了。

"关羽若与刘备会合，我军南方将不复有宁日。所以德祖，你和张绣将军带些精锐潜伏起来，关羽一离开曹营，就设法把他干掉。我得下一剂猛药，治治曹公的诗人病。"

第八章　邺城假日

院落里用一匹白绢铺在地上，上头搁着七个朱漆盘。忽然传来环佩之声，众人先觉几缕熏香飘入鼻中，馨香几醉。再定睛细看，看到一名女子缓步走进厅来，走到白绢之上。

邺城里最豪奢的地方，莫过于袁绍的宅邸。这是一个七进的大院，正厅阔大，台阶有四重之高。这一天入夜时分，正厅前的院落点起了二十余枚大白蜡烛，照得如白昼一般。袁府上下家眷二十余口都聚在正厅中，以袁绍的妻子刘氏为核心环跪而坐，边吃着糕点，边朝院落里望去。

院落里用一匹白绢铺在地上，上头搁着七个朱漆盘。忽然传来环佩之声，众人先觉几缕熏香飘入鼻中，馨香几醉。再定睛细看，看到一名女子缓步走进厅来，走到白绢之上。

这女子头梳双髻，身穿圆领长袖舞衣，下着绿膝襕裙，双脚红丝绣鞋，脸上略施黄妆，眉心一点浓黛，双眸若星，实在是漂亮极了。这女子站在绢上，两脚分开，右脚踏上一只浅盘，身体后倾，摆开起舞姿势。

珠帘后头的诸乐师琴声缓起，她随乐而起，穿梭七盘之间，高纵轻蹑，红鞋巧妙地踏在盘子边缘，与地面不时相磕，发出清脆的声音。

这是兴于宣帝时的七盘舞，民间极为盛行，各地舞姬都会，只是跳得好的不多。这种舞讲究的是用脚踏盘叩地，叩出明快清脆之声，合于鼓点。此时这女子可算是个中翘楚，踩踏之余，不忘长袖挥若流云，飘逸不停，恍如仙子下凡，妙艳无双。袁家的家眷，不时发出惊叹声。就连不少侍者都偷偷站在檐下屋角，希望多看上几眼。

一曲终了，称赞声此起彼伏。刘氏格外喜欢，拊掌赞叹道："这位舞姬跳得真好，我当年曾在长安欣赏过一次宫中的七盘舞，也只那次可与之比拟。这是哪里找来的？"旁边一位管事道："她是咱们邺城一位儒生的侍妾，从前就是倡家，在弘农颇有名气。"

"想不到这儒生和曹阿瞒的性子倒是差不多。"刘氏乐呵呵地说。

曹操的侧室卞夫人也是琅玡的一位舞姬，当初曹操娶她的时候，还颇惹起了一阵物议。那时候袁绍和曹操还是极好的兄弟，因此刘氏对这段典故颇为熟悉。

"那人是一个狂生，择偶自然也是与众不同。"管事应和道。刘氏"哦"了一声，吩咐说给她些赏赐，请她再跳一次。管事应命而去。刘氏环顾院落，袁家家眷个个欢声笑语，让她十分欣慰。刘氏对丈夫那些事都不懂，家庭和睦对她来说，就是最大的胜利。

可当她的视线最终落在了正厅的角落时，不由得敛容叹息了一声。她的二儿媳妇甄氏此时正跪坐在那里，双手托腮，一脸无聊。在她身旁，剑眉星目的吕姬闭着眼睛，一副倔强的表情，双手居然还被镣铐锁住。在她们二人身后，站着四名侍婢，目不转睛地盯着她们。

这个甄家的小丫头似乎从没看过什么《女诫》，更不知什么叫作妇道，满脑子里都是些古怪的想法。自从她嫁来袁家以后，肆意妄为，莫名其妙，与袁府其他人格格不入。可是二儿子袁熙对她却是百般宠爱，任由她胡闹。刘氏是个慈祥懦弱之人，唯恐对甄氏处罚重了，搞得家中不和。于是她只是偶尔训诫，不敢严管。

在一个多月之前，沮授前来拜见刘氏，说要送一名姓吕的女子来府上暂居。刘氏把她送去与甄氏为伴，结果她万万没想到，这两个人凑到一起，竟合计着一起私逃。

袁家是什么身份，四世三公的大族，如今却闹出这种笑话，这让河北士族怎么看？刘氏问她为什么出逃，她又不肯说，又不能扒她一顿。刘氏没办法，只得去求审配，要来一支精锐卫队专门负责盯着袁府外围，府内还安排几个侍婢，亦步亦趋地跟着，不离半步。就这么盯着，前两天又跑出去一次。

"等到熙儿回来吧，他这个媳妇，我可管不了。"刘氏摇摇头，重新把注意力放到院落里。

这时舞姬已经开始了新的一轮舞蹈。她手持两截带叶的桃枝，时而高举过顶，时而掩在身前。她忽然身子趋向正厅，双臂一动，把这两截桃枝抛向家眷们的席位。

这桃枝有个名目，叫作"桃瑞"。据说若有女子接到这枝条，怀孕产下的子嗣，前途贵不可言。大户人家家眷观舞，都会安排这么一出，以示吉祥。所以一看到这桃瑞被抛出来，厅中已婚未孕的女子都起身想接，大呼小叫。可这果枝却如同被什么无形的手托住一般，悠悠在半空飞了一段，落到了甄氏的手里。

一下子整个院子的目光都集中在正在发呆的甄氏身上。甄氏开始没明白怎么回事，她一低头，看到"桃瑞"正落在自己身前，"哎呀"一声捡起来，两眼放光。刘氏在远处看着，微微点头，心想她再如何顽劣，毕竟还是知道女人最重要的责任是什么。

"我与这位姐姐可真有缘，不如留下来叙话如何？"甄氏开口说，一脸期待。

这个要求着实有些鲁莽，刘氏不由得皱起眉头。舞姬款款走下白绢，向刘氏和甄氏下拜："夫人厚爱，小女子原应不辞。只是夫君初来邺城，走动不便，若不回返，难免见疑。"

甄氏歪歪头，面露失望。在一旁的吕姬望着舞姬，呆在了原地。刘氏虽和善，却不是傻子，一下就听出了弦外之音。按时下规矩，即便是倡家，嫁人以后也不该抛头露面重操旧业。那个弘农的狂生肯让她来袁府跳舞，那就是存了交好袁公亲眷的心思。如今这舞姬婉拒，只不过是想为她夫君争取些好处罢了。

不过这舞姬舞跳得着实不错，言谈也颇有规矩。若她能借着桃瑞的事，规劝甄氏收心，未尝不是一件美事。于是刘氏笑道："夫君那边不必担心，等下我派人去告诉他一声便是。我这宅邸里没有男眷，你不妨留宿一夜——对了，你叫什么名字？"

舞姬再拜："贱妾叫作貂蝉。"

到了次日一早，一驾轻便马车把任红昌送回了馆驿，她的精神很好，只是眼睛略微发红。

"情况怎么样？"曹丕迎上来问道。

任红昌用手帕蘸着井水擦去脸上的脂粉，回答道："一切顺利。袁绍的老婆刘氏很好说话，跳上几段舞，说上几句家和妻贤的吉祥话，就能哄得她眉开眼笑——跟曹公的几位夫人可真不一样。"曹丕尴尬地撇了撇嘴，不知这句算不算是对自己母亲的夸奖。

"任姑娘，你到底还有多少个身份啊。"刘平真心钦佩。任红昌就像是一个千面人，当你自以为了解到她的真面目，她扭身一变，又露出另外一张面孔。娇媚的宠妾、慈祥的养母、霸气的大姐，现在又多了技惊四座的舞姬，层出不穷。

"人在乱世，不得不多学些技艺傍身。"任红昌淡淡回答，"现在我算是取得了刘夫人的初步信任，这几日我多走动一下，很快便可自由出入。"

"我就说仲达的策略不会有问题吧？"刘平略带得意地说道。袁府这根线，是所谓"一石四鸟"之计最初也是最重要的一步。司马懿说袁府是邺城的核心所在，也是最薄弱之处，牵其一发，便可引动邺城上下。

"至少目前没有问题。"任红昌始终对那个阴森森的家伙没有好感，但又不得不承认，他做事确实有章法。她能够被引荐入袁府，是司马懿暗中操作，却没人把她和司马懿联系到一起。

"对了，你看到吕姬没有？"刘平问。

任红昌感慨道："吕姬和她父亲一模一样，顽强得像块石头。她双手双脚都戴着镣铐，可见尝试了不少次逃走都失败了。寻常人早就认命了，可她从来没放弃过。见到我以后的第一句话，就是问怎么逃走。"

"这么说来……上次那起马车事故，不是甄家小姑娘要私奔，而是吕姬要逃走？"刘平问。

"没错。甄家的那个叫甄宓的小姑娘对吕姬着实不错，一直护着她。昨天晚上我刚把刻字桃瑞扔给她，她立刻就领会了我的意思，开口相留，我才有机会接近吕姬——不然起码也得花上十几天工夫来培养感情，才有机会留宿。"

曹丕听到甄家小姑娘，难得地失神了一下，脑海里不期然地回想起那姑娘的容貌，赶紧晃了晃脑子，把她的影像从伏寿身边驱散。

"前几天那次出逃，正是甄宓出的主意，要助吕姬离开邺城。若不是碰到二公子，她们几乎成功了。甄姑娘昨天晚上可是没少埋怨你。"任红昌有意无意地看了曹丕一眼，看得他面色一红。

"这么说来，她也是自己人喽？"刘平道。

"不见得。"任红昌难得地露出头疼神情，"这姑娘极有主见，很难被别人言语所影响。她是要帮吕姬脱困，但她只按自己的想法来，对其他人都很排斥。我昨夜试探着说服她，都失败了。这姑娘无法捉摸，若驾驭不了她，她只会对整个计划造成阻碍。"

刘平疑道："甄宓为什么要帮吕姬？她不是袁家二媳妇吗？怎么帮助外人？"

任红昌露出一丝奇妙的笑意，还带着点困惑："甄宓这姑娘啊，可真是个奇葩。你说她傻，其实聪明得很；你说她聪明吧，有时候却疯疯癫癫的，有无数荒唐念头。"

"是怎么样的话？"曹丕突然插嘴，一脸好奇。

任红昌道："我也问她为何要帮吕姬。甄宓的回答是：她最讨厌的就是束缚，她已经在邺城被关了太久，艰于呼吸，渴望能自由自在地奔跑，帮吕姬就等于是帮她自己。我问她莫非不喜欢这段婚姻？你们猜猜她怎么回答？她居然说：父母之命都是虚妄，媒妁之言尽为胡说，择偶凭自心喜好，方是上品。"

"这可是真有点离经叛道了，难怪刘夫人和你都要头疼。"刘平说。

"这还不算什么。她居然还说，虽然如今嫁了袁熙，也不见得一世跟他。说不定这世上还有个司马相如，在等着与她这卓文君相见呢。"

刘平和曹丕听了，顿时无语。

司马相如是汉景帝、汉武帝时的辞赋大家，曾在临邛卓王孙的宴会上，以一曲《凤求凰》打动了卓王孙的新寡女儿卓文君。卓文君不顾家里反对，与司马相如私奔到了成都，成就一段佳话。如今甄宓以卓文君自命，那是巴不得自己丈夫早死了……他们对袁熙虽无好感，但他这媳妇居然天天惦记着这种事情，可真是太令人同情了。

"其实这话，说得也不是没有道理。男子讲究唯才是举，女子怎么不能讲究唯才是嫁呢？"曹丕道。

他说完这句，忽然发现任红昌和刘平都若有所思地盯着他，心中升起不好的预感。刘平道："我忽然有了个主意。"任红昌说："我也有了个主意。"

刘平转过脸来，笑眯眯地看着曹丕："二公子，听说你学问不错，还能跟田丰聊上一宿呢。"曹丕登时紧张起来，手里冒出汗来："那又怎么样？"

"论起文才、学识，你也算是年轻一辈中的翘楚，说你一句相如再世，并不算过吧？"刘平道，"袁府是咱们行动中的重点。如今任姑娘已取得刘氏信赖，若再能将甄宓控制在手，成功可能就又会大上几分。"

"有任姑娘不是足够了吗？"曹丕心慌意乱，连连摆手。任红昌很有默契地摇了摇头："甄宓从小就有女博士的称号，才貌双全，这样的小姑娘，不能动之以情，只能晓之以理——后者我可不擅长。"刘平也附和道："甄宓是计划的关键所在，何况你也不吃亏嘛。"

曹丕快被这两个人逼得走投无路，忽然传来敲门声。他如蒙大赦，飞也似的跑去开门。他打开门，看到原来是辛毗站在门口。辛毗对这书童的古怪神情没多留意，直接问道："你家主人呢？"

"正在屋中。"

曹丕把辛毗带过去，然后借口打水一溜烟跑了出去，任红昌也避去了内室。

辛毗看着任红昌的背影，劈头就对刘平喝道："你小子好厉害的手段。"刘平一脸茫然，辛毗冷哼一声，把一面腰牌扔过来。刘平接过腰牌，发现这是块铜制的熊罴纹牌，上头刻着"随行"两个字。

"有了这牌子，你就可以随意在邺城内外活动，不受盘查——你小子行啊，我不过是压了你几天，你居然打通了府上的门路。"

辛毗的口气充满了埋怨。他最初把这位狂士放入城内，本打算挫挫他的狂气，然后再收为己用。可没想到这才几天，人家就搭上了别的关系。

刘平把乱发往后披了披，无奈地解释道："刘夫人喜欢歌舞，开口相求，在下又怎好拒绝。"

辛毗冷笑："都说你狂，我看你比谁都精明。献妾求觐，好光荣啊？"他停顿了一下，把刘平拽得近些，"别以为我不知道你的底细。荀谌是我的老朋友，他可从未收过你这样的徒弟。"

这个把柄，辛毗本来打算留到最后用的，但这个狂士眼看就要脱离掌控，他只得亮出要挟。果然如他所预料的一样，"刘和"一听这话，连忙惶恐地跪倒作揖，说他被司马懿欺负得狠了，一时气愤，才想到献妾的办法，并非与辛毗作对。

辛毗态度缓和了些，拍了拍他肩膀："我那日偏袒司马懿，实是因为他是审配面前的红人。审配这人气量狭小，我若帮你，你必会被他报复。年轻人多抄几卷书，权当做学问了，我这也是保护你。"

辛毗的话里暗示颇为明显。他一直在拉拢非冀州籍的儒生，如今刘平在儒生中人望颇高，属于必须握在手里的人。刘平心中暗笑。这一切果然和司马懿预料的一样，他把任红昌往袁府这么一献，辛毗立刻就坐不住了。

"刘和"连连点头称是。辛毗又道："现在你既有了随行的腰牌，走动就方便多了。还有什么需求，跟我说一声就是。"

刘平觉得时机差不多成熟了，又深鞠一躬："其实我正有个不情之请，想请辛先生帮忙。"然后他凑到辛毗耳畔，细声说了几句。辛毗抬了抬眉毛，一直到听完刘平的话，他的眉毛也没放下来。他沉声道我考虑一下，然后转身离去。

送走了辛毗，刘平穿戴整齐，也走出门去。卢毓和柳毅几个人凑过来，拉他出去喝酒。刘平挺喜欢跟他们混在一起，没那么拘束，有点当年在温县跟司马家几个兄弟吃喝玩乐的感觉。他们找了个酒肆，卢毓掏钱把场子全包下来，他们的仆役都站在门口，黑压压的一片。

邺城不是前线，粮食充足，并不禁酒。于是这些人推杯换盏，喝得不亦乐乎。酒酣耳热之际，这些人又开始拍着桌子大骂审荣为首的冀州士子。这几乎已经成为他们每次聚会的必谈话题。柳毅哇啦哇啦又说了许多琐碎的事情，从守城士兵的态度到大将军幕府的政令，审配几乎是处处为难他们。卢毓屡次提醒他声音小点，刘平也出言相劝。柳毅醉醺醺地嚷道："刘兄你这样的人，怎么也畏惧不言？不是被司马懿整怕了吧？"

刘平不屑道："趋炎附势之徒，岂配让我相惧，只不过君子不立危墙罢了。"

"哈哈，刘兄你说这邺城是危墙啊？"柳毅大笑。

刘平道："审治中把咱们拘在邺城，不许离开，图的什么心思？打的是聚儒旗号，我看咱们不是游学，不过是人质罢了。眼下袁、曹打得正热闹，万一官渡有变，还是咱们各自家族有变，这危墙可就会哗啦一声倒下来，把咱们砸个粉碎，说实话早知邺城如此险恶，我根本就不来。"

酒肆里一下子安静下来，柳毅还不依不饶地追问："可刘兄你已经在这里了，又该如何？"刘平答道："人必自助而后人助之，而后天助之。"

在座的都是学子，都知道这是出自《易经》的话。刘平语气一转，举杯笑道："我这只是随口乱讲，荒唐之言，无稽，无稽，咱们接着喝酒。"这些非冀州士子彼此交换了眼神。他们此前也都有预感，只不过没人敢像刘平说得这么透罢了。酒肆里的喧嚣声顿时变得小了，卢毓连忙道："刘兄，你醉了。"

刘平顺势站起身来："确实喝得有点多了。你们先喝着，我出去走走。"

离开酒肆以后，刘平本来涣散的眼神一下子恢复清明，这点酒对他来说，根本不成问题。他信步而行，沿途的士兵看到他的随行腰牌，都不敢过问。就这么七拐八拐，他很快走入一条僻静的内巷，这条巷子的侧面是一座破旧的土地庙，香火已废，人迹罕至。

他才一进去，司马懿就闪身从泥像后钻出来，把头上的蜘蛛网扯掉，一脸的不耐烦。"你到得可真晚。"

刘平咧嘴笑道："被那些士子强拉着喝了几杯。不过也没白喝，我的话，他们都听进去了。"

他和司马懿在明面上是敌对关系，邺城馆驿人多眼杂，不能直接来往，都是靠曹丕传递消息。可有些话，是连曹丕都要瞒着的，所以他们只能到城里的某处隐秘碰头。

司马懿道："进展如何？"刘平道："很顺利，任姑娘已经顺利打入袁府，随行腰牌也拿到了。刚才我还跟辛毗谈了一下，他说会考虑。"司马懿"嗯"了一声："我这边也准备得差不多了，不过我说你真的不考虑一下我的建议吗？一石五鸟啊。"他伸出五个手指头，在刘平眼前晃了晃。

刘平咬了咬嘴唇，却还是坚定地摇了摇头："不行，仲达，这件事我不会同意。"

"在邺城杀掉曹丕的话，对汉室可是好处良多。"司马懿不甘心地游说道，甚至忘了摆出身段。他当初定计之时，就对刘平说可以顺手杀掉曹丕。曹丕如今是曹公的嫡子，嫁祸给袁绍，后续可选择的手段便会很多，腾挪空间会很大。可刘平却一直不同意，这让司马懿有些起急。

"迂腐兄，你是肩负着汉室复兴之任，可不要又来什么妇人之仁！"司马懿愤愤道。

刘平闭上眼睛，此时脑子里浮现出来的，是曹丕在黄河里向他伸出的援助之手。作为政敌之子，刘平承认曹丕之死颇有价值；可这孩子是因为相信自己而来到官渡战场的，又在关键时刻救过自己的命。对刘平来说，这么做不是打击敌人，而是出卖同伴。这样的选择，不是他的道。

"曹丕对我们，还有价值。"

刘平缓缓开口道，把甄宓的事情说出来。司马懿听完以后，先是一脸怒气，可转瞬间突然敛起怒容，手指灵巧地弹了弹，恢复到云淡风轻的笑意："你说的也有道理，如果曹丕能把甄宓控制住的话，对我们的计划，将有极大的助益。"

这次反而轮到刘平起疑了。他这位兄弟勃然大怒时，意味着暴风骤雨；而当他没来由地露出笑容时，却往往意味着更大的灾难。

"来吧，咱们来说说细节。"司马懿压根不给刘平质疑的机会，拽着他盘腿坐下，开始滔滔不绝地说起来。刘平不好意思打断他，只得耐心地倾听着，那个疑问一直没机会说出口。

司马懿面色如常地说着，心中却在勾勒着另外一幅图景。他和刘平有一点是相似的：绝不会害自己兄弟。只不过究竟什么算是害，什么算是帮，两个人的理解略有不同罢了。

这一天，袁府上下人声鼎沸，都在忙着为刘夫人庆贺大寿。刘夫人本来表示前线正在打仗，不必大操大办。但那个叫貂蝉的舞姬，脑子里有各种奇妙的主意。她在邺城外转了一圈，请了大约两百余名民间艺人，在袁府内外支起了二十多个小场子。

这些艺人有跳折腰的，有弄鼓的，还有些玩杂耍与驯兽，甚至还有个西域人会表演吞火，各展其能，精彩纷呈。所有的场子，要演足三天。在这三天内，邺城的居民只要说句祝寿的吉祥话，都可以聚到袁府外面来看外围演出——当然，真正精彩的小场都设在袁府内，只有祝寿的宾客才允许进去观赏。

这些艺人在城外都是饥民，能给口饭吃就心满意足了；而邺城居民很少看到这种允许全民参与的庆典，祝一句寿又不破费什么，都纷纷拥过去看热闹；袁家主母的生日，各级官吏谁也不敢不来。于是这次寿宴办得很是热闹，风光无比，花费又不多，让刘氏大为高兴，直夸貂蝉真是能人。

在这一片喧嚣之中，审配手持酒杯，面无表情地踱着步子。周围的各色奇景根本激不起他的兴趣，也没有人敢来打扰这位邺城最高的统治者。说实话，这样的场景，只会让他感到心烦，庄严的邺城这两天快变成市墟了，什么贱民都敢放肆地四处游走。若不是碍着刘氏的面子，审配早就下令禁绝了。

"那个叫刘和的是个狂生，他这个侍妾倒真有些手段。"审配的侄子审荣小心地陪在叔叔身旁，兴奋地四处观望。

审配冷笑一声："哼，什么狂生，献妾求宠罢了，这等人也只有辛佐治看得上。对了，荣儿我听说你还派人去对付他的书童，结果冲撞了甄夫人的车驾？"

审荣脸色变了变，只得承认。审配没怎么生气，只是淡淡提醒道："以后做事，要么不做，要么做绝，不要给人留下把柄。这次若不是仲达出手够快，我得费上一番手脚。"

"叔叔教训得是。"审荣乖巧地答道，顺手擦擦冷汗。

"你暂时也别在邺城待了。眼下官渡那边两军对峙，等到下批辎重过去，你也一起去，在战场上有些资历，将来也好在主公面前留个名。"

"袁公兵力占优势，为何不一口气打过去呢？"审荣问。

审配笑道："这你就不懂了。兵法有云：不战而屈人之兵。现在跟曹阿瞒决战，纵然赢了，损伤也会不小，还给了四边野心勃勃之辈乘时而动的机会。多拖上几个月，等到曹军粮尽自溃，不费一兵一卒便可取下许都，大军留着元气，南边和西边可都用得着呢。"

说到这里，审配忽然问道："田丰在狱中如今情绪如何？"审荣道："和原来一样，情绪很平静，偶尔骂人。"

审配道："他好歹也是冀州派的巨头，在邺城盘根错节的势力不小。记得吃喝优待，只是不许与人接触。"说完以后，他忽然发出一声感慨，"田丰如今被囚，沮授也失宠，冀州派正是群龙无首之际。若是官渡能胜，咱们南阳派可就彻底出头了。"

这两人正说着，看到司马懿迎头走来。他看到审家叔侄，连忙过来施礼。审配难得露出一丝笑意："仲达，你怎么也跑来看这种东西？"司马懿回答道："我来给刘夫人祝寿，正要离开。"

虽然司马懿是河内人士，但审配对他十分欣赏，时常叫过来谈话，完全把他当成冀州人看待。审荣对司马懿也很亲热，尤其是司马懿果断杀了几个泼皮替他灭口以后，更是尊重非常。

三人闲话了一阵，司马懿忽然问道："听说大人您还为这次寿辰，特批了几百张入城状？"审配道："不错，都是那个叫貂蝉的舞姬从城外游民中招募而来的，这次若非刘夫人寿辰，他们根本没资格入城。"

"我叔叔手底下的书吏，可是忙了足足半宿呢。"审荣笑道。

"不过您的辛苦，也算物有所值啊。这办得多热闹，刘夫人也很高兴。"司马懿环顾左右的小场，乐呵呵地说道，"之前都没注意过，咱们邺城附近可真是藏龙卧虎啊。"

这句话听在审配耳朵里，登时让他的表情阴沉下来。司马懿这句话，意味十分深长。这些流民会舞蹈杂耍，邺城根本没人知道；那么，这些流民也许还会些其他特别的技能，邺城就更不知道了。而几百个这样不知底细的人，如今却在邺城的中心——袁府活动。再往下推演下去，让审配突然不寒而栗。

这时候，他看到"刘和"被卢、柳等人簇拥而来，府外黑压压的一片，都是各地学子的仆役，表情更是有些难看。

"辛佐治那天来找我，说邺城馆驿已经不够了，建议把非冀州的学士搬出去。仲达，这建议你怎么看？"

司马懿道："辛先生人是好的，只是太过软弱。不过此举可行，那些学士通宵达旦酗酒玩闹，惊扰得四邻不安，冀州学士早有怨言。再者说，两者混处，不若有所区格。邺城分新旧之后，秩序井然，民众各安其位，就是一例。"

审配沉吟不语。司马懿看到审配表情有异，连忙请罪。审配摆了摆手，表示他没说错什么。他把酒杯里的残酒倒在地上，杯子扔到审荣怀里，说我还有事先走了，然后转身离去，剩下不明就里的审荣和一个表情有些诡秘的司马懿。

"这邺城，是得挤一挤水分了。"

审配心想，同时加快了脚步。他走过一处僻静的小棚，却满腹心事，压根没有注意到在这个小棚里，曹丕一身的峨冠博带，脸上还敷了些白粉，一脸僵硬地坐在一具七弦琴前。

这次的寿宴献艺中，任红昌给曹丕特别安排了一个单独的小棚，美其名曰"琴操馆"。可惜这种东西太过风雅，曲高和寡，大家对那些杂耍舞娘更有兴趣。于是在大部分时间里，这个棚子都特别冷清。曹丕挺高兴，他巴不得一个人都不来。任红昌和刘平给他安排的任务实在太离谱了，他宁可跟着史阿去杀人，也不想在这个地方附庸风雅。

耳中听着远处的喧嚣，曹丕百无聊赖地把双手悬在琴上，用掌心去轻轻蹭着琴弦。琴弦微微颤动，那种麻酥酥的感觉让他十分惬意。正当他沉醉其中，一个清脆的女声忽然在耳畔响起：

"你是在操琴还是在蹭痒？"

他循声看去，看到棚外站着一个大眼睛、宽额头的少女，身后还紧紧跟着两个侍婢。她与曹丕四目相对，一下子两个人都愣住了。

"原来……是你？"少女抬起一边眉毛，神情惊讶。曹丕也认出来了，她就是那天被压在马车下的小姑娘——袁熙的妻子甄宓。曹丕一想到自己的任务，不由得吞了吞口水，有些心慌意乱。

甄宓迈前一步，好奇地打量着曹丕："那天我还以为你是个乞丐……原来是个琴师？"她环顾四周，啧啧了几声，"还独占一间棚子，你的琴技一定很高喽？"

曹丕盯着她的脸，一时没说话。上次事起仓促，未及仔细端详，如今细看才发现，甄宓和伏寿只是眉眼相似，但在气质上却大不相同。伏寿雍容中带着几丝忧郁，而甄宓则给人一种幼鹿踏春的感觉，矫健而充满活力。

甄宓被曹丕盯着看得有点不好意思，咬咬嘴唇，大声喊了一声"喂"！曹丕这才如梦初醒，把视线收了回来。甄宓问："问你话呢，你到底会不会操琴啊？"

曹丕想起自己身份，把高冠一整，神态倨傲地点了点头。他注意到，吕姬没跟着她出来，反而那两个侍婢跟得形影不离，表情略显紧张。甄宓饶有兴趣地背着手走近几步，低头看了看那琴床，用白皙的指尖去碰了碰，抬头道："那弹一曲听听吧，你会弹什么？"

曹丕暗自叹了一口气，努力让自己扮出云淡风轻的名士风度，淡淡吐出三个字：

《凤求凰》。"

甄宓眼睛一亮，催促道："那快弹给我听。"曹丕沉吟一下，露出为难神色。《凤求凰》这曲子有些挑逗意味，若被懂乐的人听出来这是小琴师弹给大府内眷的，怕是会惹出不少乱子。

甄宓一看他的表情，就知道为难在何处。她回头对那两个侍婢道："你们两个出去等我。"侍婢对望一眼，身子却没动："刘夫人让小的贴身伺候您，不可少离……"甄宓不耐烦地瞪起眼睛，"听琴须心静，人多耳杂，岂不污了曲子？这里不过是个小棚子，就一个出口，你们站在那里，我能跑到哪里去？"

"可是……"

"你们不出去，我就拿这琴砸自己的头，说你们照看不周，到时候看谁挨板子！"

两个侍婢被这么一威胁，只得退出棚去，守在门外。曹丕看着甄宓，有些目瞪口呆。她解决问题的方式真是匪夷所思，简直是有些刁蛮，不过确实很管用。

"你不用担心，这两个大字都不认识一个，更别说听懂琴曲了——整天只知道跟屁虫一样地跟着。"甄宓一边说着，一边跪坐在曹丕对面的茵毯上，双手覆在膝盖上，脸上掠过一丝疲惫。

此时小棚里只剩他们两个人，甄宓闭起眼睛，似乎在享受这难得的安静。过了一阵，甄宓忽然道："谢谢你那天救了我。"

"呃……"曹丕有些惭愧，其实他当时真没有救人的打算。

甄宓嘴角轻挑："我知道开始时你有点不耐烦，不过后来把我压在身下的时候，应该是发自真心吧？"

这种让人误会的话，甄宓却说得无比自然。曹丕不敢正视她，赶紧低头去调琴弦，即使是面对王越，他也没这么难受过。甄宓看到曹丕慌乱的神情，咯咯笑了起来，似乎看到了什么滑稽的东西。她笑的时候从不掩口，一颗小虎牙娇俏地露了出来。

"不逗你了，快弹吧，我很久没有听过这曲子了呢。"甄宓拍了拍手，像个男人一样把右臂支在大腿上，托腮凝目。

曹丕身为曹操的次子，自然这操琴之法也是学过的，而且老师还是天下闻名的师勖。他虽没怎么认真练习，但毕竟还有些天分。弹《广陵散》有点难度，《凤求凰》倒不成问题。

指肚抚过细弦，发出一连串清脆的流音。曹丕起手几声显得颇为生涩，偶有断续。他有些担心地抬头去看听众，却发觉甄宓跪坐在原地闭目，脖子微微向上向前，如同一只引颈的飞燕，仿佛渴求听到这曲子很久了。

看到她这副神情，曹丕的心情慢慢平复下来，手指在琴弦上擘、抹、挑、钩，指法熟练，越弹越顺。优美的琴声从容不迫地流泻而出，充斥着整个棚内。

曹丕不时抬眼去看，开始他看到的是闭目的甄宓，可随着琴声越发激越，自己的情绪也开始翻腾起来。师勖曾经说过，琴师须与琴声共情，随曲而悲，随曲而喜，人曲合一，方为上品——自从来官渡之后，他每日都处于警惕的状态，不敢有一时松懈。戒惧成功地压抑住了他的梦魇，但同时也深深地压抑住了其他情感。随着曹丕慢慢进入共情，封锁在逐渐解开，在他眼中，伏寿与甄宓两个人的影子竟逐渐合二为一。以往曹丕对伏寿那种朦朦胧胧的情感，此时竟被这一曲《凤求凰》抒发出来。

年轻的乐师时而垂首，时而后仰，双手柔顺地抚过琴弦，而对面的女子一言不发，似是沉醉其中。曹丕望着眼前的甄宓，想着许都的伏寿，不知为何，突然没来由地想到宛城，心中一股戾气陡升，琴弦"铮"一声断了，琴声戛然而止。

甄宓一下惊醒过来，她看了眼那断开的琴弦，起身走到曹丕跟前，一下子抓住他的手。曹丕心想这琴声难道真的打动了这女人的心弦，他下意识地挺直了胸膛，努力装出一副淡然的模样。

下一个瞬间，甄宓"啪"地把他的手按在琴弦上，对曹丕一字一句道："司马相如才不会弹得这么烂！"

曹丕的脸色瞬间变得铁青。他虽然不以琴艺自傲，可被人当面这么说，还是觉得面皮有些发疼。

甄宓却不顾他的感受，继续说道："知道琴弦为什么断吗？就因为你指法有问题。知道为什么指法有问题吗？因为你的心思不对。弹琴最重要的，是心境。司马相如弹这一曲《凤求凰》时，心中并没有卓文君，他的风流倜傥不是做给谁看的，是真实流露，是无人之境。你的琴声太腻了，好像色眯眯地看着什么人似的。"说到这里，甄宓忽然瞪大眼睛，像是发现了什么珍宝一样，"哎，你不会是看中我了吧？"

被说中心事的曹丕一下子变得尴尬，脸上一阵红一阵白。不知为何，他面对这女人无法控制自己的情绪，无论恼怒还是心虚，几乎无法掩饰。甄宓笑意盈盈，弯腰凑近曹丕的脸："你是不是听谁说过我喜欢司马相如，所以才特意作此态，哄我开心啊？"

曹丕面部僵硬，闭口不言，额头居然沁出汗来。甄宓掏出一块香帕，轻轻在他额头擦了擦，嗔怪般地点了一下："你呀，是跟貂蝉姐姐一伙的吧？"她感受到曹丕肩膀一颤，嘴角微翘，又说道，"司马相如的事，这些天里我只对一个外人说过，那就是貂蝉姐姐。这次的寿宴献艺，也是她操办的，把你弄进来也不是难事。你们都是想把吕姐姐救出去，对不对？"

说来也怪，甄宓把话说透以后，曹丕反而不那么紧张了。比起勉强装成风流才子去骗人，曹丕还是更喜欢这种对话的感觉。他把身子朝后倾了一点，双手按住琴弦，平视甄宓："你说得对，我们这次来，是为了吕姬。"

　　甄宓点头道："吕姐姐在我身边。把我笼络住，你们的计划就成功了一半，倒是不错……"她用右手食指点着自己鼻尖，陷入沉思。

　　曹丕道："若甄夫人你肯帮忙，我们还需要袁府里的一样东西。"

　　"甄夫人……"甄宓有些厌恶地咀嚼这三个字，吐出舌头呸呸了几下，方才说道，"我猜，你们要的是袁绍的副印吧？"

　　袁绍是天子亲授的大将军，他自己刻了一副官印，正印带去了官渡，副印则留在了家中。持此副印，等同袁绍亲至，效力之大甚至要胜过审配。

　　甄宓一下子就猜到他们的目的，这让曹丕有些惊讶。这女子看上去活泼天真，眼光却犀利得很，曹丕不得不暗自调整对她的观感。

　　"你猜得不错，我们想借这副印一用。"曹丕道。甄宓离开琴床，轻轻叹息一声道："唉，你还不懂……"

　　"什么？"曹丕一怔。

　　"不懂女人心呀。"甄宓摇摇头，又站开几步，"原本我是很同情吕姐姐的，希望她能顺利逃出去。可是现在我忽然不想了，这么多人想帮她出去，却没人帮我，我不开心。"甄宓嘟起嘴来，像是个受气的小女孩。曹丕脊背却是一凉，这女人明明肯冒着风险帮吕姬出逃，怎么转眼间就不认账了。他连忙说："若你想走，我们也会设法把你带出去。"

　　甄宓不屑地撇了撇嘴："回答得这么快，一听就是唬人的假话，其实一点计划也没有吧？你这样的家伙，和袁熙都没区别，连句哄女人开心的谎话都编不出来。"

　　"袁熙……也是这样？"曹丕鬼使神差地问了一个与正题无关的问题。

　　一听这名字，甄宓幽幽地喟叹："他那个人，疼爱我是疼爱我，只是没什么可谈之事。我与他谈汉赋，他说许多字不认得；我跟他说儒学，他说一看到书名就犯困；我给他写信引了几段《诗经》，居然被他当成我写的，拿出去给宾客炫耀，多丢人哪！"

　　一提到这个话题，甄宓情绪就有点激动。她拿起香帕在腮边赶上一赶，好似在驱赶一只蚊虫："你知道蔡邕吗？"

　　"知道。"曹丕点头。那是这个时代顶尖的文学大家，可惜因为依附董卓，为王允所杀，他父亲曾经数次感叹蔡邕的早逝。

　　"蔡邕有个女儿叫蔡昭姬，才华不输给班昭。可惜自从蔡邕死后，她流落北方，成了匈奴人的妻子。我得到这个消息以后，恳求袁熙去找袁绍说一声，利用袁家在北方的势力，把蔡昭姬请回来，好使这份才情不致沦为胡虏的——你猜他说什么，他说中原识字的人那么多，也不差这么个娘儿们。蔡昭姬何等才华，竟被如此侮辱，真是气死我了！"甄宓义愤填膺，小脸涨得通红。

"袁家世代簪缨，应该不致如此……"曹丕小声说。

她走到曹丕跟前，轻蔑地伸出小指头，往地上一指："观子如观父。袁绍这一家子人，上马征战喝酒玩乐都是一把好手，文章儒雅却都毫不沾边。与这样的人为伴，有何乐趣可言？"说到这里，甄宓朝南方看去，幽幽叹道，"同样是世族出身，你看看人家曹孟德，写的诗句多么苍劲风流。若是这样的人，我嫁也便嫁了。"

曹丕听到这里，情不自禁地露出自豪的表情。甄宓怒道："又没夸你，你在那里美什么？"曹丕连忙收起眼神。甄宓乜了斜他一眼，冷哼一声："哼，连《凤求凰》都弹不好，就想打动我的芳心。你和袁熙一样，就连花点时间编套好点的谎言骗我都不肯！"

"不，不是的。"曹丕回答。

"哦，那就是你花了许多时间研究怎么骗我喽？"

曹丕发现不能按照甄宓的节奏，否则很快就会被她带到诡异的方向去。他双手用力拍了一下琴弦，响过一声强硬的颤音，打断了甄宓的话："行了，我放弃了。"甄宓见曹丕态度陡变，不由得好奇地盯着他，想知道这男孩打算如何。

曹丕把琴推开，坦诚地摊开手："其实我一开始就不赞同这个计划。靠抚琴来诱惑女人，尤其是应付你这样的女人，实在是个笑话。"甄宓鼻子一耸："你什么意思？什么叫我这样的女人？"

曹丕没有跟着她的话题走，他把身子探前，盯着甄宓道："谈情终究不适合我，还是谈谈生意吧。"

甄宓狐疑地盯着曹丕，这个跟她年纪差不多的男孩刚才还很青涩，现在却一下子老成起来。她眼珠一转："也好，那就来谈谈看吧。"

"我们需要把吕姬带出城去，还需要袁绍的那枚副印。你如果帮我们做到这两件事，我可以竭尽所能助你离开邺城，甚至……"曹丕深吸一口气，"甚至可以把你带去许都，把你介绍给曹氏一族的子弟。"

甄宓闻言先是一愣，然后咯咯笑了起来："你可真是大话精，不过拿这种话来哄我，也算用心了。"曹丕淡淡道："你怎知我说的不是实情？"甄宓道："我刚赞了一句曹孟德，你就马上拍胸脯说愿把我带去曹家，还不是空口白话顺嘴一说吗？"

曹丕缓缓起身，声音开始蓄积起力量："你根本想象不到，我的真实身份是什么。"甄宓一甩香帕："有什么好猜的，你身份再高，总不会是曹操儿子吧？"

曹丕表情抽搐了一下，原本憋足了劲的气势突然扑了个空，不知该怎么接下去了。难道顺着她的话，主动承认自己是曹操儿子？气势已去，那么说只会招来一顿嘲笑。

"被我戳破了吧？"

甄宓"扑哧"一声被曹丕的表情逗笑了，她捂嘴笑了一阵，敛容道："我告诉你。我帮吕姐姐，那是我同情她，却不是义务。你们这一群来路不明的奇怪家伙，我更没相信的理由。若真有心要谈生意，总要有个令我心动的价格。"

曹丕低头想了半天，把琴头重新整了整，一字一句道："我弹的那首《凤求凰》那么难听，难道你不想指导一下吗？"

"喂，真的是……"甄宓无奈地摇摇头，"不是在谈生意吗？怎么又开始谈琴了？"

"这也是生意的一部分。我请你做我的琴技之师，束脩就是你的自由。你那么喜欢《凤求凰》，总不至于放任这曲子为庸劣之弦奏吧？"曹丕理直气壮地回答。

甄宓像是欣赏珍禽异兽一样端详曹丕半天，突然大笑道："这个价码也太无赖了吧？"

"高山流水，知音难觅。伯牙不出，奈子期何。"曹丕简单地说了十六个字。

这个请求，是曹丕经过深思熟虑以后，决定破釜沉舟——甄宓要么被气走，要么被打动。

华佗的人分五品论，曹丕也从郭嘉那里听说过。人之所欲，分为五品，由俭入奢，循次递增，只要搞清楚对方真正要的是哪一品，便可拿捏自如，洞彻其心。

像甄宓这样的小姑娘，用谎话是骗不过的，也不可能靠风雅来打动她。从刚才那一系列关于蔡昭姬的议论里，曹丕能感受得到，她其实对自由、婚姻什么的，也不是特别在乎。她最渴望的是认可，是对自己才能的肯定。这么聪明的一个女人，一定心中自负得很，渴望能一展才华。

甄宓听到这十六个字，怔了怔，一时竟没说出话来。曹丕知道自己赌对了。甄宓和任红昌，其实都是一类人，她们有着自己的想法，不愿依附于男人。这大概就是任姐姐不在许都陪着郭嘉，而自己独立抚养着几个孩子的缘故吧。曹丕心想。

甄宓用指头戳了戳下巴，眼波流转，露出一丝笑意："你可真是讨厌，这句话可真是打动我啦。"曹丕却没上当，追问一句："我们这算是谈成喽？"

甄宓伸出双臂，环在曹丕脖子上吹了口气："这得看我们谈的是什么……"曹丕拼命忍住脸红耳热，绷紧着脸问："不是说好谈生意吗？"甄宓双手环得更紧，两人的鼻尖相距不过半寸，彼此能感受到呼吸。正当曹丕有些忍耐不住时，甄宓却突然松开手，站开几步。

"你还好意思说是生意？人家是有夫之妇哎，就这么跟你走了，我岂不是成了淫奔之女？我可不是那么随便的人。"

曹丕一口血差点喷出来："难道你还想找个媒妁不成？"

甄宓微微噘起小嘴："得有个名分才好，哎，你成家了没有？"曹丕摇摇头。甄宓眼睛一亮："这样就好办啦。你是司马相如，我就是卓文君。我在袁府听了你的琴声，决定跟你走。嗯，嗯，这样不错！这样传出去，天下人都知道我是为了重演《凤求凰》才毅然私奔，只会传为美谈，说不定还能记到史书里呢。"

曹丕看着神采飞扬的甄宓，不由心想，你真是一心想咒袁熙死啊……说帮她出逃，她不乐意；说带着她私奔，她倒甘之如饴——这女人的想法，他实在是无法捉摸。

甄宓看曹丕面露不豫，以为他不情愿，拍了拍肩膀道："我父亲当年可是上蔡令呢，你娶了我，也算是光耀门楣了。"曹丕暗暗腹诽，心说你若知道我什么身份，哪里还敢这么说。

这时门外传来声音，甄宓朝后退了几步："你快把琴弹起来，不然外头的侍婢会心生怀疑。"曹丕连忙续了根弦，随便挑了首曲子弹起来。就在琴声掩护下，甄宓道："副印放在刘夫人的寝室，守备森严无比，就不要想把它盗出来了。不过若你们有什么文书案牍，我倒是可以试试进去盖上大印。"

曹丕点点头，表示听到了。甄宓又道："自从我上次出逃失败，如今他们看得更紧了，我在袁府里可以随意走动，但却不能出门一步。外围还有我二哥甄俨亲自带兵守卫。他虽然不够聪明，但为了甄家安危，可是会不遗余力地堵截我。怎么把我和吕姬弄出袁府，你们可得仔细想想。"

曹丕道："任姐姐自有办法。"

甄宓笑道："那咱们就这么约定了。不过我得要你一件信物，才好行事。不然我怎么知道你不会骗我？"曹丕摸了半天，想不出身上有什么信物。甄宓歪着头想了一下，伸手抓住曹丕衣襟拽到跟前，忽然凑脸过去。曹丕顿觉一阵馨香扑鼻，还未说什么，被甄宓一口咬在脖颈一侧，留下两排牙齿印。曹丕疼得想要大叫，却被甄宓的眼神所阻止。

她咧嘴露出那一颗小虎牙，得意道："我的牙齿生得很有特点，这两排牙印几天都不会掉。如果你辜负我，我就去审配那里举报，说你意图侵犯我，被我咬跑了。"

曹丕无语，他自命算是聪明人，可面对这么一个表面文静却有无数疯狂想法的丫头，却是束手束脚。他摸摸生疼的伤口，只能虎着脸答应。甄宓摸摸他的脸颊，轻轻亲了一下，算是安慰，转身离开。走到门口，她忽又回首柔声道：

"我要走了，你说咱们现在算谈的什么？"

她的眼神里，此时涌动着柔情蜜意，如同望着自己最心爱的情人一样。曹丕知道这只是她的演技，可四目相接之时，心中还是一热。还没等他想好怎么回答，甄宓一旋身消失了。

曹丕独自跪坐在小棚之中，呆愣了半天，手摸在伤口上，心想我这算是完成任务了？应该算是吧，可总觉得哪里的味道不对。

这一天一大早，邺城新城的居民们感觉气氛和平时不太一样。在各个里显眼位置的木牌上，都出现了一张大告示，旁边还站着一名小吏，给围观的人大声宣读。告示的内容写的骈四俪六，小吏的工作就是将之转成人人皆懂的白话。

告示说最近各色流民蜂拥而入邺城新城，忠奸难料，良莠不齐，长此以往，必生祸患，如今前方激战，为防曹军细作生事，从即日起将整肃城防，清查户籍，闲杂人等一律清除出城。落款是大将军幕府的血红大印。有懂行的人一望便知，这是审配借了袁府的副印，表达了邺城高层对这件事的重视。

仿佛为了证明这张告示的严肃性，不时有大队的卫兵轰轰地开过街市，设卡查验，甚至挨家挨户拍门搜查。邺城新城虽说是进城管制严厉，但一干官吏望族的日常生活需要有人伺候，一些城中的脏活累活也需要劳役来做，每日开放的那些人数根本不够用，所以利用各种关系偷偷进来的人着实不少。

在这一场大整肃中，这些人被一一揪了出来，用绳子捆成长长的一串，由骑兵拽着往城外走。有人上前求情，但平常收了贿赂就抬手放行的卫兵们，这次却毫不通融，冷着脸用长枪横在身前。一群群惊慌失措的老百姓就这样被拖曳过街，跌跌撞撞，求饶呼喊声此起彼伏。街边有一间馆舍，临街是一个大敞间，此时这敞间里聚着三十余名学子，他们或跪坐或站立，凝视着外面，神情严峻。

柳毅一拍桌子："审配这个家伙，真是太过分了！孟子有云，民为重，社稷次之，君为轻。他竟在堂堂大城中肆意欺凌百姓，这和当年董卓屠戮雒阳有什么不同！"

他的话引来学子们的议论纷纷，大家纷纷引经据典，有的举夏桀，有的说商纣，还有的说嬴政。刘平在一旁端着酒杯，没有说话，只是冷眼旁观。

别看这些人在这里为邺城百姓鸣不平，其实他们愤懑是另有原因。

审配的这次整肃，也波及了这些非冀州的学子们。他们个个出自大族，到邺城来也是摆足了排场，每个人都从家里带了十来个仆役，伺候饮食起居。可邺城卫的人刚刚到了馆驿，宣布了两件事，一是将所有非冀州籍的学子都搬出馆驿，重新安置在一处临街的大院，这里虽也叫馆驿，但条件比之前差远了；二是每个人只能留两个贴身仆役，其他人必须离开新城。

这两个决定掀起了轩然大波，气得柳毅、卢毓等人嚷嚷着要去衙署抗议。好在辛毗从中斡旋，据理力争，说馆驿搬迁工程浩大，如果太早遣散仆役，恐怕会多有不便。审配这才松口，给了他们三天缓冲的时间。如今这些士子的仆役们在两处馆驿之间来回搬运着东西，而闲来无事的士子们则坐在敞间里对着街上怒气冲天。

柳毅骂得口干舌燥，抓起一杯酒一饮而尽，然后看着刘平道："哎，刘兄，怎么你今天这么沉默啊？平时你可都是骂得最精彩的几个人之一啊。"

刘平捏着自己的杯子，微微动了下嘴唇："我在想一些事情，只是还没想通。"他的眼神变得锐利而深沉，似乎想到了什么。

"哦？刘兄在想什么？"卢毓问。他在这群人里算是沉静的，对刘平这份镇定颇为佩服。

"我在想，审配在这时候颁布这个命令，有些蹊跷。事情没那么简单，大家要少安毋躁。"

柳毅跳起来叫道："刘兄，你只带了一仆一妾，自然不肉疼！我们可是一下子十停里去了八停啊。你想，我们都是远道而来，若不多带些人，岂不事事不方便？他审配倒好，一张薄纸就想撵走这么多人，分明是针对我们这些不是冀州的士子！"

柳毅说了实话，大家也都索性放开了，纷纷表示不满。卢毓也问刘平："刘兄，你说这事不简单，莫非还别有隐情吗？"

刘平笑道："隐情什么的，我可不知道。不过从这一张告示里，倒是可以看出许多不一样的东西，我有些推测，不知诸位是否愿意听听……"其他人一听他这样说，都围过来。刘平环顾四周，一指外头，"我这也只是猜的，未必作得准。你们听听就罢了，不要当真，也不要外传。"柳毅拍拍桌子，竖起手掌发誓道："今日刘兄之言，若泄与无关人知，我柳毅甘愿五雷轰顶。"众人见他带了头，也都纷纷起誓。

刘平不缓不急地啜了口酒，转了转酒杯，抬头对柳疑道："柳兄，你可还记得告示原文是什么？"

过目不忘是读书人的基本功，柳毅张嘴就开始背了起来。当他背到某个特定段落时，刘平忽然打断了他的话："诸位，听到了吗？告示这一段说，邺城不稳，亟须整顿，闲杂人等一律驱逐出城云云。"

诸人交换了下疑惑的眼神，都不明白刘平的意思。刘平敲了敲桌面，沉声道："这告示说要驱逐闲杂人等，可这闲杂人等究竟是谁？怎么界定？却没提及，没有规章可循。换言之，他审配指谁是闲杂人等，那谁就是。今天他可以说你们的仆役是闲杂人，赶出城去；那明天万一说到你们也是闲杂人等，你们如之奈何？这一句模糊的话，就是审配的手段。"

众人俱是一愣，他们倒没想这么多。可刘平这么说，似乎又颇为在理。卢毓道："审配再偏袒，也不至于驱逐我等吧，难道他想把幽、并青几州的世族都得罪光？"

刘平冷冷一笑，没回答这个问题，又继续说道："你们可去看过告示原文？那落款处有个大红印，乃是大将军的专印。"柳毅道："审配代袁绍掌后方，这又怎么了？"

刘平道："整顿邺城，只用邺城卫就够了，审配何必多此一举用大将军印？要知道，正印已被袁绍带去官渡，副印在袁府深藏。审配要用印，还得跟刘夫人去借。"

这一句质疑一出，堂内登时一片寂然。所有人都不期然地皱起眉头，陷入了思考。审配这个古怪行为，殆不可解，于是大家都把目光投向刘平，等他解密。刘平徐徐起身，右手向外一点："前日寿宴你们也去了，那些杂耍艺人表现不俗，得了刘夫人不少赏赐，好多官吏请他们到府上献艺。可如今这告示一颁布，这些艺人居然都被清出邺城了，审配为何要急匆匆地赶他们走？"

"只怕这里面鱼龙混杂，有曹贼的奸细混入吧？"一人试探着说。

刘平的指头一敲桌面："不错！你会这么想，别人也会这么想，大家都这么想——但这恰恰是审配让我们这么想的。"他负手在堂下来回踱着步子，不时伸展右臂，用力挥舞，所有人都目不转睛地看着他的手势。

"若只是为了对付杂耍艺人，审配下一道命令就是，何必大费周章搞整肃清城？可他却发了告示，还用了大将军的副印。这说明什么？这说明审配的用意，根本不是这些窃居邺城的流民，他是另有所图！这个图谋还相当大，已经超越了邺城卫的能力范围，所以他才会用大将军印镇在那里，以便未来有事的时候，可以随时代表袁绍的意志。"

刘平这么一分剖，卢毓忍不住问道："那刘兄所谓大事，究竟是什么？"

刘平把酒杯举起来，一下将其中的酒水泼在地上，抬眼逐一把众人扫过去："审配的真正用意，正是在诸位身上。他搞这么一出，是打算不动声色地把你们与仆役之间隔离开来。这些仆役一离开新城，你们身边只剩寥寥数人，届时审配便可随心所欲，你们只能听之任之，没有半点反抗之力。"

士子们听到这一句，无不色变。他们带这么多仆役来，表面上是照顾衣食住行，实则是有保镖之用。这些人都是家族选拔出来的好手，危急关头可以起码做到自保。若按照刘平的说法，审配处心积虑，就是为了把他们这点最低限度的武装解除，那他的用心可就真的要深思了。

卢毓道："刘兄，兹事体大，你可确定吗？"

刘平道："虽无明证，但咱们被赶来这个旧馆居住，岂不就是个先兆？"柳毅瞪大了眼睛，促声道："你是说……"刘平淡淡道："把冀州与非冀州的人分开，自然是方便他们办事喽。"

"办什么事？"柳毅沉不住气。

刘平冷笑一声，什么也没说，把泼光了酒水的杯子掷到地上，"啪"地摔了个粉碎。

之前的馆驿是混住，冀州与非冀州的混杂一处。可这一次迁移，搬家的却全是非冀州籍的士子，早就有许多人心怀疑惑，刘平这么一解释，他们顿时恍然大悟。他摔杯的动作，犹如向滚烫的油锅里扔入一滴水，激起无数议论。

刘平注视着激动的士子们，心情却异常平静。

他刚才的那些推断，若是细细想想，都是牵强附会、不成道理。但他的听众已经对审配先入为主，他只消用一些反问与疑问，不断把不相干的论据往审配身上引，听众自然会补白出他们最想听到的结论。他们对审配怀恨已久，只要稍微一煽动，审配做什么他们都会认为是处心积虑。

其实馆驿搬迁之事，是刘平向辛毗建议的，审配只是批准而已。但刘平刻意隐瞒了这个细节，夸大了审配在其中的作用；而那一则告示的内容，其实是司马懿代审配起草的，用大将军印只是因为审配这个人好名，以幕府之名落款显得威风。两处关键，均与士子无关。

正如卢毓所言，审配再看不起外州人士，也断不会对这些士子动手，得罪诸州世族。这些浅显道理本来一想就通的，可众人为刘平言语蛊惑，竟无一人醒悟。

这就是司马懿所谓的补白之计，刘平小试牛刀，却发现效果惊人。

刘平见众人的情绪越发激动，弯起指头磕了磕案沿："诸位莫要高声喧哗，若被人听见，便不好了。"周围立刻安静下来，他无形中已成了这些人中的权威，令行禁止。柳毅搓了搓手，一脸激愤道："咱们不能坐以待毙啊！刘兄，你说如何是好？"

刘平闭上眼睛沉思，旁人也不敢惊扰他，都焦虑地等待着。过了一阵，刘平唰地睁开眼，沉声道："危机迫在眉睫，诸君若想活命，唯有离开邺城，或有活路。"

卢毓道："审配布了这么大的局面，岂会容我等随意离开。"

刘平道："辛先生不是帮我们争取了三日吗？这三日里，诸位不妨以搬迁为借口，把自家仆役都集中起来，尽量不要分开。你们每人都带着十来个仆役，三十几人都聚到一起，也有三百之数，可堪一战。"

最后四个字说出来，如同一把大锤在每个人的心中重重砸了四下。可堪一战，这就是说，要跟袁氏彻底撕破脸了？这些人虽对审配极度不满，可要让他们公开与河北袁氏决裂，却实在为难。何况这里是袁氏腹心，他们这三百人，能有什么用处？

刘平看出了他们的犹豫，顺手拿起一副竹筷："一根竹箸，一折即断；三根竹箸，纵然能折断，手也要疼一疼。投鼠忌器的道理，诸位都明白。审配为何搞邺城整肃，还不是忌惮你们聚在一起的力量吗？这三百人夺城不足，若真心想出城的话，他们却也阻拦不住。”

说到这里，他放缓了语速：“人为刀俎，你们就甘心做鱼肉吗？”

“可走去哪里呢？各自回家吗？”卢毓满面忧色。如果就这么回去，家族势必会招致袁绍的怒火。刘平胸有成竹，一指南方：“不，去许都。”

这个建议提出来，大家都是一愣。去许都？许都不是曹操的地盘吗？柳毅狐疑地瞪着刘平：“刘兄，你是让我们去投曹？”

“诸位莫要忘了，许都又不只有曹操，尚有另外一人可以投效。”刘平淡淡说道，然后虚空一拜，“当今皇帝，汉家天子。”

众人面面相觑，一人失笑道：“刘兄，你说别的在下都很认同，可这个未免玩笑了。天子如今是怎么境况谁不知道，自己尚且寄人篱下，哪里还有投效的价值。”另外一人道：“我听说董承败亡以后，汉室急着向曹家示好，把能给的朝职都封了曹家人，咱们过去，怕是连个议郎都当不上啊。”第一人道：“说不定天子还得跟你借仆役哪。”

大家一齐哄笑。刘平心中苦笑，用极细微的动作摇了摇头。老一辈的人曾感受到过汉室天威，心中尚存敬畏；而这些年轻人生于末世，长在乱世，心目中的汉室早就成了一个大笑话。观一叶而知秋，从这些边陲世族士子的态度，便知天下人心所向。

所谓汉室衰亡，实际上就是汉室逐渐为人淡忘的过程。这个趋势是否可逆，自己的努力会不会只是缘木求鱼？一个疑问悄然钻进刘平心中。

这时，卢毓突然一拍桌子，叫了一声好！柳毅问他怎么了，卢毓大笑道：“我等乱了方寸，竟然没体察到刘兄苦心。这南下投天子，可真是一步妙棋。”

这下别说其他人，就连刘平都愕然地望向卢毓，不知他何出此言。

卢毓道：“大家不要忘了，咱们待在邺城的理由，是同去许都聚儒。我们出城南下许都，不过是提早几日离开罢了，审配就算气疯了，也挑不出毛病。”

一人疑道：“可是许都是曹氏地盘。如今袁曹开战，袁绍万一打胜了，咱们家族岂不惨了？”卢毓拊掌笑道：“许都是曹氏盘踞不错，但毕竟打出来的是汉室大旗。袁绍又是汉家的大将军，我们公开宣称是去效忠皇帝，便不必与他彻底撕破脸，家里也背不上通曹的罪名。投汉不投曹，这就是刘兄之计的精妙之处了。”

大家一听，轰然叫好，看向刘平的眼光又多了几丝敬服。刘平怔怔待在原地，他原本的目标，只是煽动这些士子的情绪，没想到卢毓居然在不知不觉的情况下，分剖出这层深意，可算得上是意外之喜了。

倘若这些人能够进入许都，汉室局面应该也会为之一变吧。刘平暗暗攥了下拳头，想要不要把计划修改一下。

曹丕恭敬地垂手等在袁府门口，望着紧闭的朱漆大门。在他与大门之间，有五名卫士排成一条线，彼此相隔数尺。最中间的那一位壮汉神色阴郁，披挂齐全，手中还握着一把佩剑。

曹丕现在知道了，这人是甄宓的二哥甄俨，名义上是专门负责袁府的安全，实则是为了看守他妹妹。他的铠甲披挂整齐，连绦带都束得一丝不苟，应该是个认真谨慎的人。曹丕偶尔抬头，看到对方正盯着自己，便回一个茫然的微笑，然后低下头去。

甄俨盯了一阵曹丕，又把视线转移到即将靠近大门的一辆木轮车上去。其实无论是曹丕还是那木轮车，甄俨都不认为是个威胁，但他不敢掉以轻心——他太了解自己的妹妹了，那简直就是"匪夷所思"四个字修炼成了人形。她总能想到一些荒唐又疯狂的办法，甄俨自认在想象力上无法与妹妹相比，只有用最笨拙的办法去杜绝一切可能性。

甄俨根本不想做什么袁府的护卫，这对一个校尉来说实在是大材小用。他的实职是邺城卫的统领，管理着整个邺城的城防。可审配告诉他，甄宓是你们甄家的人，理应由你来亲自解决。甄俨知道这是审配想架空他，但是他一点办法也没有。如果甄宓逃出邺城，那家族的声誉就全毁了。为了甄家的前途，甄俨必须承担起这个责任来，不能假手他人。

这时府门发出一声响动，旁边小门开了半扇，一名衣着华美的女子提着篮子从里面走出来。甄俨不由自主地握紧了剑柄，心情紧张起来。他认识这女人，她叫貂蝉，是邺城一位士子的夫人，如今是袁府最受欢迎的人，可以来去自如无须通报。据说前几天让这些卫士疲于奔命的寿宴献艺，就是出自她的建议。

不知为什么，甄俨一看到貂蝉的身影，身体就莫名激动。他早已婚配，也知道貂蝉嫁了人，可一看到那道曼妙的身影，还是控制不住有些口干舌燥。

任红昌走出门来，撩了撩额头的头发，把篮子伸向甄俨，妩媚一笑："甄校尉，你可辛苦了，检查一下吧。"甄俨忙不迭地把篮子接过去，随手翻了翻，篮子里都是些鲜果布帛，想来是刘夫人的赏赐。甄俨把篮子还回去，交接时，他的手不由自主地在任红昌的手背上蹭了一把。

这是何等滑腻细嫩的手啊，甄俨一瞬间有点迷醉，然后又紧张起来，这可是唐突至极的行为。不料任红昌面色如常，把篮子接过去，向甄俨道谢后就离开了。甄俨长出了一口气，抬起自己的手在脸颊上蹭了蹭，那种滑腻感让他心头一阵荡漾。

任红昌走到曹丕跟前，说咱们回去吧。两人并肩而行，慢慢走到一处河道旁。邺城新城为了追求风雅，在城内修了数条纵横河道，道旁还遍植垂柳，石基垫肩，是个幽静的去处。尤其是大战开启以后，来的人就更少了。

任红昌走到一块平整的大石旁坐下，打开篮子把里面的瓜果都拿了出来，摆满了石案。曹丕安静地站立一旁，一言不发。远远望去，还以为是一个侍女、一个童子在忙里偷闲地赏春。

篮子拿空了水果以后，任红昌从底下一个垫层里抽出两张折好的麻纸文书，递给曹丕。曹丕打开一看，落款都盖着殷红的大将军印，条印分明。他赶紧将其揣在怀里，还左右看了看。

见文书收置妥当了，任红昌长长舒了一口气，感叹道："这都是甄宓的功劳。那姑娘可真是个奇才。她想出来的办法，完全出乎了我的意料。"曹丕把文书重新折叠好，放入怀里，没动声色。任红昌眨了眨眼睛，别有深意地看了眼这男孩的表情，促狭道："这么聪明的姑娘，你都能靠一曲《凤求凰》勾搭上，也算是个奇才了。"

曹丕苦笑一声，脖颈处的牙印隐隐发疼。他父亲曹操和袁绍年少时是亲密好友，可没想到有一天曹操的儿子居然会去勾引袁绍的儿媳妇私奔。

"对了，她还让我问问你，有没有好好练琴。"任红昌揶揄道。

"我哪有那种匈奴时间。"曹丕有点恼火地嘟囔了一句，脸色却有些泛红，"如果没什么事，我先走了。"任红昌身子却没动，她软软靠着石案，欣赏着河道旁已经翠绿一片的垂柳，秀容浮现出几丝难以名状的寂寥。她轻轻磨动红唇："真羡慕你们啊……"

曹丕惊讶地看向任红昌。在他的印象里，任红昌虽然形象多变，可从来都把自己的内心裹得严严实实的，从不袒露心声。刚才那一声轻叹，可是前所未有之事。

任红昌转过头来，对曹丕道："你是否觉得我水性杨花、不守妇德？"曹丕吓得连连摇头。任红昌自嘲地笑了笑，把目光收了回去："不必掩饰了，男人根本不懂遮掩自己的心思。你纵然不说，心里也一定在嘀咕。我从前追随吕布，后来做了郭祭酒的宠妾，又来做皇帝的侍婢，岂不是淫乱得很？"

一时间曹丕不知该怎么回答才好。

任红昌拿起一块小石子，扬手丢入河道里，河面泛起几丝涟漪："我羡慕甄宓那样。我应该如她一般率性而为，轰轰烈烈地谈一段情，才不枉费此生。甄宓说她心羡卓文君，我又何尝不是。"

她的声调陡然提高了一点："哪怕像普通女子一样，学学女红，读读《女诫》，寻个如意郎君，相夫教子，终老一生也好。甄宓避之不及的人生，对我来说也是奢求。"

"生逢乱世，皆有不得已之事吧。"曹丕笨拙地劝解道。一抹苦涩与坚决同时出现在任红昌的脸上："你说得不错。我有我不得已的责任，我舍弃了这么多东西，就是为了完成这份责任——二公子，你会帮我吗？"

曹丕以前也知道，任红昌不是中原人氏，她来这里是想寻求支持，以求复国。他不知道那个国家在哪里，也不清楚任红昌的打算。但一接触到她忧郁的眼神，曹丕热血涌上，一拍胸脯道："我一定帮你！"

他对任红昌怀有一种特别的情感，既不同于对母亲的眷恋，也不同于对伏寿的迷恋。如果一定要用一个词来描述她的话，应该是"大姐姐"。曹丕有姐姐，可他几乎见不到她们。身为弟弟的体验，他要从黄河被救起时才觉醒。这一路北上，曹丕在任红昌身上感觉到了来自姐姐的呵护，这让他感到温馨，同时也激起了他的保护欲。

面对曹丕的慷慨激动，任红昌笑了笑："曹家公子的承诺是很贵重的，不要随意许诺啊。"曹丕道："怕什么，有郭祭酒在呢。"一听到这个名字，任红昌面色一黯，却没多说什么。

曹丕见任红昌似有疑虑，抬起三指对天发誓："我曹丕在此起誓，必助任姐姐复兴国统，子孙亦然。如有违背，天雷共劈。"

任红昌摸摸他的脑袋，用力揉了一下："有你这句承诺我就放心了。"她站起身来，递给曹丕一个果子，说："你把文书带回去给陛下和司马先生，我还有点别的事情。"曹丕一愣，问她去哪里。任红昌嫣然一笑："我去找甄宓的哥哥谈谈心，大人的事，你就不要问了。"

曹丕脸色一红，赶紧转身离去。任红昌望着他的背影消失在巷子口以后，仰望东方的天空，忽然轻轻叹了一声，把头发绾起一个蛇髻，又反身朝着袁府走去。

曹丕怀揣文书，朝着馆驿走去。他现在身上也带了一块随行的腰牌，所以也不担心沿街搜捕的卫兵。他怀里的这两份文书，都是司马懿亲自拟定的，一份是城防调令，还有一份是模拟袁绍笔迹的书信，后者是为了进入许攸私宅而准备的。许攸被软禁在家，任何人不得进入，唯一可能接近的办法，就是伪造袁绍的手令。

他走着走着，忽然停下了脚步，右手下意识地按住胸口的文书，眉头微微皱了起来。一个小小的念头悄然爬出曹丕的意识深处，像春天的毛毛虫一样，顽强而坚定地向上攀缘，很快就爬到了心尖。

"文书既然在我这儿，为什么我不自己去呢？"

这个念头一出来，便无法抑制。胡车儿想要通过徐他转达给许攸一句话，而这句话与当年宛城之战密切相关。曹丕来到邺城，唯一的目的就是找到许攸，搞清楚当初在宛城到底发生了什么。直觉告诉曹丕，这件隐秘很可怕。如果可能的话，他希望能单独去见许攸。无论是任红昌还是当今天子，都最好不要插手宛城之事。

而此时，正是一个绝好的良机。

曹丕呼吸变得急促起来，这么做有点背信弃义，可他别无选择。他朝前走了三步，又后退了五步，脚尖一转，眼神变得坚定，整个人朝着右边毫不犹豫地走去。

许攸的宅邸不算是秘密，他们一早就已经打听好了。这是一座位于西城区的深宅，许攸一家都在这里住。门口有大将军幕府直属的卫兵看守，这些人连审配的面子都不卖，唯袁绍命令是从。平时一日三餐都由幕府派人送到门前，再由卫兵送进去。

曹丕把自己的仆役服脱掉，从成衣铺里买了一套成人的旧短袍换上。他的身高不低，这套短袍并不显宽绰。他又用炭笔在嘴边淡淡地扫了几笔，让自己起码看起来年长了五岁。曹丕准备停当以后，忽然又想到什么，就地打了一个滚，沾了好多灰尘在衣服上头，径直朝着许攸深宅走去。

"干什么的？！"一名卫兵看到曹丕走过来，端起钢枪大吼一声。曹丕毫不畏缩，一直走到快顶到枪尖才停下脚步。没等卫兵再次发问，曹丕先做了一个手势，低声道："东山来人。"然后亮出一块木牌。

那块木牌是蜚先生赠送给刘平的，代表了东山身份，在他们逃离白马的过程中起了关键作用。现在曹丕又把它拿了出来，打算故伎重演。卫兵拿起木牌检验了一番，面露疑惑。这牌子是东山颁发的无误，但东山的活动范围一直是冀南，邺城不允许他们的势力进入，而且，眼前这个家伙未免太年轻了吧？

东山在普通袁军士兵眼中，多少带有点神秘色彩，里面充斥着奇人异士。所以卫士对曹丕的疑心稍显即逝，东山的人嘛，古怪一点也很正常。

曹丕注意到了他的微妙表情，不失时机地加了一句："官渡急报，主公有秘事与许先生相商。"然后他把司马懿伪造的袁绍手令递了过去。卫兵接过手令，打开来看，确实是袁绍手笔，说见信如见人沿途不得阻挠云云，落款大印鲜明无比。

曹丕道："我可以进去了吗？"卫兵犹豫了一下，身体却没动："我们接到的命令，是不允许任何人与之接触。你可以把信函给我们，我会转交给他。"

曹丕眉毛一挑，把怀里的另外一份公函露出个边："主公在手令里说得明白，这函干系重大，必须亲自交到许攸手中。在许先生亲手拿到这封密函拆开之前，我不会允许任何人碰它——你想把它拿走吗？"

卫兵没敢接受这种挑衅，他胆怯地后退了一步道："可我们也是奉了命令……"

"你在质疑这份手令是假的喽？"曹丕低声吼道，把袁绍手令扔到他脸上，"官渡战事正急，若因为你而耽误，这责任你敢承担吗？！"

卫兵没有回答，可还是没动。曹丕冷笑道："很好，我这就去回禀主公，可不是我没把密函送到，而是有人不太想让主公在官渡获胜，所以在此加以阻挠。"曹丕说完，转身要走。

刚才那句话太诛心了，卫兵一听吓得脸都白了。曹丕这一走，就等于坐实了他里通曹操，这个罪名扣得实在太大。他连忙把曹丕拉住，解释说我也是照章办事。曹丕道："我对你的解释没兴趣。我只想知道，凭着主公的手令能不能进去？"

卫兵这次不敢再阻拦了，但要求必须有人跟随。曹丕也没坚持，就让两名卫兵跟在左右，亦步亦趋往里走去。卫兵们把守的位置，是在许家宅邸外围的里坊，再往里走上二十几步，才算是许家宅邸的正门。

卫兵敲了敲门，从里面走出一个侍婢。侍婢以为是来送饭了，把上次吃剩下的食盒拿了出来，卫兵一挥手，表示不是为了这事。侍婢一愣，连忙放下食盒，放他们进来。

院子里有一个五六岁的小孩子，正趴在地上玩着沙土，一名姿色还算不错的女子在一旁照顾着他。女子看到他们，连忙别过脸去，用袖子挡住。曹丕心想，这大概就是许攸的家眷了吧。他没有多做关注，继续朝前走去，来到一间青砖铺地的瓦房前，许攸就在里面。

曹丕迈步上前，要去敲那扇房门。他看到卫兵也跟了进来，眉头一皱："你要干吗？"

"你递送密函的时候，我必须在场。"

曹丕冷冷道："笑话，你都说是密函了，还要在场？等下我呈递完密函，还要等许先生给主公回书，才赶回官渡。这等军机大事，你区区一个小卒也配参与？"

"我必须确保许先生安全。"卫兵还在坚持。

曹丕转向他，高举双手，不耐烦地喝道："你可以搜一下，看我是否带着什么凶器！"卫兵检查了一番，除了胸前那封密函，别无可疑之处。卫兵没办法，只得悻悻退了下去，却不肯离开，站在院子当中等着曹丕出来。

曹丕敲敲门，大声道："东山来人，主公密函！"屋里传来一个声音："进来吧。"这声音尖细锐利，好似铁枪尖在铜镜上摩擦的声音。曹丕轻轻推门迈进去，把门顺手带上。他一抬头，看到堂前一人在伏案奋笔疾书，背后堂中还挂着一把长剑。这人头发花白，脸形极瘦，下巴尖得好似一枚锥子。

他对曹丕的进入恍若未闻，也不抬头，继续在写。直到这一页纸都写满了墨迹，他才心满意足地吹了吹气，把毛笔挂起来，用旁边的丝绢擦了擦手，向堂下的曹丕望去。

"东山来人，主公密函。"曹丕重复了一遍。许攸看看窗外，问道："卫兵没为难你吧？"曹丕道："有主公手令。"许攸"哦"了一声，却不急着追问，他走到窗前，对院内的妻子挥了挥手："我要谈要事，你们都站远点，别在这里碍事。"

他妻子连忙扶着孩子进了隔壁厢房。那名卫士本来不想走，可许攸一双三角眼一直盯着他，也不说话。他实在顶不住，只得又退到院门的位置。

许攸把窗户关好，回到案几前跪定。他用胳膊肘支在案几上，身子前倾，似笑非笑道："曹阿瞒好胆识，竟敢把自家公子送进邺城。"

第九章　鼎镬仍在沸腾

曹丕眉毛一挑。这人果然和风评一样，是个商贾性格，无论什么东西，在许攸眼中都是囤货居奇的道具。对此，曹丕又是放心，又是担心。

许攸这一句话声音不大，听在曹丕耳中却如晴天霹雳，他连心脏都登时慢了半拍。许攸看到曹丕脸色煞白，捋髯笑道："你有胆子冒袁绍之名来找我，却没胆子被我说破？"

　　曹丕僵在原地，动弹不得。许攸也不急，笑眯眯地看着曹丕，仿佛在鉴赏一件刚烧制好的土俑。过了半晌，曹丕才缓缓问道："您，您是怎么看出来的？"

　　许攸把身体后仰，颇为得意："我怎么会看不出来，你小时候我还抱过你哪。"曹丕一怔，许攸当年和袁、曹都是好友，来往颇多，许攸见过他不足为怪。但事隔数年，他还能一眼认出曹丕，这份眼力可真是不凡。

　　再回想许攸刚才把闲杂人等赶走的动作，曹丕可以确认，他一进屋子就被许攸看穿了——这可与他想象的开场不符。曹丕有些窘迫地把视线挪开，然后觉得不能露出怯懦，又鼓足勇气挺直胸膛，却遮掩不住他微微颤抖的肩膀。这一切都被许攸看在眼里，捋髯不语。

　　曹丕把心一横："那许伯伯您打算怎么办？喊人来抓我吗？曹家的世子可是值不少钱的。"

　　许攸听到这话，不禁失笑："世侄哇，我若想抓你，你一进门我就喊卫兵进来了。你不必强作镇定，也不用故作坦诚。你放心好了，我现在把你献出去，可是个赔钱买卖。"

　　曹丕眉毛一挑。这人果然和风评一样，是个商贾性格，无论什么东西，在许攸眼中都是囤货居奇的道具。对此，曹丕又是放心，又是担心。放心的是，只要开出一个令他满意的价格，他会做任何事，担心的是，到底是多高昂的价格，才会让这个人满意。

"请问为何是个赔钱买卖？"曹丕问。

许攸朝南方轻描淡写地瞥了一眼，稀疏的胡髯一抖："如今袁、曹在官渡已经撕破了脸皮，成了不死不休之局，胜负难料。袁胜则曹死，留你一个败族子遗毫无意义；曹胜则袁死，你爹阿瞒还要跑来找我报仇。这买卖赚则是蝇头小利，赔却是身家性命，谁会去做？"

曹丕心中一动，听许攸的口气，似乎对袁绍的前景不是很看好，这与其他人大相径庭。他试探着问道："您觉得官渡之战胜负难料，您以为胜负如何？"

许攸用左手比了一个六，又用右手比出一个四。曹丕道："我父亲胜算四成？"许攸摇摇头："不，是六成。"

曹丕闻言一惊，几乎以为自己听错了。无论田丰、逢纪还是郭图，最多只是在战略上有分歧，但对袁绍取胜都信心十足。许攸是唯一一个袁家高层谋士看好曹操的。

许攸看出曹丕的惊疑，摸了摸他锥子般的下巴："袁绍若是只带一个策士去，曹公必败——但他手底下能人太多了，嗓门一个比一个大，袁绍又是个多谋寡断之人。九头之鸟，各飞一方，只会落在尘埃里。只要阿瞒犯的错误比袁绍少，就大有胜算。"他说到这里，拍拍后脑勺，自嘲道，"你以为我为何会被软禁？还不是因为多说了这么一句话嘛。"

曹丕注意到，许攸谈到自己父亲时，用的是"曹公"或"阿瞒"，说袁绍时则直呼其名。这个微妙的细节，是许攸向他表明了态度。曹丕想到这里，抱拳道："许伯伯果然深谋远虑。"许攸突然眯起眼睛，细细哼了一声："你小子年纪不大，阿瞒的精明狡猾可是全学会了。你敢孤身来找我，自然是算定我不会把你献出去，又何必惺惺作态？"

曹丕被说破了心事，也不尴尬，朝前走了几步，郑重其事拜了三拜："小侄身在敌营，深自戒惧。此自保之道，万望许伯伯谅解。"

许攸摆了摆手："阿瞒当年对我还不错，他儿子登门拜访，岂能不念故人之情。"曹丕一听他的口气颇有含意，连忙顺坡下驴道："我父亲时常提起您呢，您什么时候能去许都一叙就好了。"

"去许都啊……你做得了主？"许攸斜眼瞥向曹丕，目光锐利。这个话题太敏感了，若不是对面是曹操的儿子，许攸可不会轻易谈这件事。

曹丕对他的目光毫不躲闪："我父亲求才若渴，以先生的高才，到许都何愁不被重用。如若小侄猜测不错，您在邺城，难道不正是在等待这么一个契机吗？"

许攸闻言大笑，一拍案几："不错。成事之道，乃在待价而沽。在最正确的时机把最合适的东西卖给最需要的人。等到你父亲需要我的时候，我自然会去。如今时机未到，我投去做什么？"

"您何时有意，小侄愿为作保。"曹丕拍着胸脯，补了一句。

曹丕知道许攸这人眼中只有利益。此时自己开不出太好的价钱，索性用自己的身份去给个承诺——曹操儿子做引荐，这个推荐的分量足够了。许攸听到他许下诺言，赞赏地点了点头，却没做回应。

一时间两个人都沉默了下来。曹丕在心里飞快地消化着，许攸居然有投曹之心，这可真是个意外收获。如果不是有事拖着曹丕，曹丕真想立刻赶回官渡，把这个消息告诉父亲和郭祭酒，为胜利添加一份力量。许攸则铺开一张新纸，不紧不慢地研磨着墨。

等到墨研好了，许攸往砚台里浇了一点点清水，眼睛看着滴壶，口中说道："阿瞒想跟我叙旧，一个使者足矣。贤侄亲自到来，恐怕还有别的事吧？"

曹丕面色一凛，抱拳沉声道："许伯伯目光如炬。其实小侄今日到此，是自己的主张，为的只是向您求证一句话。"

"哦？"这个古怪的要求令许攸颇为意外。

曹丕咽了咽唾沫，一字一顿道："这句话是一个叫胡车儿的西凉将领说的，只有七个字：魏蚊克大曹于宛。"许攸听到这一句话，纵然掩饰再好，眼神也掠过一道惊骇的目光，半晌才缓缓开口道："贤侄你为何要追查此事？"

"我乃是宛城亲历者，九死一生才逃出来。此事若不搞清楚，小侄寝食难安！"说到最后一个字时，曹丕双眼中的戾气陡然爆发出来，像是一只凶猛的野兽。

"魏蚊"这个名词，曹丕已经从淳于琼那里知道来历，是琅琊附近的一种毒蝎。董承临死前留下"魏蚊"二字，意义不明，或指在许都的籍贯琅琊之人。而从胡车儿这句话来看，这个人不光牵扯进了董承之乱，还与宛城之变密切相关。

宛城是曹丕心中的一根刺，他大哥战死沙场，他也九死一生。曹丕一想到在许都还藏着这么一个时刻打算置曹家于死地的恶毒之人，就难以抑制杀意。他冒险潜入邺城，就是试图抓住这唯一的线索，把这只毒蝎揪出来。

许攸把手一摊，无奈道："宛城之战发生的时候，我还在南皮呢，一个月以后我才知道。贤侄你不去问贾诩、张绣，反而来问我，可真是问道于盲。"

"您一定知道什么！"曹丕不顾礼仪，几乎冲到许攸跟前，"不然胡车儿不会临死前要把这句话传到您这里！"

"可我确实不知道啊。"

"若您想待价而沽，尽管开个价，不然小侄可就要得罪了。"

曹丕缓缓把视线移到许攸身后，那里正悬着一把佩剑。许攸一贯自诩游侠，喜好把剑搁在明处。曹丕脸色阴沉地说出那句话来，同时跪坐蜷缩着的双腿慢慢挺直。

许攸可没想到前一刻曹丕还言辞恭谨地请他去许都，一提到宛城却突然变得杀意十足。他盯着曹丕疯狂的眼神，身子也想挪动。曹丕却冷冷道："我师从王越，许伯伯以为如何？"

许攸的动作一僵。曹丕的话是不是虚张声势，他不知道。但他已经许久没摸过剑了，等一下真打起来，可未必打得过这个气势惊人的疯子。他懊恼地回到案前："如果我今日不说，你小子存了同归于尽的心思吧？"

曹丕毫不犹豫地点点头："小侄死了，还有两个弟弟可为子嗣。所以为了宛城，小侄纵然牺牲性命，也在所不惜。"凡是精于利益计算之人，必然怕死。死亡对他们来说，是最不可接受的条件。曹丕想到从前郭嘉的教诲，一试之下，果然拿住了许攸的命门。

许攸被曹丕逼得走投无路，拍了拍膝盖，无奈叹道："贤侄啊，这件事我确实所知不多。"曹丕道："只要您知无不言，小侄就心满意足了。"

"你先别看那剑行不行？"许攸嘟囔了一句。曹丕这才把目光收回来，平静地看向许攸。

许攸整理了一下思绪，慢慢道："宛城之乱发生以后，天下皆知张绣与曹公彻底决裂。当时河北正在筹备南下，袁绍认为这是个拉拢张绣的好机会，就派了我前往宛城，设法与张绣缔结盟约。本来我跟张绣都快谈成了，结果贾诩突然半路里插了一脚，把我骂了回去。袁、张结盟的事，就此告吹。"

曹丕点了点头。在张绣投靠曹操以后，这段往事被刻意宣扬过，以证明贾诩对曹公的识人之明。

许攸道："在我准备离开宛城的前夜，有一位将领偷偷拜访了我。这个人，就是胡车儿。"

曹丕眼睛一亮，知道开始进入关键部分了。

许攸道："胡车儿告诉我，他听说贾诩骂走我的事，心中觉得很不安。他认为张将军投靠袁绍是个好选择，不明白贾先生为何那么做。我也想不明白，就问他贾诩是个怎样的人。胡车儿连连摇头，说他本来对贾诩十分信服，可自从宛城之后，他越来越觉得贾先生是个危险人物。我很好奇，问他为什么有这种感觉。胡车儿却不肯开口了，言谈间对宛城之战颇有悔意。我说如果你有意的话，可以跟我一起走。胡车儿拒绝了，他说不会背叛张将军。我便与他做了约定，倘若有一日他在张绣军中待不下去，可以投奔袁营，我保他一个前程。而胡车儿也答应，到了那一天，会把他的疑虑全数说给我听。"

"就这样？"曹丕看起来很失望。

"是的，我从胡车儿那里听来的，就这么多。再接下来，就是你告诉我，胡车儿临终之前留给我的话：魏蚊克大曹于宛。"

"不可能……您一定还知道别的事情！"曹丕有些失态地喊道。

许攸道："我刚才只说我从胡车儿那里听到那么多，可没说我只知道这么多。我刚才想到了一些推断，与我之前的揣测颇可相印证，你到底想不想听？"曹丕立刻闭上嘴，死死盯着许攸，像是盯着自己的杀兄仇人。

许攸也不想太过刺激这个家伙，瞥了眼门口，把声音又压低了些："胡车儿让你带给我的那句话，是一把钥匙。有了这把钥匙，许多事情就可以想通了。想想看，魏蚊克大曹于宛，这句话什么意思？是说一个叫魏蚊的人——这也许是名字，也许是代号——是他在宛城杀死了曹昂。"

一听到这名字，曹丕眼圈立刻红了。许攸没看他神情的变化，继续侃侃而谈："张绣军中，没人叫这个名字，我也不认为这个魏蚊代表的是张绣军中的人物。张绣那时候是反曹的，如果是张绣麾下的人，没必要把名字遮掩起来——也就是说，这个特意用代号的人，是宛城以外的人。胡车儿特意强调这点，是在告诉我们，整个宛城之战的起因，实际上跟张绣甚至贾诩都没关系，是源自一个叫魏蚊的外人的策划。"

曹丕沉吟不语，仔细消化着许攸的话。许攸继续道："我一直很好奇宛城之叛的起因。你仔细想想。当时张绣已经跟你父亲谈好了条件，你父亲亲自去受降。这么好的形势下，以张绣那种胆小谨慎的性格，为何降而复叛？这对他明明一点好处也没有。"

"我听说，是我父亲让张绣叔父张济的遗孀陪床，导致张绣不满。"曹丕有点惭愧地说，不知为何想到了甄宓和伏寿。他们老曹家对别人家的妻子，一向情有独钟。

许攸发出一声嗤笑："张绣肩负数万人的命运，岂会为区区一个女人动怒，这不过是找个反叛的借口罢了。我看，张绣的叛变，八成是贾诩撺掇的。"

"您的意思是，贾诩就是那个魏蚊在宛城的傀儡，两个人联手，劝说张绣借婶母之名发起叛乱？"曹丕反应很快。

"贾诩那头老狐狸，不会受制于人。但胡车儿既然说魏蚊乃是宛城之战的谋策，这件大事没有贾诩的配合是不可想象的。"许攸说到这里，干枯的脸上浮现起阴冷的怨恨，"接下来，就是我出使宛城，被贾诩搅黄了结盟之事。贾诩此举，实在是莫名其妙，他先怂恿张绣叛曹，又回绝了袁绍的邀约，到底想做什么？"

"贾诩很快就带着张绣投靠我父亲，剿灭了董承的叛乱。我父亲为了给天下人做个表率，宣布不再追究他杀子之罪，还升官晋爵。"曹丕叹了口气。

"不错！这才是最蹊跷的地方！"许攸一拍案几，眼睛发亮，"张绣先叛曹，再拒袁，然后居然又主动加入曹军，这岂不是脱裤子放屁——多此一举吗？他当初老老实实地待着不就好了吗？"

"贾诩怎么会这么老糊涂……"曹丕说到这里，自己先笑了。如果贾诩都糊涂，那天下恐怕就没聪明人了。

许攸道："贾诩不会做没意义的事！结合之前咱们对魏蚊的推论，贾诩劝说张绣发动宛城之战，其实不是为了反曹，而是为了完成魏蚊的委托。魏蚊这个人，恐怕在曹营的身份不低，他向贾诩保证，即使发生了这样的事，张绣仍旧可以投靠曹操。于是在我出使之时，贾诩跳出来痛斥袁绍，显然是早就找到了下家。果然他们很快进入许都了，且曹公确实并未对张绣做任何处罚。"

"可这种事，只是对贾诩有利吧？"

"没错，贾诩完成了魏蚊的委托，暗地的好处一定不少。而张绣却先失道义，又要背负杀曹公儿子的罪名，替贾诩遮风挡雨。而胡车儿正是觉察到了这一点，才会心生不安。"

"可魏蚊的目的到底是什么？"曹丕有点被绕糊涂了，"是我们曹家的仇人吗？许都可有不少人都恨我们到死。"

许攸这时露出耐人寻味的笑容："你不觉得推断到了这里，胡车儿那句话更堪玩味了吗？克大曹于宛，大曹，指的不就是曹昂吗？魏蚊克大曹，那么魏蚊从一开始的目的，就是曹昂，而不是曹操，更不是你。"

曹丕霍然起身，感觉浑身的皮肤都要燃烧起来了："这太荒谬了！这怎么可能！敌人明明是去围攻我父亲，连典校尉都战死了。就连我，都是九死一生跑出来的。"

"可你和你父亲毕竟都逃走了，不是吗？"

"那是巧合。"曹丕大声反驳。

许攸只淡淡说了一句："如果贾诩的目标是曹阿瞒，你觉得你们能有多少机会逃走？"

曹丕一下子噎住了。他回想起宛城的那一夜，曹军的营寨扎在了宛城旁边一处盆地内，它的南方是宛城高墙，北方被一条小河挡住，东边一大片开阔地和丘陵，西边是荆棘满地的山谷，只有一条险峻的小路通行。

现在回想起来，这种地势真是非常凶险。如果张绣或者贾诩打算把曹军全数歼灭，只消把西凉骑兵摆在开阔地的入口，然后派几十把强弓守住西边的山路，就可以轻松地瓮中捉鳖。可曹丕的记忆里，张绣的部队只是从开阔地往营里冲，被典韦拼死挡住。曹丕自己抢了一匹马，跑到小河边上，游泳渡河，一路上没碰到追兵。曹操应该是在曹昂的保护下向西边山路撤退，中途曹昂把坐骑换给曹操，然后自己被弓手射中。

"贾文和是何等人，他若真想你们死，你们就是有十条命，都交待了。"许攸用手指在虚空画了个圈，继续说道，"本来我一直就在疑惑，以他的手腕，怎么会出这样的疏漏。可听了胡车儿那句话以后，我立刻就被点透了。整个宛城之乱，只是个障眼法，一个为了杀死曹昂的障眼法。"

"可这说不通啊！我父亲可比大哥有价值多了！"曹丕还是不明白。

许攸翘了翘嘴，伸了个懒腰："这我就无从知晓了，这一切不过是猜测。"

"但胡车儿临死之前，为什么一定要把那句话说给您听，一定是有什么深意吧？"

许攸似笑非笑："因为他认为，如果袁绍的人掌握了魏蚁的秘密，那么对曹家将会是一个极大的打击。只是他没想到，这个秘密居然落入了曹操儿子的手里——你现在还打算继续追查下去吗？事情的真相，恐怕对你、对你父亲都是有害无益。"

曹丕沉默了，他咬住嘴唇，肩膀微微颤抖。曹丕沉思良久，正欲开口，许攸却抬起手来，阻止他继续说下去："啧……你不要说了。虽然这秘密很诱惑人，但我不想知道。有些好处，有命赚，没命花。"

这时候屋子外传来一阵急促的脚步声，两个人都是一惊，同时朝外看去。房门很快被粗暴地推开，十几名全副武装的卫兵冲进来，把屋子里围了一个水泄不通。

刚才把曹丕带进来的那名卫兵一马当先，抓住曹丕的衣领把他揪起来，脸色阴沉道："你说你是东山派来的信使？"曹丕一下子不知道该如何反应，下意识地点了点头。卫兵一脚踹到他小腹上，把他踢到墙角，半天爬不起来。

"狗细作，死到临头还在嘴硬。"卫兵怒骂道，冲许攸一抱拳，"这个人是假冒的信使！"

许攸面色自若，把毛笔轻轻搁下："哦，你们是怎么知道的？"

卫兵微微把身体侧过去，把另外一个人让进屋子里来。这人风尘仆仆，穿着件赭色绿肩号坎，一望就知道是袁绍军中的专属信使。他进来以后，单膝跪地，双手从怀里捧出一封滴着蜡封的信函，恭敬地递给许攸：

"大将军府有急信到。"

许攸和倒在地上的曹丕立刻明白是怎么回事了。他选择的这个时机真是太不巧了，正好赶上正牌信使抵达，卫兵一对照，马上意识到问题，以为曹丕要对许攸不利，这才强行破门而入。

许攸当即把信函拆开，读了一遍，微微对信使一笑："看来南方有变哪，主公叫我过去。你去回禀主公，我不日启程。具体什么事情，等我到了官渡再议不迟。"

说到这里，他有意无意地瞥了曹丕一眼。曹丕知道，这是许攸给自己的暗示。他不会出手帮曹丕解决目前的困境，但如果曹丕造化了得，能活着回到官渡，投曹之事便可继续，这算是许攸的一个承诺。

许攸伏案起草了一封书信，封好交给信使。信使接信而出，匆匆离去。卫兵们把曹丕从地上拖起来，推出屋子去。为首的卫兵问许攸这个细作对他可做了什么不利之事。许攸弹弹手指，淡然道："也谈不上什么细作，只是从前有些私仇，小孩子想做义士罢了。"

　　其时游侠之风颇盛，时常有人为报私仇而行刺杀之事。这类行径虽于法不容，但颇为时人赞赏，被认为是义士之举。曹丕若被当作曹军细作，必死无疑；若是被认为是报仇的侠士，说不定还有一丝生机。许攸这么说，也算是做了个人情。

　　听许攸这么一说，卫士的神情也松懈了几分。对他来说，纵容游侠报仇只算是小过，而误把曹军探子放入要害却是大错，两者一轻一重，他自然倾向于相信前者。

　　卫士向许攸告别，喝令把曹丕五花大绑押了出去，直接押送到邺城卫去处置。这个人身上有伪造的袁军公文，不查清可不行。他们押着曹丕走出门没几步，正碰见一个人急匆匆迎面赶过来。曹丕定睛一看，居然是刘平，连忙把脸别过去。

　　曹丕知道自己背叛了刘平、任红昌等人的信任，自私自利不说，还把事情给搞砸了。现在看到刘平，曹丕顿时感到无地自容。

　　刘平脸色铁青地走到他们的面前。正如曹丕猜测的那样，他现在几乎要气炸了。司马懿制订了一套完整的计划，每个人各司其职，有条不紊地执行着，一切看起来都很顺利。可他万万没想到，曹丕拿到假文书以后，居然私自去找许攸。若不是任红昌跟他提醒了一句，刘平根本不知道会有这样的变故。

　　刘平不明白，曹丕这么一个聪明人，怎么会做出这等糊涂事来。如今曹丕被捕，文书的事一定曝光，他们不会有第二次机会接近许攸。接下来的一连串环节无法执行下去了，司马懿的心血付诸东流。刘平很想揪住曹丕的衣襟，把他痛骂一顿。

　　但这不是刘平匆匆赶过来的理由，他赶过来，是为了把曹丕救出去。卫兵们警惕地抓起佩刀，盯着这个突然挡在路上的年轻书生。刘平整了整头巾，向卫兵们先施一礼，然后开口道："你们为什么抓了我的书童？"

　　"哦？他是你的书童？"一个卫兵不怀好意地盯着他打量了一番，昂起下巴，走上前去恶狠狠地说，"你的书童做了什么好事，你可知道？"

　　"嗯？"刘平迷惑地摇摇头。

　　卫兵把曹丕粗暴地扯到身前来："他伪造文书，潜入重臣宅邸意图谋刺，你说是不是大事？"刘平脸色大变，立刻挥掌给了曹丕一个大耳光，打得他眼冒金星，嘴角流出血来。

　　"你……你这个混账！怎么敢做出这样的事来！"

　　刘平破口大骂道，曹丕低垂着头，一声不吭。卫兵不耐烦地推开刘平："不要在这里碍事，如何处断，是邺城卫的事。"

刘平抱拳道："我这书童管教不严，胆大包天，是该好好教训一下。"卫兵嗤笑道："教训？砍头都是轻的！"说完就要扯着曹丕离开。刘平用身体拦住他们去路，伸开双臂，一脸惊疑："这孩子虽然顽劣，品性还是好的，这其中一定有什么误会。这么随便定罪，不可草菅人命啊。"

卫兵见他聒噪不休，不由得大怒，拔出佩刀顶住刘平的胸膛："你算是什么东西！敢在这里啰唆！"刘平挺直了胸膛，让刀尖微微压入肌肤，大声道："我乃是弘农刘和，辛毗辛佐治的人。"

辛毗这个名字多少起了点作用，卫兵的嚣张气焰收敛了点，但却丝毫不肯退让："我们是奉命行事，你有意见，去找审治中说吧。"刘平道："你知道我怎么入城的吗？就是审治中特批的，你们不等到他的命令，就敢随意杀人？"卫兵面无表情："我们是幕府亲卫，只听命于主公。"刘平夸张地叫了一声，拿指头在半空点了点："袁将军？你知道袁将军和我家是什么交情？"

曹丕很快听出不对劲来，刘平平时说话可没这么啰唆——难道他在拖延时间？曹丕略微抬头，朝街巷两边望去，不知道刘平等待的援军会是什么人。

刘平东拉西扯了半天，卫兵终于失去了耐心，厉声道："你再阻拦我们的去路，就把你当成同犯一并带走！"

"你敢！"刘平勃然大怒。

这时候从他们身旁悠然飘来一个声音："有什么不敢的？"

几个人循声看去，看到一个人从远处街巷慢悠悠地走过来，走路的姿态很像一条狼。卫兵眯起眼睛，认出这个人是司马懿。

司马懿的大名，在邺城无人不知。即使是这些亲卫，也都听说过这个才华出众的年轻人深得审配青睐，作为一个不是冀州出身的人，做到这一点可实在难得。卫兵甚至听说过，司马懿曾经当面折辱过刘平，两个人结怨很深。

刘平的表现印证了卫兵的说法，他一看到司马懿，立刻把脸别了过去，不再唠叨。司马懿也不理睬刘平，走到卫兵面前，问他到底发生了什么。司马懿的问话，代表了审配的意思，卫兵不敢怠慢，把曹丕犯的事说了。

司马懿赞赏道："你做得好。审治中前两天刚发布法令，要对邺城治安进行整肃，就是怕给这种奸人以可乘之机。多事之秋，可不能让某些鼠辈轻易徇私枉法。"

说到这里，司马懿有意无意地看了一眼刘平。刘平大怒，大喝一声"你说谁是鼠辈！"挥拳就打。司马懿身子一躲，正好靠在卫兵身上，把后者撞得一个趔趄，连带着曹丕也跌倒在地。刘平乘胜追击，司马懿又退了退，正好撞进两名卫兵之间。两个人拼命推搡撕扯，动作幅度都很大，整个场面登时大乱。所有押送的亲卫都被卷进来，司马懿他们不能打，而刘平也是有靠山的人，他们也不好打。最后为首的不得不抽出兵刃，才算勉强把这两个像斗鸡一样亢奋的家伙分开。

这些卫兵只顾劝架和躲闪，没注意到一份文书从曹丕的怀里滑落在地，混乱中被人一脚踢到旁边的石凳底下，谁也没看见。

停手以后，司马懿整了整头上的纶巾，恶狠狠地瞪了一眼刘平，对卫兵道："我陪你亲自去一趟邺城卫，我倒要看看，哪个不长眼的敢来滋扰！"说完还啐了口痰在地上。"看来这两个人的积怨还真是深厚啊……"卫兵暗自感叹。司马懿现在算是审配身边的非正式幕僚，他既然主动把麻烦揽过去，他们自然不会不从。

刘平还要抗议，这次卫兵没容他废话，直接把他赶到了一边去。司马懿得意地带着曹丕和卫兵们，大摇大摆地走出去。等到他们的身影消失以后，刘平愤恨的表情消失了，取而代之的是几丝欣喜和焦虑。他一猫腰，从石凳下取出文书，然后匆匆离开。

司马懿和亲卫们并没马上赶往邺城卫，而是在半路停留了一阵，请卫兵们吃了些酒。卫兵们本欲推辞，但司马懿一挥手，表示咱们就是要从容行事，要不然显得好像怕了他刘平似的。既然他这么说，卫兵们也就心安理得地吃起东西来。

吃饱喝足之后，押送曹丕的队伍继续出发。他们的目标是邺城卫，袁绍亲卫没有审判犯人的权力，这种可疑细作一般要移交给邺城卫来处理。

说来也巧，邺城卫的位置恰好就在当初曹丕坐牢的监狱旁边。曹丕看到熟悉的建筑，心中一阵唏嘘，不知道田丰如今在牢里过得如何。司马懿走在他身边，忽然伸出手去，轻轻触碰了一下他的肩膀。曹丕登时心中一阵激动，他对司马懿非常信服，相信他一定有办法把自己救出去。

卫兵们在司马懿的陪伴下快速走过监狱，只要前头拐一个小弯，就能到邺城卫了。可是，他们一转过来以后，吓了一跳，连忙停住了脚步。

在他们面前的狭窄街道上，居然黑压压地簇拥着两三百人。这些人中有许多都穿着青袍，头戴纶巾，都是学子打扮。如果卫兵们对邺城士子们很熟悉的话，能从中认出卢毓、柳毅等人来。在他们身后，还有许多缁衣家奴，沉默地跟随着主人，手里拿着各式各样无害的家用器具。

这些士子一看到他们转弯过来了，都指指点点，发出怒喝。

卫兵们不明白发生了什么事，都有些紧张。司马懿拍拍他们的肩膀道："别担心，我来跟他们说。"他走到这群人的面前，双手叉腰道："好狗不挡路，你们快给我滚开。"

司马懿劈头就如此侮辱人，让这些士子一阵哗然。柳毅站出来吼道："司马懿，你别忘了你也不是冀州人！"

司马懿满不在乎地比出小指："你们大祸临头，还敢聚众滋事，真是连死字怎么写都不知道了。"这句话说出来，士子们惊疑地互相对视一番。

上次与刘平对谈之后，这些士子时刻都聚在新馆驿，还把仆役有意识地集中起来。刚才刘平赶过去，气喘吁吁地说他听到风声，恐怕很快就要大难临头。他们还有点不信，只是将信将疑地聚齐了人，朝着邺城卫走来。现在他们听到司马懿也这么说，又见曹丕被绑在一旁，大家心里都浮现出不祥的预感。

卢毓站出来，指着司马懿身后的曹丕和那几名卫士问道："你为什么要抓刘和公子的书童？"

司马懿哈哈笑道："刘和的书童肆意妄为，意图谋刺官员，自然要抓起来问问究竟。审公整肃城防，整肃的就是你们这种人！"

在卫兵耳中，司马懿这话说得没错。可在这些士子听来，却是荒谬绝伦。一个十几岁的小书童，怎么会去谋刺高官？分明是欲加之罪何患无辞。再加上司马懿刻意提及了审配的名字，士子们心中的惊惧，更深了一层。

人群中出现了一些骚动。有些人本来心存侥幸，觉得审配不可能做事这么绝，可如今听到司马懿这么一说，不禁暗暗庆幸听了"刘和"的劝说，把家奴仆役都集中在一起。他们不敢上前动手，但也不愿意散去。所有人不知不觉间，聚得更加紧密。

"我们要见审治中。"卢毓尽量心平气和地说。

这时候司马懿把曹丕拽过来，趾高气扬道："见审治中？你也配！你们如果还不束手就擒的话，等时候一到，就跟他一般下场！"说完他飞起一脚，踹在曹丕关节处，让他惨叫一声跪倒在地。

这一下子，惹得那些士子群情激愤。他们其实并不怎么在意曹丕的死活，一个家奴而已嘛。他们真正在意的，是为什么审配在这个时刻抓走了刘平的家奴？司马懿说"时候一到"是什么意思？到了以后会怎么样？

最关键的，到底是束手就擒，还是坐以待毙，谁有把握确定？

三十多个脑袋，将这些含混不清的线索补充成了三十多个不同的真相。刘平种下的疑惑与恐慌，在司马懿的浇灌下以惊人的速度滋生开来。很多人不约而同地冒出一个念头：难道这书童的被捕，是审治中打算对我们动手的征兆？司马懿那一脚，会不会马上就踹到自己身上？

那些押送曹丕的卫兵此时也是满腹疑惑。司马懿态度虽然嚣张得有些古怪，但讲的话不至于惹出这么大反应。这件事明明跟这些士子没有关系，他们干吗如此愤怒？

在误导大师的刻意引导之下，这个街道的气氛立刻变得分外诡异与微妙。押送曹丕的卫兵无法进入邺城卫，而那些士子的队伍也不知该做什么好，他们已有了离开邺城的意思，但却还没鼓起足够的勇气闹事。于是双方陷入了一种脆弱的对峙平衡，都不愿意离开，又都不愿意动手。

"司马公子……"曹丕低声喊了一句。

"你给我闭嘴！"司马懿厉声道，一巴掌打在他的头上，这让远处的人群又一阵骚动。他揪住曹丕的头发，俯下身子一脸恶容道，"因为你这个蠢货，我们的计划，要被迫提前了。"

"计划提前？"曹丕眼神一闪，他一直以为，刘平和司马懿的出现，只是为了把自己救出来。

"是的。现在不动手，就再没机会了。如今时机并不成熟，还不知道要死多少人，这都要算到你的账上。"

司马懿冷冷地说道，曹丕羞愧地低下头，暗暗咬住嘴唇，被自己所倾慕的人这么说，心里可实在是不好受。曹丕这一路上问过自己，自己是否做错了。最后的结论是，是错的，但如果再给他一次机会，曹丕还是会这么做。

司马懿忽然脑袋微侧，似乎听到什么声音。他头飞速转到另外一边，发现远处有一队士兵在快速接近，唇边不由得露出一丝微笑。他松开曹丕的头发，拍拍他的肩膀道："要照顾好自己。"然后抬起了右臂，直指天空。

曹丕迷惑不解地望向司马懿。在下一个瞬间，一阵熟悉的破空之声刺入曹丕的耳膜，然后血花四溅。司马懿直挺挺地倒了下去，胸口多了一支乌黑的弩箭。

"啊啊啊……"被曹丕逐渐淡忘的噩梦一瞬间激活了，他惊恐地大叫起来，整个人瘫倒在地，头痛欲裂。这射向司马懿的一箭，击溃了他苦心堆垒的心防之堤，愧疚、激动、长久以来被压抑的恐惧，以及宛城秘辛带来的震惊一股脑涌入心中，撕扯着他的神志。

这时候，又有数支弩箭擦着曹丕的头皮飞过，钉在了他身后几名卫士的咽喉上。恰好在这时候，那一队士兵抵达了现场，他们立刻判断出，那些弩箭是从那群士子身后发出来的。

卢毓、柳毅等人也被这突如其来的奇变惊呆了，傻傻站在原地没动。一直到那队士兵抽出刀扑过来，才声嘶力竭地对同伴喊道："快！快离开邺城！"

邺城卫前的混乱，一下子失去了控制。

甄俨感觉自己像在梦里一样，他从干草堆里爬起来，浑身上下都软绵绵的，还带着馨香的气味。

甄俨没想到，貂蝉会去而复返。两个人本来只是闲谈了一个多时辰，然后也不知怎么回事，谈着谈着就滚到了这间偏僻柴房的干草堆上。甄俨隐忍已久的欲望终于彻底爆发，他气喘吁吁地把貂蝉扑倒在地，拉扯着她的衣服。貂蝉欲迎还拒，双臂试图推拒着甄俨，换来的却是更为粗暴的动作。貂蝉轻轻叫了一声，跌入草堆深处，随即被男人的身躯死死压住。

　　接下来的事情，甄俨怎么努力都想不清细节了。他只觉得貂蝉就像是一团海中的漩涡，把他这个溺水者拼命扯向海底，让他的脑中一片混沌。那是一种极混乱却又极畅快的体验，恍如羽化登仙一般。

　　等到甄俨恢复清醒以后，他发现貂蝉已经离开了，旁边的草堆被压成一个曼妙的人形。他理解地笑了笑，毕竟她是那名书生的侍妾，跟邺城的将军偷情，这种事是绝不能公开的。

　　甄俨依依不舍地抓起一把干草，放在鼻下闻了闻，想把貂蝉肌肤的香气记下来。他穿好衣服，觉得双腿有点软，要努力一下才站得住。他依稀记得，大概在她的身体里喷射了四次，以前可从来没如此疯狂过。这女人的身体有一种销魂蚀骨的魅力，他之前积累的压力全都释放一空，整个人精神焕发。

　　他走出柴房，回到袁府前面，却发觉气氛有些不对。以前这里都是满布卫兵，每一个位置他都记得很清楚。可现在却空无一人。甄俨有些心惊，他围着袁府转了一圈，发现几乎所有人都不见了，只剩一名部下守在正门的旁边。

　　"人都跑哪里去了？"甄俨一边束好腰带，一边气急败坏地问。

　　部下一愣："不是您下了命令，让所有人都去邺城卫那里集合平乱吗？"

　　"什么？邺城卫？平乱？我什么时候这么说过！"甄俨有点急了。

　　"刚才貂蝉姑娘……不是……呃……"部属有点尴尬地比了个手势，"不是跟您去了那边吗？然后她出来，说您有点累要休息一下，给了我们一个腰牌，让我们去那边集合平乱。"

　　甄俨一摸腰间挂钩，果然空荡荡的，校尉用腰牌被貂蝉给取走了。他揪住部下的衣领怒吼道："你们怎么搞的！怎么能被一个女人的话给骗了！"

　　"还不是因为您才跟人家……"部下还想辩解，但看到甄俨气急败坏的表情，知趣地把嘴闭上了。

　　甄俨松开部下，现在不是追究责任的时候，而是要尽快把他们调回来。邺城卫是审配的势力范围，他们这支队伍却是归田丰管的，两边平时本来就有抵牾，若是处理不好，搞不好会惹出大乱子。他心急火燎地转过身去，打算赶到邺城卫去解释一下。

走了几步，他忽然停下脚步，回头望向袁府，眉头一皱。

审配拿起案几上的几封文书，细细地读起来。他手边摊着一张地图，不时低头查阅一下。这是来自官渡的最新战报，经过此前的一系列试探，现在袁、曹二军正式开始了以官渡为界的对峙。袁绍的弓手不断给曹军造成大麻烦，曹军也针锋相对地使用了霹雳车。不过总体来说，袁军占优。

"前线局势还算不错，为何主公这么急着让许攸南下呢……"审配陷入了深深的思考。许攸和他同属南阳派系，但这个人利欲熏心，不为审配所喜。此前许攸因为触怒袁绍而被软禁，现在袁绍回心转意，一定有什么原因。

他不会天真地认为袁绍真的会请教许攸什么计策。袁绍军中最不缺的，就是谋士和计策。他仔细研读这些战报，希望能看出端倪。

"哗啦"一声，门从外面被推开。审荣连滚带爬地闯了进来，连声道："叔父，不好了！不好了！"

审配眉头一皱，他不喜欢思考的时候被打扰。他一捋胡髯："荣儿，要镇之以静，邺城能有什么大不了的事情，让你这等惊慌。"

"仲达……仲达被射杀了！"

饶是以审配的沉静，手腕也是一颤。他起身急声问道："到底怎么回事？"审荣结结巴巴，把刚才在邺城卫前发生的混乱说了一遍。可是他自己也搞不清楚到底发生了什么，说得颠三倒四，含混不清。

审配反复问了几遍，才大概弄明白怎么回事。他背起手来，问现在局势如何。审荣回答说现在混乱在逐渐扩大，非冀州籍的士子们带着大批家奴满城乱跑，整个邺城都乱套了。因为缺乏统一调度，军队无所适从，甚至不知道敌人是谁。

"叔父！这明显就是那些外州人的阴谋，射死仲达的也是他们！您可得做出决断啊！"审荣激动地嚷道。

"不要吵！"审配严厉地喝止了他，"辛佐治呢？他来了没有？"

话音刚落，辛毗也跑进屋来。他显然也得到了邺城大乱的消息，连衣袍都没穿好就赶过来了。

"佐治，这是怎么回事？这些人图谋造反，你竟丝毫没觉察吗？"审配劈头就毫不客气地问道。辛毗嘴唇颤动，气得说不出来话。审配这头一句话，就把责任砸到了他的头上，这太不公平了。

那些士子对邺城不满，他早就知道，究其原因，还不是因为审配搞的地域歧视。现在乱子出来，却要他来背这个黑锅，辛毗心中不满，可想而知。

"我认为他们还不至于有这么大胆子……"辛毗试图辩解，"这么干，对他们没有任何好处。"

"可事实就是如此。"审配一拍案儿，"连司马仲达都被他们射死了，还有什么不敢干？！"一听说司马懿居然死了，辛毗倒抽一口凉气，心想今天这可绝没法善了了。

审荣忽然想到什么，他"啊"了一声，从怀里拿出件东西来，双手递给叔父："仲达前一日给了我一样东西，说如果他出了事，就把这个呈递给您。"审配眉头一皱，接过去一看，原来是一张字条，上书四字：解甲归田。

审配握着这字条看了看，仰天叹道："司马仲达，果然是大才之人，竟连天地都不容他。"

审荣和辛毗不明就里，问他字条上说的什么。审配却没直接回答，而是问了辛毗一个问题："那些士子的家奴最多夹带刀剑，这弓弩乃是军中重器，他们怎么会有？"

对于这个问题，辛毗答不出来。

审配转过去又问审荣："第一批赶到邺城卫的部队，是哪一部分？"审荣答道："是甄校尉所部。"审配又问道："甄校尉不是一直在袁府担任守护吗？怎么会莫名其妙跑到邺城卫去呢？"

"这……"审荣摇摇头，一脸茫然。

审配露出意味深长的微笑，指头轻轻虚空一点："甄校尉……那可是田元皓的人哪。"

田元皓？田丰？那个已经被关在监狱里的老家伙？听到这名字，屋子里的其他两个人俱是一愣。审配抖了抖手中的字条，惋惜不已："只有仲达是个明白人，真是死得太可惜了。"他突然一转身，拿起大印，神情严峻道，"传我的命令，城内城外诸军立即入城，直入监牢。附近无论有谁，一律杀无赦！"

审荣一惊："不至于吧？连甄校尉的部队也要杀？"

审配沉着脸道："岂止甄校尉，城内所有与田丰有关的将领，都要给我拿下。你仔细想想。强弩究竟从何而来？甄俨的部队为何突然跑去监狱附近？那些士子为何突然鼓噪？这一切表面上皆无联系，可凑到一起，你们还看不出端倪吗？解甲归田，解甲归田。他们的目的，根本是为了田元皓啊！"

审荣急忙领命离去。审配负手而立，表情却看不出欣喜或愤怒，只是喃喃说道："田元皓在冀州第二人的位子太久了，难免会豢养一些死士。我知道，这些人一直在寻找时机，救出他们效忠的主子。"

辛毗闻言，脸色如灰。田丰在河北经营这么久，跟他有关系的将领何止几人十几人。审配这道命令一下，邺城可要着实乱上一阵了。他看得出来，审配未必真的相信所有人都参与到这个阴谋里来，他只是借机削弱冀州一系的力量罢了。

"南阳和冀州虽然是死敌，但一向出手都很有分寸。审配现在下这么重的手，莫非是前线生了什么变故，才让他如此急切。"

想到这里，辛毗的视线越过审配，看到他身后扔着的那几份战情文书，一下子说不出话来。

邺城在这一天陷入了一场大混乱。开始时是非冀州籍的士子带着他们的仆役与邺城卫爆发了冲突，然后袁府卫队莫名其妙地被卷了进去，紧接着几支城防部队也加入混战。甚至许多在城里的平民与即将被驱逐的流民也趁机啸聚游走，到处抢劫放火。邺城里的大户人家不得不紧闭府门，静等着军队平乱。可他们完全不知道哪边才是军队，不止一家人看到，穿着同样服饰的袁军士兵在街上互相砍杀。

到底发生了什么事？这一句话在今天的邺城被无数人问了无数次，可惜没人能回答他们。而唯一知道答案的几个人，现在的处境都不太妙。

非冀州籍的士子们在邺城卫前与甄俨的部队打了一场仗，前者虽然战斗力不足，人数上却有优势。不过这个优势在邺城卫和附近几支巡逻部队赶到以后便消失了。柳毅和卢毓见状不妙，喝令所有人一齐冲破甄俨部队的阻挡，朝着城南的大门跑去。

卢毓在离开之前，瞥了一眼邺城卫前的空地，司马懿和那几具亲卫的尸体还直挺挺地躺在那里，书童傻呆呆地瘫坐原地，抱着脑袋拼命叫喊。他正想要不要过去把那书童救走，可这时柳毅跑到他身边大吼道："老卢，还愣着干吗？敌人又冲过来了！"卢毓只得收敛心神，朝前跑去。

"毕竟只是一个书童，等见到刘和，跟他道个歉，再赔他几个便是。"卢毓心想，他忽然心念电转，"莫非那一箭，是刘和所发？"

时间已不容他多做考虑，远处街巷又有一支袁军部队杀来。奇怪的是，这支军团根本不加分辨敌我，无论是甄俨部属还是士子都照砍不误。那些之前来救援的巡街守军和邺城卫被迫奋起反击，反而给士子们带来了可乘之机。一时间喊杀四起，局势变得无比混乱。

在这一片混乱之中，躺倒在地的司马懿尸体忽然蠕动了一下。除了痛苦万分的曹丕，没人注意到这个小细节。曹丕慢慢把捂头的手放下来，瞪大了眼睛盯着司马懿。司马懿的右臂动了一下，缓缓抬起抓住钉在胸口的弩箭尾部，用力一拔，随着一声痛苦的呻吟，他竟把整支箭拔了出来。

曹丕看到这弩箭的尖头已经被取下来了，取而代之的是一个圆钝的木头，而弩箭射入司马懿的位置，也不是胸口，而是靠近肋侧和腋窝的位置。在那里，司马懿裹着几层丝绸和一片牛皮甲。丝绸是为了挂住弩箭，不让它弹开；牛皮甲是用来减缓射力的冲击。曹丕精通射艺，知道即便如此防护，弩箭对人体的冲击力也相当大，搞不好连肋骨都能撞断。

司马懿试着直起身体来，可失败了，那种剧痛至今仍让他的身体动弹不得。曹丕连忙把他搀扶起来，手不小心碰到伤口，司马懿立刻疼得龇牙咧嘴，咬牙切齿道："那个浑蛋，射得还真疼啊，这是报复！"

曹丕不是傻子，立刻明白这是怎么回事。刘平一定是事先准备好了弩箭，在司马懿故意挑动两边矛盾之后，射杀司马懿，将矛盾彻底引爆——按照司马懿最初的构想，非冀州士子与审配之间的矛盾要经过一个酝酿的过程，然后从容挑拨，从中渔利。可曹丕被捕打乱了这一切部署，司马懿仓促之间，只能用如此激烈的手段来制造混乱，这手法固然有效，后遗症也是极大的，他们没有余裕提前准备撤离，现在必须冒险穿过整个危险的邺城，才能逃出生天。

司马懿在这么短的时间内，规划出如此缜密的计划，这实在是令人佩服。但更令曹丕心惊的，是他这股拿自己性命不当回事的狠劲。就算是郭嘉，恐怕也设计不出让自己当胸中一箭这么惨烈的计策吧。

曹丕搀着司马懿，一步步慢慢爬离街面。一大群人在舍生忘死地拼杀，没人注意到这两个人悄悄离开。他们好不容易挪到了一处弯角的屋檐下，司马懿靠着墙壁，脸色惨白，额头有大量冷汗沁出。可见这一箭虽没要他的命，可带来的伤害着实不小。

"对不起……"曹丕惭愧地低下头。如果不是他自作主张，司马懿也不必采用这种法子。司马懿冷哼一声，什么都没说。曹丕又道："我回去一定禀明父亲，把你征辟去当幕僚。"

在曹丕看来，司马懿和皇帝虽然关系不错，但毕竟曹操如今才是实权在握。以司马懿的年纪，如果进了司空幕府，前途将无可限量。说到底，司马懿是为了自己才中了一箭，无论是恩情还是人情，这样的人都该被曹氏所用。

听到曹丕这么说，司马懿撇了撇嘴："这种便宜话，等到活着出去再说吧。"

他们环顾四周，厮杀仍旧在持续，而且有隐然扩大的趋势。邺城卫和监牢的门前尸横遍野，那些穿着同样服饰的袁绍士兵，与自己的同僚作战，反而对那些士子和仆役没那么上心。

曹丕语气里充满了惊叹："这，这到底是怎么做到的？"司马懿强忍着剧痛，嘴角浮起一丝得意之色："人心，因为人心。你知道吗？人总是会去相信自己愿意相信的东西，我不过是把他们内心最渴望的情绪挑动起来罢了。"

审配一直对田丰心存忌惮，甄俨一直对任红昌有觊觎，士子们一直认为审配有偏见。只要稍加挑拨，给予他们一些残缺不全的线索，他们就会按自己喜欢的方式补完。这就是司马懿布局的精髓所在。

曹丕看着这个比自己大不了多少岁的家伙，佩服得说不出话来。一个念头闪过他的脑海：父亲身边有郭嘉，我的身边也该有个人才行。如果是他在身旁辅佐，那该是多么大的助力。

"咱们快走吧，等到他们反应过来怎么回事，就麻烦了。"司马懿挣扎着站起身来。

"对了，陛下和任姐姐呢？"

司马懿道："陛下带着伪造文书去开城门了；任红昌在袁府设法把吕姬和你的甄宓都弄出来。"他故意咬住"你的甄宓"四个字，曹丕脚下一顿，却没说什么。

他们搀扶着继续上路，在邺城大街小巷里拐来拐去。此时前方街道有十几个衣衫褴褛的平民在抢劫一家店铺，店铺老板倒在地上，肚子居然被生生剖开。旁边的一户人家还被点起火来，浓烟滚滚，好多人发出欢呼声。看来这些人对邺城的积怨很深，趁这个机会全都爆发出来了。

民怨也是司马懿计算中的一步，可连他也没想到，积怨已经深到了这种地步，几乎要动摇整个城池。数十处的黑烟腾起，张牙舞爪，宛如一条愤怒的黑龙冲上天空，在新城上空盘旋。

"看看，这就是光鲜表面下的真实邺城。"司马懿感叹道。

任红昌撩开挡住脸部的丝布，警惕地朝西城门看去。她手里提着一把短剑，剑刃上还有血在滴落。在她身后，甄宓和吕姬忐忑不安地蹲下去，像是被母鸡保护着的雏鸡。她们都用炭涂了脸，换了男人的衣装。

"这实在是太仓促了，真的可以逃出去吗？"甄宓有些不安地嘟囔着，她身后的吕姬虽然不会说话，但眼神里充满疑惑。对此任红昌什么也没表示，她只是专心致志地盯着城门，白皙的脸色透着些许苍白。

按照原来的计划，任红昌会花上五到十天的时间来诱惑甄俨。这是一个精妙的过程：先是轻微的肢体与眼神接触勾起他的兴趣；再用冷漠和拒绝让他产生失落；接下来给一点甜头，让失望的他欣喜若狂；最后倾诉衷肠，激发起他的保护欲望。

可这个过程被曹丕的自作主张给毁掉了。

任红昌把文书交给曹丕以后，本来想回袁府，后来想起来要给曹丕交代一下甄宓的事情，反身去找曹丕，恰好看到他走进许攸的府邸。任红昌登时明白这个大男孩的心思，可是那时候已经来不及阻止了，她只得立刻通知刘平和司马懿。

司马懿没有别的选择，只能将所有的伏笔一次都放出来，制订了一个急救的计划。在这个计划里，任红昌成了关键的核心：她必须在一个时辰——不是十天，也不是五天——之内让甄俨彻底沦陷。

这个近乎不可能完成的任务，任红昌终究还是做到了。她没想到甄俨对她的渴慕已经到了病态的地步，她只是稍微露骨地撩拨了一下，立刻就引燃了整座山林。在交欢的过程中，甄俨的精神完全陷入疯狂，而任红昌却始终保持着冷静。一等甄俨睡着，她盗走了他的腰牌，把这支卫队调去监牢附近。这样一来，既能削弱袁府的防守，又误导了审配的判断，他们这一小撮人才有可乘之机。

做完这些工作以后，任红昌再度进入袁府，随便找了个借口进入甄宓的寝室。这次她不再是善解人意的舞姬，化身成一个杀气腾腾的女魔头，将跟随在甄宓身旁的几个侍女全数斩杀。

让任红昌感到惊讶的是，面对如此血腥的场面，甄宓表现出异常的镇定。她亲自动手，把那些尸体都藏进了寝室的榻下和帐内，还拿出几盒珍藏的香料洒在地上，遮掩血腥味。然后甄宓告诉任红昌，在袁府的后院墙角有一个隐秘的狗洞，可以从那里钻出去。

"你逃了这么多次，袁府居然还没把那个漏洞补上？"任红昌惊讶道。甄宓一边用炭灰涂脸一边说："这条通道我一直没舍得用，所以没人知道——这次我觉得成功希望很大，才会去动用它呢。"

任红昌神情复杂地端详了下甄宓，这个小姑娘为逃走所做的准备，可比她想象中充分多了。

现在她们置身于一条小街的拐角木楼的屋檐下，距离西城门只隔着一条街。如果一切顺利的话，刘平应该已经设法骗开了城门。可任红昌反复探头看了一阵，城门依然紧闭，没有任何动静。

"那个家伙真的可靠吗？不会出卖我们吧？"甄宓有些担心。任红昌头也不回，唇角微微上翘："你与其担心他，不如担心你未来的夫君。咱们这些麻烦，可都是他一手搞出来的。"

甄宓面色微微一红，噘起嘴，想要辩解几句。任红昌却按住她的头，让她把身子缩回去，因为城门那边似乎出现了两个人。

这个时候，西门的城门丞也陷入了惶恐不安。邺城突如其来的混乱，让他有些不知所措。按照条例，一旦城内外发生混乱，他必须立刻紧闭城门，隔绝交通。可是眼前这个年轻人，却带来一份古怪的命令。

"这份文书有何问题吗？"刘平不耐烦地问道。

城门丞放下文书，赔着笑脸道："这用印确实是大将军印。可是……怎么没有审治中的副署呢？"

刘平眉毛一挑："哦？你是说，审治中的命令，比主公的吩咐更重要是吗？"

这指控太诛心了，城门丞立刻吓白了脸："不，不，在下不是这个意思。在下是说，如今邺城突发暴乱，有什么紧急处置，也该先问过他才好。"

城门丞清楚地记得，就是十几天前，这个人在西城门口聚了几百人坐而论道。他上前想驱逐，结果反被这个书生骂得抱头鼠窜。现在这个讽刺时政的书生摇身一变，居然自称是主公心腹，这个转变委实让他有些疑惑。

刘平不愿让他在自己身份上多琢磨，连忙上前一步，眼神变得危险起来："你可知道这邺城为何闹得如此之乱？"

城门丞刚要表示洗耳恭听，忽然觉得不对劲，他猛一抬眼，看到这年轻人唇边带着一丝冷笑，吓得连忙闭嘴。不用猜，这一定牵涉高层之间的斗争，他这样的小吏贸然掺和进去，只有被灭口的命。

通过之前的那次交锋，刘平看出这位城门丞懦弱怕死，于是刻意给了点暗示，恰好拿住他的七寸——这也是为什么刘平选择在西城门突破。

城门丞不愿与闻高层纷争，眼神有畏缩躲闪之意。刘平却不给他堵住耳朵的机会，振眉凛声道："如今已查明，作乱的是田丰余党，他们想从监狱劫走田丰，所以才勾结乱民，搞出这么一场乱子。如今邺城四方皆在鼓噪，局势危如累卵。我奉命出城，是为了平息民乱。"

听到这事跟田丰有关，城门丞脑门立刻沁出汗来，这可真是要出大乱子了。他慌乱地看了眼城内的黑烟，抖着嘴唇道："既然如此，这时候难道不该关门才对吗？"

"荒唐！"刘平大声叱责，让城门丞身体一颤，"关门能解决问题吗？大火焚城，你是阖门不出，还是外出扑火？"他看到城门丞仍在犹豫，把文书高举，几乎把那方大红印记贴在城门丞脸上，"主公文书在此，叫我见机行事，你若不从，就是违抗军令，论律当斩！"

司马懿伪造这一份文书时，在内容上煞费苦心，故意将文字写得特别含糊，以便做出各种解释，应付各种场合。如今刘平将这份文书祭出来，口称得了主公授意，城门丞纵然心有疑虑，却不敢上前质疑。

"可是……可是万一打开城门，乱民们冲进来可怎么办哪？"城门丞搓着手嘟囔道。刘平一听这话，就知道这道门已被撬出一条缝隙。他微微一笑："有我在，这个你不必操心。"

城门丞顿时恍然大悟。刘平当日论道，展现出了在那些贱民中的影响力。如今这个人去平乱，凭着他的口才和人望，岂不是一言即定？

对呀，这个人当初聚众论道，邺城非但不责难他，反而破例将之召入城中。看来人家早就和高层有了联系，主公的安排，原来还有这样的深意，城门丞把这些事前后联系，立刻全想通了。

刘平看着表情逐渐放松的城门丞，心情也逐渐缓和下来。司马懿的手段，和贾诩、郭嘉风格又不同，他擅长抛出层出不穷的线索和暗示，让对方自行补白。这样一来，对方往往以为这是自己的判断，深信不疑，实则却是走在司马懿事先规划的思路上而不自知。高明如审配、辛毗，再如这个城门丞，都成了他手下的傀儡。

当初的赵彦，就是中了司马懿的补白之计，自以为得计，一步步把自己送上死路。

这家伙实在是太聪明了。刘平又一次感叹。

城门丞自己"想通"了，接下来的事情就好办了。刘平说他要带几个帮手出去，这些人都是在城外贱民群中颇有影响的，可以帮助他迅速平乱。城门丞问他们在哪儿，刘平说他们正在赶来的路上。"你知道，现在局势有点乱，城里到处都有暴民在闹事，中间可能还藏着田丰的死士，聚齐了要花一点时间。"刘平说。

"那您在城楼里等一下吧，到时候我开一条小缝把您放出去，实在不敢开大了。"城门丞提心吊胆地说。

"辛苦了，主公会记得你的功劳。"刘平和蔼地补充了一句，让城门丞乐得屁滚尿流。刘平趁机叮嘱了一句，"我们出城之事，你们的人尽量知道得少一点，你懂的……"城门丞连连点头，反身把手底下人都派到城墙上，只留刘平一个在城楼门口。

这边搞定以后，刘平抽出一条赭色丝巾，挂在城楼前的火炬架上。这是他们事先约好的信号，任红昌一看到这个，立刻带着甄宓和吕姬跑过来。城楼里空无一人，她们这才稍微觉得安全了些。

"辛苦了。"刘平简单地对任红昌说了一句，眼神里没有鄙夷或嫌弃，只有敬佩。任红昌知道他是指什么，泛起一丝自嘲的苦笑："对有些女人来说，这是不得了的丑事；对我来说，倒无所谓了。"刘平郑重其事地双手一拜："昔日西施入吴，人皆称善；昭君出塞，边陲安宁。为大义而舍小我，何丑之有。"

任红昌闪身避开刘平的一拜："你的身份，我受不起。再者说，这次只有你空劳一场，原是我等辜负了你。"

他们三个人来到邺城，各有目的。任红昌是为了救出吕姬，曹丕是为了从许攸那里探听宛城之变，刘平则是要设法取得许劭名册。任红昌虽不清楚曹、刘二人的企图，但她能推测出来，前两个目的已然达成，这最后一个却因为曹丕的关系变得缥缈。

刘平没说什么，只是温和地笑了笑。事情并非不可挽回。许攸接到急报，要南下官渡，那本名册事关重大，他一定会随身带在身上。只要顺利离开邺城返回官渡，仍有机会取得。

任红昌又问道："他们两个呢？"刘平面上浮起担忧："不知道，我发完弩箭以后，立刻离开了邺城卫，赶来这里——他们应该是在赶来这里的路上吧？"说完他抬起袖口，露出一具乌黑发亮的小弩机。

这玩意是袁绍军特有的装备，尺寸不及普通弩机的一半，弩臂还可收起。虽然威力变小，但可收在袖中，很适合将军或高官用作防身。司马懿通过审荣弄到这玩意，正适合伪造一次狙击。

"我用它把一支箭送入自己兄弟的胸膛。"刘平晃了晃弩机，自嘲地说。任红昌闻言一愣，兄弟？她记得司马懿是靖安曹的人，什么时候跟一位皇帝称兄道弟了？刘平陡然意识到自己失言，连忙掩饰道："司马公子不惜以身犯险，朕自然待他如兄弟一般。"

好在任红昌没有追究，只是劝道："司马公子神机妙算，二公子也是决断机灵之人，他们不会有事的。"刘平叹了口气，把弩机拿出来，递到任红昌手里："这个你拿着防身吧。"

任红昌明白他的用意。她需要保护甄宓、吕姬两个人，多了把武器，等于多了一层保障。刘平的视线越过她的肩膀，看向身后的两个女人。

"这位就是吕姬？"刘平随口问道，吕姬张口"啊"了一声。从她英姿勃勃的五官之间，依稀可见她父亲当年的风采。刘平道："张将军如今正在曹营，他等你很久了。"吕姬听到这个名字，身子忽然一软，泪水从眼眶里滚落出来。甄宓站出来挡在吕姬身前，气愤道："如今大难未脱，你干吗说这样的话？万一大家逃不掉，你打算让吕姐姐死不瞑目吗？"

刘平只是好心安慰一下她，却被迎头如此斥责，有点发蒙。甄宓围着刘平转了几圈，瞪大了眼睛端详了一番，忽然问道："你连张将军和吕姐姐的事都知道，魏文是你的书童，而刚才任姐姐居然不敢受你一拜——看来你的身份不简单啊。这次邺城大乱，就是你的缘故吧？你到底是谁？"

刘平迟疑道："不是说这个的时候。"甄宓后退几步，蹙眉道："我现在可是舍弃了家族和声誉跟着你们走啊，你却连真实身份都不告诉我——哼，如果你不说，我就不走了！"说完她一跺脚，别过身去。

任红昌眉毛一立，作势拔剑。刘平却轻轻抬手，示意她把剑放回去，对甄宓缓声道："我的身份，牵涉甚广，如今确实不是时候。等我们逃出生天，再讲给姑娘你听不迟。"

他眼神忽然变得温和，正色道，"我刘平绝非负恩之人，绝不舍弃一个同伴。姑娘你尽可放心。"

甄宓一下被他说中了心事。她是个聪明姑娘，对人性看得很透，一直担心这伙来历不明的家伙利用完自己就给舍弃。她之前的各种要求与刁难，无非是为自己求得一份安全感罢了。如今听刘平这么一说，甄宓觉得心安了不少。这个人说的话没什么出奇的，但似乎有种让人信服的魅力。

"魏文说他会给我介绍许都的大人物，不会说的就是你吧？"甄宓好奇地反问道。刘平淡淡地露出一丝笑意，不置可否。

任红昌忽然喜道："他们来了！"众人都朝城内望去，看到远处有两个人跌跌撞撞地走过来。甄宓扫了一眼，就愣住了，语气满是惊叹："原来……他也是你们这边的。"

远处走来的，正是司马懿和曹丕。曹丕把司马懿的右臂吊在自己肩上，咬紧牙关用全身力气托住，司马懿走起路来一瘸一拐，每走一步表情都抽搐一下。两个人的衣袍都带着血迹和烟熏痕迹，看上去狼狈不堪。看来这一路上也遭遇了几次危险。刘平疾步跑了出去，和曹丕一左一右，把司马懿架入城楼。

"仲达……你不要紧吧？"刘平急切地要检查他的伤势。司马懿把他的手推开，龇牙咧嘴道："暂时还死不了，人都到齐了？先出城再说吧。"

"魏文！"

甄宓兴奋地跑过来，想要抱住他。曹丕一动不动，任凭她环住自己满是血腥和汗水的身体，面无喜色。今天这一切乱象，归根结底都是因为曹丕自己，尽管他毫不后悔自己的所作所为，但那种背叛信任的沉重感，让他的梦魇变得更严重。

甄宓看出曹丕的情绪不对，问他怎么了。曹丕轻轻捏了下她的小手，什么都没说，只是勉强挤出一点点笑意。不知为何，甄宓突然觉得这个满脸疲惫的男孩子很有魅力，就连身上的味道都变得有趣起来。她把下巴垫在他的肩上，慢慢磨动，无意中瞥到他脖颈上那两排淡淡的牙印，心中涌起一种异样的感觉。

刘平把城门丞叫出来开门。城门丞一看他要带的居然有五个人，而且其中一个似乎还受了伤，有些起疑。刘平解释说这是在穿城时被暴民所伤。城门丞把他们带到城门旁的一处小门，打开一条缝隙。

先是甄宓，然后是曹丕和任红昌搀着司马懿，然后是吕姬，他们鱼贯而出，刘平留在了最后。

当吕姬迈步走出城门之后，刘平却没有挪动脚步，他深吸一口气，转头对城门丞说："请关门吧。"城门丞一愣："您不去吗？"刘平面上浮现出一丝坚毅："我忽然想到一件事，是必须要去做的——哦，对了，慢点关，我要跟他们交代几句话。"城门丞一听，连忙说你们慢慢谈，然后远远站开，生怕听到不该听的东西。

那五个人已经发现了异状，都纷纷回头，看到刘平站在门内没走出来，无不大惊。刘平隔着城门做了个手势，让他们少安毋躁，然后嘱咐道："你们出去以后，一切都听司马公子的安排。"

所有人都愣在那里，司马懿挣开曹丕的搀扶，不顾自己的伤口迸裂，激动地吼道："你到底想要干什么？"

"我要去救那些非冀州的士子们，"刘平平静地回答，把手搭上了城门，"审配很快就会掌握城内局势，如果他们那时候还没冲出去，全都会死在这里。我手里的文书，是唯一开城的钥匙，只有我能救他们。我不能扔下他们不管。"

"他们在计划里注定只是弃子！你一开始就知道的。"司马懿此时的眼神像是一头怒狼。

刘平做了个歉意的手势："如果我一开始就说出来，恐怕仲达你就不会允许了。所以抱歉了，我只能用这种办法。"

"你是觉得这些士子还有什么价值，所以有什么算计吗？"司马懿问。

"不，我只是单纯不想看着他们因为我去送死。"刘平诚恳地说。

司马懿磨动牙齿，一拳砸在门上："早知道你是这样的人，我才不管你的死活哪！"

"我是什么样的人，仲达你不是早就知道了吗？"

司马懿一下子被噎住了，一时间竟无法反驳。刘平开心地笑了起来，他终于有一次机会让仲达哑口无言。旁边的四个人听到这样的对话，心中都浮现出一个疑虑：这两个人应该已经认识很久了吧？

"对不起……你现在一定想骂我伪善吧？"刘平低声道。

"如果是伪善就好了，我怕你是真善！"

伪善代表了有利益的算计，而真善却是不计代价的仁慈。司马懿鼻子里发出沉重的呼吸声，肩膀直颤。这与其说是愤怒，倒不如说是惊慌。他对刘平太了解了，知道这个宅心仁厚的浑蛋又犯了迂腐病，而且看他的眼神就知道，决心已下，这次无人能够阻止。

刘平悠悠抬起头，隔着城门的缝隙看向天空："仲达，道之所以为道，正是因为它万世不易。君子有所为，有所不为，每个人都有自己的道。如果我今日舍弃他们而去，那么我之前的坚持、之后的努力将变得毫无意义。那样的结果，不是我想要的——还记得那只母鹿吗？"

"滚吧，我对你的死活已经没兴趣了，你也不要来管我们。"司马懿喘着粗气，手腕虚空一扬，像是捡起一块并不存在的石头砸向刘平的额头。

刘平嘴角翘了翘，他知道自己不需要担心什么了。他欣慰地握拳一拜，然后消失在城门里侧。很快城门"哐当"一声，关了个严严实实，把他们五个人彻底与邺城新城隔绝开来。司马懿转过身去，哑着嗓子对其他人说："我们走。"

曹丕忍不住悄声问道："陛下……说的什么道？"

司马懿学着刘平的样子望向蓝天，歪着脖子，露出一个颇为奇妙的神情："道可道，非常道。"

卢毓和柳毅此时面如死灰，一筹莫展。

邺城卫前射向司马懿的那一箭，让他们意识到再没了退路，只有拼命一途。好在他们事先听从了刘平的劝告，人聚得比较齐，身边带的仆役又不乏好手。这几百人的队伍在毫无准备的城里横冲直撞，一时间倒也所向披靡。

一路上，不断有小股的袁军城防部队对他们展开袭击，都很快被击溃。卢毓很快注意到，袁军的动向非常奇怪，不光会攻击他们，而且有时候两支袁军还会绞杀到一起。再加上沿途的平民也开始烧杀抢掠，让卢毓有一种强烈的感觉，这场混乱似乎不是这几百个临时起意的人能掀动起来的，在幕后另有操控者。柳毅倒是没想那么多，邺城越乱，对他们就越有利。

卢、柳二人先带着他们冲到了最近的南城门，结果城门紧闭。他们不敢耽搁，又转向了东城，结果还是吃了一个闭门羹。看着城墙上拉着弓捧着弩的一排军士，卢毓知道硬闯的话，所有人都会死在这里，只得悻悻退去。

可他们毕竟不是职业军队，无论凝聚力还是纪律性都很差。在之前的遭遇战里，不断出现的伤亡已经让士子们士气大降。当连闯两道城门都失败以后，绝望的情绪在队伍中弥漫。很多人开始后悔参与闹事，甚至有人悄悄脱离了队伍，向袁军投降。

卢毓和柳毅试图鼓动大家继续行动，但终于有人公开质疑他们的决定，在队伍里鼓噪起来。就在这群人即将分崩离析之际，一匹马飞驰而至，马上的骑士一边靠近一边高呼："卢兄、柳兄。"

"是刘和！"

卢毓和柳毅闻声大喜，一起迎了上去。听到这个名字，一时间就连队伍里那些质疑者的喧闹声都小了几分。审配的阴谋，是"刘和"这位弘农狂士抽丝剥茧点破的，他在这些士子心中已隐然形成了权威。事实上，当他们与邺城彻底翻脸以后，所有人心里都藏着一个期盼，盼着刘和站出来，成为他们的中流砥柱。

刘平翻身下马，一脸急惶："你们都没事吧？"卢毓苦笑道："刘兄你去哪里了？我们都以为你被审配……"说完做了个咔嚓的手势。

刘平自然不能说实话，但也不想骗他们，只是摇摇头道："也是一言难尽，咱们先脱离危险再说吧。"卢毓点头称是，然后把连闯两门的事说了一下，叹息道："以现在的士气，如果再闯不出去，恐怕就直接散伙了。"柳毅也低声恨恨道："那些笨蛋，稍微遇到点挫折，就打退堂鼓。"

刘平略做思忖，比了个手势道："走北门！"

卢、柳二人一怔："莫非刘兄你在北门有办法？"刘平眼神闪过一丝坚毅："有没有办法，都是我们最后的机会！不去闯一闯，就只能坐以待毙。"

他走到那一群神情沮丧的人面前，一一审视。刘平望向队伍，士子人数比最初少了很多，几乎人人带伤，仆役的境况还要更凄惨一些，一副败军模样。其中一名士子半跪在地上，正在低头哭泣。刘平分开人群，把士子扶起来，问他怎么了。士子说跟随他来的仆役全都被杀死了，连他的一条腿也被砍伤。刘平把他扶上自己的坐骑，环顾四周，突然严厉地喊道：

"你们别忘记了自己的身份！你们是望族之后、名士之种，你们的家族传承了几百年，从来都是汉室的骄傲。如今这么一点区区困难，就让你们低头了？家族的荣光、儒者的责任，都不顾了吗？你们难道忘记了先贤的教诲——天行健，君子以自强不息！"

这一连串的质问，如春雷滚过每一个人的头顶。无论是质疑者还是沮丧者，都不约而同地抬起头来，原本沮丧的眼神开始有了光彩。他们都还年轻，碰到困境，除了惶惑，心中总还有那么一点不甘。而这一点不甘的火星，正在被刘平煽成一场燃烧魂魄的大火。

刘平高举右臂，大声道："我已经决定从北门再闯一次看看，即使半路战死，也好过怯懦地坐以待毙。今天我们也许会死，但身为士，就该有自己的气节与道，不可以卑怯地倒在地上，被人家戳着脊梁骨说：看，这是懦夫。诸位何不与我冒险一次，像当年李膺、郭泰一样青史留名。等死，死国可乎？"

李膺、郭泰都是党锢之祸的士人首领，而结尾则是《史记》里记载陈胜起义时用的句子，这些士子都读过书，对这些典故很熟。刘平此时喊出来，大家一下子觉得热血涌上头来，都纷纷学着刘平的样子举起手，重复着那一句话："等死，死国可乎！"

"愿意有尊严地活着或死去的人，跟上我。"刘平转过身去，大踏步地朝前走。他步子迈得十分豪迈，连头也不回，仿佛就算只有他一个人，也要前进。

开始是一个人，然后两个人、五个人，刚才还惶惑不安的士子们全都站了起来，彼此对视一眼，默默地跟在刘平身后，整支队伍再度焕发出奇妙的活力。卢毓和柳毅暗自感慨，刘平口才发挥得酣畅淋漓，居然轻而易举地将这一盘行将崩裂的散沙凝在一起。这种天生的领袖魅力，可是他们所无法拥有的。

刘平向前走着，心情激荡不已，浑身麻酥酥的有一种异样的兴奋。

这是刘平第一次真正意义上的独立行动，没有任何人能帮他，所有的事情都只能靠自己。刘平此时没有惶恐，反而有一种奇妙的满足感——他终于做了一次完全属于自己的选择，终于可以由自己掌控一切，酣畅淋漓地贯彻自己的"道"。

刘平的脚步，从来没迈得如此坚定。接下来的路要怎么走，他心中已经没有疑问了。

北门的城门丞在觉察到城内乱象以后，当即果断地关闭了城门。他是战场上退下来的老兵，对危险有种天然的直觉，让手下人做好迎敌准备。

"可我们怎么知道谁是敌人？"副手焦虑地问道。如今城内动乱，到处都在厮杀，谁也搞不清楚到底谁是我方，谁是敌人，甚至连他们为什么暴乱都不知道。

城门丞弹了弹手指："很简单，谁胆敢来冲击城门，就是敌人，其他的不要管，以不变应万变，才是最好的策略。"

这时候一名卫兵来报，说有一个人手持一卷文书来到城下要求开城。城门丞一听，不由得眯起眼睛，决定亲自去看一看。这个年轻人没穿官吏的袍子，也没腰牌。他一见到城门丞，就把文书递给他，说奉主公的密令，要他立刻开城。

"没有审治中的副署，谁也不许通行。"城门丞面无表情地回绝。

年轻人面色阴沉地威胁道："你是说审治中比主公的话还管用？"

"将在外，君命有所不受。主公远在官渡，自然以审治中之命为最先。"这个城门丞不像他的同僚那般懦弱，根本就不吃这一套。

年轻人很气愤，把文书抖开道："你先看看里面说什么，再摆架子不迟！"说完他让城门丞扯住一头，慢慢把文书展开。当文书快展到尽头的时候，城门丞看到了落款处的大印。他想凑近看得仔细点，却发现在大印旁居然多了一把匕首。

城门丞一惊，随手扔开文书，身形急退。年轻人一把抓起匕首，朝他刺去。只见寒芒一闪，刀刃已经切入了城门丞裸露的咽喉。

这一招图穷匕见让城门前一片混乱。城门丞身后的几名护卫怒吼着冲上来，年轻人挥舞着匕首拼命抵抗。他的武艺并不算太强，在数名训练有素的士兵的进攻下，显得有些勉强，很快就被砍出数道血痕。但他一直咬着牙拼死不退，似乎在等待什么。没过多久，从城门里侧的数条巷道里一下子冲出一百多人，朝着城门口杀来。为首的柳毅手提长剑，大声喊道："刘兄，我们来助你！"

城门丞的副手看到这一幕，想起自己的主官刚说过，只要冲击城楼的一定是敌人。他立刻传令下去，让守城士兵出去助阵，务必把他们截杀在城门楼前。这一百多人都没披甲胄，甚至没什么像样的兵器，驻守城门的士兵足以应付。

两支队伍在狭窄的城门楼前发生了激烈的碰撞。前者胜在人多势众，后者却是装备精良，往往这边倒下两三个人，那边才会倒下一个。不过前者显然事先有所准备，士兵每倒下一个，立刻会有人俯身去把甲胄和兵刃捡起来，再行反击。于是整个战局变得异常混乱，双方混战成一团，杀声四起。

　　就在战局陷入僵持之时，从另外一个方向冲来一支军队。副手立刻紧张起来，命令城墙上的弩兵与弓兵做好准备。不过他很快又下令不要擅自开射，因为来的是一队穿着袁军兵服的士兵。这队士兵为首的主官在快接近城楼的时候，大声下了号令，然后士兵们迅速展开队形，朝着进攻城门楼的暴徒背后掩杀过去。

　　副手长舒了一口气，赶紧让城头的人把弓弩放下来，避免误伤友军。不料弓弩手刚撤掉，情况就发生了突变。那些袁军士兵攻入城门楼以后，根本没碰暴徒，反而对一直浴血奋战的守军大下杀手。那些守军本来以为他们是援军，纷纷放松了警惕，此时猝然遇袭，心神大震，一下子就兵败如山倒。

　　等到副手反应过来，招呼弓弩手重新射击的时候。这两支队伍已经合流冲进城门楼，而且毫不迟疑地打开城门，向城外冲去。城头上的士兵拼命放箭，可他们的人数太少，城下又没有步兵阻击，虽然不断有人中箭倒地，但有更多的人轻而易举地跑出了射程之外。那些士兵甚至看到，最初那个刺杀城门丞的年轻人，居然还折返回来，扶起一个中箭者继续前进，为此自己险些也中箭。

　　当北城门重新归于平静之后，副手走在尸横遍野的城门楼过道，面色严峻。这支身份不明的队伍在城内、城门楼和城外留下了几十具尸体，刺鼻的血腥味弥漫在整个城楼里——但大部分人都顺利脱离了射程，消失在邺城旧城里。

　　副手不敢开城追击，万一城里再涌现出另外一支莫名其妙的敌人，那就更麻烦了。于是他只是简单命令收拾残局，把大门彻底锁死，然后才敢下来检视尸身。

　　这些敌人实在太狡猾了，先是派了一个人呈献文书，伺机刺杀了城门丞；然后又让一半人发起正面冲击，给守军造成攻击已经全部发动的错觉；当第三拨敌人接近时，守军的心中已经形成了思维定式：前面两次来的是敌人，那么第三次怎么也该是友军了吧？结果……敌人居然是一分为三，彻底耍了他们一把。邺城敌我难辨的混乱局势，给了他们最好的掩护，否则自己肯定不会做出这样的误判。

　　副手摇摇头，停止了检讨。他蹲下身子，端详着城门丞的尸体，脑子里莫名闪过一个念头："不知道那些人跑出去以后，会去哪里。"

　　他不知道，在距离他只有数里的邺城旧城一处废墟里，那个年轻人用行动回答了他的疑问。在众目睽睽之下，一只手臂，直直地指向南方。

"邺城这么乱下去，田老师不知会怎么样。"曹丕念叨着，同时用力把司马懿的胳膊拽了一下，让他走得更舒服些。司马懿嘴角抽搐一下，忍着疼痛道："树欲静而风不止。只要看看这次大乱中，有多少田丰的党羽被惊动，就知道他的下场一定堪忧。"

"如此说来，他岂不是因为我们的计划而倒霉？"曹丕暗自叹了口气，为那位无辜的老人哀悼。司马懿斜了他一眼，鼻子里冷哼道："你也开始像那个人一样了？净有些无谓的同情心。"

曹丕登时不敢说话。他本来是想刻意岔开话题，免得司马懿老琢磨刘平的事。但看来司马懿腹诽非常之大，三两句就会拐回来痛骂刘平。他无奈地回过头去，正看到甄宓冲他做了个鬼脸，一脸的欢欣。

"哼，你倒是开心……"

曹丕心想。甄宓一直挖空心思要脱离邺城，这次终于得偿所愿，自然是开心得不得了。不知为何，看到甄宓的笑脸，自己忧郁的心情也随之开朗了一些。

此时他们一行五人已经深入邺城旧城，算是初步逃离生天。任红昌在这里经营出不小的势力，只要跟他们接上头，就算彻底安全了。任红昌本来还想在这里等一下刘平，却被司马懿断然否决。司马懿说既然那家伙做了选择，那么就要自己承担后果，没必要把其他人拖下水。

他们迈过一条小河沟，全都停住了脚步。眼前的大道当中站着一个人。这人披挂甲胄，手持钢戟，犹如一头盛怒的猛虎盯着他们。他只有一个人，那雄浑的气势却好似有十万人站在那里一样。

"甄校尉？"

"二哥？"

两声不同的惊呼从任红昌和甄宓口中飞出。甄俨把长戟向前一挺，充满怨毒地说道："总算等到了。"他浑身都升腾起滔天的杀气，恨不得撕开眼前这几个人的胸肌把里面的心脏剜出来捏个粉碎。

甄俨在发现任红昌偷走了自己的腰牌以后，就意识到这件事一定跟甄宓有关，于是连忙进袁府查看。在寝室里看到那几具尸体以后，甄俨知道这次事情闹大了。

甄俨从不低估自己妹妹的智慧，他判断邺城卫那边只是调虎离山，甄宓一定会趁乱逃出城去。于是他心一横，抓起一杆长戟，单枪匹马去追赶甄宓。他对邺城附近地形十分熟悉，大概能推测出这些人逃离的路线，果然，终于在这邺城旧城的废墟前截住了他们。

"二哥，我……"甄宓怯怯的声音还没说完，甄俨恼怒地一挥长戟，凛然喝道："闭嘴！你还嫌给甄家带来的灾祸不多吗？！"对这个原本他很宠溺的妹妹，如今却是愤怒无加。

惹出这么大的乱子，袁熙再怎么宠爱甄宓，也不可能为她遮掩——别说她，就连甄俨自己，包括整个甄家都要陪葬。甄俨现在只想把所有人都杀死，然后提着妹妹的头去请求宽宥。

这时任红昌上前一步道："甄校尉，请你听我说一句话。"甄俨先是窒了一窒，二话没说，挺戟就刺。甄俨现在一腔愤怒，都放在"貂蝉"身上。若不是这个淫妇勾引，自己怎么会铸成如此大错？

甄俨这一戟速度极快，直取任红昌的胸膛。任红昌来不及反应，吕姬在一旁眼明手快，把她迅速拉开，堪堪避过这一戟。可是吕姬忘了，这是戟，不是矛，戟旁还有小枝。甄俨一刺落空，手腕一晃，长戟化刺为扫，唰一声把吕姬的腰部钩开了半边。

吕姬一声也未吭，扑倒在地，腰间登时鲜血狂涌。任红昌一见吕姬倒地，整个人呆在了原地。反倒是甄宓尖叫一声，拼命抓住了曹丕的胳膊，把脸别过去不敢看。

司马懿看了曹丕一眼，嘴里喃喃道："该死，果然是这样。"

在他原来的计划里，甄俨这个人是先要用计死死限制住，然后其他行动才可从容展开。可曹丕的擅自行动，使得司马懿不得不制订了一个粗糙的急救之计。这个计划最大的缺陷，是无法限制甄俨的行动，使得他成为一枚无法预测走向的棋子。出城之时，司马懿还暗自松了口气，以为甄俨会赶去邺城卫那里约束部属，可结果他还是成为最危险的变数。

曹丕注意到了司马懿看向自己的眼神，一时懊悔、惭愧以及不耐烦的恼怒涌上心头，让盘踞在心口的梦魇迅速壮大，凝聚成一团狂暴的戾气涌出身体。他猛地甩开甄宓的手，瞪着眼睛大声道："你们一直都在怪我是吧？好好，是我不好！我在这里战死，总可以赎罪了吧？！"

梦魇让他头痛欲裂，也让他内心的戾气与日俱增。曹丕负气抄起一把城里捡来的环首刀，黑着脸向甄俨斩去。

甄俨早就注意到了甄宓与曹丕的暧昧。他对整个邺城的局势不是很了解，也不知道曹丕等人的来历，一门心思认为，就是这个浑蛋勾引了自己妹妹，才导致这么多事发生。现在看到曹丕拿刀冲了过来，他毫不客气，抓起长戟也刺过来。

甫一交手，甄俨心中一惊。这个十几岁的孩子虽然力道不够，但出手速度相当之快，而且变招之间有一股戾气扑面而来，自己的愤怒甚至在这面前都逊色了几分。甄俨稍微冷静了一些，调整姿态，与曹丕保持着一定距离。他的戟比环首刀长，只要不让曹丕近身，就立于不败之地。

曹丕却不管这些。王氏剑法从来不教什么叫作审时度势，只教什么叫一往无前。他凭着一口梦魇化成的戾气，把王氏剑法中的精义发挥得淋漓尽致，狂风暴雨般地劈斩过去，迫使甄俨不得不采取守势，以避锋芒。

甄宓站在一旁，看着自己未来夫君和二哥斗得你死我活，一脸不知所措。平时的那些鬼主意，这时候一个都想不出来。她拼命抑制住慌乱，侧眼朝旁边看去，看到吕姬身下的鲜血已积了一摊，眼见是活不成了。任红昌眼神直勾勾地看着吕姬，浑身僵直，只有手在微微颤抖。

"任姐姐？"甄宓走过去，轻声叫了一声。任红昌蓦然回首，甄宓发现她原本俊俏的脸庞，陡然间老了许多。

"几年之前，我就是这么看着她的父亲死去……我本以为这种事不会再发生，可我错了。也许我不该来，但我又怎能不来。我连她父亲这一点嘱托都做不到，又有什么资格要求什么……"

任红昌嚅动嘴唇，也不知在向谁诉说，或许只是自言自语，声音里浸满了彻骨的悲伤。甄宓听不懂这些话，觉得实在是莫名其妙，她小心地抓住任红昌的手，想看看她是否安好。任红昌转过脸来，双眸空洞地看向她身后。

"你知道吗？那个驰骋中原的飞将军，为何在最后时刻不顾颜面，要向曹操屈膝投降。他不是怕死，他是要为自己的女儿寻一条活路啊……他的努力，他的用心，居然就这样败落在我的手里。"

甄宓不知那个飞将军是谁，她只看出来，任红昌眼眸里的光彩在逐渐消失。

那边的死斗还在继续。交手了十几回合以后，甄俨已经掌握了曹丕的节奏，觑到一个破绽，长戟飞快地在环首刀上猛地磕了一下。曹丕锐气已经耗尽，体力又难以支撑，整个人如被水洗一般全是汗水，动作不可避免地慢了下来。甄俨是搏击老手，他敏锐地注意到曹丕收刀回挡时的迟缓，大喝一声，挺戟一挑，把刀霎时挑飞，然后戟首直刺向曹丕。

曹丕没有躲闪，他只是疲惫地闭上眼睛，准备接受这个事实。就在这时候，他闻到一阵带着腥味的馨香，然后一个身影挡在了他前面。曹丕瞳孔急缩，他看到任红昌面无表情地站在那里，戟尖正刺入她的双乳之间。

甄俨也被这一幕惊到了，他想把戟拔出来，任红昌却抬起左手，死死抓住长戟的侧枝，让他撤不回去。甄俨咬着牙正要用力夺还，却看到任红昌的右手多了一具漆黑的东西。只听"嘣"的一声，一支弩箭飞射而出，跨越了极短的距离，深深刺进了甄俨的额头。

"任姐姐！"

"二哥！"

曹丕和甄宓同时发出叫喊，一个伸手抱住任红昌瘫倒的身体，一个冲向仰天倒下去的甄俨。

曹丕知道那把戟不能拔出去，只能就这样把任红昌抱在怀里。曹丕觉得这一切实在太不现实了，刚刚还生龙活虎的任姐姐，怎么会就这么死了？他的嘴唇在剧烈颤抖，身体却惊惧如浸泡在冰水之中。上一次如此惊慌，还是在宛城听到兄长曹昂战死。

"任姐姐，任姐姐，是我错了，是我错了！"他只能不停地重复着自责的话。

任红昌睁开眼睛看向曹丕："我没完成吕将军的嘱托，合该有此惩罚。二公子，接下来的路，你要自己走了。"

曹丕大哭，他抱住任红昌语无伦次地喊道："任姐姐，你不能走啊！对了！你不是还有复国大计吗？你离开了，你的国家怎么办？我会说服父亲和郭祭酒帮你复国，你要坚持下去。"

任红昌露出一个虚弱的笑意："你有这份心，我就很开心了。你知道吗？我一直有种奇怪的预感，你会成为中原最有力者，你和你的子孙是真正能帮到我的人……咳咳……"她说到这里，剧烈地咳嗽起来，咳得满嘴都是鲜血。

曹丕激动地说道："我会让父亲派出大军，带着你杀回去！"任红昌摇摇头："我只请求你，善待我在村里养的那些孩子。他们都是我的族人……"

"好，好，我答应你！"曹丕急切地回答。

"等他们长大，告诉他们真相，让他们记住自己真正的名字，帮助他们返回我的国家。"

"你的国家在哪里？他们真正的名字又是什么？"

任红昌用尽全身力气抬起手臂，指向东方，眼神里闪动着无限的眷恋："我的国家，就在东海之外，太阳升起的地方。我的族人里，年纪最大的两个孩子，一个叫难升米，一个叫都市牛利。"

"那任姐姐你真正的名字呢？！"

任红昌的眼睑慢慢合上，声音已几不可闻："我的名字，已经被那个女人窃走了啊；我的名字，本来该叫作卑弥呼……"曹丕记下这个古怪的名字，垂下头去，惊骇地发现她已然没了呼吸。曹丕怔了怔，这才意识到，她一直到死，都不曾提到郭嘉一个字。

曹丕没有号啕大哭，他木然放下任红昌的尸身，朝甄宓走过去。甄宓正蹲坐在甄俨尸体的旁边，两行泪水不停地从眼眶涌出来，却不肯发出一声呜咽。她听到脚步声，以为曹丕要对二哥的尸体做什么，伸开双臂拦在他面前。

"不要再往前走了。"甄宓低声道，娇弱得像是一朵暴雨中凋零的鲜花，但仍旧不肯让开。二哥的死亡，让这个姑娘一瞬间变得成熟起来。

曹丕停下了脚步："看来我们都为自己的幼稚付出了代价。"两个人四目相对，都是一样的悲痛，一样的悔恨。

"我是曹操的儿子，我叫曹丕。"曹丕突然开口，这意外的坦白让甄宓一下子捂住嘴，完全惊呆了。曹丕注视着她，伸出了手，"所以我对你的承诺，一定都会实现。跟我走吧，我不希望再有人为此牺牲。"

此时的曹丕满脸血污，双眸里全是哀伤，散发出一种摄人心魄的奇特魅力，让甄宓的心旌为之动摇。可甄宓犹豫了一下，却向后退了一步："抱歉，我不能跟你走了。我必须要回到邺城。"

"你确定要继续与袁家的婚姻？"曹丕的神情没任何变化。

"我也不希望再有人为此而牺牲。"甄宓淡淡地回道，然后自嘲似的摇摇头，"这大概就是我的宿命，或者说惩罚吧。"

曹丕知道她是什么意思，他没有试着说服她，而是扯开自己的衣襟，将脖颈上即将消失的齿痕袒露出来："齿痕虽愈，琴犹绕梁。总有一日，我会亲自来到邺城，风风光光地把你接回去，到时候我们再弹那一首《凤求凰》。"

说完以后，曹丕俯身抱起任红昌的尸体，一步步地走远。甄宓呆了呆，露出小虎牙，向曹丕的背影抛去一个明艳的笑容："一言为定，我等着你。"但她对这个承诺并不怎么相信。

司马懿靠着一旁的断垣，一直冷冷地盯着这一出高潮迭起的悲剧，这个如狼般的年轻人迅捷地转动着脖颈，将这一切收入眼中，却未动声色，像是一尊墓穴前的翁仲石像。

"为情所累的傻瓜们。"他心里如此评价道。

第十章 东山的日子

这时几声呼啸从头顶飞过,望楼里所有的人都下意识地缩了缩脖子。那是霹雳车发射的声音,这些大家伙可以把几十斤的大石抛出去远远,是遏制敌人进攻最好的手段。

"左边五亭的城垣再上去补两个伍，告诉那边，这是最后一批援军，多一个人都没有了。"

　　张绣负手站在望楼之上，面色严峻地注视眼前的防线，一道道果断而冷酷的命令发布下去。此时在曹营与袁营的高垣深垒之间，身着黑色与赭色的士兵们如炸了窝的蚂蚁一般，在绵延数十里的狭窄区域陷入了最残酷的近身搏杀，双方的阵线不断变化，呈现出犬牙交错的混乱态势。

　　"报！右翼三亭后撤五十步！"一名传令兵飞跑过来，一路高喊。张绣闻言，毫不迟疑地将食指指向一个方向："传令，右翼阵后七队弓手，两箭吊射，三箭平射。"这时他身旁的一位军官面露难色："将军，那边已经连续射了半日，弓手的指头已经承受不住了。"张绣面无表情地答道："指头断了，就用嘴；嘴裂了，就用牙。我要的是射箭，不是借口。"

　　尽管张绣平时表现得谨小慎微，可一到了战场，他骨子里那种西凉人的狠辣就发挥得淋漓尽致。传令兵衔命而去，过不多时，一阵铺天盖地的箭雨砸向右翼三亭附近的墙头，立刻升腾起一阵血雾。刚刚冲上城垣的几十名袁军士兵纷纷惨叫着滚落，攻势稍被遏制。可过不多时，又有数倍手执藤牌的袁军扑了上来，把赶来填补缺口的曹军步兵彻底淹没……

　　这样的小小变化在战场的每一处都在不断发生。双方的将军、校尉、曲长、屯长乃至最底层的普通兵卒，每一个人都在自己的位置上拼着命，希望凭借自己的睿智或勇武对战局造成一点点影响，只要这些影响积少成多，就能逐渐积累成胜势。可在此时的战场，究竟孙武会向谁稽首微笑，恐怕没人能说得准。

"盘口混乱，庄闲不分，好一场乱赌的局面。"杨修站在张绣身旁，狭长的眼睛眯成了一条缝，不知是在看着张绣，还是在看着战场。

"杨先生，这里太危险，你还是下去吧。"张绣头也不动一下。杨修没挪动脚步，他抬头望了望天，忽发感慨："日出而战，如今已近午时。张将军，你从前可曾打过这么长时间的仗吗？"

张绣微微一皱眉，他的目光终于从战场上挪到了杨修身上："你想要说什么？"杨修道："袁军与我军对峙这么久，为何今日却突然不要命似的狂攻？按说彼攻我守，他们这么打，损失远比我们更大，可对方却一点没有退兵的意思，从日出打到现在不停——今日这仗，有点蹊跷啊。"

张绣闻言默然，双手搁在望楼护栏上，身体前俯。杨修的疑问，其实他心里也一直在琢磨。今天袁绍军的攻势明显不同以往，不光集结了大批北地各族的私兵，就连精锐的中军大戟士与强弩手都拉上来了，摆出一副拼命的架势。张绣的营地位于官渡防线的核心地带凸出部分，承受着极大压力，如今手中兵力捉襟见肘，几乎连亲兵都派出去了。

可在张绣看来，袁军的攻击还是稍显不足。按兵法正论，若要击破官渡这种联营防线，应当是集结优势兵力攻敌一点。可从目前得到的情报来看，袁绍军是全线出击，针对曹军的整条防线压了过来，每一个营盘都遭受了强攻。这么打虽然声势浩大，可实际效果却值得怀疑。

明明用利锥一刺即破的口袋，为何袁绍改用巴掌去拍打呢？张绣实在是想不通。

这时几声呼啸从头顶飞过，望楼里所有的人都下意识地缩了缩脖子。那是霹雳车发射的声音，这些大家伙可以把几十斤的大石抛出去很远，是遏制敌人进攻最好的手段。经过一上午的激战，这些霹雳车损毁了一半，只有一半还在运作。但即便如此，它们仍是袁绍军在进攻途上的噩梦。

"杨先生你怎么看？"张绣问。

"袁绍这法子虽然粗暴，倒也不失为一个选择。比心眼，他是比不过郭奉孝与贾文和，不如直截了当地拼消耗，这样一来什么计谋都没用了。反正河北兵多将广，三个人换我们一个人，赢面还是很大。如今曹军全被死死吸在阵地，动弹不得。只要袁绍愿意承受损失，不放松进攻，最终先撑不住的还是曹公。"

张绣面色阴沉地点点头，这些道理他也明白，而且他相信贾诩会看得更明白。张绣转过头去，看向曹军中军大帐的方向，他忽然很好奇，不知道那个病老头子到底会怎么处断。

"若杨先生你身在中军，会如何应对？"张绣问。

杨修掂了掂手里的骰子，难得地露出为难的表情："不在局中，不知其难。即使是我，如今也不知该如何下注才好啊。"张绣嘴角抽搐了一下，不知道他所谓的"下注"，是拿袁、曹对赌，还是想让官渡若隐若现的汉室坐庄。不过这种事情他不想问，这是贾诩特意叮嘱过的。

尤其是在杨修面前，他更不愿意多说什么，张绣如今对杨修充满了警惕。之前他受命和杨修去伏击关羽，结果杨修出工不出力，磨磨蹭蹭，导致关羽轻易就脱离了伏击圈离去。张绣本以为他们要被大大地责难一番，结果郭嘉的申斥未到，先来的却是曹公一纸停止追击的军令。

这说明杨修之前早有算计，只是没事先与他通气。这个人就好像他手里的骰子一样，不知道落地时到底是几点。张绣根本看不透这个古怪的家伙，索性敬而远之。

张绣把思绪收回来，这时一名士兵匆匆赶到望楼，对张绣耳语了几句。张绣眉毛先是高挑，既而僵在了那里，整个人都呆住了。他听到的事情，似乎比眼前的喧嚣战局还要诡异。

相比起一线曹军在战线上的艰苦，曹军的中军尚算平静。这里位于官渡防线后两里的一处丘陵上，外围依势共有三重围障，皆是粗木大钉，把中军帐围在正中。前线战况吃紧，这里的卫戍部队也被抽调了许多，所以比平时要冷清不少。唯有营盘之间的通道，信使络绎不绝，将前线的每一点动态都及时汇报过来。

当太阳移到天顶之时，通道上的信使终于变少了。这说明前线局势趋于稳定，即使还未见胜利，至少已不再恶化。中军营内的卫兵们情绪也稍微放松了些，开始议论纷纷。

"你说这会儿咋就安静了呢？"一名在中营外围辕门看守的年轻卫兵对自己的同伴说。他的同伴是个老兵，哈哈一笑："前头打了一上午仗了，就是铁人也受不了。中午太热，两边都得歇歇。"年轻卫兵庆幸地看了一眼那边，喃喃道："幸亏我是负责守卫中营，不然肯定活不下来……"老兵深有感触："我投军十几年了，当初一起的兄弟，如今十不存一。记得那年跟吕布在濮阳打，可比现在惨烈多了。甭管你带上去几个伍，一下工夫就全没了，两边的兵死得比流水都快……"

两个人正说着，看到另外一名士兵走了过来。他面相很陌生，兵服上沾满了泥土，右臂还有一大片血迹。"什么人？"年轻卫兵警惕地喊道，同时抬起长矛。那士兵勉强抬起右臂，抱拳道："我是从前线换下来替岗的。"

曹军在前线吃紧之时，经常会把后方驻守的精兵抽调上去，把暂时失去战斗力的人替回来。年轻卫兵听到这个解释，放下长矛，老兵却疑惑地问道："我怎么从来没见过你？"

那士兵苦笑道："前线的仗已经打乱套了。哪里吃急，上头就往哪里塞人，根本不管你是哪一部，塞来塞去，如今编制全乱套了。我本是韩浩将军的人，结果打着打着就找不到上司了，反而来了这里。"

老兵点点头，同情地看了眼他的右臂："你伤到筋骨没有？拿得动兵器吗？"士兵道："不妨事，我是左撇子。"老兵又问他现在前头打得怎么样，士兵说不太乐观，袁军的部队太庞大了，经常一次冲锋就投入数倍于前的兵力，曹军如今凭借地利勉强抵挡，时间久了真不好说。

三个人都是一阵感叹。这时候一阵诡异的风声从头顶传来，他们同时抬头，看到了一幅奇景：三四块形状各异的硕大石块在半空飞过，画出数条危险而优美的弧线，朝着中军营砸来。他们三个下意识地要躲，好在这些石块没什么准头，几乎全部落空，在中军附近的田野里砸起了一片烟尘。

年轻卫兵狠狠地骂道："霹雳车营的那些废物一定是打偏了！"同时又有点小小的兴奋。老兵眯起眼睛，眼神却很迷茫："不对啊，霹雳车营在中军的正北，打得再偏，他们也不可能把石块扔到身后啊？"

中军大营附近一下子变得十分热闹，许多人在大喊，许多人在奔跑。每个卫兵都被这突如其来的袭击砸蒙了。这里是什么地方？这是曹公主持大局的所在，哪怕是一支飞矢射进来，都是不得了的大事，何况现在居然被自家的霹雳车砸中，问题可就更为严重了。

老兵想到这里，不由得浑身一阵冰凉——难道车营叛变了？中军不能动，如果车营掉转了霹雳车的方向，朝这边砸来的话，不用多，十辆车就足以造成严重威胁。想到这里，老兵急忙想大声向附近的同僚示警，这时候，一柄冰凉的匕首从他咽喉轻快地划过。老兵瞪大了眼睛，口中发出呵呵的声音，身躯扑倒在地。他临死前的最后一眼，瞳孔中映入他年轻同伴捂着喉咙倒地的模样。

士兵默默收起匕首，把这两具尸首扶起来靠在辕门两侧，将长矛塞回手里，然后走进门内。周围人影杂乱，呼喊声此起彼伏，没人注意到这里的异状。

几乎就在同一时间，一名曹军士兵放下草叉，离开中军营地旁的草场，在他身后的草料垛里，殷红的鲜血缓缓流出；一名书吏掀开帐帘，手里抓着几根计数的算筹，脸上挂着一副熬夜工作的疲惫神色，他回头朝帐篷里深深地看了一眼，将帘子放下，悄无声

◎　239

息地离开；一名哨兵从暗哨位置离开，没有通知任何同僚；一名民夫从两辆马车之间爬起来，拍了拍头上的杂草；一位匠人拿起一把才被修复的强弓，粗粝的大手在刚刚绞紧的弓弦上来回拨弄；一名曲长脾气暴躁地把麾下所有人都赶到了中军营外围，命令他们去加强戒备，自己却留在了外围和中围之间，用手一掰，竟把木墙上一块虚钉的木板掰了下来，露出一个小小的缺口。

在七个不同的地方，七名曹军成员似乎同时从睡梦中惊醒，他们放下手中的工作，眼神淡漠，面无表情地开始了行动。他们的举动表面上是彼此独立的，可如果有一双眼睛可以俯瞰整个中军营的话，就会发现，七个人的行进路线连贯成了一枚锋利的钉子，狠狠地揳入了原本坚如磐石的中军大营外围。

钉子不断深入围障，沿途不断有曹军的岗哨在警觉前就被拔除。这些人既安静又狠辣，总是悄无声息之间施以杀手，手法干净利落。整个中营此时被霹雳车那一击打得头晕目眩，无论是中级军官还是下级士兵都不知所措，居然没人注意到这股奇异的异动。

钉子很快钻到了第二重围障。曲长已经在这里开辟了一条狭窄的小通道，其他六个人从这通道里鱼贯而入，与第七个人聚齐。他们彼此之间一句话都没说，同时从怀里掏出颜色一模一样的药丸吞下，简单地交流了一下眼神，然后继续前进。一直到这时候，卫兵们才意识到有一支敌方队伍已经渗透进来了。

如果是正面对抗的话，这七个人恐怕连两个小队都无法抵挡。但当他们如水银一样渗入曹军腠理，却成为无法拔除的猛毒。中围的守卫本来人数不少，但精锐被抽调一空，剩下的只是这两年征召来的新兵以及伤残老兵，说是乌合之众也不为过。更何况，刚才的霹雳车袭击让中营防线变得漏洞百出，给了这七个杀手可乘之机。

在进入中围以后，他们的行事风格陡然一变。按道理，杀手应该潜伏在夜色下，不到出手的一刻不让别人感觉到他的存在。而这七个人此时表现得更接近一群暴烈的刺客。他们对自己的行踪似乎不打算遮掩，敢于对任何阻挠的人痛下杀手。这简直就是七尊杀神，他们利用中营的木栅和迷宫般的防墙做掩护不断移动，所到之处腾起无数血雾。

在这七个人十分默契的分进合击之下，曹军的守卫被打蒙了，无法组织起哪怕一次有威胁的反击，任由这七支阴影里射出来的箭矢击穿一层又一层鲁缟，逐渐逼近曹军的心脏中枢。原本应该是整个官渡最安全的地方，却变成了一片血肉横飞的战场。

越接近内围，这些杀手的突击就越加暴烈而迅猛，速度对他们来说，比鲜血还珍贵。他们必须赶在曹军守军清醒过来之前穿过最后一道栅栏，击杀曹操。

但奇怪的事发生了，杀手们在内围和中围之间的辕门附近停住了脚步。辕门的门口停放着两辆虎车，还有阴冷的劲弩与长枪隐伏在墙后。那里是曹操最后的亲卫——许褚以及他麾下的虎卫。

杀手们没有急于进攻，而是围着中围绕了一个大大的圈，巧妙地穿过几处军场和望楼，来到整个中营后方的一处小门。这里是依照丘陵地势修的一条汲水之道，不过在水道两侧都挖有壕沟，还拓宽了路面，可以容两匹马以最快的速度直线通行。一切迹象都表明，这实际上是曹军大营的一个后门，一旦有什么紧急情况，营中的人可以从这里迅速离开。

而现在，显然就是这个紧急情况了。

当霹雳车的石块砸下来以后，整个中营将没有一处是安全地带。而许褚第一件会做的事情，就是掩护曹公脱离这个危险区域。也就是说，霹雳车这一招不光砸蒙了中营的防御体系，还把曹操从最安全的地方惊了出来。唯有如此，这七个杀手才有机会真正接近曹操，将杀意化为杀机。

小门忽然打开了，数十名虎卫冲了出来。他们在外面站成两个半月形的队形，占据了左右两翼。紧接着许褚和一辆单辄轻车冲了出来。在情况不明的战场，骑马是一件非常危险的事情，反而不如防护力更好的轻车。虎卫们看到轻车出现，迅速散开，背对着马车结成一个圈子，谨慎而快速地移动起来。

杀手们没有丝毫迟疑，在第一时间就发动了全力攻击。四个人化为四道黑影跃向马车，一名弓手将三支箭同时挂在弦上，激射而出——而另外两个人则扑向了许褚。

最先得手的是那名弓手，同时射出三箭虽然会降低准头，但狭窄的空间弥补了这一点缺憾。两名虎卫一下子被箭射中，翻身倒在地上。马车的防御圈登时出现了一个缺口。虎卫们的反应并不慢。在弓手射出箭以后，立刻有三四支短弩对准了他。弓手还没来得及发出第二箭，身体就被射穿。不过他的使命已经完成，那四名突击者不失时机地朝着缺口冲了过去。

两侧的虎卫试图移动过来填补空缺。突击者左右两人分别抽刀，奋不顾身地将他们阻住，中间的两人速度不减，继续朝着缺口冲去。

许褚发出一声震天的怒吼，他孔武有力的双臂像驱赶苍蝇一样奋力挥动着，可负责缠住他的那两个杀手同时从怀里抓出一把白色的粉末，朝他脸上扬去。这个近乎无赖的举动，让许褚更加愤怒，但他的双目却变得刺痛红肿。

借助同伴们用性命换来的机会，那两名杀手如闪电一般冲过缺口，接近轻车。他们手里的刀都是百炼而成，轻车薄薄的木板根本无法阻挡，而狭窄的车厢也保证车内之人不会有任何躲闪的空间。

就在刀刃接触到木板的一瞬间，一名虎卫不顾一切地扑了过来，徒手推开刀刃。他的双手被割得鲜血淋漓，但却成功地让两柄利刃偏离了目标。两名杀手毫不犹豫地退刀、突刺，直接刺中了虎卫毫无防备的肩头和后腰，让他的身体撞在车身上，又滚落在地，溅起两团血花。解决了这个意外之后，两名杀手又朝着轻车刺去，刀尖像刺豆腐一样刺入木板，然后发出轻轻一两声金属碰撞声。两名杀手的瞳孔立刻缩小，车厢里居然还衬了铁板！

这片刻的耽搁，足以致命。

来自数十名虎卫的凶暴刀光霎时间笼罩住这两名杀手，把他们的身体绞碎。

这时候，从许褚的方向传来一声惨叫。被白粉迷了眼睛的许褚就像一只中箭的野猪，只会变得更加危险。他揪住一名杀手的大腿，硬生生地撕开了半边。另外一名杀手终于面露惊恐，试图后退，却被许褚扼住脖子嘎巴一声捏断了颈椎。脑袋从侧面耷拉下来，显得既恐怖又滑稽。

上司的凶残，对虎卫们来说是一个最好的激励，对敌人却是一个巨大的打击。许褚手中那残缺不全的肢体，成了压在水牛背上的最后一个牧童。最后两名杀手意识到，刺杀曹操的机会永远错过了。他们的动作变得迟钝、灰心丧气，然后被虎卫抛出渔网活活困住。

战斗开始得仓促，结束得也很突然。只是短短十几息，七名杀手全数倒在了地上，还有同等数量的虎卫也变成了尸体。轻车安然无恙——不过围绕着轻车的防线并没解除，包括那名空手夺白刃的虎卫在内的十几名虎卫背靠车厢，继续警惕地注视着四周。

许褚从腰间拿出来一块布擦了擦眼睛，环顾四周，显然对这次的伤亡很不满意。只有当目光扫到那名年轻虎卫，他才露出赞赏的神色。这名虎卫此时受伤也不轻，双手鲜血淋漓，肩膀上和腰间的血洇痕迹不断扩大，但仍坚持守护着马车，身体挺得笔直。

许褚想开口说几句，却看到虎卫眼神里闪过一道戾光，转身拉开车门，举剑向里面刺去。车厢上皆镶嵌铁板，车门是唯一的漏洞。

这个变化让所有人都来不及反应，大家的注意力都放在外围，谁会想到，刚才还奋不顾身保护主公的近卫，居然会突然倒戈一击，突施杀手。

“扑哧”，利器刺入肉体的声音，传到在场每个人的耳中。

刘平站在袁军主帅帐内的正中央，承受着无数道眼光的注视。他微微闭上眼睛，甚至能体会到这些目光的不同意味：来自郭图的目光是惊讶多过惊喜；来自逢纪的目光是愤怒，但还掺杂了一点点不安；淳于琼充满好奇兴奋；许攸陷入了深深的思索；张郃、高览两个人则只是冷眼相对——至于袁绍本人，他端着酒杯，眼神缺乏焦点，似乎对这一切都提不起兴趣来。

刘平缓缓睁开眼睛，环顾四周，手指不自觉地在敲击着大腿外侧。他已经成功站在了这里，下一步要做的事情，就是选择一个突破口。这个选择，将关乎他的安危、整个官渡的战局，以及汉室未来的命运。

刘平离开邺城之后，很快就与那群士子分手了。卢毓和柳毅听了他的劝说，直接前往许都参加聚儒之议，而他则找了个借口脱离了大队伍。

邺城的经历告诉刘平，顺应大势趁机渔利也许是不错的策略，但对汉室来说太过消极了。如果想要在这一场复杂的弈棋中真正取得优势，他必须要更加彻底地贯彻自己的道，才能把命运掌握在手里。

他的道，是仁者之道。仁者是大爱，是悲天悯人，是对人性的信心。

而在这个乱世，充斥着许多比仁德更行之有效的选择。如此之多的诱惑之下，坚持仁道是一件极其困难且代价高昂的事，稍有不慎，便会迷失。仁者若要把持住自己的道，唯有一个选择。

刘平在选择去拯救士子的一刹那，就悟到了自己苦苦求索的答案。子曰："志士仁人，无求生以害仁，有杀身以成仁。"仁者不愿舍弃他人，那么唯有牺牲自己，以自己为代价来换取天下之安，方为大仁。

所以他决定不依靠任何人，放弃与曹丕、司马懿等人会合，孤身返回官渡，径直闯入袁绍大营，要求面见那位大汉王朝的大将军。

刘平宣称的理由很简单："我是汉室派来的绣衣使者。"

他初入官渡时，已经自称过是汉室的绣衣使者，并取得了不错的效果。那个时候的策略，是逐渐取得郭图、蚩先生与逢纪的信赖，利用他们的私心来影响布局。但因为刘平过于大意，几乎死在了逢纪的手里。

不过这次失利也并非全无好处，至少现在刘平知道该选择谁来突破了。

"元图兄，别来无恙？"刘平微笑道，向人群里的逢纪打了个招呼。

逢纪的脸色变得铁青，这张脸他怎么会不记得。这个自称绣衣使者的家伙为他提供了曹军的动向，结果他自作聪明，导致了文丑在延津的阵亡。逢纪本打算把他干掉灭口，却没料到他居然从白马逃了出去，如今还站在了大庭广众之下，向自己挑衅。

如今主公和冀州、颍川两派的人都支棱着耳朵，刘平只消吐露出真相，逢纪就完蛋了。袁绍会问你为何私藏汉室使者不报；冀州的人会质疑你手握情报，为何还让文丑战死，是不是故意为了打击政敌。无论哪一条罪名，都足以动摇逢纪在袁绍心目中的地位，让他一跌到底。

这就是逢纪当初决定杀刘平的原因。

刘平没有继续说什么，而是直视着逢纪。逢纪并不蠢，他从刘平的沉默中读出了对方的用意，只得勉强露出一个笑脸，微微一揖："刘老弟，别来无恙？"

听到他们的对话，袁绍抬起头，摇晃了一下酒杯："元图，你和这位使者以前认识？"刘平接口说道："在下曾与元图兄有一面之缘，那时候还想请他引荐在下给袁公您呢。"

袁绍眉头微微一皱，他注意到刘平一直用的称呼是袁公，而不是袁将军。后者是一种对上位者的尊重，前者却把自己摆在一个平等对谈的位置。这让袁绍有些不开心。

"有这等人才，元图你怎么没和我说起过？"

逢纪听出来了，刘平这是提出了交换的条件：刘平不会说出真相，而他则要全力游说袁绍相信刘平。逢纪在心里微微一叹，他没什么退路了，只得躬身道："主公明鉴，此人一直心系汉室，臣以为事幕府也罢，事汉室也罢，皆是为国家尽忠，并无分别，所以不曾举荐。"

他这一番话算是委婉地为刘平这个绣衣使者的身份担保，还捎带着又拍了一记马屁，让周围幕僚们心中都是一哂。

那一群人里，郭图的脸色是最不好看的。他明明是最早接触刘平的人，现在听起来却像逢纪和汉室使者打得火热。本来郭图的心情是很好的。此前在刘平的策动下，颜良、文丑先后被杀，逢纪也碰了一鼻子灰，冀州、南阳两派斗了个两败俱伤，然后刘平又恰到好处地失踪，颍川正迎来前所未有的机遇——偏偏这个时候，刘平却回来了。

"该死的，你现在冒出来做什么？"郭图恨恨地咬了下牙齿，意识到出现了变数。可他却不敢说什么，因为如果他站出来，袁绍一样会过问他窝藏汉室使者的事。他侧眼看了一眼淳于琼，发现他正好奇地东张西望，暗暗祈祷这老头子可不要突然发神经说出什么不该说的话。

袁绍端详了刘平半天，慢吞吞地问道："陛下有何谕令？"

刘平心中一松，逢纪的担保起了效果。袁绍果然消除怀疑，把他当成汉室的代言人来对待了。他立刻说道："陛下听闻将军南下勤王，不胜欣喜，特令我来犒军。"

袁绍道："绍乃是朝廷大将军，汉室有难，岂会坐视不理。我久有觐见之志，奈何陛下身旁奸佞丛生，孰忠孰奸，一时难以廓清，欲清君侧而不得啊。"刘平知道袁绍还是有点不放心，担心他是曹操派来耍计谋的。于是他正色道："纵然淤泥横塞，荷花一样高洁不染。汉室从来不缺忠臣，远有李膺，近有董承与将军。曹贼凶暴，人所共睹，谁会与他为伍！"说到这里，他猛然转身笑道，"元图兄和公则兄可为在下做证。"

逢纪早有了心理准备，立刻点头称是。郭图却没料到刘平把自己也扯下水来，一时又惊又怒。他最近过得已经很不顺心了，想不到刘平又要往上压一块石头。

袁绍眉毛一挑："公则，你也认识他？"郭图情急之下只得答道："是，从前略有交往，此人确非曹氏一党，是汉室忠臣。"他咬了咬牙，又补了一句，"此事我和蜚先生都知道。"其实他手里连天子亲自写的衣带诏都有，但不敢拿出来。

刘平先以绣衣使者的身份跟他们暗通款曲，如今突然现身袁绍身前，郭、逢二人心中有鬼，唯恐让其他派系抓住把柄，只能替刘平圆谎。当他们意见一致之时，多谋寡断的袁绍也就不难控制了——这就是刘平曾告诉曹丕的控虎之术。

刘平回头看了眼郭图，露出诡计得逞的笑容。虽然历经波折，但一切总算回到了最初的计划轨道中来了。不过郭图的反应，让刘平稍微有些诧异。除了懊丧、愤怒以外，他还感受到了几分无奈，似乎在郭图身上发生了什么事情。

郭图和逢纪的担保对袁绍产生了作用。他"嗯"了一声，转向刘平："使者不妨暂且在营中歇息，只待我在官渡歼灭阿瞒，就别遣一支轻骑去许都为陛下护驾。"

刘平注视着袁绍，发现他眯起的双眼闪过一丝狡黠。袁绍的意思很明显，汉室的目的不可能只是犒军，但他懒得说破。如今袁军局面大大占优，汉室只要老老实实等着被拯救就行了，其他念头想都不要想。

刘平也听出了这一层意思，身子未动，却伸出手臂虚空一拜，厉声道："汉室来此，可不是为了乞援！而是为了济军。"

周围的人都在发笑。汉室龟缩在许都动弹不得，还奢谈什么救人，简直就像一个乞丐要来赈济富翁一样可笑。刘平扫视一圈，看到许攸也在队列之中，不过他双手垂在身前，闭目养神，似乎对这一切都没兴趣——袁绍把他紧急召到官渡，不知是为了什么。

刘平暂且先把这个念头搁在旁边，冷笑道："曹贼狡黠，未可遽取。若是诸公还是这么掉以轻心，恐怕就要大难临头了！"他这一声大吼震得整个厅堂内嗡嗡作响，所有人都用异样的眼神望着他。除了田丰，可从来没人会在袁绍面前这么大声说话。

袁绍手掌摩挲着酒杯，眼神变得有些不善："即便你是绣衣使者，如此危言耸听，也是要治罪的。你倒说说看，我如何大难临头了？"

刘平夷然不惧，一字一句道："在下所言，绝非危言耸听。将军与曹公少时为友，应该深知此人谋略。如今他虽居劣势，但至今未露败象，兼有郭嘉、贾诩之谋。单凭河北兵马，恐怕难以卒胜。"

"你是说我不如孟德？"袁绍脸色有些难看。

刘平道："南北开战以来，颜良、文丑相继败北，曹氏虽然一退再退，却都是有备而走，慢慢把河北兵马拉进官渡这个大泥潭。这等行事，你们难道不觉得可疑吗？"高览忍不住高声驳道："我军一路势如破竹，如今白马、延津、乌巢等要津皆已为我所据，这难道还成了败因？实在荒唐！"

刘平一指袁绍背后那面兽皮大地图："曹氏将乌巢让给你们，根本就没安好心。这里貌似安全，却背靠一片大泽，无法设防周全。曹军此前故意在西线纠缠不休，又故意败退，就是要你们产生这里已经很安全的错觉，把粮草屯到乌巢。时机一到，他们就会偏师穿过乌巢大泽，发动突袭，毕其功于一役——这，难道还不是大难临头吗？"

周围一下子变得特别安静，高览忍不住问："你是怎么知道的？"刘平轻蔑地抬手道："在下刚才说了，纵然淤泥横塞，总有荷花破淤而出，高洁不染。在许都和官渡，有许多忠直之士时刻等待着为陛下尽忠。所以唯有里应外合，才是取胜之道。"

听到刘平这句话，袁绍仰天长笑，笑得酒杯里的酒都洒出去，好像听到什么特别可笑的事："陛下操劳国事，这些小事就不必让他操心了。也罢，陛下既然肯派人到此，费了这么多唇舌，我若不露些诚意，反而显得河北小气。"

刘平见袁绍居然面色如常，隐隐觉得有些不对劲。这个乌巢之计，是临行前郭嘉告诉他的，他原来指望能够一锤定音，赢得对方信赖，可如今袁绍却置若罔闻，到底是他早已知晓，还是另有安排……

袁绍看到刘平面上阴晴不定，很是享受这种尴尬。他打了个响指，一辆木轮小车被军士隆隆地从后堂推了出来。车上坐着一人，白布裹身，只露出一只血红色的眼睛，正是蜚先生。而他进了厅堂之后，整个屋子的温度陡然下降了不少。

刘平一下子全明白了。

蜚先生原本是跟郭图结盟，暗中打击冀州、南阳两派。现在看来，蜚先生如今羽翼丰满，所以甩开了郭图直接去攀附袁绍。颍川派失此强援，难怪郭图一点好脸色也没有了。

大部分幕僚见蜚先生出现，纷纷起身告辞，逢纪和郭图都想留下，两个人差点撞到一起，只得狠狠对视一眼，拂袖离开。许攸也随大众离开，临走前淡淡地扫了一眼刘平，却什么也没说。

很快屋子里只剩下袁绍、刘平和蜚先生。

刘平的手指飞速敲击着大腿外侧，心中起伏不定。

蜚先生轻易不肯离开他的东山巢穴，现在他居然跑到袁绍的大帐内，这只能说明一件事，袁绍军正在筹备什么重大事情。而这个"重大事情"，是袁绍如此淡定的根源所在。

这次两人再度会面，蚩先生咧开嘴嘶声笑道："先生你如今才来，只怕只能吃些残羹冷炙了。"

刘平知道他指的是什么。蚩先生此前跟刘平有过约定，让颍川派与汉室联手一起斗郭嘉。可惜这个计划因为逄纪而夭折。如今蚩先生来了这么一句，自然是说汉室再没什么利用价值了。

刘平控制着表情："听起来，蚩先生你胸有成竹啊。"

蚩先生抬起右臂，虚空一抓："天罗地网，已然罩向曹阿瞒与郭奉孝。这一次大势在我这边，郭嘉再智计百出，也没有翻身余地了。"

"哦？"刘平发出一声嗤笑，胆敢宣称超过郭嘉，这需要何等的勇气。袁绍把杯中酒一饮而尽，同情地看了眼刘平："郭嘉的神话传颂得太久了，到了该被人终结的时候。你不知道蚩先生的来历，有这种错觉也不奇怪。"

袁绍懒洋洋地指了指刘平："这位是汉室的绣衣使者，有些话但说无妨。"

蚩先生在木车上艰难地鞠了一躬，然后对刘平道："你到了这里，是否感觉到和从前有何不同？"

刘平道："似乎战事比从前激烈许多。"

蚩先生凑近刘平，他脸上的脓包比上次见到的还要严重，黄绿色的可疑液体随处可见："你错了，不是激烈许多，是前所未有地激烈。这次进攻，我军是全线出击，从每一段防线对曹军进行压迫。听清楚了吗？每一段，没有例外！"

"这确实，但如果凭这种进攻就能让曹军屈服，那么他早就败给吕布了。"刘平冷冷道。

袁绍笑了，蚩先生也发出干瘪的笑声，似乎对他的无知很同情。

"王越你是知道的吧？"蚩先生突然毫无来由地问了一句。刘平有些莫名其妙，只得回答道："是的，虎贲王越嘛，天下第一用剑高手。"

"王越前一阵在乌巢剿灭曹军的时候，意外地遭遇了许褚的虎卫。结果他回来告诉我，发现了一件奇妙的事情——他的弟子，也是你那位小朋友魏文的随从徐他，居然出现在虎卫的队伍里。"

一听到这个名字，刘平眼角抽动了一下。

这可真是个意外的转折。

当初在郭图帐下，徐他要挟曹丕和刘平，让他们把自己送到曹操身边。恰好郭嘉（实际上是贾诩）要求刘平在延津之战做出配合。于是，曹丕便顺水推舟，把徐他送入战场。曹丕知道徐他不识字，便为他准备了一份竹简。竹简的前一部分是告诉徐晃，此人在延津有大用；而结尾部分还留了一个尾巴，提示徐晃此人非常危险，务必在得手后第一时间干掉。

可刘平无论如何也想不到，那份竹简末尾至关重要的暗示，居然被徐晃忽略了。徐他就这么阴错阳差地进了曹营，居然还混成了虎卫亲卫。

蚩先生道："我不知道这是不是汉室计划的一部分，不过对我们来说，这是件好事，于是我们决定配合一下他。"

刘平似乎摸到了一抹灵感，他恍然道："你们尽起三军，就是为了把曹军主力吸引在前线？"

"不止如此。我们还动用了一直隐藏在曹军阵营里的几枚棋子。这些棋子也许不足以杀掉曹阿瞒，但足以对他构成威胁，给徐他创造机会。谁能想到，最后的杀着，是来自忠心耿耿的近卫呢？"

刘平倒吸一口凉气，袁军动员了数万人以及几枚极为珍贵的暗棋，居然只是为了给一个人做铺垫，手笔实在惊人。

袁绍握着酒杯，发出感慨："阿瞒这人一向警觉，当初为了点误会，就杀了吕伯奢一家十几口人。可没想到有一天，他还是要死在这上面。"

"这一切，都要归功于你那个小朋友魏文哪。"蚩先生得意扬扬地说，"等到许都平定，记得提醒我请主公给他们魏家褒美一番。"

刘平的嘴唇翘起一个微妙的弧度，跟着蚩先生的语调喃喃道："是啊，都要归功于魏文。"

中营后门的意外惊变，让包括许褚在内的所有人都陷入石化。他们眼睁睁看着徐他的剑刺入车门，听到金属利器刺入血肉的声音。

但更令他们惊骇的是，这个声音传来的位置不是车内，而是徐他的胸膛。

就在徐他出手的一瞬间，从车厢里伸出另外一把剑。徐他的手不知为何颤抖了一下，硬生生刹住了去势，结果那把剑却毫不留情地刺穿了他胸膛上的疤痕，进入身体。

徐他瞪大了眼睛，望着车内。车内狭窄的空间里，盘坐着一个少年。少年脸上满是戾气，握剑的方式与徐他惊人地相似。

"主……主人？"徐他勉强发出声音，他的身体开始大幅颤抖。

"徐他，别来无恙。"

曹丕脸上闪过一丝快意，又闪过一丝迟疑，他手腕一动，"唰"地把剑抽出来，血如喷泉般地涌出徐他的胸膛。徐他缓缓低下头，注视伤口，忽然想起来，当年在徐州曹军的矛手也是捅在了相同的位置。

一种陈旧而清晰的哀伤涌上他的心头，仿佛一个长久的梦终于醒来。徐他手里的剑慢慢低垂，终于"当啷"一声落在地上。曹丕走出车厢，站到了徐他的面前，凛声道："这一剑，我本来是要送给王越的，你是他的弟子，替他受一剑也是应该的。"他忽然又叹了口气，"可史阿救过我的命，我没什么能报答他的，只好给你一个速死。"

　　徐他的眼神亮了一下，旋即又暗淡了下去，嘴里反复发着一个音："徐……徐……"曹丕知道他要说什么，平静地说道："我会禀明父亲，对徐州良加抚恤，作为补偿，你可以放心去了。"

　　徐他试图抬起手臂，上面的伤痕是他对魏文的血肉之誓。曹丕不知道他这个举动是什么意思，是责问？是不甘？还是临终前的感谢？还没等他弄明白，徐他原本木然的眼神忽变得温柔起来，他喃喃道："母亲……"身体向后倒去，整个人倒在了泥土之中，不再起来。

　　这个本该在六年前就死在徐州的人，终于还是死在了曹氏手里。曹丕看着徐他的尸体，殊无快意。他本来以为手刃王越的弟子，应该能缓解自己的梦魇，可他发现心中的戾气没有丝毫减少，反而多了几丝淡淡的惆怅。

　　"希望九泉之下你们一家人可以团聚。"

　　曹丕在心里默默祝福道。他人生中头两个为他立下血肉之誓的人，一个为他而死，一个因他而死。这绝不是什么开心的体验。

　　曹丕放下剑，向四周看去。他忽然闻到一种古怪的味道，不由得耸耸鼻子，多吸了一口。虎卫们也闻到了同样的味道，但很快大家都觉得不对劲了，因为所有人都开始头晕目眩。曹丕就因为多吸了那一口，突然失去平衡，一头栽倒在地……

　　等到曹丕再度醒来的时候，他已经躺在了一张绵软的木榻之上。这木榻应该是女人用的，还熏了香料，用锦缎铺床，旁边还挂了几串璎珞。一名仆人见他醒来，连忙端来一碗药汤。这药汤极苦，曹丕捏着鼻子一饮而尽，胃里翻腾不已，"哇"的一声吐了一地黄水。

　　"吐出来就没事了。"

　　一个人掀帘走进帐内。曹丕抬头一看，居然是郭嘉。郭嘉仍是那一脸病态的苍白，眉眼之间的细密皱纹多了不少，唯有那双眸子依然精光四射，散出无限的活力。

　　"这是哪里？"曹丕虚弱地问，头还是有些发晕。

　　"你在我女人的帐篷里，这是她的床榻，比较软，躺起来舒服些。"郭嘉捏着下巴，笑眯眯地端详着曹丕。曹丕心里有点发寒，连忙在床上摆正了姿势。

　　"到底发生了什么事？"

郭嘉挠挠头，面露惭色："你中了一种叫作惊坟鬼的毒药。这种毒药很歹毒，要先被人服食，服食者一切举止如常，但一旦他们生机断绝，药力便会从肌体弥散而出，闻者皆会中毒——我竟然忘了这点，差点害死二公子，这都是我的过错啊。"

曹丕是今天早上回归曹营的，他一回来，先打听徐他的事。结果他惊讶地发现，徐他居然没有按照计划被处死，反而混进了亲卫。他请求郭嘉马上动手，但郭嘉却打算借徐他诱出蕫先生藏在曹营的所有暗桩，一举拔除。这个行动非常隐秘，除了曹公本人以外，只有郭嘉和曹丕知情，连许褚都不知道。曹丕坚持要参加这次行动，于是就由他代替自己父亲坐进车厢，亲手杀死徐他。

如果不是有惊坟鬼出现的话，这本来是一个完美的诱杀行动。

"就是说，那些刺客事先都服下了惊坟鬼，就算战死，也会触发药力把周围的人牵连进来喽？"曹丕问。

"不错。"

曹丕暗暗心惊，这些刺客的手段竟然决绝到了这地步，连自己的尸体都不放过。

"其他中毒的人呢？"

"都死了。"郭嘉很干脆地说道，"这毒药整个曹营只有我能配出解药，所以就把你接过来亲自调理了。但解药的原料只够救活你一个人——哦，对了，幸存下来的还有一个许校尉，他的体质太强壮了，吸入的毒药又很少。"

曹丕露出担忧的神色，郭嘉拍拍他的肩膀："放心吧，你身上的毒拔除得很干净，只要以后每年让我调理一下，坚持五年就没事了。"曹丕更紧张了："如果不坚持调理会怎样？"郭嘉道："大概活不过四十吧——不过没什么好担心的，别看我病恹恹的，五年总坚持得了。"

说完郭嘉哈哈大笑，曹丕不愿意让人笑自己胆小，便把话题岔开道："你怎么会对这毒药知道得如此详细？"

郭嘉下巴微抬，露出自矜的神色："因为惊坟鬼正是我在华佗老师那里发明的。"曹丕大吃一惊，郭嘉道，"华佗老师有个规矩，每个出师之徒，都得发明一样药物，要么是治病的，要么是下毒的。这惊坟鬼就是我的出师之作，得了个上上的好评呢。"

曹丕一下想起了董承。董承意外惨死的事，他也略有耳闻。如今听郭嘉这么一说，他确定就是郭嘉给董承吃了延时毒发的药物。一想到这家伙已经够聪明的了，还玩得一手好毒，曹丕明白为何世人都怕他怕得要命。

"真是辛苦你了。"曹丕由衷地赞叹道。他看到郭嘉的眼睛里渗着血丝，面色浮着一层不健康的潮红，知道他这一段时间当真是殚精竭虑。官渡十几万大军的调遣与对抗，得花多少精力去考量，他居然还有余裕来顾及曹丕。全天下除了他，恐怕没人能这么长袖善舞、举重若轻。

郭嘉知道曹丕的心意，他不以为然地捏了捏太阳穴："袁绍已经退了，接下来可以稍微喘口气。等到官渡打完，我得好好歇歇，这些天我可是连女人都顾不上碰。"他虽说得轻松，那一抹疲惫却是无法遮掩。

听到女人二字，曹丕神色一黯："任姐姐的事……"

"你回头告诉靖安曹的人她埋骨的具体位置，我会把她接回来。"

曹丕看到郭嘉神色没什么变化，忍不住开口责问道："任姐姐的死，你一点都不伤心吗？"

郭嘉看了眼曹丕："她是个好女人，我对她的事很遗憾，她的遗愿，我会尽力去完成。"

"仅仅只是这样吗……"

还没等曹丕说完，帐外有人来报："祭酒大人，两名刺客已经带到。"郭嘉挥挥手道："我马上就去。"然后对曹丕道："二公子，我去见两位同学，你且安心休养。"

"同学？"曹丕疑惑道，刚才明明说的是刺客，怎么会变成同学？

郭嘉眨眨眼睛，像少年般地兴奋道："咱们不是活捉了两名刺客吗？事先服用了惊坟鬼的人，再闻到那味道就不会有效果了，所以他们都活了下来——这两个恰好都是我的同学。"

郭嘉的同学，却变成了潜入曹营的刺客。这其中曲折，让曹丕有些头晕。更让他觉得诧异的是，郭嘉在听到这个消息以后，整个人的气质都发生了微妙的改变。郭嘉在曹营的形象一向是放浪形骸，而此时的他，全身却洋溢着一种年轻人特有的青涩活力。

不知为何，曹丕脑子里想到的，是孔子那句描述："暮春者，春服既成，冠者五六人，童子六七人，浴乎沂，风乎舞雩，咏而归。"

曹丕闭上眼睛，他大概明白，为什么任红昌在临终前只字未提郭嘉了。

郭嘉告别曹丕以后，走到中军营中的一处隐帐内。此时里面已经有两个人在，他们都是被五花大绑着。这两个人一高一矮，一个是民夫装扮，手上隆起厚厚的茧子；还有一个是书吏模样，皮肤阴白。他们见到郭嘉以后，都露出怒色。

郭嘉见到他们很是高兴："丹丘生，岑夫子，想不到这次是你们两个来。"

丹丘生一扬脖子："反正今日落到你手里，杀剐随便！"岑夫子也是怒哼一声，似是对他怀着深仇大恨。郭嘉望着他们，眼神却变得很温和，与平时的锐利大不相同：

"咱们得有好多年没见着了吧？"

岑夫子大声道："你这是干吗？羞辱我们？"郭嘉却对他们的怒火恍若未闻，围着他们左看右看："你个头倒是没长，丹丘生可瘦了不少。"

郭嘉的言谈举止，是那种见到多年未见的故友的欣喜。对于这种奇异态度，丹丘生和岑夫子对视一眼，都不知该怎么应对。郭嘉索性盘腿坐在地上，以拳支住下巴，仰望着他们两个，眼神无限怀旧。

"丹丘生，你还记得吗？当年老师家旁的李子树熟了，咱们几个去偷摘，最后被邻居一路追着打。好在事先把李子都藏到华丹的裙兜里去了，不然白挨了一顿。

"岑夫子，你知道你这个外号的来历吗？我告诉你吧，那是华丹起的。她觉得你这人行事慢慢悠悠，面相又显老，像个老夫子似的，就偷偷起了这么个外号。起完以后，她又不肯承认，非把黑锅扣到我头上，哎呀哎呀，真拿她没办法……

"也不知道老师现在对头风病研究得怎么样了，华丹以前就有这毛病。我记得她每次背药谱的时候都会犯——那药谱还是丹丘生你抄的哪，笔迹很烂啊，你最近有没有练字？可不要再被华丹嘲笑了。"

郭嘉对着他们两个，絮絮叨叨地说着陈年琐事，垂着头用指头在沙土地上随意勾画着，完全沉浸在回忆之中。说了半天，丹丘生听得实在不耐烦了，发出一声雷霆怒吼："郭奉孝！你还有脸提华丹，若不是因为你，她怎么会死！她若不死，我们又怎么会被师父阉……"最后一个词他终究没有说出口。

郭嘉似乎一下子从梦中被惊醒，他缓缓抬起头来。丹丘生和岑夫子一下子都说不出来话，刚才还意气风发的郭嘉居然已经泪流满面。那个谈笑间可退百万大军的浪荡子，现在像个小孩子一样坐在地上哭了。

郭嘉的哭泣无声无息，只能听到泪水滴落在地上的声音。丹丘生和岑夫子发现，在他面前的沙土地上，不知何时多了一幅女子的画像。这画像是用指头勾勒而成，寥寥几笔，却准确地捕捉到了女子的神韵，描绘出了那灿烂如朝阳般的笑靥。任何人看到这画像，都会油然生出感慨：作画者一定是时时把她放在心上，时时念着，才会描摹得如此传神。

一时间丹丘生和岑夫子面面相觑，不知是该出口劝慰，还是破口大骂。郭嘉把身子向后靠去，软软靠在一根支柱上，任凭泪水流淌不去擦拭。他的脸一瞬间老了许多，仿佛这些天积累的疲惫一下子乘虚而入，打碎了他从容的外壳。

帐篷里一片寂然，过了许久，郭嘉才如梦初醒，淡淡说道：

"这些年来，一共有十六个同学先后来刺杀我。我每次都能擒获他们，却一个都没杀，反而任其离开，哪怕他们会卷土重来我都不在乎——你们可知道为什么？"

"哼，你内心有愧！"丹丘生道。

"不！是因为我舍不得！"

郭嘉站起身来，谨慎地后退，唯恐把沙画弄乱："你们每一个人的经历里，都有华丹的影子。每次你们前来刺杀我，都能唤醒我关于华丹的一段记忆。如果把你们赶尽杀绝，我岂不是再也见不到她了？"

丹丘生和岑夫子一阵愕然，他们无论如何也没想过，郭嘉的理由居然是这个。

"如果不是你们时常出现在我面前，满脸怨毒地叫嚷着要复仇，我怕我真的会忘掉她。"郭嘉的视线越过两人的肩头，望向虚空。他的身影，显露出前所未有的孤独。

岑夫子"呸"了一声："说得好听！既然如此，你为何要做那等禽兽之事！"

郭嘉微微一抽搐，似乎被刺伤，神情旋即又恢复过来，冷冷道："我和她的事情，不需要你来评价。我对你们，可从来没什么愧疚。你们怨毒越深，我见到华丹的机会就越多。"

"你！"

丹丘生和岑夫子目眦欲裂，拼命挣脱绳索要过来拼命。郭嘉微微一笑，一脚踏在沙地上用力一抹，只是一瞬间，女人的画像消失了，刚才那个哀伤的郭嘉也消失了，取而代之的是世人所熟悉的那个郭嘉——从容、睿智，而且有着看透一切的锐利目光。

"是蜚先生让你们来的？"

"只要能杀死你，就算是做猪做狗，我们也心甘情愿。"岑夫子嚷道。

"你们既然潜伏在曹营这么久，接近我的机会很多，为何到现在才动手？而且还是针对曹公而不是我。"

"只是杀死你远远不够解恨，我要杀死你效忠的主君，看着你的事业一点点坍塌！"岑夫子豁出去了，肆无忌惮地大叫，"我们投奔了蜚先生，因为他答应会给我们一个完美的复仇！"

他的声音震得帐篷都微微发抖，而郭嘉却只是轻蔑地笑了笑："完美的复仇？在我郭奉孝面前，你们只能在失败和屈辱的失败之间选择。"他说得无比自信，也无比骄傲，熊熊的战意从这个弱不禁风的男人身上燃烧起来。

"华丹是我的逆鳞。他既然拿你们来做刺客，说明他已做好了承受我怒火的准备。"说到这里，郭嘉的手臂高抬伸直，食指直指北方的某一个方向。

"蜚先生……不，也许我该称呼你的本名——戏志才，就让我们在乌巢做一个了断吧。"

入夜以后，持续了整整一天的残酷战事终于结束了，双方像两匹筋疲力尽的野兽，无可奈何地退回自己的巢穴，舔舐伤口。空气里飘浮着刺鼻的血腥味，许多没来得及收殓的尸体还横在军营内外，不时还有垂死的士兵发出惨呼，却没人敢上前帮他，因为不知什么时候，敌人就会从黑暗中射出一箭。

在一辆残破的霹雳车旁，杨修捡起一块断木研究了一下，然后摇摇头，扔回到地上。这时候，一个声音从他身后的黑暗中传来：

"史阿死了，徐他也死了。我的弟子为了汉室，可是死得干干净净。"

一个老人的声音从黑暗中传出来，语气里有些伤感。杨修却毫不动容，冷冷地说道："自作主张就是这种下场。如果徐他肯事先跟我说一声，我们可以取得比现在好百倍的结果。"

凛冽的杀意从他身后传来，杨修却浑不在意，挑衅似的回过头去："说起来，为何你没参与这次刺杀？"

对方沉默了一下，回答道："这是徐他的复仇，我不能参与。每个人都有自己坚持的尊严。"杨修不以为然地抚弄着手里的骰子："既然你不下注，又何必纠结铺上的输赢。"黑暗中半天没有声音，似乎离去，又似乎哑口无言。

杨修忽然开口道："你可知道徐他为何失败？这事与你倒也有些渊源。"

"哦？"

"今天早上，曹丕——就是差点被你杀掉的那个孩子——从北边回来了，正好从这个营盘进来。我和张绣立刻将他送去中军营。据说就是他指认出徐他的身份，导致整个刺杀行动功亏一篑。"

"哦，那个小孩子啊。"王越在阴影里发出惊叹，随即呵呵一笑，"我当初见到他，就觉得此子不凡，想不到竟如此有胆识。"

"呵呵，后悔当初没在剑上多使一分力了吧？"

"哼，如果不是徐福听你父亲的要求搅局，我已经得手了，哪里还有后面这么多事。"

杨修听到"父亲"二字，嘴角抽动一下："老一辈人有老一辈人的做法，我们这一辈有我们这一辈的责任——对老年人保持尊重，敬而远之就是。"他不愿在这个话题上过多探讨，立刻转开，"你来曹营，恐怕不是凭吊弟子这么简单吧？"

"蚩先生让我来查明，那个叫刘平的汉室使者到底在哪里，自从白马城后他就失踪了，你一定清楚。"王越这时候还不知道刘平已经在袁营现身。

杨修沉吟起来。他和刘平的联系也已经中断很久了，就连徐福都找不到他。一直到曹丕今天早晨的回归，才让杨修重新看到希望——尽管曹丕立刻被接进中军，杨修没机会去询问，但他猜测刘平应该也不远了。不过这些事没有必要跟王越说，对方有求于己，正是开价钱的大好机会。

"你们想知道刘平的下落，很简单。我要你去做一件事。事成以后，我会告诉你。"

杨修忽然想到了一个绝妙的主意，不由得兴奋起来，抛动骰子的速度加快了几分。

王越冷哼一声，非常不满："你可要想清楚，你们杨家的情分，只够让我再做一件事而已。"

"一件事就一件事。此事若成，以后就不必再烦你什么了。"杨修的语气有些不耐烦。

王越在黑暗中狐疑地看了他一眼："先旨声明，刺杀曹操或者郭嘉就别想了，他们的防卫现在太过森严，我没送死的兴趣。"

杨修道："不，我要你去杀的，是另外一个人。"

"谁？"

杨修两只细眼一睁，迸出一道寒光："贾诩贾文和——那是一个病弱老头子，对你来说总不是件难事吧？"

王越没有立刻回答。贾诩的名声他也知道，一个百病缠身却活到现在的老家伙；一个连郭嘉都不愿意轻易招惹的老毒物，他的身上永远笼罩着一层雾霭，教人无法看清楚。对付这种人，即使是王越也要三思而后行。

"你确定杀死他，对你会有帮助？"王越反问。

"总要赌上一赌。"杨修说。

杨修现在一门心思要从张绣口中探出那个宛城的秘密，而贾诩是张绣敞开心扉的最大阻碍。只要他一死，张绣在曹营最大的依靠就没了，那个家伙将别无选择，只能对杨修坦承。

让王越去杀，可谓是一本万利。胜了，汉室这方便可少一个可怕的对手；就算失败，刺杀者也是王越，他如今是蜚先生那边的人，跟杨家没任何关系。

杨修见王越还有些迟疑，又不急不忙抛出一句："蜚先生动用了这么多资源，结果还是刺杀失败。如果你能带回一位名士的人头，想必他在袁绍那边的压力也会小一些。"

王越终于被说动了，答应下来。杨修不由得呵呵笑了起来："听说你在乌巢那边搞得风生水起，我还不信。如今看来，你果然对蜚先生是尽心竭力啊。"

他半是讥讽半是试探，王越却未动怒，只是冷冷道："他有为我弟弟报仇的能力，你们呢？"

杨修没回答，当然，王越也没指望从这只小狐狸这里得到什么答案。

黑暗恢复了平静，隐藏其中的人影不知何时离开了。杨修在霹雳车旁伫立了一阵，喊了一句"徐福"，往常徐福会在第一时间做出反应，可这次却没有。杨修愣怔一下，又喊了一句，四周仍是寂静无声。

"哼，一定是又被郭嘉使唤出去了。"杨修厌恶地耸耸鼻子，"算了，反正叫来也只是听我爹的命令。王越也是，徐福也是，整天念叨什么杨家情分，杨家情分，好像所有的事都是我爹恩赐给我的。老一辈的家伙，都是这么古板。他们可不知道，自己已经过时了。"

杨修自言自语把骰子收好，一脚踢在霹雳车的残架上，几乎把整个架子踢垮。他也不伸手去扶，转身径直离开，没人能看清他的表情。

与杨修相见之后，王越在曹营里又潜伏了一阵，终于摸清楚了贾诩的居所。这个老头子很懂养生之道，每天作息时间都是固定的，比郭嘉要悠闲多了。他身边的护卫虽多，但那些护卫都有些心不在焉，似乎都不大喜欢这个老头子。

王越观察了许久，决定把动手的时间定在酉戌之交，因为他发现贾诩这个时候都会独自在帐篷里熬一种药，那药的味道非常古怪，周围的卫兵避之不及。于是他耐心地伏在一处距离营帐不远的柴火堆里，等待着夜幕的降临。

当营内梆子敲过四下以后，王越慢慢从隐蔽处伸展开身体，悄无声息地接近贾诩的住所。果然，那一股药味准时弥漫而出，卫兵们捂着鼻子极力忍受，根本没心思警戒四周。王越一步一挪，如同一条蛇一样慢慢靠近帐篷。当他的双手已经可以碰到篷布之时，忽然停住了脚步，眉毛不期然地竖了起来。

怎么这个时候还有访客？

他看到一个人走了过来，身边还跟着十几名护卫。这人的身影颇为熟悉，可光线太暗，王越看不大清楚。这人走到帐篷前十步的地方，毕恭毕敬道："请问贾将军可曾歇息？"访客声音稚嫩，应该还是个孩子。

"哦，曹家的二公子啊，什么风把你给吹过来了？"贾诩的声音从帐篷里飘了出来。曹丕也闻到那股异味，但他只是用指头轻快地在鼻前一挥，就放下了。

"漏夜至此，想请教您些问题。"曹丕恭敬地说道，语气却强硬得很。

帐篷里的声音道："只要不介意小老的这些药味，就请进来吧。"

曹丕得了许可，往前走了几步，又左右看了眼，皱眉道："你们都站远些，不许靠近这帐子三十步。"那些卫兵还要坚持，可曹丕自从回归曹营以后，威势大增，只是淡淡地哼了一声，卫兵们就乖乖退开了。

王越心中一喜，曹丕这时候来，倒是帮了自己一个大忙。他的位置是在背光处，十分隐秘，那些卫兵退开三十步，几乎不可能发现他。于是他挑选了一个好位置，紧贴在帐篷外围，摸出短刀，轻轻在牛皮质地的帐面上划了一个口，朝里望去。

身为当世大侠，王越本来更喜欢光明正大的厮杀，而不是这样鸡鸣狗盗的宵小所为。但他深深知道，两军对垒，与十几个游侠对刺完全是两回事。在战场和敌营之中，任你个人能耐再大，稍有不慎也会万劫不复。

两个人的声音从帐篷的缝隙里传出来，清晰地传入王越的耳朵里。

先是贾诩的声音，不疾不徐，夹杂着些许咳嗽："夜寒露重，二公子可要小心身体，不要让寒气入体啊。"

"多谢贾将军关心。"这是曹丕的声音，很礼貌，但明显心不在焉。

简单的寒暄过后，曹丕立刻迫不及待地问道："贾将军，我今日来此，是有件事要问你。"

"但说不妨。"

"宛城之战，究竟是怎么回事？在下绝非是来报仇，只是想弄清楚。"

帐篷里突然没了声音。王越一瞬间几乎以为里面没人了，他把眼睛凑到缝隙处，看到帐篷里烛光摇动，暗灰色的陶药瓮咕嘟嘟地冒着热气。贾诩佝偻着身躯背对自己，而曹丕则站在他面前，瞪大了眼睛，双拳紧握。

"今日您不说出真相，我是不会离开这顶帐子的！"曹丕的声调突然提高。

"二公子，当日各为其主罢了，又何必翻出旧账呢？"

贾诩的语气里全是无奈，他似乎无法承受曹丕的锋芒，向后退了退。曹丕不肯相让，踏步逼前，从腰间抽出一把剑，竟是要逼迫这位曹营炙手可热的重臣。

"您若不说，我就杀了您为我大哥报仇，再去向父亲请罪！"

曹丕手执长剑，脖颈处青筋暴起，如怒龙腾渊，整个人为一股戾气所笼罩。王越在外头窥视，不觉暗暗点头。此子果然是王氏快剑的好苗子，多日不见，他比在许都时可更成熟了。

贾诩几乎退无可退，突然爆发出一阵剧烈的咳嗽，咳得让人怀疑肝都吐出来了。曹丕却毫不同情，只是冷冷地盯着他。贾诩好不容易咳完了，沙哑着嗓子道："容老夫喝些药汤……"

"不说个明白，别想吃药！"

曹丕用长剑一挑，那小药瓮被他挑到半空，画出一条弧线，恰好朝着王越藏匿的位置砸来。那小瓮已被烧得滚烫，若被砸中，就算隔着帐布也会被烫个好歹，可如果闪身躲避，说不定会露了行藏。王越心中犹豫了一下，打算屏气凝神，向右边小小地避让半分。

可突然间，多年沙场历练出的直觉告诉他，事情不对！

他心念电转之间一咬牙，身形不动，硬是用左臂捱了药瓮一下，登时如万针攒肉。与此同时，"唰"的一声，一道锋锐直直劈开了王越右边的帐布。如果王越向右躲闪的话，那么势必会被这一剑活活劈中。

王越暗叫好险，身形疾退。那剑一劈未中，又追着王越刺了过来，迅如雷电，尽得王氏真传。王越到底是一代宗师，稍微拉开点距离，立刻恢复了从容。他手中铁剑微微一点那剑身，逼它偏离几分，然后问道："你的剑法是跟谁学的？"

　　听到这个声音，曹丕手中的长剑一顿，惊骇莫名，招法登时散乱起来。这声音曹丕太熟悉了，它已经在每天的梦魇中回荡了无数遍，几乎是烙入记忆。是那个几乎把自己置于死地的王越，一切梦魇的根源。

　　曹丕方才刚进帐篷与贾诩没谈几句，贾诩就蘸着水在地上写了几个字，告诉他有人在外头窥视。曹丕一边假意与贾诩吵翻，一边拔出剑来，挑起药瓮来个声东击西，趁偷窥者躲闪时一剑毙命。曹丕万万没想到，在帐外偷听的人，居然是他。

　　"啊啊！"曹丕目如赤火，挺剑又刺去，满腔的仇恨霎时宣泄而出。别的场合，他都可以保持镇定，唯独见到王越时，他的理智之堤就会被怒洪冲垮，一泻千里。

　　可惜曹丕虽然剑意凛然，毕竟火候未到。王越虽然左臂不能运转自如，但右臂足以轻松地夺回先机。不过王越此时并不急着杀他，只是一招招地缠斗，面色逐渐阴沉下来。

　　因为他从曹丕的剑法里，想起了一件事。

　　杨修说过，曹丕是从北边回来的，举发了徐他的真实身份。此时王越看到曹丕的剑法，立刻想到，这两个人之间一定大有渊源。可是，这几年徐他和史阿大部分时间在东山效力，又怎么会和曹操的宝贝儿子扯上关系呢？

　　王越忽然想起来，蓬先生曾经说过，史、徐二人此前被两个来到袁营的人讨去做随从，然后徐他失踪，而那两个人随后在白马之乱中也不见了，史阿还为了掩护他们而死。

　　关于那两个人的身份，蓬先生没有多谈，只说是汉室来的使者。但综合目前的情况来看，毫无疑问，曹丕应该就是其中一个。他肯定是改换了名字，在袁绍营里认识了徐他、史阿，还学到了王氏剑法的精髓，然后回来揭穿了徐他的身份。

　　也就是说，汉室的那两个使者，其中一个是曹操的儿子。

　　这可太奇怪了，汉室使者前往袁营，显然是商讨反曹之事，为什么曹操的儿子会匿名跟随？除非，那个汉室使者，根本就是曹氏与汉室联手制造出的一个大骗局！是郭嘉为了扭转整个战局而下的一着假棋。

　　王越不知道汉室在这件事上涉入多深，他对汉室复兴也没特别的兴趣。他只知道一件事，如果任由那个"汉室使者"在袁营活动，足以对袁绍的胜势造成极大的危害。王越如今一门心思想借助袁绍之手，为自己的弟弟复仇，自然不能坐视这种事发生。

　　杨修可没想到，他无心的一句话，居然阴错阳差之间让王越几乎接触了最隐秘的真相。

王越不想再多做耽搁，他身形轻晃，曹丕一下用力失衡，倒在地上。王越朗声笑道："光有戾气却无控制，还要多加练习啊。"说罢他单腿一蹬，冲进帐内。

　　王越打算先杀掉贾诩，然后赶紧返回东山，把刚刚的新发现告诉蛮先生。曹丕大吃一惊，如果让他把贾诩杀了，自己的打算就全落空了。他咬着牙起身扑过去，可哪里来得及。王氏快剑只要半息便可带走一条性命，哪里还等他再回身进帐去救人。

　　可出乎曹丕意料的是，只听帐内发出一声惨呼，随即王越倒退着跃了出来，胸前一片血肉模糊，无比狼狈。曹丕愣了一下，立刻递剑前刺，"扑哧"一声，一下子恰好洞穿了王越的左腿。

　　王越还从来没吃过这么大的亏，他惊怒之下，出手再不留情，铁剑重重拍在曹丕的小腹上，把他一下子拍飞。这时附近的卫兵也已赶了过来，围堵过来。王越大吼一声，振剑狂扫，登时扫倒了三四个，包围圈出现了一个缺口。他趁机一跃，好似一只大鸟般飞过众人头顶，很快消失在黑暗中。不多时，远处的阴影中又传来几声惨呼，想来是别处赶来阻截的士兵遭了毒手。

　　曹丕没想到王越身受重伤，还如此悍勇。他强忍小腹剧痛从地上爬起来，朝帐子走去，想看看究竟发生了什么。

　　这顶牛皮帐篷先被王越扯开一个小口，又被曹丕劈开一个大口，然后王越突入时又把它撕大了些，使它看上去好似贾诩干瘪的嘴里又掉了一颗牙，滑稽得有些可笑。

　　曹丕从这个裂口钻进去，第一眼就看到贾诩躺倒在地，老人的右手，还紧握着一把匕首，匕首上沾着鲜血。

　　天下闻名的大侠王越，居然就是被这个老头子用匕首给伤了？

　　曹丕有点难以置信，可事实摆在眼前。他俯身过去检查，发现贾诩还活着，没有外伤，只是似乎受了什么剧烈刺激昏过去了。他喊了几声名字，老头子眼皮转了转，终究没有醒过来。

　　一大群面色惊惶的卫士冲进帐篷，把他们两个团团围住。曹公才遭遇过刺杀，现在曹家二公子居然又碰到一次，而且刺客还全身而退，贾将军倒地不起——他们这些负责警卫的人，恐怕是要大祸临头了。

　　"先去找个医师来。"曹丕淡淡地下达了命令，就把剑插回剑鞘，也不等医师前来，信步走出帐子。

　　一出去，他就看到附近营地里的火把一个接一个地点燃，把周围照得如白昼一般，整个营盘都被惊动了，大队人马在军官的呵斥下踏着步点往返奔驰。可王越早已逃走，这些忙乱又有什么用呢？曹丕仰起头，叹了口气，这次被王越搅了局，看来短期内是不方便从贾诩口中问出真相了。

他回过头去，看到一个医师急匆匆钻进帐篷，数十盏蜡烛点起来，立刻灯火通明，能看到里头人影忙乱。贾诩的侧影平稳地躺在榻上，始终一动不动。

贾诩到底用的什么手段击退王越？他到底会不会武功？如果会的话，到底有多厉害？他是真的受创匪浅，还是故意装出来避开曹丕的？他那一身病症到底是真是假？

一直到现在，曹丕才突然发现，自己对贾诩几乎一无所知。那老头子简直就是一潭深不可测的黑水，也许深逾千仞——而他，甚至连潭口都没找见。

这时一个温和的声音从背后响起："二公子，你有何困惑，不妨说给我听听。"

许都。

伏寿坐在寝宫中，专心致志地缝着一件宽襟袍子。白皙的手指带着银针上下翻飞，金黄色的丝线灵巧地穿梭。这件羊毛翻边的长袍看似普通，实则颇有来历，那是寝殿大火那一天她从刘协的身上解下来又披在刘平身上的。她生命中的两个男人，都把味道残留在这件衣物中，成为她在这个冰冷的城中唯一的慰藉。

这时宫外传来脚步声，伏寿手一颤，一下走神，银针刺入指头尖。伏寿微微蹙眉，想要把指头含在嘴里吮吸，可她中途停了下来，把指尖上那一簇小血珠抹在了衣袍的衬里。

进宫的人是唐姬，她几乎每天都会来，是极少数几个能进入寝宫的人。她手里捧着几株药草，一进来就随手搁在了旁边的木桶里。桶里已经积存了不少植株，因为来不及处理开始变黄。

"还没消息？"伏寿头也不抬，继续穿针引线。

唐姬摇摇头，没有说话。伏寿喟叹一声："没消息，也许就是最好的消息。"她略停顿了下，"我现在最怕的是，得到一个确定的消息……"唐姬知道伏寿的心思，把手搭在皇后的肩上，试图去安慰她。她能感觉到，微微的颤抖从伏寿的肩上传到手掌心。

自从白马城出事以后，伏寿再也没听到过任何消息。无论是郭嘉的靖安曹还是杨修的隐秘势力，都找不到刘平的踪迹。伏寿开始是惶恐，然后担忧得夜夜睡不着，现在反而变得平静，像是一眼即将枯竭的泉水，水面再无半点涟漪。

唐姬对她的这种平静很是担心，她觉得哪怕号啕大哭都比这样强。她决心要挑破这个伤口："如果……嗯，我是说如果真的有不那么好的消息传过来，姐姐你该怎么办？"

伏寿抬起头，眼神飘到一旁的梳妆台上，那里搁着一把匕首："如果是那样，我会用那把刀殉国或者殉情——随便他们用什么词去描述——我会去九泉之下告诉他们，我已经尽过力了。"

最后一句她说得异常疲惫，让唐姬一阵心疼，不由得握住了她的手。伏寿拍拍她的头，笑道："如果真到了那一刻，你及早出城，冷寿光会安排。你也尽过力了，可以去寻找自己的幸福了。找个疼你爱你的人，平平安安过一辈子。"

"那个人已经不在了。"唐姬回答。

这两个女人相对无言，若有若无的愁云弥漫在清冷的寝宫内。这时候冷寿光从外头匆匆走过来，低声说了一句。伏寿面色一变。唐姬问她怎么了，伏寿眼神闪过一丝厌恶："孔融又来闹着要觐见陛下。"

"这个人难道就不能有片刻消停吗？已经是这个月的第三次。"唐姬恨恨道。皇帝离宫的事属于机密中的机密，对外都宣称是卧病在床。文武百官都很知趣地不去打扰，只有孔融上蹿下跳，不停地折腾。尤其是聚儒的日子越来越近了，他更是来劲。

"他现在在哪里？"伏寿问。她一瞬间已经把忧郁收起来，换回一副冷静的神情。

"宫门外，徐干已经去拦他了。"冷寿光道。

伏寿断然道："不行，徐干这个人太弱，马上去告诉荀令君。"冷寿光领命而出。伏寿看了眼唐姬，苦笑道："现在倒成了汉室跟许都卫同仇敌忾了。"

徐干不知道伏寿对自己的评价有那么差，他也不知道皇帝不在宫内。他只是牢牢记住郭祭酒临行前的指示："无论如何，也不能让孔融进入宫殿去觐见皇帝。"

若换了别人，直接叫几名卫兵撵走就是了。但此时在他眼前的是孔融，当世的大名士。徐干不敢动粗，只得伸开双臂，牢牢挡住禁中的大门。

"徐伟长！你难道要做个断绝中外的奸臣吗？"孔融瞪大了眼睛呵斥道，像是一只义无反顾的猛虎，作势要往里闯。徐干闪避着孔融的口水，解释道："在下有职责在身，军令如此，不敢违抗。"

"军令？谁的军令？谁有资格下命令让外臣不得觐见天子？"

孔融抓住他的语病穷追猛打，徐干文采风流，可真要斗起嘴来，却完全不是孔融的对手。他只得狼狈地闭上嘴，维持着防线。

"我忝为少府，效忠汉室。只要天子出来说一句：孔融我不想见你。老夫立刻挂冠封印，绝不为难。可若是有人假传圣旨，屏蔽群臣，千秋之下，小心老夫史笔如刀！徐伟长，你是奸臣吗？"

孔融的攻击，比霹雳车的声势还要浩大，徐干一会儿工夫就溃不成军。他和满宠最大的区别是，他还要脸，还要考虑自己在士林中的形象。换了满宠，肯定是直接下令用大棍子把孔融砸出去了。孔融见徐干气势已弱，伸出手把他推搡到一边，迈腿就要往里去。就在这时，一个温润的声音从身后传来："文举，禁中非诏莫入，带钩游走更是大罪，莫非你都忘了？"

孔融停住脚步，回过头去，冷笑道："荀令君，他们总算把你请出来了。"

"我正在尚书台处理公务，听到这里喧哗，特意来看看。"荀彧并没说谎，他的手边墨渍未干，确实是趁着批阅公文的间隙出来的。徐干见他来了，如释重负。

"禁中非诏莫入，这我知道，可这得分什么时候。天子已经许久不曾上朝，有些大事非得陛下出面不可。"

荀彧也不恼，温和地伸出手来："若文举你有何议论，不妨把表章给我，我转交给陛下。"

"不行！"这次孔融表现得无比强硬，"你是处理庶务的。我这件事，却是千秋大事，事关人心天理。"

"是什么？"荀彧不动声色。

孔融忽然换了一副悲戚的表情，他双手高举向天："郑公已逝，泰山崩颓啊。"这听到荀彧耳中，不啻为一声惊雷。饶是他心性镇定，也不由得浑身一颤。

郑玄死了？那个总执天下经学牛耳的神，居然过世了？荀彧觉得呼吸有些不畅，耳边嗡嗡作响。原本孔融说要请郑玄来主持聚儒之议，荀彧也颇为赞同，为能与这位当世圣人切磋学问而兴奋不已。可没想到，他居然没到许都就去世了。

"怎么回事？为何尚书台都没消息？"荀彧勉强压抑住激动的心情，扯住了孔融的袖子，把他扯到禁中外门旁。孔融很满意这消息给荀彧带来的震惊效果，他卖了个关子，多享受了一会儿荀彧的惊讶神色，这才说道："我派了杨俊去高密迎接郑老师。前日刚刚接到消息，杨俊说郑老师离开高密，走到元城，身体突然不行了。"

荀彧没怀疑这消息的真实性。郑玄算起来今年已经七十三了，已是风烛残年，又要走那么远的路，什么事都有可能发生。

孔融的声音悠悠传来，凄悲痛切："今年开春，郑老师曾经做了一个梦。梦里孔圣人对他说：起、起，今年岁在辰，来年岁在巳。郑老师醒来以后，说今年干支庚辰，属龙，明年辛巳，属蛇。龙蛇交接，于学者不利。想不到……他竟是一语成谶……"

说到这里，孔融竟在禁中前大哭起来，眼泪将白花花的胡须打湿。他在担任北海相的时候，力邀郑玄返回高密，并派人修葺庭院，照顾有加，两人关系甚厚。这次郑玄愿意来许都，也是看孔融的面子。两位老友还没见面，就阴阳相隔，他如此失态地痛哭，没人觉得有什么不妥。

"文举，人固有一死。郑老师学问究天人之极，又著书等身，也是死而无憾了。"荀彧劝慰道。孔融收住眼泪，抓住荀彧的胳膊，痛声道："泰山其颓，天帝岂不知乎？哲人其萎，天子岂不闻乎？"

荀彧一时为之语塞。孔融这一下子，可给他出了个难题。郑玄名气太大了，如果天子不站出来说两句，确实不好交代。孔融的要求合情合理，可偏偏这是荀彧无法做到的。他站在原地为难了一阵，说道："文举可以拟篇悼文，我转给陛下，发诏致哀。"

"陛下连当面听一句话的力气都没有吗？以郑公之名，连讨一句天子亲口抚慰都不得吗？"孔融寸步不让。

荀彧叹了口气："陛下病重，如之奈何。"孔融盯着他的眼睛，严厉地问道："是陛下真的病重，还是你们不打算让他接触群臣？"荀彧面色一沉："文举，注意你的言行！"

孔融道："如今聚儒在即，已有许多儒生云集许都。郑公之逝，定会掀起轩然大波。如果天子连态度都不表一下，天下士人，恐怕都会寒心哪！"

荀彧何等心思，立刻捕捉到了孔融话里有话。他一捋胡须，微微垂头："依文举之见，当如何？"

孔融毫不犹豫地说："天子赐缯，以诸侯之礼葬之。在京城潜龙观内设祭驱傩，许人拜祭十日，九卿舆梓。"

"潜龙观？"

荀彧听到这名字，先是一愣，随即反应过来。这是孔融为了聚儒之议搞的新建筑，就修在城内，距离宫城不算太远。起名潜龙，是为了和白虎观并称，孔融一心想把它搞成白虎观一样千古留名。不过孔融没用"青龙"，而用"潜龙"一词，荀彧知道这是他嘲讽曹氏专权的小动作。

若能在潜龙观公祭郑玄，将为聚儒之议添上厚重的一笔。孔融如今非要觐见天子的举动，说白了，不过是以进为退，向荀彧讨可祭郑的首肯罢了。

平心而论，这些要求很高调，但多是虚事，倒也不算过分。于是荀彧答道："我会禀明陛下。不过如今前方战事紧，所有的葬仪器具与花费，你得自己想办法。"

曹军在官渡的对峙，诸项用度都非常浩大。荀彧光是琢磨如何筹措粮草及时运上去，就已经焦头烂额了，更别说拨出富裕物资来搞这种事情。孔融想搞这些事，可以，只要你自己掏钱。

孔融达到目的，不再闹着要觐见。他眉开眼笑地对荀彧道："对了，文若，还有个消息。各地儒生如今云聚许都，就连荀谌那边，都送来了三十几位士子。你如果有空，不妨去见见。他们对荀令君的仰慕，可是不小呢。"

这件事荀彧早已通过许都卫知道了。那三十几个人都是北方各地家族的子弟，前两天突然跑到许都，口口声声说是来参加聚儒。荀彧让徐干查了一下，结果发现他们都是幽、并、青等州的，唯独冀州籍的一个都没有。

而孔融现在居然故意说他们是荀谌送来的，明摆着要扎一根刺在荀彧身上。试想一下，一群打着河北标签的儒生在许都城里乱逛，师承还是河北重臣荀谌——这放到有心人眼里，对荀彧的声望可不怎么好。

但荀彧只是温和一笑，对这个挑衅视若无睹："最近我太忙了，还是让陈长文代表我去吧。"

"陈群？那家伙说话不太讨人喜欢。"孔融摇摇头。

"你可以教教他。"

荀彧扔下这一句话，转身离开。他要操心的事情太多了，官渡那边一封接一封的催粮文书发过来，他可没那个西凉时间跟孔融斗嘴。

等到荀彧离开以后，孔融恢复了一脸冷峻，仰脸看了看禁中的巍峨城门。这是寝殿大火以后新修的，青森森的高大砖墙像囚笼一样把皇城团团围住，显出拒人千里的冷漠。

"既然陛下不能视事，那么纳贡总还可以吧？"孔融问徐干。徐干擦了擦额头的汗，表示没问题。孔融从怀里拿出一个锦盒："河北士子此来许都，为陛下进献了一些贡物。我既不能觐见，就烦请内臣转交吧。"

徐干知道如果自己不接，这个疯老头子一定会絮絮叨叨再说上一个时辰大道理。他接过盒子，打开检查了一下，发现里面只放着一本《庄子》，抄录者的笔迹颇为清秀。徐干自己就是鸿儒，《庄子》闭着眼睛都能背下来，他翻了翻内容，没什么可疑的。大概是那些穷鬼没钱，只好手抄一本以示诚意吧。

"学问之重，甚于钱帛。"孔融看徐干有些不屑，正色劝诫道。

徐干连忙摆出受教的神情，把《庄子》交给冷寿光，请他转给陛下，然后陪同孔融离开宫城。

很快这一本《庄子》从冷寿光那儿转到了伏寿手里。伏寿好奇地接过去，信手翻了几页，觉得这笔迹有些眼熟。她忽然看到《内篇·大宗师》这一段里，有一句"泉涸，鱼相与处于陆，相呴以湿，相濡以沫，不如相忘于江湖"，在"相濡以沫"四个字旁边，画了一道淡淡的墨线。

她捧着它，忽然哭了出来。

司马懿最近的日子，过得颇为清闲。他跟随曹丕回归曹营以后，对他表示自己身份敏感不方便露面。于是曹丕就把他藏在营中养伤，就连郭嘉都不知道。

司马懿就这么好整以暇地赖在榻上，每天除了吃就是睡。曹丕对他言听计从，什么事都问计于他，俨然把他当成了一个隐藏的智囊。曹操本来想让曹丕赶紧回许都，司马懿教曹丕说了一句"父亲此地若败，天下岂有儿容身之处"，成功地说服了曹操，让他留了下来。

曹丕很享受这种拥有自己幕僚的感觉，而司马懿也借此悄悄了解战场变化和刘平的行踪。这一天，曹丕又来找司马懿，两只眼睛发黑，明显昨天一夜没睡。

"昨天又梦魇了？"司马懿半支起身子问。

曹丕摇摇头道："这次不是因为那个。仲达，你说杨修这个人，可信不可信？"

司马懿没有马上作答。杨修这个人他是知道的，杨彪之子，汉室幕后的智囊，是刘平最大的依靠。他突然跑过来找曹丕，到底有什么用意，最重要的是，对刘平的计划有什么影响，这都是司马懿要考虑的。虽然司马懿现在一提刘平就火冒三丈，但还是得帮他时时留心。

按道理，他应该去找杨修联手，才符合汉室利益。但司马懿在确定刘平的行踪之前，没有这个打算，杨修也许愿意为汉室尽忠，而他司马懿只是帮自己兄弟罢了。

"他跟你说了什么？"司马懿问。

"我之前去找贾诩探听宛城的事，可被王越搅了局。现在贾诩装死，我没办法逼问。杨修找到我，说他辅佐张绣的时候，无意中听到过张绣与贾诩发生争执，贾诩警告他不要对任何人提及宛城。杨修建议我去找张绣问问。"

"张绣？"司马懿拿指头敲了敲床榻边框，不由自主地露出笑意，"也对，他也是宛城之战的亲历者，没道理比贾诩知道的少。"

"可杨修无缘无故这么做是什么意思？讨好我？"曹丕警惕心很强。

"这世界上没有笨蛋，每个人做事都有他的目的。杨修年纪不大，在你父亲府中的资历又浅。与其跟那一群宿老争雄，不如早早与你结交，为今后绸缪。"

曹丕不屑地撇了撇嘴："谁稀罕他，我已经有仲达你了。"

司马懿笑了笑，没继续这个话题："其实杨修的建议很好，你去找张绣，是个不错的选择。"

"为何？难道不会动摇军心吗？"曹丕虽然年纪小，对这些事还算看得透。张绣是降将，非常敏感，如果贸然去找他质问，导致对方心存惊惶乃至叛逃，对父亲的事业将大为不利。他就是顾虑这点，才来与司马懿商量。

司马懿诡秘地笑了笑，声音变低："你的亡兄之伤，比之丧子之痛何如？"

曹丕呆愣在了原地。

"你父亲的一言一行，天下瞩目，有些事情不方便去做。而你不过是个十几岁的少年，为兄复仇，谁也不能说什么。"

经过司马懿这么一提点，曹丕恍然大悟。他咬咬牙，慨然道："既然如此，我愿牺牲自己，为父亲承担污名！我马上去找他！"说完他匆匆离开帐子。

司马懿重新闭上眼，好似养神一般。他的脑子，却在飞速地转动着。从离开邺城开始，司马懿总觉得似乎遗漏了一个重要的线索，却怎么也想不起来。刚才曹丕那一句话，让他有了点触动。他默默地在心中推演，将无数飘浮在半空的线头捋顺。突然一道闪光划过，散乱的线索纠结到了一处……

"嗯……不好！"

司马懿一下子坐直了身子，脸上罕有地闪过一丝惊慌。他终于知道那种不安是从何而来了。

他深知刘平的秉性，那个浑蛋是个讲究仁德的滥好人，既然不愿给别人添麻烦，那就只能牺牲自己，他不会返回官渡或者许都，一定会只身再探袁营，去完成未竟之事。

如果曹丕所言不错，昨晚袭击贾诩的是王越的话。那么有极大可能，袁营中会有人从曹丕的剑法里，推测出刘平的真实意图。那对刘平来说，将是一场灭顶之灾。

届时对刘平来说，想活命只有一个办法。而那个办法，会把这个迂腐的笨蛋推上最危险的风口浪尖。

"该死……"司马懿一骨碌从榻上坐起来，右手狠狠抓住被子，脖颈急转，朝着北方望去。他纵然有百般妙计，此时也是力无处使。

司马懿磨动牙齿，脸色阴沉地拼命思索着。这时候曹丕掀帘踏了进来，一看到司马懿要起身，赶紧过来要扶。司马懿抬头问他："怎么？没找到张绣？"

曹丕摇摇头："他的部队今日开拔了。"

"去了哪里？"

曹丕挠挠头："他们走得特别突然，所以杨修临走前给我留了个字条，至于去哪里就不知道了。不过我看到他们原来的营里竖起不少假人，看来抽调的兵力不少。"

司马懿的双目一亮，勉强支撑身体站到地上，看来事情还有转机。

"仲达，你想到了什么？"曹丕惊问。

司马懿阴恻恻地说道："贾诩既然能料到你去找他问话，自然也能算到你会去找张绣。"

"你是说，张绣这次调动，是贾诩为了避开我而故意搞出来的？"曹丕大怒。

"也不尽然。两军对峙，兵马调动岂是儿戏。在这个节骨眼上，突然把张绣从这么重要的位置撤走，恐怕我军会有什么大动作。"司马懿说到这里，声音陡然提高，"所以我们先等一等，你这几日查查张绣调去了哪里，但别有动作。等到时机成熟，贾诩警惕心一去，咱们再偷偷去寻张绣不迟。"

　　"可那都是军中机密，就算是我……"

　　"不是还有一个热心的杨修嘛。"

　　曹丕恍然大悟，高高兴兴离开。司马懿望着他的背影，咧开嘴笑得有些奇异。

　　"义和，你可得坚持到我去。"他心想。

第十一章 关于儒家的一切

真正的刘协是一个冷酷无情的人，他选择了和刘平不同的道。道不同，不相为谋，即便死者真的复生，也只会像司马懿一样把他的「伪善」痛骂一顿。

　　刘平在袁营已经待了三天。在这三天里，他被软禁在一处民房，好吃好喝招待，唯独不许离开。在这期间，逢纪和郭图试图接近他，却都被守卫拦了下来。以他们两个的身份，居然都不得其门而入，可见袁绍下的命令有多么严厉。

　　不过这个做法可以理解。汉室的地位太过敏感，如果不谨慎处理，袁绍会被全天下的人戳脊梁骨。

　　刘平也不着急，他之前的经历太过波折，几乎无时无刻不在奔波之中，需要静下心来思考一下。如今无论是郭嘉、杨修还是司马懿都不在身边，他身居斗室孤立无援，只能乾纲独断——虽然威权只及一室，影响只及一人，却是刘平自从卷入旋涡以来最自由最独立的时刻。

　　"哥哥，如果你还活着，会怎么做呢？"刘平手持铜镜，喃喃自语。铜镜里映出一张一模一样的面孔，那张脸属于一个死去的魂灵。这个死魂灵的肉体已死去很久，意志却依旧弥漫在九州大地，影响着许多人的命运。

　　刘平凝视半晌，忽然摇摇头，苦笑着放下镜子。真正的刘协是一个冷酷无情的人，他选择了和刘平不同的道。道不同，不相为谋，即便死者真的复生，也只会像司马懿一样把他的"伪善"痛骂一顿。说起来，司马懿的秉性倒是和刘协极为相似，他们两个如果联手，一定会无往不利吧。

　　忽然他又想到了伏寿。

　　这个聪慧美丽的女子如今在许都顽强而孤独地守卫着宫城，维持着汉室最后的秘密。

在自己来到北方之前，伏寿偷偷告诉他，她在身上藏了一把匕首。如果刘平有什么不测，她会选择自尽，履行对汉室的最后一份责任。刘平明白伏寿的心意——她知道自己是个仁慈的人，不忍坐视别人牺牲，所以故意这么说，让他行动起来更为慎重，平安归来。

一想到她，刘平脑中不期然地浮现出她那带着馨香的身体，那是多么令人陶醉的体验。刘平是个血气方刚的年轻人，在伏寿的刻意引导下，他终于将哥哥"丈夫"这个身份的责任也一并承担下来。在临出发去官渡的前几夜，他们彼此拥抱彼此嵌合，不知疲倦，仿佛唯有如此才能把压力与担忧暂时忘却。刘平还记得，多少次在激情攀到高峰的一瞬间，他将伏寿拼死抱住，在她身体里尽情宣泄。事后伏寿蜷缩在他怀里，抚摩着自己平坦光滑的小腹，喃喃地说要为他生下一位皇子。

想到这里，刘平低下头，发现身体居然起了反应。"这都什么时候了，还在想这些乱七八糟的事情。"刘平自嘲地敲了敲头——大头——把思绪拽回来。

对刘平来说，袁绍和曹操谁胜谁负，并不重要。如何在两大巨头碰撞之间为汉室牟取更大利益，才是最重要的问题。经过这段时间的奔走，刘平已经处于一个微妙的优势地位。对袁绍阵营来说，刘平是一个汉室的绣衣使者，为了给汉室在战后乞求一个更好的地位而来；对曹操阵营来说，刘平是一个身份特殊的细作，要里应外合扰乱袁绍的战略。

刘平若想获取利益，就必须要超越两个阵营所有的智谋之士，这是一件几乎不可能完成的工作。所幸这两边的谋士们的关系不是一加一，而是一减一，刘平的胜机，即建立于此。

他正在凝神冥思，忽然听到屋外传来脚步声。刘平睁开眼睛，看到一名全副武装的亲卫站在自己面前，面无表情：

"大将军要召见你。"

刘平点点头，这和他估算的时间差不多。他起身换上长袍，跟随亲卫一路来到袁绍所驻的中军。这里已经事先有了准备，所有的卫兵都站得远远的，以中军为圆心隔出一大圈空地。在栅栏之后，还隐伏着不少弓弩手，任何进入这一片空地的人，都会被立刻射杀。整个气氛透着隐隐的不安，刘平感觉似乎出了大事。

亲卫走到圈子边缘，请刘平自己进去，看来他也无权靠近。刘平迈着稳健的步伐走进中军帅帐，看到袁绍和蜚先生等在那里，两个人的神情都很阴沉。

"刺曹失败了。"

蜚先生开门见山地说。他脸上的脓疮似乎更大了些。刘平没露出任何情绪波动。这个结果，是在他预料之中的。从时间上推断，曹丕这时候应该已经顺利回到曹营，有他在，徐他不会有任何机会。

刘平拱手道："胜败乃是兵家常事。"他抬头看去，发现袁绍捏着酒杯，铁青的脸像是一面挂满了严霜的青铜大盾。

袁军的全线部队不计损失地强攻了足足一天，东山也动用了在曹营埋下的一大半棋子。如此高昂的投入，居然最终还是失败了，这可不是一句"运气不好"就能敷衍的。更讨厌的是，他已经在汉室绣衣使者面前夸下海口，现在却要承认失败，丢了面子，这比军队损失更让袁绍不高兴。

蚩先生冷笑道："使者说得不错。不过若是每次失败不总结教训，下次只会重蹈覆辙。"他慢慢地挪动脚步，围着刘平转悠，赤红色的独眼射出瘆人的光彩。

刘平道："哦？这么说，你们已经知道败因何在了？"

蚩先生凑近刘平，鼻子急速耸动，突然一指点了过来：

"败因，就是你！"

面对着突如其来的指责，刘平没有惊慌失措。逢纪的事给了他教训，遇到意外情况，镇之以静，否则就是死路一条。所以他只是不解地望着蚩先生，等着他的下文。

"还记得我第一次见到你时，说你身上有郭嘉的味道吗？"蚩先生说。

刘平没回答这个问题，他满是疑窦地望向坐在上位的袁绍，却看到袁绍面无表情地晃动着杯子，不由得心中一咯噔。

他现在是"第一次"踏入袁营，郭图和逢纪绝不敢告诉袁绍，他们在这之前就私自接触过汉室使者。刘平在袁营中最大的依仗，就是用这个威胁两人，为己所驭。而现在蚩先生胆敢公然谈论这段隐秘，而袁绍却没露出任何意外之色。这只说明一件事，蚩先生放弃了与郭图的联合，转而直接投效袁绍，把之前的事全交代了。

这一招很毒辣，也很合理。刺曹失败以后，蚩先生一定承受着极大的压力，如果不迅速做出决断，恐怕会被拿来当替罪羊。

但他放出这么一手棋，导致刘平失去了要挟郭图和逢纪最有利的武器，他苦心孤诣营造出的胜势，立刻被扫平了一大半。

看到刘平哑口无言的表情，蚩先生呵呵地笑了起来，似是十分快意："郭嘉的味道——那可不是个比喻。郭嘉身体不好，常年服药，所以他会带有一种特别的药味。我这鼻子，可以轻易分辨出来谁与他交往过密，骗不了我。"

刘平迅速解释道："我记得我当初给过解释了。郭嘉与我确有约定，但并不代表我就要按照他的意愿行事。若非我与郭嘉虚与委蛇，又岂能顺利来到袁营？"

蚩先生抬起手："你这套说辞，本来是完美无缺的，连我都深信不疑。可惜智者千虑必有一失，这次刺曹失败，终究还是让你露出了狐狸尾巴。"刘平没说话，他目前还没搞清楚蚩先生的用意，只好静观其变。

"刺曹之后，虎贲王越也潜入了曹营，他带回来一些有趣的消息。"蚩先生的声音变得尖厉起来，"你的那位叫魏文的小朋友，似乎来头不小啊，也许我们该称呼他真正的名字——曹丕？"

蚩先生吐出最后两个字的时候，脸距离刘平极近。刘平甚至能看清他脸上那些可怕脓疮上的暗色斑点。他们居然连这个都查到了……刘平心中闪过一丝惊慌，手指不自然地弯了一下，不知道到底哪里出了纰漏。蚩先生注意到了他的手指动作，牙齿得意地磨了磨。他没有上嘴唇，所以这个动作看起来格外狰狞。

王越死里逃生以后，把自己的发现告诉了蚩先生。蚩先生掌握的消息比王越要多，很快就推测出了真相：导致徐他刺杀失败的人，正是曹丕，而且他就是刘平带入袁营的那个叫魏文的小男孩。

"我不知道你把曹家二公子带在身边是为什么，但如果你真的有诚意跟我们合作的话，就应该第一时间把他交出来。即使你不把他交出来，也应该在前几天把这件事告诉我们。我可以提前改变部署，刺曹还有可能成功。"

蚩先生说到这里，停顿了一下，对刘平进行宣判："所以结论只有一个。我最初的猜测没有错，你来到这里，根本就是事先与郭嘉商量好的，你是个死间。"

刘平的面色，终于变了。

"你还有什么要辩解的？"蚩先生嘲弄道。他只要一招手，就会有人冲进把这个家伙斩杀。当郭嘉收到这个斩下的头颅时，表情一定非常精彩。

刘平向后倒退了两步，意识到之前的准备全用不上了。袁绍落在他身上的眼神非常险恶，还带着一点点的如释重负。这位大将军最在意的，是刺曹失败让自己很丢脸，而蚩先生的指控，恰好可以让刘平当替罪羊，为这件事找一个不那么丢脸的借口。

蚩先生深谙袁绍的秉性，所以句句都扣着刺曹的责任。只要袁绍打定了主意，刘平是不是汉室使者，根本不重要。他再如何巧舌如簧地辩解，也是无济于事。

面对这种前所未有的危局，刘平突然仰天大笑。

杨修讲授帝王之术时曾说过，凡是有大成者，皆要具备一种品性。无论冷酷与仁慈，若少它为辅翼，难以成就大业。这种品性，就叫作决断。

在瞬息万变的战场，在泰山压顶的瞬间，在身临深渊的一刹那，所有的道都失去意义，唯有决断才能挽救一切。现在，正是这个时候。

刘平俯仰之间，已经有了决断。唯有这一个办法，可以拯救自己，以及汉室。

蚩先生扯住他的衣领，狰狞地笑道："你故作大笑，实已心虚，用这颗头颅去找郭奉孝哭诉吧。"

刘平收敛起笑容，整个人的气质发生了奇异的变化。他抓起董先生揪住衣襟的手，轻轻一推，董先生倒退了好几步，几乎跌倒。一个病残之体，怎么能抵挡他的力量。董先生本想厉声呵斥，可他突然感觉到一种强大的气势从刘平身上喷薄而出，让他一下把话堵在嘴里说不出来。

"袁绍，你可是汉家的大将军？"刘平昂起头来，高声问道。

对这个明知故问的无礼问题，袁绍却只是默默点了一下头。一种奇妙的熟悉感正慢慢浮现在这位大将军的脑海中，酒杯不知不觉被搁回到盘中。

刘平直视着他，淡淡地吐出七个字：

"那你可还认得朕？"

七个字如巨石滚过平原，让大帐内陷入一片死寂。无论是袁绍还是董先生，一瞬间都怀疑自己的耳朵出了什么问题。

朕？

全天下敢称朕的人，只有两个。一个是身败名裂的袁术，还有一个则是大汉天子刘协。

董先生咽了咽口水。这个郭嘉派来的死间，居然是天子本人？这实在是太荒唐了！天子难道不该在许都的宫城里老老实实地待着吗？他正要出口训斥，却发现袁绍慢慢从座位上站起身来，目瞪口呆。这种反应，绝不是看到骗子的反应。

"是，是陛下？"

袁绍的声音在微微发颤，甚至还带着点惊慌。袁家四世三公，历代都是汉室忠臣，尽管时代已经不同了，可这种代代相传的敬畏仍是根深蒂固。

刘平没有回答，只是倨傲地望着他们两个，仿佛对这个问题不屑一顾。

说起来，袁绍与刘协的渊源着实不浅。当初在雒阳之时，袁绍策动八校尉围攻十常侍，逼迫他们带着少帝刘辩和时为陈留王的刘协出逃，结果途中在北邙被董卓所执。董卓很喜欢刘协，打算废掉刘辩，就找袁绍来商量，想借重袁家的名望。而袁绍坚决反对刘协称帝，横刀长揖，愤而离京。

也就是说，袁绍和刘协一共只在光熹元年见过，那都是十一年前的事情了。此后一个在河北一个在长安，两个人再也没直面相对过。但此时在袁绍眼里，刘平的相貌却和那个倔强的陈留王合二为一，不分彼此。

董先生注意到袁绍的异状，连忙凑过去低声道："主公，慎重。"袁绍这才如梦初醒，意识到自己有些失态了，连忙摆正了身子。

仔细想想，这件事太匪夷所思了。天子应该是被曹氏严密软禁在许都的，怎么可能突然跑到袁绍营中来。这人十有八九是个骗子，岂能被他一句话唬住？可袁绍看了一眼刘平，那种熟悉的感觉犹在，心中不免迟疑。他实在不知道该以何种态度来问刘平话，思忖片刻，对訾先生道："快去把王杜、申逢叫过来。"

这两个人是袁绍的使者，都曾经去过许都拜见过皇帝，让他们来认一下成年天子的模样，便迎刃而解。訾先生独眼一转，说如今在营中还有一人可以推荐，悄声说了几句，袁绍颔首让他去办。

过不多时，王杜、申逢匆匆赶过来。他们进了中军大帐，一看到站在中间的刘平，先是一愣，随即纳头便拜。等到他们叩了头起身，袁绍这才问道："你们可看得清楚？"两个人连忙答道："我等奉主公之命前往许都觐见，得窥天颜，确系天子无疑。"

虽然刘平身穿布袍，脸色比原来红润许多，但眉眼五官却是作不得假。听到这两个人言之凿凿，袁绍的疑心登时去了大半。他正要起身跪拜，却被訾先生拦住了："主公莫急，还有一人呢。"

话音刚落，第三个人正好迈入帐中。来的人非常瘦，八字眉，一脸怒相。刘平和他四目相对，一时两个人都愣住了。刘平忍不住脱口而出："邓展？你还活着？"

跟之前的精悍相比，如今的邓展看上去颇为苍老，一身精气流散一空，再没了之前的锐气。他看到刘平，浑浊的眼神亮了几分，随即又暗了下去。刘平和曹丕逃出白马的时候，邓展主动断后，刘平以为他早就已经死了，没想到居然还能生还。

"我本来是要死的，可是通道里突然涌来洪水，将追兵冲开。我就着水势浮上井口，被淳于将军的部属抓获。"邓展主动对刘平说道。淳于琼一向护着邓展，被他的部属抓住，至少性命无虞，一直养到了现在。

刘平的心情却没因此而放松。王杜、申逢只见过刘协数面，他有自信让他们看不出任何破绽；可是邓展却不一样，他是汉室最危险的敌人，是唯一一个知悉天子机密的人。他只要一句话，就能把刘平推到万劫不复的无底深渊。

可邓展只是木然地看着他，无喜也无怒。訾先生道："邓将军曾是曹公麾下的勇士，见过天子数面。请问眼前之人，是不是天子？"

"是的。"邓展回答，一句多余的话都没有。

"你看清了吗？"訾先生有些不甘心。邓展点点头。

刘平这才大大地松了一口气，他的脊背几乎已被冷汗濡透了。亮出自己的天子身份，是刘平最终的手段。这个身份的公开，将会给刘平带来前所未有的便利，也会给他带来前所未有的困境，这就是一把双面开刃的大戟。如果不是被訾先生逼到绝境，刘平不会把最后这张底牌亮出来。

天子一出，从此刘平将再无退路。

"臣袁绍，叩见陛下。之前有失礼仪，冲撞圣驾，实在是罪该万死。"

袁绍离开座位，恭恭敬敬地执臣子礼，帐内的其他人也连忙跟从，都俯身叩拜。邓展迟疑了一下，也随之跪倒。刘平望着他，忽然想起来，邓展在觉察到自己的秘密以后，连曹丕都没告诉，自然也不会在这里声张。刘平不知他身上发生了什么，居然让这个忠诚的人对自己的主君三缄其口。

面对着叩拜了一地的大汉忠臣们，刘平心中微有快意，淡淡道："诸卿平身。"

袁绍挥了挥袖子，王杜、申逢连忙起身告辞。他们虽不知为何天子会突然出现，但接下来的谈话一定极为机密，不是他们这个等级可以与闻的。邓展也要转身离开，刘平忽然开口道："邓将军，请留步。"

邓展为掩护自己断后，这件事蜚先生肯定是知道的，所以没必要隐瞒两个人之前认识的事实。刘平道："你以后就在我身边留用吧。"他现在需要一名手下，在整个袁营里除了邓展没有更好的人选。

天子想问臣子要一个人，实在是轻而易举之事。所以刘平自作主张地开口，没人提出反对意见，只有蜚先生的眼珠在不停转动，似乎在思考这一手背后的寓意。

邓展鞠躬道："微臣遵旨。"然后跟着王、申二人走出去。走到门口，他停下脚步，摆了一个站岗的姿态，俨然把自己当成一名天子的禁卫。

等到帐内变回三人，袁绍将刘平请回上座，拱手道："陛下白龙鱼服，不知有何旨意？"

袁绍小心地斟字酌句。这就是他为什么先后数次拒绝"奉天子以令不臣"的提议，伺候皇帝的繁文缛节实在太麻烦了。纵然他权势滔天，礼数上也不能有半点或缺，不然士子的口水会从四面八方飞过来。这实在是个讽刺，天子孤苦无人理睬，但若对天子不敬，却会惹来万人唾骂。

刘平看了一眼蜚先生："诚如蜚先生所言，朕此来袁营，是郭嘉的主意。"

"这……"袁绍和蜚先生面面相觑。天子这么开诚布公，让他们反而有些困惑。天子当细作，是抓还是不抓？

蜚先生先开口道："陛下，郭嘉此举风险极大，意义却又何在呢？"

对于这些盘问，刘平早已胸有成竹："天下还有谁比一位落魄天子说话更加可信呢？"袁绍和蜚先生顿时恍然。汉室一直被曹氏欺压，如今天子亲身出来求援，换了谁都会对汉室诚意笃信不疑——天子都来了，你还不信吗——然后再设计谋，无往而不利。

"他郭嘉再胆大包天，怎么敢驱使天子做事？难道曹阿瞒不怕被世人唾骂吗？"袁绍问。

刘平道："天下都知道，河北兵马雄壮，许都胜算十中无一。为了得胜，曹司空无所不用其极。只要能胜，纵然是驱使天子当细作，也没什么奇怪的。"

他说到这里，讽刺地说："更何况我的身份是汉室的绣衣使者，纵然死了。曹操那边宣称天子暴毙，另立一个也就是了。"

袁绍面色一红，想起当初刘协即位他极力反对，现在不免有些尴尬。

刘平做了个手势，示意他宽心："可惜，人算不如天算。郭嘉偏偏没想到，逢纪动了杀我的心思，逼我等出逃，反而让我趁机切断了来自曹营的束缚——如今我孤身一人，可以做些自己的事情了。"

他抛出了一些含糊线索与暗示，却不肯再细说。

靠着这些暗示，袁绍、蜚先生会自行联想：曹丕实是曹营派来监视刘平的人，所以刘平开始的行事都是为了曹氏利益。一直到白马逃难之后，曹丕与刘平失散，后者斩断了束缚，这才折返到袁营，打算真正为汉室谋求些利益——这一切看起来都顺理成章，可以解释一切疑点。

至于邺城之乱，审配就算不会隐瞒，也会在叙述上文过饰非，所以刘平不担心袁绍会联想到那边去。司马懿的补白之法，真是屡试不爽。

袁绍果然长舒一口气："陛下龙运隆兴，实乃社稷之幸。战场凶险，绍请陛下尽快移跸邺城，静候佳音。"

袁绍这个提议，在刘平的预料之中。袁氏掌控了天子以后，最稳妥的方式是摆在后方，装点门面，这种手法与曹氏并无二致。可以说，从刘平亮出天子身份以后，他就再无自由可言。

除非……刘平笑着摆了摆手："还不急于这一时。"

袁绍故作一愣："陛下在官渡可还有什么事？"

"还记得我之前提议的乌巢之策吗？"刘平侃侃而谈，"曹氏势弱，不利久战。郭嘉这才定下乌巢之计，打算毕其功于一役。我们只消将计就计，便可把曹操诱出巢穴，一举歼之。"

袁绍眯起眼睛思忖良久，方才说道："陛下脱离了曹氏之眼，郭嘉自然会猜到您来微臣营中，和盘托出乌巢之计。阿瞒那么狡猾，他既知我已洞悉此计，又怎么会继续冒险施行呢？"

刘平面色如常，手指却隐晦而兴奋地敲击了一下大腿。他苦心孤诣营造出种种铺垫，就是为了让袁绍问出这句话来。而接下来的回答，将决定他、袁绍和曹操的命运。

"曹司空别无选择，他必须前去袭击乌巢。"刘平斩钉截铁地说。

"哦？"袁绍眉毛一挑，蜚先生却"啊"了一声，已然想到答案。

刘平身体前倾，平静地直视着袁绍的双目，似笑非笑："假若天子在乌巢出现，他又怎么会不亲自去接驾回宫呢？"

袁绍跪在地上，内心剧震。

他明白，皇帝说得一点错都没有。天子是曹操政治上最大的筹码，生死攸关。曹操若知道天子在乌巢，一定会不惜一切代价把他弄回来。

这就好比你将金子锁在柜中，贼人索性死了心思，去偷别家；你若将金子置于墙头，贼人纵然知道墙下有打手埋伏，也会怀着侥幸心理忍不住出手，碰碰运气。

以皇帝做诱饵，在乌巢击破曹操，尽快结束这场战争。这个构想太过大胆，可这个结局，对袁绍来说实在是太完美了，可谓名利双收。他抬起头，眼神已流露出兴奋神色，唇边的两撇胡须悄然翘了起来。

蜚先生却在这时接口道："可又怎么让曹操知道陛下在乌巢呢？"

刘平大笑："蜚先生，你一心与郭嘉为敌，怎么不针锋相对呢？郭嘉派我进入袁营为间，你们如法炮制，找一人进入曹营诈降劝诱，不就行了？"

"曹公多疑，郭嘉狡黠，能瞒住他们的人可不多——陛下莫非已有了人选？"蜚先生反问。

刘平拿起酒杯，五个指头灵巧地托住杯底，如同已把袁绍大军掌握在手中一样。他缓缓开口："许攸许子远，非此人不能当此重任。"

自从刘平公布了自己的身份以后，待遇和从前天差地别。袁绍为天子准备了一处隐秘而舒适的院落，大量的瓜果酒肉、金银器具源源不断地送过来，俨然一处天子行宫。

唯一的不便，是刘平再也不能随意离开院落。袁绍专门调遣了淳于琼的部队负责卫戍工作，既防人进，也防人出。对于这一点，刘平早已有了觉悟。

此时陪侍在天子旁边的，除了蜚先生以外，还有许攸和淳于琼两个人。许攸和蜚先生是为了与天子商讨乌巢之战而来的，不过淳于琼是顶着宿卫的名义硬掺和进来的。

乌巢之战的大略是以天子为饵，许攸为间，迫使曹操铤而走险率主力奇袭乌巢，再聚而歼之。但兵力如何部署，言辞如何设计，时机如何把握，诸多细节都得落实。

"我不管你们怎么调派，总之老夫是要守乌巢的！"淳于琼兴奋地挥舞着大手，大叫大嚷。

"战端一开，乌巢就会变得极其凶险，四面兵锋，老将军何必去冒险呢？"刘平劝道。他话一出口，就发现蜚先生和许攸都用同情的目光看着他，不禁有些纳闷。

他还没问怎么回事，淳于琼双目放光，几乎要跳起来："说得太好了！这些日子我都快无聊死了，正需要点混乱给自己刮刮闲毛！"

刘平这才明白另外两个人眼神的含义。这个淳于琼根本就是个战争狂人，他根本不在乎胜败，他要的只是战斗本身，仿佛这样才能找到自己的价值。刘平那么劝说，只能起到相反的作用。刘平忽然想起来，邓展当初在城外就是被他救过好几次，才死里逃生。不知他为何对一个曹营偏将如此上心。

"好吧，那你就跟我待在乌巢城里。"刘平点头。他看了一眼其他两人，他们也没什么意见。淳于琼名义上归属颍川一派，实则是个特立独行的临淄人。看守乌巢这个任务，既难抢到战功，风险还大，搞不好要跟数倍的敌人作战，是个鸡肋般的位置，既然淳于琼主动请缨，大家也就乐见其成。

淳于琼拿到了自己喜欢的位置，心满意足地离开了院落。

又是略做寒暄几句以后，刘平对许攸叹道："朕这次举荐许卿，是因为卿与曹操有旧。但细细一想，这一举实是把你往火坑里推。曹营谋士众多，郭嘉狡黠，万一识破，卿可就危险了。"

许攸摸了摸尖尖的下巴，朗声道："为汉室尽忠，乃是臣子本分。再者说，我身秉大义，郭嘉又岂是我的对手？"他的笑声尖细，像一只被踩住脖子的公鸡。蜚先生的独眼闪过一丝光芒，对这句话不屑一顾。

刘平拍腿赞道："说得好！难怪袁将军放着诸多谋臣不用，反而两次急信把卿从邺城召来，果然只有借重卿之高才才能抗衡郭嘉。"许攸听到这句话，神情为之一滞，露出狐疑之色。刘平微不可察地使了个眼色，许攸立刻咧开嘴大笑起来："陛下所言不错。我看曹营那些策士，都是土鸡瓦狗，不足为虑。"

蜚先生敏锐地从两个人的对话之间嗅到一丝古怪的味道，可他不清楚这异样从何而来。不过蜚先生没有过多纠结此事，他嘶哑着嗓子对许攸道："您前往曹营的理由，在下也安排好了。"

"哦？说来听听。"许攸好奇地问。

许攸要扮演的角色，是从袁绍营中叛逃之人。他为何弃强从弱，必须得有一个站得住脚的理由，否则人必生疑。蜚先生从怀里拿出一份书信，搁在许攸身前："这是东山截获的一封官渡送往许都的催粮文书。"

许攸打开看了一眼，啧啧叹道："都说曹阿瞒这几年屯田有方，攒了不少家底，想不到官渡一战米缸就快见底了。"

蜚先生道："您拿着这封书信去见主公，献上分兵袭许之计。而郭图趁机进了谗言，说您与曹操有旧，此举是明帮河北暗助曹氏。主公大怒，将您在邺城的家人寻了个罪名收监，还要把您投入监牢。您走投无路，只得南下官渡投曹。"

许攸听到这个安排，大笑起来："好，好，这个设计好，果然是只有我河北幕府才有的特色。曹操听了，一定不会起疑。"

郭图是颍川一派，许攸却是南阳巨头，两者互相陷害使坏，实在是袁营最平常不过的风景。蜚先生编造的这个理由，任谁都觉得理所当然。刘平甚至怀疑，郭图可能真的有这么个打算，只不过真戏假做而已。

刘平心里又一转，不由得佩服起蜚先生来。这个理由不光是为了瞒过曹公，也暗暗含了一层牵制许攸之意——为了让靖安曹笃信不疑，许攸在邺城的妻儿会被假意收押。若许攸顺利完成任务，妻儿原样放回；若许攸有什么二心，这假戏就会真做。这个许攸叛逃的理由，反而成了他无法叛逃的原因。

刘平看向许攸，他却似乎没看出这一层意思来，高高兴兴地挥舞着右手道："既然曹公粮荒，那么我此去曹营，正好以粮草入手，趁机攻心，让他来乌巢就粮。"说到这里，许攸的三角眼扫视了一圈，目光落到蜚先生身上，指头一点：

"不过你们可不要自作聪明，先把乌巢粮草运走。那里积屯咱们全军大半粮草，对曹军可是个大大的刺激。你们转移了粮草，剩个空壳，曹公说不定就不来了。"

许攸的话不太好听，但蜚先生只能点头称是。许攸在袁营的地位，算起来比郭图还要高上一线，不是一个东山能压住的。

三人又讨论了一些细节，忽然邓展走进来，他现在算是天子禁卫，负责进出宿卫并通传等事。邓展面无表情地说道："东山急报。"然后看向蜚先生，他是东山首脑。

蜚先生骂了一句"真不是时候"，然后向天子与许攸致歉告退："我去处理一下急务，马上就回来。"说完他起身急匆匆地走出营帐。

这里是天子行宫，规矩很多。蜚先生的事务再急，也不能在行宫内处理，必须离开院落几步，做完事好后再返回来。

等到蜚先生确认离开了院落，刘平看向许攸的眼神突然变了，他急速说道："蜚先生随时可能回来，我们没有多少时间。"

许攸眼珠一转："你一说主公两次急信催我，我就知道你和曹世侄是一伙的。"在邺城时，曹丕冒充前线使者去见许攸，结果被真的使者撞破。刘平故意透露出这个细节，蜚先生茫然不知，许攸却是一听就懂。

"没想到汉室真的和曹阿瞒联手了，你们把邺城可折腾得够可以。"许攸感慨。他离开的时候，邺城还没从混乱中恢复过来。

"朕在邺城本欲去拜访先生，可惜未能成行。朕听曹丕说您有投曹之意，所以这次举荐您前往曹营为间，其实是顺水推舟，满足先生这个心愿——曹公如今正是最艰苦的时候，你这一去，雪中送炭，胜过锦上添花啊，前途无量。"

刘平怕蜚先生回来就无法说话，所以省掉了试探和寒暄，直截了当进入正题。他知道许攸是个唯利是图的人，干脆挑明价码，更省力气，语气上也变得咄咄逼人。许攸眯起眼睛，他确实有假投变真投的意思，可刘平这么开诚布公地说话，他有点不太习惯。

"这个时候投曹，对我来说，好处确实会是最大。"许攸点头承认，可又疑道，"陛下如此积极推动此事，却又要为汉室争得什么利益？"

"朕送你这个前程，只要你帮朕一件事。"

"哦？"

刘平伸出一根指头："我要你身上的一样东西：许劭的《月旦评》。"

许攸一副"早预料到了"的神情："若是要这样东西，陛下您开的价码，可不太够呢。"

"在曹氏的前途不算吗？"

"那是曹公的出价。从汉室我又能得到什么好处？"

"三公之位。"

"哧……"许攸不屑一顾，"桓帝那会儿，三公可还能卖个几千万钱，如今可不值钱了。"

刘平没时间转弯抹角，他促声道："许先生，你要知道。这《月旦评》无论是在袁绍手中还是曹操手中，无非是博得几句褒奖。若是给朕，不出数年，你那三公之位便会是实至名归。"

许攸一时间惊讶得说不出话来。这个承诺，几乎相当于宣战曹氏、汉室重兴的宣言。

"这……这有些荒谬吧？"

"朕若龟缩在许都说这样的话，或许只是大言；如今朕亲身犯险，白龙鱼服，置身此间。卿以为朕之决心如何？"

面对天子展现出的惊人决心，许攸沉默了。天子的意思很明白，这笔《月旦评》的买卖，献给袁、曹，算是交易；交给汉室，却是投资。前者稳妥，所得有限；后者风险颇大，收益却可能是几十倍。

许攸抬起头来，他看到的是天子无比坚定的目光。从古至今，确实没有一位君王像这位天子一样孤身游走于中原，汉室看来真的是豁出去了。许攸再回想起那个看似荒谬的承诺——似乎变得不那么虚无缥缈。如果眼前真的是中兴之主，那许给他的三公之位可就值钱了，而他要付出的，不过是一本名册而已……

"好，不过得等我顺利到了曹营再说。"许攸终于下了决心。以小博大，这值得冒险。

"子远做事果然谨慎，呵呵。朕会告诉你转交给谁，你甚至可以等尘埃落定以后，再给也不迟。"刘平别有深意地看了眼许攸，后者毫无羞愧。

这是刘平最顺畅的一次谈话，许攸这个人唯利是图，反而最为方便。刘平看了眼门口，蜚先生似乎还没回来，又开口道："你在邺城的妻儿，靖安曹的人会设法解救，你不必担心。"

"那个啊，不必了。"许攸丝毫不以为意，"那个女人是我专门养来当人质的。袁绍以为我跟她生了个孩子，就能拿他们牵制住我。其实他们不过是幌子罢了。"

刘平先是惊讶，然后厌恶地看了他一眼："那毕竟是你的骨肉，你不心疼吗？"

"他日我做了三公，还不是要多少有多少？"许攸得意扬扬地抬起尖下巴。刘平在心里不由得冷哼一声，这人唯利是图也就罢了，人品居然也恶劣到这地步。若不是有求于他，刘平真不想和这么个人虚与委蛇。

"对了，曹丕在邺城找你，是有什么事情？"刘平问。

"嘿嘿，他们家的私事，想知道的话，要另外拿东西来换。"许攸分开二指，鼠须一捋。

这时屋外蜚先生匆匆返回，两个人同时闭上嘴。他们又谈了一阵，许攸先行告退，剩下刘平与蜚先生相向而坐。

"准备了这么多，不知何时才能开始。"刘平打了个呵欠，显得有些疲惫。

"请陛下不必心急，军队调遣、细作布局、粮草分配等诸多事情，都需要耗费时日。等许攸去到曹营铺垫好，才好从容展开。"蜚先生躬身答道。

"那就辛苦你们了。"

"陛下，臣还有一事不明。"蜚先生忽然伏在地上。

"嗯？"刘平一愣。

"臣没想到郭奉孝这么大的手笔，连皇帝都敢拿出来用——这点我不如他。"蜚先生言辞恳切，然后独眼一凛，"可臣不明白。他哪里来的自信，能保证陛下您脱离曹营桎梏以后，仍不会对曹氏不利呢？"

这个问题当真犀利，刘平毫无准备，被他一下子问住了。这若是答得不好，之前辛苦经营的大势就会烟消云散。刘平装作沉吟，眼角无意中扫过案几上的食盒，突然灵机一动，叹了口气道："朕之钳制，在身不在心，例同董承。"

董承被郭嘉下了延时之药，死在袁绍境内。刘平这是在暗示，自己也被下了毒药，如果不听从郭嘉的指示，就会毒发身亡。

蜚先生微微动容，情绪有些激动："果然和我猜测的一样。这个人居然敢对天子下药，当真是诛九族的大罪！那陛下你现在岂不是……"

"你可还记得那个叫史阿的人吗？他身上有一丸华佗制的解毒药丸，正好可化此毒。我如今已经没事，可以心无旁骛地对付曹氏了。"

史阿确实有一味解毒药丸，是董先生赠给他的。只不过这药丸没被刘平服下，而是史阿在白马逃难时送给曹丕了。刘平知道董先生没法查证此事，故意七实三虚地说出来。果然，董先生一听，立刻拍手呵呵笑道："这原是我送给史阿的，想不到竟救了陛下，天数循环，果然奇妙得很。郭嘉小儿，又怎么算得过天呢！"

"你与郭嘉之间，到底发生过什么事？让你如此怨憎？"刘平就着这个话题顺口一问。

"既然是陛下相询……"

听到这个问题，董先生沉默了一下，开始缓缓解裹在头上的青布。随着一圈圈散发着伤痂臭味的青布条被扯下来，刘平惊讶地看到，董先生一直挡住的另外半张脸，竟白皙精致，能看得出是个俊俏男子，跟平时那半边露在外面脓疮横生的脸比，简直霄壤之别。可惜的是在眼眶处留一个黑洞，仿佛一扇精美屏风被人用烧火棍捅了个眼。

这样一个才貌双全的人，心气一定极高；被毁容之后心性大变，也是可以理解的……

"我，我还以为……"刘平结结巴巴，有点后悔自己的唐突。

"陛下不必怜悯。臣这副模样，全拜郭嘉所赐。是以臣以陋面见人，以时刻提醒警醒，毋忘此恨。"董先生的身体在青袍下微微发抖，声音也比平时低沉许多。

"莫非是他配的毒药？"

"不错。我中的这种毒，叫作半璧全，是他得意的手笔之一，中此毒后，一边身子毒疮频发肿液肆流，另外一半却越发晶莹细腻。无药可救。"

"这纯粹是为了整人嘛……"刘平心中暗惊。这"半璧全"摆明了打算让人生不如死，进退两难，挫其心志。这等手段，唯有郭嘉才会如此恶趣味。

"所以臣发过重誓，一日不杀郭嘉，便一日不除此袍。"董先生一边说着，一边把自己另外半边脸重新裹起来。

刘平道："如此说来，难道你也曾是华佗弟子不成？"

董先生呵呵惨笑一声，后退了数步说："我与他同是颍川出身，关系还不错。那时候我们年轻，都喜欢四处游学，相约一起去华佗那里求学。结果他在华佗门下混得风生水起，与华佗的侄女华丹打得火热，我却是班里最不起眼的一个，根本不为人重视。就在他意气风发之时，我送了他一杯酒，在酒里下了合欢散。我的本意，只是想让他难堪。结果那天晚上，恰好他出去与华丹幽会，正赶上药性爆发，竟将华丹奸淫。等到郭嘉醒来，发现华丹已羞愤自尽，他只得连夜遁逃。"

"然后郭嘉对你展开了报复？"

"不错。以他的才智，轻易就推测出是我干的。我知道闯了大祸，也早早溜掉，却被郭嘉追上了门。我们斗了很久，我虽然逃得一条性命，但却中了他的半璧全，弄成现在这副不人不鬼的模样。后来华佗闻讯狂怒不止，把其他弟子尽数阉掉，打发回家。他们中的大多数都被我招致麾下，与郭嘉为敌。"

"嗯……"刘平一时不知该如何评论才好。

蜚先生似乎洞悉了刘平的心思，独目射出锋芒："陛下你一定在心里想，分明是你这个家伙嫉妒郭嘉的幸福，才故意陷害他。一个嫉贤妒能之人，有此报应天公地道，为何还如此怨天尤人？"

刘平被说破了心事，只得尴尬地笑了笑。

蜚先生声调忽然提高："你搞错了！我刚才说的故事，不是这一切恩怨的因，而是果！不是我害了华丹，郭嘉才对我进行报复；而是他先做了对不起我的事，我才会对他进行复仇！"说到这里，蜚先生恶狠狠地用唯一一只眼睛瞪向南方，干枯的手指怨毒地一勾，"他夺走了我的东西，我就要毁灭他的幸福！就这么简单！"

蜚先生像一头伤兽般嘶吼起来。刘平刚想追问这一段恩怨的源头到底是什么，蜚先生却把情绪陡然一收，冷冷道："等到官渡事了，我的复仇之战完成，就会辞官隐退。届时我自然会把这一切讲给陛下听，现在大战在即，莫要让这些闲事乱了陛下心思。"

说完蜚先生叩拜而出，留下刘平呆呆地留在原地。

在这个纷乱的战场上，每个人都有自己的恩怨、自己的因果。这些密密麻麻的思绪交织成经纬，促成一个又一个谋略，一次又一次斗争。刘平想到自己要在如此复杂的大网里寻找到自己的道并贯彻下去，一时间居然有些恍惚，质疑自己是否能做到这一点。这张密集的大网，让他有些艰于呼吸。

这可比在河内射杀一只母鹿难多了，刘平心想。经历了这么多的事情之后，这个淳朴开朗的河内青年已被淬炼成另外一个人——内质未变，心思愁绪却多了不少。他如今所处的位置，正是一场大风暴的中心，俯瞰着天下，同时被两股力量撕扯着。他拥有多重身份，在每个人面前都要先想清楚自己是什么身份，时刻记得什么该说，什么不该说。刘平微微闭上眼睛，觉得有些疲累。

可他一点睡意也无，心中烦闷，便起身拿起一壶西域产的美酒，信步走出院落。此时外面月色溶溶，一片清寂，几簇丁香在墙角悄然开放，让人完全想象不到这里临近着尸山血海的战场。

邓展忠心耿耿地站在外头值夜，看到天子出来了，他身子一僵。刘平微微有了一丝醉意，拍拍邓展的肩膀："你为何这么做？"邓展反问："这么说是真的了？"

这段对话没头没脑，可刘平和邓展都听得懂。汉室最大的一个秘密，这个人是知道的，可这个人却不打算说出去。刘平这时候一点也不紧张，反而有一种没来由的轻松。面对这么一个人，他可以卸下所有包袱，不再有任何顾虑，不必考虑自己扮演的是谁，充分享受做回自己的自由。

　　刘平蹲下身来，掏出两个酒杯斟满，塞到邓展手里一个。邓展想要推辞，刘平却非常强硬地坚持。邓展没办法，只得接了过去。两个人端着酒杯，互相碰了一下，各饮了一口，然后同时望天，发现今晚月色着实不错。

　　刘平晃着酒壶，一杯杯地喝着，轻声细语之间，把自己所有的事情都娓娓道来。邓展在一旁听得目瞪口呆，他虽猜到杨平与刘协之间的关系，可没料到其中如此曲折。

　　"听了这许多秘密，你都不想发表些议论？"刘平突然问，话中带着三分醉意。

　　邓展仰起头来，长长吐出一口气："我的家里人都被淳于琼杀光了；曹公对我的知遇之恩，我先后死过两次，也算是报答完了——你的秘密，我现在都不知该说给谁听。"

　　"你明明是忠心之士，为何如今对曹家是这种态度？"

　　"二公子，"邓展淡淡道，"是他让我意识到，我们在上位者眼中永远只是一枚泥俑。他们需要你，就会褒奖你，称赞你；不需要你的时候，任你曾经多么忠诚，他们也会毫不犹豫地把你从棋盘上扫落。"

　　刘平沉默了片刻，把邓展的杯子再度斟满，邓展这次一饮而尽，然后把杯子还给刘平："不喝了，我还在执勤。"

　　"过来帮我，如何？"刘平问。

　　"做汉室的棋子，和做曹家的棋子，有什么不同？"邓展半是嘲讽地撇了撇嘴。

　　"我不是要你做棋子，而是做朋友。"刘平认真地说。

　　邓展摇摇头，婉拒了这个邀请："你们是要反曹公的。我虽不会阻止，但也不想参与。"他停顿片刻，又补充道，"如果有可能，我希望能游遍中原大地，看看南蛮的密林、塞外的冰雪，听说在东海之上还有瀛洲，西域尽头还有大秦。我都想去看看。"

　　刘平忽然很羡慕邓展，他果断地斩断了自己的因果之线，放下一切包袱，把自己变成一个自由之人。

　　"那你还留在官渡干吗？"

　　"至少我想看完这一战的结局。等我以后到了那些地方，给当地人讲述的时候，总不能没有结尾。"邓展特别认真地回答。

　　"你会的。"刘平道，笑得很开心。

　　如果有人要为有汉以来所有的宫殿亭阁作一篇大赋的话，必然是以未央宫为开篇，而结尾无论如何也该用的是这座新落成的潜龙观。

潜龙观位于许都城内正东方向，是一座纯木制抬梁斜脊的两层建筑，方圆五十余丈。这座观的做工颇有些粗糙，比如它的大梁是虚搭上去，全凭四周二十根础柱支撑；它的夯基只有两丈，几乎是平地而立。斗拱、檐端处也颇为粗糙，观顶脊角更是只用瓦当相叠，无翘无伸。

在营造方家眼中，这潜龙观只是个偷工减料的半成品。但许都的人都知道，它的落成，是一个奇迹。在朝廷明确表示不予物资支持的前提下，孔融咬着牙硬是在数月之内将其盖了起来。潜龙观虽然用的木料不甚名贵，但外表都涂满青漆，使之看上去如青云团聚，飞龙若隐其中。

在更深远的意义上来看，潜龙观是乱世中的儒生们群策群力而成，为的是在许都聚儒大议，代表了儒家不屈不挠的精神。当诸侯们还在穷兵黩武的时候，儒的精神却没有消逝，这种一心向学的意志，让每一个人心中都热血沸腾。而这一天即将举办的仪式，让这种意义更得到了升华。

这一天，全新的潜龙观挂满了素绢，一代宿儒郑玄的祭奠将在这里举行，同时这也是许都聚儒的肇始典礼。

从一大早开始，陆陆续续有两百余人穿着儒袍，来到潜龙观。他们来自九州各地，都是受到孔融的感召而来。徐干站在潜龙观前，一边对进入的人微笑，一边在心里默默记着这些人的籍贯与来历。自从董承之乱后，许都凡十人以上相聚，都需要去许都卫报备。这次祭郑聚儒一共有两百多人到场，虽然儒生们闹不出什么乱子，可徐干还是亲自到场盯着，免得孔融又搞出什么乱子来。

这时候一群人走了过来。徐干迎上去，询问他们的来历。为首的二人一个叫柳毅，一个叫卢毓。前者来自河东柳家，后者来自涿郡，还是卢植的儿子，来头不小，身后的一群人也都是来自幽、并诸州——那可是袁绍的地盘。想到这里，徐干警惕地多看了一眼这两个人。

"这潜龙观三个字写得真不错，是出自钟繇的手笔吧？"柳毅抬起头，一群人对那块匾额指指点点。徐干冷笑，好一群乡下人。

"可惜刘和不能来，不然这次聚儒，会更有热闹看。"卢毓叉着腰，大为感慨。

"这人是谁？"徐干随口问道。

"弘农刘家的子弟，那可是个神奇的家伙，几乎一个人就把邺城搅得天翻地覆。"柳毅得意扬扬地炫耀道。

徐干撇撇嘴，这种大话谁都会说。他随口应和着，催促他们赶紧入观，这是最后一批人了。看看再没什么人来了，徐干带着几名随员也走进潜龙观，仆役在他们身后把大门咣当一声关了起来。

潜龙观的正殿是一个宽大空旷的大堂，十余根还没漆完的柱子支撑着整个建筑。在大堂的正中，摆放着郑玄的灵位、贡品、蜡烛、其他丧葬奠仪以及一摞厚厚的手抄儒典。孔融和司徒赵温两个人站在郑玄的灵位旁，垂首肃立，宛如两尊泥塑。其他人按照《禹贡》和郡望的方位站成几队，一直闹哄哄的。

徐干随便挑了一根立柱靠着，看看手里的名单：有六成是今文派的，三成是古文派的，还有一成立场不明。看来孔融是铁了心要把这次潜龙观聚儒搞成今文派的盛宴。不知道荀尚书会不会亲自到场，他如果来的话，古文派或许能稍稍振振声势。徐干忽然惋惜地叹了口气，其他人都在前线建功立业，自己却只能盯着这群没用的儒生，看着他们争论这些没什么意义的话题。他第一次觉得，满宠去了汝南，似乎比自己还要幸运些。

随着一声浑厚的鼓声响起，所有的儒生齐刷刷地看向孔融。孔融轻咳一声，走到正当中，轻轻一抬手，大堂里立刻变得非常安静。孔融严肃地环顾四周，把手放下，大声说道："今日我们齐聚于此，是为了祭奠两个人。"徐干听到这句话，突然觉得不对劲。

"两个人？不是郑玄一个吗？还有哪位大儒死了？"

这时孔融从怀里取出一块牌位，上书"赵公讳彦之位"几个字，他郑重其事地把它放在郑玄的旁边，拜了三拜。下首的儒生一片哗然，指着这块牌子议论纷纷。

"不好！"徐干脸色一变。赵彦之死是怎么回事他很清楚。可他知道，并不代表天下人知道。

这几个月里，孔融一直不遗余力地把赵彦渲染成一位烈士。袁绍的讨曹檄文里提到了他的名字，甚至赵彦的几篇议叙之稿也被到处传抄，四处都在传说这是古文派对今文派的一次迫害。这个死去的人，隐然颇具声势。而现在孔融居然在郑玄的祭奠里，把赵彦的牌位拿出来，摆明了是要抽许都的脸。

这个老东西，居然玩出这么一手。

可徐干不敢大叫，这个肃穆的场合如果被他破坏，传出去的不是他对赵彦如何，而是他在郑玄葬礼上的失态。于是他只能眼睁睁地看着赵温开始唱礼，孔融率领着儒生们向两块牌位鞠躬行礼。

"哼，书生意气，随你们折腾吧！"

徐干重重地把身体往后一靠，却发现柱子有点晃动。他有点奇怪，这可是新建筑，柱子怎会蛀朽？他身体又动了动，发现柱子又挪动了几分，一声不祥的咯吱声传入耳中。徐干抬起头，这一惊非同小可。他看到，这柱子的顶端居然被锯掉了一截，只用一个小木块搠在天花板与柱子之间，非常不牢靠。

徐干惊慌地朝旁边看去，发现大堂里的十几根柱子全都是这种构造。这些柱子，可是支撑整个潜龙观的重要基础，如果突然断裂或滑倒，后果不堪设想。孔融手里就算资源再少，也不该用这种偷工减料的办法。

前面孔融还在长篇大论地发表着讲话，儒生们没人发现这个异常。徐干觉得必须站出来说句话，可他犹豫了一下。在这么严肃的场合，却大声叫嚷着房子要塌了，万一传出去，他徐干的文名可就全毁了。儒经上搞不好会记上一笔，许都聚议，有狂徒徐干呼啸堂下，言大厦将倾，人皆笑之，千古之羞云云……

仿佛为了嘲笑他的犹豫，这时又一声细微的咯吱声响起。徐干眯起眼睛，四处搜寻，很快他发现出问题的柱子在大堂的西南角。这次更为严重，整个天花板似乎都微微向西南方向倾斜。

徐干觉得不能再迟疑了，他跳出来大喊道："这潜龙观不结实，尔等快快离开。"

"祭礼在行，不得妄动！"孔融厉声道。

儒生们陡然听到两个不同的声音，一时间不知怎么回事。但他们中的大多数习惯性地听从了孔融的命令，站在原地。只有进来最晚只能站在入口附近的柳毅、卢毓等人，开始朝着天花板扫视，面露异色。

这时大堂的西南角突然发出一声木柱折断的尖厉声，支柱再也无法支撑，轰然倒地。儒生们大叫着往附近躲开，随即整个天花板"哗啦"一下塌了半个角下来，掀起一阵烟尘。有掺杂着黑、青两色的液体从上面流淌下来，味道刺鼻，而且数量颇多，很快就覆盖了将近半片地板。儒生们纷纷抬起脚，不想沾上这些东西。有人一不留神布鞋踏上去，发现黏糊糊的很难洗掉。

"是清漆和桐油！"徐干立刻判断出了这些东西的来历。潜龙观的二层如今还在修葺，这些清漆和桐油大概就是工人们囤积在上头的。结果这大堂坍塌了一角，水性向低，这些东西顺着缺口流了下来。

"潜龙观居然在这么重要的场合出事了，我看你怎么收场。"徐干冷笑着看向孔融。就在这时，大堂内的十几根柱子同时发出密集的囊囊声，像是有无数蜘蛛在上面疯狂地奔跑。徐干面色大变，他顾不得别人，转身就要往大门跑。其他儒生也意识到情况不妙，纷纷也朝后移动，一时间人影散乱，整个大堂一片混乱。

"开门啊！"柳毅和卢毓拼命砸着大门，这时候他们发现，门居然是从外面被锁住的。越来越多的儒生拥到门口，却无处宣泄，只得拼命大叫。还有些年纪大的被踩在脚下，发出呻吟声。温良恭俭让的美德在这里荡然无存，人人都似沉船上的老鼠。

可这一切都已经太晚了。楼上仿佛有只无形的大手用力按了一下，十几根勉力支撑的柱子同时断裂。原本横挑的大梁一下子密布裂纹，挣扎几下便从中间断折。结果大梁一折，整个潜龙观的顶部彻底失去支撑，朝着大堂轰然砸了下来。对堂内的儒生来说，这次是名副其实的泰山压顶。

巨大的烟尘在许都城的西南方爆起，在半空打了个旋，朝四周迅速扩散开来。只是短短的一瞬间，潜龙观就化为一团混杂着断竹、碎木、裂石和大量人类肢体的废墟，随处可见被埋了一半的身躯或被巨木压住的大腿，还有一些探出瓦砾的头颅大声呼救着。唯一还算得上完整的，只有那一块写着潜龙观三字的匾额。

"火!!火!!"不知是谁凄厉地大叫起来。所有被埋的儒生都惊慌地发现，自己身边的温度突然开始升高，然后有凶狠的火苗从废墟的缝隙里钻出来，疯狂地吞噬周围的一切。据后来的幸存者回忆，这大概是供奉牌位的素烛在混乱中掉在地下，引燃了清漆与桐油。

接下来发生的事情，简直如同人间地狱一般。动弹不得的儒生们只能眼睁睁看着大火把自己慢慢吞噬，凄厉的叫喊和哭声响成一片。竹子在火焰中噼啪作响，如同有谁在点数着一条又一条被祝融带走的性命。整个潜龙观的废墟宛如一个巨大的火炬，熊熊燃烧起来。无数焦黑的手臂绝望地伸出缝隙摆动，又慢慢垂下不动。人肉焦煳的味道随着黑烟弥漫到四周，就像整个城市在举办什么食人的飨宴。

任谁都没有想到，这些四方聚拢过来的儒林精英，还没捞着机会一展自己的才华，就像一群受惊的围场野兽一样被活活烧死。他们的身躯和他们的思想，就这么被付之一炬，化为灰烬。这距离名垂史册的潜龙观落成还不足一天……

整个许都都被这突如其来的事故震惊了。荀彧第一时间下令打开四门，责成许都卫、宿卫以及城门卫三部为导，外围驻守部队为辅，全力营救潜龙观中被困的儒生们。文武百官也纷纷派出自己的家丁和仆役助阵，一时间许都成了一个乱哄哄的大蜂窝，每个人都试图接近废墟。

潜龙观是全木制结构，因此烧得非常彻底，火势极大。救火部队只能先把周围的建筑拽倒，防止扩散，然后把一桶桶的井水泼上去，可惜无济于事。一直到了次日丑时，大火才不情愿地慢慢熄灭。

死难者官职最高的是司徒赵温，一共有两百一十三人，大部分都是外地赶来的儒生，真正活下来的，不足二十人，可谓凄惨至极。幸存者中包括徐干、柳毅、卢毓等人。潜龙观倒塌的时候，他们簇拥在大门口，受到的冲击比较小，距离外面近。救火部队赶到以后，冒险靠近把他们拽离了火场，他们算是逃过一劫。

不知算不算是奇迹，孔融居然也在这场劫难中生还。坍塌发生的时候，他正站在供奉着郑玄和赵彦灵位的寿龛旁边，寿龛恰好与一块倒下来的厚木板搭成了一个三角，这个可供一人容身的小小三角救了孔融的命。但孔融被严重烧伤，头发、胡子什么的烧了一个精光。他的两个儿子赶来照顾他，但孔融躺在榻上不回应任何人的问话，只是呆呆地望着天空，一直在反复说着一句话：

"覆巢之下，岂有完卵。覆巢之下，岂有完卵。"

脸色铁青的荀彧站在榻边，听着孔融一次又一次地喊着这句话，嘴角微微抽搐。这对荀令君来说，可是罕有的失态。

根据许都卫的调查，这起事故源自一系列的意外。天花板支柱的敷衍了事、清漆和桐油的肆意乱堆、点燃的素烛，以及孔融为了体现聚儒的严肃性而下令紧锁的大门。这些事情凑到一起，导致了这一场大灾难。有人惋惜，孔少府为这件事殚精竭虑，结果居然落得这么个结果，实在是命运多舛；也有人幸灾乐祸，说儒家讲究天人感应，这一场飞来横祸，说不定是天不佑德。

但荀彧知道，这件事并没那么简单。从现场来看，孔融所站的位置是必死之地，距离他数步之外的赵温就直接被砸死了。孔融能够生还，纯粹是个意外。

这样一来，如果整场大火不是意外的话，就说明孔融根本就是有意殉死。想到这里，荀彧的眼神里投射出迷惑，孔融大费周章把天下儒生聚到许都，却又一把火烧个精光，这实在解释不通。

"文举，你到底想干什么？"荀彧低声说道，这句话只有他自己和昏迷中的孔融听得到。

荀彧很快就知道了答案。

潜龙观大火的传播速度，比野火蔓延得还快。荀彧明明已经下达了禁口令，可不知为何还是走漏了，诸州郡在同一时间都得到了这个消息。传播者除了极力描摹大火的凄惨之外，总是会带上一个广为流传却不知谁先发起的质疑：

"聚儒之议若成，今古之争可弭，天下儒学可兴。而今竟中道断折，万千沦为灰骸。曹氏之责，岂不昭然乎？"

这话明里暗里都在说：这场大火的背后，是曹氏！他们唯恐许都聚儒成了气候对古文派不利，进而影响到他们在朝廷的专权，所以派人在潜龙观放了一把火，把反对自己的儒生活活烧光。

诸州郡都派了人前往许都，闻听自己的子弟遇害，无不悲怆，纷纷设祭哀悼。在葬礼上，愤慨的宾客们悄悄议论着这些质疑，让它们进一步发酵。

偶尔也会有人说，曹公不至于会做出这么残忍的事吧？也许真的只是个意外事故？

这时旁边就会有人提醒：曹公天性如此，他当年屠徐州、杀边让，还在鄄城放纵部下吃人肉，如今火烧潜龙观又何足为奇。

"不是曹公烧的，难道是孔少府要烧死自己不成？"提醒者发出嗤笑。

一时之间，天下皆惊，谣诼四起。没人相信，这是一个意外。

潜龙观大火引起的震动，很快达到了一个巅峰：荆州刘表声言要带兵北上，以大儒的身份去许都亲自为那两百余名死难者讨个公道，还要迎回郑玄公和赵彦公的灵位。在袁、曹大战时，刘表一直保持着中立，不偏向任何一方。而现在他居然因为一场大火而改变了想法，决意北上。中原的局势，一下子变得扑朔迷离起来……

在南阳附近的一处清幽草庐里面，二人对坐。年长之人问道："二弟，有人说，刘表此举，是卞庄刺虎，借机渔利。你对此有何见解？"

对手是个二十岁左右的年轻人，他道："刘州牧是一方诸侯，但他也是一位纯粹的儒者。而一位儒者最重视的东西，是乱世之人无论如何也无法想象的。这样的人，现在已经不多了。"

年长者忙问刘表所图为何。年轻人笑道："刘州牧当年号称'八俊'，乃是太学名流。乱世将始之时，刘州牧就誓言要保全儒学种子，所以他单骑入荆襄，默默地蓄儒图存，以待天时。不然为何那么多中原名流，都纷纷跑到荆州去？他在荆州开立学官，博求儒士，征辟綦毋闿、宋忠等人在襄阳撰写五经章句。世人对这种种用心视而不见，只当他是一方豪强，真是可叹可惜。"

说到这里，年轻人拿起案上的鹅毛扇，从容扇了几下："你别忘了，许都烧死的大半是今文一派的儒生——而刘州牧恰好是今文派的坚定支持者。"

"你是说，刘州牧这次出兵，是真心要为儒林讨个说法？"年长者一惊。

年轻人道："无论刘表是真心还是假意，他如今已经得到了一个足够体面的借口。拯救群儒，中兴汉室，重振经典，名次孔孟董郑之右。这种诱惑，对一位拥有雄兵良将的纯儒来说，几乎不可抵挡。"

"所以我说，孔融这一招，实在是决绝。"

"等一等……"年长者有点跟不上思路，他尴尬地摆了摆手，一脸茫然，"怎么又扯到孔融身上去了？"

年轻人脸上浮现出一丝清冷的笑意："袁、曹在官渡胜负未知，唯一能影响中原局势的，唯有刘州牧一人。而若想要把他驱动起来，不施个苦肉计是不成的。"

"你是说……"年长者眼睛瞪得溜圆。

"孔少府一无兵将，二无地盘，他所能依仗的，只有自己的声望。在我看来，聚儒许下之议，恐怕是他打算以自己和两百余名儒生殉葬，来真正触动刘州牧的一个局。"

"这，这怎么可能……"

"正因为不可能，所以才不会有人怀疑。你看这几个月来，孔融四处渲染赵彦之死，营造出曹氏乱儒的印象。一旦火起，只消稍微推波助澜，天下人就会认为是曹氏的阴谋，再怎么辩白也已无济于事——我甚至怀疑，郑玄之死，都未必那么简单。"

"那孔融自己岂不是也会被烧死吗？"

年轻人面露钦佩之色："他根本就没打算活下来。他的性命，是这场大火中最重的砝码。一开始孔融就做好了准备，用自己的命向刘表死谏。"

说到这里，他直起身来，望着草庐外的花花草草，把杯中的清水倒在花圃中："原本大家都觉得，孔融只是个腐儒，除了会发发议论别无用处。许都聚儒不过是他沽名钓誉之举。结果那些以中原为棋盘的对弈大手们谁也没料到，百无一用的孔融，居然用了这样一种决绝的方式化身为一个'变数'，影响到了整个天下的大局。"

"可他的目的，是什么？"

"孔融是大儒，他对袁绍啊、曹操啊之类的家伙，根本看不上眼。他拼上性命，就是希望为刘表创造一个契机，让天子重新回到儒林掌握之中——辅佐明君平天下，这是儒者最高的梦想了。"

"你这都只是猜测吧！根本没有证据。"年长者不甘心地站起身来，拂了拂袖子。

"证据？"年轻人眼中闪过一丝嘲讽的笑意，"证据根本不重要。重要的是接下来要发生的事。"

"接下来还有？"年长者觉得自己快要疯了。

"我来问你，听到刘表北上的消息。袁绍和曹操会如何想？"

"自然是袁喜曹忧。"

"错！"年轻人一拍案几，露出得意之色，"他们谁也不会高兴！对曹操而言，刘表在这时候背后插来一刀，情况恶劣到无以复加；而对袁绍来说，这也不是件令人愉快的事。他在官渡与曹操死斗，刘表却轻轻松松收割着空虚的荆北豫南，说不定还能拿下许都夺到天子。到那时候，他可真的是辛苦一场，却为他人做嫁衣裳了。"

"鹬蚌相争，渔翁得利。"年长者也明悟了。

年轻人把扇子遥遥指向北方："不错。无论他们之前在布什么局，这一下子都被孔融这个大大的'意外'给破坏掉了。所以在刘表出兵的那一刻，无论袁绍还是曹操，他们都将别无选择，只能速战速决。我估计，官渡很快就会迎来一场仓促的大决战。"

说完预测，年轻人负手长长叹息："世人皆以为孔融是个狂士，可谁能了解他的真正执着。纵然他知道胜算不大，还是义无反顾地投身于此。潜龙观的大火，不能挽汉室于将倾，但这鞠躬尽瘁、死而后已的用心，真是我辈的楷模。"

"哦？你看谁胜谁负？"

年轻人摇摇头："无论袁、曹，对这场意外的决战准备都不会充分，谁胜谁负，就得看谁掌握的变数更多一些。这就不是远在荆州的我们所能预料的了。"

"这么说你是看好刘州牧喽？"

"不看好。汝南如今有满宠镇守，说明荀彧、郭嘉早有防备。天时究竟应在谁身上，还得看官渡的结果啊——"年轻人故意拖了个长腔，"谁知道除了孔融以外，还有没有另外一个变数呢？"

"你整天待在草庐里不出来，这天下大势说起来倒是一套套的嘛。"年长者揶揄道。

年轻人不以为然地摆了摆羽扇，做了个逐客的手势："行了，不说了，我要去睡午觉。明天你过来，我还有个三分之策跟你说说。"

第十二章 一个结束的开始

这是一个极其大胆的举措。袁、曹对峙了这么久，明眼人都看得出来，曹操已呈不支。这次偷袭乌巢的策略，将是曹氏的一次豪赌，势必要找最可靠的人来执行这个任务。

此时月光早已完全被乌云遮蔽，一片尸布般的阴森雾霭笼罩在湿地之上，好似幽冥世界入口的薄纱门帘。张绣伸出手臂在眼前慢慢挥起，动作轻柔，好似要把这层门帘掀开来，看看冥府究竟是什么样子。

手臂在半空停住，张绣瞪大了眼睛，拼命想看清周围的一切，可目力所及只有深沉如墨的夜色。在张绣的四周，影影绰绰不知有多少人马，偶尔能听见甲胄铿锵的撞击声和马蹄声，还有低声的叹息。他徒劳地眺望了一阵，回过头不耐烦地问道："弄好了吗？"他身旁的杨修道："弄好了。"

在张绣、杨修身旁的地面，两名士兵刚刚点起了一小堆火，四面用木盾隔挡，这样可以确保不会被人从远处发现。张绣迅速蹲下身子，就着火光从怀里拿出一份地图，抿着嘴唇认真审视，还不时用手指比量一下。杨修不时轻声说几句话，在地图上指指点点。微弱的火光把两个人的表情映得忽明忽暗。

对一支潜行的军队来说，在一个无月的夜半行军是最危险的经历。在一片不辨方向又无法举火的黑暗中，他们随时面临着迷路的危险。

张绣此时身处的位置，是官渡与乌巢之间的一条小路。说是小路，其实只不过是星罗棋布的湿地沼泽与密林山坳之间的一段模糊缝隙。早在数天之前，曹军的细作已经开始在这条小路上进行标记。可这个工作还未完成，张绣就接到了出击的命令。标记从曹营一直延伸到这里，即告中断。接下来的路，只能靠他自己的直觉、经验以及运气。

张绣终于大概有了个判断，他收起地图，用脚踩灭火堆，下达了命令："诸队集合，准备开拔。"林子里传来杂乱的脚步声，甚至还有几声坐骑的嘶鸣。这让张绣有些紧张，如果附近有敌人的游哨，恐怕现在已经暴露了。明明叫他们要叼草衔枚，可总有人执行不到位。

"这里距离乌巢还有点距离，袁军应该不会设斥候。"杨修宽慰张绣。

张绣叹了口气，这也是没办法的事，如今跟随他来的不是西凉旧部，而是丹阳兵。这些人刚刚从许都赶到官渡不久，还都算是新兵，所以对他的命令反应有些迟缓，跟西凉骑兵令行禁止的风格差太多了。

对于自己被突然调离前线以及分派新军这两件事，张绣开始时充满了警惕，认为这是曹公故意排挤自己的手段。但当他接到司空府的一份密令之后，心中彻底释然了。这封来自曹操本人手书的命令很简单：他让张绣率领这支部队，沿一条指定的小路离开官渡，进袭乌巢，彻底烧毁袁军辎重粮草，还要救出一个人。

这是一个极其大胆的举措。袁、曹对峙了这么久，明眼人都看得出来，曹操已呈不支。这次偷袭乌巢的策略，将是曹氏的一次豪赌，势必要找最可靠的人来执行这个任务。曹公没选择别人，居然选中了张绣，这是一种何其深厚的信赖。要知道，袭击乌巢是一件极其艰难的任务，但也代表了不世奇功。

张绣对曹操突如其来的信任，显得有些犹豫。这时杨修带给张绣另外一个消息：这个决策，与前不久刚刚投靠过来的许攸有密切关系。张绣一听到这个名字，彻底放心了。许攸曾经作为袁绍的使者拜访过张绣，他身为袁绍智囊之一，所提供的情报应该错不了。

至于要救的人是谁，郭嘉说等他们抵达乌巢后就会知道。

于是张绣收拾心情，带着极大的热情投入整军中去。不过他还没整完，出击的命令就下来了。张绣只得带着这支还未完全训练好的军队，换上袁军的旗号和衣装悄然开拔。

"刚接到探子来报，乌巢城的守军只有两千人，守将是淳于琼。"杨修与张绣并驾齐驱，悄声说道。

"淳于琼啊……西园八校尉的那个淳于琼？"张绣一愣。

"没错，那是个恣意妄为的老家伙，据说连袁绍都对他无可奈何。派他来守乌巢，恐怕是嫌他在前线添乱。"

"这对我们来说，算是好消息？"

"咱们夜袭乌巢，与其碰到个胆小怕事一有风吹草动就四门紧闭的庸将，不如拼一拼这种不守规矩的大将。"杨修说到这里，发出轻笑，"曹公的赌性，可比我还要大一点。"

张绣表示赞同。他忽然发觉，贾诩离开以后，自己已经习惯于向杨修咨询意见。虽然这家伙居心叵测，但最近一段时间表现得很安静，不再逼问他宛城之事，一心一意做一个军中谋主分内的事——这让张绣着实松了一口气。

黑暗中张绣看不清杨修的表情，只隐约能听到骰子在手里转动的声音，像是蟋蟀在草丛中鸣叫。他忽然注意到，杨修经常会把头稍微偏转一点，好像在观察附近的什么。张绣忍不住开口问他在看什么，杨修简单地回答道："看路。"

在这两个人的身后，大队的骑兵和步兵正沉默地跟随着。马匹夜不能视物，所以每一名骑兵都有一名步兵牵着坐骑缰绳，引导前路。每一个人都在黑暗中埋头赶路，没人注意到有一骑一步与大部队始终保持着一定距离，那两个人居然还违抗军令，悄声交谈着。

"我们要跟到什么时候？"步兵嘟囔着，看面相他还是个孩子。

"等到时机出现。"骑兵在马背上伏低了身体，一方面是方便说话，一方面则是因为他的腿受了伤，不易夹住马背。

"为什么我们不在官渡的时候揪住他来问呢？"步兵的声音充满了迷惑和不甘。

"二公子，你想想看，如果贾诩不说，张绣会那么轻易地告诉我们吗？"

步兵似乎被说服了，可他忽又抬起头："那现在他就一定会说吗？"

"你觉得一个人在什么情况下会吐露实情？"骑兵反问。

"心情好的时候？"步兵迟疑地回答。

"不，是他濒临绝境认为自己死定了的时候，所谓'人之将死，其言也善'，就是这个道理。"骑兵快速转动脖颈，阴森森地朝着面前的浓雾咧嘴轻笑。

"你是说……"步兵一怔，似乎意识到了什么，不由得握紧了腰间的剑柄。

骑士突然比了一个嘘声的手势，让步兵闭嘴。前面传来杂乱的脚步声，大部队突然停了下来，似乎发生了什么事。

"来，陛下，请满饮此杯。"淳于琼双手捧起一个酒爵，恭恭敬敬给刘平敬上。刘平接过酒爵，略沾了沾唇，随手放下。

这两个人此时正跪坐在乌巢城的府衙内，堂前摆满了珍馐美酒，粗大的蜡烛把里面照得如白昼一般。

"当年老臣在西园做校尉的时候，还曾远远地见过陛下几面，只是没机会觐见。能像今晚这样，君臣二人在乌巢开怀畅饮，实在让老夫……呃，老臣很是开心啊。"淳于琼豪放地哈哈大笑，把自己的酒一饮而尽。

刘平勉强笑了一下，什么都没说。此时他换了一身杏黄色的蚕丝短袍，这是袁绍为了强调他的皇帝身份而特意赶制的——讽刺的是，这是他当皇帝以来穿得最名贵的一次。

按照他与袁绍之间的约定，他需要亲身来到乌巢作为诱饵，把曹军吸引过来。现在刘平已经身在乌巢，他的职责已完成大半，接下来刘平只需要再做一件事，就可以老老实实待在城中，静等曹军覆没的捷报传来。

这可不是刘平所期望的。不过目前时机未到，所以只能耐着性子听淳于琼啰唆。

淳于琼没注意到刘平的心绪，自顾絮絮叨叨说道："说到这个西园八校尉啊，陛下你是不知道，当初灵帝陛下为了制衡何进的擅权，把小黄门蹇硕扶成上军校尉，带着袁绍、曹操、我还有其他几个人偷偷在西园练兵。那时候大家伙儿一腔热情，都打算报效朝廷，干得那叫一个热火朝天——"说到这里，淳于琼身体探前，神秘兮兮地说，"看看如今，两个校尉大打出手，天子反而没人搭理。这世上的事情，可真是很奇妙。"

刘平心中一动，这个家伙似乎话里有话。

"这么说，你对此也有不满？"刘平试探着问道。

"不满？哈哈哈哈，陛下你错了，我高兴得很！"淳于琼大笑起来，"我这个人，没别的爱好，唯独喜欢乱。世道越乱，越合我胃口。陛下你知道为什么吗？"

他看刘平没有猜测的意思，便挠了挠自己的大鼻子，自顾答道："因为天道有常，所有的事情都能预测到，实在太无趣了；只有当天道紊乱，谁也不知何去何从的时候，才会诞生出无限的可能性。光是想，就让人觉得激动。"

刘平哑口无言，居然有这样的变态存在。他开始明白了。袁绍和蜚先生派淳于琼来守乌巢，一方面是让他来看住天子，另一方面，恐怕也是希望让天子拴住他。把这么一个无法预测的家伙放入战场，那才真的是个大大的变数。而在乌巢，只要他待在城里就够了。

仿佛为刘平的心思做注解，淳于琼又继续道："用不了多久，乌巢就会变成两强相争之地。我主动请缨来守乌巢，就是为了置身这场大战的中心旋涡，亲眼见证，这是何等快意之事！"说完他又吞下一杯酒，脸上开始有酒意涌现。

刘平忍不住皱起眉头叱道："你身为西园八校尉之一，就没想过皇恩，没想过百姓？莫非天下大乱你才开心？"

淳于琼打了个酒嗝，眼神开始有些蒙眬："忠义都是借口，仁德无非矫饰。这天下本来就是由一群浑蛋开创的。这玩意不用传承，每个人都可以无师自通。这种世道，与其装腔作势，不如痛痛快快不违本心地做人。我不想变成那样的人，只好喝得醉一点，多多胡闹，尽量让自己开心点了。"

淳于琼把身子后仰，这在天子面前是很失礼的行为。刘平没有纠正他，只是冷冷看着："这么说来，你根本是个懦夫。"

"懦夫？"淳于琼歪着脸，努力揣摩着这个词的含义，然后摸了摸自己的脸。

"不错！无所适从，于是自暴自弃；舍大道而营小利，难道不是懦夫所为？相比之下，孔少府所作所为，可是强出太多了。"

听到潜龙观起火的消息，刘平立刻知道，这是孔融的反击。这个老人无兵无将，还因为啰唆而被人看不起，但他却用自己仅有的力量做出了表率。这让原来对他不屑一顾的刘平深感惭愧。

其实刘平应该与淳于琼虚与委蛇，一杯一杯地把他灌醉，这样自己才有可乘之机。可刘平听到这人发出如此言论，实在是按捺不住火气。淳于琼有些恼怒地拍了下桌子，两只眼睛瞪圆，仿佛要把刘平一口吃下去。刘平不甘示弱地瞪着他，两个人之间的冲突一触即发。

末了淳于琼松开拳头，把身子慢慢靠回去，又斟满一杯酒。这次他也不敬天子，自己一口喝光。

刘平也不知道自己为何变得心浮气躁，大概是大战将至、心中忐忑不安的缘故吧。

这时邓展走过来："陛下，时间到了。"刘平重重把酒杯放下，冷哼一声，起身离开。淳于琼一个人兴致勃勃地自斟自饮，连头都懒得抬。

"当初你在他麾下时，他就是这么一副嘴脸吗？"走在路上，刘平忍不住问邓展。邓展与淳于琼当年的恩怨纠葛，他已听说了。邓展想了想，回答道："那个人啊……从来没人知道他在想什么。他今天居然跟陛下您说了这么多话，着实出乎我的意料。"

刘平愣了一下，旋即摆了摆头。淳于琼只是无关紧要的一个小角色，这时候犯不上为他伤神。

此时他们正走在乌巢城中，道路两旁到处都堆放着粮草与辎重。乌巢与其说是座城池，倒不如说是一个大号的土围子，除了四面夯土高墙以外，基本没什么防御工事。从河北转运过来的大量补给都杂乱地堆积在这里，彼此之间也没有挖防火壕沟。万一真有人潜入城中投下火把，很容易便会烧成一片。

邓展把刘平送到乌巢西侧城墙的底端，停住了脚步。接下来刘平自己沿着凿出来的台阶一步步攀上城墙顶端，来到一处向外凸出的拐角边缘。这里只插着一面角旗，有气无力地搭在旗杆上，丝毫不为夜风所动。刘平走过去，扶住旗杆，身子朝外探去，极力让身子融入黑暗。

过了一阵，刘平听到一个如同风吹沙砾的声音传入耳朵，这声音他许久不曾听到了："陛下，在下徐福。"

刘平习惯性地左右张望了一下，尽管他什么都看不到。徐福的声音似乎又从另外一个方向飘来："您果然是在乌巢。"

"不错。曹公的救兵是不是快到了？"

"是。"

"很好，接下来的事情，你要记好。"刘平的声音越来越低……

刘平与徐福重新接上头，这其实要归功于蚩先生。

蚩先生认为曹操是个非常狡黠多疑的人，他不会轻信任何一条消息。许攸已经告诉他"天子在乌巢"，东山也刻意散布了"天子在乌巢"的消息让靖安曹听到，但这还不足以让曹操下定决心。他希望刘平通过汉室的渠道假意向曹营求救。这样一来，三个不同来源传来同一个情报，由不得曹操不信。

为了不让天子心怀忌惮，蚩先生还非常大度地允许刘平自由行动，给他充分的空间与徐福联络，周围甚至几十步内都没有哨兵。事实上，刘平无论说什么，蚩先生都不在乎。他的目的，只是让曹军知道天子确实在乌巢，就够了。

今夜是刘平与徐福的第二次联络，也是最后一次。徐福将亲眼确认刘平的安危，然后回报给奇袭部队，曹军才会发起攻击。对刘平来说，此时他终于掌握了一个优势。蚩先生只知刘平会和郭嘉的使者接头把自己身在乌巢的消息送出去，但他不知道，这个人是徐福——杨彪的忠仆，汉室的一把利剑。

刘平和徐福的谈话结束得很快，刘平一个人走下城墙，神色如常。邓展迎了上去："如何？"刘平淡淡地指了指天："人事已尽，接下来的事情，就交给老天爷了。"

附近的草垛和围墙下有几条人影闪过。刘平知道，这都是东山派来监视自己的人。他佯作不知，向前走了两步，看到一个熟悉的人从阴影里走出来。

"王越？"

"自从籍田一别，陛下依然康健如斯哪。"王越不跪不拜，声音如刀。

刘平的脸有些僵硬。他可没想到蚩先生会把王越带到他身边来。有这个家伙在，自己的计划可要有些麻烦了。杨修给刘平讲过王越和杨家的关系，但也表示这个人特立独行，很难驾驭。刘平这时看到王越，一时也判断不出他是站在哪一边的，便保持着沉默。

"蚩先生说今夜风寒露重，请陛下早点回宫中休息。"王越伸手做了个请的手势。

刘平看了他一眼，迈开大步，朝着乌巢城中心的府衙走去。王越忽然发现邓展也紧紧跟在刘平身后，细一端详，不由得大为意外。

"你不是那个……"王越回忆了一下，"跟王服比剑的曹家将军吗？"

"不错。"邓展对他可是没什么好脸色。

"想不到你也投到这边来了——哼，我弟弟的死你既然也有份，可不能就这么算了。"王越眼神闪过一丝寒芒，握紧剑柄。他可不管这人如今是天子护卫还是曹家叛臣，只要有份杀王服的，除了唐姬以外统统都要死。

邓展却是波澜不惊："要报仇，也要过了今晚再说。"他转身跟上刘平的步伐，把背部毫无防备地亮出来，似乎对王越的威胁毫不在意。

"也好，曹氏的血账，今晚要还的可不少呢。"王越舔了舔嘴唇，意犹未尽地咂了咂嘴，也跟了上去。

就在这时，乌巢外围的夜色之中，突然响起一声夜枭啼哭。三人同时停步，抬头望去，表情不一。这夜枭的啼声不大，但在这万籁俱寂的夜里，却是格外清楚。

张绣握紧了缰绳，表情僵硬，只有胯下的马匹能感觉到主人的双腿在微微颤抖。在他的面前，是一支大约有三十余人的袁军小队，为首的队长正一脸狐疑地盯着张绣和他身后的军队。

他们刚一走出湿地，就迎头撞上了这支袁军小队。好在奇袭部队事先都换了袁军的服饰，不至于立刻暴露，但这次意外遭遇还是让包括张绣在内的士兵紧张万分。以他们的战力，消灭这三十多人不成问题。问题是，只要有一个人及时发出警告，整个袭击计划就会告吹。

张绣正在心里盘算该如何蒙混过关，杨修忽然压低嗓音说了一句："交给我吧。"然后驱马向前，朗声道："你们是哪部分的？"

队长没料到对方先发制人，先是一愣，随即抱拳答道："我们是高览将军麾下。"

"口令呢？"杨修严厉地问道。

队长为难地摘了头盔："下官刚从黎阳出发，还未入营交接口令。"

杨修冷冷道："没有口令，我怎么知道你们不是曹军细作？"队长一听大急："我等确实不是，这里有高览将军的令牌。"说完他急忙从怀里拿出一块凭信，杨修接过去，却不还给他："高览将军防区不在这一带，你们到这里来做什么？"

此时队长哪里还顾得上质疑张绣，手忙脚乱地解释道："因为军情紧急，我们是连夜行军，没想到中途迷路了——绝不是曹军的细作！真的！"

原来他们不是本地巡哨，而是迷路的游军。张绣大大地松了一口气，赞赏地看了杨修一眼。这小子胆量不小，先声夺人，一下子就诈出了对方的底细。看来杨修和贾诩风格大不相同，前者只要看到一点机会，就会大着胆子去下注，比起风烛残年的贾诩更有活力。

杨修又跟那个队长交谈了几句，以"军情未明"为名，强迫他们跟随自己行动。那名队长乐得有人认识方向把他带出去，不虞有诈，就答应下来。于是，这三十几人被编入了队伍的前列，一起行动，至于高览将军的令牌，则被杨修拿在手里，没有归还。

这支袁、曹混杂的部队在沿途先后两次碰到游哨，杨修拿出令牌，顺利蒙混过关。

游哨以为他们都是高览麾下，队长却以为杨修是为了给他证实身份，大为感激。这支意外闯入的袁军反成了奇袭部队的护身符，一路平安无事地突破了袁军的外围巡哨圈，深入腹地。

就这样走了大约一个多时辰，张绣发现脚下的路变得平坦起来。恰好这时天上的云层变得单薄了一些，有微弱的月光透射下来。张绣隐约看到远处有一座高大的黑影，脚下的道路一直延伸过去。

那里应该就是乌巢城了。

乌巢城的城头星星点点，竖着许多火把，在黑暗中宛如灯塔一般。但火把根本不移动，说明守军没有任何警觉。张绣大为兴奋，最困难的阶段已经过去，接下来的就是混入城内干掉毫无准备的守军、焚尽粮草辎重而已了。

张绣刚要发出命令，杨修目光忽然一凛，把他要抬高的手又按了下去。张绣不明白他是什么意思，杨修做了个安心的手势，然后把令牌扔给队长："前面就是乌巢城了，你们可以进去歇息，我们就送到这里了。"

"多谢多谢！"队长满是感激。

"对了，乌巢的守备非常森严，你们是外来的又不知口令，盘问起来会很麻烦。一会儿城头有人问起，你们就索性说是赶来加强乌巢守备的，也省点唇舌，早点歇息。"

"好，好。"

队长揣好令牌，兴高采烈地呼喊自己的部下朝乌巢赶去。杨修让张绣全军尾随其后，但保持一定距离，走到距离城边四百步的地方，就不要靠近了。那是守军在黑暗中目视的最远距离。然后他和张绣寻了一处丘陵的顶端，朝乌巢望去。

张绣不明白杨修葫芦里卖的什么药，问他为何不趁着那支袁军小队进入城门的时候发起冲击。杨修紧皱着眉头，没有回答，只是死死盯住城门。

他们看到，那支袁军小队走到城门口，仰头喊了几句话。突然之间，城头亮起无数灯笼，无数弓弩手拥上城墙，对着城下疯狂地射起来。那支小队猝不及防，几乎在一瞬间就被全灭，三十多具尸体被射得犹如刺猬一般。很快城头的灯笼三举三落，一拨拨骑兵冲出来，围着城前的尸体转悠，显得有些迷惑。

"这，到底是怎么回事？！"张绣惊骇莫名。

杨修脸阴沉到了极点："趁着灯火还在，张将军你仔细看看。"张绣瞪大了眼睛，终于发觉哪里不对了。这根本不是什么城墙，而是由数十辆楼车并排组成。楼车的高度和城墙差不多，外面又披挂着漆成城砖颜色的大布。虽然这个布置简陋至极，但乌巢本来就是极小的城池，加上夜里视野极差，偷袭者不抵近观察只靠轮廓很难分辨这两者的区别。

"快走！"杨修迅速起身。

张绣立刻意识到，敌人既然设了这么个圈套，周围必然埋有伏兵。若不趁现在敌人还没反应过来，恐怕很快就会被合围。

军令被飞快地下达到每一个人，奇袭部队立刻掉头，朝着来时的路匆忙奔去。他们没走出两里路，就迎面撞见了一支袁军部队。这支部队是以弓兵和盾兵为主，显然是为了伏击之用。他们估计是看到乌巢假城的灯光亮起，匆忙赶去设伏，却没料到被伏击的部队这么快就掉头冲了过来。

"杀！"

张绣只下达了一个命令。

张绣麾下的丹阳兵和青州兵军纪涣散，可在个人格斗上都是好手，最擅长的就是乱战。在黑暗中士兵们无法分辨敌我，他们怒吼着挥动着手里的武器，只能凭借方向来杀敌——甭管什么穿着，只要是跟我面对面的，就是敌人。这支伏兵以远程武器为主，猝然在黑暗中遭遇到近身搏杀，一下子陷入了混乱之中。

来不及射箭的弓兵被长矛刺穿；盾兵想要举盾掩住身体，却发现周围的同伴被冲散，盾阵的优势荡然无存，阴险的刀刃可以从侧面轻易割开腰部；只有少数刀兵和戟兵还在勉强支撑，但一次斩击却会吸引数倍的回击。

在这种凶猛而短促的打击下，只是短短半炷香的工夫，这支袁军便被打成了一盘散沙。张绣不敢恋战，带着队伍穿过散乱的阵形，消失在黑暗中。

"我大概知道袁军是什么打算了。"杨修一边抓紧缰绳一边说。

"讲。"张绣平时有些懦弱，可一到战场上，那股虎将的气势便强烈地散发出来。

"这附近没有山坳或大片树林可以藏住大军，所以袁军应该是把伏兵化整为零，分成几十队，以假城为圆心进行均匀配置。一旦我们中计接近假城，他们就会从四面八方群起攻之，迅速结成包围网。"

张绣"嗯"了一声，心中庆幸不已。如果不是杨修觉察得早，他们将会被合围在城下，承受着来自城头和四周的无尽打击，那将是死路一条。

"袁军既然这么分散，那趁他们还没合围时我们各个击破，突围不成问题。"

此后张绣先后又遭遇了两次伏兵，所幸每次都先发制人，击溃了对手，然后不断改变方向，防止敌人追击。他们在黑暗中误打误撞了许久，最终确认自己已经杀出了包围，但同时也发现彻底迷路，不知身在何处。

幸运的是，这附近有一条很宽的河流，于是队伍停下来稍事休息。张绣把坐骑撒开，让它自己在河边找野草吃，然后找到杨修。杨修正在清理身上的血迹，那不是他的，而属于一名不幸的袁军士兵。那名士兵试图接近杨修，结果被一名用剑的步兵飞快地割开脖颈，喷出一腔热血。杨修的脸上沾了不少血点子，看上去有些扭曲疯狂。

张绣走到他身边："你什么时候发现的？"

"咱们刚一踏上那条大路的时候……"杨修用溪水扑了一下脸，抖抖手，这才回答道，眼神变得凌厉起来，"乌巢城屯粮极多，过往车马一定频繁，道路应该被轧得十分平整。而那条大路虽然平整，但一路上坑洼凹凸之处实在太多，像是匆忙急就而成的新路。"

张绣也非庸才，听杨修这么一分析，立刻豁然开朗。杨修继续道："无论是这条路，还是那座可笑的楼车假城，放在白天都是破绽百出。只有对夜晚行军的人，这种伪装才有迷惑性——这说明什么？这是给咱们量身打造的陷阱！他们早就打算在此伏击！"

"那不对啊。我们一直是按照地图走的，袁绍怎么能未卜先知，在一个错误的地方修路筑城等我们来呢？"张绣还是有点不能接受。

杨修冷笑一声，指着张绣的胸口道："如果我说，这张地图本身就是错的呢？"

张绣哑然。他这张地图，是靖安曹提供的，上面标记着官渡、乌巢、阳武等一些重要地点之间的距离关系。如果有人在上面做点手脚，就会失之毫厘，谬以千里。

"可是……为什么？"

杨修道："张将军到现在还没醒悟吗？你是杀曹昂的降将，我是汉忠臣的儿子。咱们不过是吸住袁军注意力的弃子，曹公真正的奇袭部队，恐怕已经摸进真正的乌巢城啦。"说到这里，他狠狠地把骰子扔在地上，第一次露出怨毒的神色。

之前郭嘉对杨修的各种小动作都很容忍，这让杨修产生了错觉，心中懈怠。没想到郭嘉不出手则已，一出手就是想要把他和张绣一口气全都除掉。当杨修注意到这点的时候，已经太晚了。

听了杨修的话，张绣霍然起身，心中的震惊无以复加。难怪自己从前线被突然抽调回来，难怪配备的都是没有经验的新兵，难怪一定要夜晚出击。原来这一切，只是让自己去当弃子，就像他们把那一小队袁军当成弃子一样。

张绣脸色有些发白："那我们怎么办？"

杨修俯身把骰子从泥土里捡起来，拍干净，露出一丝狞笑："他郭奉孝也不是神仙，千算万算，他也算不到会有一队迷路的袁军做了替罪羊，替咱们在楼车城下全军覆没，给咱们留了转圜的余地。"

按照常理，蜚先生若在此设伏，定会把周围清理干净，不让意外搅局。这队袁军莫名其妙地一头闯进来，说明他们军中的沟通出了问题。也许是孔融的事情刺激到了袁绍，使得这个计划不得不提前发动，以致出现意外。

"转圜？怎么转圜？"张绣有些烦躁地跺了下脚。

杨修朝着身后队伍的两个身影投去一瞥："这就是郭奉孝第二个算不到的地方了。"

几十条木船在夜幕下的乌巢大泽飞快地前进着，船底无声地割开水面，分出两道浪花，像是锋利的匕首在裁着布。这些木船没有船帆全靠划桨，在水中走得飞快，每条船上都密密麻麻地站满了士兵，吃水很深。在远处，一个不起眼的火点正在岸边缓慢地转动，如同夜空中的北斗一样醒目。

"主公，我军已经接近乌巢。"许褚向身后的人抱拳。他全身披着重甲，像是一头棕熊。

"张绣那边有消息了吗？"声音醇厚，又带着一点点疲惫。

"靖安曹已看到袁营举火，伏击应该已经开始。"

"唉，若非仓促，本不必如此牺牲……"声音遗憾地叹息了一声，弹动手指，"就按计划去做吧。"

许褚肃然道："属下明白。"

整个船队在乌巢大泽纵横交错的水道里小小转了个弯，朝着岸边飞驰而去。如果是大白天的话，那么岸上的人就会看到，每一条船的船头都站着一名乌巢水贼。他们不时发出指示，让船只避开过浅的水道或暗礁，以最高的效率接近目的地。

船队很快就抵达了大泽的某一处岸边，曹军士兵争先恐后地跳下船，在岸上迅速集结。在这些队伍中，有许多张在大泽贼穴里非常知名的面孔，有些人甚至还曾因为奋勇杀敌而被袁绍嘉奖过。这股曹军从下船到整队只用了半个时辰不到的时间，而且全程几乎没发出过声音，只有凛凛的杀气逐渐凝集。

他们登陆的岸边，距离乌巢城的北门只有几十步之遥。乌巢城背靠乌巢大泽，三面陆地都是严兵把守，只有靠着大泽的北面防守相对空虚。在这样一个漆黑无月的夜晚，乌巢城北面甚至连火把都没安放一把。所有人都觉得，曹军在大泽损失惨重，已经被吓破了胆，绝不敢穿越杀机四伏的乌巢水面。

这股曹军在许褚的指挥下飞快地跑到城墙底下，拿出钩索朝上一抛。十几名腿脚利落的虎卫攀住绳子朝上爬去，不一会儿就到了顶端。他们猫着腰把钩索换成了绳梯，让更多人爬上来。没过一会儿，北门居然就被这些先锋从里面推开了。

"备火！"许褚发出命令，他身后的士兵们纷纷从身上解下一根缠着白布的粗大松枝，用火引点起火来。开始是十几个火头，然后扩散到几十个、几百个，乌巢城和乌巢大泽之间一下子被无数的火光充满。

"杀！"许褚大喝一声。

数千名士兵也随之大喝，连天空的云都为之颤抖了一下。曹军的奇袭部队像一把锋利的戈，狠狠地戳向乌巢城的缺口。曹兵沿着城门冲了进去，然后散开到每一条街道。一直到这个时候，守军才意识到城市被攻破了，他们惊慌地拿起武器，试图去阻挡。可羸弱的运粮兵又怎么可能是这些精锐的对手，散乱的抵抗几乎没有效果。

乌巢的街道很狭窄，两侧的空地几乎都被辎重填满。许褚和虎卫们组成了一个圆阵，把中间披挂甲胄的主公保护起来，快速推进，直扑向府衙。开战前乌巢本为曹氏所有，所以城内布置他们都非常熟稔。

府衙是天子的所在，是这次行动最为重要的目标，甚至比焚粮还关键。只有等到天子到手带他顺利离开城池，攻占乌巢城各处屯粮要点的士兵才会放下火把，开始焚烧。

乌巢城并不是特别大，他们很快就抵达府衙门前。这座府衙和其他城市的府衙不太一样，它是一座背靠高墙的石制建筑，分为三层，每一层的建筑外围还有拱形边墙，与其说是个府衙，倒不如说是一个城中要塞。这是当年为了抵御乌巢水贼而修造的，因为不太好拆，所以占领者——无论是曹操还是袁绍——都没把它拆毁，留到了现在。

许褚没有立刻冲进去。天子既然在乌巢出现，那么他的周围一定有袁军护卫据险抵抗。在清剿干净之前，他可不想让主公冒风险进入。他正考虑如何分派人手，忽然一名虎卫发出一声叫喊，许褚疑惑地朝另外一个方向看去。他看到，在火把和灯笼的映照下，一缕青烟袅袅升起，很快青烟转成了黑烟，愈加浓烈。

"这是谁擅自先动手了？"许褚眉头一皱，大为不满。

"是我。"

一个嘶哑而得意的声音从府衙上方传出来，在场的人同时抬起头来。只见一个身裹青袍的怪人站在府衙的第三层高处，以手凭栏，用一只独眼居高临下地瞪着他们，如同一只挂在树上的夜枭。原本只是遍布血丝的眼球，今夜竟是格外红亮。

"蜚先生？"许褚仰头大叫。

"用心良苦哇。"蜚先生高抬起双手，语气有些感慨，"你们跟乌巢贼们演了那么久的对手戏，牺牲那么多条性命，只是为了让我相信大泽水路已是险途，不加防备。又把张绣弃掉，诱走我的重兵。用心良苦啊，用心良苦。"

"苦你姊姊！"许褚拿起一把手戟，猛然投过去。蜚先生闪身避过，他浑身脓肿，动作却是不慢。手戟砸在石栏上，溅起几块碎石。

"你们是不是觉得，乌巢已是你们的天下，成功近在咫尺？"蜚先生的腔调里带着一种压抑不住的狂热。许褚决定不去理他，专心攻打府衙。这家伙显然只是恰好在乌巢城里待着，结果被曹军围了个正着，走投无路之下，才在这里装腔作势。等杀到三层把他拿下了，看这个癞蛤蟆还能嚣张到哪里去！

蜚先生停顿片刻，把身体稍微前倾，把视线投向许褚的身后。那个全身披挂甲胄的中年人被虎卫团团围住，也仰望着府衙顶端。他腰间悬着一把华美长剑，蜚先生一眼就认出来那是名剑"倚天"。

"曹司空大人，难为你亲自造访乌巢。"蜚先生高声叫道，口气得意非凡，"让我想想，用什么东西招待您，才符合您的身份呢？"蜚先生歪着头想了想，忽然咧开嘴，"比如说，濮阳？"

随着他的话音一起，四周顿时有数十道黑烟扶摇直上，许褚面色大变。

六年之前，曹操与吕布在濮阳曾经有过一场大战。濮阳大户田氏假以投降为名，将曹操诱入城中。然后四方火起，把曹操困在城中。吕布带人四处搜杀，几乎逮住了他。最后曹操顶着熊熊大火从东门跃马而出，这才侥幸生还。若以凶险而论，此战犹在宛城之上。

如今蜚先生提起濮阳，显然是要把他们困杀在乌巢，重现濮阳噩梦。

"我军如今遍布乌巢，你的主力远在别处。想让濮阳重现，根本是痴心妄想！"许褚大骂。蜚先生一撩青袍，哈哈大笑："痴心妄想？"他一挥手，身后一支鸣镝飞上夜空，很快从四个方向传来四声隆隆的声音。许褚等人虽不知道发生了什么，却知道一定不会是好事。

"别激动，那只是我事先吊在城门上的四块断龙石罢了。"蜚先生得意道。

断龙石一落，城门便会被阻断。如果这时候城内火势大起，除了个别人可以从城头吊下绳索逃走以外，大部分人只有死路一条。

肉眼可见的火光已经开始在城内显现，隐隐传来喧哗。这些囤积在城内的粮草辎重事先被浇了油，非常易燃。曹军可以占领乌巢，但不可能清除所有东山埋伏在城内的人。只要一处火起，就会迅速蔓延全城。曹军虽然目的是焚粮，但绝不是让自己和粮草同归于尽。

"你这个疯子，你这么干，自己不也要死吗？"许褚吼道。

蜚先生深沉地看了他一眼："我就没打算离开，我要亲眼见到曹氏的覆亡，亲眼见证郭嘉的事业坍塌……"他说到一半，喉咙像是被一只无形的手扼住了。那一只红亮的独眼瞳孔陡然缩小，映照出那中年人摘下头盔以后露出的沧桑面孔。

说来奇怪，那腰悬倚天剑的中年人沉默地盯着蜚先生，就像盯着毕生的仇敌。但蜚先生肯定自己之前从来没见过他。

"你不是曹操！"蜚先生的声音有些惊怒。"没人说那是曹公，一切只是你一厢情愿罢了。"队伍里另外一个声音传来。他摘下扣在头上的斗笠，露出一张犀利而自信的脸。

"郭嘉！"蜚先生发出野兽般的吼声，他没想到，这个朝思暮想的宿敌居然离开官渡出现在自己面前，身体因为毫无心理准备而战栗起来，独眼红得发亮。

郭嘉走到中年男子身边，啧啧叹道："张辽将军和曹公的身高差距那么大，你也能看错。看来仇恨不光会蒙蔽一个人的眼睛，也会扭曲一个人的智慧啊。"

"原来是张辽。"蜚先生看了他一眼，但还是不明白，为何这人对自己充满了怨恨。

"我今日到此，不是以曹氏将军的身份，"张辽缓缓开口，双手紧握倚天高举过头，唇角在微微抖动，"而是以吕姬丈夫的名义，向你们复仇。"

蜚先生何等心思，只稍微转了转，便猜出个八九分。吕姬之死，显然是被郭嘉栽赃到了东山头上。这样一来，本来是郭嘉希望在乌巢借重张辽的武力，却变成了郭嘉给了张辽一个报仇的机会。以张辽对吕姬的感情，一定会拼出死力，而且还会对郭嘉充满感激，无形中打破了杨修的拉拢。

真不愧是郭嘉式的人尽其用，蜚先生从鼻子里冷哼一声。不过他不打算对张辽解释，解释已经没有任何意义，东山也不惧怕与任何人为敌。

更何况，他如今处于优势。

"郭奉孝，你就装吧！曹操虽然没来，你还不是一样落入我的圈套！你终究还是输给我了！你不是天下第一谋士吗？！现在题目出来了，用出你的计谋来解呀，来破局呀！"

相比起蜚先生的疯狂，郭嘉冷静得像一块冰，他只是抬起一根指头："我不用做任何事，就可以打败你。"

蜚先生把身体向前探，青袍一展，突然狂笑起来："也好！如今乌巢四门已封，我看郭嘉你的大话能说到几时！"

就像是为了给他的话增加说服力，乌巢城内又是十几道烟柱升起来。火势逐渐大了起来，映得半座城池都红亮起来，府衙前的人隐隐能感觉到热浪在远处奔腾。

"杀了他！"蜚先生大叫，枯枝般的手指一压，数十条黑影从他身后蹿出去，朝着郭嘉刺去。这些人的速度极快，皆是东山最精锐的杀手。许褚立刻挡在了郭嘉身前，虎卫们一拥而上，与东山杀手战成一团。张辽高举着倚天剑，冲在了最前面。

至于郭嘉，他平静地负手而立，保持着仰望的姿态，一点也没因为自投罗网而惊慌，四周的血腥杀戮对他来说没有任何影响。

"我今日到此，不用做任何事情。"郭嘉的声音在热风里飘荡。远处的火光，将他颀长的身躯在地上拉出一道长长的影子。

郭嘉说这句话的同时，府衙内的刘平也缓缓站起身来，迈出了一步。

该是天子出手的时候了。

"德祖，你这是什么意思？"张绣一头雾水地瞪着他，"郭奉孝第二个没想到的是什么？"

杨修狡黠地摆了摆手指："张将军，容我先给你变个戏法。"他叫来几名士兵，耳语几句。士兵们点点头，转身离开，没过多会儿，他们把两名士兵揪过来绑住双手，扔在地上。然后杨修下令让所有人都退到几十步之外，没有命令不得靠近。

"这是……"张绣还是糊涂。

杨修点起一节松枝递给张绣，张绣拿起火把一照两个人，不由得双目圆瞪，松枝啪地落在了地上。他可没想到，一直藏在自己队伍里的，居然是这个人！

"二……二公子？"

张绣下意识要去扶，可手伸到一半，曹丕已经咬牙切齿地喊出声来："杨修！你出卖我！"杨修蹲下身子，笑眯眯地对曹丕道："二公子，我可没出卖你。你不是一直想问张将军宛城的事吗？如今正是时候。"

一听到"宛城"二字，张绣又是一颤："德祖你……"

在火光的跃动下，杨修的表情显得阴晴不定，格外诡秘："张将军，曹公怕杀了你坏了他爱才的名声，所以故意派你来送死；贾诩那么聪明，会看不出这一点？可他提醒过你一句没有？如今曹家二公子又开始追究宛城之事。张将军，你如今可是穷途末路、四面楚歌啊。"

张绣的嘴唇不争气地颤抖起来。这些事情他早就隐约猜到，只是不愿意去证实，如今被杨修一语点破，他的心理防线一下子垮了。张绣颓然地坐在地上，嗫嚅道："文和，文和他不会这么做的，他一定还有后手救我……"

"后手？你仔细想想，从你投曹开始，贾诩可做过一件对你有利之事吗？正相反，你身边的人，一个接一个地被除掉——胡车儿是怎么死的？"

面对杨修的质疑，张绣哑口无言。杨修低下身子，放慢语速，带着那么一丝诱导："我知道贾诩让将军把宛城之事烂在肚子里，可这是为什么？到底是为了你好，还是为了他好？你想不通不要紧，可以说给我听，我来帮你分析来龙去脉。若将军你还是执迷不悟，闭口不谈，那咱们可全都要冤死在这大泽之地了。"

说完杨修双手一摊。张绣脸色煞白。当他意识到贾诩也可能出卖自己的时候，最后的信念终于崩塌了。

"可是……"张绣看了曹丕一眼，颇有顾忌。杨修道："二公子好不容易从北边回来，又亲身涉险跟着咱们出来，不就为了弄出个真相吗？让他跟我们一起听听也无妨嘛。"他拍了拍曹丕的头，轻松地说，"不然就这么不明不白地死去，岂不是太可怜了。"

张绣像被雷劈了一下，全身僵直地看向杨修，仿佛不认识这个人。杨修狐狸般的面孔浮现出一丝狰狞："反正没人知道他尾随你到此，若放还回去，岂不是大大的祸害？你反正已经杀了一个曹家子弟，多一个又何妨？这时候，就该赌一赌了。"

张绣紧张地看了眼曹丕。出乎他意料的是，曹丕此时居然不是面露恐惧，而是死死地盯着他。这孩子对真相的执着，已经超越了生死。

现在张绣才明白，为何贾诩反复告诫他，要做一个单纯的武人。他只是稍微多想了一点点，就被逼到了如今的局面。张绣抬起头，天色漆黑如墨，自己这支弃军置身于黑暗之中，茫然不知所措，就连身处何地都不知，与自己的境遇又是何其相似。

"好吧……"张绣长长地叹了口气，一瞬间像是老了许多岁。

张绣就这么站在黑暗中，开始缓缓地讲出宛城之夜的真相。其实，真相也并没有那么多，许多细节，许攸都已经为曹丕推测过了，如今只是从张绣口中证实罢了。

一个自称魏蚊的人，请求贾诩和张绣为他完成一件事，趁曹公在宛城时发动一次叛乱。这起叛乱要伪装得像是袭击曹公，但真正的目标，却是曹昂。在一开始，张绣觉得这想法十分荒谬，可当贾诩吐露出这个人的真实来历时，张绣却不得不陷入沉思，最终不得不答应下来。接下来的事情——正如天下所知的那样——胡车儿亲自带兵围攻，曹昂战死，而曹操、曹丕却在贾诩的刻意安排下侥幸逃脱。

"你就没想过得罪曹操的下场？"杨修忍不住问。

"贾先生开始不是这么说的，我们本来是打算投靠袁绍。他告诉我的是，宛城乃一石二鸟之计，既可以完成魏蚊的嘱托，也可以在投靠袁绍时多一份功绩。要不然我是不会答应的。"

"结果等到袁绍的使者许攸抵达，贾诩却突然变了脸，把使者叱走，反过来劝将军降曹？"杨修看到张绣郁闷地点点头，继续道，"让我猜猜，他对你说的是袁强曹弱，投袁公不过是锦上添花，无甚前途；曹公正在用人之际，非但不会计较，反而会大大重用你，对不对？"

"始有大疑，方有大信。我那时已不能回头，只能相信他。"张绣吐出一口气来。

"贾诩真是好手段，诱以虚利，带着你一步步走下来，等到你惊觉时会发现已身陷泥沼别无选择——难怪人家说，郭嘉是螳螂，贾诩是蜘蛛。"杨修大为感慨，话题一转，"可我有个疑问，魏蚊究竟许了贾诩什么好处，让他甘心做出这等大事来？他到底是谁？"

张绣的面颊肌肉抖动了一下，他表示自己也不知道。这些事情，贾诩不可能会告诉他。张绣知道的，只是一个名字罢了。杨修似笑非笑瞥了曹丕一眼："其实要猜出他的身份，倒也不难。只要看看宛城之乱谁得利最大，幕后主使便昭然若揭。"

张绣一愣："袁绍？"杨修无奈地摇摇头："张将军，你仔细想想。宛城死者中最有价值的，是曹昂。而曹昂死后，曹家发生了什么事？"本来卧在地上的曹丕开始挣扎，脸色越发苍白。杨修没等张绣回答，自己掰着手指道："曹昂乃是刘氏所生，亲母早死，他被正室丁夫人抚养长大，不出意外的话，他将是曹公毫无争议的继承人。曹昂在宛城这一死，让丁夫人悲痛万分，与曹公决裂离异，不复相见——"

说到这里，杨修伸出了三个指头："没了曹昂，曹氏的继承人只能从卞夫人的三个儿子丕、彰与植中做出选择；没了丁夫人，曹公只能把卞夫人扶正，所以……"他说到这里，闭上了嘴，但灼灼的目光里已经有了答案。

"你放屁！！"曹丕大嚷起来，整个面部肌肉痉挛，让他看起来格外狰狞。杨修蹲下身子，盯着他的脸："我问你，魏蚊是什么意思？"曹丕下意识地答道："琅玡开阳附近山中生长的一种蝎子。"

"你母亲又是哪里人？"

"琅玡开阳……"曹丕的声音逐渐低沉，可他突然又爆发出来，"这两者只是巧合罢了！我母亲不是那样的人！"

杨修和蔼地摸摸他的头："傻孩子，为了你，她可是什么都肯牺牲。看，母爱是多么伟大啊。"杨修深深地看了他一眼，居然有一种快意。他这话一出口，曹丕呆在了原地，胸腔起伏，一颗心脏几乎要挣破胸腔。

"原来，竟是……卞夫人？"张绣的震惊一点也不比曹丕小。杨修冷笑道："如果是她的话，我一点都不意外。那女人本来是徐州的一个舞姬，如此低贱的出身，居然能把曹公迷得神魂颠倒娶回家去，如今还擢为正室，手段实在是了得。"

"然后我们怎么办？"张绣问，他下意识地摸了摸腰间，意思是该不该动手杀人。

杨修伸开修长的手指，优雅地摆动一下，然后蹲到了曹丕身前，抬起他的下巴："知道真相以后，我忽然有点舍不得杀你了。我很想赌一赌看，把二公子你放回去，你会怎么做？"

曹丕面色惨白，一言不发。杨修犹嫌不够，言辞温和地唠叨着："你去揭发宛城秘辛，张绣、贾诩固然完蛋，卞夫人也一样下场堪忧；可如果不揭发呢？你不惜以身犯险追到乌巢，如今知道凶手却不敢说，之前所作所为岂不成了笑话？是顾念兄弟之情，还是为亲者所隐？大哥之仇和母亲之命，你到底怎么选？"

杨修的一句句话刺入曹丕的耳中，把他试图隐藏的刺一根根地挑起来，血淋淋地亮在面前。戾气在逐渐升腾，太多太大的冲击涌入少年的心灵，让他不知所措，不同的思绪在同一具躯体里拼命地厮杀。曹丕的牙齿开始颤动起来，发出酸涩的咯咯声。最终这场风暴达到了巅峰，曹丕猛然仰起头来，半直着身子疯狂地吼道：

"不要说了！"

这一声吼连远处的士兵都听到了，纷纷投来好奇的目光。张绣有点紧张，起身要动手，杨修却示意他少安毋躁，然后退后了几步，露出玩味欣赏的神情。

那一声吼耗尽了曹丕全部的力气，他身子晃动了一下，头深深地垂了下去，双肩在剧烈抖动。他身前的泥土，被大滴大滴的泪水所浸湿。就在张绣和杨修以为他行将精神崩溃之际，曹丕身旁传来一个阴沉的声音：

"二公子，就是现在！"

他身旁一直被人遗忘的黑影猛地跳起来，用头撞向杨修。杨修猝不及防，只得矮身一闪，张绣一看不妙，踏前一步挡在杨修面前。黑影一头顶撞在甲胄上，反弹回来，被张绣一拳打翻在地。

就因为这一下迟滞，曹丕趁机双腕一挣，竟把绳索挣断，飞速地奔向在河边吃草的张绣坐骑。因为天色太黑，士兵们又留在几十步开外的位置，一时间不及拦阻。曹丕翻身上马，狠狠踹了一下马肚子，马匹嘶鸣一声，朝着远处跑去。

张绣要去追，却被杨修拦住了："来不及了，张将军你看他逃去的方向。"

这时候张绣才注意到，曹丕逃去方向的远方地平线，正隐隐透着红光，连那一片天空都被映得通红。那里才是真正的乌巢城，正熊熊燃烧着的乌巢城。它就像一把巨大的火炬，逐渐照亮了整片大泽与原野。

"我们去追的话，可能会和曹军的主力碰上。"

"可是他知道我们这么多事情……"张绣急道。杨修望着曹丕逐渐远去的背影，眉头先是紧皱，然后舒展开来："普通人听到这些事，就算不疯也要方寸大乱。而曹丕居然还有这么强的求生欲望，说明他保持着清醒。而一个清醒的人，他会做什么选择，并不难猜。"

杨修的话并不能让张绣释怀，他忧心忡忡地走过去，看到自己刚刚打倒的人躺倒在地，身下还压着一只熄灭的松枝。张绣这才恍然大悟，刚才自己把火把掉在地上，居然被这小子偷偷用身体压住，趁他们谈话之际烧断了曹丕手腕的绳索。

"这是谁？曹丕的跟班？"张绣问。他对这小子有点佩服，聪明不说，还忠心得很，舍弃自己也要救曹丕的命。

杨修端详了一下这个躺倒在地的年轻人，说出了他的身份："这是河内司马家的二公子，司马懿。"

"你居然认得我。"司马懿气定神闲地笑了笑。杨修道："司马家于汉室如此重要，你们家上上下下，我可是都关注过。"

两个人四目相对，彼此都心照不宣。只有不知内情的张绣有些诧异，司马家怎么会和曹丕扯上关系？他一下子有些犹豫，不知此人该如何处置才好。这时杨修又问道："你不在河内待着，跑来这里做什么？"

司马懿道："司马家向曹公输诚，我要陪伴二公子左右，这个理由你们喜欢吗？"说到这里，他转动脖颈，朝着远处的乌巢城看了一眼，"跟随你们潜入乌巢，这是我的主意。我告诉过他，人只有在最绝望的时候，才会吐露真相。你看，我说得没错吧？"

张绣眉头一皱，觉得自己似乎被要了，不由得疑惑地看了杨修一眼。杨修对司马懿的话有点恼火，他冷冷说道："你把曹丕骗来这里，根本不是为了方便他追查真相。你只是骗那个小孩子，想创造个机会进入战场，去救天子罢了。"

"什么？天子？"张绣发现自己有点跟不上了，怎么又和天子扯上关系了？

对于杨修的质问，司马懿不置可否，杨修又道："如果我猜得不错，曹丕刚才朝着真正的乌巢城跑，就是得自你的叮嘱吧——天子，就在乌巢？你对他倒真不错，宁肯牺牲自己性命，也要去想办法示警。"

司马懿高傲地看他一眼，闭上眼睛淡淡答道："你推断得倒不错，就是反应太慢了。总是等到事情发生了，才想清楚是怎么回事。"话音一落，杨修登时脸色阴沉下来："你我皆是汉室忠臣，何必这么说话。"

"你是为了刘协，而我是为了刘平而来。咱们俩不是一路人。"司马懿轻蔑地看了他一眼。从一开始，司马懿就对怂恿刘平去做各种事的杨修一点好感也无，而杨修对这个天子时时挂在嘴边的好兄弟，也有一种本能的厌恶。

杨修眼神闪过一丝狠戾，他还从来没被人这么挤对过，即使是郭嘉，也从没如此嘲讽过他。而司马懿还在继续："我看就算是汉室，在你眼里也不是效忠的对象，它不过是你参与天下这一铺大赌的赌本罢了——如今天子就在乌巢，你手里这么多兵，为何不赶紧去勤王？"

"我会去的，不过在那之前，我要做一件事情。"杨修从张绣身上拔出长剑，"唰"，对准了司马懿的脖颈。这家伙的嘴实在太毒了，杨修可不想再听到从他嘴里出来的任何声音。司马懿被剑顶住脖颈，身子不自在地扭动几下，仍在嘲讽道："你我皆是汉室忠臣，你现在倒要动手了？"

"天子身边只要一个辅弼之臣就够了，我要清君侧。"

杨修沉声说道，手中用力。就在千钧一发之际，一枚石子破空飞来，杨修一下子握不住剑，剑被直接弹飞。

"谁！徐福？！"杨修环顾四周的黑暗，厉声喝道。飞石击剑，只有徐福才有这种手段。张绣也惊恐地左右张望，这一连串事情让他的脑筋完全不够用了。

一声长长的叹息从附近传来："杨公子，既知司马是天子亲近之人，为何不肯留手？"杨修的五官有些扭曲，他不顾张绣还在旁边，昂首发出一声怒吼："你是我杨家之人！为何要帮外人？"

"杨太尉一心酬注汉室复兴之道，他可不愿见你走入歧途。"

"如今我父亲已经退隐，杨家我说了算，汉室由我来做主。你只是一个刺客、一条狗，却越俎代庖来教训我，是何道理？"杨修激动得手都在抖。就像他刚才把曹丕心中最深的刺挑出来一样，徐福现在挑的，也是他心底最敏感的地方。

黑暗中半晌没有声音。杨修冷哼一声，提剑又刺了下去，结果又被石子弹开。徐福的声音再度传来，这次腔调里多了一丝感情波动："杨公子，收手吧。杨太尉曾叮嘱我，说若见到你走的路不对，要出言劝阻，免得杨家都被连累。"

"我走的路哪里不对了？"

"司马家乃是天子最重要的外援。你执意要杀司马懿，不知有何解释？"

杨修被说破了心事，冷笑道："我的事，不用一条狗来教。我今天偏要杀他。有本事你十二个时辰一直盯着。看你的石头多，还是我的剑快！"他把剑捡起来，重新对准司马懿，狭长的双眼扫视着黑幕，恨不得把徐福揪出来碎尸万段。

"杨公子，你太让我失望了。杨太尉的担心，果然没错。"

徐福不提还好，一提杨太尉，杨修的情绪一下子爆发出来。他发了狂一般虚空乱劈，像是方士在驱鬼一样："杨太尉，杨太尉，你们全都天天念叨杨太尉！一个个都以为自己是谁，呸！我呸！一群搞不清时代的老狗，还来教我！"

张绣看到杨修一改往日的淡定从容，像一个赌输了的赌徒一般红着眼睛发泄，想过去劝一句。不料杨修猛一回头，张绣看到这人的面孔已扭曲得像个来自九泉的妖魔，不由得吓得倒退了好几步。好在夜色深沉，不然被士兵看到这一幕，还不知如何收场。

黑暗中，徐福的话仍在继续："我不是杨家的狗，我原本也是士林中人，只因年少轻狂闯下大祸，才被杨太尉庇护至今。如今既然杨公子已不需要我，我想也到了辞行的时候。"杨修听到徐福居然提出离开，愣了一下，歉疚之情刚刚浮现，就被愤怒淹没："哼，趋炎附势，想去抱郭嘉的大腿？"

"不，我会去荆州，远离中原。脱下这身刺客的黑衣，做回儒林士人。"徐福的声音有一种被伤害的痕迹。

"哈！滚吧！杨家不需要你这忘恩负义的狗！还赖在这里做什么？"

声音又长长叹息一声："保住司马懿的性命，是我为你们杨家做的最后一件事。"

"我倒要看看，你怎么保住他。"

杨修高声发出命令，四周几十名士兵带着武器匆匆地围了过来。

第十三章 如何杀死一只螳螂

王越跳开数步，看到淳于琼站在那里手握长刀，嘴角还沾着酒渍，眼神却清明无比。别说是他，就连刘平和邓展都被这意外的转变所惊呆。

刘平站起身来，向外迈了一步。府衙里的三个人，同时抬起了头。邓展是淡然，王越是疑惑，而淳于琼喝得酩酊大醉，两只眼睛看起来有些浑浊。

"陛下去哪里？"王越问。

"出去看看。"

"外面正在打仗，陛下还是安坐于此比较好。"王越抱着剑说道，"等到蜚先生一到，我们就从密道撤退。"

虽然天子是诱饵，但无论袁绍还是蜚先生都不会真的把一位天子置于死局之中。他们在乌巢府衙内早挖好了一条出城密道，只待曹军进城，就从这里脱离。

"蜚先生呢？"

"我刚才出去看过了。他那边出了点状况，不过问题不大。东山精锐都集结于此，杀不得公敌，总报得了私仇。"王越说着，把身子挡在皇帝面前。

刘平皱眉道："我若是坚持要出去呢？"

王越轻蔑地扯动嘴角："那就要赦臣不敬之罪了。"刘平身边只有一个邓展，他连王服都打不过，更别说王越了。两个人抵近对视，刘平忽然发现，他的气势跟从前相比没那么锋芒毕露了，脚步略显虚浮，似乎是受了伤，不过他掩饰得很好，不仔细看不出来。

"难道他受过伤？可谁又能伤到他？"刘平暗想。府衙外传来激烈的打斗声，想来是蜚先生的东山精锐与曹公的亲卫对上了。时间正在一分一秒地流逝，刘平的计划，还没开始就已经趋于夭折。

"听着，朕必须要离开这里。这对你没有半分坏处。"刘平的语气趋于强硬和焦虑。王越却丝毫不为所动："目前的状况，对我来说就是最好的。我不希望出现什么变数，所以陛下你还是回去吧。"

"不行！"刘平激动地又朝前踏了一步，"你难道不是汉室忠臣吗？"

"不是。"王越回答得很干脆，"我对那个没兴趣。"

"你是虎贲！是拱卫天子的虎贲！守护汉室不是你的本分吗？"刘平声音又大了一些。王越有些不耐烦，他是做过虎贲，但那是很久之前的事情了。这个皇帝居然拿那么久远的人情来说事，未免有些可笑。他想把天子推回去，刘平却突然含怒出手。

刘平在自己这个年纪的人里，算是武艺比较好的，温县能打败他的人都不多。可在王越眼里，这和小孩子的撒娇差不多。他只是轻轻扭转手臂，就抓住了刘平的拳头，然后一下折回去。刘平控制不住身体，往后倒退了几步差点摔倒，幸亏被邓展扶住。

"我是做过虎贲不假，但谁会记得那么久远的职责。"王越说，有些同情地看着这个穷途末路的皇帝。

"我记得。"一个苍老而含混的声音忽然从王越身后传来，和声音同时抵达的还有一柄长长的刀。王越反应极其迅速，可是受伤的身体却慢了一拍，只听刺啦一声，那把刀割破了王越腰间的衣物，在他的身上留了一道长长的伤口。

王越跳开数步，看到淳于琼站在那里手握长刀，嘴角还沾着酒渍，眼神却清明无比。别说是他，就连刘平和邓展都被这意外的转变所惊呆。淳于琼持刀又扑了过来，不知是否喝得太多了，他的身形飘飘忽忽，即使是王越一时都无法适应，被他完全压制。

"你要干什么？"王越大喝道，不知道这个袁家大将到底犯了什么毛病。淳于琼却嘿嘿一笑，继续抢攻。这个大鼻子酒鬼平时浑浑噩噩，这个时候却显露出不逊于王越的剑击之术，而且全是不要命的狠辣打法。交手了三四回合之后，淳于琼的刀指向王越的小腹，而王越的剑也横在了淳于琼的脖颈上，两个人的动作一下子都停住了。

"淳于……将军？"刘平一下子不知该说什么才好。邓展也瞪大了眼睛，他也算是淳于琼的老部下了，可也搞不懂他此时的举动。

"陛下，你可知道灵帝陛下为何组建西园八校尉？"淳于琼拿刀顶住王越，突然问了个古怪的问题。

刘平愣怔片刻，随口答道："不，不知道……"

大概是酗酒过多的关系，淳于琼的声音有点嘶哑："那全都是为了陛下啊。"

"为了我？"刘平看起来更加迷惑了。

"何后的独子刘辩是长子，可灵帝一直认为陛下您才是他真正的继承人，这才成立了西园八校尉，指望他们剪除何皇后和何进外戚的羽翼，好扶陛下登基。灵帝临终之时，特意召见八校尉的领袖上军校尉蹇硕，要他与我们七名校尉一起效忠陛下。可惜蹇硕无能，其他校尉又是貌合神离，以致最终还是让刘辩登基，咳，我们辜负了灵帝期望哪。"

刘平没想到当年的西园八校尉与自己的哥哥还有这一段渊源，他看到淳于琼脸上闪过一丝羞惭。

"只可惜当年老夫人微言轻，只能随波逐流，无能为力。一直到后来陛下阴错阳差登基为帝，老夫才觉得放下一段包袱，决定痛痛快快过完此生，肆意妄为。至于汉室如何陛下如何，却由不得我操心了。"淳于琼用平静的口气叙说道，始终警惕地望着王越，让后者不敢轻举妄动。

"其实一直到刚才，老夫都不愿跟陛下重提旧事——但如今陛下发出那一声质问，却让老夫回想起很久以前天子交付给我的职责。"淳于琼的眼神忽然变得温和起来，"这西园八校尉，本来就是灵帝为陛下所设的亲卫。我们最初的职责，就是要成为陛下手中的利剑。"

在他身上，刘平居然感觉到了与杨彪类似的气息，那是一种强烈的忠直之气。

"那你打算如何？"王越冷冷发问，他还是第一次被人逼到动弹不得，杀气越发凛冽。

淳于琼歪了歪头："臣不知陛下为何要在这时离开，亦不知陛下有什么打算。但旌麾所指，利刃所向，乃是西园校尉的本分。老袁老曹他们忙着互相争斗，就让我来为陛下尽忠吧。"

"可是，你这么做，对袁绍该如何交代？"刘平迟疑道。

"哈哈哈，若老臣直觉不错，陛下这一走，在袁绍那边没什么机会交代了——邓展，代我照顾陛下。"淳于琼沉声道。

邓展听到这个要求，不由得神情一滞。刘平知道这不是犹豫的时候，他示意邓展拉开逃生通道的入口。这个通道位于席榻下方，是一个可容两人并行的大洞，可直通城外。刘平一猫腰钻了进去，然后招呼邓展也赶紧下去。

邓展半个身子已经跳进密道，又回过头来，目光复杂地望着淳于琼。这个人是他的上司、他的仇人、他的恩人，还是敌军的一名将领，可现在邓展却无从定义他们两人之间的关系。

"老夫已经老了，但你们还年轻，还有无限的可能。一个混乱的世界，才是老夫最喜欢看到的东西，好好干吧。"淳于琼呵呵说道，然后他目光突然一凛，手中大刀用力一戳，扑哧一声刺入王越小腹。王越没想到他居然想同归于尽，又惊又怒，挥起剑来，砍入了淳于琼的脖颈。

邓展闭上眼睛，矮下身子把通道的盖子关好，不想看到那血淋淋的结局。

"上面发生了什么？"刘平问。

"陛下，不要辜负了淳于琼的忠义。"邓展答非所问。刘平咬了咬嘴唇，终究没有掀开盖子回去看个究竟，他必须要习惯于这种牺牲。

这条通道是草草挖就的，四周洞壁都还留着一段段铲子痕迹，入口还算宽阔，越往里爬却越是越窄。刘平和邓展手脚并用，弓着腰在里面爬行了不知多长时间，忽然发现前面的路没有了。邓展伸手去摸，摸到了一个藤牌。他用力去推藤牌，只听哗啦一声，藤牌向外倒去，清新的夜风从外头涌入密道。

"谁？"密道口有人喝道。蜚先生既然安排了密道，自然也会安排把守密道入口之人。说时迟，那时快，邓展飞扑出去，用手臂扼住守卫的脖子，用力一扭，守卫立刻软绵绵地躺倒在地，气绝身亡。

其他几名守卫猝然受到袭击，都惊慌地跳起来。邓展先夺下一人的兵器，然后大砍大杀，转瞬间又放倒了三人。刘平也从通道里跃出来，捡起死者兵器与邓展并肩作战。邓展用余光看到一人转身跑开，大叫刘平赶紧去截住他。刘平纵身去追，看到不远处的林边拴着五匹西凉骏马。那人跑过去一刀斩断拴马的绳套，还用匕首狠狠地插刺马臀，让马们惊慌失措。这个东山的守卫显然接到过命令，如果情况不对，就赶紧把这五匹马放跑。

刘平见势不妙，加快脚步，一剑刺穿了这名守卫后心，可他却来不及阻止那五匹惊马四散而逃。只是一个瞬间，那些骏马就嘶鸣着消失在黑暗中，只听到它们逐渐远去的蹄声。

刘平无奈地直起腰来，环顾四周，发现这里是离乌巢城不远的一处小山丘旁。从这里回望乌巢城，刘平看到整个城市火光冲天，烟雾滚滚，从这么远的距离都觉得有些发呛。"这么大的火，恐怕曹操一定会死在里头吧。"刘平心想。

这时邓展解决了其他守卫，跑了过来。他一听说马都跑光了，不由得一愣："那陛下你的计划……"

"一定还有别的办法，实在不行，我跑着去。"刘平说着，语气却没什么自信。他这才知道，谋略这种事真的是需要天赋，一个小细节没有算到，就可能导致灭顶之灾。郭嘉、贾诩、蜚先生他们的工作，真不是一般人能做到的。

正在这时，刘平听到远处的黑暗中有马蹄声传来。他以为是某一匹马又折返回来了，大喜过望，瞪大了眼睛去找。结果他就着火光，看到远远的有一个人骑在马上，正朝这边奔来。那人影看着十分熟悉，刘平连忙高举着双手，冲着他大喊起来。

那骑士听到呼喊，朝这边望了一眼，然后拨转马头，疾驰而来。邓展看到身影逐渐逼近，眉头一皱，闪身躲进了树林的阴影里。骑士很快跑到刘平身前，两个人都面露喜色。

"二公子？"

"陛下？"

自从邺城一别，这还是他们两个第一次见面。刘平看到曹丕脸颊雪白，眼睛却有些病态地泛红，整个人的精神状态很不对劲，弥漫着一种掺杂着焦虑和愤怒的复杂情绪。

"司马公子猜得果然不错，陛下你果然是在乌巢！"曹丕翻身下马，语速快得惊人。

"仲达？他也来了？"刘平一喜。

曹丕神色一黯："为了掩护我逃走，他落到了张绣和杨修的手里。"他说完这句，却发现刘平的神情如释重负，微微有些恼怒。曹丕以为刘平是天性凉薄，却不知他是知道杨修和司马懿都是自己人，不会有性命之忧。

不过曹丕无暇顾及这些琐事，他一扯衣襟，急火火地问刘平道："你知道怎么进城吗？"

他原本以为乌巢大火是曹操奇袭的成果，可跑过来以后却发现四门紧闭，城内喧腾，心中隐隐觉得不妙，担心父亲中了敌人圈套被关在城里，就像当年在濮阳一样。刘平沉吟片刻，一指那小山丘："那里有一条密道，可通城内府衙。我就是从那里出来的。"

"城里什么情形？"

"不知道，我一直被关在府衙里。不过听动静外面打得很厉害。"

曹丕把马匹缰绳塞到刘平手里，说："陛下，你快乘马走吧，我要去救我父亲。"然后朝那密道入口跑去。刘平一愣，说："你一个人进去有什么用？"曹丕猛然停下脚步，回过头来，语带苦涩地回答："我要代人赎罪。"

刘平完全没听懂他的话，曹丕也无意多做解释，瘦小的身子一晃，在洞口消失。他离开以后，邓展才从林中走出来，平静地看了眼密道，对刘平道："陛下，你我就此别过吧。"

刘平点了点头表示理解。他们只有一匹马，为了确保速度，只能让刘平一个人骑乘。更何况，心灰意冷的邓展在官渡战场上已别无所求，他不会反曹，也不会助曹，跟随在自己身边只会徒增烦恼。

"好好欣赏这场大战的结局吧，希望那些异乡之人会喜欢。"

刘平翻身上马，冲邓展一抱拳，双腿一夹马肚，飞快地冲入黑暗之中。等到天子离开以后，邓展把几具东山守卫的尸体拖入密林，用树枝盖住，然后走到密道入口，把藤牌盖到上面再覆以泥土和野草，确保外人看不出破绽。他忙完这一切，向着熊熊燃烧的乌巢城叩了一个头，这才悄然离开。

曹丕并不知道邓展在这一头替自己掩饰，他俯下身子正飞快地在密道里爬行，嘴里还不时发出低吼。整个人现在滚烫得如同一块火炭。宛城的真相和杨修的挑拨让他陷入极其痛苦的境地。他感觉只有把自己投入极端的环境中，激发出更加强烈的情绪，才不会被这股矛盾的痛苦火焰所烤化。

他猫着腰，埋头朝前冲去，突然脑袋砰的一声撞到了什么，身子停止了前进。在黑暗中曹丕什么也看不到，只能伸手去摸。这一摸，让他摸到了一块冰凉的金属，很窄，而且很薄，边缘非常锐利，差点割伤了曹丕的手指——这是一把剑！而且刚刚杀过人，刃上还残留着黏腻的液体。

密道里有人！而且这人还握着一把剑。他从府衙进入，和曹丕逆向对爬，黑暗中谁也看不到谁，结果两人撞到了一起。

"哼……"对面传来一声被强行压抑住的呻吟。曹丕本来火炭般滚烫的身体陡然变得冰凉，这声音他太熟悉了，是曹丕梦魇的根源——王越。曹丕没想到居然会在这个漆黑、狭窄的密道里碰到他，一下子心慌意乱起来。这里无法闪避，王越只消轻松递出一剑，就可以取走他的性命。

"果然最终我还是要死在他的手里吗？"曹丕闭上眼睛，濒死的绝望像是冰凉的井水泼在篝火堆里。可他等了一下，对面仍旧没什么动静。曹丕睁开眼睛，感觉到地面似乎有什么东西在流淌，伸手一探，手感和剑刃上的液体差不多，滑腻中还带有腥味。

"难道王越受伤了？"曹丕心中一惊，谁能让这个剑技无双的大侠受伤？而王越受了这么重的伤还要爬进密道追击，他到底追的是谁？难道是天子？曹丕很快否定了自己的想法，刘平技击水平很高，但绝不是王越的对手，弄伤王越的一定另有其人。

无论如何，王越显然是受伤不能动弹了，爬到这里已经让他用了最后的力量。曹丕想到这里，眼中散出戾气，眼下是个绝好的机会，可以让自己终结梦魇。可他身体稍微往前探了一点点，立刻被那冰凉的剑刃顶住了咽喉。

"是谁？"王越微弱的声音传来。曹丕把心一横，脱口而出："曹丕！"他已经厌透了隐瞒身份，希望这件事能够有一个直截了当的结束。他甚至隐隐希望，这么做能让自己不再承受宛城真相的痛苦。

这个答案出乎了王越的意料，他沉默良久，却没有对这个仇人的儿子动手，反而开口道："跟我说说，史阿和徐他是怎么死的。"王越的语气，就像是师父吩咐自己的弟子一样淡然和蔼，没有丝毫敌意。曹丕咬咬牙，简单地把他们两个的事说了一遍。王越叹道："游侠兴于非命，死于非命，他们也算是死得其所。"

曹丕没有接茬，他感觉压在自己脖颈的剑又增加了几分力道，死亡的预感像一根死人冰凉的手指缓慢地划过脊背，浑身不由自主地战栗起来。

"于情于理，我该把你在这里斩杀。可如今王氏快剑只剩你一个传人，偏偏又在这个时候来到我面前。我不知道老天爷这是什么意思，是让我报仇，还是让我交代后事？"王越的口气里也带了一丝迷茫。贴在曹丕脖颈上的剑被悄然撤回数寸，可曹丕知道，那剑尖在黑暗中仍旧对着自己。

"你现在心很乱，贴着剑身我都能感觉到。"王越的声音变得虚弱，但语调依然笃定，"到底是因为什么？是因为惧怕死亡？担心亲人的安危？还是因为见到我，让你的梦魇变得壮大？——还是说，你接触到了什么不该知道的秘密，变得无所适从？"

"别再说了！"曹丕低吼起来。

"呵呵，刚才说的那些事，我一样不少，也全部都经历过。每一把王氏的快剑，都是被无数负面情绪淬炼而成的。那些疯狂和失落，那些仇恨和惶恐，都将汇成一往无前的戾气，附着在你的剑上。"

"我宁可不要……"黑暗中的声音异常疲惫，他毕竟只是个小孩子。

"你没得选择。从你学了王氏快剑那一刻开始，就注定要与这些情绪纠结一辈子。你的亲人会因此而痛苦，你的兄弟会因此被折磨，你的朋友会与你决裂，你的敌人无时无刻不掀开你的伤口，你的梦魇将跟随你直至死亡。"

"不！我不要！我宁可现在就去死！"曹丕疯狂地大叫起来，他大哭着弓起身子朝前扑去，前方是王越的剑尖，可以帮他结束掉这一切噩梦。

黑暗的密道里，响起"噗"的一声，这是金属刺入血肉的声音。曹丕瞪大了眼睛，保持着扑击的姿势，两片干裂的嘴唇嗫嚅着却发不出声音。他发现自己撞到的不是剑尖，而是剑柄。王越不知何时将那把剑倒转过来，把剑尖对准了自己。曹丕这一撞，恰好将其撞进了王越的身体里。

这是曹丕曾经梦寐以求的一刻，但他却毫无快意，反而有种不祥的预感。王越剧烈地咳嗽起来，可以想象他的嘴里满是涌出的鲜血，可他仍旧挣扎着发出声音："很好，咳咳……戾气十足，你已得到王氏快剑的真传了，就这样度过你的余生吧，咳咳……"

王越的声音低沉下去，很快密道里陷入死寂。这位最著名的游侠在临终之时，把剑法的精髓传授给了最后一位传人，同时也让他的梦魇之种悄然发芽——传承和对曹氏的复仇在同一个人身上完成，他已经没有什么遗憾了。

呜咽声中，曹丕流着泪，双臂抱着头，惊恐地在密道里蜷缩成一团，只有这个姿势才能让他有点安全感。曹丕就像只受惊的幼猫，只能无助地喃喃自语道："母亲，母亲，母亲在哪里，丕儿想你……"

刘平不知道曹丕在密道里的遭遇，即使知道，他也无暇去关心。此时的天子正拼命驱赶着马匹，心急火燎地朝着事先约好的地点跑去。刘平在温县已经参加过不知多少次夜猎，在这种夜晚分辨方向难不住他。大约跑了半个时辰，刘平看到了他一直期待的东西——在前方出现一座营帐，营门点起了三只火把，二高一低，代表平安无事。

他一口气跑到营地门口，门口的卫兵事先被交代过，略对了一下暗语，就放他进去了。刘平驱马直接闯到最大的军帐前，帐内匆匆跑出一个人来。他看到刘平先是一惊，继而大喜，一把拽住坐骑缰绳："你可来啦！"

"公则啊，朕向来是言出必践的，希望你也是。"刘平在马上居高临下地说，目光如电。那人连连点头，露出一张典型的郭图式笑容。刘平跳下马，一边朝帐内走去，一边问道："你都准备好了？"郭图紧紧跟在旁边："是，万事俱备，只欠陛下龙威。"

刘平"嗯"了一声，专心朝前走去。

他们在帐内没有停留太久。刘平只是简单地换了一身衣服，然后从郭图那里要回了那一张衣带诏。这衣带诏是刘平从白马逃到袁营时交给郭图的，后者一直没有上缴。收拾停当以后，两个人乘坐一辆马车离开营地，朝着官渡的方向跑去。

一路上，郭图紧张地望着马车外头的夜色，指甲不停地在窗框上刮擦。刘平看在眼里，宽慰道："别那么紧张，今夜过后，公则你将扬眉吐气啊。"

"托陛下吉言……"郭图这才恢复了一点信心。

最近这一段时间，郭图感觉自己的人生已经跌到了谷底。他本以为蜚先生是可信赖的心腹，结果人家瞅准机会，直接去攀附袁绍的大腿，导致他手中可掌握的力量元气大伤；而汉天子的意外出现，让袁绍对他之前的私藏行为大为不满，数次借题发挥申斥。更糟糕的是，邺城大乱的消息也传到大营，审配把大部分责任都推卸到了辛毗身上。结果，郭图和整个颍川派都陷入风雨飘摇的地步。

早在蜚先生出现在袁绍身旁时，刘平就注意到了郭图的这种窘境。他意识到，这是一个拉拢郭图的绝好机会。郭图的奋斗目标，是让颍川派把持大将军幕府；再深一步说，他的终极目的，是让自己和郭氏一族的威名彻底压倒荀氏。为了这个目标，他什么都愿意做。

而现在对走投无路的他来说，汉室是唯一的选择。于是刘平利用在袁营的机会，只花了几句话就把郭图拉了过来，使其成为自己计划最关键的一步。孔子怎么说的？君子喻于义，小人喻于利。刘平不在乎郭图是否真的忠心汉室，他只要确保郭图相信能从汉室手里收获最大好处，就足够了。

马车很快抵达了一处军营。这里距离官渡前线只有五里路，如果是白天的话，可以直接看到曹营的情况，所以戒备十分森严。马车先后被三道岗哨盘问，这才开进来。郭图先跳下车，急匆匆地冲进大帐。

大帐里还点着十几根蜡烛，张郃和高览两个人正惶恐不安地跪坐在那里，对着一面牛皮地图发呆。乌巢的动静他们都注意到了，可袁绍那边却没有任何命令传过来，这是一件奇怪的事。他们隐隐猜到这大概是有什么重大图谋，却不敢轻举妄动。这两个人都是官渡前线的一线指挥官，他们的举动将关系到整个战争的成败。

所以当他们看到郭图一脚踏进来的时候，都异常惊讶。

"请两位将军尽快起兵勤王。"郭图一句客套话也没说。

张郃与高览对视一眼，都觉得有些滑稽，什么时候轮到一个先锋督军在这里指手画脚了？何况还是个颍川人。郭图没指望他们乖乖听话，随即又补充了一句：

"这不是在下的建议，而是传达上头的命令。"

"上头？有多上？从谁那里传达的？袁公吗？"高览嗤笑着伸出手，"还有调动兵马的符节又在哪里？"

郭图道："没有那东西。"

"那你还啰唆个屁呀！"张郃拍着案几呵斥道，他今天晚上一直情绪不太好。

"但我把发出这道命令的人带来了。"郭图不动声色地说，然后袖手一指。张郃与高览同时朝帐门望去，同时大吃一惊。站在门口的是一个二十岁出头的年轻人，身穿上玄下赤的冕服，头戴冕冠，眉宇之间有着肃杀之气，俨然一副帝王之相。

"陛下？"张郃与高览连忙跪下。刘平是天子这件事，袁军高层并没刻意隐瞒，高级将领都知道他已得到确认，是一位如假包换的帝王。可是，他怎么会跑到官渡前线呢，还是和郭图在一起？

刘平威严地扫视了他们两个一眼，语速缓慢而坚定地说："要调兵的是朕，也需要符节令牌吗？"两人为难地对视一眼，汉室是怎么回事，谁心里都明白。但平日里蔑视是一回事，当一位真正的天子出现在你面前时，是另外一回事。

"陛下，将在外，君命有所不受。我等未接到幕府军令，不敢擅动。"高览比张郃多读了几本书，终于想到一个推托之辞。

"你们是要抗旨喽？"刘平冷哼一声，双目刺了过去，他身上散发的淡淡帝威让两个将军身子都一抖。刘平现在已完全融入自己的角色中来。如果说在许都的他还只是守成之君的气质，这几个月在官渡的经历，给他淬炼出一种开国帝王的凌厉之气。

高览没来由地哆嗦了一下，连忙辩解道："不是，陛下，夜战兹事体大。总要等主……呃，袁将军的命令，我等才好出击……"

说一千，道一万，他们毕竟是袁绍的私兵。汉室不过是外来之人，名义上大家要尊为共主，礼数不敢或缺，可真是触及利益，是不肯退让分毫的。

"哼，你们也知道兹事体大。那我就来告诉你们，兹事已经大到什么地步了！"刘平一拂袖子，迈步走到地图前，随手拿起一块粉石，点在写着"乌巢"两个字的地图位置。"这里的大火，你们都看到了？"

两位将军点点头。他们都知道袁军搞了个假城诱曹军奇袭，但对蜚先生的第二层计划却不清楚。所以当他们观测到真正的乌巢城陷入大火的时候，都有些惊讶。

刘平对他们的反应有些奇怪，但也没多想，继续说道：

"如今曹军比蜚先生多算了一步，如今主力已经在攻打乌巢城。"刘平一拍胸膛，"朕险些被围在乌巢，幸亏将士奋勇，这才能身在此地！"

张郃和高览听明白了，两个人微微露出笑意。原来是天子也参与了乌巢之局，差点被曹军给堵到城里，难怪怒气冲冲，叫嚷着让他们出兵。"我等立刻拨兵一支，去救援乌巢。"张郃开口答应。天子到底是年轻气盛，这是咽不下这口气想找回面子呢。随便拨点兵过去，让他发泄一下，面子上能过去就行了。

刘平盯着张郃："然后呢？然后曹操退回官渡，继续旷日持久地对峙？"对天子这个问题，张郃愣了一下，没想到怎么回答。刘平举起右臂，一拳砸在了标着官渡的地图上：

"我要的是你们发起总攻，进攻官渡大营！"

他看了眼张郃与高览，两个人似乎都还没反应过来。刘平又道："你们为将这么多年，岂不知道围魏救赵之计。如今曹军主力俱在乌巢，官渡空虚，就该趁现在这个天赐良机攻破曹军大营，来个釜底抽薪。届时就算曹操把乌巢烧个罄尽，也已彻底败了！"

张郃眼睛一亮，天子所说在他听来很有道理。他早就烦透了无休止的对峙，如今有个一劳永逸的机会出现，还可以立下不世大功。高览见他意有所动，扯了扯袖子，摇摇头。天子跟曹操交恶，这谁都知道，如今他想只凭一张嘴就说动袁军几万将士去给他泄愤，这买卖忒便宜了。

刘平见这两个人跪在地上也不言语，似乎气得不行，来回踱了两步，复又回身，指着地图大声道："如今战机已现，等到你们去请示袁绍再回来，天早大亮了！你们刚才也说了，将在外，君命有所不受。你们既然是前线主将，就该有自己的判断。千古大功，你们就忍心让它从手中溜走？"

刘平的一步步紧逼让张郃与高览不知所措，立场逐渐后退。天子意旨本来不算什么，可当它同时也是自己一直朝思暮想的事情时，听起来就无比具有说服力了。张、高二将一直期待着能踏破官渡大营，现在被刘平这么一分剖，觉得此时竟是个天大的好机遇。

"陛下所言，可谓真知灼见，只是袁公那边……"高览嗫嚅道。

刘平大怒，踏到高览面前喝道："无胆懦夫！你们既然不敢，何必诸多借口！给我五千兵马，朕自己御驾亲征！不求你们！"

什么叫不求我们，不还是要借五千兵马给你嘛……可这样的想法二将都不敢说出口。这次轮到张郃扯住高览衣角，小声说了几句，高览连连点头，对皇帝道："并非微臣不愿，只是军纪如铁，无令调兵乃是大忌，虽胜犹斩。事后袁公怪罪，该如何是好？"

"朕为你们做主，怕什么！"

刘平知道这两个人已经被说动了，拐弯抹角地想要保证，便从怀里抛出一样东西给他们。张郃和高览接过去一看，居然是衣带诏。这衣带诏上说的是接诏者有讨曹之责，勉强也能当个全线出击的理由。郭图也不失时机地站出来说道："我现在就快马赶去中军知会袁公，去请符节，再加上有陛下居中协调，想来也不算是擅自用兵了。"

有了这些保证，两个将军这才下了决心，跪倒在天子面前，说愿为陛下讨贼云云。刘平大袖一甩，说场面话等打赢了再说不迟，事不宜迟，马上出兵。

张郃、高览治军还是相当有一套。虽然已是深夜，但军令一下，麾下士兵们在半个时辰之内就完成了集结。与此同时，斥候们回报，官渡对面的曹营一片安静，没有任何异动。两位将军大喜，他们简单地分配了一下任务，张东高西，分两路攻打大营，再会于中间。

刘平和郭图目送着两支队伍开出军营，朝官渡而去。郭图由衷地赞叹道："想不到陛下真的把他们给调动出来了。"他开始最担心的，是张、高二将不买刘平这块天子招牌的账。可刘平连吼带喊，居然真把这些桀骜不驯的家伙给震慑住了。

"不是我震慑了他们，而是我提出的计划与他们想要的好处切合。否则就算我把喉咙喊哑，也是没用的。"刘平眯着眼睛，望着这两支袁绍最精锐的部队投入黑暗。这只是郭嘉"人欲五品"的一个小小应用。他一直在从郭嘉、司马懿、杨修这些智者身上汲取经验，化为己用。

"不知曹营那边，会如何应对。"郭图小声感叹道。

"你放心好了。曹操既然敢轻军奇袭袁绍，大营正面一定会有防备。他们两个这次一定会败得很惨。"刘平嘿嘿一笑。郭图听了居然毫不惊慌，也心照不宣地笑了起来。

这正是刘平说服郭图的关键所在：刘平利用皇帝身份去鼓动张、高二将去啃官渡那块硬骨头，届时两人擅自行动，又大败而归，袁绍必然大怒。冀州一系又折两员大将，他郭图便又有上位的机会了。

对刘平来说，官渡之战的走向最好是两败俱伤。曹操在乌巢城内战死之后，曹氏势必大乱，他们必须要重新找一个足可以抵御袁绍的效忠对象，许都汉室将是唯一的选择；而袁绍这边，也因为粮草被焚和一系列败仗而元气大伤，短时间难以南下，再加上郭图得势，刘平可以通过颍川派对河北内部施加影响，改善战略环境。

唯有如此，汉室才能充分吸取曹氏的养分，在一个相对不那么危险的环境下茁壮成长，直到有实力将散落天下的九鼎收归帝统——这就是刘平为汉室规划出的生存之路，同时也是死人最少的一条路。

"陛下，那我先走了。我得赶到袁公那里。前线有了什么状况，我也好及时建言。"郭图眼神里闪过一丝得意，钻进马车里，也匆忙离开了大营。

望着郭图离开的背影，刘平忽然皱了皱眉头，觉得有什么重要的地方被自己遗漏了。他背着手来回转了几圈，一抬头看到远处营房旁堆放的粮草车，眼睛一下子亮了起来。

刘平想起来了。当他提到乌巢大火时，张、高两位将军只表现出惊讶，却没多少紧张情绪。那里明明是袁军最重要的屯粮地，怎么他们却如此淡定呢？

除非……刘平差点跳了起来，除非袁军真正的屯粮处不在乌巢，而在另外一个地方，所以这些将军才对火烧乌巢十分淡定，只把它当成一个没多大实质损失的意外事件。

这是一个不错的局中局，可是，它真的能骗过曹操吗？刘平闭上眼睛，回忆起布局以来的一点一滴。他忽然想到，在乌巢城的府衙里，王越曾经提过蜚先生遭遇了一点小麻烦，然后他说了一句古怪的话："纵然杀不掉公敌，总报得了私仇。"刘平当时急着离开乌巢，没有留意，现在回想起来，这句话颇有深意。

对蜚先生来说，公敌自然是曹操，私仇则是郭嘉。那王越这句话的意思岂不是，被困在乌巢城的是郭嘉，不是曹操！一想到郭嘉那张自信而狡黠的面孔，刘平有了一个可怕的猜想。在刘平出发去官渡之前，郭嘉就跟他交过一个底，说他认为官渡之战的关键将在乌巢。刘平把这件事告诉了蜚先生，得到了后者的重视。从曹军在白马、延津到乌巢泽的一系列战斗可以看出，曹军战略确实是以乌巢为核心来构建的。这才有了今晚最终的乌巢之局。

但现在，曹操作为主角居然没有出现在乌巢，这说明什么？这说明这一切都是幌子，整个乌巢之战就是一个大大的障眼法！难怪郭嘉不怕刘平在抵达袁营后耍什么花样或泄露什么机密，他从一开始，就是想让刘平把"乌巢"这个错误信息传递给袁营——只有用这种方法，多疑的蜚先生才会笃信不疑。

刘平很确定，今晚所有人的注意力都放在乌巢，而此时此刻的曹操一定正朝着袁军的第三个，也是真正的屯粮点进发。

想明白这一点后，刘平几乎站不住脚，脑袋一阵发晕。郭嘉实在是太可怕了，他根本不需要缜密地布局，只消种下一枚小小的种子在人心中，那种子就能按照他的想法成长。蜚先生、刘平和袁绍全军上下都中了他的魔咒，为了乌巢的虚虚实实烦恼，郭嘉却早已轻轻跳出这个窠臼，剑指真正的要害。

"事已至此，我还能做什么？"

刘平沮丧地摇了摇头，他与郭嘉的差距实在太大了，这不是靠努力就能弥补的鸿沟。他把目光再度投向营帐里的牛皮地图，那熟牛皮的纹路怎么看都像郭嘉那只鸡爪一样的瘦手，整个官渡都在他的掌控之中。

等一等……刘平盯着地图的纹路，呼吸一下子停住了，纷乱的思绪突然汇聚到了一起，凝成了一条明亮的丝线。

在郭嘉这个近乎完美的计划里，刘平完成他的使命以后，应该在乌巢城或者更早的时候被靖安曹接回许都。可因为孔融在潜龙观的一把大火，导致袁、曹两军的高层都有点慌了手脚。为了尽早解决袁绍、回防刘表，郭嘉不得不在没有彻底掌控刘平的情况下，发动整个计划。

整个官渡大战场十几万人，唯有曾经与郭嘉推心置腹的刘平，才有可能猜到乌巢是个幌子。而当他不被郭嘉所掌握时，就成了一个变数，一个可以左右这场战争的变数。

刘平的呼吸变得急促起来。他只要搞清楚第三处存粮地点——不，他甚至不需要知道存粮地点，只要找到袁军高层，说服他们分一支军队去存粮地，就可以将曹操围剿或困杀。这样官渡之战将会沿着刘平最理想的方向发展。

刘平想到这里，急忙离开大帐，在营里到处乱转，想找一匹坐骑。

这种事不能找别人转达，一两句话说不清楚，必须要当面陈述，而且还要快。最好的选择，就是追上正在返回主营的郭图，让他来想办法出兵。

好在这次出兵没动用骑兵，所以这大营里还剩下不少马匹。刘平也不管是谁的，随便解开一匹，翻身上马一抖缰绳，就要冲出去。几名张、高留下来的亲兵紧张地拦在前头，说将军有交代要好好照顾陛下，外头打仗太过凶险。刘平心急如焚，哪管这些事，拿出天子威严怒喝一声"滚开"，几名士兵都吓得不敢动了。

刘平冲出军营以后才想起来，自己并不认得去主营的路，只能一路靠辨认车辙痕迹前进。天色太黑，他只能边走边看。走出去数里，他忽然听到身后远处传来低沉的隆隆声，连忙回头去看，却见到官渡方向火光大盛，似乎有无数火把举了起来，那隆隆声多半是曹军的霹雳车发出的巨石落地声。

看来双方已经开战了，而且曹军得利。霹雳车发射是需要预先调试的，曹军能在袁军偷袭下这么快就用霹雳车反击，说明早就做好了准备。刘平心中大定，看来一切都在朝着自己预设的方向发展，他驱赶胯下战马让它速度再快一些，尽快赶上郭图。

郭图留下的车辙印不算太模糊，刘平一路找一路走，逐渐远离了官渡战场。那震天的厮杀声慢慢远去，周围一片静谧，只听得见马蹄嗒嗒地踏在草地上。此时密布在半空的云彩悄然散去，几缕月光投射下来，把如墨的黑暗冲淡了几分。田野上像洒了一层银粉，散发着暗白而不耀眼的光芒。无论是连绵的小丘还是稀疏的树林，都尽收眼底。

刘平抖擞精神，飞驰疾走，他忽然看到脚下的路分成了岔路。一条通往西侧，还有一条路通往东边，不过这路似乎是新修建的，还坑坑洼洼的，不怎么平整。刘平张望了一下，看到西边那条路的远方，似乎有一个黑影在移动，看轮廓应该是一辆马车。不用问，那一定是郭图的马车。

刘平大喜，拨转马头正要追去，突然从东边不知什么地方传来一声叫喊。叫喊声不算大，但在这寂静的夜里，却传得很远。刘平一听到这个声音，浑身的血液霎时凝固住了。

那似乎是仲达的声音。

他怎么会在这里？到底发生了什么事？

就是这一愣神的工夫，西边远处的马车影子又小了几分，眼看就要消失在地平线上。刘平摸了摸耳朵，安慰自己刚才也许是听错了。仲达明明和杨修他们在一起，怎么会跑到这里来。还是去追郭图更为要紧，赶不及拦截曹操的话，袁家搞不好会全线崩溃，事态将彻底脱离汉室的掌控。

刘平朝西边走了几步，忽然又勒住坐骑。

那一声呼喊有些凄厉，像是孤狼在呼唤同伴。可能是仲达，也可能不是。但万一真的是呢？他一定是遭遇了什么危险，也许危在旦夕。如果不赶过去帮忙，他可能会受伤，甚至有可能会死！

面对眼前的歧路，刘平迷茫了。

曹丕蜷缩在密道里，默默地流着泪，不愿去想任何关于自己的事。现实对他来说，就如同这条密道里长满了荆棘，只要稍微一动就是撕心裂肺的疼，他索性一动不动，沉迷在母亲的怀抱里。

不知过了多久，曹丕感觉自己的肩头被人拍了一下，听到"咦"的一声诧异。他茫然地抬起头，发现一双大手在自己身上摸了摸，然后拎起自己的衣领在密道里拖行起来。曹丕没有挣扎，任由大手向前拖曳，忽然他眼前一亮，整个人从密道里被提出来，重重搁在了乌巢府衙的正堂当中。

"淳于琼的尸体就在旁边，王越的尸体在密道里。整个密道里只剩下这个小孩。"一个彪形大汉说。

曹丕睁开眼睛，环视四周，看到一个大鼻子的尸身半靠在府衙廊柱旁，手里还握着一把大刀。正堂里站着十几个人，个个身上如泼了血一般，神情狠戾。当中有一人身披青袍，浑身脓肿，看上去格外可怖，正是蜚先生。

"这不是魏文……不，我应该叫你曹二公子吧？"蜚先生的独眼透着一丝诧异，还带着点疯狂的欣喜。

郭嘉带来的这批武力相当可怕，里面既有靖安曹的精锐，也有许褚的虎卫，尤其是还有张辽，这家伙简直是个疯子，一边大呼着"辽来也"一边挥动着倚天，东山先后有十几个人都是被他所斩杀。两边在府衙前打了不到三炷香的时间，东山便支撑不住了。

好在蜚先生本意也不是跟郭嘉硬拼。他见城内的其他曹军也纷纷赶来支援，决定按照原定计划从密道撤退，把郭嘉活活烧死在乌巢城内。他让剩下的人死死挡住正门，然后带着十几个亲信返回府衙正堂，打开密道。可他却发现淳于琼死在地上，天子、王越和邓展全都不知所踪。蜚先生唯恐发生什么事，没有立即进入密道，派人进去先行查探。这一查探不要紧，发现了王越的尸体，还有这么一个不知怎么钻进来的小孩子。

在这个节骨眼上抓到了曹丕，这让蜚先生喜出望外。这时一名浑身是血的东山卫士匆匆跑进来报告说敌人杀进来了。"蜚先生，你快走吧，我们为您断后。"护卫叫道。这密道有一个特殊的设计，只要按动机关，中间一段就会坍塌，无法使用。

蜚先生看了眼曹丕，心里有了一个主意。他一抬手，嘶声道："别着急，咱们再等等。"现在逃走，固然可以困死郭嘉，但蜚先生心中仍留有遗憾。他希望郭嘉死，却不希望他死得太痛快，死前一定要饱受折磨——只有看到那张从容的面孔在算计落空时那一瞬间变得错愕，才能让蜚先生真正觉得快意。

可惜的是，即使郭嘉被困在乌巢城内，他始终还保持着淡定，这让蜚先生非常不爽。曹丕的意外出现，给了蜚先生一个新的灵感。这已经不再是谋略之争，而是意气之争，但蜚先生认为自己隐忍了这么多年，有权在最后时刻任性一回。

这时厅堂外传来杂乱的脚步声，然后入口的木门被"砰"的一声踢开，长发散乱的张辽鬼魅般地闯了进来。他一闯进来，厅堂内立刻变得杀气密布，让人艰于呼吸。郭嘉那一味叫作"吕姬"的药，把张辽彻底变成了一尊杀神。

"张辽，你可知道吕姬到底是怎么死的？"

蜚先生大喊一声。张辽听到这名字，怔了一下，停下了手里的动作。蜚先生身旁的大汉趁机冲了上去，与张辽战到一处。张辽知道自己上当了，愤怒地发出一声大叫，反被那大汉伤到了肩头。

一直处于呆滞状态的曹丕听到吕姬的名字，似乎想起了什么。他缓缓转动脑袋，一下子想到了任红昌。一想到任姐姐临终前托付给他的事情，曹丕整个人就警醒过来——任姐姐的事还没做完，他现在还不能崩溃。

这时候许褚、虎卫也陆续赶到，他们飞快地站到张辽两侧，保护他后退。厅堂里一下子被塞得满满的。两边人都怒目相对，气氛几乎比外面的火势还要火爆。最后出现的是郭嘉，他踱着步子，胳膊半屈在胸口，似乎一直在沉思什么事情。

"郭嘉，你看看这是谁？"蜚先生勒住曹丕的脖子，面色狰狞地冲他喊道。

许褚和张辽一看到曹丕，极为震惊，不由得都把目光投向郭嘉。郭嘉缓缓抬起头，看了一眼曹丕，终于露出一丝惊诧："二公子，你为何会在这里？"

曹丕嘴巴张合了几下，却没发出声音。蜚先生凶狠地又勒了勒，冷笑道："别叙旧了。快说，曹操到底在哪里？"

"曹公有更重要的事情去做。"郭嘉答道。

蜚先生听出郭嘉似乎话里有话，他的独眼快要滴出血来，越想越心惊……更重要的事，在今夜的官渡战场上，还有比奇袭粮仓更重要的事情吗？

"你……"蜚先生一下子意识到自己到底哪里弄错了，"你现身乌巢，只是为了拖住我！你早就知道真正的屯粮点在哪里！"

"袁营有可能识破曹公的真实动向的，只有你一人而已。可惜仇恨不光会蒙蔽一个人的眼睛，也会扭曲一个人的智慧。所以只要我一出现，你绝不会甘心遁走。没了你，其他窝囊废只会傻傻地望着乌巢城的大火发呆。"郭嘉笑了笑，再度抬起一个指头，"我一开始就说了，我在这里不用做任何事情，就能打败你。"

蜚先生这时才发现，他们两个之间所谓的纠葛，在郭嘉眼里只是可以影响大局的小手段罢了。他一心与郭嘉一较长短，到头来却发现郭嘉根本没把这个当回事。

"我还没输！袁绍的胜败，我才不关心呢！"蜚先生近乎崩溃地高喊道，同时把曹丕狠狠勒住，恶狠狠地说，"现在马上让其他人都退出厅堂！只有你留下！快！你不想你家主公连续丧失两位长子吧？"

郭嘉充满怜悯地看了眼蜚先生，忽然转过脸来对许褚道："仲康，曹家对挟持人质者的传统是什么？"许褚听到这个问题，虎眼圆睁，几乎不相信自己的耳朵，他惊慌地喊道："郭祭酒，你……"

"我问你，曹家对挟持人质者的传统是什么？"郭嘉又重复了一次。许褚低声道："凡有持质者，皆当并击，勿顾质。"

这条军令的意思是凡是见到挟持人质者，要连人质一起干掉。这条原则是在濮阳之战时确立的，当时夏侯惇被几个叛变的士兵挟持，副官韩浩用霹雳手段解决事件，得到曹操赞赏，把这一手段作为行事原则颁布全军。

郭嘉面无表情道："曹公可没说曹氏子弟可以例外。"是言一出，举厅皆惊。郭嘉这么说，等于是宣布放弃拯救曹丕，要连同他和蜚先生一齐杀死。

在蜚先生臂弯里的曹丕眼神恢复了神采，他忽然挣扎了几下，声嘶力竭地喊道："郭祭酒，别管我，杀了他！"他一口咬在了蜚先生满是脓疮的胳膊上，一时间汁水四溅。蜚先生遭受剧痛，忍不住惨叫了一声，挥动手臂，把曹丕一下甩开。

就在这一瞬间，张辽的身影猛地欺近，挡在了蜚先生和曹丕之间。蜚先生身旁大汉猝然出手，一下刺中了张辽的大腿。张辽不避不让，疯也似的回手用倚天一削，那大汉半边脖子被生生斩断，喷着鲜血倒在地上。与此同时，许褚迅速跟进，一把将曹丕拖了过来。

转瞬之间，蜚先生失去了最后的筹码。他瞪着一只红眼，把双手伸开，对身后的卫士厉声道："快进密道去发动机关！"那些卫士不再犹豫，纷纷跃入密道。蜚先生一屁股坐在了密道盖子上，把身上的青袍扯了下去，露出那具半是邪魔半是雅士的诡异身躯。邪魔的一半血筋毕露，在脓疮纵横的皮肤上纵横交错；而雅士的一半肌肤却是越发晶莹，几乎无一丝瑕疵在上头。

"我已服用了惊坟鬼，你若杀了我的话，这整个厅堂的人都要死。"蜚先生高喊。

许褚和虎卫们不由得退了一步。惊坟鬼的威力，他们已经在曹营见识过了，为此还牺牲了十几个弟兄。如果在这个狭窄的厅堂爆发，毒药的效力恐怕会加倍。就算郭嘉有通天本事，也来不及一一救过来。

蜚先生见曹军众人都不敢靠近，嘿嘿笑了笑，盘坐在密道入口处，摆出一副束手待毙的姿态。过不多时，地底传来一阵低沉的隆隆声，应该是东山卫士启动了机关，让整条密道坍塌。

放弃了逃生以后，蜚先生整个人都放松下来，他抬起头来，耸了耸鼻子，似乎闻到什么气味，然后望向郭嘉，语气自如："郭奉孝，我承认你赢了。不过如今咱们都是穷途末路，胜负也没了意义，不想趁这个机会聊聊天吗？像当年一样。"

郭嘉丝毫不为所动："我跟你共同的话题，只有一个华丹，而你根本不配提起她！"一提到这个名字，郭嘉整个人的光芒黯然收敛，深沉的痛苦浮现在双眉之间。

蜚先生对郭嘉的反应很是快意，继续说道："可当年我们三个明明关系很好，有什么不能谈的？"

"住嘴！"郭嘉断然喝道，"每一个同学，都带着一段华丹的美好记忆，所以我不杀他们。唯有你，关于她的回忆全是不堪的。只要你不在了，华丹就会活在没有痛苦的世界里。"

"不要自欺欺人了。她早就死了，是被你奸杀的，而你喝下的那杯酒正是我递给你的。"

听到蜚先生这么说，郭嘉眼神里射出危险的光芒。蜚先生却不管不顾，越说越兴奋，独眼也瞪得浑圆："我也喜欢华丹，可她偏偏喜欢的是你。既然如此，我成全你们两个有何不好？那天晚上，我其实就在旁边。我亲眼看着你把华丹推倒在草地上，撕碎她的衣服，进入她的身体，像一头疯狂的野兽般侵犯着她。华丹的腿可真白……"

"咔嚓"一声，郭嘉不知何时从张辽手里拿来了倚天剑，毫不留情地斩下了蜚先生的左臂。鲜血飞溅，洒了郭嘉一身。蜚先生却似乎没有了痛觉，反而更加兴奋起来："对呀，就像这样，把我杀死吧！就像你杀死华丹一样！"

"我没有杀她！"郭嘉第一次有些失态，他挥起倚天剑要去砍第二下，却被许褚拦住。如果郭嘉盛怒之下把蜚先生砍死，大家都逃不过这一劫。

"你们都出去！"郭嘉大喝道，瘦弱的胸膛起伏不定。

这确实是目前形势下最好的选择。许褚连忙回手做了个手势，让大部分人依次退出厅堂，只留下他和张辽守住门口。曹丕坚决拒绝离开，于是许褚只得把他放在自己身后，一旦有什么事情，两名虎卫可以迅速将他带走。

郭嘉看人都退出去了，用倚天剑对准只剩一条右臂的蜚先生道："回忆时间到此为止。"

蜚先生摇晃着脑袋，耸着鼻子，岔开了一个话题："你身上的味道，和从前不太一样了。莫非你吃的养神丸改了方子？"

"你的鼻子还是那么灵敏。"郭嘉看着他，居然用平常的语气答道，"有一位老同学做了改良，送到我手里。"蜚先生嘿嘿一笑："哼，你也敢吃，不怕那是毒药？"

郭嘉微微抬起下巴："我问心无愧，从来没觉得对不起他们，怕什么？更何况，这是货真价实的养生良方，我服食了没有问题……"说到一半，郭嘉忽然觉得头有些发晕，他身子晃了晃，想用剑拄着地面，却一下子没支住，差点跌倒在地。郭嘉本来有些惨白的脸色陡然罩上一层铅灰，似乎中了什么奇毒。

蜚先生看到他那副模样，开始呵呵地笑起来，笑得上气不接下气，任凭断臂的鲜血潺潺流出。郭嘉勉强抬起头："这是什么？如果是毒药的话，我应该早就觉察了。"他的语气不像是一个惊慌的中毒者，倒像是一个好奇的药师。

蜚先生笑了半天，直笑得自己咳出血来，才收声答道："你吃的那改良药方，我一闻就知道，是冷寿光给你的。如你所说，这是货真价实的养生方。可是，它也是一个考验。"

"哦？"郭嘉抬了抬眉毛。

蜚先生用右手摸在伤口处蘸了蘸血，然后放进嘴里啧啧了两声："我这些年来，为了对抗半璧全的药性侵蚀，也让他给我开了一服方子。这两服方子都是救人的良药，你专攻毒物，肯定没兴趣了解，却不知它们若是合二为一，却可化为剧毒。"

郭嘉露出恍然神情，不见愤怒，反倒有些赞叹："所以当我斩下你的手臂时，血溅一身，你血液中含有的药性便和我体内的药性相中和，这才爆发出毒性……冷寿光这人专修房中术，想不到还有这样的巧思。"

"你还不明白吗？这是冷寿光那个家伙在试探你的心啊。"蜚先生就像是在与老友畅谈，拍打着膝盖，"天下吃养生方的，只有你一个；天下服食对抗半璧全药方的，也只有我一个。若你对当年之事心有愧疚，此生不来与我寻仇，一心只服那药方，则可延年益寿。若是不肯放过我，坚持要我死在你面前，毒发却是避无可避。"

"冷寿光这家伙，还是那么天真，居然也用这么拐弯抹角的办法，劝我收手。"郭嘉此时再也无力支撑，晃晃悠悠地跌坐在地上，"可惜，他根本不明白，在华丹这件事上，咱们是没有任何妥协余地的。"

这两个人一个身负重伤，一个身中剧毒，都已是气息虚浮无力，语调趋于平和，就好似两位多年不见的老友聊天一般。

"说到底，华丹只是一个果，你难道把因给忘了？"蜚先生的声音提高了几分。郭嘉斜眼一瞥，摇摇头："戏志才，少拿华丹来说事。我说过了，她的话题到此为止。我是永远不会原谅你的。"

"别叫我这个名字！你以为我会原谅你吗？你偷我的东西，难道现在还不肯归还……"蜚先生的话很激动，声音却越来越低。郭嘉仰起头来，指头无力地弹动，似乎在思考怎么回答这个问题。当他再转头看去，发现蜚先生保持着那样的坐姿，失去了所有的生机。

郭嘉愣了一下，想伸手过去摸一摸，身子却动弹不得。蜚先生的尸身在极短的时间内枯萎，不同风格的两半身躯同时发生变化，可怖的脓疮纷纷剥落，而白皙精致的肌肤也慢慢失去光泽，最后两边都变成了灰白颜色，不再有分别。

没有异味，也没有烟雾，蜚先生到底有没有服过惊坟鬼，再没人知道。

郭嘉感觉视线开始变得模糊，眼前蜚先生的尸体迅速失去色彩。大概是冷寿光的毒发作了吧，想不到华佗那么多弟子，最终完成复仇的居然是唯一想原谅自己的冷寿光。郭嘉笑了笑，觉得这真有点讽刺，那家伙学了一辈子养生之道，最有效的却是一服毒药。

他的身子慢慢变软，朝地板上滑下去。

就在这时，郭嘉的身子被一只手托住，下唇被两个指头捏开，一粒药丸顺着嘴滑入食道。郭嘉睁开眼睛，看到曹丕凑到自己身边，一脸焦虑。

"二公子？你给我吃了什么？"郭嘉虚弱地问道。

"解毒药！"曹丕大声说，生怕他听不到。

郭嘉刚想说别白费力气了，话还没出口，面色突然一变，张嘴呕出一口鲜亮无比的鲜血来。曹丕大惊，郭嘉又连连呕出三四口，吐得整个衣襟上全是。曹丕以为郭嘉要死了，赶紧抱住他，带着哭腔喊道："郭祭酒，你可不能死啊！我父亲还指望你来托付后事呢！任姐姐交给我的嘱托还没完成呢！"

不料郭嘉轻轻推了一下他，居然重新坐了起来。曹丕擦了把眼泪，惊讶地看到，郭嘉的脸色已经白到了极点，眼神却不再浑浊，智慧的光芒重新出现在那一对漆黑的瞳孔中。

"你给我吃的……到底是什么？"郭嘉问。

"是从史阿那里得来的解毒药丸，据说是华佗亲手炮制的，可解百毒，叫作华丹。"曹丕说。

这是在白马城的时候，史阿留给他的，曹丕一直贴身保管留到了现在。他刚才看到郭嘉中毒，情急之下想起来还有这东西，就给郭嘉喂了进去。

郭嘉一听到这名字，开始轻轻地笑了起来，声音越来越大，笑到后来，已是泪流满面。曹丕不明就里，以为丹药有什么问题，要去给郭嘉捶背。郭嘉却摆了摆手，深深吸了一口气："这种丹药，正是华丹她唯一亲手调配出来的药方啊。"

"啊？"

"华佗门下，要求弟子都要独自炼制出一种丹药来，才算合格。华丹她虽然是华佗的亲侄女，可她不喜欢炼药，平时喜欢偷懒，一直到最后关头，才央求我帮她。我专修毒药，她又不喜欢，只好连夜炼出这么一个解毒的药方。'华丹'这名字，还是我亲口取的。"

郭嘉说到这里，脸上浮起幸福与痛悔的神色："想不到，阴错阳差，居然最后是华丹救了我。她一直没忘了我，也不怨恨我……"郭嘉仰起头，看着上空，似乎想看到那虚无缥缈的魂魄，是否在什么地方望着他。

曹丕听他这么一说，不由得一喜："这么说，你性命无虞了？"

郭嘉苦笑："冷寿光的毒，哪有那么好解。我如今元气大伤，虽然暂时可被华丹吊住性命，恐怕最多也只有几年寿数。"

"那怎么……会？"

"你不必担心，在把河北袁氏剿灭之前，我都还撑得住。"郭嘉眼神闪过一抹厉色，他的眼泪已经擦干，又恢复成了那个睿智而自信的天下第一策士。

曹丕把他搀扶起来，朝门口扶去，一边走一边随口问道："刚才那个戏志才死前一直在说的偷什么东西，是什么意思？"

听到这个问题，郭嘉停下脚步，用一种奇怪的眼神望着曹丕，吓得曹丕连连摆手："郭祭酒别生气，就当我没问过。"郭嘉思忖片刻，摇了摇头，让曹丕把他搀到蛰先生的尸身对面，然后跪坐下去，喘息了一阵才说道：

"二公子，这件事我只对你说，不可外传。"

曹丕连忙道："你不说也行。"

"就让这个秘密多一个人知道吧，就当是我最后还他一个心愿。"郭嘉休息了一下，慢慢说道，"你刚才听到了？我叫他戏志才。"

"嗯。"

"其实我的名字，才是戏志才。而他的名字，叫作郭嘉。"郭嘉平静地说。

曹丕一听，惊讶地张大了嘴，这可真是意外的转折。

"我和他，都是颍川人，年轻的时候都有匡扶天下之志。但是颍川的晋升之阶，都被荀姓郭姓钟姓等大族把持。他郭嘉只是郭氏的一个远支，已算是寒门；而我戏志才的出身更是低贱，都没什么出头的机会。终于有一次，郭嘉的家族在一次争乱中惨遭灭门，他唯恐自己被追杀，我就与他互换了身份。从此我是郭嘉，而他成了戏志才，一齐拜到了华佗门下，一来学习，二来避祸。

"接下来在华佗门下的事情，你都知道了。我大出风头，与华丹相亲相爱，据说华佗还考虑让我当他的继承人。这一切，引起了他的不满。他认为，我所得到的一切，都是拜郭姓这个身份所赐，他要讨还回来，被我拒绝。结果他就对我和华丹做出那样的事来……出事以后，我愤怒至极，发誓要追查出他的下落，狠狠报复。结果有一天，我终于知道他藏到了哪里……"

说到这里，郭嘉颇有深意地看了眼曹丕："他藏的地方，就是你父亲的帐下。他是个富有才华的人，不知通过什么途径获得了荀彧的赏识。然后被以'戏志才'之名推荐给了曹公。曹公没有门第之见，对戏志才非常欣赏，引为知己，地位犹在今日的我之上。"

曹丕想起来了，他曾经听母亲说过，在郭嘉来之前，曹公有个很欣赏的谋士姓戏，可惜早卒。他死以后，荀彧才推荐了郭嘉过来。

郭嘉继续道："我为了干掉他，精心布局了很久——好在那时候曹公的势力还不是很大，戏志才又没什么防备——最终我以自己的健康为代价，让他中了我的半璧全，弄得不人不鬼。戏志才只得诈称暴病身亡，不知所终。至于我，被他的做法启发，先跑去袁绍那里混了一段时间资历，然后拜访荀彧，以'郭嘉'之名入仕曹公麾下，到了今日。"

曹丕听完以后，半晌说不出话来。这位曹家第一策士，居然还有这么一段黑历史。如果父亲听说这个最为倚重的军师祭酒，曾经谋杀过他最信赖的谋士，不知会做何感想。他现在总算明白，为什么陈群总是絮絮叨叨地鄙视郭嘉，说他只是个寒门之后。原来"郭嘉"冒名顶替的那一支"郭氏"，早已死光，被大族除名了——也正因为如此，郭嘉的来历才不会有人去怀疑、去查证。

曹丕发现，郭嘉似乎并不害怕他讲给自己父亲听，这究竟是一种信任，还是一种自信？他不好下判断。一想到郭嘉可以顺畅自如地把心中的秘密讲出来，曹丕一阵羡慕。

郭嘉静静地看着蜚先生的尸体，手指有节奏地敲击着地板，像是在鼓盆而歌，又像是击缶祭丧。他喃喃道："郭奉孝，郭奉孝。在这个曹家人的心目中，我已经把名字还给你了。虽然只有一个人知道，你总算也可以瞑目了。"

他停顿了一下，又补充道："不用谢我，这是华丹救活我的用意。"

说完这句话，郭嘉向曹丕伸出手："扶我起来，咱们先离开乌巢城再说。"

"怎么走？不是说四门都被封住了吗？到处都是大火，现在连密道都没有了。"曹丕这才想到这个现实问题。

郭嘉露出那种洞悉一切的轻笑，似乎什么事都难不倒他："乌巢城落到袁绍手里才几天，他们就挖出一条密道。之前这城池在曹公手里数年光景，我们又怎么会什么都不做呢？戏志才以为我们钻进他的圈套，殊不知这本来就是我们的主场。"

"郭祭酒的意思是……"曹丕抓住郭嘉的手臂。

"官渡之战，差不多结束了。"

第十四章 一个开始的结束

此时云彩已经散开，视野可以扩展到很远。

他们看到一个身穿上玄下赤的冕服、头戴冕冠的人拼命抽打着坐骑，向着这边飞奔。

又一块石头破空飞来，砸中一名士兵的额头。他惨呼一声，捂着脑袋躺倒在地。身边的几名同伴一下都迟疑地在距离司马懿几步的位置停下来。

"还愣着干什么？"杨修大怒，"他就一个人，石头就那么多！你们这么多人一拥而上，一刀就解决了。"

士兵们却没有继续向前，都看着张绣。这种有生命危险的事，只有他们的主官才有权让他们去做。这时司马懿在地上勉强抬起头，满是嘲讽地说道："张将军，你看人的眼光实在差劲。"

原本要开口下令的张绣听到这句话，一下子呆在了那里。他一手放在腰间，一手持着胡须，眼神在杨修和司马懿之间游移不定。

这一句话直接击中了张绣最心虚的地方。曹操已经对他起了杀心，贾诩一直在利用他，那么眼前这个自称汉室势力的杨修，又凭什么可以完全信任呢？他让自己杀司马懿，万一这又是一个阴谋呢？张绣已经对自己的判断失去了信心。

听杨修和那个看不见的人的对谈，好像这是一次汉室的内讧，那张绣就更不敢轻易参与了。他思考了半天，决定保持沉默。

杨修见张绣没动静，勃然大怒。他苦心拉拢了张绣这么久，想不到却被司马懿一句话给破坏了，这让杨修的怒意达到了巅峰。他提起长剑，转动身体挪了几步，朝着司马懿刺去。

他判断出了徐福的大致位置。从这个角度，徐福的石子弹不到剑刃，只能打到杨修的脊背。也就是说，除非徐福杀了杨修，否则不可能阻止他杀司马懿。

又是一声破空，石子的去势却略微偏了偏，砸中了杨修的右肩。杨修身形一晃，忍住剧痛一咬牙，剑已经刺了下去。司马懿情急之下脖颈急转，堪堪避过要害，但锋利的剑尖却把脖子侧面抹出一道伤口，血流如注。

司马懿疼得大叫了一声，身子弓起来。杨修在激动中没看清楚，以为已经得手，提起长剑呵呵大笑起来。周围的士兵都松了一口气，至少他们不必被逼着动手了。远远地，夜风送来徐福一声长长的叹息。

张绣目睹了这一幕，脸上露出些许忧虑。杨修的表现不太正常，说好听点是过于亢奋，说难听点是快疯了。事实上，张绣从来没喜欢过这个一次又一次锋芒毕露又喜欢豪赌的家伙，他在西凉军中见过许多赌徒，都是胆大妄为之辈，结局无一例外都很悲惨。

张绣正盘算着接下来该如何是好，突然耳朵动了一下。一个熟悉的声音敲击着耳膜：这是马蹄的声音，只有一骑，由远及近，正高速朝这边冲来。这个速度表明，骑手不是路过或者巡游的斥候，而是有着明确的目的。

是曹公的信使，还是袁绍发现了我军的行踪？张绣不确定，但他立刻下达了警戒的命令。杨修听到了这个声音，也转头望去。

此时云彩已经散开，视野可以扩展到很远。他们看到一个身穿上玄下赤的冕服、头戴冕冠的人拼命抽打着坐骑，向着这边飞奔。张绣和杨修同时倒吸一口气，他们都没想到，他居然会出现在这里。

弓兵们看到有人接近，纷纷举起手里的弓箭瞄准；步兵也拿起长短戟，随时准备投掷。张绣和杨修同时大叫："住手！"听到命令，士兵们放下武器，让开一条路。刘平毫无阻碍地到了他们面前，翻身下马。杨修迎了上去，刘平却推开他，扑上去将司马懿半抱起来。他伸手一摸，发现司马懿的脖颈处一片血红，肩膀一颤。

杨修走过去，把手按在刘平肩上。刘平猛然抬头，眼里爆出极重的杀机，让杨修不寒而栗。

"是谁杀了他？！"刘平厉声问道。

"陛下，此事……"

"我问，是谁杀了他？！"刘平的声音好似重锤，每一下都砸得杨修面如土色。刘平忽然看到杨修手里还沾着血迹的剑，不由得死死瞪着他，那目光像一支带着倒刺的箭，要钩出血肉来。

杨修强行让自己镇定下来："陛下，此事说来复杂。"

"你为什么要杀他？"刘平冷冷地问道。

"陛下过于信任外人，恐对汉室不利。"

"对汉室不利？"刘平怒极反笑，"你知不知道，仲达救过多少次我的命？"

"此人有鹰视狼狈之相，此乃谋国之乱臣。臣是为陛下计，才不得已出手……"杨修说到一半，刘平突然飞起一脚，结结实实踹在他的小腹上，他一下摔出七八步之远。

"放屁！"

杨修从地上爬起来，嘴角带着一丝血迹。他伸出大拇指擦了擦，一拂袍袖大声道："陛下你到底在想什么？"

"是你到底在想什么？"刘平冷冷道，"我原以为仲达碰到你是最安全的，可你居然做出这等下作之事。"

杨修不甘示弱地一昂头："陛下既然委我做策士，就该信任我的判断。当初陛下刚知道董承之事时，也是这么气愤，后来明白断腕的道理，不也就想通了吗？"

"这是我兄弟！"

"天子没有兄弟，只有臣子。汉室复兴，高于一切。我是在为您清君侧！"

"这只是你的借口！"

杨修眼神闪过怒意："借口？别以为只有你一个受委屈，你们刘家的事，多少人在为之奋斗，多少人为之身死。伏寿牺牲了什么？唐姬牺牲了什么？孔融牺牲了什么？我们杨家又牺牲了什么？陛下你难道认为，这些全都是为了区区一个借口吗？"

刘平站起身来，冷冷道："你们所有人的牺牲，朕都看在眼里，从未忘记。但你今日杀仲达，与汉室复兴有何关系？请正面回答朕！"

杨修突然啐了一口："朕什么朕？你当了太久皇帝，连自己是什么身份都忘了吗？"

这时张绣还站在旁边，还有许多士兵围着。杨修这么说，竟是要揭破那个最大的秘密。刘平一怔，他不太相信杨修会做出这种事，但谁又能说得准呢？他之前也没想到，那个教导自己如何做皇帝的杨先生，竟然会对司马懿下手。

就在这时，刘平忽然感觉身旁传来一声轻哼，他低下头去，看到司马懿正抬起右手，龇牙咧嘴捂着脖颈旁的伤口。

"仲达，你没死？"刘平喜出望外。

"差一点。"司马懿没好气地回答，"为了你，我一年受了三次重伤，咱们绝交吧。"

站在远处的杨修看到司马懿没死，眼里满是失望："陛下，你一次又一次地任性胡为，太令我失望了。你这种人，是永远成不了大事的。"

刘平心情大好，刚才恨不得杀掉杨修的怒气，慢慢地消退下去。他把司马懿搀扶起来："若连自家兄弟的安危都置若罔闻，这种皇帝我宁可不做——我不是我哥哥，我有我自己的道。一条路走到黑，坚忍不移，这不是杨先生您教导的吗？"

"哼，信用近佞，罔顾忠直。你别的不会，汉室那些帝王的毛病可学了不少。"杨修冷笑着，他突然举起剑，把自己的衣袍一角"刺啦"一声割断，衣角飘落在草地上。"当啷"一声，剑也被他抛下，那两粒骰子不知何时又出现在他手里。

刘平没料到他一下子居然这么决绝，不由得愣住了。

"我杨修赌运欠佳，错投了这么一笔大注，输了个血本全无，也到了该换家铺子的时候了。你我君臣之谊，到此为止。"杨修面无表情地说完这一句，复又昂首高喊，"既然老头子看不上我，从此汉室的事情，让他自己去管好了。"

这是说给刘平听的，也是说给黑暗中的徐福听的。杨修的表情没有悲伤，只有浓浓的失望和不甘，还有一种怀才不遇的愤懑。

杨修从怀里拿出一卷东西，扔给刘平："这是许攸送来的《月旦评》，本来我打算等陛下返回许都再一起参详，但现在看来用不着了。"

刘平捧着名册，神色有些尴尬。他想开口说点什么，可杨修根本不给他这个机会，转身就走。

"你去哪里？"刘平问。

"司空幕府，那里的人至少不糊涂。"杨修沉着脸，朝外走去，走到一半他停下脚步，缓缓回头，"你放心好了，汉室的事情，我不会到处乱讲。他日等我压倒郭嘉，成为幕府第一策士，再来为陛下尽忠。保重。"

说罢杨修潦草地抱了抱拳，跨上自己的坐骑，扬长而去。望着他离开的背影，刘平不禁有些怅然，杨修是汉室在许都的主心骨，他这一走，以后还有谁可以对抗郭嘉呢？难道我真的做错了？不，没错，他可是要杀仲达啊。我难道可以与杀害仲达的凶手合作吗？如果我现在后悔的话，刚才何必选择这条路呢？

这时候，一个风吹砂砾般的声音在刘平耳边响了起来："陛下。"

"徐福？你一直都在？"刘平连忙朝四周张望，有点紧张。他不知道刚才事情的细节，还以为徐福身为杨家的刺客，是来找他算账的。

"是的，但我现在要走了。"徐福简短地说，"如今司马公子已经平安，我特向陛下辞行。"

"你要回许都了？"

"不，更南边，也许是荆州。我本是士林出身，如今杨公的恩情已报完，与杨公子又已决裂。也到了我去恢复自己身份的时候了。"徐福的声音中带着几许沧桑。

"哦，这很好啊，没人愿意一辈子都窝在阴影里——那你还会叫这个名字吗？"

徐福沉默了一下，然后回答："这，这不是我的本名，我的本名叫作徐庶。就这样了，再见。"

最后的声音在风中消失了，四周恢复到一片寂静。刘平不住地感慨，杨修走了，徐福也走了，他的心里有些寂寥，但这都是他们自己的选择，刘平无法阻止。

一谈到选择，刘平一下子反应过来了。刚才司马懿的死对他冲击太大，差点忘了还有曹操奇袭这件事。如今郭图已经向西走出很远，追肯定是追不上了，看来调动袁军前往堵截曹操的计划，是肯定来不及实现了。

虽然这是自己选择的结果，但刘平还是觉得大为遗憾，总觉得死去的刘协正冷冷地在半空中看着他这个不肖的弟弟，看着他如何为了自己兄弟，舍弃了整个汉室的未来。

他环顾四周，忽然眼睛一亮。张绣这支部队没有中伏，还保留着完整的战力。最重要的是，张绣袭击曹操的经验比较丰富，是一个可以说动的对象。刘平立刻跳起来，走到张绣面前。张绣不知刘平要做什么，结结巴巴地半跪在地："陛下……"

"马上集结你的部队，跟我走！"刘平焦急地说。

"去哪里？"

张绣这个问题把刘平给问住了。袁绍真正的屯粮地在哪里，曹操知道，袁绍知道，可刘平不知道。他原来的计划是调动袁军，不用考虑；现在要调动张绣的部队，地理位置就成了个大问题。

"怎么回事？"司马懿已经从地上坐起来，拿了一块手帕贴在伤口上，不时吸着冷气。

刘平把来龙去脉跟他一说，司马懿乜斜了他一眼："蠢货，我宁可你没来。"刘平只能苦笑着点头。司马懿把腿一盘，没好气地嚷道：

"地图呢？"

刘平把从张绣手里拿来的地图递给司马懿。司马懿点了个小火，对着地图看了一圈，指着其中一点道："我猜，是在这里。"

"为什么？"

"袁绍大军十多万人，开销浩大，所以屯粮之地必须交通便利，方便转运，地势不能太险；为了保密，地势又不能太平坦，最好有山或凹地遮护；须近水以防火灾；还须近林，以方便伐木起营。官渡以北，符合这些特征的地方并不多，再排除掉乌巢和几处已驻扎兵营的场所，剩下的……"司马懿指头一点地图，"就只有这里了。"

他指头按着的地方，叫阳武，在乌巢西南，离官渡前线不算太远，却被一条横向隆起的弓形丘陵所挡。从南向北走的话，必须要绕行掉头，才能进入，算得上是个屯粮的好地方。

"真的吗？"刘平对司马懿的分析将信将疑。

"不确定，但你只能信我。"司马懿一摊手，然后指了指天，"时间不多了。如果真是阳武，恐怕曹操已经快到了。"

"好吧！"刘平起身对张绣道，"张将军，请你马上集结部队，跟我走。"

"可是……"

"你难道想就这么回去曹营？"刘平沉声道。

张绣哑口无言，他本来是被当成弃子扔出来的，若是这么囫囵个儿回去，就算他不记恨，曹公心里也不踏实。他没办法，只得遵从刘平的意见——不是他多信服刘平，而是实在没更多选择。从张绣踏入许都的那一刻起，他的命运就已经注定了。

这支部队再度出发，司马懿被扶上他原来那匹马，刘平不离左右。因为是步骑混编，他们的移动速度并不快。刘平没告诉张绣到阳武是做什么，怕吓着他。

曹军主力仍在官渡坚守，张绣和郭嘉又分别带走一部分，曹公带去奇袭的部队不会很多。只要张绣稍微纠缠一下，等到附近袁军围上来，就可以成功了。

刘平一路心急如焚，不停催促着部队加快行军。可他没有军令在身，张绣又表现得很暧昧，出工不出力，队伍始终走得不快。

约莫过了半个时辰，队伍前面出现一个高坡。从地图上看，只要翻过去就可以看到阳武了。刘平急匆匆驱马赶到坡顶，他登顶的一瞬间，身子一晃，脸色霎时变得惨白。

司马懿强忍着身上的伤驱马跟上去，一抬头，却看到一番壮丽景象。远处的阳武被一大片火光所笼罩，翻滚的黑烟直上夜空，好似曹操东临碣石时所看到的那片沧海一般，只不过海浪换成了火焰。站在这个位置，甚至可以闻到粟米被焚烧的香气。少数袁军士兵绝望地站在外围，这样的火势已完全不可能救得了。

"在那里！"

司马懿一指，刘平循着他的指头看去，看到阳武旁边的小路上有长长的一队骑兵，约有数百人，正朝着南方急速前进着。他们统一穿着灰袍，骑术娴熟，速度飞快，在火光照耀下像是一道闪过的阴影。

"那是我的西凉精骑啊！"张绣站在刘平和司马懿的身后惊呼。

难怪曹公要把张绣调走，原来不光是为了弄死他，还为了他麾下那些西凉精锐。郭嘉的手段，可从来不会是一石一鸟。张绣失魂落魄地走下高坡，差点摔倒在地，从现在开始，他失去了一切。

在更远的地方，乌巢的大火也在熊熊燃烧着。在暗夜的大地上，两团火用人类所看不懂的舞蹈互相倾诉着。

同时因这团大火陷入绝望的不光有刘平、张绣，还有张郃、高览。

　　他们袭击官渡曹军大营的行动，一开始颇为顺利。先头部队袭击了曹军外围阵线，很快打开通道，让主力部队冲了进去。就在张、高以为曹营是一只袒露出软腹的狼时，却没料到它居然是一只浑身带刺的豪猪。守军明显早有准备，霹雳车将滚油和燃烧的草球一批批地倾泻到深入敌营的袁军头顶，隐藏在箭橹中的弓弩手不要命地射出锐利的箭矢。当袁军好不容易突破一道防线之后，却还要面对缀满了尖刺的沟堑。

　　袁军试图后退，却发现来路的通道被坍塌的土墙堵死，在壕沟间供移动的踏板也被抽掉。来自四面八方的打击更加猛烈，整个曹营简直就是一个死亡泥沼，袁军越是挣扎，就陷得越深。曹军守军的数量并不多，可让人感觉到处都是。即使在对峙期间最激烈的战斗，袁军都没有感受到如此的绝望。

　　"这到底是怎么回事！"张郃扶了扶歪掉的头盔，大声对高览说。对面的曹军像是换了一个指挥者，无比灵活，也无比阴险，和之前他们的对手完全不同。

　　"不知道，但我觉得是不是该撤了？"高览说。他的披风都被火箭烧了一半，看上去很是狼狈。

　　曹军既然早有准备，奇袭就成了强攻。偏偏张、高二将有了私心，故意让其他部队晚动手一阵，现在导致他们两个的嫡系几乎陷入灭顶之灾，袁军在其他阵线上却无从配合。

　　张郃还没答话，他的一名亲卫惊慌地大喊："将军！火光！"

　　"我知道！到处都是！"张郃不耐烦地嚷道。

　　"不是，是阳武方向！"

　　"什么？！"

　　张郃和高览大惊，连忙登上一座被占领的箭橹，冒着被狙击的危险回望。他们看到的景象和刘平看到的一样——当然，没那么清晰，但在这么远的地方都能看到火光，本身就已说明了火势的规模。

　　阳武是袁军真正的屯粮地，可现在却被曹操给端了。张郃和高览可以预想到接下来的进展。十几万腹中空空的大军被迫撤退，在敌人的追杀下四处就食。

　　"撤！"两名将军仅仅只是对视一眼，就达成了共识。

　　撤退也不是一件容易的事，那个可怕的指挥者极有韧劲，而且预见力惊人，他总能提前一步算到袁军的动向。袁军每走一步，都会被他们最不愿意见到的军械打击。

　　张郃和高览发挥出了全部经验和智慧，才勉强把自己伤亡惨重的嫡系部队带出来。若不是曹军数量过少，他们的损失还会增大。

　　侥幸生还的两名将军把队伍拉回了营地。此时整个大营已经开始乱了起来，所有人都注意到了阳武的大火,知道那里屯粮的人很绝望,不知道那里屯粮的人更绝望——因为他们看到了乌巢也燃起大火。张郃和高览回到营帐,还没来得及换下破损的甲胄就开始弹压骚动。

他们在诸营忙碌了许久,一边维持秩序,一边调动部队,提防曹军偷袭。正在这时,亲兵却匆忙叫他们返回帐内,因为袁绍派来了一个使者。

这名使者来自主营,传达的是袁绍的一份口谕。口谕很短,先是质问这两个人为何擅自行动,然后叱骂他们为何折损如此严重,最后宣布撤掉他们两个人的兵权,要他们立刻前往主营去领罪。

张郃和高览惊恐地对望了一下,高览站起来问使者:"郭图难道没跟主公提起吗?"按照约定,郭图应该会对袁绍说明前线的情况,为他们二人担保。可使者的回答让他们两个如坠冰窟:

"这正是郭大人向主公提议的。"

他们没想到,郭图压根没打算配合,而是挖了一个坑等他们跳。刘平也没想到,郭图压根没打算借这件事打压张、高二人,而是想把他们彻底置于死地。刘平自以为看透了。

"走!回主营去跟郭图那个杂碎当面对质!"张郃嗷嗷叫道,他可着实是气坏了。可高览拉住他,苦笑道:"主公不会听的。"

"把皇帝也叫来对质啊!主公怎么不会听?!"

"你跟了他这么多年还不知道?若是阳武不起火也就算了,阳武火起,我军败局已定,主公不找个替罪羊出来,他面子上怎么会过得去?"

张郃的愤怒一下子停滞了。他和高览确实是擅自行动,也确实战败而归。这场大战的黑锅若是不扣到他们两个头上,简直不可思议。

"那怎么办?"

"只有一个办法了,就看你敢不敢。"高览悠悠道。

"什么?"

"再去一次曹营!"

"还去?这次更打不动啊。"

"谁让你去打了?咱们可以去投……"

张郃眼睛一瞪,"唰"地抽出刀来,高览往后一跳,连声问你要干吗。张郃一刀捅进旁边使者的胸口:"既然要投曹,总得表表诚意。"

在刚刚平息的官渡战场上,出现了一幅奇景。刚才还一脸凶煞叫嚣着要踏平曹营的两个将军,此时却像两个做了坏事的小孩子,带着少数几个亲兵慢慢走到营前,双双跪下，手都绑到了背后。

曹营的大门很快打开，全副武装的重铠步兵列队而出，把他们两个人团团围住。

"我等特来降曹公。"高览抬头，对刚刚还是敌人的士兵们说道。

"曹公不在。"士兵很冷淡。

"那主持大局的是谁？"

"咳咳，是我……"

一个疲惫而虚弱的声音传来，然后张郃和高览惊讶地看到，一个风烛残年的老头子坐在一辆木轮车上，被咯吱咯吱地推过来。才十月季节，老头子却裹着一身厚厚的貂袍，好似一片萧瑟的落叶。

"贾诩？"张郃和高览连忙跪倒。原来守曹营的，居然是这个老而不死的家伙。

"唉，两位将军不好好睡觉，逼着老夫陪着熬夜，这身体是撑不住了。"贾诩说。

"不会不会，我等之前多有失礼，特来向将军请罪。"高览大骇，生怕贾诩真病死了，这笔账要算到他们头上。他太惊慌了，都没注意到左右曹军士兵古怪的眼神，仿佛在看一个笑话似的。

"老夫太累了，不能陪你们说话了。这样吧，你们两位要想说话，就跟着这几位走，去跟对面说一声，免得别人挂念。"

贾诩一指身后，那里整整齐齐站着四五百人的步兵，中间还有一辆活动的高车。贾诩的意思很明显，光是张郃和高览两个人过来不行，你得跟袁绍营里所有人表明态度。这就是所谓的"物尽其用"。

张郃和高览看着贾诩耷拉下去的眼皮和干枯的手背，觉得自己又被拽下了一个深深的泥潭。

很快这辆高车在重铠步兵的保护下，缓缓离开曹营，接近袁营。张郃和高览站在最高处，大声呼吁袁军投曹。而他们的话，则被中气十足的几十条大汉重复地喊出来，传到了前线袁营的每一个角落。

袁军全体正在因为乌巢和阳武两场大火而惶恐不安，张、高二人的喊话，成了压在蛟龙身上的最后一根水草。

普通士兵不了解整个局势，他们看到张、高这么高级的将领都投降了，就会想当然地认为整个局势已然崩盘。有些人朝曹营逃去，有些人则朝着河北老家奔跑，每一个人都失去了方向，那些军官的呼喊再也没有任何用处。一处出现崩溃，迅速传染到十个营盘，随即整个堤坝也开始坍塌。雄壮一时的河北大军，竟一下子分崩离析，像一尊泥俑从高处直直倒下来，摔成万千土块。

刘平在布局时，只算到了袁军会被守军打得头破血流仓皇回营，可实在没想到竟会有如此剧烈的变化。这一切，因为有贾诩的存在而发生了改变。

张、高二人站在高车上，望着下面的乱象，无不感慨。即使是官渡的曹军倾巢出动，也不如他们两个这一嗓子喊出来的效果好。他们两个投降只是临时起意，而贾诩却立刻想到了最狠辣的应对，轻轻一推，就把袁军大营推了一个粉身碎骨，同时也斩断了他们两个人的回头路。

这个老东西，还是赶紧病死吧。两个人心中不约而同地想。

贾诩没听到这句诅咒，他正坐在小车上，从曹营最高处的一个箭橹俯瞰着整个官渡战局。在他眼前，曹军分成十几个箭头迅速出击，狠狠地插入袁绍大营，让混乱的局势进一步演变成了溃败，胜负已成定局。

可贾诩既没面露欣喜，也没豪气万丈，他只是安静地坐在车上，紧紧裹着貂袍，似乎跟这场改变中原的对弈一点关系也无。如果凑得近一些，就会发现，他浑浊的两个眼珠看的并不是眼前的乱营，而是更远处的阳武大火，那边好像有什么东西吸引着他的注意力。

这时一名士兵爬上箭橹，对贾诩道："贾将军，曹司空回营了。"

听到这个消息，贾诩面无表情地点点头，喉咙里含混地吐出两个字。大概是他嗓子里恰好有痰，周围的人谁也没听清楚，不知这位老人说的是"可喜"，还是"可惜"。

然后他颤巍巍地站起来，从怀里取出一枚竹片。这竹片颇有些年头，上面还写着一排字迹："光和四年夏七月己卯日辰时王美人娩于柘馆皇子一臣宇谨录。"在"子"字和"一"字之间，似乎被刮掉了什么痕迹。贾诩信手一扬，竹片飞出箭橹，落到营前燃烧着火油的沟堑中去，化为灰烬。

在贾诩凝望的阳武附近的高坡上，当今天子正四肢摊平躺在草坪上，摆出了一个舒服的姿势，默默地望着大火熊熊地燃烧。

他的计划，永远不可能实现了。曹公看来做了充分准备，所有骑兵皆着灰袍，一散开就是漫山遍野，在这样的夜里很难抓到或杀死他。要截住曹公，只有在他进入阳武时才有机会。而这个时机，被刘平亲手放过去了。

现在这个时候，恐怕曹公已经顺利回到营地，开始喝酒庆祝胜利了吧。刘平心想。

"后悔了？"司马懿坐在刘平身边，随手抓起一根草叼在嘴里，突然又大皱眉头，吐了出去。

"这里的草，可比河内苦多了。"刘平道。

"哼，为了一个人，居然放弃了逆转中原局面的机会。也只有你这样的笨蛋，才干得出来。”

“说不遗憾是假的，不过我不后悔，毕竟把你救下来了。也许在哥哥的心目中，汉室的分量至高无上，可在我心里，它和一个人的性命在秤衡上并无轻重之别——这是我选择的道。”刘平一语双关。

“迂腐！白痴！我要是刘协，就半夜过来把你掐死。”

“若是你处在我的位置，会如何抉择？向西，还是向东？”

“我那么聪明，根本不会落入那种窘境。”司马懿满不在乎地说。

刘平呵呵笑了起来，把手臂枕在脑袋底下，心情突然没来由地一阵轻松。他眼前的夜空被浓烟遮挡住了一半，呈现出奇特的景象。一半星斗璀璨，一半却混沌至极。

“有时候我在想啊，这个世界上，大概分成了两种人。一种人的命运，是去坚守某样东西；另外一种人的命运，却是去改变它。我和我哥哥，还有伏寿、唐瑛、赵彦、徐他、任姐姐他们，都是第一种人；而你和曹丕、郭嘉，可能还要算上半个杨修，应该是第二种人。大家的使命不同，选择的道也就不尽相同——只是不知道究竟哪一条路会更难一些。今天我没守护汉室，却守住了你的性命，在未来也许你会改变什么也未可知。可惜这些答案，要等到后世的史书才能看清楚了。”

“你是在鼓励我篡位吗？”司马懿眯起眼睛，语带威胁。

“唉，你要有这心思就好了。我这个皇帝让给你来做。”

“哪里有那么多皇帝好当啊。”司马懿收起目光，懒散地拍了拍膝盖，“就算有机会，我也懒得当，把机会留给儿子或者孙子好了。”

“总之，你欠我一条命。因为你，汉室的复兴恐怕要延迟好多年了。”

司马懿不满地咧了咧嘴：“好吧好吧，我答应帮你就是。不过那也得等我爬到高位一言九鼎的时候，你等得了吗？”

“就这么定了。我若还活着，你拼命往上爬来帮我。如果我中途死了……”刘平停顿了一下，“那你就去替我当吧。”

“别瞎说。曹操都四十多了，你年纪才多大？还有的是时间斗呢。许攸的名册，不是已经在你手里了吗？再加上我的智慧，什么困难克服不了？”

刘平伸出手来，默契地与司马懿击了一下掌，然后合上疲惫的双眼。

离开许都之后的一幕幕在他脑海里闪过，就像是做了一个长长的梦。这一个梦，就像是他在温县生活时做的那些梦一样，无论多么惊险恐怖，最终总会醒来，醒来时，总能找到司马懿当听众。

尾声

李通不满地朝地上啐了一口。刘备和他麾下那两个兄弟带着一群山贼，打着袁绍旗号一直在汝南附近袭扰，却不敢跟曹军正面对抗。

满宠站在残缺不全的汝南城墙上眺望着远方，远处的兵马正在徐徐退去，硕大的"刘"字大旗分外醒目。李通走过来，他头上缠着一圈白布，显然在之前的战斗中受了伤。他满是敬畏地看了满宠一眼，没敢说话，默默站在他身旁，也朝远处望去。

他不喜欢满宠，但不得不承认这个满脸麻子的家伙是个守城的天才。在满宠的主持下，汝南小城在刘表大军的围攻下始终屹立不倒，足足坚持了二十多天。李通开始本以为满宠是在许都失势被左迁到汝南，现在才惊叹荀彧和郭嘉惊人的预见力。

"刘表也很坚决嘛，一听到官渡之战我军大胜，立刻毫不犹豫地扭头就走。"李通忍不住感慨道。

"那不是刘表的旗子。"满宠说。

"嗯？"

"那是刘备的。他自称是汉室宗亲，所以把旗边都描了一圈赤色代表火德。"

"哼，这个乡巴佬倒是会钻营。他不是袁绍派来的吗？这一会儿工夫，就已经成了刘表的座上宾啦。"

李通不满地朝地上啐了一口。刘备和他麾下那两个兄弟带着一群山贼，打着袁绍旗号一直在汝南附近袭扰，却不敢跟曹军正面对抗。一直到刘表大军杀到，他们才兴高采烈地高举大旗，宣布以汉室宗亲身份讨伐曹贼。

"可只有这样的人，才会被时势所喜爱。"满宠脸上浮起些许感慨，他转了下头，看向许都方向，"至于那些不合时宜的家伙，早晚是要被吞噬的。"

"伯宁你说的话，我怎么听不懂呢？"李通有点糊涂。

满宠指了指远去的"刘"字大纛，淡淡道："没什么，只是觉得这家伙以后会变成一个大麻烦。"

李通哈哈大笑起来，他没想到满宠这个不苟言笑的人，居然也会说笑话。他后来把这个笑话讲给别人听的时候，却无论如何也想不起来，满宠说的是刘表还是刘备，或者那个"刘"字另有所指。